厦大版 序跋 精粹

"致敬30年"丛书编委会 ◎ 编

"致敬30年"丛书编委会

主　编：蒋东明　宋文艳

编　委（按姓氏笔画为序）：

　　　　王日根　宋文艳　陈福郎　施高翔

　　　　徐长春　黄茂林　蒋东明

《厦大版序跋精粹》

策划编辑：宋文艳

责任编辑：王洪春

文字编辑：伍家丽

　　　　　　吴鲁薇

　　　　　　韩轲轲

　　　　　　刘　璐

版式设计：李夏凌

技术编辑：朱　楷

封面设计：蒋卓群

读 序

蒋东明

每一篇序文,都是精彩的开始。

她像一场气势恢宏的交响乐即将开演的前奏曲,热情动人。

她像列车即将隆隆进站前,月台响起播音员悦耳的声音,令人不由得驻足聆听。

她更像闲暇喝咖啡时的背景音乐,意味深长。

因此,我手捧新书,凡有序文,必先读为快。

为书作序的人,大多是作者心目中的敬仰者。请他来开启大幕,更能为作者的演出平添几分荣耀与深刻。优秀的序文,可与正文相得益彰。序者高屋建瓴,娓娓道出这部著作所表达观点的前因后果和他的建树所在,让读者穿过序文,从一位智者的叙述中,感受到作者生动而又鲜活的形象,了解到是怎样的学术研究经历使作者产生这些思考和感悟,透过几句平白的言语来解读作者的高深研究成果。由此,读者与作者一起出发,一路去寻找书的正文给我们的答案。

有些序文,本身就可独立成章,堪称一篇精彩的美文。序者看似信手拈来,讲述另一个好像与本书无关的故事,不料峰回路转,文中的韵味与作者的思路不谋而合,异曲同工,令读者拍手叫好。

当然,序文让读者看到了序者和作者眼中的"哈姆雷特",有时读者会和他们不谋而合,便心领神会。可能有的时候,读者与他们的看法有所不同甚至分歧,但我们仍会心存感激,感谢辛勤的他们给读者带来新的视角和感悟,让人们看到不同的世界。

厦门大学出版社在庆祝30周年社庆时,特地从已出版的、载有序文的近千种学术著作中,精选出若干,再加上其他精彩的辅文,结集成册出版。在这些充满睿智的文字里,我们或许也能领略到厦大出版社对学术出版的执着追求,感受到厦大出版人"铸学术精品"的点滴用心。

2014年12月30日

目 录

丛书篇

003 "南强丛书"(第五辑)总序 ……………………………………… 朱崇实
005 "共和国六十年法学论争实录"总序 ………………………… 江　平
009 "西南政法大学经济法学系列"总序 ………………………… 李昌麒
011 "国际金融新趋势"总序 ………………………………………… 戴金平
018 "穿透灵魂之旅"总序 …………………………………………… 易中天
020 "女缘丛书"总序
　　　心心相印——"女缘"之缘 ………………………………… 林丹娅
023 "闽南文化研究丛书"总序
　　　积极推进闽南文化的研究 ………………………………… 林华东
025 "朱熹口语文献语言通考"丛书序 …………………………… 李无未
030 "中央苏区历史研究"序言 …………………………………… 孔永松
033 《台湾文献汇刊》编者说明 …………………………………… 陈支平
035 《台海文献汇刊》前言 ………………………………………… 本丛书编委会
038 "新城市化丛书"总序 …………………………………………… 王　旭
042 "厦门文献丛刊"总序 …………………………………………… 罗才福
044 《中国会馆志资料集成》(第一辑)前言 ……………… 王日根　薛鹏志

人文·研究篇

051	《清代赋役制度演变新探》序	傅衣凌
052	《黄道周纪年著述书画考》前言（节选）	侯真平
066	《海上集》序	郑学檬
068	《海上集》编前小记	庄为玑
072	《海上集》编后记	庄景辉 侯真平
080	《赫德与中国海关》译序	陈诗启
086	《简明中国哲学通史》序	任继愈
088	《明清江南农村社会与民间信仰》中文版序	陈支平
091	《明清乡约：理论演进与实践发展》序	江太新
094	《郑樵研究》自序	
	国学、时代与郑樵研究	吴怀祺
103	"福建历代高僧评传"总序	学　诚
105	《人群·聚落·地域社会：中古南方史地初探》代序	
	中国历史的南方脉络（节选）	鲁西奇
114	《中国稀见史料》出版说明	侯真平
116	《闽商发展史·总论卷》前言	雷春美
118	《福建武术史》序二	马明达
123	《安平桥志》序一	黄展岳
125	《中国古代买地券研究》后记	鲁西奇
134	《女性学导论》序	福建省妇女联合会　福建省妇女理论研究会
137	《余承尧绘画艺术研究》代序	
	海峡对岸一座山	洪惠镇
147	《泉州方言研究》序	马重奇
150	《古文字构形与上古音研究》序一	刘　钊
153	《学者的使命》序	盛　嘉

155	《颠覆的力量:20世纪西方左翼戏剧研究》序	周　宁
157	《新编汉法成语词典》(第二版)序	黄建华
159	《想象的狂欢——作为文化镜像的闽南民间故事研究》序	陈益源
162	《李退溪与东方文化》序	张立文
168	《百吉撰台湾文献丛刊序跋选录》序	陈支平
170	《隔岸观火:泛台海区域的信仰生活》序	王琛发
179	《走近两岸》序一	杨锦麟
184	"漳州与台湾关系丛书"序一	陈支平
186	《台湾涉漳旧地名与聚落开发》序	许雪姬
189	《公案簿》(第一辑)前言　　　　[荷]包乐史	吴凤斌
193	《泰国华人社会:历史的分析》中文版序	庄国土
195	《菲律宾华人通史》前言	庄国土
198	《侨汇——现代中国经济分析》中译本序	李国梁

人文·作品篇

203	《风雪人间》跋	
	丁玲与厦门大学	庄钟庆
206	《一花一世界》序	庄钟庆
210	《永远的丰碑》序	赵家欣
216	《天岸书写——刘再复学术文化随笔选集》自序	刘再复
218	《铸梦——追忆舅舅陈景润》序	
	温暖的记忆	由　昆
220	《海明威在中国》序	林疑今
223	《620亿美元的秘密:巴菲特雪球传奇全记录》序	
	雪球上的传奇巨人	王宝玲

227	《芙蓉湖畔忆"三林"》序	
	大师乃莘莘学子永恒的精神高地	陈福郎
231	《莫言和他的故乡》序	
	故乡是莫言成长的沃土	阎海峰
235	《厦门大学中文有戏演出季剧作集(第一卷)》代序	
	厦门大学2012"中文有戏"演出季闭幕辞	朱崇实
237	《告诉后代》序	谢春池
243	《我的家国天下——总裁文档》序	
	不枉此生序	赖妙宽
246	《追梦霞满天》序	
	怡霖散文之"焰"	张胜友
249	《追梦霞满天》跋	
	开花的书页(节选)	丁 一
253	《人约黄昏后》序	
	暖色调的情感天籁	白 描
256	《人约黄昏后》跋	
	人性、尊严、信仰和爱(节选)	丁 一

财经篇

263	《房地产大周期的金融视角》自序	巴曙松
267	《城镇化大转型的金融视角》序	
	中国城镇化的大转型	巴曙松
276	《中国第三方支付有效监管研究》序	
	聚焦第三方支付发展与监管	巴曙松
279	《WTO:中国加盟》序	赖观荣
283	《循环经济——厦门在行动》序	顾秀莲

285	《品读 UCP600》序	杨士华
288	《大鱼如何吃小鱼——股市价格泡沫的变量与理性扩容速度的行为金融学分析》序	
	写在前面的话（节选）	周爱民
293	《经济与经济分析的逻辑》前言	
	令人不满意的经济学	刘晓峰
299	《内部控制理论结构——控制效率的思想基础与政策建议》序	
		郭道扬
302	《数量化股票投资：技术与策略》译序	赵胜民

政法篇

307	《社会变迁中的村级土地制度》序	
	研究农村土地问题意义重大（节选）	周　星
313	《文化视野里的当代中国行政》自序	庄锡福
316	《经济全球化趋势下反倾销的法律问题》序	曹建明
318	"中国法学会中国—东盟法律研究中心文库"总序一	张鸣起
320	"世界贸易组织法律与实务教学研究文丛"总序	
	一座法律教学与研究的宝库	杨国华　张晓君
323	《〈中华人民共和国强制执行法（专家建议稿）〉立法理由、立法例参考与立法意义》代序	
	应当尽快制定颁行强制执行法	杨荣馨
328	《东南司法评论（2009年卷）》卷首语	
	关注基层司法	齐树洁
333	"法律硕士精品教材系列"总序	朱崇实
336	"21世纪民事诉讼法学前沿系列"总序	田平安
345	"中国政法大学民事诉讼法学系列教材"总序	宋朝武

350	"外国民法典译丛"总序	徐国栋
353	《民间法》总序	谢 晖
356	"法意文丛"总序	
	在人世生活中寻求法意	谢 晖
359	《民事程序法研究》(第八辑)刊首语	张卫平

教育篇

363	《大学之道——在建设一流大学的征程上》序一	刘海峰
368	《中国经济学教育转型——厦大故事》序言	王广谦
374	《开拓与发展——新建地方性本科院校办学之路》序	潘懋元
377	《中国国防教育史纲》序	
	要和平,就要准备战争	王日根
380	《高考红绿灯:高招办主任札记》序	刘海峰
383	《把梦留住——叶楠西部支教纪实》序	朱崇实
386	《把梦留住——叶楠西部支教纪实》跋	潘世墨
388	《危机管理心理误区初探》代序	陆开锦
392	《高等职业教育发展研究》序	潘懋元
397	《现代中职生创业导向》序	
	中职生要有创业抱负	任 勇

理工篇

401	"院士文库·厦门大学专辑"出版说明	"院士文库"编委会
404	《田昭武院士论著选集——拓宽视野的电化学》代序	田昭武
410	《蔡启瑞院士论文选集》代序	廖代伟 万惠霖
413	《黄本立院士论文选集》代序	
	雪泥鸿爪 光谱分析生涯60年拾遗	黄本立

416	《任重道远　继往开来》序	万惠霖　黄培强
419	《呼唤绿色新世纪》序	洪华生
422	《台湾海峡成因初探》序	任美锷
424	《从筼筜港到筼筜湖》序言	邹尔均
426	《水稻秸秆品质化学与遗传改良》序	谢联辉
428	《中华白海豚及其它鲸豚》序	黄宗国
430	《锯缘青蟹生物学及人工育苗和养成技术》序	刘瑞玉
432	《台湾海峡常见鱼类图谱》序一	唐启升
434	《大学信息技术基础》前言	
	对大学信息技术教育的思考（节选）	鄂大伟
438	《高级语言程序设计学习与实验指导》前言（节选）	黄翠兰
441	《中国传统文化与医学》序	汤一介
444	《俞慎初论医集》序	刘炳凡
446	《吴光烈临床经验集》序	俞长荣
448	《吴光烈临床验方精选》自序	吴光烈
451	《吴光烈儿科经验选集》自序	吴光烈
454	《钟秀美妇科学术经验与诊疗特色》序	吴　熙
456	《临床老年口腔医学》序	栾文民
458	《做有人情味的医者》前言	杨叔禹

The 30th Anniversary of Xiamen University Press

"南强丛书"(第五辑)

主编: 朱崇实
责编: 宋文艳等
出版时间: 2011 年 3 月

福建省新闻出版广电局重点图书出版项目:《**中国鲨生物学研究**》、《**计算动词理论及应用**》、《**国际移民政策研究**》、《**财政政策与经济稳定**》

◎《**国际移民政策研究**》(作者:李明欢 责编:董兴艳)
2012 年获华东地区大学出版社第九届优秀教材、学术专著一等奖
2013 年获福建省第十届社会科学优秀成果奖二等奖

◎《**财政政策与经济稳定**》(作者:林致远 张馨 责编:吴兴友)
2012 年获华东地区大学出版社第九届优秀教材、学术专著一等奖

◎《**汉语词汇学论集**》(作者:李如龙 责编:王依民)
2013 年获福建省第十届社会科学优秀成果奖二等奖

总序

朱崇实

厦门大学由著名华侨领袖陈嘉庚先生于 1921 年创办,有着厚重的文化底蕴和光荣的传统,是中国近代教育史上第一所由华侨出资创办的高等学府。 陈嘉庚先生所处的年代,是中国社会最贫穷、最落后、饱受外侮和欺凌的年代。 陈嘉庚先生非常想改变这种状况,他明确提出:中国要变化,关键要提高国人素质。 要提高国人素质,关键是要办好教育。 基于教育救国的理念,陈嘉庚先生毅然个人倾资创办厦门大学,并明确

提出要把厦大建成"南方之强"。陈嘉庚先生以此作为厦大的奋斗目标，蕴含着他对厦门大学的殷切期望，代表着厦门大学师生的志向。

在厦门大学建校70周年之际，厦门大学出版社出版了首辑"南强丛书"，共15部学术专著，影响极佳，广受赞誉，为校庆70周年献上了一份厚礼。此后，逢五逢十校庆，"南强丛书"又相继出版数辑，使得"南强丛书"成为厦大的一个学术品牌。值此建校90周年之际，再遴选一批优秀之作出版，是全校师生员工的一个愿望。入选这批厦门大学"南强丛书"的著作多为本校优势学科、特色学科的前沿研究成果。作者中有资深教授，有全国重点学科的学术带头人，有新近在学界崭露头角的新秀，他们都在各自的学术领域中受到瞩目。这批学术著作的出版，为厦门大学90周年校庆增添了喜悦和光彩。

至此，本丛书已出版了五辑。可以说，每一辑都从一个侧面反映了厦大奋斗的足迹和努力的成果，丛书的每一部著作都是厦大发展与进步的一个见证，都是厦大人探索未知、追求真理、为民谋利、为国争光精神的一种体现。我想这样的一种精神一定会一辑又一辑地往下传。

大学出版社对大学的教学科研可以起到推动作用，可以促进它所在大学的整个学术水平的提升。在90年前，厦门大学就把"研究高深学术，养成专门人才，阐扬世界文化"作为自己的三大任务。厦门大学出版社作为厦门大学的有机组成部分，它的目标与大学的发展目标是相一致的。学校一直把出版社作为教学科研的一个重要的支撑条件，在努力提高它的水平和影响力的过程中，真正使出版社成为厦门大学的一个窗口。厦门大学"南强丛书"的出版汇聚了著作者及厦门大学出版社所有同人的心血与汗水，为厦门大学的建设与发展作出了一份特有的贡献，我要借此机会表示我由衷的感谢。我期望厦门大学"南强丛书"不仅在国内学术界产生反响，更希望其影响被及海外，在世界各地都能看到它的身影。这是我，也是全校师生的共同心愿。

2011年2月26日

朱崇实　厦门大学校长，"南强丛书"编委会主任

"共和国六十年法学论争实录"

主编：江平
责编：施高翔、甘世恒、贾素文
出版时间：2009年10月—2011年2月

2011年获福建省第三届优秀出版物奖图书奖
2012年获中国大学出版社协会第二届优秀著作一等奖，华东地区大学出版社第九届优秀教材、学术专著一等奖

总序

江 平

自1949年10月1日开国大典至今，新中国走过了不平凡的历程。六十年风雨砥砺，沧桑巨变。抚今追昔，展望未来，令人感慨万千。

新中国建立后，由于废除了国民党的"六法全书"，全盘学习苏联，建立了权力高度集中的经济体制和政治体制，民主法治缺乏必要的社会经济基础和政治基础，因而法律工具主义（实用主义）、法律虚无主义盛行。共和国前30年，民主法治建设遭受严重挫折，"文化大革命"期间甚至出现了"无法无天"的局面。1978年十一届三中全会之后，以市场化为取向的经济体制改革不断深入，为民主法治建设奠定了必要的社会经济基础，而依法治国方略的确立则为民主法治的发展提供了必要的政治条件，民主法治建设由此走上了正轨，呈现出欣欣向荣的景象。今天，我国的法律体系日趋完备，司法运行机制基本健全，公民法律意识普遍加强。但是，我们应当清醒地认识到，依法治国、保障人权虽然已经写进了宪法，但是离真正实现还有漫长的道路。

与社会主义民主法治进程相适应，我国法学理论发展大体上也以1978年为界分为前后两个时期：前一个时期的法学理论受到法律工具主义和国家意志主义的支配，具有浓厚的意识形态色彩。在那段时期，法律被认为是统治阶级意志的体现，是阶级专政的工具，人类社会创造的一切法律文化和法律文明都被视为剥削阶级的法学而遭受彻底的否定，正常的法学学术讨论变成"打棍子"、"扣帽子"的政治运动，大批法学教授被打成右派，成为阶级专政的对象，法学因此丧失了科学性而沦为一定意识形态的奴仆，法学园地一片荒芜。后一个时期的法学理论随着民主法治的进步逐渐得以重建与发展，从构建法学的基本理论开始，法学界以极大的热情投入改革开放的伟大实践中去，研究改革开放过程中不断涌现的新问题，为解决实践中的难题提供理论支持，为社会主义民主法治建设献计献策，法学也从以往的"荒蛮之地"发展为日益繁荣的"显学"。近年来，我国法学理论研究彻底抛弃法律工具主义和法律虚无主义的观念，逐渐摆脱了对特定意识形态的依附，有了对国家民主法治的独立的价值判断和理论追求，法学理论体系的框架初见端倪。法学不仅仅是一门"显学"，而且已成长为一门科学。

然而，我国法学的成长并非一帆风顺。总体而言，我国法学的成长面临着两大问题：一是旧观念的束缚。新中国成立以后逐渐形成的特定的意识形态，如阶级斗争理论、法律工具主义观念等，是横亘在我国法学成长道路上巨大的理论障碍。法学研究必须摆脱这些旧的观念的束缚，必须冲破这些理论樊篱，才能获得成长。二是由于在很长时期内，对人类社会一切法律文明都持否定态度，导致我国法学严重的先天不足，相关知识匮乏，研究视野狭窄，理论水平低下，"幼稚的法学"曾是较长时期内人们对法学的基本评价。法学要发展，法律人就必须发愤努力，扩大理论视野，吸收人类社会一切法律文化和法律文明的知识养分，以后天的努力来弥补先天的不足，摘掉"幼稚"的帽子。

经过改革开放30年来所有法律人的艰苦努力，站在今天的角度，我们可以乐观地说，我国法学基本解决了上述两大问题，法学理论中的意识形态色彩逐渐褪去，法学不再是"幼稚"之学，我国法学成长起来了！

在共和国 60 年的历程里,虽然 20 世纪 50 年代即有关于"法的阶级性与继承性"的讨论,但是,这些论争的声音极为微弱,合理的意见和主张非但不能进入主流,反而被作为"反党反社会主义"的谬论加以批判。最能集中体现法学成长的当属改革开放以来发生在法学各个学科领域的一次又一次的论争。从 20 世纪 80 年代的"法的本质"的论争、"法治与人治"的大讨论、民法调整对象之争、无罪推定的争议,到 90 年代的公私法理论讨论、免予起诉制度存废之争,再到新世纪由北大法学教授的一封"公开信"引发的《物权法(草案)》"违宪"大论战,关于沉默权、废除死刑、死刑复核程序、辩诉交易、宽严相济刑事政策的争论等,无不引起全社会的关注。回顾共和国 60 年来尤其是改革开放以来法学的论争,其间既有事关国家法治前途的重大理论问题(如法治还是人治问题),也有改革实践中提出的具体实际问题(如国有企业改革问题),还有法学理论体系构建层面的一般学术问题(如民法学中的物权行为理论问题),可谓千姿百态。与五六十年代的动辄政治运动、上纲上线不同,改革开放以来的法学论争,主要是在学术层面上展开,基本做到了百家争鸣。这也从一个侧面表明我国法学理论研究趋于理性,日臻成熟。

60 年来,我国法学的发展如同唐僧西天取经那样,历尽波折,备尝艰辛,其间的经验教训是一笔宝贵的财富,值得记录总结,留给后人评判。有鉴于此,"共和国六十年法学论争实录"试图以史家的笔法,以"实录"的方式,从学术史的层面上再现共和国 60 年历史进程中发生的一次又一次关于法学重要问题的论争,从一个侧面揭示我国法学从"荒蛮之地"走向"显学",从"幼稚之学"走向成熟,与时俱进、不断开拓的历程。"实录"参照我国法学学科的划分,分为法理学卷、宪法卷、行政法卷、民商法卷、刑法卷、诉讼法卷、经济法卷和国际法卷,由一批具有较高学术成就的中青年学者担任主编。各卷的主编多是改革开放以来法学论争的见证者或参与者,他们的勇于担当,必将使"实录"的初衷得以更好的实现。读者不仅能从其间领略到我国法学成长过程的点点滴滴,同时也能真切感受到共和国 60 年民主法治与法学发展的艰辛历程。

以"实录"的方式再现共和国 60 年间发生的法学论争,这在我国法学学术史的理论研究方面还是第一次。民为邦本,法乃公器。我期待并且相信,"实录"的组织编写和出版必将有助于促进法治精神的传播,使法治精神进一步体现在民众的言论和行动中,落实到国家的法律政策中。法治天下,其日可待。

2009 年 8 月 1 日

"西南政法大学经济法学系列"

主编： 李昌麒、张怡
责编： 施高翔、甘世恒、贾素文、邓臻
出版时间： 2005年4月—2013年11月

总序

李昌麒

中国经济法学作为一门新兴的学科，经过广大法律学人的苦苦探索，已经走过了从无到有、从不成熟到逐步成熟的发展历程。现在，经济法作为与行政法、民法、刑法、诉讼法以及社会法等并行不悖的独立的法律部门，已经得到了立法的确认，对此法学界也达成了基本的共识。

20余年来，广大法律学人坚持改革开放路线，紧扣时代脉搏，围绕着经济建设这个中心环节，把经济法理论和实践扎根于我国现实的经济土壤之中，并借鉴其他市场经济国家在法制实践中所形成的共同的法律文化，辛勤耕耘，求实创新，不断开拓进取，使经济法学在我国法学百花丛中蓓蕾初绽，繁花似锦，硕果累累。这极大地促进了我国经济法理论和实践的发展，推动了整个中国法学的繁荣，并为世界法学界所瞩目。但是，经济法作为一门发展中的学科，仍然存在着许多不成熟的地方，还需要广大的法律学人更多地培育，才能使它更好地成长。正是怀着这样一种愿望，西南政法大学经济法学科作为教育部确立的国家级高等学校重点学科点，一方面想为广大经济法理论和实务工作者展示学术研究成果和进行学术交流提供一个平台，另一方面也想为西南政法大学经济法学科建设开辟一个新的学术阵地,为此,我们与厦门大学出版社共同策划出版"西南政法大学经济法学系列"。

对于怎样编辑这套丛书,我们除了遵循学术性、实践性和开放性的宗旨之外,还有一个重要的思考,就是要使这套丛书能够适应经济法理论界、实务界和教学界等多方面的需要,力求使本丛书以其广泛的适应性以飨读者。因此,本丛书拟由三个部分构成,既包括学术专著,又包括教材和案例。学术专著主要来源于经济法博士论文。考虑到我国现在有七个经济法博士授权点,每年都要产出一批具有一定开拓性、前沿性和创新性的优秀博士论文,如果这些成果尘封在作者的抽屉里,无疑是对知识财产的一种浪费。这套丛书可以为这些博士论文的发表提供一个载体。对于教材,我们是这样思考的:学生知识首先来源于教材,从某种意义上讲教材是构筑学生知识大厦的基石,没有理由不重视它。我们之所以把教材也列为这套丛书的重要组成部分,也正是基于这种考虑。我们认为,教材与科研应该是彼此依赖、相辅相成的,教材的写作过程也应当是进行科学研究的过程。经济法作为一门新兴的法学学科,其教材的编写不能仅仅停留在简单地重复已有的教材内容的基础上,要力图避免编写那些没有任何新意和创见的"拼凑式"的教材。因此,本丛书将按照这个原则选择或者组织出版那些适合本科生和研究生研习的优秀教材。对于案例,我们考虑到:从总体上讲,问世的经济法案例与其他法学学科问世的案例相比,仍然嫌少,以致在教学和实践中,很难找到足够的经济法案例。为此,我们将有意识地采取教师与实际部门人员相结合的办法,将现实生活中存在的大量的、鲜活的、具有典型意义的经济法案例精选成册,其形式既可以是案例评析,也可以是案例教程,以此弥补过去运用案例进行经济法教学之不足。

需要说明的是,本"经济法学系列"含涉外经济法系列,它将以专集的形式出版;本丛书中各种类型的著述的出版并不完全按照经济法学体系结构的顺序出版,而是成熟一部,出版一部。我们热忱地欢迎全国的经济法学同人们惠赐佳作,为经济法学的进一步发展和繁荣,携手共进!

2005年1月于重庆

李昌麒 西南政法大学教授、博士生导师,中国法学会经济法学研究会副会长

"国际金融新趋势"

主编：戴金平
策划：宋文艳
责编：吴兴友、许红兵、江珏玙
出版时间：2012 年 10 月

福建省新闻出版广电局重点图书出版项目
◎**《全球不平衡发展模式：困境与出路》**（作者：戴金平　责编：吴兴友）
在"全国图书馆 2012 年度好书推选"活动中入选《全国图书馆推荐书目（2012 年度）》
◎**《国际货币体系：何去何从？》**（作者：戴金平　熊爱宗　谭书诗　责编：许红兵）
入选"中国高校出版社书榜"2014 年度 9 月榜单（总第十二期）

总序

戴金平

2007 年美国爆发次贷危机，危机迅速演化为一场全球性的经济和金融危机。世界经济复苏的道路艰难曲折，2010 年欧洲主权债务危机爆发，美国债务危机警钟拉响，世界粮食危机再现，世界经济再次陷入衰退。国际金融体系风雨飘摇，国际政治秩序一片混乱，国际经济前景日趋悲观。正确认识当前复杂而多变的国际经济金融环境，深刻反思世界经济发展的内在矛盾，探寻一条更加持续、更加均衡、更加健康的全球经济发展之路，是经济学人的使命。为此，我们推出"国际金融新趋势"系列研究成果。

全球不平衡发展是20世纪90年代以来世界经济发展的基本特征。2007年全球经济金融危机是全球不平衡发展模式的危机，是全球不平衡发展规模积累到一定程度的必然产物。

20世纪90年代，在第三次科技革命的带动下，美国经济走出80年代后期的泥潭，步入平稳高速增长的新经济时代。美国独特的负债式的经济发展模式也在延续和固化：经常项目逆差迅速扩张，资本项目顺差呈现不可抑制之势。1992年邓小平南行，将中国经济改革与发展推向一个新的时代，这是一个中国外向型经济发展模式最终形成和固化的时代——中国经常项目顺差进入一个持续扩张的时代。与此同时，世界第二大经济体日本，正在经历90年代泡沫经济破裂的炼狱。源源不断的资本从日本本土流出，到美国和欧洲国家去寻求更好的投资出路，60年代业已形成和固化的出口导向型的经济模式在国内需求持续疲软的背景下，经常项目顺差不断上升。世界经济呈现了这样一幅画面：世界经济增长速度平稳高企，美国与日本和中国以及一些石油输出国家之间的经常项目逆差迅速扩张，国际债务规模突飞猛进。

全球不平衡发展模式的强化引爆了2007年以来的全球经济和金融危机。当危机之火已经在悄悄点燃的时候，世界各国领导人都低估了这束火苗的力量。世界经济和政治领域的精英都对此表现了过于漠然的态度。2008年9月，美国第四大投行——雷曼兄弟轰然倒下，向世人宣布：这场危机刚刚开始！

2008年金融危机首先表现为流动性危机。针对2005年以来石油价格上涨和通货膨胀的流动性泛滥的抨击声还没有消失，流动性危机就来临了！

流动性失衡是一种常态，是流动性供给与流动性需求之间的动态失衡，表现为流动性供给大于流动性需求，或者是流动性需求大于流动性供给。前者持续到一定程度表现为流动性泛滥，体现为资产价格和商品价格的持续和大幅度上扬；后者持续到一定程度表现为流动性危机，体现为资产价格剧烈下跌，融资需求难以满足，投资活动因流动性严重不足而停滞。流动性失衡是流动性供给与流动性需求动态异常波动的结果。货币当局大规模的基础货币投放、商业银行激进的放贷倾向、个人与非银行类机构的持现比例下降和投资需求旺盛，都会带来流动性的扩张，并进一步带来流动性过剩。而货币当局紧缩基础货币投放、商业银行对放贷的保守态度、个人与非银行机构的持现比例上升以及货币需求上升，都会带来流动性不足，进一步演化为流动性危机。流动性扩张和收缩的过程在资产价格放大器、杠杆加速器和会计催化器的作用下呈现乘数扩张或收缩。2007年美国次贷危机爆发，房地产价格急速下跌，MBS与CDS资产价格迅速下跌，并进一步恶化房地产价格，资产价格放大器和杠杆加速器发生作用；金融机构资产负债表遭到破坏，会计催化器发生作用；商业银行放贷意愿下降、非银行金融机构投资欲望不足，流动性供给极度萎缩；与此同时，流动性需求无限放大，流动性危机瞬间爆发。世界流动性管理的混乱，使一场流动性危机迅速演化为全面的金融危机和经济危机。

危机后各国央行大规模发放流动性的行为受到微观主体审慎行为的制约，流动性的扩张机制遭到破坏。流动性危机与经济危机交融在一起，相互强化。为了走出这一困境，量化宽松货币政策出世。量化宽松货币政策的实施给流动性周期带来新的问题，流动性波动周期变短，波动幅度加大，这就是我们看到的2008年后，伴随着世界经济的艰难复苏，石油价格、粮食价格和世界大宗商品价格的几起几伏。

危机救助的措施之一是全球性的量化宽松货币政策。

量化宽松货币政策是一种非传统的货币政策操作，是在常规货币政策传导机制丧失功能之后的一种不得已的选择，旨在修复常规货币政策传导机制，使货币经济摆脱流动性陷阱。量化宽松货币政策以零基准利率、央行资产负债表规模急速扩张、直接购买长期债券及不良资产为特征，反映了中央银行面对这场前所未有的金融危机的激进态度。量化宽松货币政策在有效摆脱了货币危机的同时，却迟迟不能达到修复传统货币政策传导机制的目标，更不能实现对经济的根本性刺激作用，但却带来了全球性的大宗商品价格的快速上扬和新兴国家的资产泡沫以及遍及美国、欧洲和日本的主权债务危机。

量化宽松货币政策的作用尚难正确评估。日本实施了长达十几年的量化宽松货币政策都未能使其真正走出流动性陷阱。在美国、欧洲乃至新兴国家复制的量化宽松货币政策是否能够真正发挥效能呢？对此，众说纷纭。尽管对量化宽松货币政策的成效存在争议，但无论是美国，还是欧洲和日本，在财政政策空间受债务规模约束越来越狭小的状况下，继续量化宽松货币政策操作是唯一出路。这便最终出现了美国的QE3和欧洲央行无限制购买主权债务危机国债务的法案。各国央行的姿态表明：金融危机的阴霾不散，量化宽松货币政策不会消失。

全球经济危机阴魂不散,危机后的财政和货币救助又将危机推入一个新的深渊——主权债务危机。欧洲主权债务危机标志着全球金融危机进入一个新的阶段。

主权债务危机早已有之。20世纪70年代的美元危机事实上是一次美国主权债务危机,是美国政府变相拖欠和违约其他国家对美国的美元债权。80年代的拉美债务危机、90年代的阿根廷金融危机和俄罗斯金融危机,都是典型的主权债务危机。2010年爆发的主权债务危机在规模、持续时间、覆盖范围、影响程度等方面都堪称历史之最。

2010年主权债务危机是危机国长期以来的债务依赖型、政府赤字型经济发展模式使然,更是2008年金融和经济危机后大规模的财政扩张和救助的必然结果,是危机后凯恩斯主义和新凯恩斯主义复活的产物。主权债务危机的爆发和蔓延严重损害了世界金融信用。主权信用作为顶级信用,一直是世界经济和国际金融顺利发展的信用基础。主权信用缺失使国际金融体系陷入混乱。资本大规模逃离欧洲,评级机构不断调低债务国信用级别,使欧洲债务危机陷入恶性循环。

短期来看,欧洲主权债务危机最便捷也是最有效的一个出路,就是发行欧元来(直接或间接)购买危机国政府债务。欧元区成员国经济的非对称性决定了通过发行欧元向世界转嫁欧债危机的做法遭遇到核心国家的强烈反对。发行欧元在解决债务国家债务的同时,也必然向债权国转移债务负担和通货膨胀。在欧债危机解决的过程中,欧元区成员国需要在两个方向上寻求平衡和一致:一方面欧元区通过救助基金和欧元发行集体救助债务国,另一方面债务国强化财政纪律约束、转变债务依赖型发展模式。前者是短期解决危机、缓解危机蔓延和恶化的重要途径;而后者是解决危机的根本。

美国债务危机已然箭在弦上。2011年8月,虽然民主党和共和党在提高债务限额上达成一致,将债务限额从14.3万亿美元提高到16万亿美元,但两党对财政赤字和政府债务缩减计划尚未达成一致,这便带来2013年自动减赤风险。2013年的"财政悬崖"(税收减免到期和自动减赤)使美国经济复苏再次蒙上阴影,也使世界经济复苏蒙上阴影。

后布雷顿森林货币体系是全球不平衡发展的基础,也是2008年国际经济和金融危机爆发和持续的基础。危机后的国际货币体系风雨飘摇,面临重大变革。

如果说布雷顿森林体系是美元体系形成和发展的制度基础,那么牙买加体系中的美元地位则是市场自由选择的结果。布雷顿森林体系之后的国际货币体系是一个多元化的、无制度的体系。美元、德国马克、法国法郎、瑞士法郎、英镑、日元等货币共同承担世界货币的功能。美国强大的政治经济实力，加之布雷顿森林体系下形成的世界对于美元的惯性依赖，成就了美元世界第一货币的地位。

美元的国际地位使得美国从容不迫地向世界征收铸币税，使美国通过印制钞票就可以从世界其他国家购买任何产品和服务、偿还任何国际债务；美元在国际货币体系中的地位越高，世界经济对美元的需求就越大，内在的特里芬难题就越强化。结果是，美国经常项目逆差持续扩张，对外负债规模日益扩大，一个债务严重依赖型的、储蓄投资缺口持续扩张的、虚拟经济控制的美国经济模式形成并强化。

世界上没有免费的午餐。2007年美国爆发了次贷危机，这是一场美元危机，是美国经济发展模式的危机。金融经济危机使世界人民意识到当今国际货币体系的矛盾。危机后的救援政策，无论是美国的积极财政救助，还是量化宽松货币政策，对国际货币体系都是重大冲击：美元指数一路下滑，美元岌岌可危。2010年欧洲主权债务危机爆发又引发了一场欧元危机。改革国际货币体系的呼声日益高涨。国际货币体系何去何从？

国际货币体系改革的设计多种多样，有回归黄金本位的建议，也有建立世界统一货币的意愿，美元、欧元、人民币三足鼎立也是方案之一，更有人坚持维持美元本位，如此等等。当世界各国就国际货币体系改革争论不休之时，中国确立了人民币国际化的基本战略。

人民币国际化是中国大国崛起的必由之路。中国已经超过日本成为世界第二经济强国、第二贸易大国、第一出口大国，中国经济在过去30多年保持了年均10%的增长速度。中国的金融市场也在日益成熟，股票市场总市值全球第二，商品期货市场成交量世界第一，黄金产量自2007年以来一直是世界第一。中国已经具备推进人民币国际化的基础和条件；要摆脱长期依赖美元并被美元绑架的局面，中国的唯一出路就是人民币国际化。

人民币国际化，可以成功摆脱我国人民币汇率长期钉住美元、货币政策自主、资本项目开放和资本流动日趋自由化之间的"三难冲突"，可以扭转我国外汇储备刚性增长尤其是美元储备刚性增长的局面，可以使人民币价值充分体现我国经济的快速发展和经济地位的提升，真正使所有中国人享受改革开放以来我国经济快速成长的成果。

人民币国际化是一个长期而渐进的过程。鉴于存在着资本项目尚未完全开放、利率尚未市场化、人民币尚未自由兑换等人民币国际化的障碍，我们应该采取动态渐进性的人民币国际化道路：分阶段地推进人民币成为国际结算货币、国际投资货币和国际储备货币；采取先周边化，再区域化，最后国际化的道路。渐进性国际化的道路选择决定了香港是人民币国际化的实验场。在人民币国际化的过程中，加快人民币汇率形成机制市场化改革、利率市场化改革、资本市场开放改革、人民币自由兑换等都是十分重要的。

要真正走出流动性危机，走出金融和经济危机，走出主权债务危机，世界需要进行一场真正的变革。

全球不平衡的发展模式需要变革。美国需要改变债务依赖型的、经常项目逆差扩张型的经济发展模式，加快再工业化进程，加速去债务化和去杠杆化，逐步形成内外部平衡的经济发展模式。中国需要变革外向型经济发展模式，加快经济市场化改革，进一步推进经济开放，加快经济增长模式的转换，向一个可持续的、消费主导型且消费、投资与出口相协调的、集约式环保型的经济发展模式转换。欧洲内部各国，也需要向更加平衡的经济发展模式转换。

国际货币体系需要变革。要强化20国集团国际金融和货币的协调作用，加强国际货币体系的纪律约束，进一步推动发展多元化的国际货币体系。欧洲货币体系需要进一步改革和深化，加强经济货币一体化基础建设，尤其是推动财政一体化和政治一体化改革，逐步消除内部的非对称性。人民币需要加快人民币汇率形成机制改革，加快人民币国际化改革。人民币加入国际货币体系将会使未来的国际货币体系更加稳定。

量化宽松货币政策需要择机退出。量化宽松货币政策不能解决经济发展的结构性障碍和制度性障碍，相反会强化固有的结构性矛盾和制度性矛盾。美联储和欧洲央行向世界输出美元和欧元，在转嫁债务危机的同时，也在侵蚀美元和欧元作为世界货币的基础，加剧国际货币体系的动荡，推动国际货币体系的变革。量化宽松货币政策本质上是一个短期、临时刺激和救助政策，一个短期临时政策常态化、长期化必然带来市场经济扭曲，加剧经济发展的长期性和结构性矛盾。

世界经济正在面临前所未有的复杂局面，主流经济学正在饱受挑战和诟病，我们尝试着去剖析、去拨开重重迷雾、去探索光明之路。 我们谨以此套丛书献给所有关注和忧虑世界经济发展前途的人们。

2012 年 10 月

戴金平 | 南开大学国家经济战略研究院
常务副院长，教授、博士生导师

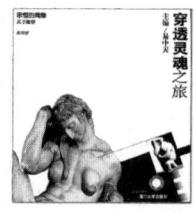

"穿透灵魂之旅"

主编： 易中天
责编： 张文化
出版时间： 2002 年 9 月

总 序

—— 易中天

这是一次穿透灵魂之旅。

这是一个艰难的历程。

人是喜欢自找苦吃的。自从他谢绝了大自然的恩赐，选择了自食其力，选择了自由，选择了走自己的路，他也就同时选择了痛苦和磨难。人命中注定必须终其一生为自己的生存和幸福奋斗，任重道远，永无止境。没有人能够躲避，也没有人能够代替。

不堪重负的人开始变得脆弱。

何况生命中不但有太多的不可承受之重，还有太多的不可承受之轻。无此轻，我们将无法承受那些重。有些轻，我们雪上加霜。

灵魂被悬挂了起来，没有着落。

于是有人自暴自弃，有人惶惶不安，有人醉生梦死，有人浑浑噩噩，不知自己从哪里来，到哪里去，自己是谁。

安顿灵魂的，唯有哲学和艺术。

哲学是灵魂的拷问。拷问之后，是心安理得。艺术是灵魂的解放。解放之后，是心情舒畅。后者缓解生命中不可承受之重，前者消除生命中不可承受之轻。

介于二者之间的是穿透。

穿透就是用哲学之剑解艺术之谜。然后艺术无非是心灵的独白，或灵魂的对话，故解读艺术，即是穿透灵魂。

穿透即洞见。穿透即体验。穿透即表现。

所以穿透也是链接，是沟通。链接自然、社会、人，沟通你、我、他。经过一次次的洞见、体验、表现、链接和沟通，我们将获得一种力量和美。这力量来自智慧，这美来自心灵。有此力量和美，我们就能心安理得、心情舒畅地走完人生的旅程。

在夕阳下。

在旷野里。

在风雨中。

"女缘丛书"

主编： 林丹娅
策划： 陈福郎
责编： 张文化
出版时间： 2005 年 5 月

总序
心心相印——"女缘"之缘

——— 林丹娅

  身为女性的我，始终活在女性的世界里，因此从来就不能抑制，也不会隐瞒自己对女性有着更深切的关注与偏爱。在人类性别文化的不平等语境中，女性所背负的从身体到精神的苦难，我感同身受；浸染其中而生成的各色陋习顽疾，我感同身受。然而，尽管如此，我仍然还是会看到女性的另一面：她们总是从斑驳陆离的文化影像中顽强地浮出，显示出与那永恒的自然同在的美丽与和谐，与那在任何境遇下都能显示出来的作为大写的人的智慧与能力。这个感受，几乎化为我的宿命——它注定我写下的第一篇文学作品关于女性，写下的第一部学术著作关于女性，现在，主编的这第一套丛书还是关于女性。这或许可以被表述为是我对性别话语成规的一个最明显的文化歧出，但我愿意更感性地把这种关系表达为这是我与女性血肉相连的一份缘。

  一方水土养一方人，一样粮草养百样人。有着悠久文明历史的中国，幅员辽阔的中国，文化多样性的中国，必然产生极具内涵又各具奇妙的中国女性。正是她们，一方面构成了中国地域人文文化中最具表现力与震撼力的有机部分；但另一方面，她们又总是笼罩在男权传统的文化视角下成为一个聊供观赏的"空洞能指"。因此，本套丛书的创意，意在通过对女性相知甚深的有缘人，拨开历史的云雾，岁月的尘埃，性别的偏见，地域的隔膜，把明明白白、真真切切、有血有肉、风骨绰约的各地女性，尽可能多角度、多层面地呈现出来。也因此，这套丛书所要突显的第一个特点是地域文化与女性所特有的生命形态、生存状态、生活姿态之间的特殊联系。第二个特点则是作者灵心慧眼所构成的独特视角对这种联系的观照、感受与解读。力求历史与现实兼具，中心与边缘兼顾，上下纵横，点面结合，从名门闺秀到小家碧玉，从乡野巧妇到坊间才女，从巾帼英烈到贤妻良母，从时尚白领到另类小资……或个体或群类，或日常或传奇，都有最贴近地域风味、最切合生命本真、最具个性风采的崭露。

这是一份有缘人的工作。也因为有了这份缘，本套丛书的第一批五位作者才会从天南地北聚集而来，以精美的文字与图片，呈现了他们缘自不同地域与视野中的女性。其实，能得到他们加盟这套丛书的写作，真是幸运。他们是那样富有才华、灵气与个性。写北京女子的李青菜，是典型的SOHO一族，能做此行中人，当然是高素质人才，但她还是高到超乎人的想象之上，能干得不得了，现代生活的十八般武艺好像没有哪样是不精通不出彩的，玩车、驴行、烹饪、摄影、绘画、裁衣、剪纸……最最难得的是，她居然还像有品老辈人那样痴迷文艺，爱好写作，常在网上操练出没，并有本事害她的粉丝们不见其文一日有如隔三秋之感。也许真的是文学让她不仅少年老辣、见多识广，还满腹经纶，既入得书香戏味又出得街面市井，诙谐、幽默、爽朗、麻利。读她的文章真是惊讶：那么地道的老北京的风味，竟然会让这么一个浑身后现代气息的小女子活生生得了真传，还传得卡嘣卡嘣脆，一丁点儿的磕绊都不打。写上海女子的孙佳妮，是文章出少年，早早就在全国新概念作文大赛中一连拿下两个一等奖，被保送到厦门大学读文学，现在在瑞士学管理。她是个地道的从上海石库门里走出来的女孩，聪明、灵慧，所受教养中西兼具，所擅长的文学与音乐似乎融为她生命的底色而不是职业。而上海这座国际化大都市所特具的梦幻与现实、艺术与生活相得益彰的流风，不仅造就了她独具个性的生活态度与生活方式，也浸染出她的不俗的眼光与品位。所以写起上海滩上的女性来，当然就是在写自己，纵然不能烛照全体，入木三分，却也是深得其中三昧的，有着旁人无法抵及的精到。写湖南女子的肖欣,是长沙颇有名气的才女记者。这块盛产辣子的土地,造就的似乎就是大起大落、大喜大悲、大红大绿的情绪色彩与文化格调。她的心上笔下,似乎饱蘸的也是这块大地的精气与豪气、刚性与柔情、韧性与认真劲。在她的恣意点泼挥洒之间,或慷慨悲歌,或缠绵悱恻,把潇湘女子的古往今来,写到酣畅淋漓。写江南女子的小雨,是个诗人,西湖边太多历史诗意的沉积,是她的天生。她几乎不能不走进这由几千年的江南雨编织而成的诗廊里,每一串水晶般的雨丝,每一滴玲珑剔透的雨珠,都是她笔下江南女子的精魂、命脉与形象。所以,她也几乎是不能不把江南女子写成现在这本书的样子:清逸、灵性,既创造着,也感动着。写台北女子的徐学,长期身居与台湾岛一衣带水的厦门岛,写起台湾女子虽说是名副其实地隔岸观人,但数十年对台湾文化不懈精研的功力,却能使他耳聪目明,洞若观火,其神思妙笔,飞越于汪洋之上,穿梭于两岸之间竟毫无滞碍。所有的睿智与精辟、洞察与剖解,都是为了我们可以更真切地隔海遥望在水一方的她们……可以说,每本书的书写风格都与其所书写的地域女性一样,风格卓然,精彩迭出。而这些地方的女性也在作者们饱含才情与见识的描述中,得以从各有千秋与神妙的地缘、史缘、亲缘、情缘中浮出。而尤其令人惊喜的是,丛书的创意在他们的写作过程中完全化为他们自己的主观能动,他们几乎不能不做到这一点,正如其中一位作者的自白:我和这个群体一起生长在这里,我是她们,她们是我。我愿我所能知能解的,便是你将所能知能解的。这里所显明的,既是作者与这套丛书的有缘,更是作者与女性之间这份深刻的缘。

其实,作为人类全体中的每一个成员,谁又能与女性没有一份至情至性的缘呢。这一份份的缘,便如参天大树的根蔓与枝条,上下纵横伸向四面八方,无论是天空还是大地。当这些参天入地的根根缘须,终于都化为眼前这书籍的形式,在表达着她们缘起的时候,亲爱的读者,现在当你在悦读中,你也成为她们至为重要的缘中人。

是故,本套丛书以"女缘"命名之,寄托之,期待之。

2005 年 1 月 22 日于厦大海滨一米斋

林丹娅 | 厦门大学中文系教授、博士生导师,厦门大学中国语言文学研究所所长

"闽南文化研究丛书"

主编： 林华东
责编： 薛鹏志、高健、韩轲轲、庄旭雯
出版时间： 2011年10月—2013年12月

◎《闽南与台湾地方文献目录》（作者：林华东等　责编：薛鹏志）
2013年获福建省第十届社会科学优秀成果奖三等奖

总序
积极推进闽南文化的研究

林华东

文化是民系族群的精神支柱，是人的精神活动和具体行为及其产物的总和，是社会和谐、经济发展不可或缺的重要因素。文化对于社会具有内在的推动力，对于民族具有内在的凝聚力，对于国家具有与经济相对应的软实力。文化在综合国力的竞争中地位和作用越来越突出，文化的内在驱动比经济和政治具有更强大的导向力。保护和弘扬民族文化，已经成为新世纪一个国际性的中心话题。

闽南文化是中华文化的重要分支。自汉武帝平闽并徙闽越之民于江淮之后，北方汉人开始一批批南下入闽。他们的先进文化在与当地遗民文化长时间交融磨合中，逐渐形成闽南文化。唐宋以降，尤其是近代以来，随着"海上丝绸之路"刺桐港的兴盛，闽南文化随着闽南人的脚步不断向外扩展，跨越地区、跨越省界、跨越国界，逐步走向全世界。

若以闽南文化的外在表象特征——闽南方言作为分辨标准，闽南文化可以有三个圈：一是闽台文化圈，包括福建闽南地区和台湾大部分地区，这是最具闽南典型特色的文化圈，其方言及精神内涵基本一致；二是潮汕文化圈，方言及文化特征与闽台文化圈基本一致，但稍有区别；三是琼文雷州文化圈，方言及文化特征与前两个文化圈差别较大。其他分布于浙江、江西、江苏、广西以及东南亚地区和世界各地的闽南文化，以方言的来源为区别标志而归属不一。

闽南文化历史积淀丰厚，她的包容性、拓展性、草根性，体现了中原文化、海洋文化、闽越文化和谐融合的多元特征。闽南文化的重乡崇祖、爱拼敢赢、重义求利和山海交融的精神特质，把中华文化演绎到一个极限，成为海峡两岸以及东南亚各地闽南人的鲜活文化个性。闽南文化中深邃的历史源流、精神内涵、旺盛活力、语言艺术、宗教民俗、组织规范、物质表象等等都急需予以深入探索。2008年，闽南地区成为我国第一个国家级文化生态保护实验区。2009年4月，国务院出台了关于支持福建省加快建设海峡西岸经济区的若干意见，把福建推上了一个新的历史起点。未来的福建必将成为两岸经贸合作的紧密区域，两岸文化交流的重要基地，两岸直接往来的综合枢纽。

为此，以闽南文化研究为突破口，加快海峡两岸文化共同体的整体化研究，对海西建设来说，既是学术上的一种探索，更是对文化建设的一种支撑；既有利于发挥精神层面上的凝聚力，还有助于两岸民众心灵上的沟通；既能更好地推动两岸中华儿女的民族认同，更是弘扬和丰富中华文化的重要举措。

作为闽南文化的研究者，我们的重要使命和责任就是努力去揭示闽南民系千百年来的文化足迹，发掘闽南人离乡不离祖、认乡音、重乡情的草根意识，展示闽南人敢为天下先的拼搏精神，为海峡文化共同体的建设提供可借鉴的决策咨询服务；并从理论高度提交有分量的学术成果，从实践的角度弘扬闽南文化，为海峡两岸人民建设共同的和谐的家园，为祖国的统一大业，为中华文化的丰富与发展做出贡献。

林华东　泉州师范学院副院长，博士生导师

"朱熹口语文献语言通考"

主编：李如龙、李无未
责编：薛鹏志
出版时间：2011年4月—2012年3月

◎《**朱熹口语文献词汇研究**》（作者：陈明娥　责编：薛鹏志）
2013年获福建省第十届社会科学优秀成果奖三等奖

丛书序

李无未

近30年来，学术界对朱熹口语文献语言的研究已经取得了许多重要成果，包括在语言、训诂、语法等诸多方面。

朱熹口语文献语言研究课题的实施，具有十分重要的实际意义和理论意义：

（一）朱熹口语语言是宋代语言研究的一个重要组成部分，以之为窗口，可以窥见宋代口语的一些基本面貌。从某种意义上说，朱熹口语语言能够代表宋代通行口语的一些基本特点，把握住朱熹口语语言也就把握住宋代通行口语的实际。同时，也为宋代南方一些方言，比如闽方言研究提供确切证据。

（二）从整个汉语史的发展来看，朱熹所处的南宋正是汉语变化纷繁复杂的时代，有人认为是近代汉语的一个极其重要的完成时段。从目前的研究来看，南宋汉语的研究还远远没有达到深入、全面的地步，因而我们对南宋汉语的了解也十分有限。出于研究南宋汉语的需要，同时，也是研究近代汉语的需要，我们必须全面研究朱熹口语语言，它对研究近代汉语意义十分重大。

（三）采用比较成型的语言研究理论与方法，辅之以穷尽式的手段处理朱熹口语文献语言，一定能够开拓出切实可行的汉语史研究新思路，就汉语史研究的理论与方法的探索来说，也是必需的，必将对科学的汉语史研究理论建设有所裨益。

（四）已有的朱熹口语文献语言研究成果，无疑是我们工作的基础，但其结论的正确与否需要通过一定的方式检验。本课题不但可以验证已有成果的一些结论的正确性，还会对已有成果的一些结论进行修订与补充，甚至有所发展，这本身就是对朱熹口语文献语言研究的一个突出贡献。

本课题推出的四种研究成果内容涵盖了朱熹口语文献语言所涉及的基本范围，它们包括：一是朱熹口语文献词汇。包括朱熹口语文献词汇个性特征、朱熹口语文献词汇构成、朱熹口语文献新词新语、朱熹口语文献词汇与通语、方言等。二是朱熹口语文献语法。包括朱熹口语文献词法、朱熹口语文献句法、朱熹口语文献句式、朱熹口语文献语用特征等。三是朱熹口语文献语音，主要是朱熹《仪礼经传通解》语音。包括朱熹口语文献语音声母、朱熹口语文献语音韵母、朱熹口语文献语音声调、朱熹口语文献语音的个性特征、朱熹口语文献语音的方言基础等。四是朱熹口语文献修辞。包括朱熹口语文献修辞辞格、朱熹口语文献修辞语用、朱熹口语文献修辞技巧、朱熹口语文献修辞理论等。可以说，基本上囊括了朱熹口语文献语言的几个重要领域。

本课题研究的基本思路和方法：

（一）由华东师范大学古籍研究所和国内著名学者专家在1994年启动的新编《朱子全集》已经完成。课题组以之为基础，再行进一步广泛收集与鉴别朱熹口语语言文献，搞好朱熹口语语言文献分类汇编工作。

（二）就目前来看，新编《朱子全集》超越前人、质量一流，但它还是有一些缺憾，比如，它力图选择最好的版本为底本，博采他本，精心校勘，但是，有些版本的选择不当，错误仍然不少，课题组必须对它重新进行校勘。这就要求研究者认真负责，把好文字关口。

（三）课题组对汇编好的朱熹口语语言文献各个类别，分别进行计算机处理，然后，将处理的数据进行整理与输出。

（四）对已经处理的朱熹口语语言文献数据分门别类加以研究，形成专题性的内容。这些内容，分开来是富于特色的独立性学术论著，而合在一起则是一个整体性的系列性著作。

（五）对朱熹口语语言文献研究史料的处理则是分为两部分进行：一部分是国内朱熹口语语言文献研究史料，也是按时间顺序加以参考，融入专题论著中进行论述，重在突出各个时期学者们的贡献以及历史局限性；另一部分是国外朱熹口语语言文献研究史料，也是以国别，以及时间顺序加以参考并融入专题论著中进行论述，重在突出各国学者们的贡献以及历史局限性。

我们认为，本课题突破的难题以及创新点是：

（一）突破的难题

1. 口语文献语言的鉴别。有一些文献口语特性比较明显，比如《朱子语类》，而有的就是文白夹杂，需要剔除文言成分，这是一项比较难以把握的工作，需要制订相应的标准加以区辨，这就突破了原来的一些学者的做法。

2. 朱熹口语文献词汇中的新词新语的确认。学术界对南宋出现的新词新语研究还很薄弱，由此，缺乏横向比较的参照，这就给朱熹口语词汇文献中新词新语的确认带来一些困难，如果能够突破这个局限，则会显现更大的研究生机。

3. 避免朱熹口语文献语音研究方法的单一性。以往研究朱熹口语文献语音，方法的单一导致结论的简单化。本研究注意方法的多样性，就能够从多方面验证结论的正确与否。比如反切，系联法与"剥离法"、统计法、内部分析法综合运用，则使材料的处理更加科学合理。此外，语音材料的选择不拘于《诗集传》反切，而是扩大范围，引入《仪礼经传通解》语音材料，这肯定突破以往的研究视野。

4. 朱熹口语文献的方言特性认识。以往的研究多从宋代通语的角度认识，忽略了朱熹口语文献语言的区域性质，这就降低了朱熹口语文献的学术价值，用历史比较方法看待朱熹口语文献语言，寻找其方言特性，就会充分显示朱熹口语文献语言潜在的方言要素，难度虽然很大，但会取得意想不到的收获。

5. 朱熹口语文献语言的语法特性，虽然有一些学者关注，但因为取材和方法的局限，所得出的结论并不为人们所认可，其原因在于量化描写和深层次解释不够，我们在这方面用力甚勤，并取得了一些令人满意的效果，突破原有的语法研究思维模式是肯定的。

（二）创新点

1.整体性观念。第一次大规模系统整理与研究朱熹口语文献语言，这本身就是一个创新，是过去那种"抓住一点不及其余"式研究所无可比拟的。

2.对朱熹口语文献各个语言要素分门别类进行研究，然后，又要找出它们之间的有机联系，寻求语言的平衡规律，角度是新颖的。

3.视野不局限于国内学者的研究，而是扩大到国外，这在朱熹口语文献语言研究史上也是一个比较新的视野，顺应的是朱熹口语文献语言学术研究国际化的大势。

4.朱熹口语文献语言中蕴含了许多语言教育和修辞的内容，过去也不为人们所注意，本研究课题在这方面有所建树，肯定是提升了朱熹口语文献语言的价值。

需要说明的是，本丛书四种的顺利完成，首先要感谢每一本书的著者。他们是：厦门大学中文系副教授李焱博士、厦门大学中文系叶玉英博士、厦门大学中文系陈明娥博士、首都师范大学文学院李红博士。他们分别毕业于著名大学厦门大学、山东大学、吉林大学。在读硕士、博士期间，都受到了知名教授，比如李如龙、刘钊等严格的汉语语言学和中国文献学训练。博士毕业后，继续钻研，结合教学思考问题、发现问题、解决问题，逐渐形成了各自的研究特色，并在各自领域崭露头角，并据有一席之地。此次集合在朱熹口语文献语言研究的课题之下，发挥各自学术专长，为课题研究付出了大量心血，相互协调，默契配合，出色地完成了所分担的子课题任务。我们看到，各部著作所体现的创新性，充分表现了他们的学术潜力和智慧，他们都具有深厚的历史使命感和责任感，这使我们对本书的质量保障坚信不疑。通过实施本课题研究，我们团结了这批实力雄厚的新生力量，凝结成了一个富于厦门大学特色的朱熹口语文献语言研究团队，他们不负众望，不畏艰难，艰苦奋斗，具有宽厚乐观的性格，其耐人寻味之处，可圈可点，他们这种为学术而献身的敬业精神实在是突出的，更是让人可钦可敬。

其次，我们要感谢厦门大学人文学院原院长、厦门大学国学研究院常务副院长陈支平教授。陈支平教授是著名的中国古代史学家，同时也是中国古典文献学家。他以自己敏锐的学术洞察力，认准本课题设计的学术前瞻性和创新性，不遗余力地支持在国学院立项。一晃三年多时间过去，本课题如期顺利完成，事实证明了他的判断是正确的。

"朱熹口语文献语言通考"是朱子学研究的重要组成部分。本人与李如龙教授合作策划这项课题，由来已久。我们的初衷是，以富于特色课题带动科研，以大课题培养新生力量，以便保持厦门大学汉语言文字学的前沿性学术地位不变。朱熹是中外儒家理学精神的象征，同时也是闽学的奠基人。他所遗留下来的大量文献，有"宋代百科全书"之誉，是我们今天学人取之不竭的宝贵精神财富。而作为身处福建的厦门大学学人，有义务继续挖掘它的重大学术价值，并对他的学术精神有所发扬光大。由此，朱熹口语文献语言研究课题成为我们的首选。在这一点上我们两人的思考不谋而合，也就成为我们此次携手合作的前提和契合点。

李如龙教授是海内外公认的汉语方言学研究大家，但他的研究领域不拘于汉语方言学，汉语语言学史、汉语史、海内外汉语教育理论等领域也是成就显著，由他指导实施本课题研究，就使得本课题研究的深度和创新度得到了有效保证。

本人与李如龙教授的分工如下：李如龙教授牵头负责《〈朱子语类〉语法研究》与《朱熹口语文献词汇研究》的审订；本人牵头负责《朱熹〈仪礼经传通解〉语音研究》与《朱熹口语文献修辞研究》的审订。具体统稿时，相互交换看法，斟酌各方面意见而确定内容和体例。

本课题研究推出四种著作，我们期待着海内外同行学人予以关注和批评！

2011 年 2 月 21 日
于日本东京八王子丹木町创价大学寓所

李无未　厦门大学特聘教授、中文系汉语言文字学专业博士生导师、中文系主任，厦门市语言学会会长

"中央苏区历史研究"

主编：孔永松、蒋伯英、马先富
责编：徐长春
出版时间： 1999 年 10 月

2000 年获福建省第四届社会科学优秀成果奖一等奖
2001 年被新闻出版总署列为全国建党 80 周年 100 种献礼书之一

序 言

孔永松

　　站在世纪之交，迎接新世纪到来之际，我们主编了"中央苏区历史研究"丛书，共有六种，即《中央苏区财政经济史》、《中央苏区政权建设史》、《中央苏区党的建设史》、《中央苏区军事史》、《中央苏区文化教育史》、《中央苏区土地改革史》。

　　20 世纪 20 年代末至 30 年代中期，在中国南方的赣西南、闽西，中国共产党人开辟了全国最大的一块苏维埃区域。它是苏维埃中央政府所在地，也是全国苏维埃运动的中心，因此称为"中央苏区"。中央苏区是毛泽东思想的发祥地之一。此期间是毛泽东思想初步形成的时期，同时，又是王明"左"倾错误路线统治全党及全苏区的时期。与国民党蒋介石集团的军事斗争则取得了第一次、第二次、第三次、第四次反"围剿"的胜利。历史的发展是错综复杂、多层面和立体式的。对中央苏区的历史，不少学者用了毕生的精力，搜集了大量史料，写出了几千篇学术论文与成百种专著。真可谓林林总总，硕果累累。我们当初是打算在此基础上作些集成研究并提出一些新的看法，因此，组织编写了这套丛书。现在，丛书即将出版了，看后又甚不满意，总觉得在"集成"与"创新"两方面都做得很不够，虽然丛书中的两三种在某些方面作了新的探索，但相对于整体而言，仍感到很自咎。该书面世后，尚祈方家不吝赐教！

中央苏区是老一辈无产阶级革命家毛泽东、刘少奇、周恩来、朱德、瞿秋白、陈云、邓小平、张闻天等进行伟大革命实践的地方，培养了一大批治党、治军、治国的人才，为中华人民共和国的成立和建设有中国特色的社会主义打下了坚实的基础，并获得十分丰富成功的经验。以往在研究中央苏区历史的文章与专著中，对成功经验的研究可以说占绝大部分。但中央苏区时期也是王明"左"倾错误路线统治时期，实行全面"苏化"，在政治、军事、经济等各个方面都造成许多恶果，认真总结经验教训的文章与专著很感不足。全党认真总结经验教训也很不够。

正如恩格斯所说的："一个民族想要站在科学的最高峰，就一刻也不能没有理论思维"（《马克思恩格斯选集》第3卷，第467页）。毛泽东在1939年总结"中央苏区"历史时说，我们党受共产国际和俄国人的影响，主要是民粹主义，就是不经过资本主义，直接从封建经济也就是小农经济发展到社会主义的影响。因为中国的革命是在广大农村进行的，绝大多数党员是农民成分，党内极容易产生类似于俄国民粹主义的倾向。经过理论思维，他写出了《新民主主义论》。1945年在《论联合政府》、1947年在《目前形势和我们的任务》、1949年在党的七届二中全会上的报告中，又系统地提出了新民主主义社会论，这是中国共产党人对马克思主义在中国发展的伟大理论概括。

毛泽东全面论述了新民主主义社会的政治、经济、文化的形态。他认为"只有经过民主主义才能达到社会主义，这是马克思列宁主义的天经地义"。中国的资本主义太少了，以资本主义的某种发展代替帝国主义和封建主义的压迫，"不仅是一个进步，而且是一个不可避免的过程"。新民主主义的经济，就是没收官僚资本为国家所有，"大银行、大工业、大商业归这个共和国的国家所有"。新民主主义经济纲领就是没收官僚资本为国家所有，没收封建土地为农民所有，保护民族商业。新民主主义经济成分有农民和手工业的个体经济、国家资本主义经济、民族资本主义经济、国营经济、合作社经济。毛泽东还认为,没有新民主主义经济和文化的发展,"没有几万万人民个性的解放和个性的发展",要想在旧中国的废墟上建立起社会主义来,"那只是完全的空想"。中国革命胜利后,不能走"资产阶级专政的资本主义的路",也不能走"无产阶级专政的社会主义的路",中国革命分两步走,"第一步是新民主主义,第二步才是社会主义。而且第一步的时间是相当长,绝不是一朝一夕所能成就的",进入社会主义是将来的事,要经过新民主主义的改革。而在将来,"在国家经济事业和文化事业大为兴盛了以后,在各种条件具备了以后,在全国人民考虑成熟并大家同意了以后,就可以从容地和妥善地走进社会主义的新时期"。毛泽东还提出了生产力问题,"中国一切政党的政策及其实践在中国人民中所表现的作用的好坏、大小,归根到底,看它对中国人民生产力的发展是否有帮助,及其帮助之大小,看它是束缚生产力的,还是解放生产力的"。

毛泽东的新民主主义社会论,是与民粹主义划清界限,完全适合中国国情的理论,是中国共产党人的独创。正如恩格斯所说的:"伟大的阶级,正如伟大的民族一样,不论从哪方面学习,都不如从自己的错误中学习来得快。"新民主主义社会论的产生是与总结第二次国内革命战争时期(当然包括"中央苏区"时期)"左"倾错误的教训有密切关系的。一个民族如果忘记了自己的历史,就不可能深刻地了解现在和正确地走向未来。

对历史要"温故知新",祈望在新世纪到来之际,有更多青年学者们运用具有中国特色的新民主主义社会的全新理论,去审视中央苏区时期先辈们创造的一切(包括正面的经验和负面的教训),这样在读史或研究历史过程中,就会有所借鉴;有借鉴,就会有创新,就能更深刻地理解新民主主义社会论和社会主义初级阶段的理论价值。

不管经历如何,20世纪最后十年,在中华人民共和国的旗帜上出现了邓小平理论,由于总结了历史的经验教训,在新的世纪里,社会主义必现勃勃生机。

1999年于厦门大学北村松石斋

孔永松 (1935—2011) | 厦门大学历史研究所教授、博士生导师,厦门大学客家学研究中心主任

《台湾文献汇刊》

主编：陈支平
责编：陈福郎、侯真平、徐长春
出版时间：2004年5月

国家"十一五"重点图书
2005年获福建省第六届社会科学优秀成果奖特别奖

编者说明

陈支平

　　文献资料是学术研究的基础。自20世纪50年代以来，台湾银行及台湾省文献委员会经过二十年的努力，编辑了《台湾文献丛刊》，共整理出版各种文献资料四百余种。这套文献丛刊成为迄今为止研究台湾历史文化最基本和最重要的资料。

　　台湾整理出版的《台湾文献丛刊》固然规模宏大，影响广泛，但是这套丛刊是不完备的。由于当时海峡两岸的社会文化交流处于完全隔绝的状态，《台湾文献丛刊》的编者，只能尽量地网罗台湾岛内的文献资料，而不能顾及台湾之外特别是大陆收藏的众多文献资料。大陆许多图书资料部门收藏的有关台湾历史文化的文献资料，无论在数量上还是质量上，均可与《台湾文献丛刊》媲美。为了促进台湾历史文化研究的进一步深入，我们联合厦门大学人文学院和福建师范大学闽台区域研究中心的同人们，经过十年的策划整理编辑，出版了这套规模宏大的《台湾文献汇刊》，以期尽快填补台湾历史文化研究在文献资料建设上的这一缺陷。

　　《台湾文献汇刊》的整理编辑原则是：凡是《台湾文献丛刊》已经收入的文献，除了少量具有明显差异的原稿本、传抄本之外，原则上不再编入。为了确保文献资料的原始真实性，本刊采取影印和标点相结合的形式，保存质量较好的古籍文献基本上以影印印行，稿本、钞本、缺本及民间文书等无法保证影印质量的文献则以标点繁体字印刷。除了本刊编辑委员会之外，凡属特别邀请的编者，均在其责编的文献卷首予以注明。这次首批整理出版的《台湾文献汇刊》共分七辑一百册，今后还将整理出版后续汇刊。

《台湾文献汇刊》的整理编辑出版，是一项艰巨而困苦的长期工作，不但需要大量的资金运作，而且由于这些文献资料分藏于国内外的许多图书资料收藏单位之中，各个图书资料管理单位也有许多不同的管理借阅制度，这就使得本刊的整理编辑出版难上加难。正因为如此，我们衷心地感谢所有对于本刊整理编辑出版予以诚挚帮助的国内外朋友们。尤为难得的是，全国古籍整理出版规划领导小组、全国高等院校古籍整理研究工作委员会、福建省人民政府、福建省哲学社会科学基金、厦门大学、福建师范大学等单位都在资金上予以支持，九州出版社、厦门大学出版社斥巨资完成本刊的精美印行。我相信，所有关心中华文化学术事业进步发展的同好们，都会在此感谢他们无私而又富有远见的功德之举。

The 30th Anniversary of Xiamen University Press

陈支平　厦门大学特聘教授、人文与艺术学部主任、国学研究院常务副院长、博士生导师

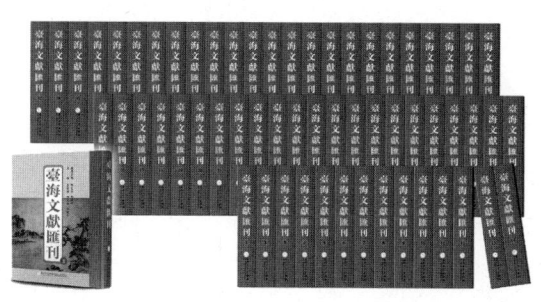

《台海文献汇刊》

主编： 陈支平、林晓峰等
责编： 薛鹏志
出版时间： 2014年9月

国家新闻出版改革发展项目库项目
福建省新闻出版广电局重点图书出版项目

前言

本丛书编委会

文献资料是研究历史文化的基础。近年来，中国大陆学界在搜集整理出版台湾文献资料方面取得了长足的进展。2004年，厦门大学陈支平教授主编的《台湾文献汇刊》一百册，由海峡两岸出版交流中心所属九州出版社和厦门大学出版社联合出版发行，在学界产生了重大影响。在《台湾文献汇刊》的影响推动下，海峡两岸出版交流中心于2005年开始组织学术力量，实施"台湾文献史料出版工程"，并由中国第一历史档案馆、第二历史档案馆和厦门大学等单位共同执行。至2010年，陆续出版了《明清宫藏台湾档案汇编》、《馆藏民国档案汇编》和《民间遗存台湾文献选编》等三套文献丛编约五百册。

近十年来，中国大陆学界关于台湾文献史料的搜集整理与出版虽然取得了很大的成绩，但是随着台湾历史文化研究的深入，学界对于文献资料的需求也随之扩大，文献资料发掘的空间也有待于进一步拓展。有鉴于此，我们在以上各种文献资料汇编的基础上，从更为广阔的领域开拓文献资料来源，整理编辑了这套《台海文献汇刊》。

《台海文献汇刊》共分四辑。

第一辑：台湾义勇队档案文献集成。这是一批有关李友邦将军所领导台湾义勇队的原始档案资料。台湾义勇队是唯一一支由台湾同胞组成的与日寇正面斗争的抗日队伍。近年来，我们在从事闽台历史文化研究的社会调查中，发现在福建省武夷山市（原崇安县）档案馆内，收藏有台湾义勇队前身，即抗战开始之后从福建省沿海迁移到崇安县山区安顿垦殖的"台民"的相关档案。1939年2月，李友邦将军来到崇安县，在这批"台民"中招募了台湾义勇队的第一批骨干队员，台湾义勇队的正式编制由此成立，从而为台湾同胞的热血抗战，谱写了辉煌的历史篇章。珍藏在福建省武夷山市档案馆的这批档案，从未为研究者所披露。在福建省档案局和武夷山市档案馆的大力支持下，我们把这批档案整理并公布于世，这无疑将大大有助于人们对于台湾义勇队以及台湾同胞抗战历史的深入认识与崇高敬仰。为了对台湾义勇队及台湾同胞抗日历史有更为全面的了解，我们在这批档案资料之后，把李友邦将军的抗战论著两种和《告台湾同胞书》中日文手稿，台湾义勇队战地刊物《台湾先锋》、《台湾青年》，以及中国国民党直属台湾党部刊物《台湾研究季刊》等历史文献也汇集在一起，编辑成为"台湾义勇队档案文献集成"，以供社会各界开展对于台湾同胞热血抗战的深入研究。

第二辑：台海诗文集。在收录的十四种诗文集中，除了佟国器撰《三抚密奏疏稿》、汪志伊撰《稼门奏稿》、吴鲁撰《正气研斋汇稿》、万培因撰《万培因奏稿》等四种为大陆士人撰写之外，其余的十种，均由台湾士人撰写。从这些台湾本土知识分子的著述中，我们可以更深入地了解中华文化在台湾的传播与成长的历程，从而为更加全面地了解和研究台湾历史文化提供多视野的文化思考。

第三辑：海疆文献丛编。台湾的历史文化是与海洋紧密联系在一起的，本辑所搜集的文献中心更侧重于台湾及其周边的海洋书写。《经国雄略》四十八卷，书题"南安伯郑芝龙飞虹、清漳郑崑贞十师、武荣郑鸿逵羽公仝鉴定，石江郑芝豹玄公校阅，温陵郑大郁孟周编订，晋江蔡鼎无能参阅，潭阳王介爵锡九校梓"，前有郑芝龙序、张运泰序及郑大郁自序。是书出于明末福建郑芝龙海商集团之手，所载多为边防、海防及武备之事，可见当时海商集团对于海疆问题之重视。此书国内几无收藏，仅存国家图书馆及中科院图书馆，亦为残本。此次整理，是从日本内阁文库藏本第一次影印出版，足称珍贵。此外，本辑还收录了谢清高等人的《海录》、郑光祖的《舟车所至》、王蕴香的《海外番夷录》等散失于海外的有关海洋问题的珍稀文献,以及罕见于民间的佚名氏撰《乘舟必览》。

第四辑:民国时期台湾稀见刊物丛编。自日据时期至中华人民共和国成立时,台湾岛内陆陆续续兴办了不少的杂志,从这些杂志中可以更为直接地反映出这一时期台湾社会经济与文化的方方面面。然而这些刊物时过境迁,或是发行量有限,至今难得一见,或是收藏在台湾的公家单位和私人之手,大陆学者很难使用。中国大陆的图书文献收藏机构虽然偶尔有些收藏,同样很不利于读者的阅读使用。为此,我们从中精选了一部分刊物,编辑成"民国时期台湾稀见刊物丛编",或可对学界研究台湾问题有所裨益。

台湾文献资料的搜集和整理,是一项艰难的工作,必须得到社会各界的大力支持才能有所收获。在此,我们要特别感谢福建省档案局、武夷山市档案馆、福建省哲学社会科学联合会以及中华全国台湾同胞联谊会等诸多单位的无私支持。文献资料的搜集是无止境的,我们希望通过整理出版《台海文献汇刊》,为进一步开展台湾历史文化尽自己的某些绵薄之力。疏忽之处,万请方家批评指正!

"新城市化丛书"

主编：王旭
责编：徐长春
出版时间：2010年3月—2012年7月

国家"十二五"重点图书
◎《美国新城市化时期的地方政府——区域统筹与地方自治的博弈》（作者：王旭等　责编：徐长春）
2012年获华东地区大学出版社第九届优秀教材、学术专著一等奖，中国大学出版社协会第二届优秀教材、优秀学术著作、优秀畅销书奖优秀著作二等奖。

总序

王　旭

　　城市化作为一个世界历史进程中的重大历史现象，有其规律可循。自20世纪初至今，世界各国相继向一个有别于"传统城市化"的阶段加速迈进，我们把这个崭新的时期称为"新城市化"阶段。

　　所谓"传统城市化"，大致相当于城市发展的初期和中期。其主要特征是人口和经济活动由农村向城市集中；城市规模由小到大，逐级递进；城市周边地区发展迟缓，郊区完全处于依附地位，是城市化的预留空间；由于郊区发展滞后，因此城市的空间布局以单核或单中心为主。

　　所谓"新城市化"，与"传统城市化"既有联系又有区别。第一，在这个阶段，人口和经济活动开始出现相对分散化的趋势，郊区或城市外围地区逐渐反客为主，成为带动区域发展的主导力量。第二，中心城市与郊区经济重新定位，功能互有置换。中心城市的集聚和辐射效应依然存在，但在区域经济中的主导地位有所下降，制造业、零售业等在郊区获得广泛的发展空间。第三，在郊区普遍兴起的城镇中，出现一些经济独立性很强的次中心,与原有的中心城市共同构成复中心或多中心结构,优化了区域资源配置和生产力布局。结果,城市与郊区从此消彼长的博弈到同步依存,进而形成城乡一体化统筹发展的新的地域实体(一般称大都市区)。这标志着城乡关系有了实质性的良性互动,城市化从单纯的人口转移型向结构转换型过渡,进入高级发展阶段。与之相适应,城市与区域规划、市民社会和社会群体关系、地方政治和政府政策等,都发生了明显的变化。

  这两个阶段的分水岭是城市人口超过农村人口。这既是"传统城市化"的成熟期或称鼎盛时期,也是城市发展的困难期:有限的城市空间开始出现饱和现象,"城市病"凸显,如城市住宅紧缺、环境污染、交通拥堵、社会治安等问题层出不穷,无形中增加了城市发展的额外成本,城市的规模成本逐渐大于规模效益,聚集经济变成了聚集不经济。相形之下,郊区开阔的空间和宜居环境、公共交通的改善、私家车的普及等,比较优势凸显,城市和郊区之间"推力"和"拉力"此消彼长。故此,从"传统城市化"向"新城市化"的过渡是城市经济社会等方面结构性变化的必然结果。

  世界各国城市化起点不一,发展速度各异,但在20世纪初年,一些经济较发达国家城市相继进入新城市化的起步阶段,20世纪中叶进入快速发展阶段。其中最具有典型意义、地位最重要的首推美国。1920年,美国城市人口超过农村人口,初步实现了城市化,其后,人口和经济活动开始大规模向郊区扩展。到1940年,大都市区人口占全国总人口的比例将近一半,美国成为一个大都市区国家;到1990年,百万人口以上的大型大都市区有40个,其人口占全国总人口的比例超过一半,美国又成为一个以大型大都市区为主的国家。相比较而言,欧洲国家的新城市化进程则因两次世界大战的影响而有较大的起伏,二战后方走上快车道;亚洲的日本、韩国等国城市化的快速发展也是在二战后;我国的香港和台湾紧随其后;拉美国家由传统意义上的城市向大都市区的过渡,发展速度与其他经济较发达国家一致,只是裹挟了很多传统城市化时期积压的社会问题。

  在这些先行一步的国家,城市和周边地区,实际上已无清楚界限可言,两者之间的界定也越来越模糊,"城"、"乡"这两个传统的地域概念已不能准确概括新的人口分布趋向了,因此很多国家出台新的概念。在英国,类似的城市化区域被定名为"大都市郡"和"大都市区",法国为

"城市化区域",德国为"城市区域"或"都市化地区",澳大利亚为"统计大区",加拿大为"人口统计大都市区",日本为"都市圈"。这些概念,尽管标准略有不同,但对其空间结构的认识是统一的,都包括核心区和边缘区两部分,或称中心城市和郊区县域,而且,都是以城市的实际影响范围即功能区域为依据,不受行政区划的局限。美国自2000年起,就已经不再使用城市和乡村的概念进行人口统计,取而代之的是大都市区和非大都市区。在人们的实际生活中,城市,抑或大都市区,已经不仅仅是概念问题,而成为某种思维定式。

显然,在世界范围内,城市的发展确实可以,而且有必要分为前后衔接但又各具特色的两大阶段,这是世界城市空间结构的总体发展规律,任何国家或地区,都或迟或早地会经历这两个阶段,我国也不例外。我国目前城市发展迅猛,即将全面跨入新城市化门槛,在这个关键时期,迫切需要从其他先行一步的国家寻求借鉴,深入准确地认识新城市化时期城市的发展规律,打破传统城市化阶段形成的城乡差别和行政区划的束缚,争取经济和社会又好又快发展。新城市化势必带来一系列重大而快速的变化,我们要有理论研究方面的前瞻性准备。

遗憾的是,尽管近年来我国的城市化研究几成"显学",但城市化基本理论方面没有重大建树,对上述新地域实体的认识也沿袭传统城市化的思路,有"城市圈"、"城市群"、"城市联盟"、"城市综合体"、"集合城市"等十几种称呼,倚重城市,未能准确反映城乡一体化统筹发展的真谛。事实上,城市和郊区已高度融合,构成大都市区不可分割的两个有机组成部分,你中有我,我中有你,不宜厚此薄彼。也有些学者过分强调郊区横向蔓延的消极后果,把多中心与横向蔓延画等号,将其简单归结为"逆城市化"或"摊大饼"现象,认为其不符合中国国情和目前城市发展阶段的需要。我们不必讳言,国外新城市化过程中也有很多负面问题,如地域蔓延过度、经济成本过高、居住区隔离、地方政治零碎化等问题,这些负面问题在美国尤为突出。但这些问题有其特定原因,多半是新城市化过程中不可避免的过渡性现象,我们不能因噎废食,以此否定城市发展的总体趋势。在我国城乡二元化结构影响根深蒂固、城乡差异有增无已(甚至出现"欧美城市、非洲农村"的尴尬局面)的情况下,重新认识这个问题,更有不可替代的学理意义和实践意义。

总之,我们需要使用21世纪的理论解读21世纪的城市。传统的城市化理论指标单一,过于强调人口的集中和城市数量及自身规模的扩大，适用于阐释从城市发展的初期到中期的基本规律和问题，对于城市发展高级阶段的很多问题无法解读，更难以为我国城市的进一步发展提供理论支持，需要修正。修正的基本思路应该是：从新城市化的宏观视角切入，统筹考虑城市与郊区，而不是因循传统城市化的思路，将注意力仅仅局限在城市本身，以城市这个带有"封闭性"的地域行政单位来应对目前已经高度一体化的区域问题。

呈现在读者面前的这套丛书，就是我们在新城市化方面的系列性研究成果。自2006年起，我们相继完成了《美国城市发展模式——从城市化到大都市区化》、《美国城市经纬》、《美国高科技城市研究》3部著作（均在清华大学出版社出版），对新城市化现象进行了初步的探索。现在，我们所撰写的这套丛书，共8部独立成篇的专著，进一步从区域经济一体化与地方自治的关系，市民社会与城市公共空间，城市规划的理论与实践，城市公共住房政策，市民与城市社会运动等方面进行系统深入的解读，从不同层面认识新城市化的某些典型特征。这套"新城市化丛书"，是跟踪学术前沿、理论创新的一次尝试，希望能引起学术界同人的关注和认同。

王旭 | 厦门大学教授，"闽江学者"特聘教授，博士生导师，厦门大学美国史研究所所长

"厦门文献丛刊"

校注：陈峰等
责编：薛鹏志
出版时间：2010年7月—2014年9月

总序

—— 罗才福

　　厦门素有"海滨邹鲁"之誉，文教昌明，人文荟萃，才俊辈出，灿若群星。故自唐代开发以来，鸿章巨著，锦文佳作，层见叠出，源源不绝，形成蔚然可观的厦门地方文献。作为特定地域之人文精神的载体，这些文献记录了厦门地区千百年来之历史发展与社会变迁，讲述着厦门地区千百年来之政教民生与人缘文脉，是本地宝贵之文化遗产，更是不可多得的地情信息资源，于厦门经济建设之规划与文化发展之研究，具有彰往考来的参考价值。

　　然而，厦门地处滨海扼要，往昔频遭战乱浩劫，文献毁荡散佚颇多，诸志艺文所载之厦门文献，十不存三。而留存于世者，则几成孤本，故藏家珍如拱璧，秘不示人，这势必造成收藏与利用之矛盾。整理开发厦门文献，是解决地方文献藏用矛盾的有效手段。它有利于地方优秀传统文化之传播，有利于发挥地方文献为当地社会和经济发展服务之作用，从而促进地方文献的价值提升。因此，有效地保护、整理与开发利用厦门地方文献，俾绵延千百年之厦门地方文献为更多人所利用，已成当务之急。

保护人类文化遗产是图书馆的重要职能之一，而开发利用文献资源更是图书馆的一个重要任务。近年来，厦门市图书馆致力于馆藏地方文献的搜集、整理与开发，费尽心思，不遗余力。为丰富地方馆藏，他们奔走疾呼，促成《厦门地方文献征集管理办法》正式颁布，为地方文献征集工作提供法规保障；为搜罗地方珍本，他们千里寻踪，于天津图书馆搜得地方名士池显方的《晃岩集》完本，复制而归，俾先贤文献重返故里；为发挥馆藏效用，他们更是联袂馆人，群策群力，编纂"厦门文献丛刊"，使珍藏深闺的地方文献为世人所利用。厦门图书馆人之努力，实乃可贺可勉。

余观"厦门文献丛刊"编纂方案，入选书目多为未曾开发的地方文献，其中不少是劫后残余、弥为珍贵之古籍。如明代厦门文士池显方的《晃岩集》、同安名宦蔡献臣的《清白堂稿》等，皆为唯一存世的个人文集，所载厦门、同安之人文史事尤多，乃研究明代厦门地方史之重要文献；又如清代厦门文字金石名家吕世宜的《爱吾庐笔记》、《爱吾庐题跋》等作品，乃其精研文字，揣摩金石之心得，代表清末厦门艺术研究之时风；再如宋代朱熹过化同安时所著的文集《大同集》、明代曹履泰记述征剿海上武装集团的史料文献《靖海纪略》、清代黄家鼎权倅马巷时所著的文集《马巷集》、清代沈储记述闽南小刀会起义的史料文献《舌击编》等，亦都是厦门地方史研究的重要资料。这些古籍文献，璞玉浑金，含章蕴秀，颇有史料价值。更主要的是这些文献存世极少，有的可能已是存世孤本，亟待抢救。"厦门文献丛刊"之编纂，不以尽揽历代厦门文献为能事，而是专注于这些未曾开发之文献，拾遗补阙，以弥补厦门地方文献开发利用之空白，实乃匠心独运之举。

"厦门文献丛刊"虽非鸿篇巨制，然其整理、编纂点校工作繁重，决非一蹴可就。愿编校人员持续努力，再接再厉，使诸多珍贵的厦门文献卷帙长存，瑰宝永驻，流传久远，沾溉将来。

是为序。

己丑年岁首

罗才福　厦门市文化广电新闻出版局局长、党组书记，市委宣传部部务会成员

《中国会馆志资料集成》
（第一辑）

编纂： 王日根、薛鹏志
责编： 董兴艳、韩轲轲
出版时间： 2013年9月

福建省新闻出版广电局重点图书出版项目

前言

王日根　薛鹏志

　　会馆是旅居异地的同乡在寄籍地所设"聚乡人联情谊"的组织机构，其所建馆舍，主要供同乡寄寓或岁时聚会。其初专门设为科举士子赴京师会试之用，故称会馆。另有一种行馆，属于地方性的同行业组织，亦称公所、公会。因此，会馆大致可分为官绅士子会馆、工商会馆和移民会馆等多种类型。它既管理寓居同乡官员，又顾及同乡应试试子、工商阶层乃至一般移民，具有较强的社会功能。会馆这种基层社会组织，凝聚了中华传统文化的内在精神，映照了中国乡土社会"官民相得"的人文关怀，较之近代西方传入的商会组织具有更大的包容性，因而当今仍然在海外华人社会大量延播和发展，彰显了中国传统文化的软实力。

　　有谓会馆可追溯至汉代的邸舍（郡邸）、唐代的集贤院，然而此等机构仅与会馆在形式上有共通之处。近代学者瞿兑之《湖广会馆志后记》云："自明以来，遐陬日辟，贡举仕宦行商于辇毂之下者，苦于人海之浩瀚，情意之难通，相率买屋宣南，以为乡人税驾问津之所。"可谓道出了会馆的性质及其产生的真正缘由。明代以后，因应社会变迁而起的各种变革应运而生。会馆的大量涌现，与科举制度的全面铺开，商品经济的纵深发展，人口迁移的更大规模展开息息相关。明代以前，这些社会变迁因素虽有所显现，但不甚明显，或只是初见端倪。明代以后，商品经济较前取得了更充分的发展，长途远距离贸易将商人在客地所遭遇的诸多不适应淋漓尽致地展示出来，远离家乡的客商对同乡性的社群组织有了更热切的期求。较商人更早走出家乡的是参加科举、应征从军的一群人，唐代的边塞诗中将思乡情绪作了畅快的表达。明代，科举制度进入定制化、常态化的时期，不断培养出更多的易籍为官者，他们的汇聚足以彰显地方文化的实力。明清时期，移民浪潮出现了经常化、规模化、经济性的特点，不同籍贯的移民自然容易产生人以群分的效应，沿海区域的人们有的受商业贸易的牵引，有的则因为"海禁"政策的影响滞留海外，成为较早一批的华侨。于是，明清会馆不仅出现在京师省城，而且广布于山陬海澨、天涯海角。会馆里活跃的人物，不仅有官员、试子，而且有商人、一般性移垦者。会馆不仅在大都市广泛分布，而且在新兴的乡镇乃至海外各地均多有出现。

从会馆管窥中国社会，无疑是一个绝佳的视角。政治激进者们往往以对过往的否定来迎接新生的东西，而会馆则更倾向于在传承中更新，保持社会进步的渐进性，保证社会的和谐稳定。会馆的基本功能在于"祀神、合乐、义举、公约"，实际上具备社会自治的效果。传统的里甲、保甲、乡党式管理模式难以管理这庞大的流动人群，会馆却可以独展其长，经济而有效。会馆往往能融合寓居客地同乡中的官、绅、商等各个阶层，彼此调动各自的资源，形成互补的局面，有效地实现内部的自我整合、与外部世界的整合乃至中外文化的整合。可以说，会馆组织使民间智能在复杂的社会变迁面前得到了充分的体现，其对社会管理的积极意义是显著的。

从会馆认识地方文化，不失为一可取途径。由于会馆对社会管理的效果是积极的，因而逐渐由民间自发产生发展到获得政府的默许、认可乃至保护，会馆由此成为地域文化的展示物，甚或发射器。随着社会变迁的革故鼎新，会馆的社会功能还有所延伸。到近代，会馆的社会治安功能进一步彰显。会馆在消除黄赌毒、杜绝民间私藏枪支、禁止罪犯藏匿等方面都有所作为。有的会馆还汇集资金，为政府的应急军需提供实质性的帮助。这些都反映了会馆顺应时势的内在品格。

会馆的思想倾向是维护儒家的伦理纲常，对维护世道人心具有积极的意义。于是，就职在外的同乡官员亦积极跻身于会馆的建设、维护与发展过程之中，以此作为自己人生价值的实现途径。

会馆较之由西方引入的商会更多些人文关怀，更多些对人际关系、人生价值乃至社会价值的追求，因而它不仅像商会那样旨在制定商业规范，而且致力于树立家乡的文化精神，彰显地方文化建设业绩，济助贫困的同乡人，参与乃至主持客居地的社会事业，给同乡人以自豪感、荣誉感和归属感。他们将家乡的英烈奉祀为神，无疑成了最强有力的黏合剂和凝聚器，同时为主流、优秀的价值观延存提供了基地。因此，即使是在商会移植进中国并大行其道之时，会馆的生命力并未削减。正如一位著名学者所说的，20世纪以来，各大城市中的近代商会组织纷纷建立，但旧式的会馆、公所仍然是城市工商业中的重要经济组织，它能把传统的地缘关系与现实的行业纽带融为一体，把旧式的人际关系和职业行规与近代的社会契约和民主意识结合起来，在经济发展中起着重要的作用。因此，中国城市经济功能结构的近代化过程，既有新旧事物间的矛盾冲突，也有它们之间互补共进的发展。传统因素直到1949年仍在城市经济中起着重要作用。1944年，毛泽东同志在延安与美国记者斯诺谈话时强调，"继承中国过去的思想和接受外来思想，并不意味着无条件地照搬，而必须根据具体条件加以采用，使之适合中国的实际。我们的态度是批判地接受我们自己的历史遗产和外国的思想。我们既反对盲目接受任何思想也反对盲目抵制任何思想。我们中国人必须用我们自己的头脑进行思考，并决定什么东西能在我们自己的土壤里生长起来"。习近平同志在全国宣传思想工作会议上强调要讲好中国故事、传播好中国声音，最重要的一点，就是讲清楚中华民族在5000多年的文明发展进程中创造的博大精深的中华文化，这里积淀着中华民族最深沉的精神追求，包含着中华民族最根本的精神基因，代表着中华民族独特的精神标识，是中华民族自强不息、团结奋进的重要精神支柱，是我们最深厚的文化软实力。会馆正是植根于中国自己的文化土壤并不断因应世界大势而不断焕发生机和活力的"中国创造"。

由此可见，会馆是中国传统社会变迁中颇具特色又不可或缺的社会中间组织，它标志着社会变迁的程度，映照了社会的演进，包容了官绅、商人及其他各阶层人们对社会变迁的适应，意味着在传统行政体系之外的自立自治精神与有序社会秩序的建立，从而在推进中国社会由传统走向现代的过程中发挥着积极作用。

由于会馆曾被视为封建落后的东西，会馆财产被没收，会馆活动被取缔，连会馆文献亦多遭遇散落的命运，乃至直到当下各类商会已遍地开花之时，我们仍难以追溯其本土文化渊源，仍多视商会为舶来品，是西方文化的成就。我们以为这是近代以来"文化自卑观"下的偏识，亟待得到根本性的纠正。唯此，我们才能形成自我之信念，确立"制度自信、理论自信、道路自信"，才能完成中华民族的伟大复兴。

每个会馆均有自己起、盛、衰的节律，会馆志成为一窥会馆兴衰史的良好窗口。在中国历史上，国有国史，地有地志，家有家谱，因此，会馆志至少有与国史、方志、家谱一样保存中国社会发展进步密码的意义。会馆志一般记录会馆的倡始、演进过程、运行机制、管理规约、捐输源流及其特点各异的社会功能，有的配有人物图像、土地、房屋产权四至图、建筑设置图等，有的则保存了会馆各个时期的契约文书，这既让读者便于窥见会馆兴衰的内在机理，亦可为当下社会组织建设提供参照，这对于挖掘和保存中国优秀的本土文化资源，借鉴和发扬传统乡土社会流动人口和行会社团管理的有效经验，同样具有深刻的现实意义。

会馆志是堪与国史、地方志并驾齐驱的重要史料。明清时期在北京就有约400所会馆，以官绅试子会馆为主，上海亦有近400所会馆公所，以商人会馆为主。其他像苏州、南京、杭州、武汉、洛阳、开封、天津、广州、福州、厦门、潮州、贵阳、昆明、重庆、成都等地都数量不等地分布着会馆组织，有的村庄都能找到会馆的遗址。随着中国人移居海外，海外华人会馆广布于南洋各国，继而扩展至美洲、欧洲、非洲、大洋洲等地，至今仍呈蓬勃发展之势，当我们漫步美国旧金山的街头，从林立的会馆中，我们能感受到浓郁的中华传统文化遗存，连美国总统奥巴马都喜欢到旧金山的中国食品店购买食品。若干外国政要在不同场合褒扬华人会馆在传承与创新中华优秀文化、丰富当地文化内涵等方面的积极意义。我们有理由相信，海外华人会馆具有与时俱进的不竭生命力。

经初步调查，我们确信现存会馆志至少有千部，一者目前没有人系统进行过整理汇编，再者因为版本较早，或有的版本质量不高，漫漶、残损现象严重，又保存分散，即使是国家图书馆亦只保存了不到十部，有的散落海外（日本东洋文库、美国哈佛大学图书馆等有一定收藏），有的则散存民间，面临虫蚀水浸的危险。由此我们产生了尽快收集会馆志，将其汇编传承的愿望，亦希望以此向我们伟大时代献上民族复兴的文化基因之一斑。

《中国会馆志资料集成》第一辑共分十册，收辑散见于各地图书馆、民间或私人手中的会馆志录、征信录计三十种。综观这些会馆志、征信录，我们觉得内容相当丰富，它与家谱、契约文书存在的显著不同在于，每一部会馆志、征信录都有自己的特色，表达方式也存在较大的差异，趣味盎然，所包含的社会经济史、生活史成为史家和一般读者窥见当时社会的重要窗口。会馆志、征信录的编纂者往往学问精深，文笔优雅，有的刻本刀工精美，有的手钞本更是字迹娟秀，让人爱不释手。本辑所收的会馆志有的版本较好，印制也很精美；有的会馆志则仅仅是一个手钞本，字迹漫漶不清，经扫描处理后效果仍然欠佳；有的版本一时搜寻不到，选载了其他出版物的节选本；有的刊本残缺不全，出版时只好保留原样。由于会馆的规模有大有小，会馆存在的历史有长有短，各会馆本身的经济实力、管理水平各有不同，因此，所刊印的会馆志录内容水平和印制质量也差异较大，但是从全面反映会馆历史的角度出发，我们力求照顾到各类会馆、各个地区会馆的覆盖面，给读者和研究利用者以更全面的展示。

　　在本书的编纂和出版过程中，得到了厦门大学出版社蒋东明社长、宋文艳总编辑的大力支持，并列入福建省重点图书出版项目。在资料的搜集过程中，我们充分调动各大图书馆人脉、研究同行以及厦门大学历史系毕业生的积极性，广泛展开会馆志的搜淘工作，朱德兰、卞利、周惊涛、萧丽红、韩轲轲、吴鲁薇、徐萍、章广等或提供稀有会馆志，或帮助拍照，或扫描，或进行对勘，给予了极大的帮助，付出了辛苦的劳动。谨此向为本书的出版做出贡献的各位同人致以诚挚的谢忱，向为本书编纂提供过支持和帮助的国家图书馆、上海图书馆、福建省图书馆、南京图书馆、湖北省图书馆、浙江省图书馆、厦门大学图书馆、台湾"中央研究院"图书馆、厦门大学出版社等表示衷心的感谢，并期待由此得到各界的更多支持，搜集整理更多的会馆志录，力求将这项工作继续推展下去。

2013 年 9 月

The 30th Anniversary of Xiamen University Press

王日根	厦门大学人文学院副院长，教授、博士生导师
薛鹏志	厦门大学中国海关史研究中心研究员，厦门大学出版社综合编辑室主任

The 30th Anniversary of Xiamen University Press

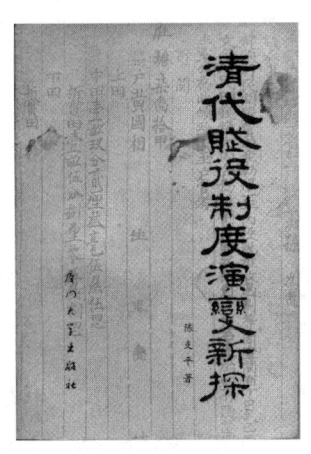

《清代赋役制度演变新探》

作者： 陈支平
责编： 陈福郎
出版时间： 1988 年 6 月

傅衣凌

  陈支平同志以行将出版的新著《清代赋役制度演变新探》一书，问序于予。我以明清两代赋役和田制的改革，向为中国史学界长期聚讼不休的一个难题，此书能在前人研究的基础上，不囿成说，证据平实，持论新颖。研究明清赋役制度的演变，以及更名田立法的性质，他并不局限于制度史的考证，也不轻信统治者的官方记载，而是广收博证，结合当时社会、区域经济诸特点，考察各种制度的实施状况和变化原因，成一家之言。当然，清代的赋役制度，特别是明清之际的改革而言，有待探索者甚多，如江南的重赋，自明代以迄于清尚未解决。作者如能循是以求，继续研究，从中国传统社会、区域经济诸特点，分析钩沉，将会有更大的收获。

  陈支平同志年富力强，勤于治学，涉猎甚广，此书只是他的部分研究成果。我期望他再接再厉，写出更多更好的新著，为中国经济史学放出异彩。

1988 年 2 月 15 日

傅衣凌（1911—1988）：中国历史学家，中国社会经济史学主要奠基者之一

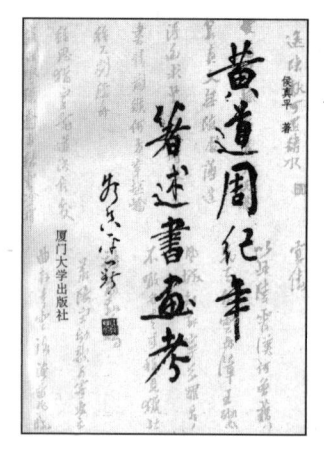

《黄道周纪年著述书画考》

作者：侯真平
责编：颜章炮
出版时间：1995 年 1 月

1998 年获福建省第三届社会科学优秀成果奖三等奖

前言（节选）

侯真平

黄道周，是明代著名的"三栖"人物——在政治上，他是正直敢言的诤臣，又是宁死不屈的抗清民族英雄、爱国主义者；在学术上，他是明末儒学大师，博学广识，影响颇大，在宋明理学史上占有一席之地；在艺术上，尤其在书法方面，他的行草独树一帜，奇险含蓄，潇洒超逸，名重于时，并且直接影响了沈曾植、潘天寿、来楚生、诸乐三、沙孟海等近现代书法名家，越来越受到人们的重视；在个人品行方面，他是个令人肃然起敬的正人君子。

他一生仕途，可谓坎坷。自天启二年（1622 年）成进士并改庶吉士，四年授翰林院编修以后的 4 朝 24 年中，任职 5 次，累计 4 年多（不含庶吉士 3 年）。在天启朝，任翰林院编修，参加《神宗实录》修纂凡 9 个月，充经筵展书官仅 1 天，以不满魏忠贤擅权，告假而归。崇祯朝，是他参政的主要时期，凡起用 2 次，历官翰林院编修、右中允、左谕德，经筵日讲官兼少詹事。这两次任职各 11 个月和 21 个月，但因犯颜直谏，降级调外 2 次，罚俸 1 次，削籍 1 次，廷杖 80 大板，坐牢 1 年半，备受拷问。在南明弘光朝，任礼部尚书 2 个月，郁郁不得其志。隆武朝时，虽然位居首辅，官至武英殿大学士兼吏兵二部尚书，但是政在郑氏，所以就职不到 1 个月，就自请募师北伐，5 个月后兵败被俘，3 个月后慷慨就义。

道周从政，虽然很不得意，但可书者有二：其一是正直敢言，针砭时弊，强谏任用贤人，去除奸佞；其二是出师抗清和英勇就义。前者主要体现在崇祯朝，后者发生在隆武朝。

在崇祯朝，他上奏章 30 余封，召对 3 次，主旨在于规谏崇祯帝爱护重用清正耿直之士，疏远阴险奸诈之徒。为此，他频遭呵斥、降调、削籍，乃至下狱拷掠。其中虽然不免有明末党争的背景，但是他主张任用贤人，在原则上是正确的，也切中时弊（详析于下文）。而且，他这种为政治主张，屡折屡言，不惜前程和生命的精神，跟那些一味干进，只谋私利，或者明哲保身、滥叨升斗的官僚相比，无疑是难能可贵，令人景仰的。因此，他的强谏名重海内，有"天下称直谏者，必曰黄石斋"之誉，①据说连崇祯帝也对近臣叹服道："黄道周冰心铁胆，自是今时一人！"②

体现他用人主张的具体行动，是在奏章和召对中，阐述道理，举荐、保护贤人，抨击奸邪：崇祯三年（1630 年）、十年、十一年，各为正直无辜的朝臣钱龙锡、郑鄤、郑三俊、文震孟、姚希孟洗冤；十年至十一年，反对杨嗣昌执掌兵部并入阁，反对陈新甲出任宣大总督。

钱龙锡，因主持定逆案，为逆党所陷；郑鄤之狱，以及文震孟之去官，都是权奸温体仁揽政阴谋的作品。郑三俊坐牢，是因抗拒崇祯帝的命令，坚持依律治罪的结果。虽然这 5 人中，除了钱龙锡跟黄道周素无私交以外，郑鄤、文震孟、姚希孟都是他的好友，郑三俊于他更有知遇之恩。但是由于情涉冤屈，事关朝政，所以他挺身而出，据理抗争，应是无可非议的，况且他们的私情，无非是君子之交，相互敬重，别无暧昧，不足为奇。所以虽然都是东林党人，但是只要具体分析，就可以透过党争的表象，看清其实质。

至于杨嗣昌和陈新甲，平心而论，并不是什么特别阴险奸佞之小

---

① （清）邵廷寀：《东南纪事·黄道周传》，神州国光社 1951 年版，第 197 页。
② （明）万应隆：《三峰传稿·黄道周传》，见《丛书集成初编》第 642 册，第 2 页。

人，然而道周及何楷、林兰友、刘同升、赵士春这些"长安五谏"极力反对他们，一因杨嗣昌与东林党人有隙，二因杨嗣昌欲与清人议和，三因杨、陈夺情非礼也。

道周崇祯十三年至十四年（1640—1641 年）的坐牢，直接导因是江西巡抚解学龙的举荐，使崇祯帝怀疑他们结为朋党；若更溯其祸根，便是上述营救同志，反对杨、陈的活动，在崇祯帝看来，不免有党争之嫌。

他在政治上为人称道的另一方面，就是英勇抗清和慷慨就义。

明亡以后，他见南明弘光帝意在偏安，政柄为马、阮把持，恢复无望，遂悻悻而去。弘光既亡，力图劝说潞王担起中兴大任，又遭马、阮排斥。潞王政权匆匆夭折，于是追随有志恢复的隆武帝，被用为首辅，但因郑芝龙兄弟拥兵专权，终于绝望，只好击石沙场，喋血嘈市，来保全名节，示范天下后世。他乏兵缺饷，只身出师，鸠集亲友，沿途招募，直指赣皖，抗击清军的破竹之势。5 个月中，逐渐拥兵万余，西抗汉奸金声桓，挺进至进贤、瑞洪、饶州一带，焚毁清军大小粮舟 7 至 8 艘，歼敌 200 人以上，擒获清朝官员 4 人；北伐婺源、徽州，屡战清骑，斩杀清军将卒 380 人以上，获马 300 多匹，以及兵器甲胄印信数十件。但以书生治兵，指挥节制失当，终于被俘于沙场。被囚期间，3 次绝食，誓死不降，被杀于南京。

对于他的强谏和就义，我们不宜简单地视为"愚忠"。首先，以历史的眼光，不得苛求他具有反封建的思想和行为。其次，他强调重用正直廉洁的官员，固然有利于封建王朝的巩固，但也可以减轻百姓所受的掊克和欺压。最后，他的就义，虽然不免带有封建忠节和夷夏之防的意味，但是在当时特定的历史条件下，对于一个面临危亡的民族来说，则是可歌可泣的。他为抗御外侮而赴汤蹈火、威武不屈的民族气节，已经汇入我中华民族的民族之魂中，起着教育和激励后人爱国主义的作用。

道周毕生精力，主要用于学术研究和授业讲学。他学问博赡精深尚实，黄宗羲盛称其学"如武库无所不备，而尤邃于《易》历"，①《四库总目》评价其《榕坛问业》道：②"书内所论，凡天文地志、经史百家之说，无不随问阐发，不尽作性命空谈，虽词意间涉深奥，而指归可识，

---

① （清）朱彝尊：《经义考·三易洞玑》，光绪二十三年浙江书局刊本。
② 《四库全书总目提要》，中华书局 1965 年版，第 794 页。

不同于禅门机括幻空无归，先儒语录每以陈因迂腐为博学之士所轻，道周此编可以一雪此诮矣。"道周的博学，在明代中后期反对多读书，崇尚"简易功夫"，空谈心性的学风中，实属难能可贵。

他的著述颇为丰厚，仅其身后，弟子洪思搜集遗文编成《石斋十二书》，就有196卷之多，还有不少逸文见于清郑亦邹编《黄石斋先生集》。此外，后代陆续发现的佚文也不在少数。据笔者知见，道周存亡单行本著述在127种以上（含别集20种和翻刻古籍2种，为人选编诗作1种），按学科性质可分18类（不含别集类、翻刻古籍类、为人选编诗作类。详见本书《著述版本考》）。此外，其历来传世的书法作品，笔者知见至少231件（内至少有150件今存世书迹），其中至少有73件孤本文献（详见本书《书法作品考》）。他的主要理学代表作，如侯外庐主编《宋明理学史》所列，[1]是《易象正》、《榕坛问业》、《石斋先生经传九种》（内收《易象正》、《博物典汇》）。

历来研究道周学术思想的，主要有清代黄宗羲《明儒学案》、[2]《四库总目》，[3] 20世纪40年代的容肇祖《明代思想史》、[4]李兆民《明清福建理学诸家之概况》，[5] 80年代的侯外庐主编《宋明理学史》、衷尔钜《黄道周与刘宗周哲学思想比较》，[6] 90年代初的高令印等《闽学概论》，[7]廖名春等《周易研究史》[8]等等。

其中，《四库总目》是就其主要著述进行个案分析的，而《明儒学案》、《明代思想史》、《宋明理学史》是以专门章节综合探讨他的整个理学思想的。

侯外庐主编《宋明理学史·黄道周的理学思想》的结论是：

> 作为明末儒学大师之一的黄道周，他的思想体系是复杂的。一方

---

[1] 侯外庐主编：《宋明理学史》卷下，人民出版社1987年版，第1046页。
[2] （清）黄宗羲：《明儒学案》卷十一，见商务印书馆《国学基本丛书》本，第15页。
[3] 《四库全书总目提要》，中华书局1965年版，第32、100、170、171、249、265、794、845、919、1762页。
[4] 容肇祖：《明代思想史》，开明书店1944年版，第315页。
[5] 李兆民：《明清福建理学诸家之概况》，载《福建文化》第4卷第24期。
[6] 衷尔钜：《黄道周与刘宗周哲学思想比较》，载《甘肃社会科学》1989年第5期。
[7] 高令印、蒋步荣：《闽学概论》，香港易能出版社1990年版，第123页。
[8] 廖名春、康学伟、梁韦弦：《周易研究史》，湖南出版社1991年版，第350页。

面，他在自然观、认识论上，均提出了与理学相背离的观点。特别是他的《易》学思想，强调治《易》要"推明天地，本于自然"，要摆正理、象、数三者的关系，提出贯彻"实测"精神的新观点，另一方面，他的《易》学却又被神秘主义色彩极为浓厚的象数学所桎梏。他的"修己以敬"的道德修养论和天性皆"善"的人性论，与许多理学家的观点基本是一致的，这矛盾现象反映了晚明理学走向衰颓的情况。

高令印等《闽学概论》认为：

……其实，黄道周受王学的较大影响，亦有象数学思想，其朱子学思想是不纯正的，他提出"天命为理，气数为数"的命题。……因此他不同意朱熹分天地之性和气质之性。他认为，气有清浊，质有敏锐，自是气质，不关性上事。……黄道周认为，任何人都不能生而知之，都是学而知之、习而知之，通过格物就能知理。黄道周的思想，上承朱熹学说，但又有所创新……

廖名春等《周易研究史·明清的象数派宋易》认为：

象数派宋易著作明清两代多如繁星……影响较大，有创见的象数派宋易学家只有来知德、黄道周、方以智三人。

道周所以被视为明末大儒，除了他的学术观点以外，还因为他的学术影响。这可以从两方面来看：其一，他的学生、弟子人数及地域分布；其二，他对弟子及后人学术观点和学风的影响。

一方面，他的学生和弟子多达三四百人，主要分布在东南地区的闽浙赣苏皖一带。

其中，在学术上最有成就的弟子，有如卓越思想家安徽方以智，及其父亲方孔炤，著名理学批评家江西彭士望，著名实学思想家浙江张履祥，名士福建李世熊和江西艾南英等人；政治上的著名人物，有如几社领袖上海陈子龙，名臣福建陈士奇、陈瑸、林逢经和浙江姚奇胤、江西杨廷麟等。

早在铜山时期，就有弟子陈士奇、陈瑸、刘善懋等；在漳浦，早期弟子有张若化、张若仲、刘履丁、林有柏等多人。崇祯七年至八年

（1634—1635年），两度讲学于漳州正学堂（又称紫阳书院、榕坛），是他大规模讲学的开端，有洪京榜、张瑞钟等120多位弟子相从问业。崇祯三年主考浙江乡试，以此为契机，崇祯五年在浙江余杭大涤山创建大涤书院，从此乡试门生多从问业。崇祯十年又分考会试，所取江浙赣川门生多成大涤弟子，自崇祯五年后，十一年、十五年五月与十一月，以及十七年，他凡五入大涤，二会杭州，问业弟子四五十人，例如上海陈子龙，浙江张履祥、何瑞图、曹振龙、朱朝瑛、孟应春、姚奇胤、朱求祚、郭璿、陈之遴、张晋征、吴季安、翁吕宗、尹文炜等，江西余忠宸等。崇祯十三年八月至十四年十二月在诏狱中，向方孔炤、方以智、孙嘉绩、张幼安等传授《易象正》。十五年在九江，又向僚友江西杨廷麟传授《易象正》。十六年至十七年，他的讲学规模达到高峰，营建了明诚书院和邺山书院，举行了4次讲问大会，演习了正规的讲仪，与会者最多的一次达到404人。在闽南地区，道周弟子尤多。此外，弟子还有安徽钱澄之等。

另一方面，道周的学术思想确实影响过一些弟子，并且在一定范围内和程度上影响后代学者，以及弟子所在地区理学风气与传统。

前者，最典型之例莫过于对方以智父子的影响。方以智（1611—1671），字密之，号曼公等，安徽桐城人，明清之际实学的杰出代表人物之一，"中国百科全书派大哲学家"，[①]主要著作如《物理小识》、《通雅》、《东西均》、《药地炮庄》、《周易时论合编》、《易象》等，传见《南疆逸史》等。[②] 父孔炤，字仁植，一字潜夫，原任湖广巡抚，因议剿张献忠策略得罪杨嗣昌，遂于崇祯十三至十四年与道周同系刑部狱中（俗称西库、白云库），传见《明史》。[③] 以智侍父在狱，时值道周研究《易象正》，遂得从学，始归于象数学。后来父子合作，著成《周易时论合编》，多处引用道周观点及其《易》图。侯外庐主编《宋明理学史》认为：[④]

> 方以智之所以后来成为一位象数学家，表达出精湛深刻的辩证法

---

① 侯外庐：《方以智——中国的百科全书派大哲学家》，载《历史研究》1957年第6、7期。
② （清）温睿临：《南疆逸史》，中华书局1959年版，第303页。
③ 《明史》，中华标点本，第6744页。
④ 侯外庐主编：《宋明理学史》卷下，人民出版社1987年版，第667页。

思想,除了受业师王宣(字化卿)的影响外,与黄道周的《易》学是极有关联的。《周易时论》中不但多处引用黄的理论,《图象几表》中也转引了黄道周所创制的《易》图,以《时论》与黄道周《易象正》合参,可以详悉其间的渊源。

(方以智)晚年专门治哲学,则是由于黄道周的影响,继承了邵雍与二蔡(蔡元定、蔡沈)的传统,创立自己独特的《河》、《洛》"中五"之说的象数学理论,而其中包含有天文、数学等自然科学因素,其作用与意义值得进一步深入研究。

廖名春等《周易研究史》指出:

> 黄道周的易学,对明末以后的易家很有影响。

该书并专门探讨了道周象数学对方以智父子的影响。还说:

> 清人孙宗彝的《易学集注》也学本于黄。

至于道周还影响了一些地区理学风气与传统的形成,最明显之例见于清代闽南地区。李兆民《明清福建理学诸家之概况》说:①

> 石斋为明代闽学之殿将,影响后学甚大。迨满清入主,所出固多科举人材,然二百余年犹有数人继承先世余绪,若蔡世远、蔡新、雷鋐、林赞龙等,其最著者也。

其中,蔡世远的祖父蔡而煜,就是道周学生。②

此外,尚有贵州一例。道光二十三年(癸卯,1843年),贵州巡抚贺长龄辑注道周《孝经定本》,并刊印训士,其门生傅寿彤说贵州学子"一时肄诵殆遍……今日盘延以西十有三郡之内,必更有怵夫子之训"(详见本书《著述版本考·孝经定本》)。

道周的书法,笔者见过他大部分存世书迹的影件,的确从心里喜爱

---

① 李兆民:《明清福建理学诸家之概况》,载《福建文化》第4卷第24期。
② (道光、同治)《重纂福建通志》卷二百三十,同治十年正谊书院刊本,第8B页。

不已，尤其钦佩其超尘出世的气派，深邃隽永的内涵，扛鼎拔山的力度，刚健凝重的风格，真不愧为大家神韵！所愧本人质本顽钝，六根未净，徒作望洋之叹而已！

明代由于历朝皇帝喜好法帖，于是帖学大盛；又因科举试卷重视恭整，所以读书人务求端方齐整，遂使拘谨呆板的"台阁体"流行。虽然中后期出现了祝允明、文徵明、董其昌之类有个性的名家，但毕竟妩媚有余，含拙不足；食古有余，开新不足。明代书坛上最有胆识、书艺最具内在美的书家，当推初期的宋克，中期的陈宪章、张弼，末期的黄道周、倪元璐、王铎、张瑞图等人，而以明末这些书家的成就最大。

道周的书艺，当时就被世人所重。他的同僚好友黄景昉，在《黄道周志传》中记道：[1]

公在狱中，手写《孝经》百余本，流传为宝。

当时的刑科给事中李清，在《三垣笔记》中说道周狱中手书《孝经》：[2]

每本售银一两，人争市之，以为家珍。

道周忘年交查继佐，在《国寿录》和《罪惟录》中追忆说：[3]

常有处要，非东林，虽款曲最恭，求一字为荣，积数十年不可得。

当然，时人以道周书迹为宝的另一原因，还出于对他清操力学的景仰。

在清代，道周的书艺也备受推崇，例如清初著名书画鉴赏家宋荦、

---

[1] （明）计六奇著，任道斌、魏得良校点：《明季南略》，中华书局1984年版，第318页。
[2] （明）李清著，顾思校点：《三垣笔记》，中华书局1982年版，第173页。
[3] （明）查继佐：《国寿录》，中华书局1959年版，第130、133页；《罪惟录》，浙江古籍出版社1986年版，第1987页。

乾嘉间著名书家王文治、嘉道间大书家何绍基,都给予很高的评价。①其中,以何绍基所见,最为精到:

> 有明书势,石斋以学,鸿宝以才,出古人绵蕞之外,非文、董、邢、唐诸家斤斤抚古者可比。
>
> 惟忠端书法,根据晋人,兼涉北朝,刚劲之中,自成精熟,迥非文、董辈所敢望。近年瑰迹迭见,益宝重如凤芝麟木。

近代以来,更有沈曾植、潘天寿、来楚生、诸乐三、沙孟海等大书家,潜心研究道周书法,深得其精神面貌,并以自己的影响使之愈为世人所知,为现代书坛的繁荣增其光辉。

浙江美术学院邓白教授,在所著《潘天寿评传》中,探讨了已故现代艺术大师潘天寿的书艺渊源:

> 他的书法中,主要的成就应是行书,最能代表他的艺术特色。他所下的功夫,也以行书最深。为了与他的绘画风格密切协调使书画珠联璧合,经过长期探索,终于找到了明末黄道周的墨迹,既有晋人书法的气度和韵味,又有魏碑奇逸雄迈的特点,笔法方圆并用,格调自成一家,尤其使潘为之倾倒的是,这位流芳史册的民族英雄,其匡济之才,忠烈之节,道德文章,以及不同流俗的笔法,无一不是他生平所崇尚的规范。他中年以后,一直致力于学黄道周书法,不是出于偶然,而是心契神会,志趣相投。潘天寿是最重人品的,一贯认为"人品不高,落墨无法"……因此不难知道潘天寿长期取法黄道周,特别喜欢《榕坛问业》,反复临写,爱不释手,不仅在于学其书法,同时也是学其为人。

当代大书家沙孟海先生,推崇道周为"明季书人第一",并在《我的学书经历和体会》中回忆道:②

---

① (清)宋荦:《漫堂书画跋》,见黄宾虹、邓实编:《美术丛书》集初辑五,神州国光社1947年版,第74页。(清)王文治:《快雨堂题跋》,转引自马宗霍:《书林藻鉴》(与《书林纪事》合订本),商务印书馆1935年版,第189页。(清)何绍基:《跋道周〈洗心诗〉册》,转引自邓白:《潘天寿评传》,浙江美术学院出版社1988年版,第134、133、132页。

② 沙孟海:《沙孟海论书丛稿》,上海书画出版社1987年版,第200页。

……再后几年,看到神州国光社等处影印的黄道周各体书,也多用方笔,结字尤新奇,更合我胃口,我就放弃王右军旧体,去学黄道周……廿三岁,初冬到上海,沈子培先生(曾植)刚去世。我一向喜爱他的书迹,为其多用方笔翻转,诡变多姿。看到他《题黄道周书牍诗》"笔精政尔参钟、索,虞、柳拟焉将不伦"(宋荦旧跋说黄字似虞世南、柳公权),给我极大启发,由此体会到沈老作字是参用黄道周笔意上溯魏晋的。我就进一步去追黄道周的根,直接临习钟繇、索靖诸帖……

已故著名书家沈尹默也有诗盛赞道周书法:[①]

高格倪、黄见性情,即论险怪亦天成。
此流未许他人与,雅俗相看最易明。

近些年来,国内书法界已趋于公认道周的书法成就,众多的著作、论文和辞典,已各有评说,大抵都推许他为明末革新派书家群中的杰出代表。 恕不一一援引。

道周除工书外,还善画。 本书《绘画作品考》收集了他27件今存世和前代行世的绘画作品。 其画格,潘天寿在《中国绘画史》中评价道:[②]

山水人物,长松怪石,极为磊落。

当代艺术大师刘海粟先生,也极珍视道周的画。 他曾收藏一幅松石图,视若拱璧,后来为了维持他创办的上海美术专科学校,只好忍痛割爱。 易手之前,精心临摹成副本,以供日后研习。(事详本书《绘画作品考·群松图》)

道周是个知行一致的真道学先生。 他的理学之一,的确是偏向修己以敬,躬行履践一路的,上文所谈他的直谏、抗清、就义,乃至著述和书画作品中洋溢出来的凛然正气,都是明显的证据。 此外,他的私生

---

① 沈尹默:《论书诗》,转引自邓白:《潘天寿评传》,浙江美术学院出版社1988年版,第134页。
② 潘天寿:《中国绘画史》,上海人民美术出版社1983年版,第212页。

活,也是慎独不苟的,清望之名,声震天下。这在贪官污吏横行,假道学先生充斥的明季,尤其难能可贵。

他出身贫寒,从小半耕半读,23岁丧父,25岁奉母侨居漳浦,28岁补郡学学籍,34岁中举,38岁成进士并选庶吉士,40岁授编修,虽然后来官至首辅,但前后历职仅4年多,食俸不上540石。终其一生,基本上只是一介寒儒。一家老小的生活,主要靠薄田微俸和亲友弟子们的周济。即使居官在京,也时在家书中哀叹"煤高米贵"。崇祯四年(1631年)在京听候调查处理浙闱"割榜"一案时,更是"僦舍之外,煤米便乏",所赖好友倪元璐、钱士升、李瞻韦、樊紫盖的接济。次年还乡,穷得连祭灶的供品也备不起,幸亏朋友送来2只熟鸡。后来境况稍好转,至崇祯十三年(1640年)入诏狱时,已有120至130石租米的年入,自给之外,略有剩余。虽然他清贫终生,却自持不悔,一则不求俸禄长食,屡因建言罢黜、下狱;二则不以职位纳贿自肥;三则经常拒受馈赠。

以职位而言,他担任的大体都是翰詹之官,又主考过浙江乡试和分考过会试,虽然任职时间不长,但对于贪官来说,都不失为可以捞一把的机会,正如天启六年(1626年)六月户科给事中韩一良奏疏所云:①

> 皇上谕群臣,有"文官不爱钱"之语,然今之世,何处非用钱之地?何官非爱钱之人?

崇祯年间的吏治,每况愈下,如阁臣陈演家赀巨万,非贪何有?然而道周超然其外,廉洁自守,独善其身,一尘不染,诚可贵也!

崇祯十年(1637年),他在《京师答婿书》中说:②

> 天下何处无三十金?肥人自肥,瘠人自瘠。而不然,捐与之矣!吾极贫,然每思隽不疑、刘宽、沈麟士之行,皆吾师也……贫是吾儒本色,受侮(按指遭贬斥等)亦是吾儒本分。

---

① (明)计六奇著,任道斌、魏得良校点:《明季南略·韩一良论贿赂》页90,中华书局1984年版。

② (清)陈寿祺编:《黄漳浦集》卷十九,旧排印本,第8A页。

隽不疑、刘宽是两汉的循吏，沈麟士是南齐在野的大儒，道周此言，意在自明穷且益坚，决心像隽不疑、刘宽那样立德立功于朝，像沈麟士那样立德立言于野。我们且不必论其"安贫乐道"思想对经济建设的消极作用，即以清官和人品言之，岂不是可敬可叹的吗？

关于他的清廉，事例不少，比如：他曾4次拒受名砚（事详本书《书法作品考》中的《墨池偶谈卷》和《自题（斋中石图）》）；崇祯十三年（1640年）在南昌就逮时，谢却当地士绅千金之赠，狱中又多次在家书中叮嘱夫人蔡玉卿和胞兄道琛，务必将亲友馈赠如数奉还，"不可寄一礼来"（详见本书《纪年考》崇祯十三、十四年），等等。

他也从不倚势欺压乡里，反之常常赈恤陷于贫穷厄难的乡邻，例如：在诏狱中，经常吩咐家人，把食余的租米赈济贫困乡邻；崇祯十六、十七年，闽南私人武装频起，乡民数百人投奔道周居室周围，借其声望以避动乱，而私人武装的确也十分敬重他，相诫远去。与之相反，同时代的名家董其昌，有田万顷，游船百艘，纵子凌辱乡民，是明朝典型史例，其与道周，人品与书品之高下，可见一斑。

道周在经书中，十分强调《孝经》，写了一系列论著（详见本书《著述版本考》）。在实践中，他也是以孝著称的，例如：天启五年葬父毕，从此结庐墓侧（即北山墓庐）；崇祯七、八年讲学榕坛时，仍服期丧不辍。其他事例，还有不少。

他的交游，也可以印证他的为人，例如他跟著名学者张燮、旅行家徐霞客、大书家倪元璐，以及本书所述各正人君子之间的交往和友谊。此外，据王重民《中国善本书提要》著录，[①]道周崇祯十五年还为冯梦龙《纲鉴统一》撰序。

清方苞《石斋黄公逸事》中，[②]还记载了道周的一个故事：某年道周在南京，诸友想考验他一番，便唆使南京名妓顾氏去引诱他，但是他始终坐怀不乱，遂使大家彻底信服。顾氏不久也从良而去，明亡，自缢而死。这个故事，《明亡述略》有类似记述，[③]但更简略，说是少年时事。由于皆缺乏可靠的傍证，姑存待考。不过，故事反映了时人与后世对他

---

① 王重民：《中国善本书提要》，上海古籍出版社1983年版，第103页。
② （清）方苞：《望溪先生全集》卷九，咸丰二年刊本，第3页。
③ （清）锁绿山人：《明亡述略》卷下，（清）陈湖逸士：《荆驼逸史》，上海锦章图书局宣统三年石印本，第6A页。

学行一致的高尚品质的景仰。

道周本人也曾自豪地宣称（崇祯十三年五月十二日《赴逮与兄书》）：①

> 计吾生年以来，未有一言一事内不可告妻子，外不可告于朋友，幽不可告于鬼神，明不可告于黎献者！

道周不仅自律极严，而且严格约束亲属不得利用他的声望和关系勾结官府，谋取私利，称势乡里。他反复教育子侄遵行礼教，做个知书达礼、淡泊宁静、勤劳俭朴的人。例如：崇祯二年、三年之际，在起官道中，致岳父的信说：②

> 有司极不可与相知，家中子弟亦禁不与有司往来。韬晦是长者之风，干谒非吾辈之事。

崇祯十一年受处分前所作《京师与兄书》：③

> 家中极宜恬淡，最不可投门契。

十五年出狱还乡途中《寄家书》，要求儿子们：④

> 勿着彩色（按言勿穿彩色的华美服装），勿作戏语，勿轻跳（按同佻）与小人交处。时时读经典，令知道理也。

还曾作书批评侄儿黄子静：⑤

> 作子弟茂才，须十分谨谦，石庆所谓"马无五尾，终当谴死"也。穷秀才自家担荷，汝一主一仆，量为过矣。

---

① （清）陈寿祺编：《黄漳浦集》卷十九，旧排印本，第9A页。
② （清）陈寿祺编：《黄漳浦集》卷十九，旧排印本，第9A页。
③ （清）陈寿祺编：《黄漳浦集》卷十九，旧排印本，第4B页。
④ （清）陈寿祺编：《黄漳浦集》卷十九，旧排印本，第8B页。
⑤ （清）陈寿祺编：《黄漳浦集》卷十七，旧排印本，第5B页。

黄道周，作为中国历史名人，向来研究他的不能算少。清代有年谱6部：洪思《黄子年谱》、庄起俦《漳浦黄先生年谱》（含陈寿祺校本）、郑亦邹《黄漳浦年谱》、黄玉璘《黄忠烈公年谱》、庄亨阳《黄忠端公年谱》、金光耀《先儒黄子年谱集成》。清代又有黄道周传记十余篇：黄景昉《黄道周志传》、洪思《黄子传》（洪思又有《文明夫人行状》）、郑牧仲《文明公传》、佚名《黄石斋行状》，以及《罪惟录》（又《国寿录》）、《石匮书后集》、《皇明四朝成仁录》、《南疆逸史》、《东南纪事》、《史外》、《小腆纪传》、《甲申朝事小纪》、《明史》，还有各级方志等本传。此外，各种纪事之作和著述、书画的著录之作，散见于明清稗乘和古今目录书中（详见本书注脚），不胜枚举。在道周遗作的整理研究方面，历来主要有明吕叔伦等编《大涤函书》，明洪思编《黄子文集》和《石斋十二书》，清吕留良辑《黄石斋未刻稿》和《蔡夫人未刻稿》，清郑亦邹编《黄石斋先生集》，清郑开极编《石斋先生经传九种》，清林广显等编《石斋先生经义四种》，清陈寿祺编《黄漳浦集》等等（详见本书《著述版本考》）。辛亥革命以后，陆续发表了一些论著、文章，探讨他的节义、学业、艺术、交游等。尤其是近些年来，史学界、哲学界、艺术界推出了越来越多的研究成果和书画作品影件（详见本书正文及脚注），笔者受益匪浅。

本书根据所见300多种有关书籍和文章，以及行世的道周231件书法作品、27件绘画作品影件与著录，分别考证了道周的32个字号、50多个亲族，以及纪年（历年生活、学术、艺术、政治活动。其中包括130件年份明确的著述、书画作品）、127种主要单行本著述及其版本、258件书法绘画作品的年份及相关的人事，旨在为学林、艺林及有关各界的深入研究提供线索。然而笔者为学识所囿，不免大欠博雅，敬请方家不吝赐教！

1994年6月3日原稿，2015年1月30日删节

侯真平 厦门大学历史系副教授、硕士生导师，曾任厦门大学出版社副总编、厦门大学古籍整理研究所副所长。历史学、历史文献学、古籍整理专家

《海上集》

作者： 庄为玑
责编： 王依民
出版时间： 1996年2月

序

郑学檬

庄为玑教授的论文选集——《海上集》即将付梓，这是正在兴起的"泉州学"和中外交通史学术界的一桩喜事。

庄先生是泉州市人，从大学时代起即醉心于泉州史事，学问必求溯古，发微探奥，渐成文章，助成泉州之学兴焉。

今泉州，始名于唐睿宗景云二年（711年）。因其境临海，岛夷番客，闻风而至，海上贸易渐成规模。五代王氏治闽，极尽招诱蛮夷商贾之能事，泉州一跃而为东南对外贸易港口。留从效治泉，扩建州城，遍植刺桐树，繁华的泉州港遂有"刺桐港"的美名。1989年，庄先生系统研究泉州港的力作出版，书其名曰《古刺桐港》，名副其实焉。

宋元时期，泉州港取代广州成为中国最大的对外贸易港口。帆樯林立，商贾云集。中外商品山积，东西方文明辉映。"海上丝绸之路"从这里伸向远方，"东方第一大港"崛起于祖国的东南海滨。中外经济文化交流这段盛世历史留下的珍贵遗产，至今已成为中外海上交通史学术界的瑰宝。无泉州，即无中外交通史可言。"泉州学"在1991年2月17日举行的"联合国教科文组织海上丝绸之路综合考察泉州国际学术讨论会"中获得了公认。

令人万分惋惜的是，为研究泉州历史和中外海上交通史而献身的庄先生就在这次会议中患重感冒在泉州入院，不久即因心力衰竭而溘然辞世。但是，可以告慰先生的是，"泉州学"的航船已在"海上丝绸之路"上扬帆前进，《海上集》也已付梓。

庄先生的《海上集》和他的其他著作，反映了他一生的治学特点和成就。他在泉州历史以及与之相关的方志学、考古学、航海史、华侨史、民族史、闽台关系史诸领域，均有丰富著述。其渊博的学识，令人有仰之弥高之感；其刻苦的治学精神，令人有望尘莫及之叹。他培养的许多学生，正在继承着他的未竟事业。我未曾受业于庄先生，但读过他许多著作。1990年10月间，他拟编《海上集》，托人嘱我为序。当时，我因不敢为师辈著作作序，曾欲谢绝。但是，庄先生还是送来口信，盼我从命。于是，我写了一点感想，权作《海上集》序。1991年春间，庄老辞世，我曾顾问他的后事，感其治学为人，遂更坚定写序决心，与参加整理《海上集》的侯真平同志商量，将已写成的草稿作些修改，以学生的身份完成庄先生生前的嘱托，并以此纪念这位一生勤苦治学、一生两袖清风的"泉州学"的奠基者。

谨此为序。

1992年3月于厦大敬贤寓所

郑学檬　厦门大学历史系教授，中国古代史专家，曾任厦门大学副校长

编前小记

庄为玑

　　这部《海上集》，是我62年来论著的选集。我自1929年考入厦门大学，迄今一直从事历史学、考古学的教学和科研工作，野人献曝，不揣谫陋，先后出版专著、论文集、资料汇编和讲义凡十余种，发表论文一百多篇，虽属敝帚，犹以自珍。早在1979年，人民出版社编辑吕沱先生就建议我辑集论文出版，但我当时因教学、科研工作繁忙，无暇顾及。一拖数年，遂无颜以报，深负吕先生厚望！今蒙海外门生陈武博君慷慨资助，值此联合国教科文组织"海上丝绸之路"综合考察船即将来泉州考察，和母校厦门大学七十华诞即将来临之际，承母校出版社支持，使我这一夙愿终于得遂。陈君，是我抗战期间的学生，时隔多年，他犹不忘师生之情，真可谓学子拳拳，尊师重教，可敬可叹！作为他昔时教师的我，受之甚感惭愧，于是愈信教师职业之崇高！今我无所报琼，唯冀敝集不稍负陈君殷切之情！

　　我于1909年（清宣统元年）中秋节后第三天（公历10月1日），出生于"海上丝绸之路起点"的历史文化名城泉州。生父黄九舍，生母庄抱治。在这个首饰工人家中，我排行第五。由于家境维艰，我出生第74天，即过继给舅父庄笃亭。舅父是华侨，职业为店员。所以我易姓为庄。初名基，取继承庄家基业之意。后因我在庄家属于"为玉"字辈，所以改名"为玑"（谐音）。表字"文山"，以志本出"文山黄"家。我在故乡由先祖母苏益舍抚养成人，20岁时辞别她老人家，负笈于厦门大学。

　　1933年，我获得厦门大学文学院史学系文学士学位，并留校任教。此后，除了1936年9月至1937年7月侨居新加坡，抗战期间因厦门沦陷而被迫流落集美、安溪、邵武、仙游、南安外，从弱冠至今耄耋之龄的50多年间，都一直工作和生活在这所坐落在五老峰之麓、鹭海之滨、郑成功演武场上、风光旖旎而庄严肃穆的母校中。我深爱这所由陈校主嘉庚先生创办的东南最高学府，终生跟她结下了不解之缘。作为一个人民教师，我把一生都献给了教育和史学研究事业。

我这部论著选集，所以颜曰"海上"，是因为我一生所治，均以著名的古海港泉州为轴心，由此辐射而及方志学、考古学、中外海上交通史诸有关领域，所论泉州海港史、中国航海史、中外海上贸易史、外来宗教文化史、华侨史等，都是与海上丝绸之路相关的缘故。

我国拥有世界第三大的领土，18000多公里长的大陆海岸线，而且自古以来，就以四大发明和出产精美绝伦的丝绸与陶瓷等著称于世。古代中国与外界的沟通，存在陆上和海外两条丝绸之路。泉州，就是海上丝绸之路的起点，在元代意大利著名旅行家马可·波罗和摩洛哥旅行家伊本·白图泰的笔下，是世界最大的贸易海港，此后也是我国对外交流的重要窗口，在征服自然和征服海洋的进程中，形成了她的海洋文化。在她身上，有着人类文明史多领域的丰富积淀，将她作为治学的观察点，可以管窥中国与世界历史的诸多领域。在我的笔耕生涯中，对泉州历史的研究，使我取得了这种效果，受益匪浅！

回顾我之所学所问，无不与师辈的教诲和引导有关。我以一介寒儒，伏膺师道，勤以补拙，兀兀穷年，方取得一些成果。值此结集付梓之际，我不禁怀念半个世纪以来启发和指导我的四位导师和一位故友。

其一，我怀念早年的学术引路人郑德坤博士。他秉承他的导师顾颉刚先生的遗教，视方志和族谱为史学尚待开发的两大金矿，并以此引导我从事方志研究。1935年至1936年他推荐我的两篇论文《方志改革刍议》和《泉州方志考》在《厦门大学学报》上发表，奠定了我从事方志学研究的基础，使我终生致力于泉州学的研究。尤其是1936年郑教授担任母校文化陈列所所长时，和林惠祥教授一起带我发掘泉州体育场唐墓，使我学会运用考古学方法印证订补文献中的记载与阙讹，为我后来的史学研究开辟了新的途径。可惜后来跟郑教授一别五十载，从此失耳提面命之教益！饮水思源，师恩永铭，所以我特把我的方志学论文，作为本书的第一部分。

其二，我怀念真诚提携我的恩师林惠祥教授。他精通人类学和社会学，既是一位博学多才、富于事业心的学者，又是一位忠厚待人的长者，他曾把私藏的大批文物图书献给国家，并在此基础上创立闻名中外的国内唯一的人类博物馆——厦门大学人类博物馆。在他的影响下，我走上了考古学、民族学和华侨史的科研道路。早在30年代，郑德坤教授、林惠祥教授和我对泉州唐墓的发掘，首开南方应用近代考古发掘方法之风气。

这次发掘，给我一个重要的启示，即太史公"读万卷书，行万里路"的经验，还应加上"睹万种物"这一条。文献记载泉州建城始于唐朝开元年间，而我们发掘出来的文物却属于更早的唐朝贞观时期，说明了文献之不足征。在郑、林两位导师的指引下，我尝试开拓我国南方的海洋考古。为纪念两位恩师的教泽，我特把本集中的考古学论著，献给他们！

其三，我怀念指导我史学方法论的萧炳实教授。他是一位彬彬有礼的学者，领导过厦门大学历史系的"新史学运动"，又曾帮我谋求教职。他讲授的"中国历史研究法"，与梁启超先生的，有所不同。他使我认识到新志必须有新内容，所以后来我在《晋江新志》中创设了"华侨志"一章。可惜萧教授未能立足于厦门大学，不久即匆匆别去！因此，我特把本集中历史学论文献给他，以纪念这位恩师。

其四，我怀念富于民族气节的恩师薛永黍教授。他是我毕业论文导师，又以历史系主任兼厦门大学附属中学主任的身份，留我在母校任教。这是我一生中的重要转折点。他任新加坡华侨中学校长时，因领导抗英学运，牺牲在英帝狱中。他那与时俱进和威武不屈的精神，令我仰叹不已！他崇高的民族气节，是我终生效法的楷模！

其五，我怀念同窗故友吴文良先生。他的大作《泉州宗教石刻》早已蜚声中外，虽自称得益于张星烺教授的《泉州访古记》，但我以为文良友实是泉州学的开拓者之一。

我有幸得到上述四位导师的教诲和一位挚友的影响，一生受用无穷。他们的道德文章，对我影响至深，受益至大。我自愧驽钝，有负各位师友的教导和帮助！太史公赞孔子曰："《诗》有之'高山仰止，景行行止'，虽不能至，然心向往之！"我于吾师吾友亦然矣！

我还要感谢友生林金枝、桂光华、庄景辉、王连茂、陈达生诸同志的真诚合作！我欣喜地看到，他们青出于蓝而胜于蓝，事业有成，都已是本行的优秀骨干。我虽老迈，退于第二线，然而见到后继有人，甚感欣慰！

借此，我谨向吾妻陈静婉女士表示敬意，感谢她牺牲自己的事业和诸多人生享受，63年如一日地照料好我的生活，使我专心向学。我的一切成果，都渗透着她的心血。作为回报，我只有献上我毕生的教学和科研成果！

我还要感谢为本集作整理工作的庄生景辉和侯生真平！

临末，我且引用吾校校歌自勉：

"自强，自强，学海何洋洋！谁欤操钥发其藏？鹭江深且长，臻吾知于无央！吁嗟乎，南方之强！"

本书幸蒙

吾校校长　林祖赓教授惠赐书签

校常务副校长　郑学檬教授惠赐序言

特此致谢

1990 年 12 月 15 日于厦门大学新西村寓所

编后记

庄景辉　侯真平

这部《海上集》，是已故恩师、著名的中外海上交通史学家、"泉州学"家、考古学家、方志学家庄为玑教授毕生学术论文的选集。

庄先生自 1929 年 9 月考入厦门大学史学系，并发表学术处女作《泉州在史地上》，至 1991 年 2 月 27 日逝世为止的 62 年学术生涯中，共编著《晋江新志》、《古刺桐港》、《福建历史地理》、《海上丝绸之路的著名港口——泉州》（合作）、《泉州地方志论集》、《近代华侨投资国内企业史资料选辑》（合作）、《闽台关系族谱资料选编》（合作）、《厦门史迹》等书 8 部，《中国考古学通论》、《中国考古学史》、《中国古代史料学》等研究生和本科生讲义 7 种，发表自撰与合撰论文 100 多篇，著述总字数达 400 余万。真可谓勤于撰述，著作等身！这在"泉州学"界，是首屈一指的。

综观庄老一生治学，不啻勤奋多产，而且卓有建树。他的学术建树，可以概括为四大方面：

一、对中外海上交通史研究的四项贡献

（一）对"泉州学"起着很重要的继往开来作用。

就 20 世纪"泉州学"发展史而言，如果把 20—30 年代的顾颉刚、陈万里、张星烺、艾克（G.Ecke）、戴密微（P.Demiville）、藤田丰八、桑原骘藏、郑德坤、林惠祥等学者看作开拓"泉州学"的第一代，今天海内外中青年学者看作第三、四代的话，则崛起于 30—40 年代的庄老和吴文良先生等学者，可以视为承前启后的第二代。现在"泉州学"的繁荣和得到国际学术界的正式承认，跟庄老、吴先生等第二代学者从 30 年代至"文革"前后的长期努力、可观成就、影响扶植，尤其相关。

（二）庄老对泉州历史多方位、多层次、系统深入的研究，为"泉州学"乃至中外海上交通史同行，提供了很大的便利。

迄今所有"泉州学"者中，还没有人像他那样撰述发表过从古代至"文革"前的泉州通史、断代史、专门史（指《晋江新志》）和泉州文物古迹全貌的专著（指《古刺桐港》）以及近百篇"泉州学"论文，数以百计的闽南族谱资料，160多万字的福建、广东、上海49市县近代华侨投资国内企业史资料，众多的泉州地区考古文物资料和研究成果。所以，就此而言，庄老为"泉州学"所做的大量基础工作，是迄今无人可比的。他的这些基础工作，是同行精深钻研和后辈登堂入室的方便之阶。

（三）庄老在泉州地区文物古迹的调查、发现、发掘、研究方面，取得很大成绩，为中外海上交通史研究和"泉州学"提供了许多珍贵的考古文物实证。

自1936年至1989年间，他的足迹几遍泉州地区的乡村街巷，发现和发掘出一批重要的中外海上交通史文物，其中典型的如：1952年，发现泉州聚宝街车桥头《重修来远驿碑记》，及水仙小学和附近宋元明市舶司遗迹。

1954年，和韩振华先生、陈盛明先生普查泉州中外海上交通史迹时，除了证实了前人的许多记载以外，还发现泉州东门外元代外国人住地和墓地的区划，及津头埔元代外国人墓区遗迹；纠正了以往人们对泉州印度教生殖崇拜神物石笋的错误认识。还从获得的泉州金、留、蒲、郭、苏、李、丁、郑、吴氏族谱和《安海志》，发现五代留从效扩建泉州城和鼓励海外贸易的资料，元明清阿拉伯人及其后裔土地房产买卖文件，泉州菲律宾华侨史料，以及泉州古代阿拉伯人的其他史料等。

1956年12月至1957年11月，和林金枝先生、桂光华先生进行晋江地区侨乡调查时，发现泉州后山乡申街亭宋代造船遗迹、后渚乡元代以来祭祀海神用的小石塔群5座、莆田北洋西天尾大官庙1块记录北宋泉州纲首朱纺航行至印度尼西亚进行贸易史事的宋代碑刻，以及80部族谱、4件传说歌谣、70件访问记录、26件近代华侨墓志铭、105件侨务文件等华侨史文物资料。

1963年，发现惠安白奇乡郭氏祖传的有郑和永乐元年序文的《海底簿》。

1973年，发现泉州湾宋代海船，次年参加发掘，并发表自撰和合撰论文6篇。

1976年，和庄景辉等赴永春、德化调查宋代泉州市舶使蒲寿庚后裔香业资料，获《蒲氏族谱》（大宗谱）和《龙溪蒲氏支谱》（小宗谱）等文物资料。

1989年，发现漳州龙海县鸿渐村二保庙是祭祀郑和、王景弘的庙宇。这是国内首次发现的郑和庙。

此外，在他50多篇考古学论文中，还就古外销陶瓷窑口和港口，伊斯兰教、摩尼教、印度教、犹太教史迹，以及其他中外海上交通史迹问题，进行了广泛深入的研究，提出独立见解。还考证出1972年文莱国发现的宋代泉州人墓的墓主是蒲宗闵，了结了这桩悬案。

（四）庄老在华侨史、中国古代造船史和航海史、中外海上贸易史、外来宗教文化史等方面，丰富了中外海上交通史研究。

1.在华侨史方面，庄老和同事们在调查搜集整理资料和开拓研究方法这两方面，均有重要贡献：

（1）资料方面，除了上述1954年、1956年、1957年先后发现大量珍贵的华侨史文献和文物外，1958—1960年间又和林金枝等先生调查福建、广东、上海49市县近代华侨投资国内企业史资料，获得160多万字的资料，并陆续整理出版。这次调查的规模和区域，"皆远超陈达、陈翰竹先生之调查工作"，"填补了这一片非常重要的空白"［新加坡林孝胜《评林金枝、庄为玑合编的〈近代华侨投资国内企业史资料选辑〉（福建卷）》评语］。

（2）研究方法方面，1954年至1960年的各次调查中，都注意到族谱等资料的利用，这就"为华侨、华人史研究方法开拓了一个值得重视的新动向"，庄老和同事们是"以族谱资料来研究华侨移民史的先驱者"（同上林孝胜先生评语）。

2.在中国古代造船史和航海史、中外海上贸易史、外来宗教史方面，庄老的贡献可以概括为两类：

（1）有关"泉州学"方面的发现和研究。已见上文列举。

（2）郑和史事的发现和研究。除了上述《海底簿》、鸿渐村二保庙的发现外，庄老还发表了6篇以上论文，考辨了郑和的祖先（唯此与泉州史有关）、宗教信仰、逝世地点、下西洋年月、"三宝太监"为"三保太监"之讹、宝航尺度、《太仓碑》与《长乐碑》性质、《三宝太监西洋记通俗演义》的史料价值等问题。

二、考古学方面的建树

庄老在考古学方面的建树，除了上述中外海上交通史文物古迹的考古调查、发现、发掘与研究之例外，还有一些关于泉州史的重要考古项目，例如：

1936年，和吴文良先生发现泉州中山公园唐代贞观墓群，并参加发掘，出土一批有字墓砖和74件明器。

1939年，发现并主持发掘安溪后垵乡垵下村唐代武则天族人武吕墓群，出土一批有字墓砖和124件明器。

1950年，发现南安丰州带"子城"铭文的城砖一块和埔头村隋墓，并参加隋墓发掘。

1954年冬，发现泉州中山公园宋代文化层及元代官制铁权。

1956年，发现南安溪日乡六朝墓，并参加发掘。

1983年，发现泉州胶鞋厂带"宋嘉定三年修城砖"铭文的城砖3块。

此外，庄老在考古调查和发现方面，有一个十分突出的特点，就是他具有一股特别执着和刻苦的精神，以及良好的专业素养和敏感性。这可以举1950年南安隋墓和1973年泉州湾宋代海船的发现为例：这两处遗迹的线索，均是在旁人并不经意，唯独庄老闻风而动，不辞辛劳，亲往查勘的情况下发现的。已故著名人类学家、考古学家林惠祥教授在《1950年厦门大学考古队报告》（载《厦门大学学报》1954年第1期）中这样写道："我们到泉的第三日即廿一日，到丰州看已被农民发掘的古墓后，颇觉失望。幸庄为玑先生不肯灰心，于廿三日单身再到丰州，多方探问有无其他古迹，才查得……"同样，在1973年8月18日泉州海外交通博物馆陈列大纲座谈会上，大家对老工人陈山道先生关于拆除旧港时曾见一块巨大石板的回忆无动于衷，只有庄老一人给予特别的重视，"当场请假"，与陈山道先生同赴现场勘察，才导致这项"新中国成立30年来"对"隋唐以后古船材料"的"最重要的发现"（中国社会科学院考古研究所《新中国的考古发现和研究》一书评语）。

三、方志学方面的建树

在这个学科中,庄老有两项成就:

1.编就了"解放后第一部私人编写的县志"——《晋江新志》(著名方志学家朱士嘉教授评语)。

2.对方志体例进行了三项革新:

(1)不仅力倡扬弃旧方志"地方杂记"化的传统体例,代之以新方志"地方史书"化的革新体例(亦称"方志人史"),而且在编修《晋江新志》时付诸实践。

自1929年发表《泉州在史地上》、1935年发表《方志改革刍议》和《泉州方志之综合研究》(即《晋江新志》初稿)起,至1958年《晋江新志》定稿的56年间,庄老从未停止过旨在使新体例趋向完善的追求和探索。《晋江新志》虽然三易其稿,但是始终采用通史、断代史、专门史互为经纬的体例,尽力使之成为能体现泉州历史发展规律的立体化的泉州史书。今天全国各地正在编修的新志,不正也都采用着类似的体例吗?当然,这未必是因为庄老的唯一、直接影响所致,但是至少可以说明他的方志体例革新方向是正确的。

(2)《晋江新志》还扬弃了志中带封建纲常伦理意识的封荫、烈女等传统门类,增入反映时代气息的华侨志、自然地理等类目和内容,既体现了体例上的进步,也起到方志的"存史"作用。

(3)首创白话文修志。

如此,则《晋江新志》既创新了体例,又更新了内容,实现了庄老"新瓶装新酒"的修志理想。

在修志功底方面,庄老跟一般拘守文献、知识面狭窄、缺乏专门研究的修志人员相比,他具有三个优势:

(1)本身是位享有盛誉的"泉州学"家。

(2)不但熟悉泉州历史的文献资料,而且是个勤于调查、多有重要发现的考古学家。

(3)拥有多门学科的系统理论和知识。庄老是位具有40年大学教龄的老教授,在历年向本科生、研究生讲授中国通史、中国古代史料学、中国考古学通论、中国考古学史、中国历史地理、中国与南洋关系、华侨史等课程中,研修成这些学科的系统理论和知识。

四、在福建历史地理、闽台关系史方面的建树

庄老的《福建历史地理》一书，是本课题的系统性开拓之作。可惜他晚年急于整理的旧作和正在撰写的新作已经挤满工作日程，腾不出手来重订该书，成了他终生憾事之一！

此外，从成百部族谱中搜集、研究福建与台湾历来的密切关系，是以庄老和王连茂先生为先驱的。这项工作，为维护祖国统一，做出了重要贡献。

1985年起，庄老还和董希如先生、陈杰中先生合作编纂《闽台关系方志资料类编》一书。可惜至1987年，仅查阅了39种福建、台湾方志，抄录了278张卡片时，这项工作即因董、陈二先生相继离开厦门而中辍。但是庄老不肯罢休，于临终前两个月，另邀同志续编。虽然庄老已经故去，该书正待编成，但是这一选题的提出和一旦编成，也可以为闽台关系史研究，提供一种便利的系统性服务。

促成庄老学术成就的诸因素中，有一个因素是有决定意义的，这就是他甘坐冷板凳，为学术事业献身的正确学风。专攻地方史，长期以来在人们眼中，远不及发表宏论指点中国乃至世界历史那样受人敬重；"泉州学"虽然近年来有所时髦，为一些中外学人所重视，然而在先前很长一段时期内，却是门庭冷落的。因此，如果没有一种自甘寂寞，不趋欢华的品格和为学术事业献身的精神，是很难在世俗价值观不利于地方史志学者，以及"泉州学"尚处在草创时期的"三径就荒"的氛围中，择定泉州历史为毕生专攻，而且成就一番事业的。庄老正是在方志学和"泉州学"尚不引人注目之时，怀着利国利民、嘉惠学林的治学宗旨，及秉承前人"先从事于部分精密研究，然后可以观其全"的治史经验（梁启超《龙游县志序》语），从大学时代起，62年如一日，锲而不舍，守定泉州古港一隅，静心作精深功夫，终于使他对泉州史的研究，成为蠡测中外海上交通史乃至人类文明史的一些领域的上乘观察点，向这些领域辐射的理想轴心。这就构成庄老毕生治学的特点之一：从泉州史入手，以中外海上交通史告成。

庄老为学术事业献身的精神，除了体现在择业上之外，还表现为对学术工作的鞠躬尽瘁。关于这一点，是众所公认的。可以说他是一位以工作为人生乐趣、嗜好，乃至人生价值体现的典型学者。尤其是当他

步入古稀和耄耋之年，兼患严重的高血压、糖尿病，身体和精力日益衰竭的情况下，仍然像年轻人一样，坚持每日十几小时的工作，还四处奔波于讲学、学术会议、探访资料，以致多次休克住院。他的逝世，就是这种忘我工作精神的典型体现之一。完全可以说，促成他生命提前终结的，是赴泉州参加联合国教科文组织"海上丝绸之路"综合考察船的考察活动，暨"海上丝绸之路与中国"的国际学术讨论会之行。事先，亲友们极力劝阻，可是他执意赴会，遂因老弱，不堪颠簸和过度疲劳，由感冒引起并发症，未能出席大会宣读论文，便遗憾地进医院抢救，为学术事业而殉身。真可谓"蜡炬成灰泪始干"！

这次联合国教科文组织的考察，标志着国际"泉州学"的正式形成，也是对庄老一生事业的肯定。虽然庄老不幸为赴会付出了生命的代价，但是他毕竟亲眼见到了这一盛会，见到了自己为之献身的事业的价值，也便可以死而无憾了！

人们敬重庄老，不仅因为他的学术贡献，而且因为他的懿行美德。他是一位众所公认的爱国守法的公民，光明磊落的正人君子，谦和而恪守职业道德的教师和学者，乐于奖掖后进的长者，以身教齐家的家长。1990年，他的家庭荣获"全国优秀教育世家"称号。

庄老真可谓道德文章俱佳的人中楷模！

本集共选取论文64篇。整理工作是庄老临终前两个月嘱咐我们进行的。大部分选文经他亲自遴选。他还对一些篇名和行文作了修订。由于他猝然辞世，所以大部分整理工作只能由我们自行其是。根据庄老生前的意见和整理工作通例，我们在不改动原学术观点的总原则下，做了六项工作：

（1）在篇幅许可范围内，以充分体现庄老一生治学基本面貌和学术水平为原则，确定选文。各篇选文的编排顺序，先按类别，次按发表时间。

（2）在尽量保持原篇名的前提下，为使某些篇名更准确地反映其内容，我们作了最低限度的更改，并于文末和年表的相应处，注明原篇名。

（3）为控制篇幅，我们删去了某些无关宏旨的段落。

（4）在确有证据的情况下，订正了个别文字上的讹误。

（5）在维持原观点的前提下，对一些文字和段落进行了修饰和调整。

（6）尽力核实庄老所有学术活动，以及正式或非正式发表的论著书名、篇名、版别、刊名、期别，编成"庄为玑教授学术年表"，作为附录。所列庄老各年学术活动和发表的论著及其版别、刊名、期别，均以我们亲眼所见或确有依据为原则。其中由于时间和条件所囿，少数论著没能经眼或虽见本文而不明版别、刊名、期别的，或少数学术活动未见确证的，我们均实事求是地注明"待核"或"版别待核"、"刊名和期别待核"等字样。

我们愿意为本集整理工作失当之处承担一切责任。敬请大家指教！

本集整理工作，承蒙厦门大学常务副校长郑学檬教授和历史系娄曾泉教授指教，人类学系雷锡英老师和福建教育出版社张永钦同学、华侨大学华侨研究所林少川同学的协助，我们敬表谢忱！

1992 年 2 月 27 日记于厦门大学

庄景辉	厦门大学历史系教授，考古学、中西交通史专家
侯真平	执笔者，厦门大学历史系副教授，曾任厦门大学出版社副总编、厦门大学古籍整理研究所副所长。历史学、历史文献学、古籍整理专家

《赫德与中国海关》

作者：［英］魏尔特
译者：陈敎才、陆琢成等
责编：徐长春
出版时间：1997年1月

译序

陈诗启

中国近代海关是在外籍税务司管理之下。统辖全国海关的总税务司，长期是英国人，海关的负责官员以英人占多数。不妨说，海关是在英国控制下各国共管的国际官厅，海关内部使用的文字主要是英文。海关既为外籍税务司管理，外籍税务司在处理关务上，自有一套适合其自身利益的方针和办法。关务严守秘密，关员不得向外泄露，有些关务甚至对关内华员也严加保密，这是处理关务方面一条重要的方针。因此，研究海关历史的学者要获得海关资料特别困难；文字上的隔阂，也增加了学者研究的困难，这就造成海关史研究在我国学术领域中特别薄弱。

由于海关处于外籍税务司的管理之下，外籍税务司查阅海关档案资料，有近水楼台之便；他们还参预了关务的处理，对于关务特别熟悉。因此，有些海关税务司乘机大搞海关问题研究，写出了不少大部头的著作，成为专家。马士和魏尔特就是其中突出的人物。

魏尔特（1873—1951），原名Stanley F. Wright，海关译名为魏尔特。姚曾廙先生译为莱特，这是音译，不是海关标准的译名，海关标准的译名为魏尔特。魏尔特出生于英国爱尔兰，1903年来华，进入中国海关工作，历任海关帮办、副税务司、税务司等职。他在海关主要是担任总税务司署的高级官员，而且都是机要职务。我们查阅过总税务司署统计科出版的《海关主管官员名录》，他在安格联、梅乐和任总税务司时期，曾长期担任总税务司署机要科税务司，还担任过总税务司署秘书，代行过典职科税务司职务，多次代理总务科税务司。机要科专司机要文件，典职科管理人事，总务科税务司在总税务司外出时代理总税务司职务。这几个职务都是总税务司署的要职。正因他担任了这些要职，所以有机会涉猎海关的机要文件。他在撰写《赫德与中国海关》时，得到总税务司安格联、梅乐和"允许我使用总税务司署和各口岸的大量海关档案"。他还借用过税务司包罗的父亲在海关工作时遗留下来的日记，阅读过税务司贺璧理的部分信件；并在中国海关图书馆、上海图书馆、清华大学图书馆、英国几个有名的图书馆查阅过海关资料。他还向一些有关方面核查过有关赫德和海关的资料。

由于他从多方面收集到大量资料，并加核查，所以这部分引用的资料比较扎实，内容特别丰富，是一部资料价值很高的中国近代海关史著作。

近代中国海关——洋关虽然是由李泰国奠基的，但它的巩固、发展完全得力于赫德。从他1861年署理总税务司后的半个世纪，中国海关一直由他管理。因此，我们同意本书"序言"中所说的："在他工作的那段时间，中国海关历史基本上是赫德的传记。"

在我国近代海关史研究还处于薄弱的当前时期，除了必须大力发掘档案，特别是大量的机密档案、培养档案翻译人才以外，为了加速我国的研究过程，还必须大力翻译国外有关著作，充分利用其研究成果。这可以节约我们许多时间和精力，促进研究进程，少做重复工作，少走弯路。这是中国海关史研究中心一贯的方针，即两条腿走路方针。基于这个想法，我们在几年前就向厦门海关学会推荐出版《赫德与中国海关》的中译本。学会名誉会长秦惠中同志一向重视中国海关史研究工作，毫不犹豫地表示乐意承担出版任务。现在我们看到这一大部头的书，即将出版，不胜感慨！本书在出版过程中，遇到种种困难，厦门海关学会克服了一个又一个困难，终于付梓了，我们对于厦门海关学会和秦惠中同志，如此热情支持海关史研究工作，感到由衷的赞赏。

我们欣赏这部书的资料价值和渊博内容，我们同意"序言"所说的

"在中国海关的发展和活动中，赫德在一段很长时间里一直起着推动作用"的评价，但是我们不同意它把赫德打扮成为"维护中国利益"、"提高中国的福利"、"对中国人富有同情心"的评价。对于这美化的言辞，我们无须在这篇幅有限的译序中加以评论，现在赫德的大量密函已经发表了，我们只想摘录近年来出版的赫德密函文件的一些自述，让读者自行对照，此中的真相就可大白了。下面摘录他的一些自述：

赫德曾就条约与海关关系论述海关的作用。他说：条约"总是制定者从外国立场出发强迫签订的，因此，极端重视的首先是要求外部（国）贸易发展，而不是发展内部（中国）的潜在能力"。根据条约规定而建立的海关外籍税务司制度，"是为使交易按照［条约］规定的方式进行，为使中国人按照条约规定强加于他们的贸易方向行动"。①

海关从事外交活动，是整个海关最引人注目的活动。赫德称这种外交为"业余外交"，也叫作"秘密外交"。从他的业余外交活动中，我们可以看到他的一些自述：

当赫德接到《烟台条约》签订消息时，他电告金登干说："就中国方面来说，'滇案'已告结束。""经此事件后，海关比以往任何时候都强大，我认为今后二十年之内绝无翻船的可能。我开始感到我出色地驾驶了这条船。"②

在中法战争的前期谈判中，代表德国势力的津海关税务司德璀琳诱劝清政府和谈成功，中法签订了天津《简明条约》。赫德看见这种情况，大为惊慌。他密电金登干："对于这［指德璀琳为代表的德国势力］正在增长的权势，我所畏惧的倒不是他将取代我的地位，而是德国的势力将因他而高涨，英国的势力却要衰沉下去。……我的得意日子也许快完了吧。"他警告金登干说："也许有一天你会接到命令，把伦敦办事处移到柏林。"③

中法战争在赫德的调停下，终于由金登干和法国的华格洛签订了《巴黎草约》。据赫德自称："《巴黎草约》对中国完全不利。""［中法］双方比较［所得］，法国尽得所欲，毫无所损；保有实益而以虚名惠

---

① 1884年赫德呈递英国议会的《关于洋关创办备忘录》，全文刊载于《中国近代海关历史文件汇编》第1卷，第172～194页。
② 1876年10月3日赫德致金登干Z/32函，《中国海关密档》第1册，第449页。
③ 1884年5月28日赫德致金登干Z字第177号函，6月4日Z字第178号函，《中国海关与中法战争》，第158、189页。

人。""战争的胜利,还能为法国取得什么比现在提请茹费理[当时法国的内阁总理]立刻接受的更有利的东西?"①

当1887年赫德取得粤海常关管理权时,他密函金登干:"我们业已胜利。现在我将各通商口岸往来香港和澳门的民船贸易[的征课]从粤海关监督的掌握中抢了过来,置于税务司的管辖之下。""这一项不小的扩大权势,看上去早晚可以管理通商口岸以外的事情了。"中葡《里斯本草约》的结果是:"我们给澳门的,对于中国不算什么,而对于葡萄牙却所获甚大。"②

1885年11月,英军侵略缅甸,清廷通过赫德"以私人途径安排解决","以后再由官方正式进行"。赫德竟然建议"英军应继续推进,强制[缅甸]订立条约,约束战争。未经同意,不得对外交涉"。1886年,中英签订《缅甸条款》,金登干看到国会公布的文件电告赫德说:"协定前三款,可以说全与您原来所提的相同。正所谓'天从人愿'了。"③

1866年后,英国不断窥伺西藏,侵占了咱利、亚东等地。清政府派升泰在纳荡和英国保尔谈判。清政府派遣赫德的弟弟赫政作为翻译,协助谈判。赫德立电赫政:"你可试作中间人,将事权掌握在手中",并提出他的谈判方案。④

结束中法战争的《巴黎草约》签字后,英国政府对于赫德非常赏识,特任命他为驻中国和朝鲜公使;但赫德却辞去了公使的要职,而宁愿继任总税务司。对于此中理由,他作了如下的表述:"我的离开海关",非常可能的是"各种各样有益的结果,将由于海关落在别人手中而不幸崩溃,或者发生一种可怕的对抗的发展,从而[使海关]变得没有什么价值,说不定还会完全抵消。""我所掌管的这个机构虽然叫海关,但它的范围是广泛的,它的目的是在各个方面为中国做有益的工作。它确实是一个改革所有海关分支的行政管理和改进帝国行业应有的核心组织,因而首要的是,其领导权必须掌握在英国人手里。这种领导权已经

---

① 1884年12月16日赫德致金登干Z字第167函,《中国海关与中法战争》,第63页。
② 1887年4月1日、6月20日赫德致金登干第285号函、297号函,《中国海关与里斯本草约》,第89、79、80页。
③ 1886年11月1日金登干致赫德第292号电,1885年11月15日赫德致金登干第306号电,《中国海关与缅藏问题》,第8、29页。
④ 1886年10月8日赫德致赫政第446号电,《中国海关与缅藏问题》,第81页。

由于谈论我的告退所引起的种种建议而受到危害。"正因如此，所以"我认为最好是留在原来的职位上"。① 赫德的留任，杜绝了德璀琳幻想依靠李鸿章的势力取代赫德出任总税务司的可能性。

中日甲午战后，清政府为偿付日本赔款而向俄法借了一大笔款项。赫德得悉，喟然长叹，电告金登干说："我们已经被排斥在一边了，俄、法可以随心所欲，俄国已经提出共同分享管理海关权利，这是企图控制海关的楔子，只要我一走，他们必定立刻下手。"②接着清政府第二次措款，赫德电金登干说："自俄国借款以来，英使馆用一切力量争取其余借款，以缓和财政控制，分割政治上的统治。……如中国接受[俄法贷款]，则英国将来对华交涉，将失去重要把柄。"为此，赫德"建议英国出面担保，可望取得政治上的优势。如果法俄联合继续下去，则他们得利，英国吃亏，以后造成同盟和军事上的优势，危害是无穷的"。③

为了抵制俄法争夺海关，赫德仗着与总理衙门的紧密关系，终于取得了第二次和第三次的英德借款。为了稳定英国对中国海关的控制，在英德借款的合同中特别规定："至此次借款未付还时，中国总理海关事务应照现今办理之法办理。"由于合同中规定"借款三十六年还清，在三十六年期内，中国不得或加项归还，或清还，或更章还"，④这将使英国继续控制中国海关 36 年。赫德为此电告金登干，"借款合同签字，海关终获保全，我在总理衙门的地位也满意"。⑤在争夺第三次借款时，赫德认为"英国要想抵消[俄国]这种拼命追求的唯一办法，就是指示英格兰银行承办三厘息的中国借款，而由英国担保……除非这样办，中国就越来越陷入俄国的圈套中，而长期间出不来了"。⑥"英德续借款合同"，终于签字，合同仍然规定"海关事务应照现今办理之法办理"。借款期限延至 45 年。

要引的还有很多。引不胜引，请读者就这些有限的摘录自行加以熟思。

---

① 1885 年 8 月 28 日欧格讷致索尔兹伯里函附件，《中国近代海关历史文件汇编》第 6 卷，第 542～545 页。
② 1895 年 8 月 25 日赫德致金登干 Z 字第 674 号函，《中国海关与中日战争》，第 190 页。
③ 1896 年 3 月 1 日赫德致金登干新字 836 号电，《中国海关与中日战争》，第 205 页。
④ 《中外旧约章汇编》第 1 册，第 142～143 页。
⑤ 1896 年 3 月 24 日赫德致金登干新字 822 号电，《中国海关与中日战争》，第 213 页。
⑥ 1897 年 7 月 18 日赫德致金登干 Z 字第 759 号函，《中国海关与英德续借款》，第 12 页。

当然，赫德生长在资本主义国家，接受过资本主义的高等教育。他介绍和引进中国的资本主义事物，使落后闭塞的中国，出现了一些新气象，其积极作用是不容忽视的。我们认为，对于历史现象，必须全面地、客观地加以考察，不能忽视任何方面的历史记载，这才可以恢复历史的真面目。

魏尔特还在总税务司秘书郭本的辅助下，撰写了《关税纪实》一书，把庞杂的中国关税的征收和支配，写得一清二楚，纲举目张，为我们提供了关于民国前期海关关税状况的完整资料。这部书海关有了中译本。

魏尔特还编纂了一部七卷本的中国海关历史资料汇编，原名为 *Documents Illustrative of the Origin, Development and Activities of the Chinese Customs Service*，直译为《中国海关的起源发展和活动文件汇编》，我们简译为《中国近代海关历史文件汇编》，总税务司署统计科1940年出版。此书大部分是从几千个总税务司通令和机要通令选择出来的具有代表性的通令，其次是英美国会有关海关问题的档案、报刊、日记、书信等资料，是研究中国近代海关史一部系统的原始资料。我们希望有关学术机构赓续本书的出版，将其翻译问世。

南京中国第二历史档案馆藏有海关总税务司署1861年至1994年的档案，共53673卷，各海关也在不同程度上保存了一些海关档案，需要大量的外语人才进行翻译。这些档案大多已整理好，便于选译。

我们殷切希望有关方面，急起直追，促使这个重要而又薄弱的学术领域迅速繁荣起来。

1994年9月于厦门大学
中国海关史研究中心

陈诗启（1915—2012）　中国当代著名历史学家，中国海关史研究专家，厦门大学历史系教授

《简明中国哲学通史》

作者： 高令印
责编： 薛鹏志
出版时间： 2002 年 11 月

2003 年获福建省第五届社会科学优秀成果奖三等奖

序

—— 任继愈

　　高令印先生的《简明中国哲学通史》即将出版，远道来函，要我为此书写一篇序。我与高令印先生学术上相知多年，他在中国哲学史领域从事多年的教学和研究，成绩斐然，得到同行的重视。他的文章时有创意，这里无须多说。我只就这部分文稿谈一点意见。

　　中国哲学发生发展在中国，它随着社会的变革带来了思想变革，涌现许多哲学家、哲学学派，他们的学说丰富了中国思想文化宝库。

　　中国哲学史思想之所以丰富多彩，除了内部原因外，外来文化也引起中国哲学的变化。中华民族善于随时吸收先进的新思想，融合外来思想，及时形成新体系。在中国哲学史上，秦汉不同于先秦，魏晋不同于两汉，原因在于能代表时代思潮，创造新形式，增加新内容。中国哲学史上最大的一次变革是把外来的印度佛教思想改造成中国佛教，又把中国佛教与本土的道教、儒教结合，形成以儒教为主的三教会通的新体系。这一变革改变了中国哲学的旧面貌，铸成儒教新体系。这一体系在中国长期统治达一千多年之久。直到"五四"以后,中国与西方近代思想接触,中西文化交流,中国更多地接触了西方文化,其中既有西方近代资本主义文化,又有欧洲新兴的马克思主义思潮。马克思主义输入俄国,引发了十月革命,创造了社会主义苏联政权。

马克思主义传入中国,经过了几十年的吸收融会,形成了毛泽东思想。自从马克思主义中国化以后,为中国哲学思想增加了新内容,即毛泽东思想。过去的中国哲学史著,只讲中国本土的哲学自身的传承流变,把毛泽东思想归入马克思主义哲学,让它自成体系。高令印先生新著的《简明中国哲学通史》正式把毛泽东思想纳入中国哲学史序列,这是中国哲学史研究的一次创举,一次意义重大的变革。不包括毛泽东哲学的中国哲学史是不完整的。

毛泽东哲学是继承并发展中国传统哲学的新哲学。毛泽东哲学绝不能看作单纯地从外国引进的西方思想,而是在中国原有的基础上融入了西方马克思主义的新思想体系。马克思主义是历史的产物,必然受历史的局限,毛泽东哲学既纳入中国哲学的序列,人们对它也要像对待古往今来的一切哲学一样,进行学习研究,研究它的形成发展的规律。这是一项十分困难,必须不避艰险去完成的重要任务。愿哲学界大家共勉,加强研究,使之深化。

高令印先生要我为此书写一篇序,我认为他这本书把毛泽东哲学列入中国哲学史,使中国哲学史开了新生面,值得欢迎。

2002 年 4 月 1 日

任继愈（1916—2009） | 著名哲学家、佛学家、历史学家,曾任国家图书馆馆长、名誉馆长

《明清江南农村社会与民间信仰》

作者: [日]滨岛敦俊
译者: 朱海滨
责编: 薛鹏志
出版时间: 2008年10月

中文版序

陈支平

  滨岛敦俊教授是日本著名的中国史学家,他的著作《明清江南农村社会与民间信仰》经朱海滨先生翻译成中文,由厦门大学出版社出版。这对于中国的社会经济史学界来说,是一件有益于开拓学术视野的喜事。

  我与滨岛敦俊教授相识已经有整整26个年头了。那时中国的改革开放刚刚起步不久,中外学术交流依然存在诸多限制,尤其是厦门大学偏隅海滨,域外来客更是如同凤毛麟角般的难得一见。1982年3月30日,滨岛敦俊教授费尽周章,飞机、火车、汽车加上人力车,几经折腾,终于来到厦门。先师傅衣凌先生急忙率领历史系的部分教师和我们这些研究生们与滨岛教授举行了一次很有意义的学术座谈。

  滨岛敦俊教授的这次来访,使我有幸第一次得以与日本学者如此近距离地接触,并且从与他的座谈中,大概地了解到日本史学界研究明代社会经济史的基本情况。尤其令人难忘的是,他把他的新著《明代江南农村社会研究》赠送给了我们这些尚未入门的研究生们。从此以后,我们始终与滨岛教授保持着良好的学术联系，从他的著作中得到了许多有益的研究启示。

滨岛敦俊教授的《明代江南农村社会研究》于 1982 年由东京大学出版会出版。这是他自 1960 年以来，结合江南农村社会状况，就有关水利及徭役制度进行了反复研究的成果总结。滨岛教授在代表日本 20 世纪 60 年代明清史研究潮流的小山正明、重田德等人所关心的问题的基础上，对明代江南的农村社会史进行了全新的解释。因此他的这部著作，在一定程度上可以说具有日本历史学界关于明代社会经济史研究的里程碑的学术意义。正如东京大学岸本美绪教授在评述这部著作里所说的那样："作者最早明确地概括了明末清初江南的水利改革和徭役改革的历史。后来，川胜守等人对这些也研究得颇详尽，于是出现了一股研究明末清初江南徭役改革史的潮流。"

《明代江南农村社会研究》出版以后，滨岛敦俊教授的研究兴趣依然围绕着明清时期的江南区域为重点。他不仅更为广泛地搜集明清时期江南区域的文献资料，还经常利用在日本工作之余的时间，深入江南区域的乡村进行田野调查。随着研究的深入，他的田野调查的范围也逐渐扩大到中国的其他区域甚至于亚洲的其他国家。在此基础上，他撰写了诸如《朱元璋政权城隍改制考》、《明清江南城隍考》、《明清江南农村的商业化与民间信仰的变质——围绕"总管信仰"》等一系列论文，提出了许多具有学术开创意义的新论点。2001 年，滨岛教授把他这些年来的研究成果再次做一总结，由日本研文出版社（山本书店出版部）出版了《总管信仰——近世江南农村社会和民间信仰》一书。

与《明代江南农村社会研究》不同的是，滨岛教授在《总管信仰——近世江南农村社会和民间信仰》一书中所关注的是江南三角洲农村的公共祭祀问题，其内容涉及的时间始于宋而迄于现代，但以明清时期为主。作者发现了江南三角洲地区所特有的三种土神信仰即总管、猛将、李王，并因存在着典型的"总管"一词，而将此类信仰统称为"总管信仰"。通过对于总管信仰的研究分析，滨岛教授指出 16 世纪以后江南三角洲地区经济状况的变化，对于当地农村和农民信仰的社会构造也发生了影响。随着商业的发展，该地区在县城之下兴起了许多市镇，小农的生活空间不再局限于原来的聚落，而是扩大到了以市镇为核心的市场圈，这便势必使原来的祭祀活动突破旧格局，以与新形势相匹配。可以说，滨岛教授在《总管信仰——近世江南农村社会和民间信仰》一书里，把作为"宗教学"层面的民间信仰,放到了一个更为广泛的社会空间中去考察。这种考察,对于传统意义上的"宗教学"研究是一个突破。

这次由厦门大学国学研究院出版的《明清江南农村社会与民间信仰》,就是以《总管信仰——近世江南农村社会和民间信仰》作为原本翻译而成。由于《总管信仰——近世江南农村社会和民间信仰》一书在日本出版以来已有6年多时间,滨岛先生又在江南地区搜集了许多新的资料,他把这些新的资料增补进去,使得全书的内容更为充实。我相信,滨岛教授这部著作中文版的印行出版,一定可以大大加深人们对明清时期江南三角洲地区农村公共祭祀和社会生活实态及其演化的了解。这对于明清社会风俗史、明清宗教信仰史和明清社会经济史等学科研究的深入发展,将起到积极的推动作用。

2008年1月于厦门大学

陈支平 | 厦门大学人文与艺术学部主任、国学研究院常务副院长、教授、博士生导师

《明清乡约：理论演进与实践发展》

作者： 董建辉
责编： 薛鹏志
出版时间： 2008年12月

2009年获福建省第八届社会科学优秀成果奖三等奖

序

江太新

明清乡约研究是学术界的一个热门课题，研究者多，成果也多。如何使该课题研究进一步得到深化，具有相当难度。董建辉同志在全面、深入阅读前人相关论著的基础上，认真进行梳理，找出前人研究之不足，以前人未曾关注或关注不够或认识含混不清的问题作为切入点，研究起点高，论证层层递进，又环环相扣，结构严谨、大气。书中资料丰厚，尤其是新资料的挖掘和利用，更为该书的创新奠定了扎实基础。

衡量一本书有没有生命力，主要取决于两个方面：一是有没有创新点（包括新观点、新问题、新资料），二是有没有时代意义。该书在这两方面都有极好的表现。

作者从理论和实践两个层面，通过宏观探讨和典型个案的微观考察，全面系统地阐述了明清乡约的发展历程，深入分析了王阳明、黄佐、章潢、吕坤、刘宗周、陆世仪、张伯行等人的乡约理论和实践，细致剖析和客观评价了明清乡约在历史发展过程中的作用与流弊，明清乡约的职能变化等，获得了一系列新成果，深化并推进了明清乡约的研究。该书凸显的创新之处主要有三个方面：

第一，厘清了乡约与乡规民约之间的含混问题。乡约与乡规民约是否属于一个范畴，长期以来学术界都没有弄清。例如，《辞海》和《中国大百科全书》都把乡约和乡规民约混为一谈。作者在书中把这个问题厘清了，指出乡约是一种民间基层组织，起源于北宋《吕氏乡约》，其主要目的在于社会教化，以儒家精神为其运作核心。而乡规民约首先必不是一种组织；其次，起源早于乡约；最后，主要功能不在于社会教化，而是具有准法律作用。这一问题的厘清，有助于乡约研究走向正轨。

第二，在前人研究成果的基础上，运用丰富的第一手资料，全面分析和比较了北宋蓝田吕氏乡约和明清乡约的内容、职能与特点，得出了"明清乡约偏离了吕氏乡约的发展轨道，沦为封建王朝统治民众的工具，与吕氏乡约所具有的民间性、自治性渐行渐远，由此导致了乡约地位的降低和乡约长的官役化"的科学结论。尤其是对明清乡约理论的分析，更弥补了前人研究的不足。

第三，以唯物史观为指导，在运用社会史和思想史相结合的研究方法的同时，还引入人类学的分析方法，注重对细节和背景的描述，更有助于还原明清乡约的历史本来面目。虽然在具体运用方面，还有进一步发挥的空间，但这种研究方法的多元化仍值得肯定。

当前，我国农村正在广泛推行村民自治制度，加强社会主义新农村建设。可是在这一过程中，由于偏重乡规民约的制定，往往忽视了道德教育。作者提出，乡约是我国古代特有的一种道德教育形式，它提倡节俭、守法、患难相恤、尽忠报国，禁止酗酒、赌博、嫖娼、传播淫书等，对醇化民风、稳定地方社会秩序，起到了一定的积极作用。反观当今的乡规民约，尚缺乏对道德教育的重视。作者的相关结论，对当今村民自治制度的完善有借鉴和启迪作用，明清乡约研究的时代意义也因此得到很好体现。

总之，该书是迄今为止明清乡约研究最有成就的著作之一，很有学术理论价值，而且对当前村民自治制度的健全有重要启迪作用。相信该书的出版，将会获得很好的社会效益。

希望该书再版时，能够对明清时期我国实行乡约的情况与越南、朝鲜等国家实行乡约的情况进行比较研究。如果补充这一块，当会为论著增光添彩。

最后，为该书出版表示庆贺！也期望作者今后更加努力，写出更多好作品。

2008 年 12 月 10 日

江太新　中国社会科学研究院经济研究所研究员

《郑樵研究》

作者： 吴怀祺
责编： 薛鹏志
出版时间： 2010 年 11 月

自序
国学、时代与郑樵研究

——

吴怀祺

郑樵学术的价值只有放在 100 多年来的学术大背景下，才能看得清晰。20 世纪初，中国历史学经历了近代化的过程，梁启超分别于 1901 年发表《中国史叙论》、1902 年发表《新史学》，是为新史学的标志。新史学有着明显的时代特点：提倡民史，反对君史，提倡科学方法论和新的史书编纂体裁，提倡白话文以代替文言文。1919 年开始的新文化运动，使史学带上新的特点。

新文化是时代的产物，从文化的理路上说，有两条路径：一是输入介绍西方的学术。二是从中国传统文化中，发掘出合于时代要求的积极的文化因子。郑樵正是在这样的大背景下，被重新认识，重新解读。在中国古代史学史上，郑樵的学术以及体现出的清醒学术精神，是鲜明的。郑樵在学术上的成就，被埋没了 800 多年，虽然有的史家如章学诚，体察到其史识的魅力。在近代的历史的条件下，郑樵史学终于闪现出自身的光辉，人们认识到这是一颗明亮的星座。

20世纪的郑樵研究，是新史学体系中的传统样板，也是20年代兴起的国学新内涵的标杆之一。

梁启超在《新史学》、《中国历史研究法》、《中国历史研究法补编》，包括1903年《新民丛报》第42～43号合本上，署名为金华盛俊的一篇题为《中国普通历史大家郑樵传》的文章，都是把宋代的郑樵作为具有近代新史学精神的代表。

近代新文化提倡的科学民主精神，在学术上也反映出来。近代"国学"是在这样的大背景下兴起的，进而引发出对古代史学家的重新审视。

《新青年》和《国学季刊》在近代新文化运动中有重要影响。《国学季刊》创刊于1923年，第一卷的编委的主任是胡适，委员有沈兼士、周作人、顾孟余、单不广、马裕藻、钱玄同、李大钊、朱希祖和郑奠。杂志显示出思想上的兼容和学术上的多元。

创刊号上的文章，在当时产生相当大的冲击波。《〈国学季刊〉发刊宣言》又把国学称为"古学"，指出有一种古学、国学正在沦亡，明确反对复兴旧的古学，而对新国学充满信心。说：

> 我们平心静气的观察这三百年的古学发达史，再观察眼前国内和国外的学者研究中国学术的现状，我们不但不抱悲观，并且还抱无穷的乐观。我们深信，国学的将来，定能远胜国学的过去；过去的成绩虽然未可厚非，但将来的成绩一定还要更好无数倍。

对国学的前途的展望，刊物提出要做三个方向的工作：第一，用历史的眼光来扩大国学研究的范围。第二，用系统的整理来部署国学研究的资料。第三，用比较的研究来帮助国学的材料的整理和解释。

在当时的国学兴起氛围中，这样的理念当然引起人们的关注。作为呼应的是，顾颉刚对郑樵的系统研究。顾颉刚先生的《郑樵著述考》作为重头文章，在一、二号两期连载，二号又发表了顾颉刚的《郑樵传》。这在近代学术期刊上是非常抢眼的事。顾颉刚两篇扎实研究的文章，有新见。而他的议论，是在倡导一种新学术，表明了郑樵的研究与当时国学在学脉上有内在的联系。顾先生说：

> 郑樵的学问，郑樵的著作，综括一句话，是富于科学的精神。他最恨的是"空言著书"，所以他自己做学问一切要实验。

他一方面做分析,一方面就去"综合"起来。他所做的书,每一类里必有一部书是笼罩全体的。结末做的《通志》就是他一生学问的综合。他觉得学问是必须"会通"的,所有各家各派的不能相通的疆界,都应该打破。可怜他最富的精神就是中国学术界最缺乏的精神。(《国学季刊》一卷一号)

又说:

郑樵是中国史上很可注意的人,他有极高的热诚、极锐的眼光、极广的志愿去从事学问。在谨守典型而又欠缺征实观念的中国学界,真是突出异样的人物。

我们现在看着他,只觉得一团饱满充足精神。他的精神不死。

这不是一种简单比附式的宣传,因为,郑樵的学术本身就具有这样的意义。

但正如新史学的思潮一样,国学的文化思潮情形是复杂的,有不同的倾向。这可以称之为"史学近代化异趣"[①],《国学季刊》本身也在变化。顾颉刚对郑樵研究的具有鲜明特色的文章,在以后各卷很难看得到。

所以,通常在讨论"国学"问题时,我们既要看到内中有相通的思想与文化的内涵,也要看到有不同的思潮与学术旨趣。作为当时国学发轫的郑樵的研究,值得重视,顾颉刚说郑樵精神不死,因为体现出来的是时代的精神。

关于郑樵在中国文化上的贡献,这里先提出几个要点:

——献身学术的精神。

郑樵没有显赫的家世,父亲只是太学生,他父亲去世,时年十六,护丧归莆田。从此,他结茅夹漈山,谢绝人事,闭门诵读。这样一个少年,在远离村落的夹漈山茅屋中苦读,生活都没有保证,但却是"困穷之极,而寸阴未尝虚度。风晨雪夜,执笔不休;厨无烟火,而诵记不绝"。郑樵把毕生精力献给学术。

他没有官府的资助,也没司马光那样的幸运,有皇帝的赐书,又有

---

① 参见吴怀祺:《史学理论与史学史研究》,第一章"百年史学潮"("二十世纪中国人文科学学术研究史"丛书),福建人民出版社2006年版,第24～30页。

选录协修人员的许可，还得到一段休闲的时间。郑樵只能到藏书大家去借读。至诚感人，当地藏书丰富的人家，给他很多方便，郑樵有书可读，又得到食宿上的帮助。在这样困境中，他一生写出上千卷的著作，这是要有怎样的毅力！

还应当看到，宋高宗绍兴年间，秦桧当政时期，文化上压制空前残酷，私人修史是违法的事。秦桧禁野史，秦熺监领国史，奸相父子以禁野史为由，迫害士人，在这样"风波易起"的年代，郑樵没有停笔，"山林三十年，著书千余卷"，在这样的基础上，写成了今天我们能看到的、继司马迁《史记》之后的又一部通史巨制《通志》。

晚年完成的七百余万字的《通志》，他又一次步行数千里，送到临安，用郑樵的话，是"提数百卷自作之书，徒步二千里，来趋阙下"，① 求朝廷能收藏。想想看，当时没有现代这样的交通，一介穷书生，不止一次，硬是从福建的莆田步行到临安，把自己的修书，献给朝廷。这是怎样的精神！

——学术创新的理念。

郑樵推崇司马迁"成一家之言"的治史主张，自觉地进行学术上的创新，提出修书要有"自得之功"，正是对这种传统的继承。

他说："修书自是一家，作文自是一家。修书之人必能文，能文之人未必能修书，若之何后世皆以文人修书。天文之赋万物也，皆不同形。故人心之不同犹人面，凡赋物不同形，然后为造化之妙；修书不同体，然后为自得之工。"②用今天的话，意思是说，写史不是一般文人所做得了的，一定要有"自得之功"。这是怎样的学术的自觉！

——务实治学的追求。

郑樵写史，特别强调的是"实学"，这种实学包括两个方面，一是如实记载，让史实本身说话，反对对历史的曲解与伪造。二是史书要成为对社会有用之作。

《通志·总序》说史家修史，不要"徒相尚于言语"，不能"专鼓唇舌"。具体地讲，史书应当只纪实事，"纪传者，编年纪事之实迹，自有成规，不为智而增，不为愚而减"。③ 要删去没有内容、没有价值的论

---

① 《郑樵文集》卷一《献皇帝书》。
② 《郑樵文集》卷三《上宰相书》。
③ 《通志·总序》。

赞。如果史家以天人感应说，行褒贬美刺，牵强附会来解说历史，他更是反对的。

郑樵重实学，在刻苦读书的同时，又十分重视在实际中观察、思考。为了学习、研究天象的知识，他在月夜里，观察星座，对照着读《步天歌》。为了认识动植物的情性，他向农圃人求教，到深山老林中去，观察鸟兽的生活状况，"与农夫野老往来，与夜鹤晓猿杂处，不问飞潜动植，皆欲究其情性"。他家乡的草堂纪念馆周围至今还有占星石、晒书石，据说，就是当年他观察天象的地方。千年古迹今犹在，一代新风传后人。

郑樵认为，如实记时书事，是史学的基本要求，他宣称"使樵直史苑，则地下无冤人"。郑樵又提出："《诗》、《书》可信，而不必字字可信。"他倡导治学要有独断精神，反对"依缘门户"，人云亦云的"胸无伦类"的学术。对当时的学术，他的评价是："经既苟且，史又荒唐。"①

他的学术批评，正如他自己的表白，说："臣今论此，非好攻古人，正欲凭此开学者见识之门，使是非不杂糅其间。"②

郑樵反对"空言著书"，主张不能把辞章之学、义理之学的恶习带到史学领域中，说："辞章虽富，如朝霞晚照，徒焜耀人耳目；义理虽深，如空谷寻声，靡所底止。二者殊途而同归，是皆从事于语言之末，而非实学也。"③

所以，郑樵的实学思想是古代学术上的民主理念，在中世纪的史界带有思想解放的意义，就是比起近代西方的"如实直书"的思想，也还是有更多的意蕴。

这是怎样的学术追求！

——研究方法的科学因素。

郑樵在治史上的把分类的方法与通识联系起来，是治史的科学方法论。

他有自己的治学方法论，从"专门之学"出发，提出："有专门之书，则有专门之学；有专门之学，则其学必传而书亦不失。"④"善为学者，如持军治狱，若无部伍之法，何以得书之纪；若无核实之法，何以

---

① 《通志·总序》。
② 《通志》卷四十一《乐略一》。
③ 《通志》卷七十二《图谱略·原学》。
④ 《通志》卷七十二《图谱略·索象》。

得书之情。"①由此，他意识到"类例"法的重要性。 他说："学之不专者，为书之不明也；书之不明者，为类例之不分也。 有专门之书，则有专门之学；有专门之学，则有世守之能人守其学。 学守其书，书守其类，人有存没，而学不息；世有变故，而书不亡。"②

类例的分类思想是具有近代科学方法论的因素。《通志·昆虫草木略》有两卷，首先是分成"类"，"类"下有"种"，"种"之下又有细分的"种"。 在古代，能有这样自觉的分类观念，确是不多见。

这是怎样的学术见解！

——史学范围的扩大。

郑樵的治史，早已突破了"记时书事"、"褒美贬恶"的要求，以开阔的眼光看史学，在每一个重要的学术领域内，在史学、文字学、音韵学、目录学、校雠学、文献学以及自然科学方面，都有开拓性的贡献。另外，在氏族学、谥法知识乃至音乐领域内，都有不可忽视的成就。《通志·二十略》是这方面的代表。《通志》与《史记》的历史观念都是大历史观念，而且更有特点，下面再举一例。

近代倡导国学，看到"小学"的意义，王国维说：

> 自汉以后，学术之盛，莫过于近三百年。此三百年中，经学、史学皆足以陵驾前代。然其尤卓绝者，则曰小学。③

郑樵在《通志·总序》中也说："六书不明，小学卤莽"，"经旨不明，穿凿蜂起"。 郑樵力图通过文字的阐释，使儒家经籍恢复本来面目。 在近代国学中，郑樵的学术应占有重要的地位。

由此，他用相当的精力研究小学。 在郑樵的所有著作中，以《尔雅注》最为清朝《四库全书总目》推崇。《尔雅》在传统的目录分类中列在"小学类"，但它不是一般的小学书籍，而是儒家《十三经》中的经。《四库全书总目》推崇郑樵的《尔雅注》，认为这本书，在过去研究《尔雅》的书籍中，是"最为善本"，原话是这样说的："乃通其所可通，阙其所

---

① 《通志》卷七十二《图谱略·明用》。
② 《通志》卷七十一《校雠略·编次必谨类例论》。
③ 《观堂集林》第二册，中华书局1959年版，第394页。

不可通。文似简略，而无穿凿附会之失，于说《尔雅》家为善本。"①

史家注意研究"小学"并不罕见，难得的是把语言文字、音韵之学，把"小学"类作为历史的重要组成部分，写进大通史中，在中外史学史上，也是罕见的。有的史书，如其后的《辽史》、《金史》有"国语解"，只是作为读通史籍的工具，这和郑樵的学术观念，是不能相比的。《通志》有《六书略》和《七音略》，两部分合起来，是对文字、声韵的总体的认识。古代史家能把文字、音韵作为专门的部分，写入史书，确是郑樵的创造。

《通志》设立有关文字、音韵的《略》，其出发点还是使史书有实用的价值。六书明，可以明经术，由此可以通经而致用。七音研究的价值在这一层外，还有一层更深的意义，就是郑樵所说的"宣仲尼之教"，②最后可以达到"用夏变夷"的目的。这可以说是用开阔的文化交流的眼光来看待文字音韵研究的价值。

这是怎样的学术视野！
——历史与文化发展大势的观念。

郑樵在《通志·总序》中，开宗明义提出要用"会通"的精神来认识历史：

> 百川异趋，必会于海，然后九州无浸淫之患；万国殊途，必通诸夏，然后八荒无壅滞之忧。会通之义大矣哉！

应该说，这是郑樵写史的主旨，既是史学的通识，也是对历史和文化发展大势的看法。《通志》作为一部大通史，郑樵之所以在《总序》的开篇就提出"会通"观念，是对中国历史的总体的看法。这不应当只是局限在史学方法论去认识他。梁启超在《中国历史研究法补编》中论及写通史的问题时说："朱子前一点，最伟大的是郑樵。他以为历史如一个河流，我们若想抽刀断水，是不可能的。所以以一姓兴亡为史的起讫是最不好的。因此，创作一部《通志》，上自极古，下至唐初。"③梁任

---

① 《四库全书总目》卷四十。
② 《通志》卷三十六《七音略·七音序》。
③ 该书标点本较早地收入梁启超的《中国历史研究法》一书中，上海古籍出版社1987年版，第305页。

公体察到了郑樵作史的创意。

郑樵生活的时代,在朝廷中握有大权的秦桧,提出"南自南,北自北",而郑樵提出的是"万国殊途,必通诸夏"。我们无需作过多的解读,但内中确为郑樵的心声。

这是怎样历史的眼光!

近代国学有不同的旨趣,但郑樵研究的是新文化兴起的结果,是史学近代化的反映,也是近代国学兴起的体现。此后,郑樵专题成为中国史学史研究的重点之一,是势之必然。

20世纪的下半期,国学作为专门之学的研究,曾沉寂了一段时间,但郑樵的研究却是在发展的。郑樵的研究成为继承史学遗产的重要组成部分,吾师白寿彝先生在这方面做出突出的贡献,发表相关学术论文,其中有:《郑樵对刘知几史学的发展》(载《人民日报》1961年4月6日)、《从历史编纂工作看郑樵》(载《北京日报》1961年5月5日)、《从历史编纂工作看郑樵——纪念郑樵逝世800周年》(载《北京日报》1961年5月25日)、《关于郑樵生卒年》(载《北京日报》1961年7月27日)。①

当时,厦门大学也是研究郑樵的重镇,厦门大学组织了娄曾泉诸位先生的专门研究郑樵的郑樵历史调查组,对郑樵的著作和故居作深入调查②,撰写研究论文《郑樵史学初探》。③

进入20世纪80年代后,对郑樵的研究又有了新的进展,研究领域也有所拓展,论文数量大大超过以前各个时期。在白寿彝先生的指导下,我对研究郑樵做出较为全面的研究,除发表一系列论文外,对郑樵的《夹漈遗稿》进行校勘、增补不少佚文,编成《郑樵文集》和《郑樵年谱稿》,这两本书合成一书,由书目文献出版社于1992年出版。以后又撰写成《郑樵评传》(广西教育出版社1997年版)。十多年过去了,有些地方很难买得到。

记得1998年3月4—6日在郑樵的家乡福建莆田市,开了一次全国

---

① 另外,《中国史学史研究任务的商榷》(载《人民日报》1964年2月29日)、《谈史学遗产》、《马端临的史学思想》(两篇文章收进《学步集》,人民出版社1962年版),都有研究郑樵的内容。
② 厦门大学郑樵历史调查组:《宋代史学家郑樵历史资料的新发现》,载《文汇报》1963年3月30日。
③ 《厦门大学学报》1963年第4期,后收入吴泽:《中国史学史论集》,上海人民出版社1980年版。

性的郑樵学术讨论会。会后,我写了一篇文章,题为《重读郑樵,理解郑樵——首届郑樵学术讨论会侧记与断想》①。我深感一个伟大的史学家的作品总是与时代联系在一起的,随着时代的进展,他的作品的思想价值得到新的认识,显现出更耀眼的光辉。

感谢陈支平教授的帮助,这三本书合成一书,得以重版付梓,书名总称为《郑樵研究》。整合成的新书,结构作了调整,对原书又作了一次校订,改正了不少错讹,增补一些缺漏,删去了附录中不必要的资料。厦门大学历史系吴海兰博士为书稿录成电子文本和校对文稿,做了不少工作。厦门大学出版社薛鹏志先生在伏暑时节,为书稿出版付出很多辛劳,一并致谢。

原来拟把包括我的相关的研究论文作为本书的一个部分,但考虑再三,没有这样做。一来,这些论文通过网络能够检索得到,下载阅读也不困难;二来,本书有郑樵研究的概述,自己研究的心得,多数在这本书中也体现出来了。所以这些论文就没有收录。

三书合在一起,虽有重复的地方,但能发挥规模效应,方便人们从整体上去认识郑樵,进而从中国近代文化发展过程中,理解郑樵研究与史学近代化的关系,理解近代的国学的相关问题。这对 21 世纪的民族史学的新发展,当然有意义。原来曾设想写一部《郑樵大传》,此话是原《郑樵评传·后记》说出的,如果天假我以年,我还是想完成的,因为在一定意义上说,郑樵可以作为古代世界文化名人来看待。

当前,郑樵研究和国学研究出现新的态势,但注意民族性与时代性的要求,以振兴民族文化,则是基本点,也是对郑樵研究、国学研究的基本要求。

2010 年 7 月
于北京师范大学

The 30th Anniversary of Xiamen University Press

吴怀祺 北京师范大学史学研究所教授、博士生导师

① 《史学史研究》1998 年第 2 期。

"福建历代高僧评传"

主编：释本性
责编：薛鹏志
出版时间：2010年10月—2011年12月

福建省新闻出版广电局重点图书出版项目

总序

学 诚

　　福建地处我国东南沿海，早在三国时期，佛教就已传入这块充满生机的土地，并与生长在这里的人们结下了不解之缘，出现了诸如百丈怀海、黄檗希运、雪峰义存等杰出的佛门巨匠，而近代之太虚大师、弘一法师、虚云老和尚、圆瑛法师等以福建为道场，在中国佛教近代史上写下了光辉灿烂的一页。

　　纵观福建佛教的历史发展，它具有以下几个主要特点：

　　一、寺院建筑规模宏大。譬如泉州开元寺、福州怡山西禅寺、福州鼓山涌泉寺、厦门南普陀寺、莆田广化寺等，皆雕梁画栋、错落有致、气势磅礴、雄伟壮观。

　　二、丛林道风严整有序。自百丈禅师台创立清规以来，丛林生活的规范即成为僧团和合共住的信条，一直延续至今，仍为僧团必须遵守的制度。

　　三、重视教育，培养僧才。佛教教育一直为福建各名蓝古刹的大德先贤所重视，早在唐宋时期，即有各种形式的讲学活动。近现代的佛学教育则应首推太虚大师创办的闽南佛学院，圆拙长老开办的福建佛学院，当今国内外住持佛教的许多大德多为两院毕业生。

四、弘经布教，法音周遍。人能弘道，非道弘人，福建佛教历来重视经典的传布与流通，宋代福州开元寺历40年雕刻出版《毗卢大藏经》（俗称"福州藏"），明清时期鼓山涌泉寺即刻版印刷佛教经典。斗转星移，现代由圆拙老法师发起和创立的莆田广化寺佛经流通处所印行的佛教典籍，对当代中国佛教的复兴产生了不可忽视的影响与作用。福建的法师，足迹遍及东南亚与港澳台地区，这些地区至今仍与福建佛教法谊绵延。

五、慈善救济，福利人天。经云："佛心者，大慈悲心是。"本着无缘大慈、同体大悲的思想与精神，千百年来，福建佛教积极开展济世利民的慈善事业，诸如兴建桥梁、施医施药、赈灾济厄等方面，皆留下了弥足珍贵的感人事迹！

六、通俗信仰普及民间。佛教在福建的不断发展，与传统的儒家、道教结合，从而形成各种地方性的民间信仰，千百年来，广泛融入福建人民生活之中。

萧梁古刹——福州开元寺方丈本性法师，年富力强，嗣法明旸长老，秉承佛心、师志，集国内专家学者之力，精选出古今中外50名闽籍（或闽地）高僧，编撰"福建历代高僧评传"丛书，此举不仅是福建佛教界的大事，也是中国佛教界的盛事。丛书的出版，不光为彰显福建自古为佛教文化之重镇，更期追踪古圣先贤，为中华佛教界树立崇高典范，其拳拳赤子之情，令人感佩不已。

是为序。

学诚 中国佛教协会会长，福建省佛教协会会长

《人群·聚落·地域社会：中古南方史地初探》

作者：鲁西奇
责编：董兴艳
出版时间：2012年3月

2013年获第三届中国大学出版社图书奖优秀学术著作奖一等奖

代序
中国历史的南方脉络（节选）

鲁西奇

一、南方居民（或人口）的来源、族群分划及其本质

传统中国历史阐释体系中有关南方地区历史发展叙述与阐释的核心线索之一，是北方人口南迁以及由此而引发的南方人口构成、分布的变化，而南方地区的经济开发、社会发展乃至政治控制秩序之建立，都是伴随着北方人口的南迁而实现的。因此，欲重建南方历史的认知与阐释体系，就必须重新认识这一论说体系。

经过这几年来的思考与初步探讨，我以为上述论说体系至少是不全面的，或者说在方向上是存在偏差的，并初步形成了一些粗略的看法：南方地区（从总体上来说）居住人口的主体部分，是南方地区的土著人口逐步发展而来的，北方移民及其后裔，虽然在各地区所占的比例不尽相同，但总的说来，并未占全部总人口的大部分（各时期都是如此）；传统解说体系中认为现今南方地区大部分人口的来源均可以溯源至北方中原地区的说法,很可能是错误的。

因此,我们需要做的第一步,就是辨明"南方人口北来说"的历史真实与"文化创造"。这就需要重新检视中国历史上的几次大规模北方人口南迁运动对南方人口构成及其分布带来的影响,并做出总体的评估。特别是长期以来一直被认为改变南方人口构成,并引发所谓南方地区大开发浪潮的三次移民运动(永嘉之乱后、安史之乱后、靖康之乱后)及其影响,是问题的关键。可以相信,这三次移民运动给南方地区增加了相当多的人口,但比起南方地区固有的土著户口来说,北方移民及其后裔可能并不占有绝对优势(这需要作仔细的文献考辨与数据分析)。南方地区户口的基本构成仍是南方土著居民。华南的学者们关于粤闽宗族的研究,特别是刘志伟、郑振满等先生对族谱的解读,已相当充分地证明:粤闽各地族谱中有关其祖先来自中原的传说或记载,绝大部分不过是一种"文化建构",这种"历史记忆"不过是将自己转化为帝国秩序中具有"合法"身份的成员的一种手段。因此,使用族谱资料研究移民史的路径就不得不加以重新考量。

第二步,就是要进而辨明:(1)这些南方土著居民,究竟是些什么人——具有哪些特征;(2)他们是如何被界定的,以及他们自己是如何界定自己的;(3)这些南方土著居民又是如何逐渐被认为是(他们自己也以为是)"来自中原"的,即"南方居民源自中原说"是如何成立的,以及这一说法的实质是什么。这些问题,当然需要分时段展开考察。其中涉及南方"民族"史上的一些重大问题,比如越、蛮、巴、獠、瑶的渊源流变、族群本质等,我们总的倾向是认为这些历史上的南方的族或族系,基本上可以视作华夏士人从外面加于南方土著居民之上的,是"他称族名",而主要不是其自身的界定,因此,也就不能全面而切实地反映其自身的真实状况。随着其中的相当部分,渐次被纳入王朝国家的版籍系统,接受了代表"华夏文明"的文字,逐渐从"化外"进入"化内",遂脱离其土著背景,被改写为"来自中原的华夏移民"(他们自己特别是其精英分子、士大夫们,在这一改写过程中发挥了至关重要的作用)。

弄清楚以上两点,我们可以对南方地区的人口发展、分布及其族群本质做出重新阐释。探讨这一问题的立场应当是人类学的,而不应是民族学的,只有将我们讨论的立足点放在人群的构成(移民与土著)这一背景下,才能回避所谓民族界定、划分等诸多有分歧的问题,而将问题集中在：究竟什么人，才是南方历史发展的主体？ 北方移民抑或南方土著？

二、古代制度的南方类型与制度演变的南方道路

传统中国历史阐释体系中有关南方地区历史发展解说体系的另一个核心线索，是王朝国家通过各种手段、途径，在南方地区逐步建立起王朝的政治、经济与文化制度，并通过这些制度及其运作，将南方各地区稳步、牢固地纳入王朝国家的控制体系之中。"制度"一直是中国古代史研究的核心，也被看作是王朝国家控制南方地区（以及其他地区）最重要的途径。

这一解说的前提有二：(1)专制主义中央集权的力量是强大的，有足够的力量在各地区推行其制度；(2)因为第一点，"制度"在各地的推行与运作，至少是比较整齐划一的，或比较一致的。而现有的研究，对这两个前提都提出了质疑。 由此，我们在思考：王朝国家的诸种制度设计，在南方地区推行实施的过程中，是否可能因地制宜地形成某种"南方类型"（或者有更多的地方类型）？ 而这种制度的演变，是否表现出某种"南方道路"？ 关于这一问题，我目前的思考集中于如下四个方面：

(1)我的思考首先是从乡里制度出发的。 我们知道，春秋、战国逐渐萌芽、秦汉特别是汉代建立起来的乡里制度，实际上是以北方地区的聚居村落为基础的——居延汉简等出土文献揭示了这种乡里制度实施的实况乃是所有居民都居于有土垣或篱栅围绕的"里"中，因而构成了相对整齐划一的"百户为里"的居住方式与乡里系统。 而江陵、长沙、江都等南方各地所出之汉、三国简，则说明南方地区根本不存在这样的集聚聚落，而是分散居住于小规模的散村中，甚至很多自然村只有两三户乃至一户，也没有任何证据表明这种自然村落周围会筑有土垣！ 显然，散居状态下，"百户为里"的乡里制度的推行只能采取变通的方法：以地域为主，划地为里，集里成乡，即乡里制度表现为"地域组织"，其基础是地域，而不是村落。 这是南方地区的乡里制度与北方地区的乡里制度（王朝国家确定的标准制度）在实施过程中发生的变异，而这种变异因为发生在源头上，所以对后来的演变实有很大的影响。

(2)我思考的第二个出发点是南方的城市以及城市内外的制度。 我们知道，城市是王朝权力的象征，所以，它要求城市（治所城市，下同）

的形制与结构尽可能地遵从所谓"礼制"的要求。很多研究中国建筑史的专家都强调古代城市建设对《考工记》的遵守，我们在北方也看到了大量方方正正、符合制度规定的古代城垣。明清时期南方地区的治所城市，也努力遵守这些规定，但做得不够好，还是显示出某些不合礼制的倾向，最重要的是，他们似乎更倾向于遵守地形、实际需要与"风水"的要求。地形、实际需要与风水原则下的南方城市形制，与礼制原则下的北方城市，显示出古代城市形制的两个方向——当然，我们现在所看到的南北方城市，更可能是这两种方向共同作用的结果。同样的理路，我试图去看隋唐时代的里坊制是如何在南方地区的治所城市中推行实施的。在《唐代地方城市中的里坊制及其形态》一文中，我论证说：唐前中期，除了少数新筑或全面重修城郭的州县治所城市外，大部分地方城市中并不存在以坊墙或篱栅环绕的封闭式里坊；在沿用旧城垣的州府城罗城里以及未立城郭的州县治所城市中，抑或置有属于城乡基层行政组织系统的里、坊。"安史之乱"后，随着大部分州府治所城市及部分县城普遍增修或扩修罗城，里坊制得到较普遍推行；这些里坊主要是以户籍控制、科税和治安为目的而编组的基层行政单位，其形态是以街巷为中心、向两边展开的街区。同时，许多城市的附郭也存在市场，进一步说明即便在唐前中期，城市商业活动也并未完全被限制在封闭的"市坊"之内。换言之，当隋及唐前期里坊制度确立的时候，南方地区的大部分州县治所城市沿用六朝以来的格局，根本没有实行里坊制；而在中唐以后，南方封疆大吏们却在南方地区普遍推行包括里坊制在内的唐制，特别是在节镇驻所城市中建立起了里坊。这样的解释，与自加藤繁以来有关里坊制（或坊市制）的解释大不相同，进而影响到我们如何认识宋代城市发展方向的问题。

(3)我思考的第三个方面是关于南方地区行政区域的设立与划分。一般认为，行政区划是在统一的中央集权制国家之下进行的分地域与分层级的行政管理体系，是集权的中央政府自上而下地对其所统治地域进行的分割与分层，即所谓"体国经野"。实际上，政区的形成与划分是一个更为复杂的过程，很多时候并不是出于中央政府的制度设计，而是一系列政治、经济、军事乃至人事因素共同作用的结果，地方政局变动、区域政治格局、地方政治势力、经济兴衰以及军事行动、策略等多方面因素对地方政区的形成与变动都会带来很大影响。如西晋永兴元年（304年）设置寻阳郡，就是为适应张昌起义平定后进一步加强对长江中游地区的控制而采取的措施之一；永嘉元年（307年）寻阳郡境域之扩展与属县之增加，则很可能与华轶力图拉拢寻阳地方势力有关；永嘉二年至五年间寻阳县治之南移，很可能是由于华轶为保守江州、收缩防线所致；至东晋末年寻阳、上甲之省并及松滋、弘农二郡之降为寻阳郡属县，则是刘裕荆、江整顿措施的一部分，主要是借此以削弱荆、江二州实力。唐初的"山南道"，也并非当时朝臣根据舆图所示、依其"山川形便"而划定者，而是对西魏北周乃至两晋、北魏以来不断变化的地理观念及政治地理格局的继承与发展，实有其特定的政治、军事乃至经济、文化基础。进而言之，贞观十道中各道的划分及其地域范围的确定，或皆非仅以"山川形便"四字所可解释，而有其深厚的历史政治地理背景。如河南、河北道，即显然与北魏、东魏、北齐以来的政治地理格局及其变化有着密切关联。因此，欲探究唐初"贞观十道"之渊源及其划分之原则，必须结合晋魏以来地理观念与政治地理格局之变化，方能明了。

（4）我思考的第四个方面是关于役法的实施。《说文》云："役，戍边也。古文役从人。""赋，敛也"，"租，田赋也"。编户齐民要纳赋服役，乃是王法。在关于中国赋役制度史的研究中，赋，比较受重视，其演变之迹也大致清晰；而役的研究，则相对薄弱，诸多关节都不大明白。我最初关注到南北役法的不同，是读《宋会要辑稿》"食货·水利"部分，注意到北宋北方编户的河工之役甚重，而南方（淮河以南）则基本没有此项力役。后来系统地读张泽咸、郑学檬、王毓铨诸先生的研究，即颇着意不同时代役法在各地实施过程中的差异。然此一领域非常难，我还未能进入，只是有些很不成熟的想法，可能是以后的研究中最为费力的部分。

兵役和力役乃是中古徭役制度的核心部分，也是编户齐民负担最重的役。我试图从兵役出发，探讨北、南朝兵役的异同，但还没有理出头绪。总的说来，北朝是从部落兵制逐步发展到了府兵制，基本是军、民分立，所以虽然频繁征发汉民为兵，如北魏孝文帝南征时，发州郡之民，"十丁取一以充行"，但在周武帝改革府兵制以前，汉族农民的兵役负担大抵不是很重。而南朝则大不相同，自孙吴以来，即频繁征发民户为兵，到东晋南朝时，乃形成所谓"三五取丁"之制。如刘宋元嘉二十七年（450年），"发南兖州三五民丁"；"大明五年（461年），发三五丁"。所谓三五丁制，就是五丁取三。汉民编户齐民兵役之重，远过北朝。

且役期甚长。鲍照诗云:"少壮辞家去,穷老还入门";"去乡三十载,复得还旧丘"。这是兵役的北、南两个系统。北周、隋统一南方,将府兵制渐次向南方推广,但南方置府甚少,且大多不过长江,则南方编户兵役负担大减。故隋唐统一后,是将北方的兵役之法向南方推行。在《西魏北周时代"山南"的"方隅豪族"》一文中,我即试图在毛汉光研究的基础上,说明府兵制是如何随着西魏北周的征服,向山南地区推行并在推行过程中发生变化的。

如果说中古时代南方地区的兵役相对较轻的话,运役即运输之役则相对较重。隋唐时代,江淮以南,每年都要北运大批粮食,以致"江左困输转","水漕陆挽,方春不息,劳人夺农,卒岁何望,关东嗟怨"。安史之乱后,唐王朝仰给东南财赋,"征师四方,转饷千里,赋车籍马,远近骚然,行赍居送,众庶劳[苦](止)。或一日屡交锋刃,或连年不解甲胄,祀奠乏主,室家靡依。生死流离,怨气凝结。力役不息,田莱多荒。暴命峻于诛求,疲甿空于杼轴。转死沟壑,离去乡闾,邑里丘墟,人烟断绝"。这是德宗朝山南、淮南、江南诸道的情形。南方运役之重由此可见一斑。

总之,中国古代的乡里制度、城市里坊制度、赋役制度等重要的制度设计,主要是立足于北方地区的,是大致与北方地区的地理、经济生产方式、社会状况相适应的,所以,当这些制度推行到南方地区时,就必须加以变通,所以就产生了"制度的南方类型";因为在实施之初,就与制度设计和规定不尽相符,在后来的演变过程中,就形成了越来越多的南方特征,从而发展出"制度演变的南方道路"。这些制度的南方类型及其演变的南方道路,又反过来影响制度设计本身,这种影响越到后来越大,使古代制度体系逐步走向"南方化"。

三、南方地区的民间信仰与仪式

2003年以来,我很大一部分时间与精力,放在买地券的研究上。我之所以研究这些买地券,有三个理由:第一,它是真正的民间文献,是那些不太识字或完全不识字的老百姓,请人书写的,书写人多为地理师、阴阳先生、僧道之流,不是士大夫。第二,人在这个世上,无论荣华富贵抑或穷困潦倒,都是要死的。因此,如何对待及如何处理死,是人生大事。通过买地券,可以窥知古代民众如何看待以及如何处理死的问题。第三,买地券的源头是战国晚期、西汉时代楚地所出的告地策,因此,我倾向于把它看作为南方部分地区(长江中下游或整个长江流域)处理死亡的早期传统。从汉魏六朝的材料看,武夷君、安都王可能是南方地区较早的冥君,与北方地区的泰山神君不同,可能是另一个源流。换言之,在佛教传入并成为大众信仰之前,南方民众关于阴间的构想,是与北方地区有很大不同的另一个系统。从楚至汉代告地策,到衣物疏、买地券,这很可能是源自南方特别是楚地的一种死亡处理系统。当然,这一传统到唐宋时代,影响到各地,甚至西北地区(敦煌吐鲁番的材料),而这可以看作是南方民间信仰的扩展,或者说北方信仰受南方信仰影响的过程。

第二个方面,是关于民间丧葬仪式。这一问题,实际上是前一问题的延伸,因为买地券的研究只处理文字资料,还不是活的历史。那么,怎样在当代的人类学观察中,透视出其古老的仪式传统呢?我与几位朋友,主要是刘永华教授,不断地摸索这个问题,永华对科仪书的文本解读,对我帮助很大。但文字传统,无论其适用范围多大,都是可以及于很多人的;而一个仪式,参与者是有限的,但参与者的参与程度,远过于阅读或聆听文字的表达。因此,仪式及其过程,是最能显示出地方性的。自从武雅士以来,很多研究民间信仰仪式的学者,都把着眼点放在从仪式上观察国家权力系统的折射或沉积上,这固然是重要的一方面,但我以为很多仪式主要是面向地方社会、当地民众而做的,所以需要得到民众的理解与认同,因而它是"地方的"。仪式的地方性,可能会是我以人类学的眼光去看待古代史的着眼点之一。但具体会怎样做,我还完全不知道。

四、南方地区民众生计的多样性与经济形态的多元化

传统中国历史阐释体系中有关经济发展的一般性叙述模式是:人口增加(劳动力增加)→土地增辟(田亩增加)→生产力提高(主要表现为铁农具与牛耕的推广、农田水利事业的发展,后者又主要表现为灌溉水利的发展)→农业经济发展(农产品总量的增加)→商品交换的发展与商品作物种植→手工业经济的发展。这种经济发展史的叙述与阐释,主要是就单纯的农耕区域而言的,对北方地区特别是农耕与畜牧兼营的地区也并不合适。就南方地区来说,民众生计所依靠者,除了以稻作为核心的农耕

之外，还包括山林（以采集与果木种植及伐木为主）、河湖海洋（捕捞与养殖）这两个重要方面。因此，南方地区的"农业资源"，就与北方中原地区相对单纯地依靠"土地"不同，所以其农业经济的结构也就与北方地区不同。这样，从资源出发，考察南方地区农业经济的结构，就成为研究的第一步。山林、水面所有权，可能是研究这一问题的重要入手点。

由于农业经济不单纯依赖"田地"，生计来源多元化，不同类型产品间的交换很可能就成为必然。我揣测南方地区的交换、贸易的频繁程度要比北方地区高，商品经济的发展程度可能比北方地区要高，越到后来越是如此。换言之，南方地区的商业传统要比北方地区相对发达。这样，就构成了南方地区多样化的经济形态：以稻作农业为主的农耕经济，以果木栽培、山林采伐为主的山林经济，以捕捞、养殖为主的渔业经济，主要表现为产品交换的原始商品经济。土地资源及其利用方式的多样性，是经济形态多样性的基础。多样性的经济形态，或者说是生计方式的多元化，使南方居民的生活相对而言不太匮乏，故南方地区的经济发展相对平稳，不像北方地区那样大起大落。这是南方地区社会经济发展相对平稳、未发生大断裂的重要原因。

以稻作农业为主、渔猎经济为辅的多元化经济形态，给南方地区的社会经济生活带来很大影响。《史记·货殖列传》云："楚越之地，地广人希，饭稻羹鱼，或火耕而水耨，果隋蠃蛤，不待贾而足。地执饶食，无饥馑之患，以故呰窳偷生，无积聚而多贫。是故江、淮以南，无冻饿之人，亦无千金之家。"《汉书·地理志》有关南方诸郡的记载，也证实了司马迁的描述。如巴、蜀、广汉，"本南夷，秦并以为郡，土地肥美，有江水沃野，山林竹木疏食果实之饶。南贾滇、僰僮，西近邛、莋马旄牛。民食稻鱼，亡凶年忧，俗不愁苦，而轻易淫泆，柔弱褊阣"。南迄海南岛上的儋耳、珠崖二郡，亦"男子耕农，种禾稻苎麻，女子桑蚕织绩"。这里描述了一个相对平等、分散而自给、自治的社会，与黄河中下游地区的集中与专制形成鲜明对比。就基本的生产方式而言，稻作农业需要有明确的田块和田埂，还必须有灌排设施；与旱地农业相比，稻作农业需要较高的技术和更加精心的管理。因此，从事稻作农业的人们，比种旱地的农人更倾向于稳定，也易于养成精细和讲究技巧的素质，有利于某些技巧较高的手工业的发展。丰富的水产与山林资源则提供了稳定而可靠的补充食物。凡此，都促进了稻作农业下自给性生活方式的形成。同时，南方地区早期的稻作农业主要在河谷地带和平原边缘地带展开，小规模的协作即可进行，对大规模协作的要求不很强烈，这使得小规模的家庭生产成为可能。另外，平原湖区密集的河网或山区崎岖的道路，均促使农民将居住地与耕种的土地尽可能靠近，散居乃成为南方地区主导性的乡村聚落形态。质言之，以稻作农业为主的经济形态，在很大程度上决定了南方地区分散、自给乃至自治的倾向。

这一思考的最后一方面，应当是"传统中国思想发展的南方源流"，包括儒家学说的"南方化、南方地区的佛教与佛学、中国本土宗教道教的南方起源及其流变等问题"。这些问题还未及思考，只是于2010年撰写了一篇《温州龙湾国安寺千佛石塔宋代铭文考释》，算是开始涉足这一领域的研究，还说不上有什么体会。

这里所谈到的大多数想法都还未能落到实处，在今后的研究中也应当会有所调整，甚至有较大改动，但今后十余年，我大概会沿着本文所谈到的方向与理路继续探索，希望能够逐步形成一些较成熟、有意义的认识。

鲁西奇 厦门大学历史系教授、博士生导师

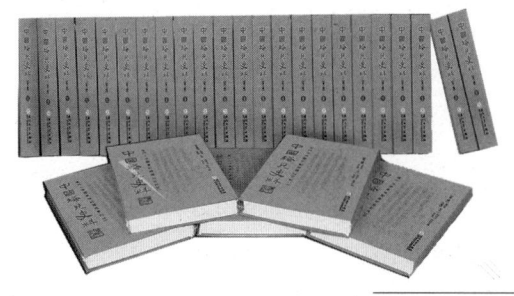

《中国稀见史料》

主编： 王春瑜、陈明光、侯真平
责编： 侯真平、董兴艳
出版时间： 2007年9月—2012年8月

国家古籍整理资助出版项目

出版说明

侯真平

史料，是研究宇宙过去（甚至当今、未来）一切学问不可或缺的前提之一。

流传至今的依附于电子技术之外的各种载体的史料，难以抗御水灾、火灾、动乱、蠹虫、磨损、老化等不可逆转的污损，尤其目前存世复本稀少的史料，亟须趁早进行抢救性、保护性的影印出版，以提高这些珍贵的世界文化遗产的保存概率。这就是我社编辑影印出版《中国稀见史料》系列丛书的目的之一。

海内外学者若欲一睹世界各地图书馆、博物馆、民间分散收藏的史料，必须耗费一定的经费、时间，有时即使耗费了一定的经费、时间，也不免徒劳（因为当今世界上任何最大型图书馆、博物馆、私人收藏，都未能尽数收藏全世界的史料），遑论散存各地的稀见史料。因此，如果我社竭尽所能，陆续把关于中国的存世复本稀少的史料编辑出版，就可以使海内外学者以较小的经费、时间代价，轻松地见到它们。这就是我社编辑影印出版《中国稀见史料》系列丛书的目的之二。

史料的稀见（包括存世复本的稀少），是决定史料价值的因素之一，因此从史料学的角度，我们既讲究史料的版本学、图书学、文物意义，以及其他学科意义的价值,又重视史料的稀见程度(包括存世复本的稀少),不拘史料是否年代久远、载体精致、写印精美、售价高昂、主流显学。强调史料的学术价值,是我社编辑影印出版《中国稀见史料》系列丛书的目的之三。

因此,从第一辑开始,我社主动向中国稀见史料拥有者约稿,投入巨资陆续编辑影印出版《中国稀见史料》系列丛书。

为了保障《中国稀见史料》的质量,我社在编辑影印出版时,尽力查核相关信息,确认入选史料的稀见程度,恪守保持史料原貌的整理出版原则,准确鉴定版本,据实订正提要,既对读者负责,也对我社的声誉负责。

唯愿《中国稀见史料》系列丛书的出版,能够对于抢救、保存、传播人类文化遗产事业有所贡献。

侯真平	厦门大学历史系副教授,曾任厦门大学出版社副总编、厦门大学古籍整理研究所副所长。历史学、历史文献学、古籍整理专家

《闽商发展史·总论卷》

主编：苏文菁
责编：高健、薛鹏志、曾妍妍、韩轲轲
出版时间：2013年6月

前言

雷春美

闽商，一个具有全球性称谓，一个带着古老东方文明商业文化最初胎记的商帮，一个从古代开始就驾福船、走异邦的卓越海洋族群，需要研究、正名、宣传，进入知识体系、教育体系和文化体系。

理解闽商，我们必须回溯自唐以来、近1500年的中国海洋曲折的发展历史。此间，中原主流文化对闽文化有着两次截然不同的态度——唐、宋、元时期，中央政府支持海洋贸易、鼓励开洋裕国，包括闽地在内的东南沿海的海洋性得到了彰显，闽商在此期间成长为一个海洋商帮。明清两朝，主流文化从海洋退却，对海洋文化的发展形成了强大的阻力，中国漫长的海岸线上，唯有闽商维系着中华文明中海洋文化的基因与血脉；同时，在与欧洲各东印度公司博弈的过程中，不仅维护了中国的海权，更展现了闽人所代表的中华文明在世界文明史上的独特意义——和谐与大同！

近代以来，闽地在最早的五口通商中，独占两口——福州与厦门，后又开放三都澳口岸，率先进入19世纪世界经济大循环之中。进入20

世纪以来，闽商不仅完成了从商业到实业的转型，同时还是欧洲工业技术与管理方式进入东亚的纽带，促动着古老中国艰难的工业化道路。三十多年前，闽粤两省共同成为中国改革开放的试验区，引领中国重新走向世界大舞台。

闽商是中国各大商帮中历史延续时间最长、最具商业精神，且极具海洋个性的商人群体。为了不断丰富闽商文化内涵，更好地打造闽商文化品牌，凝聚人心、汇聚力量，有力推动海峡西岸经济区建设，实现中华民族伟大复兴的中国梦，在各界专家学者和闽商们的呼吁、倡导与支持下，我们把《闽商发展史》研究编纂工作作为闽商文化研究的重大工程，并被列为福建省社会科学重大研究项目，于2010年8月正式启动。

《闽商发展史》全书拟编十五卷，除"总论卷"之外，还包含福建省九个设区市，港、澳、台、海外以及国内异地商会分卷，时间上从福建目前可追溯的文明史开始。我们深知本书研究编纂工程浩大、学术难度大，但我们愿意做开路者，愿意用我们的微薄之力铺下基石。按计划，2013年6月第四届世界闽商大会召开之前先出"总论卷"，以此作为献给大会的贺仪。今后，将陆续推出《闽商发展史》各分卷，让闽商文化建设与闽商事业共成长！

雷春美 福建省委常委、统战部长

《福建武术史》

作者：林建华
责编：陈进才
出版时间：2013 年 11 月

序 二

———

马明达

厦门大学林建华教授以数载之功，撰成 60 多万字的《福建武术史》，特意将书稿寄给我，并嘱序于我。坦诚讲，建华教授的高谊和信任，使我在书稿问世之前就得以先读为快，对我这个一向倾心于武术史的人来说，感念之情油然而生。至于写序，我足足拖延了半年之久，一直到书稿出版在即才仓促动手，然而当伏案临纸之际，却依然有着不知所云的茫然。这是真话。原因是我对福建武术所知甚浅，拜读了书稿才算是有了一定的了解，也引发了一些新的理解和联想，但仍感底气不足，不足以引动为一部专著撰写序言的信心。显然，一味推誉，非交友之道；想写点评价和心得之类的文字，又讲不出多少实实在在的东西来。此非虚语，我的内心的确如此。

以往，对于"东带沧溟，百川丛会；南望交广，北睨淮浙"①的福建

---

① （明）李贤等：《大明一统志》卷七四《福建布政司·形胜》，三秦出版社 1990 年版，第 1146 页。

省我相当陌生,甚而近在粤地的我,游屐却从未越过闽界。 直到近几年,曾屡到福建,特别是心仪已久的泉州,也因为稍稍涉足于福建的伊斯兰教史和回回民族史领域,写过几篇文章,才读了诸如《闽书》、《八闽通志》、《福建通志》等地方文献,读了一些明、清闽籍文人的别集、杂著,以及一些碑碣资料等,有的至今还在仔细地研读着,总算渐渐有了"山阴道上,应接不暇"的感觉。 但这主要是在海交史和回回民族史方面,至于武术史,我的关注点相对集中在中外交流、闽台关系和南少林、天地会等问题上,直觉告诉我,其中的学术空间相当宽广,许多问题都具有多学科交叉和多族群共生的特点,学术含蕴之富与价值之高,使其成为中国武术史一个特别引人瞩目的区域。 可惜,我自己一直都停留在"临渊羡鱼"的状态中,没有能"退而结网",只是在读书时,偶尔捡到一些零星史料,有了一些支离破碎的认识而已。 建华教授的书稿使我第一次对福建武术有了一个系统的了解,加深了我对古今八闽武术的宏观认识,随之,也使我产生了某些探究的兴趣。 但这都是后话,直到现在我还什么都没有做,只是略有所思而已。

  建华教授的《福建武术史》是我国第一部关于福建武术历史的专著,也是我国区域性武术史著作的新成果。 我以为这后一点尤为突出,值得专门讲几句。

  自 20 世纪 80 年代声势浩大、规模空前的全国武术"挖掘整理"以后,省、地两级的此类著作先后出了若干本,数量不算多,质量也参差不齐,与当年"挖整"大潮的磅礴气势相比,真让人有"雷声大雨点小"的感叹。 据说一些原本也有写史计划的省地早就曲终人散、偃旗息鼓了,国内是否还有人在做这项工作呢? 我在圈外,不得而知。 有朋友告诉我,多年来建华教授一直坚持不懈于福建武术史的研究和撰述,在武术总体状况不佳的大环境下,他自甘清冷,锲而不舍,终于完成了数十万字的书稿。 这是令人感佩的坚持,其中的艰辛非从事于武术史的人怕是难以体味的。 说到底,作为一种重要的传统文化门类,武术史领域至今仍是一片荒草凄迷的景象,许多重要问题没有得到深入研究,更谈不上已获解决,真正可供参照咨询的学术成果寥寥无几,史料星散难寻,几同大海捞针,加上还有不断被制造出来的虚妄无稽之谈大张旗鼓地混入其中,在权和利的双重保护下,想对之做去伪存真之辨,又谈何容易! 所以,不但武术史领域非常冷落,整个武术研究也每况愈下,学术队伍在萎缩,即使是有了某些研究成果,刊布也有困难,因为至今为止中国武术还没有一本真正意义上的学术刊物,没有自己的高水平的学术平台。这是中国武术的实际情况。大局如此,福建岂能独善?当然不可能。想到这些,我以为建华教授坚守学术本位、知难而进的精神是了不起的,只有对武术有着深爱之情的人才能做得到,才能在艰难的路程中不惧蹭蹬,不计功利,一往无前。

拜读了书稿,觉得有些特点是值得揭示出来的。

首先,作者将一部区域性的武术史依照通史体例来撰写,从起源、演进到当代的发展变化,努力做到了从古至今、有源有流、结构清晰、内容丰富多彩。在通史的大框架下,又有一些变通之举,比如第八章"福建武术对台湾的传播与影响"、第九章"福建南少林"、第十章"福建武术主要流派与特点"等,都是在通史体例中的专题研究,犹如插入其中的"纪事本末"体,而这些专题研究都是体现福建武术特色的地方,很吸引人,也都有深入论证的难度。体例上的灵活处置,作者显然是费了心思的,从而使书稿有"史"有"志",加上第十一章"福建武术人物"、第十二章"福建省武术历年竞赛成绩(新中国成立后)"、第十三章"福建武术大事记",这样,全书史、志、传、表、编年诸体一应俱全,互为补益。我以为体例和结构的安排是成功的,是同类著述中比较审慎而得体的。

其次,书稿对一些读者关注度高,而因为史料不足又有一定争议的问题,采取客观叙事,不做定论的撰述方式,我以为这是正确的处理办法。比如"南少林"问题,改革开放以来,是福建武术界最热门的话题,影响波及整个武术界乃至社会,甚至于引发许多海外侨胞的关心和介入。截至目前,福建已建成泉州、莆田、福清三个少林寺,都有一定规模,也都有建寺的理据,自然也会有争议,省内外都有不同的声音。作者用了一章四节的篇幅对"南少林"问题加以介绍,所用方式是先讲各自的"历史文献依据",再讲"研究动态",尽量做到平铺直叙,不偏不倚,没有什么倾向性意见。我觉得这样处理很好,表现了作者公允持重的治学态度。

再次,书稿是一部"史"书,但由于古代部分史料稀缺,确有搜寻之难,对有些朝代只能是有什么写什么,或详或略因史料而定,很难做到各代分量均平。从全书看,作者基本上遵循"略古详今"的大原则,古代部分严守史料取舍的学术准则,宁缺毋滥,对纷杂凌乱的民间传说之类慎于采用,我以为这同样是值得肯定的。所谓"今",主要是指新中国成立后的武术发展情况，主线自然是"竞技武术"的出现、发展和改革开放以来武术运动的重要变化。这部分内容以第七章"新中国福建武术事业的发展"为主，虽然只是一章，而实际有七节之多，文字量则是全书各章中最大的。此外，还有些内容也被安排在其他章节中，如第十一章、十二章、十三章，内容也以新中国的居多。这样，新中国的武术的各个方面，重点的人和事，竞赛成绩和社会活动，等等，可谓巨细无遗，差不多都包纳进去了。如果与《福建省体育志》①第一章和第九章的武术内容相比，书稿在量和质上都有明显提高。

一部字数浩繁的著作，不可能全无瑕疵，也不可能方方面面都无所疏漏。以我的一得之见，书稿在古代部分的史料和印证材料上都还有较大的挖掘空间，有的并不是稀见书，惜乎作者未能纳入视野，留下缺憾。举例说，关于"永春人善技击"，作者依据《明史》的记载又做了不少延展性论述，如能引用雍正《福建通志》卷九《永春州》关于永春人"其人悍武，遇患难，提戈赴斗，有燕赵之风"的描述，则更能彰显永春民风。漳、泉人也是如此。作者以《明史·志第六十七》"习藤牌，水战为最"为切入点，做了进一步的阐述，但还有些资料未能采用，虽无伤大雅，亦不免可惜。如民国杜保祺《健庐随笔》第十六条《漳泉人勇往之特性》云：

> 漳泉人之冒万险、渡重洋，以生以息，知者鲜矣。余阅《林文忠日记》，文忠戍新疆时，有漳泉人数百，居一村。其时交通不便，以温带南服之人而能远赴万里之冰天雪地中，其勇往之特性，窃以为不逊哥伦布之开辟新大陆也。使有国力为后盾，则南洋各属，早为我有矣。即以功业言之，如郑成功之一柱擎天，黄石斋之文章气节，俞大猷之荡平倭寇，陈化成之死守吴淞，皆为轰轰烈烈之壮举。以漳泉人之勇往而又习于海事，设沈文肃公在漳泉兴创海军，余敢言无甲午之败也，惜哉！②

泉州是俞大猷的家乡，作者以俞大猷为中心，对泉州武术人物和史事的论述相当深广，添增了许多不为读者所知的内容，但遗憾的是漏了

---

① 福建省地方志编纂委员会：《福建省志·体育志》，福建人民出版社1993年版。
② 杜保祺：《健庐随笔》，山西古籍出版社1995年版，第204页。

出自康熙朝理学名臣、福建安溪人李光地之口的一条史料，此见清王士禛《居易录》卷二十二：

> 李厚庵光地司马说，泉州僧定因者，膂力绝人，尤精少林拳棍，弟子习其技者数百人。每有远行，辄煮米数斗，尽食之，途中可数日不食。时漳州有虎狞甚，食人畜无算，太守必欲殪之。集兵士丁壮千人，持利械以往。虎负隅眈眈，无敢近者。定因适以事至，众望见之，噪曰："事济矣！"群走告之。定因曰："杀虎易耳，顾此虎非他比，须铁耙五十斤者乃足制之耳。"遍试无当意者，仅一才满十五六斤，曰："此稍可耳，然不能制其死命。须弟子一人同行乃可。"以枪授弟子，已持铁耙先之。未至十步外，虎怒腾起数丈，直取定因者三，皆避之，急以耙击虎首，虎哮吼，耙折，急呼弟子以枪刺之，自喉达尻，虎立毙。官重赏之，不受而去。时台湾方窃据漳泉间，拳勇少年多往从之，往往得官。定因不屑也。或厚遗之，亦随手散去，卒以老寿终。

李光地是学养宏深、才思明敏的一代名臣，他的家乡安溪，清代属泉州府，他的讲述可信度比较高。这位精于"少林拳棍"的定因和尚，很可能是明末清初南下北上的少林棍法在福建的传播者，定因在世的时间大略与宗擎、普明、广按、洪纪、程宗猷、普恩等少林僧俗弟子相对接，是少林棍法最活跃的时代。他与嵩山少林寺有何关系？这也是我非常关注的问题。总之，假如有再版的机会，书稿还有补苴修订的必要，以福建武术史的重要性而言，建华教授也一定会将其作为一项毕生事业，不断推进，不断深化。

拉拉杂杂写了以上内容，算是对建华教授之嘱有个交代。所言未必得当，好在序无定式，聊志同道之间的敬重之情可也。

癸巳中秋于说剑斋

马明达　暨南大学历史学教授、博士生导师，中华国术总会（香港）会长

《安平桥志》

编者：泉州市文化广电新闻出版局
责编：查品才
出版时间：2014 年 10 月

序一

黄展岳

安平桥创建于南宋绍兴年间（1138—1152 年），横跨于泉州市属晋江安海镇与南安水头镇交界的海湾上。东西走向，全长约五华里，俗称五里桥。在古代，号称"天下无桥长此桥"，现在仍是存世的最长的平梁式石桥。1961 年被国务院公布为首批全国重点文物保护单位。

安平桥的修建，打通了泉州南下漳州、潮州的交通，为泉州宋元海外交通跃居世界东方大港做出了重要的贡献。时至今日，这里仍然是泉州滨海富庶之地，晋南两地的水陆交通要冲，旅客往来称便。然而历经沧桑变迁，明清以降，安平桥下早已不见昔日的汹涌波涛，桥上也少见商旅繁忙景象。长桥两侧海滩泥沙淤积，大部分被围垦成为农田；桥面长期失修，石板坍塌断裂，破损严重。为复原旧观，20 世纪 80 年代，由国家拨款，进行过多次大规模整治。加固桥墩，平整桥面，复原桥上原有的一些憩亭、石护栏、石雕、碑刻；清除长桥两侧的泥沙淤积；新建若干排污工程。重现了一大片碧波水面，景观有了很大的改善。然因工程浩大艰巨，至今尚未疏通南下大海的航道。也就是说，整治安平桥及其周边环境、水道，还有很多工作需要继续完成。我小时候就听说泉州海边有一座很有名气的五里桥，心向往之，惜无缘一见。及长，离家北上，羁寓北京，直到20世纪80年代有一次南下省亲，有幸跟随泉州文博界友人前去沿海文物考察，才第一次目睹了久负盛名的安平桥雄姿。此后，我又多次南下，每次总要满怀崇敬的景仰心态，到此地一游，缅怀它千百年来默默奉献的丰功伟绩。每当看到长桥及周边环境多有改善，心感欣慰。但期望复原宋元风貌，达到联合国规定的世界文化遗产要求，看来尚需时日，则又不免留下些许遗憾。

客观地说，安平桥两岸的世代居民，以及历代地方官，对这座长桥是真心爱护的。千百年来，安平桥经过无数次的修葺重建，历代编修的福建通志、泉州府志、晋江南安两县志，近年编修的各种地方志书和旅游手册，都没有忘记它；古今地方官、乡贤、士人也留下许多记述颂赞它的篇章，都足以证明。美中不足的是，志书零散、杂糅，私人著述多有偏颇、省略，给当代研究者带来不便，为全面整旧复旧留下不少欠缺。

宗亲黄真真长期从事泉州文物保护工作，对此深有感受。为弥补这些缺憾，她不辞辛苦，默默收集、梳理历代安平桥的有关史料，经历多年努力，终于编纂成《安平桥志》一帙书稿。书稿资料齐全，体裁新颖；集资料性、知识性、学术性于一帙。可以预期，《安平桥志》的出版，将对安平桥的历史沿革研究大有裨益，为安平桥的保护和利用迈上一个新的台阶，为提升泉州的知名度做出贡献。承真真关爱，要我为书稿写篇序。我心系乡情，素来对安平桥心怀敬意，故不自弃年老力衰，思绪迟钝，遵嘱写上几句话，权作为序。

甲午年春节于北京木樨园寓所

黄展岳 ｜ 中国社会科学院考古研究所研究员、荣誉学部委员

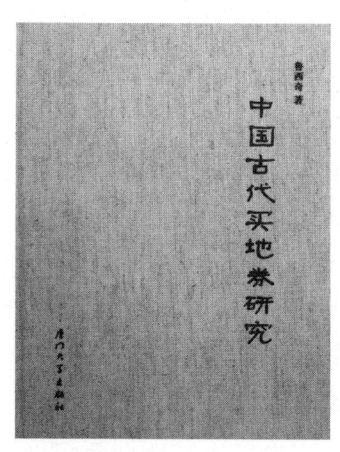

《中国古代买地券研究》

作者： 鲁西奇
责编： 韩轲轲
出版时间： 2014 年 7 月

国家出版基金资助项目

后记

鲁西奇

2004 年春、夏，我分别与武汉大学历史学院杨国安、周荣、徐斌、江田祥四位博士以及当时还在武大历史学院读本科的席会东（现在西北大学西北民族研究所工作）一起，在鄂东地区进行了两次田野考察，承黄冈、浠水、罗田、英山、黄梅、武穴等六县市文博部门的支持，得睹诸多珍贵文物与文献。其中，以上六县市博物馆所藏宋元买地券碑，前人多未及注意，颇具研究价值。在博物馆同志的帮助下，我们对各馆所藏买地券做了初步整理，共清理出 50 方，其中可辨识通读者共 37 方。我把这些买地券录文校释后，结合相关研究，认识到这是一批基本上可以界定为民间文献的宝贵资料。当年 5 月，我因事到北京，去拜见北京大学李孝聪教授，向他报告正在开展的工作。他很感兴趣，让我在中国古代史研究中心做一次介绍。邓小南教授了解到我的想法后，觉得与她主持的"唐宋时期的社会流动与社会秩序"有某些契合之处，嘱我写成论文。当时正在北大中古史中心讲学的黄宽重、朱瑞熙先生也给予很大的鼓励。后来，我就以这批材料为基础，撰写了《宋代蕲州的乡里区划与组织——基于鄂东所见地券文的考察》一文，刊在邓老师与荣新江教授主编的《唐研究》第 11 辑（北京大学出版社 2005 年版）上。

得到这些鼓励，兼以那几年中我的学术兴趣正逐步从传统的区域历史地理研究向古代民众社会生活与思想研究方面转移，我决心把古代买地券作为一个重要研究领域。当时的想法，主要有三点：第一，它是真正的民间文献，是那些不太识字或完全不识字的老百姓，请人书写的，书写人多为地理师、阴阳先生、僧道之流，不是士大夫。第二，人在这个世上，无论荣华富贵抑或穷困潦倒，都是要死的。因此，如何对待及如何处理死，是人生大事。通过买地券，可以窥知古代民众如何看待以及如何处理死的问题。第三，买地券的源头是战国晚期、西汉时代楚地所出的告地策，因此，我倾向于把它看作南方部分地区（长江中下游或整个长江流域）处理死亡的早期传统。从汉魏六朝的材料看，武夷君、安都王可能是南方地区较早的冥君，与北方地区的泰山神君不同，可能是另一个源流。换言之，在佛教传入并成为大众信仰之前，南方民众关于阴间的构想，是与北方地区有很大不同的另一个系统。从楚至汉代告地策，到衣物疏、买地券，这很可能是源自南方特别是楚地的一种死亡处理系统。当然，这一传统到唐宋时代，影响到各地，甚至西北地区（敦煌吐鲁番的材料），而这可以看作是南方民间信仰的扩展，或者说北方信仰受南方信仰影响的过程。

围绕上述想法，我从文本整理入手，先整理所见不同时代的买地券资料，在前人基础上，就释文辨读、地理、名物、葬制等相关问题加以考释，相继撰写了一些文章，除《宋代蕲州的乡里区划与组织——基于鄂东所见地券文的考察》外，陆续刊出者还有六篇：（1）《汉地买地券的渊源、意义及其价值》，《中国史研究》2006 年第 1 期；（2）《六朝买地券丛考》，《文史》2006 年第 2 期；（3）《隋唐五代买地券丛考》，《文史》2007 年第 2 期；（4）《甘肃灵台、陕西长武所出北魏地券考释》，《中国经济史研究》2010 年第 4 期；（5）《北魏买地券三种考释》，《魏晋南北朝隋唐史资料》2010 年第 26 辑；（6）《广西所出南朝买地券考释》，收入周长山、林强主编《历史·环境与边疆——2010 年中国历史地理国际学术研讨会论文集》，广西师范大学出版社 2012 年版。为了更切实地了解西方学者在这一领域的研究，2006 年在耶鲁大学访学期间，我还翻译了美国学者韩森（Valeria Hansen）教授所著《传统中国日常生活中的协商：中古契约研究》（中译本由江苏人民出版社于 2008 年出版）。我写了一篇关于此书的详细评论，见《中国学术》第 29 辑，商务印书馆 2011 年版。

我知道这项研究将费时费力，不便以课题的形式展开，所以没有专门为此而申请课题支持，一直使用"霍英东教育基金会高等学校优秀青年教师资助项目"（2001 年）、"教育部新世纪优秀人才支持计划"（2004 年）等人才支持计划的经费，开展这项研究。2010 年，主要的研究已经大致完成，我把已发表和未发表的论文略事整理，去申请"国家社会科学基金后期资助"，没有成功。2011 年，厦门大学社科处在遴选"高校中央基本业务费"支持课题时，大概是认为这项研究还有些可以支持的价值，给立了一个项。我利用这笔经费，进一步补充、校录了西南、西北地区宋元时期的买地券资料。2012 年，全书整理修改已经完毕，我申请"国家社科基金文库"的出版支持，仍然未能成功。

本书的内容，可以概括为：系统校录、考释传世与考古发现所见之汉代至清代的买地券（冥契）388 种，考察买地券的渊源、流变、类型、区域差异及其意义，并围绕买地券与现世实用土地买卖契约之间的关系、买地券资料所反映的乡里制度的变化、买地券所见之墓葬神煞与民间信仰中的地祇系统及其区域差异、中国古代民间葬仪的演变等核心问题，展开深入细致的考察，提出了一些较有新意的论点。全书包括引言和五章，70 万字左右。

引言部分，首先将中国古代的丧葬礼仪，区分为丧礼与葬仪两部分。然后主要根据敦煌所出写本葬书、北宋中期成书的《地理新书》、金元之际成书的《大汉原陵秘葬经》等文献记载，将古代民间葬仪区分为卜葬、下葬、谢墓三个环节，每个环节又包括若干步骤，其中下葬环节包括置立明堂、斩草、营墓、葬埋、镇墓等步骤，并在斩草仪式中使用买地券。进而认为，斩草是传统民间葬仪中最重要的仪式，买地券则是仪式使用的最重要的文本；买地券向地下神祇宣告亡人在阳世的生命已经结束，从而正式成为冥世的一分子，并通过"买地"取得了在阴间的居留权和居住地，而且此种权力受到诸如女青律令之类冥世法律的保护。由于葬仪诸环节使用的祝文多由祭官（祝生、礼生、阴阳生）诵读，只有买地券（以及镇墓文）被写或刻在不同的材料上，而得以保存下来，从而成为我们认识基层民众处理死亡之方式及其所反映之生死观念的主要文本依据。

第一章"汉代买地券丛考"，首先著录并考释今见东汉买地券 13

种，然后讨论汉代买地券的实质、渊源与意义，进而分析买地券与现世实用土地契约的关系。认为：(1)今见东汉买地券均为随葬明器，并非实在的土地买卖文书，而是"实在的冥世土地买卖契约"。(2)今见东汉镇墓文在时间、空间上均与买地券并存，其功用、性质与买地券并无本质区别。(3)买地券与镇墓文之源头，至少可上溯至西汉前期墓葬所出之告地策；告地策、镇墓文、买地券三者之间的功用与性质基本相似，演变之迹也比较清晰。(4)告地策、镇墓文与买地券起源于民间巫术，书写者主要是巫觋，书写规则与书写内容主要取决于巫觋方术的准则，而并非亡人及其墓地的实际情况。(5)居延与敦煌西北疏勒河流域所出诸种被称为买卖契约的文书，皆可定性为"责(债)券"；在今见材料中，实际上并没有真正的汉代买卖契约，特别是土地买卖契约。在汉代较为普遍的土地买卖中，可能并不使用契约。因此，今见最早见于东汉中期的买地券，也就不可能是现世实用土地契约的翻版。(6)买地券的使用，可能早于现世土地买卖契约。换言之，契约可能起源于人与神祇之间所订立的契约，而不是起源于经济发展所引发的人与人之间的经济协商；关于地下土地所有权的观念，可能早于现世土地所有权观念。

第二章"魏晋南北朝买地券丛考"，校录、考释传世与考古发现之魏晋南北朝时期的买地券39种(属东吴者12种，属西晋者7种，属南朝者17种，属北魏者3种)，以及北魏时期实用的土地买卖契约2种，讨论其所反映之制度、地理等方面问题。认为：(1)魏晋南北朝时期，买地券主要流行于长江中下游地区，北方地区较少使用；随葬买地券之俗，主要流行于中下层官员及平民中，高门大族并不普遍使用；买地券并非道教信徒所专用，亦非道教法物。(2)今见六朝买地券的质地主要有铅、砖、石三种，铅质较少，东晋以后即不再见；其所记卖地人、保人等均由东汉时期有具体姓名的亡人鬼魂，演变为天帝、日月及东王公、西王母、张坚固、李定度等神祇，卖地价格亦逐步固定表述为以"九"计额。(3)根据买地券行文、内容及其使用地域，可以将魏晋南北朝时期的买地券区分为两种类型。一是南京—桂林类型。行文较为简略，主要内容包括立券时间、亡人与卖地人姓名、葬地所在、墓地面积与价钱、墓地四至、证人等，其使用地域以南京地区为中心，不断扩散，其影响所及，北至晋北大同，南及浙南平阳、广西桂林，西抵湖北武汉，东至浙南海滨。二是荆湘类型。行文较为繁复，其格式大多是先述时间，然后以"太上老君"名义，向一系列天地四时神祇和冥界阴官发出"符敕",告知诸神鬼:亡人命终,已买地安葬(注明虚拟的墓地四至),命诸神鬼保护坟墓冢宅和亡人鬼魂,并承诺对诸神赏功罚罪。这一类型的买地券,实际上是营葬术士以"太上老君"名义发出的敕符,多出于东晋南朝的荆、湘二州,特别集中于长沙、江夏、桂阳、始兴、始安等郡。(4)买地券虽为虚拟的殁亡人向亡人鬼魂或神祇购买墓地之阴间土地所有权的买卖契约,然其述殁亡人之生前官职身份、乡里居地及墓地所在,却绝非虚拟。因此,利用买地券资料,颇可考知若干制度、地理乃至人口迁移之事实,如在制度方面,据买地券资料,既可补证史传所缺之官制,又可补证六朝之乡里制度。(5)分别出自大同、太原与洛阳的北魏买地券,从一个侧面反映出北魏统治下南北文化的融会与交流,说明民间文化的传播并未因政权不同于战乱频生而阻隔,相反,战乱与流移可能正促进了此种传播与交流。(6)北魏太延二年(436年)苟头赤鲁地券与太和元年(477年)郭孟给地券,是今见较早的实用土地买卖契约。二券所涉及之买主、卖主、见证人、书券人的族群身份,反映了当时关中边缘地带(泾水上中游地区)诸族杂居、共处同一聚落的居住形态,所记地亩、价格则反映了当时经济生活的一个侧面;土地买卖契约之使用本身,不仅说明即便是在十六国至北魏前期的动乱时期,民间社会自生的经济秩序仍在发挥作用,也说明当时各族民户均持有较明晰的土地所有权观念。

第三章"隋唐五代买地券丛考",校录、考释隋唐五代买地券32种,其中隋代1种,唐代11种,五代后唐、后周各1种,杨吴、南唐11种,后蜀5种,南汉2种;讨论了隋唐五代买地券的地方差异、意义及其所反映之若干历史、地理问题。认为:(1)隋唐五代买地券之使用,主要集中于南方地区,特别是长江流域的巴蜀、淮南、江南与荆湖地区;比较今见晚唐五代买地券之形式、内容、使用材料及同出随葬品,可以区分为长江中下游、四川、福建、广东四种地域类型。尽管不同地域类型的买地券形式各异,行文纷歧,用语亦有相当大差异,然其结构、内容之相似仍多于相异。不同地区所使用之买地券的相似或一致性,与其说是因为存在着某种统一的买地券样式,不如说它反映了不同地域的人们,在对待丧葬动土的态度、处理方式乃至在死后世界的观念上,具有非常强的一致性。(2)买地券的使用、形式、内容及其表述,当有其自身的渊源传统,不宜简单地将其与现世实用土地买卖契约对应起来,更不宜据此以推断现世土地所有权及土地买卖情形。今见隋唐五代的现世实用田宅买卖契约，大部分都是卖契，其主要意旨乃在确定田宅所有权转换的有效性或"合法性"，所以其核心在"卖"，而卖主也要对所出卖之田宅负有责任。买地券则不同，其主要意旨乃在确定亡人对地下土地的使用或占有（所有）权，所以其核心在"买"；只是由于买地的亡人与卖地的鬼神之间实无可靠的信用关联足资凭借，券文才特别载明卖地的鬼神要对所卖之地承担责任。"卖"、"买"之区别决定了现世实用田宅买卖契约与买地券之间的根本不同。（3）据今见买地券资料，可知晚唐五代时期，城乡基层组织及其区划方面均显示出不断军事化的趋势，具体表现为两方面：一是推行"保"制，至少在王氏闽国、钱氏吴越以及南汉境内，曾实行保制，并与原有之乡里制度相结合，构成乡、里、保三级制；二是在一些节镇治所城市，"厢"逐渐演变成为一级行政区划与组织，还可能形成了一些军政合一的组织（都、队），并统有辖区。这种城乡组织与区划的军事化趋势及其具体表现，正是此一时期社会、政治、经济乃至文化全面受到军事武力之侵夺与控制，全面走向军事化的一个方面。

第四章"宋元买地券丛考"，首先梳理出《地理新书》与《茔原总录》所记的买地券样式；然后校录、考释今见宋元买地券229种；最后讨论宋元时期买地券之使用、类型及其与现世实用土地买卖契约的关系，以及买地券所见宋元时期城乡区划与组织的几个侧面。认为：（1）宋元时期买地券之使用相当普遍，遍及南北各地；就其文本内容与形式而言，可区分为《地理新书》式买地券、江南样式的买地券、阴阳券契合璧式买地券、告地式买地券等四种类型，其中，以江南样式的买地券使用最为广泛。（2）宋元时期现世实用土地买卖契约，绝大多数为卖地券，以卖地人为主立契；而冥契则主要表现为买地券，是以买地人（亡人或祭主）作为立契人，与地下鬼神订立的、以购买地下土地所有权或使用权为主旨的契约。同时，买地券所包括的主要内容——立契人（买地人），所买墓地位置、面积与四至（虽然表现为虚拟的方式），价格，立契过程与程序，保人与见人，违约的惩罚等，都是现世实用之卖地契中必须具备的内容，其叙述顺序也基本对应。（3）今见宋元买地券资料中，颇可见出宋元时期城乡区划与组织的某些侧面：其一，宋辽城市的中"厢"乃是一级相对独立的城市管理单元，拥有管理境内民籍户口以及治安、司法事务之权。其二，宋辽金元时期地方城市一般以"坊"作为社会管理的地域单元。其三，金代村社与元代的"社制"，乃是晚唐五代以来北方地区作为民间信仰组织的"社"逐步演化的结果。其四，宋辽金元时期北方地区的乡村社会继承唐五代以来的演化趋势，"乡"已成为较单纯的地域单元，主要是一种地理概念，并非行政区划；"村"已完全取代"里"成为乡村社会组织与赋役征发、治安管理的基本地域单元。其五，宋元时期，淮南、江南、巴蜀等南方地区的"里"一直较稳定地存在着，只是逐步由社会管理与赋役征发、治安管理的地域单元，向较为单纯的地域概念演化，并最终为"图"、"保"所取代。

第五章"明清时期买地券的流变"，校录、考释明清时期各地所见的买地券61种。认为：（1）买地券的书写、制作与使用，主要是由在民间负责营葬的阴阳先生（风水先生）掌握的，所以甚少见于文人记载与官方反映中；买地券之使用，并不能切实反映亡人及其家庭的信仰状况。（2）明清时期特别是清代，很多地区主要将买地券写在纸或砖、瓦表面，而不再刻于石、砖上，所以留存下来的买地券实物较少，但并不能因此而得出明清时期买地券使用已较少或逐步减少的结论。（3）在今见明清时期的买地券中，《地理新书》式买地券占大部分，分布范围亦遍及全国大部分地区。据此可以推断：在全国各地，都可能活动着熟稔《地理新书》式买地券及相关营葬科仪的阴阳生；包括使用《地理新书》式买地券这一环节在内的葬埋科仪，已成为民间处理死亡之知识系统中最基础的一部分。

现在提交出版的这部书稿，是在2012年5月定稿的，申请"国家社科基金文库"失败后，我没有再做修改。在这几个月里，我读到了几种材料，应当是在修改时纳入本书相关研究内容之中的：一是日本内山龙顺所藏崇祯四年（1631年）刊本的《丧礼备要》，其所记内容当可补充本书《引言》中有关葬仪诸环节的讨论。二是殷宪先生所著《一方鲜为人知的北魏早期墓志》（刊《北朝研究》1998年第1期）、《北魏〈申洪之墓铭〉及几个相关问题》（刊《山西大同大学学报》2010年第1期）两篇文章及侯旭东先生所著《北魏申洪之墓志考释》一文（刊吉林大学古籍研究所编《"1—6世纪中国北方边疆·民族·社会国际学术研讨会"论文集》，科学出版社2008年版），应可补正本书第二章第四节关于北魏申洪之买地券的讨论。除此之外，朋友们还给我寄来了三种清代买地券的资料。我明知应当把这些材料采纳到书稿中，却顽固地不愿再做修改，是因为长期以来对当今"学术界"与自己"学术诉求"的失望和沮丧，已把我追求学术之"真、善、美"的愿望和志气消磨殆尽；而多年来的辛苦劳作，也让我感觉身心疲惫，难以振作。我不敢请求学界同道和读者的谅解，只是把自己的孤陋和消极展现出来，或者还可以提供一个"不合学术规范"的标本，供"批判"之用。

无法列举需要感谢的师友名单，因为实在太多了。许多地方文博或考古领域的先生，给过我很大的帮助，我甚至在当时，就没有弄清楚他们的名讳。还记得黄冈市博物馆的洪刚副馆长，和我们挤在一辆农用车里，奔波了好几天，头发都变成了灰黄色。英山县博物馆的舒秀婵馆长，在湖北酷热的夏日下，陪着我去看宋墓的发掘现场。2004年初春，我们去鄂东各县跑，离开武汉时还飘着雪花，回来时田野上盛开的油菜花无边无际地铺展着，武大的樱花却已经开过了。杨国安、周荣、徐斌，那时候都还年轻，我们自己动手搬动那些石碑，轻轻地擦干净，拍照、抄录；只有一部简单的数码相机，存储卡又很小，由拍照技术"精湛"的国安专用；只有一台笔记本电脑，宝贵得不得了，晚上大家围着电脑校对录文，讨论问题……时光飞逝，连年龄较小的徐斌，头上都已经长出白发了。我躲在海隅厦门，越来越走不动了。

武汉大学历史学院的朱雷先生，一直关心我的研究工作。2010年我申请社科后期资助时，把书稿多印了一份，送给他，本意是向他汇报离开厦门后几年里的工作。不想他认真地看了，还在稿子上写了很多批注，给了我很多提醒和启发。中国社会科学院历史研究所的张泽咸、王曾瑜先生，也一直关心我，只要见到，一定会问起我这一块的工作。2011年5月，我到北京，去看张先生。张先生在永安南里的社区医务室打针，张师母陪着我去迎他。在一条长长的巷子深处，张先生慢慢地走过来，一手按着另一条手臂上打针的针眼处，走得有些不稳，摇摇晃晃的。我迎着张先生走过去，潸然泪下。再过一些年，我就和张先生一样了吧（不是说学问，那是我永远无法企及的）。我不去感谢他们，因为他们根本就不需要我的感谢。武汉大学的冻国栋先生、杨果先生，厦门大学的陈明光先生、陈支平先生，也都给予我许多指点和帮助。两次失败的申请，都是他们写的推荐意见，以致让我的无知无能，连累了他们的卓识清名。冻国栋先生非常忙，在北京开会遇见，或者我去武汉，他都会和我谈到很晚，有两次甚至是彻夜长谈，给我解答诸多困惑，鼓励我鼓足勇气朝前走。我越来越意识到我没有资格感谢他们，因为我永远也不会有能力报答他们。

我感到抱愧的还有两位跟着我读书的年轻人，林昌丈和吴鹏飞。这不仅因为他们帮助我校核了本书的部分材料（主要是吴鹏飞），还因为如此枯燥的东西，难为他们读下来，并提出意见，更因为他们跟着我，多少受到了些我的"不良"影响。

既不需要抱愧、更不需要感谢的，是我的妻子和儿子，他们跟着我颠沛奔波，有几年里居无定所，还要忍受我越来越乖张的性格，以及没有任何理由的孤独和悲伤。

2012 年 10 月 15 日于厦门沙坡尾

鲁西奇 厦门大学历史系教授、博士生导师

《女性学导论》

主编： 叶文振
责编： 徐长春
出版时间： 2006 年 11 月

2007 年获福建省第七届社会科学优秀成果奖一等奖
2010 年获中国大学出版社图书奖首届优秀学术著作奖二等奖

序

福建省妇女联合会　福建省妇女理论研究会

　　从当年西方社会的女权运动到文学领域的女性主义批评，再到主要由联合国相关组织推动的从社会各个层面对女性生存与发展状态的人文关怀和学术研究，女性教育和研究成了 20 世纪的一门显学，并在 21 世纪呈现出更加活跃的发展状态。在我国，女性教育和研究也成为社会科学的一个重要领域，特别是妇联具体工作和高校妇女研究的融合与互动，使女性教学和研究已经演化为一场有关男女平等性别意识的先进文化教育和制度建设，对解决我国女性面临的各种性别问题，改善她们的生存和发展环境发挥越来越重要的作用。

　　正是在这样的社会和学术背景下，我们组织来自福建省 8 所高校 25 位不同学科的学者和博士、硕士研究生，历经近两年的共同努力，编写了这本《女性学导论》。

2004年10月,在上海参加中国妇女研究会妇女教育专业委员会第二届年会暨全国女性学课程体系创新研讨会期间,我们召开了参会的福建省各高校代表、省妇女理论研究会副会长会议,决定由厦门大学福建女性发展研究中心牵头,整合全省各高校力量,编写出版《女性学导论》教材。此后,我们又分别在福建省福州市和泉州市连续召开了三次书稿编写工作会议,讨论和确定书稿提纲和写作原则,审议和统一对初稿的修改意见以及最后的统稿和定稿,完成书稿的全部编辑工作。可以说,《女性学导论》是福建省多所高校跨学科合作的又一个重要成果。

《女性学导论》倾注了每位作者的大量心血。他(她)们在自身承担着繁重的教学、科研任务的情况下,牺牲休息时间,克服种种困难,以高度负责的态度,努力完成书稿撰写工作。特别值得一提的是,该书主编、厦门大学福建女性发展研究中心主任、福建金融职业技术学院院长叶文振教授,身居要职,日理万机,仍然挤出时间,从书稿的体系建构、篇章布局到内容拣选、写作定位,都一一进行认真的思考和策划。初稿出来后,在通读各章节的基础上,他又对初稿中存在的问题,分标题表述、内容选择、文献利用、资料取舍、结构安排、语言风格、研究问题的选定、写作格式的确立等方面,按章节逐一提出书面修改意见。他几乎把两次暑假的时间都用于本书的最后修改、统稿和定稿。

《女性学导论》的编写得到了省内外各高校专家学者的热情指导。全国妇联妇女研究所所长、中国妇女研究会秘书长谭琳教授关心和鼓励本书的编写,北京大学魏国英教授、天津师范大学杜芳琴教授为本书的编写提供许多富有价值的参考资料,省内厦门大学、福建师范大学、福州大学、福建农林大学、华侨大学、集美大学等高校的陈桂蓉教授、陈沙麦教授、叶宜春教授、宋方青教授、徐延辉教授、林艳琴副教授、方悦教授、吴沁芳副教授、陈榕芝研究员等,也结合自己女性学教学和研究的经验,对书稿编写提出建议,对提高编写质量贡献自己的才智。在此,谨向她们表示由衷的感谢。

现在正式出版的《女性学导论》共有10章50万字。它不仅系统地回顾了女性学作为一个独立学科的产生和发展历程,分章列节专门介绍和讨论女性学的理论体系和研究方法,而且还结合当前最受关注的女性生存和发展问题,利用女性学的理论与方法进行应用性的分析和探讨。书中对女性学与自然科学及其他社会科学关系的讨论,对性别和谐理论的建构，对女性学研究方法的系统论述，对与女性相关的法律、国际公约和国家政策的梳理，对许多女性热点难点问题的社会性别分析，都在很大程度上说明。本书将在女性学系列教材中形成一道独具特色的风景线，我们相信，徜徉其中的高校教师、妇联工作者以及女性问题的研究人员和关注者会感到耳目一新、受益匪浅。

2006 年 7 月 26 日

《余承尧绘画艺术研究》

作者：刘一菱
责编：蒋东明
出版时间：2006年3月

2007年获首届福建省优秀出版物奖
2009年获福建省第八届社会科学优秀成果三等奖

代序
海峡对岸一座山

洪惠镇

余承尧这个名字，在大陆当代中国画坛还不太为人所知。然而20世纪的山水画史却不能没有他的位置，因为他是海峡对岸最重要的一位山水画家，被台湾学术界誉为堪与李可染媲美的大师。

我知道余承尧这位画家，是在20世纪80年代中期。那时我还在中国美术学院任教，图书馆里境外出版物极多，我发现台湾美术刊物连续高密度地介绍一位传奇老画家。他籍贯福建永春，曾留学东瀛学习军事，48岁以中将军衔从国民党军界退役经商，56岁歇业自学绘画，68岁被国外一些著名美术评论家发现并受邀参加国际画展。然后又经过20年的孤独寂寞才获得台湾画坛的承认，一时声名鹊起，享誉海内外。他就是余承尧。他自创的画风非常奇特，令人过目难忘，我印象十分深刻。

不久，我也注意到那时国内的主流美术报刊用很小的篇幅，报道过这位山水画家。内容只是简要摘录台湾媒体的介绍，此后我就再也没见过国内学术界对他有何关注与评介。所以，余承尧犹如海峡对岸一座云遮雾障的大山，看不见真容，连名字都很陌生。

大概我三生有幸，注定有缘结识余承尧先生。1991年，我调回厦门大学任教，转眼已阅六个寒暑。一日黄昏，我在校门口街上邂逅一位正在漫步的老者，感觉似曾相识，猛然想起美术刊物登载的余承尧先生的照片就是这个模样。难道有人长得这么像他？或者有可能真的是他？我一时顿生好奇心，尾随其后，见他走入一家旅馆，便鼓起勇气追上前，直截了当地问他是不是余承尧先生。老者惊讶地回答是，然后问我是谁，怎么知道他。就这样，我和他的奇遇，便一见如故，几年的交往，竟成了忘年之交。

原来，他那时回大陆探亲，暂住厦大他的一位外孙家，因宿舍局促，下榻不得不独寄逆旅。客中寂寞，正需有人聊天，于是我常去作陪。后来余老落叶归根定居厦门，购置了公寓，才与子女住到一起，我仍尽可能找时间去探望他。有时我太忙多日没去，他就会叫人喊我，因为我们有着许多共同语言，晤谈甚欢。除了山水画，他还精通书法、古典诗词、南管音乐和汉语音韵学，这些也是我很感兴趣的话题。他那时已是耄耋之年，思路却依然十分清晰。我心生为他收集谈艺语录的念头，于是尽量在漫谈中记录，可惜收获不多。（见本书附录）

我不知余老在台湾是否出版过谈艺语录，曾询问过与他颇有来往的已故台湾画友管执中。他说余老很少谈艺，他是以平常心自学成才的，也以平常心对待自己的成就。确实，我从他的诗文和谈吐里，深刻感受到他的人格魅力，那是一种浸透着中华文化传统而自然散发的幽香，就如古书的楮墨之香那样，永不消失。那时，他的一幅代表作在台港拍出天价，拿画投拍者，是一位曾经评介过余老又以极低的价格从他的台北蜗居里买走作品的美评家，转手获得巨利，子女们为此愤愤不平，余承尧却淡然地说，没有那位朋友，哪有他的今天。

结识余老后，我曾经写了两篇稿子，分别寄给省市两家主流报纸，想介绍这位原籍福建的台湾大画家。可惜由于他的身份和履历，在改革开放初期还比较敏感，媒体有所顾忌，文章发表时都被大加删削，篇幅小且位置偏，没有什么影响。福建近现代中国画名家不多，能像余老享誉海外者更少，他既然告老还乡，就是天赐的一面旗帜，应该赶紧抓住机会，以促进福建国画学术的提高与发展，进而扩大在全国的影响。于是我向福建省美术家协会建议举办余承尧艺术国际研讨会等活动，非常遗憾，由于种种原因，我的建议始终没被采纳。

就这样，余承尧定居厦门三年，外界对他一无所知，连台湾也很少有人知道他的消息。不是老人家在厦门喜欢深居简出不热心社会活动，因为有些小画廊开画展请他光临，他都会欣然而至。如果学术界能够给予他足够的重视，就不至于白白浪费了一项宝贵的文化资源。这是巨大的历史遗憾和学术损失，令我至今痛心不已。

1993年4月初，我在中国美术学院参加一个学术研讨会，一天早上和郎绍君遇到台湾学者石守谦，他的第一句话是余老在厦门去世了，我惊痛之余，赶回厦门帮办后事。丧礼由厦门黄埔军校校友会主办，我应余老的子女之托，为逝者撰悼词。自己另书一对挽联曰：

此生传奇　最终竟是丹青大手笔　令列国惊仰
斯世高寿　到底因为道德好楷模　俾后人追宗

事后，我答应余老子女，为他写篇比较详细的介绍或研究文章，好让大陆画界了解他。可是很惭愧，时隔十三年，我还没偿还文债。首先是因为精力不敷，我画、论兼治，忙不过来。其次是我一向憚于个案研究，因为这种研究必须拥有越多越好的材料，如有疏漏，就会影响研究质量。而越是成就卓越的画家，材料越丰富，搜集起来越可能挂一漏万，于是这事就拖了下来。

正当我愧对已故余老时，我的同事刘一菱，偶然从一篇日报记者的报道中发现并感动于余承尧的艺术成就、传奇事迹与人格魅力，萌发了研究他的浓厚兴趣与热情。她的祖籍也是永春，并且故里和余承尧相邻，这是她产生兴趣的感情基础。她本人从事油画教学与创作，对余承尧迥别于传统的山水画，另有自己的解读方法和审美角度。她先写了一些富有感情的追踪考察与解读文字，让我深受感动。我发现可以把担子卸给她，便极力鼓励和支持她继续研究，于是就有这本《余承尧绘画艺术研究》的酝酿与完成。

这本专著的出版获得厦门大学出版社的扶持，进行顺利，使我倍感欣慰。作者以女性特有的细腻和耐心，力图穿透时空，像一位优秀导游似的，引人入胜地引导读者进入余承尧的世界。她一路言辞优美，娓娓道来，谈及余老的传奇人生、艺术道路、绘画特色、成就探源，以及他在艺术史上的地位与意义，材料丰富，挖掘深入，考证翔实，对了解或探讨余承尧，都具有很高的参考价值。

在台港澳地区以及国外，有关余承尧的研究专著已经出版多种，但大陆还是空白。所以刘一菱这本书的出版，等于填补了一项中国画学术研究的空白，其意义自不待言。

针对余承尧的具体评价，书中除了刘一菱的见解外，还附有几位名家的评论摘要。读者可以查阅，我在此都不予赘引。我只想借此机会谈谈自己对他的山水画艺术的认识和理解，以便说明他何以值得大陆国画学术界予以重视和研究。

我在对山水画的创作探索、史论研究与教学实践中，思考总结并提出了"山水画三美论"。简而言之是，山水画有三个要素：构造、意境和笔墨（青绿山水为色彩）。构造包括山石树木云泉建筑等山水构件造型、丘壑布置、构图经营以及设色等等。构造是山水画得以成型，供人欣赏品味的物质基础。意境是山水画的灵魂。笔墨作为形式语言，本来和设色一样都应属于构造范畴，但在水墨山水画里，它却有着独立意义与审美价值，所以和其他两种要素三分天下。青绿山水以色彩表现大自然的斑斓本色，其重要性不言而喻。三要素构成山水画的三种审美取向：构造美、意境美和笔墨美（色彩美）。三美既是山水画创作的审美取向，也是山水画品评的理论框架。

三要素如同建筑材料，三美则是建筑效果。三要素不全，山水不工，但若三要素平均，则山水平庸。凡是山水画大师，都是在三要齐备的前提下，强调一个或两个要素，并将其推向极致以突出审美取向，形成独树一帜的个人图式、艺术趣味与魅力，才能达到超逸凡群、出类拔萃的目的。

以此质之古今大师，无不如此。五代两宋的山水画大师多在构造和意境上全力以赴，所以荆、关、董、巨和李成、范宽、郭熙、李唐等，都是构造与意境并美；米家父子、马远、夏圭等则是意境美的典型。元代以后对笔墨美的追求普遍起来，赵孟頫是其中翘楚。黄公望、王蒙既善丘壑布置又精于笔墨，所以构造与笔墨并美。倪瓒重在表现空灵疏阔的境界，又善题诗文，是最早以"画上题诗"表达意境美的文人山水画大师，但他同时又突出松活用笔和清淡用墨的笔墨之美。吴镇偏重墨法，构造渲染比较充分，其画意境美突出。明清大师如沈周、文徵明、弘仁都以笔墨和构造并美，董其昌、髡残、八大主要以笔墨为美。石涛笔墨变化多端，美感突出，但他同时又像倪瓒那样喜在画上题诗，所以兼具意境之美。明代意境美突出的大师为戴进和唐寅，清代则是龚贤，不过他也重丘壑之美，尤擅长卷构造。清代四王之所以不及四僧，原因不单在守旧，还在于没有明确的审美取向，三要素平均，面面俱到，显得平庸乏味。

现代突出两种审美取向已难出人头地，因为专业画家暴增，高手如云，只有集中突出一项审美取向，才能不同凡响。例如黄宾虹以笔墨美胜，李可染以意境美胜，陆俨少以构造美胜。黄宾虹精画学，论笔墨最为精深，并将其上升到哲学高度，所以能把笔墨美推到前无古人的境地。李可染引进西画观念，用积墨法画逆光下的山水，深邃神秘，意境浓厚，同样前无古人。陆俨少善构造，章法有诀窍①，树石云水独具装饰性且挥写自由，也是前无古人。另一个构造美的典型，就是余承尧，他的丘壑布置，峥嵘雄奇，如削如铸，也同样前无古人。

看余承尧的山水画，给人印象最深刻的，莫过于犬牙交错、嶙峋密布的层峦叠嶂。它们构成各种全景构图，无不气势雄伟，结构复杂。我有诗赞曰："胸中饱储万千峰，落纸直欺造化功。"他是军事学家，任过高级参谋，为了考察军防，走遍名山大川，因此真正"胸有丘壑"，具备突出构造美的条件，挥洒起来，比大自然还轻松自由。他布置丘壑时几乎不留虚白，全部实写，来龙去脉，毫不含糊，不像古今山水画常用空蒙缭绕的云烟遮掩省略，回避丘壑的复杂构造。道路、泉瀑和村舍被用来巧妙地疏通山石堆垒重叠的塞迫，又营造传统山水美学上"可行、可望、可游、可居"的意境与境界。因此，他的构图乍看有些格式化，但细读却有不同意境。有时他为了明确意境，也题上整首或半截自己所作的绝句。

他在丘壑的布置与表现上，还有与众不同的独到之处，即着力点不但在于山头的刻画，更在于山脚的经营。他精通军事上的地形学，在观察和表现山川地形时，重点与传统山水画截然不同。传统山水画的重点大多集中在山头，余承尧却从大量的观察中独具慧眼地发现，山头的造型大同小异，基本上都是三角形，山脚则因地形的变化而有所不同。②

---

① 详见陆俨少：《山水画刍议》，上海人民美术出版社1987年版。
② 详见洪惠镇：《余承尧厦门谈艺录》，载台湾《艺术家》1994年第6期。

所以他的构图虽然多为全景，但丘壑形势却变化多端，山谷因山脚形状的不同而有各种迂回穿插，在令人肃然的高远中，又兼具引人入胜的深远境界。

在山水画的"三远"构图与视觉效果中，高远和平远易佳，深远难工。包括突出构造美在内的古今山水画，大多长于高远平远而拙于深远的表现，原因主要就在都着眼于山头而忽视山脚的观察研究。一般表现深远也都是两三个层次而已。而余承尧则层层深入，引导观众的视线，由前景或谷口，顺着山路、流泉，穿过一层层比较低缓的岗岩坡岵和散布其中的山村，抵达高陡的崇峰峻峤，蜿蜒曲折，生动有致，既雄伟，又壮阔，实在旷世所无。

而这一切构造，又是完整统一得像钢铁铸件似的，因为他的树法也自成一格，能和山石浑然一体。他画中的树形基本上与山石同构，不像一般山水画那样各有造型，有时难免互相干扰而影响整体性。不同树种的树冠又大都统一为圆浑的基本形，不像一般山水画的树形讲究不同树种的基本特征，因此树木本身的整体性也很强。这种树法，使他山水中的植被形态与传统的截然不同，更接近自然，因为大自然山上的植被看上去都是浑然一体的。

他在植被表现上，还有一个与众不同的特别之处，就是常在一些山崖的断层上堆积一条条植被带，那是在自然中最常见到而古今山水画都没有表现的。凭着丰富的学识阅历与对山川形势及其本质的洞察，余老说他初学山水画时，观摩过许多博物馆与画廊的古今山水画，发现都不够真实，于是发奋自创画法。这种断层植被带的表现，应该是他认为需要这样画才真实的一个细节。然而他的所谓真实，却不是自然主义，而是极富主观性与理想化，是对自然真实的艺术概括。这也成了余承尧建立山水画构造美个人图式的一个因素。

山水整体性的形成与个人图式的建立，也和他独创的笔墨有关。余承尧的山水画最被正统派所不能接受的地方，就是他没有使用山水画的程序化笔墨，但这恰恰是他的特点。倘若使用传统笔墨，就画不出他那构造美感极强的山水了。他的笔墨是自己创造的，笔法主要表现在短线与点上，以此形成独具个性的皴法与树法。他不像传统山水画那样依照钩、皴、染、点的程序作画，差不多只用浓墨钩点，淡墨用得较少，也渲染不多。他主要是利用点线的疏密而不靠墨色的浓淡产生阴阳与层次变化的，因此缩小的作品图片效果类似钢笔画，使正统派难以理解和接受。其实他的笔法完全是为构造服务的，这样画出来的山石极有力度、硬度和锐度，就像我所赞叹的那样："生铁为岩钢作峰，战刀削就笔无功。"与传统拉开极大距离，尽显他的特殊艺术个性。

这种个性极强的笔法，虽然不是山水画的程序性笔法，却也不是西画的笔法。只要细看，余承尧的用笔都符合中国书画的点画规范。因为他自幼练字，工楷书与大草，都自出机杼，下笔随心所欲而不逾矩，作画时，书法用笔规则会潜意识地渗透到点线里。对他来说，这种笔墨已经够用，因为他在山水画里追求的不是笔墨美而是构造之美。如果笔墨讲究传统程序，必然需要注意并保留许多细微变化，结果小幅山水画和巨幅作品的局部会很精彩，巨幅画的整体却易失于碎屑。陆俨少有些巨幅山水画就有这点遗憾，因为他的笔墨太讲究传统。而余承尧则无论画面大小都极为整体，这既是他的特点，也是他的优点。所以欣赏和评价他的山水画，不能以山水三要素平均衡量，更不能用追求笔墨美的传统文人山水画为标准，去挑剔他的笔墨。

建立余承尧山水画构造美的因素，还有设色。他画纯水墨的山水，也在墨稿上着色，并且同样既不使用传统的色谱与色彩关系，又能突出山水的构造之美。传统山水画分为水墨与青绿两大体系。青绿以工笔为主，设色较浓重；水墨以意笔为主，可不设色，也可设色，设色较轻淡。水墨设色一般也按程序进行，如以赭石打底，再加染花青、汁绿、石青、石绿等色，也可淡敷赭石，名曰浅绛。由于水墨画观念强调色不碍墨，以墨为主，因此传统水墨山水画的图式历代都有变化，唯设色最少创新。余承尧之不满历代山水画，包括认为色彩不够真实，因此在设色上也独树一帜。

他创造性地使用德国染料（定居厦门后无法创作设色山水，即因没有这种染料），色彩艳而不浮，丽而不俗。他基本上以绿色调为主，显然意在表现郁郁葱葱的大自然本色。绿色的色阶、明度与纯度又都很有变化，不是传统山水画固定的汁绿、头绿、二绿与三绿几种绿色，因此色谱不同，自成一格。有时也使用红绿黄紫等对比色，饱和、响亮、夺目，与传统文人山水画崇尚雅淡的浅绛和其他淡彩效果迥异。为此我有诗赞叹他的设色用意是"世界应如图画美，山青树绿锁春风"。他的设色虽然浓艳，但丝毫没有影响丘壑构造的原有美感，相反，还更加强了它们的层次感和引人入胜的艺术魅力。

很难想象一位从没接受过专业训练的人，能够如此富有创造性和充满艺术魅力地用好色彩。在大陆水墨山水画界,有个相当普遍的缺陷,就是无论画家出身科班还是业余,大多善水墨而不善设色。这与设色观念深受传统所固有关。一旦力图突破,又不懂色彩原理而乱配一气,使得色彩效果更加恶劣。余承尧的设色经验很值得大陆同行借鉴。除了他的智慧超凡可能无法学习外,不盲从他人(他自称"大雅不相师"),热爱自然,深入研究,从而获得他人所无的色彩心得,是完全可以效法的。

在现代山水画界,到目前为止,能够将构造美推到极致的画家只有陆俨少和余承尧。当然,追求构造美的也不乏其人,特别是20世纪90年代以来,现代院体画勃兴①,全国性画展的山水画都趋向巨幅制作,描绘繁山复水、千岩万壑已成时尚,这种山水画自然以构造表现为主。只是现代画家功利心太重,艺术目标与审美方向不明,多数又是互相模仿,缺乏原创,雷同重复严重,很难建立个人图式并将构造美推向极致,由此更可衬托陆俨少和余承尧的学术高度。

很显然,余承尧的山水画价值在于独创画风和挑战传统。但是,不要把他的创新与挑战同传统对立起来,更不应以西方现代主义观念来解读他的艺术。不可否认,余承尧的山水画在形式上和传统差距极大,但内在的文化精神却是完全一致的。它们和范宽《溪山行旅图》、李唐《万壑松风图》、黄公望《富春山居图》等伟大作品一样,都反映着中国传统"天人合一"的世界观和宇宙观,都表现了文明与自然的和谐以及人类对养育我们的大自然的敬畏与崇拜。

虽然余承尧画的不是传统文人画,但他拥有广博深厚的文化素养,像一切传统文人那样,习惯用诗词和书画抒发怀抱,因此作品都蕴涵丰富的传统思想情感,这一点,实为大陆现代文人画家所不及。大陆现代文人画家绝大多数已不会诗词,只擅笔墨。作品表面诗书画兼备,但诗文多为抄写,思想情感脱离时代与个人的真实生活,徒具传统形式,已经缺乏文化价值。因此,研究与评价余承尧的山水画,不可忽略其传统文化本质和创新实际上是在发扬传统的积极意义。他也值得已陷衰微困境的现代文人画②的画家们反思和学习。

余承尧的山水画有时也寄托乡思,例如有一幅画题诗谓:"丛树映光

① 详见洪惠镇:《现代院体画》,载《美术研究》2003年第1期。
② 详见洪惠镇:《现代文人画》,载《美术研究》2004年第2期。

山,山容入浩荡。何年故国归,见此心花放。"但都绝无消极晦暗色彩,一律沐浴着明丽阳光和清新空气。画中的青山、绿树、幽径、清泉和村落,都交响着平和、宁静与安详的赞美诗,令人感到一种赤脚踩着草地似的亲切刺激。其中宣泄的情感,固然有画家对自己家乡的怀念,但更是对大自然——放大了的家乡的眷恋,因此,那是一种大我而不是小我的精神境界。余老也很快超越思乡的创作,全力、执着乃至虔诚地歌颂大自然。观者可以从他的水墨山水画中,领略到不可思议的雄秀壮丽;从设色山水(多为春景)中,感染到咄咄逼人的无穷生机。

余承尧创造了一种面貌全新的山水画——饱满、雄劲、刚利,超越历代文人画的空灵和含蓄,也力克其阴柔荏弱。中国绘画在汉唐时代,以雄强的阳刚之气睥睨一切。山水画直到五代的荆浩、关仝和两宋的范宽、李唐雄风犹存,并达到一个高峰。元明清以降,文人画兴起,成为主流,审美观念发生变化,山水崇尚空灵含蓄,强调笔情墨趣,整体气质阴柔荏弱,积久成弊。20世纪虽经创新而有所改变,但主流山水画仍受传统影响,最多只是变空灵为厚重,化含蓄为张扬,少有向雄强阳刚回归的。余承尧几乎是单枪匹马闯开一条连接汉唐传统的道路,所以我在20世纪80年代一见到他的画册,就深受震撼。他的价值不仅仅是现代艺术所崇尚的个人性与原创性,还在于我上引拙诗的后两句:"将军扫尽文人气,重振雄强民族风。"

遗憾的是由于海峡的阻隔,余老的创造和价值还不被大陆学术界所知。时至21世纪初的今天,他辞世十余年了,海峡两岸的山水画,依然只有他那座山,像他自己的《沁园春·游山作》所描写的:"危壑悬崖……山尖云净,夕照岩前五色霞。"还没有谁,能再创造出这样一派雄强阳刚的构造之美。那座山,将矗立在中国山水画史,和五代两宋的那些高山遥遥相望,标示中国山水画的一种永恒的美学魅力。

余老的画作及研究他的各种第一手资料,几乎都保存在台湾和流散在海外、内地至今还极难见到。他在厦门那几年,我只见过两三幅应酬的水墨小品。正规的山水画创作,也仅在2001年中国美术馆举办的"百年中国画展"上见到一幅。因而,我们现在还只能借助台港澳地区及国外的出版物管窥海峡对岸那座大山,仿佛站在厦门海边透过望远镜遥望金门似的,很难真切了解和深入研究,存在疏漏与舛误必不能免,这也是我迟迟不敢为余老子女偿还文债的根本原因。

由此我能感同身受地理解刘一菱撰写这本书的难度与艰辛。如果书中也有什么疏失的话，希望同行专家与读者们给予谅解。 我们只能等待将来祖国统一，赴台自由，亲临那座山，去瞻仰和探宝。

2006年2月于厦门大学艺术学院

洪惠镇 | 中国画家兼美术史论家，厦门大学艺术学院教授，书画研究生导师

《泉州方言研究》

作者： 林华东
责编： 薛鹏志
出版时间： 2008 年 4 月

2009 年获福建省第八届社会科学优秀成果奖三等奖

序

马重奇

语言是人类最重要的交际工具，它既是人类创造出来的活的文化，又同时是人类所有文化的载体。研究人类的历史，传承优秀的文化，建设伟大的社会，推进历史的发展，都离不开语言这一特殊文化的支撑。因此，研究语言也就具有了相当重要的意义。汉语历史悠久，是由诸多丰富多彩的方言汇聚而成的蕴含深厚的汉民族语言。研究汉语，就得从研究活生生的方言入手。泉州方言隶属闽南方言，是早期闽南方言的代表点。这与泉州方言形成得早是分不开的。学术界认为，泉州方言与秦汉及晋唐时期中原汉人迁徙入闽有着密切的关系。因此，泉州方言在音韵、词汇、语法等方面都保留了上古汉语及中古汉语的许多特征。汉唐以来，随着泉州人的渡海谋生与经商交流，泉州成为我国海上丝绸之路的起点。台湾宝岛也是以泉州人、漳州人为主垦殖开发建设的。随着泉州人的奋斗足迹，以泉州方言为代表的闽南话在世界 90 多个国家，尤其是东南亚地区广泛流布。尽管远隔重洋，他们的子孙后代仍然延续着自己的母语,这种文化精神无不一一体现在方言母语之中。

党的十七大报告提出:"弘扬中华文化,建设中华民族共有精神家园。"要弘扬民族文化,就得去认识,去挖掘,去研究,去保护,去宣传。今年6月9日,文化部正式批准设立闽南文化生态保护实验区,福建的泉州、漳州、厦门三地成为我国第一个国家级文化生态保护区。生态区的建立,对于弘扬闽南文化、探索闽南独特的历史发展、推进闽台的交流、促进祖国的和平统一,都是一个十分难得的机遇。

尤其是泉州,作为闽南文化的主要发祥地、闽南文化生态保护实验区的核心区和闽南文化遗产的富集区,以"多元文化宝库,海峡西岸名城"闻名于世。泉州市人口超过760万,是祖国大陆人口最多的闽南人聚集区,也是全国著名侨乡、台湾同胞的主要祖籍地。

泉州方言作为古汉语的"活化石",承载着丰厚的闽南文化。诸如号称唐宋音乐遗响的南音,宋元戏曲活化石的梨园戏、傀儡戏等,都依赖着泉州方言。古诗云:"少小离家老大回,乡音无改鬓毛衰。"发掘和弘扬泉州方言,对于研究地方历史、民族关系史和中外文化交流,对于唤起闽台两岸同胞和海外侨胞的民族感情,都具有十分深刻的意义;对于实践闽南文化生态的保护,也有着十分积极的作用。

林华东教授《泉州方言研究》就是积极推进闽南文化生态保护的一部力作。这部书的特色之一是,注重源流的考察和理论的阐释。泉州方言形成于什么时代,颇有争议。该书通过闽南地区民族社会结构的历史变迁、泉州方言与晋朝时期北方方言特征的对比、泉州方言与吴方言等周边汉语方言的比较,提出泉州方言形成于东汉末年的论断。该书对泉州语音和北方官话音不同的历史演化轨迹作了深入的对比分析;对泉州话词汇的历史遗存、泉州话中保留的古汉语"中心语+修饰语"词序展开独特视野的探索;对泉州话中至今仍然保留着的富有古汉语特征的句首语气词及其句法形式的历史嬗变作了系统的分析;对泉州方言否定词"不[m]"的源流做出富有启发意义的考察。这些观点都是其他研究者所未深入涉及的。这些阐释,让我们对泉州方言的研究增加了厚重感。

把方言的研究与文化的研究有机结合起来,使方言的研究增加文化层面的意义,是这部书的另一个特色。该书对语言流播提出的"先入为主与板块迁移"理论就是从文化角度对语言的阐释;该书对方言的影响力与所支撑的社会的经济、文化之间的相互关系提出了令人信服的见解；值得一提的是，该书还针对当前推普工作中方言与普通话的和谐发展、泉州方言在海外汉语推广中的作用等问题做了富有见地的探索。

在前人研究的基础上，对所研究的对象和内容做必要的取舍，择其重点加以研究也是该书的一大特色。泉州方言是众所周知的十分有特色的汉语方言，这方面的研究著述颇丰。作者懂得减少重复性的劳动，选取有特点、有代表性的问题加以描写研究解析，有所为有所不为，充分体现了作者的明智与理性，十分令人赞赏。

除了以上三大特色，还值得一提的是，该书所运用的综合性的研究方法。作者在泉州方言的研究中，既重视方言内部发展演变的研究，也重视语言生存的外在因素探索；既有平面的描写，也有理论的阐释；既有材料的归纳，也有理论的分析演绎；既有共时的研究，还有历时的比较。此外，作者从闽方言的角度讨论了历史比较法对汉语史研究的适应性问题，就泉州方言乃至汉语研究的方法论问题做出了有启发意义的探索。

这部书是林华东教授多年来的研究成果。虽然其中的一些探索还有值得商榷的地方，泉州方言中还有许多特色没能纳入该书视野，但这并不影响这部书的学术价值和应用价值。相信广大关心闽南文化生态区保护的工作者、关心闽南文化的传承和发展的同人、有志于研究泉州方言乃至闽南方言和古汉语的学者，都可以从该书提出的真知灼见中得到深刻的启发。

是为序。

马重奇 | 福建师范大学教授、博士生导师，研究生院常务副院长

《古文字构形与上古音研究》

作者：叶玉英
责编：薛鹏志
出版时间：2009 年 11 月

2013 年获福建省第九届社会科学优秀成果奖三等奖

序一

刘　钊

  近十几年的古文字学界呈现出一派繁荣昌盛的景象。这一是得益于大地对这一代人的恩赐，出土资料如井喷般不断涌现；二是因为出土资料的重要性对相关学科的刺激和影响，使得相关学科都不得不相应地改变自己，从而使得更多的人开始关注出土资料。虽然从相对人数来说，真正从事古文字研究的人还是很少，因此这种繁荣昌盛在外人看来，颇有点自娱自乐的感觉，但这一点也不影响从事古文字研究的人的学术热情。

  说到古文字对相关学科的刺激和影响，首先就应该提到语言学。古文字研究与语言学的关系是最为紧密、最为直接的。古文字研究的长足进展，拓展和延长了汉语文字学的研究领域和学术纵深。

  在古文字研究中，与传统小学相对应的形、音、义三要素，有关形、义的研究积累很多，研究相对更为深入，而有关音的研究却相对薄弱。一是因为在语言中，音是变化最快，受地域影响最大的要素，有时很难把握；二是以往出土的古文字资料大宗的不多，很多极为零散，难以提供一个完整的面，且受时代、地域的限制，很难在这些资料的基础上构建新的商周音系；三是古文字学与音韵学的学科渗透和交叉工作还做得不够，研究音韵的不懂古文字，研究古文字的对音韵又钻研不深，无法在掌握两个学科的高度上进行细密的分析考证。

随着出土资料的不断问世和古文字研究的不断深入，用出土古文字资料研究古代汉语的音韵问题，探讨古文字构形中音的作用及音与形体的复杂关系，并进而试图重新构建商周音系等课题，逐渐成为学术界非常关注的一个焦点。近几年用古文字资料研究音韵的文章逐渐增多，还出现了许多篇博士论文，就是这一焦点渐热并将成为热点的明显征兆。叶玉英的博士论文《古文字构形与上古音研究》正是在这一背景下诞生的。

叶玉英的博士论文的最大特点，是在利用最新的上古音研究成果的基础上，在古文字资料中选取了一个最好的切入点。这个切入点就是古文字构形学的最新成果和方法。古文字构形学强调科学的文字符号观，认为文字始终是处在变动的过程中的，认识和分析文字要有动态的眼光。与文字相同，语音也是一个动态的因素，是不断在发展变化的。一个字的读音不可能亘古不变，而是不断在发生着音变。自古以来形体和声音就关系复杂，纠葛不断，而雅言和方言也是一直互相交叉、互相影响，这就决定了一个字读音的上古来源可能并不单纯。从这个思路出发，叶玉英在论文中考察了中古精母字的上古来源、精组产生的时代、秦音中以母与喉牙音的关系、音随字变、字随音变等问题。这些考察都具备了"史"的观念和眼光，牢牢把握住了"声音是文字构成演变的枢纽"这一关键，这些考察的结论虽然还不能说就是定论，但的确是非同凡响的创见或极具启发性的意见。

古文字构形学研究的深入，使得对文字的拆分和分析更为细密，更有理致。这同时也为音韵学研究提供了一个新的视角。对文字声韵的分析不再只是停留在考察一个形声字的声符这样简单的层面，而是把文字形体的最初构成、形体在每个时段演变的诸多细节、文字构形上的一些规律性的变化所体现出的声音的作用等都纳入到视野中来，并加以合理地解释和抉发。如此视角开阔了，思路和方法也就变得更为丰富。叶玉英博士论文中对文字分化、讹混、双声符字、变形音化、变形义化、类化、饰笔等问题的探讨，正是在这一新的广阔视野下进行的新的学术尝试。这一尝试是可喜的,是值得提倡和发扬的。

纵观叶玉英的博士论文,一个很突出的优点就是在两条线上同时达到的深度。一条线是古文字构形学上的,一条线是音韵学上的。而要做到在两条线上同时出击并占领高地,的确不是件容易的事。然而叶玉英做到了。这背后跳动着她追求学术的一颗顽强的心,浸透着她为学术付出的数不尽的汗水。

叶玉英本来的基础并不好,直到硕士师从福建师大林志强先生读古文字学,才算真正走上研究的道路。到厦门大学从我读博以后,她努力刻苦,勤于思考,抱着满腔热情投入到古文字的世界中。在度过初期的迷茫后,她很快就登堂入室,渐入佳境。这几年她不断参加博士生论坛和各类学术会议,也写出了很多篇不错的文章,还广泛与学术界同人接触,切磋学术,探讨问题。学问和做人同时提升,道德和文章齐头并进,我看在眼里,喜在心上。

厦大语言文字学科人才荟萃,强手如云。李如龙先生的方言研究、李无未教授的音韵学研究、苏新春教授的词汇研究、曾良教授的俗字研究等都各自成家,蔚为大观。叶玉英身处其中,耳濡目染,一定会见贤思齐,追慕效法。如果假以时日,相信她会在古文字与音韵学之间找到最好的接口,沟通嫁接,探寻出新的学术之路,为传统的文字学和音韵学研究再立新功。而她的这本博士论文,正可以当作再攀高峰的第一级台阶。

2009 年 7 月 2 日于复旦大学光华楼

刘钊 | 教授、博士生导师,复旦大学出土文献与古文字研究中心主任

《学者的使命》

编者： 盛嘉
责编： 董兴艳
出版时间： 2012 年 12 月

序

盛 嘉

厦门大学人文经典系列讲座创建于 2011 年 2 月 24 日，是厦门大学的一种草根学术运动。

它最初是由教师自发组织创建的，没有来自官方的经费，讲演者的投入也没有进入体制考核的条例。他们以自己的独特方式在创造历史。这是大学的一种特殊活力。当然，要特别感谢人文学院周宁院长和厦门大学出版社蒋东明社长对讲座价值的赞赏和支持。

判断一所大学最为重要的标准是看这所大学是否能以人文教育为核心。因此，人文经典系列讲座的创建对厦门大学具有特殊的意义。人文经典系列讲座的目的就是推动厦门大学人文学术的发展，提高大学整体的人文素养。提倡阅读人文经典是挽救大学人文教育缺失的一项具体措施。大学必须给人文学术殿堂里的经典以一种应有的敬畏，因而也必须在较广的范围内提倡阅读经典，让这些经典成为这所大学人文教育的核心部分。

一个民族的学术文化的命脉往往是在具有原创性的人文经典中得以

继承和发展的。尽管在当下的中国大学里很难创造出传世和令人惊叹的人文经典，但我们不能放弃引领阅读人文经典的责任。其实，对人文经典的界定和解读，反映的是一所大学的核心学术能力和智识水平，彰显的是这所大学特殊的学术品位和风格。阅读人文经典是对一种永恒价值的重新发现，这个过程同时也检验着我们的智识、激情和社会责任。

在传授知识和追求真理方面，人文经典系列讲座是对僵化、狭隘和功利主义的课程体制的一种突破，是对大学学术多元化的一种贡献。此书收集的是该讲座创办一年多以来13位学者所作的讲演的文稿。从13位讲演者对经典的选择和诠释的维度来看，讲座的内容中学、西学并举，几乎涵盖了人文学术的所有领域，其中包括哲学、历史学、文学、政治学、社会学、人类学。每一个讲座不仅要主题明确，而且还应具有较强的思想性。中国大学目前最缺少的资源就是真正有价值的思想。而人文经典系列讲座在一定程度上可以弥补这方面的遗憾。人文经典还是清除虚伪和浮夸的良剂。在经典面前，虚假的学术会相形见绌。它对保持一个大学的学术底线有特殊功能。当然，这些讲座也开拓了学生的视野，启迪了他们独立的思考，诱发了他们早已久违的激情。

提倡阅读经典还可以激发一所大学的激情。我们的大学太沉闷了，甚至有些萎靡。从人类文化学术史上看，许多经典都是激情的产物。这13位讲演者对经典的解读也表现出各自不同的情怀，我们要感谢他（她）们的激情参与。愿这个讲座办得更好、更持久、更有特色。

2012年8月7日于厦门鼓浪屿

盛嘉 厦门大学人文学院教授、博士生导师

《颠覆的力量：20 世纪西方左翼戏剧研究》

作者： 李时学
责编： 王依民
出版时间： 2012 年 6 月

人文·研究篇

序

周　宁

　　世纪初那几年里，时学又回到厦大，开始戏剧学研究。当年离开校园的时候，他大概没有想到还会回来，更没有想到会研究戏剧。从商场到校园，从古典文学到西方戏剧，人生与学术的跨度都算是大了，但对时学来说，似乎转移得很从容。我问过他，下海的时候，是否也曾有成就感。时学说那只是瞬间的事，有一次，大概在塘沽港，坐在高处，望着一片集装箱，似乎生活的成就就是这样垒起来的。然而，瞬间感到的欣慰又瞬间消失，有什么事可能持久，挽留生命在时间中流逝的意义呢？

　　时学再次选择了学术，不为活着，只为有意义地活着。回到校园的生活少了烟火喧嚣，我们开始投入西方戏剧理论史课题的研究，读书、讨论、写作，平静地阅读思考，是值得珍惜的幸福，我注意到时学的学术思考深入的同时，日常表情也渐渐舒展了。读书不一定是好职业，但肯定是一种好的生活方式。这一点，没有足够的阅历是无从体会的。时学说他能体会到，十年商海沉浮，如今重回书斋，感触最深者，就是在学术中生活的美好。此刻我有了信心,时学不仅能做出一篇优秀的博士论文,也将成为一位真正的学者。

在戏剧学界诸多理论问题中,时学最终选择了20世纪西方左翼戏剧研究,作为自己的博士论文课题。作为一位明白的学者,首先应该清醒地意识到自身研究的问题、意义、概念与方法。什么是左翼戏剧?为什么研究左翼戏剧?如何研究左翼戏剧?左翼戏剧是"在允许多元政治势力与观念存在的民主体制下,与主流意识形态之间构成反叛与否定关系的戏剧",左翼戏剧的定义除了思想方面的定义外,还有艺术形式上的特征,左翼戏剧拓展了剧场空间,开放了剧本结构,充分调动了各种舞台因素,打破了艺术与生活的界限……时学的研究从皮斯卡托和布莱希特开始,系统分析了从皮斯卡托、布莱希特一直到博亚尔的西方左翼戏剧创作与理论问题。在国内学术界,时学对20世纪西方左翼戏剧的研究,无疑是迄今为止最深刻、最全面的。

博士论文的意义远不仅在完成一部著作,它是一位学者的学术起点,为其一生的研究奠基。一篇博士论文完成,只是一系列研究的开始,时学毕业后去了集美大学文学院教书,继续他的左翼戏剧研究。收入本书附录的两篇长文,可以看出他进一步思考的脉络。两篇文章,一篇比较西方与俄苏左翼戏剧,一篇反思八十年中国左翼文学论争,既是他对以往研究的补充与深入,也是对未来研究方向的开启与拓展。从这两篇文章中,我们可以更好地理解他最初对左翼戏剧的定义。左翼戏剧只能作为"一翼",不能作为"一统"存在,此间道理,仍须仔细揣摩。

时学的著作即将出版,其中大部分文字是当年读过的,这次新读附录两篇,发现他如今的文章更加"深思熟虑"了。甚喜。是为序。

2011年7月16日于厦门大学

周宁 | 厦门大学人文学院院长、博士生导师,"长江学者"特聘教授

《新编汉法成语词典》(第二版)

编者： 孙迁
责编： 王扬帆
出版时间： 2014年12月

序

———

黄建华

　　厦门大学孙迁教授的《新编汉法成语词典》再版了，付梓之前，约我写序。记得该书初版时，我就向有关部门写过推荐函，今天编者对旧著加以增订，再度推出，我自然欣然从命。我重读自己十多年前写的推荐意见，竟然觉得从总体来看，并未过时，只需参看孙教授新本增加、修订的部分，略加改动，便可作为本小序的内容。那我就来个"旧文新作"好了。

　　编汉外词典不易，编汉外成语词典要求的外语水平更高，真可谓是难上加难。然而，孙迁教授却不畏艰难，历经十几个寒暑，以异常的毅力和严谨的治学态度于1999年编出其心血之作——《新编汉法成语词典》(厦门大学出版社出版)。自那时起，我以为孙教授的词典是他的"天鹅绝唱"，不会有新的版本了。然而，令我意想不到的是，年逾八旬的孙教授，凭其老当益壮的精神，竟对原编的词典做大幅度的修订、充实。完全可以说，本书是目前国内同类词典中收词最多、对应译例最丰富、质量最高的一部汉法成语词典。经研读此书，本人以为它有以下

几个特点:

一是力求广博。

作者根据求解型词典的要求做了广泛的搜集工作,尽可能把各种常见的熟语、习语和谚语收入词典,使《新编汉法成语词典》(增订本)在有限的空间里容纳尽可能多的信息,从而可满足不同层次读者的需求。例如,其中收录了"老来俏"、"老掉牙"等等。

二是注重更新。

《新编汉法成语词典》(增订本)不仅收录了大量"老成语",而且收录了不少经过时间检验并得到社会公认的"新成语",体现了辞书的继承性并反映出时代风貌。如"干劲十足"、"高潮迭起"等,不胜枚举。此次修订,还大量收集最新资料,增补了6000余个新例句。

三是独树一帜。

编者为了追求对应的不同境界,在译例上下了许多功夫,在继承直译、意译传统方法的基础上,编者依靠他本人的积累和挖掘,从多角度为许多汉语成语配上相近的法语成语或句子,不少还出自名家手笔,使好些释义"形神兼备"。这在当今同类辞书中堪称独树一帜。

当然,尽善尽美的文字之作只是理想的追求,在现实中不易达到。而且关于这方面的鉴别、评价,也是见仁见智的。比方,本书所收录的是否全是严格的成语,就可以斟酌;所提供的对应例句是否全都贴切可用,初学者就应慎重选择,不宜盲目照搬。但,无论如何,这都不影响本书对理解和翻译汉语成语所能给予的切实帮助。

祝愿孙教授晚年的精心结撰能为新一代的后学铺设便捷之途!

2014年7月于广外校园

黄建华 | 广东外语外贸大学教授、博士生导师,广州翻译协会会长

《想象的狂欢——作为文化镜像的闽南民间故事研究》

作者：戴冠青
责编：牛跃天
出版时间：2012年9月

序

陈益源

泉州师院戴冠青教授完成了一部新书——《想象的狂欢——作为文化镜像的闽南民间故事研究》，书名很别致，研究方法也很有新意。

博学的戴教授，主要采取民间故事叙事学、民俗学、原型批评、文艺美学、女性主义批评和比较文学等文艺美学的新方法，对厦、漳、泉三地百姓根据自己的世界观、人生观和审美心理所进行的想象的创造——闽南民间故事，深入分析其文学想象中折射出的闽南审美文化取向，以及其消解压力，享受生活的狂欢精神等多重文化内涵。专著阐发深入，新见迭出，是近年来中国民间文学研究的一个重要收获。

我认识戴教授的时间虽不长，但自从几年前在马来西亚大学一起开会之后，我们之间就开始了频繁的学术互动。当我带领台湾40位大学生到福建进行"文学之旅"夏令营活动时，她在泉州师院为学员们主讲"闽南民间故事与闽南人的审美取向"；当她应邀到台湾参加世界华文女作家协会活动时，我也曾要求她脱队到成功大学中文系参加我举办的"海外华文文学论坛"。所以在几个月前，她嘱咐我为她的新书写序时，我基于感恩的心理，随即一口答应，不过，很快就又后悔起来。

我后悔的原因不是我读不了她的书（她的书好看极了），而是因为我担心自己万一无法及时交差，拖延了新书问世的时间，岂不剥夺了更多读者一睹为快的权利？ 这样的担心，一开始还可以说是"想象"，结果日子一天一天过去，想象逐渐成真，让我的后悔一天多过一天。

明知不赶紧交差一定会后悔，那我为什么还眼睁睁看着它发生呢？我若不有所说明，戴教授说不定会误以为我没把这事放在心上。

事实上，为戴教授新书写序这件事情不仅始终在我心中牵挂着，《想象的狂欢》甚至一直都摆在我搭乘飞机时所携带的行李箱里——今年8月底带去马来西亚吉隆坡，9月初带去越南顺化，9月底又带去金门，10月初又带去新加坡，10月中则带到北京，10月底则带到杭州和厦门，11月中还带到了广州和武汉。 我的行李箱几次换来换去，《想象的狂欢》不停拿进拿出，其间还数度移入我随身的背袋，跟着我周旋于台北、彰化、云林、嘉义与台南等地。 我经常把书稿捧读再三，只差没有下笔写序罢了。

此刻，我又在整理行李，准备明天从武汉飞回台湾，忍不住把《想象的狂欢》拿出来重读一番，突然忆起一连串奇妙的景况——过去几个月内，仿佛无论我去哪里，《想象的狂欢》书里相关的篇章就会出现，如影随形。

例如我在吉隆坡，白天正与马来西亚学者参加"闽南文化论坛"，讨论如何开展吉隆坡福建义山（客死他乡的福建人的义塚）的田野调查，晚上刚好读到戴教授在分析《姑嫂塔》的故事（讲述哥别妻过海谋生的无奈以及留守在家的姑嫂望穿双眼却盼不回亲人的凄苦处境，其中蕴涵着闽南人敢于开拓进取，到南洋发展的文化精神）。

又如我在顺化考察越南的关帝信仰，白天在顺化市富吉坊白腾路101号的顺化寺，看到它后殿的关公祠供桌上摆了一部《关帝明圣真经演义》，旁边设有签筒，我还兴致勃勃地抽了一支签，晚上立刻读到戴教授在分析闽南民间故事《关帝君觉世真经》（讲述一破落文人得到关帝庙签诗的指引和启示，最后高中解元，累拜公卿，又回关帝庙还愿的故事）。

例如我到新加坡，为成大闽南文化研究中心寻找国际合作研究课题，前一天才刚读到戴教授介绍《凤山寺广泽尊王的传说》（说牧童郭忠福只活了16岁，但他因至孝被民众奉为孝神，"乡人为其筑庙祭祀"，尊为郭圣王，而且在民间想象中演绎出许多他坐化成神后驱奸除恶、庇护百姓的传说故事，广泽尊王崇拜甚至演变成了一种影响深广的民间信仰，信众遍及海峡两岸、东南亚甚至世界各地）。 隔天一早新加坡国立大学许原泰博士恰巧陪我拜会南安会馆，南安会馆凤山寺的管理人竟拿出了一部他们1996年出版的《郭忠福》送给我。

又如我到金门，参加"2011闽南文化国际学术研讨会"和"第三届海峡两岸民间文化论坛"，前一天才刚读到戴教授介绍《朱熹的传说》，隔天金门大学驻校作家杨树清先生正好领我去参观据传与朱熹有关的燕南书院。又如，前一天我才刚读到戴教授介绍《陈嘉庚与陈光前》、《陈嘉庚择婿》，以及"每年莆田湄洲岛的妈祖庙和厦门南普陀寺的香火鼎盛，各地敬奉妈祖和观音的寺庙不计其数……"等几段话，隔天我人就在陈嘉庚创立的厦门大学开一场名为"带着文献跑田野"的讲座，住在厦大招待所，下楼信步走到了校门外的南普陀寺，迎面而来的正是一团又一团的旅游者和香客。

不可思议的是，即使我人去到了遥远的北京，出席中央民族大学"2011中国民间叙事与民间故事讲述人学术研讨会"，仍有类似的情况出现。这项研讨会的主办人林继富教授特地把故事家刘德方先生请到现场，刘先生明明是湖北宜昌的故事家，却因缘际会听过一位泉州老瓦匠给他讲述《洛阳桥的传说》。我报告的题目是"金门林火才先生说唱作品的采访与记录"，林先生他能演唱传承自厦门歌仔戏大师邵江海的《益春写信给陈三》等歌谣，而我在开会之余随手翻阅《想象的狂欢》，还是一再看到戴教授认真阐述着《洛阳桥的传说》和《陈三五娘》故事的思想内涵与人物形象……

以上种种巧合，说明了一个道理，那就是闽南民间故事实在太丰富了，丰富到不管我走到哪里都可以发现它们的无所不在，并且透过戴教授的深入剖析，令人印象深刻，想忘都忘不了。

现在，我终于完成戴教授盼咐的功课了，建议读者们不妨把《想象的狂欢——作为文化镜像的闽南民间故事研究》这本好看的书放进你的行囊，带着它四处旅行，到每个地方就拿出来读一读，也许你也会跟我一样，产生种种奇妙的经验呢！

2011年11月17日序于武汉旅次

陈益源 | 台湾成功大学中文系教授，闽南文化与台湾民间文学研究资深专家

《李退溪与东方文化》

作者： 高令印
责编： 薛鹏志
出版时间： 2002 年 10 月

序

张立文

  高令印教授一生清心寡欲，宁静致远，献身学术，成就斐然。他研究福建朱子学、退溪学有年，其间他探赜索隐，钩深致精，发为宏论妙旨，而影响学界。

  退溪学作为朝鲜朝的意识形态，在当时具有崇高的地位。郑惟一说："先生生于东国学绝之后，不由师承，超然独得，其纯粹之资，精诣之见，弘毅之守，高明之学，道积于一身而言垂于百代，功光乎先圣而泽流于后学，则求之东方一人而已。"①退溪继绝学，使孔孟程朱之学复明于世，并使之与朝鲜朝的社会实践相结合，成为化解现实社会冲突的时代精华，适应了社会的需要与国家民族的需求，以及人们对伦理道德、价值理想、精神家园的追求，稳定了社会秩序，促进了社会的进步，因此而成为主流意识形态。从这个意义上说，退溪学曾是韩国历史

---

① 《言行录·附录〈言行通述〉》，《增补退溪全书》第 4 册，韩国成均馆大学校大东文化研究院 1978 年影印本，第 251 页。

上光辉的学说，是韩国传统文化宝库中灿烂的明珠，是指导当时社会实践的伟大理论。

但是，随着"春秋"的更替，社会的发展，观念的革新，而出现了"开化期"。1876年丙子开港使闭关锁国的朝鲜朝的"臣民"打开了眼界，在与西方文明的接触中，开启了"近代化设计"的思潮，甲午更张（朝鲜朝高宗三十一年，公元1894年），开化派执政，在其暂短的执政期间对政治制度进行近代化的改革，以适应新潮流。儒教被视为历史发展的包袱，只有弃之才能前进。在这种情境下，退溪学作为儒教的一个分支，亦受到损害。

这样便出现了古（传统的文化思想）与今（当下的文化思想）、朝（朝鲜朝的文化思想）与西（西欧的文化思想）的冲突。这个冲突像幽灵一样，不时浮现于人们的思想之中，干扰人们的行为实践活动。在20世纪90年代中期，韩国在经济增长和民主化两个方面基本完成了近代化设计的目标以后，1997年爆发的东亚金融危机波及韩国。原来在追究亚洲"四小龙"（韩国、新加坡、台湾、香港）经济起飞的根源时，依据马克斯·韦伯的《新教伦理与资本主义精神》思想，在每一成功事业发展的背后都有某种精神支柱和力量的存在，揭示了新教伦理与资本主义发展的关系。照着韦伯的思维理路，东亚一些学者在寻找亚洲"四小龙"经济发展的原因时，便找到了"儒教伦理"，[①]提出了"儒教资本主义"的命题。当东亚金融危机发生后，又使他们深深地陷入困惑之中，一些人又把金融危机归咎于儒教伦理，韩国也有人指责儒教是导致经济危机、使社会陷入病态的艾滋病毒。[②]这样，如何对待、理解、诠释、吸收、运用儒教，又一次成为韩国学界所关注的问题，似乎又回到了一个世纪之

---

① 日本森岛通夫认为，日本资本主义经济是日本精神和西方技术的结合。所谓日本精神，是以集体主义为核心的日本儒教。（见《日本为什么"成功"》，四川人民出版社1986年版，第125~128页）韩国金日坤认为："儒教文化圈的巨大经济潜力，来源于全社会所具有的统一机制。……从欧洲学来的平等自由意识，使越来越多的人自觉地投身于经济活动，但社会仍保持着统一，因为根深蒂固的儒教文化仍然在发挥着作用，仍是社会的核心文化。"（见《儒教文化圈的伦理秩序与经济》，中国人民大学出版社1991年版，第142~143页）余英时比照韦伯的资本主义精神的论述，认为中国传统宗教道德系统不乏新教伦理中的"工作伦理"，即能促进中国资本主义的发展。（见《中国近世伦理与商人精神》，《士与中国文化》，上海人民出版社1987年版，第568、576页）

② 崔英辰：《90年代韩国社会儒教谈论分析》，东方社会哲学国际学术研讨会论文，2001年。

前。真是所谓别来百年,似曾相识。

如何对待、诠释自己民族的传统文化,以及其与现代社会政治、经济、文化的关系问题,世界各个民族、国家都依自己的价值观念、价值评价、思维方式、操作方法来对待古与今、本土与外来的文化问题。不过在西学东传,东方人向西方学习近代化和现代化的器物、制度、观念三大层面的时候,在接受西方自然科学的同时,接受了西方人文社会科学的思想,实现了在立场、观念观点、方法上的转变。人们往往淡化或放弃了东亚传统文化的精华"和合",即冲突—融合—和合(新事物、新生命的诞生)的观点和方法,而采取了一种非此即彼的二元对立的观点和方法。二元对立对任何错综复杂的社会冲突、文化冲突都通称为二元冲突,然后采取一方吃掉一方、一方战胜一方,而达到"一"。把中国的、韩国的古与今、传统与近现代、中西、韩西等纳入二元对立模式之中。在这种二元对立模式之中必然是一方排斥一方,两者不两立、不并行。譬如,中国"五四"时期的陈独秀说:"要拥护那德先生(Democracy)便不得不反对孔教、礼法、贞节、旧伦理、旧政治;要拥护那赛先生(Science),便不得不反对旧艺术、旧宗教;要拥护德先生又要拥护赛先生,便不得不反对国粹和旧文学。"[①]要拥护西方的民主和科学,就必须反对自己民族的传统文化,于是便提出了"打倒孔家店"的口号。这在中国1966—1976年"文化大革命"中,把二元对立模式推至极端,其间又祭起了"打倒孔老二"和"批林批孔"的旗帜;不仅打倒,而且要踏上千万只脚,使其永世不得翻身。于是砸孔碑,挖孔坟,闹得乌烟瘴气。这便是在西方的民主和科学要同传统观念实行最彻底决裂的思想指导下进行的。这种"打倒孔老二"、打倒传统文化(所谓扫"四旧")的结果,并没有导致政治的民主和经济的增长,相反而导致了政治专制主义、文化专制主义和经济破产,祸国殃民,罪孽深重。

东亚经济危机,又把人们的关注点吸引到东亚价值观的载体儒教伦理上来,儒教又成为社会论争的对象。大陆、台湾、香港学术界都曾对东亚经济危机与儒教伦理的关系进行讨论,基本上有这样几种看法:儒教伦理既不是东亚经济起飞的动力,亦非东亚经济危机的罪魁;儒教伦理既是东亚经济增长的原动因,又是东亚经济危机结构性的原因;儒教伦理是东亚资本主义经济发展的精神力量,东亚经济危机的原因主要来

---

① 陈独秀:《〈新青年〉罪案之答辩书》,《独秀文存》卷一。

自外部的金融资本市场的阻击；东亚经济增长是东西诸种因素综合力量的效应，而非儒教伦理一种因素，东亚经济危机亦是东西诸种因素在一定时空机遇下的结合而爆发的。凡此种种，都有其学理的陈述，说明人们企图从各个视角、层面揭示和诠释儒教伦理在现代化进程中的价值、作用和效应。

在东亚经济危机的影响下，在新世纪、新千年即将来临之际，金京一(音译)出版了《孔子亡，国方兴》一书(1999年5月1日)。同年8月5日，崔炳哲出版了《孔子生，国方兴》一书，两书的价值观针锋相对。两书论争的主旨是传统文化与现代化的关系问题，孔子是作为传统文化的代表，"国方亡与兴"是指现代国家的消亡或兴旺发达。前者"潜意识"中运用了二元对立的思维方式，以传统与现代的二分来判断孔子与国兴的非此即彼，只有克服、消灭、舍弃此方，才能有彼方的兴旺发达。这种二元对立是以斗争为其理论基础的，并通过斗争的手段而实现自己的目标。金氏认为，"儒教之害如霉菌，生长于我们生活的每个角落，如果不找出来，铲除掉，就不会有我们的未来"。① 如儒教的孝道杀人，法制不通，创造力低，等等。崔氏认为，孔子当永生。其根据是，孔子乃全人类的导师，孔子永生，人类永生；孔子乃全人类希望之灯；孔子是仁爱的实践家；孔子是思过则改，闻过则喜的人。孔子仍有其现代价值，换言之"亚细亚价值依然活着"，而没有死亡，也不会死亡。②

古与今、传统与现代的关系问题，自从公元前213年(秦始皇三十四年)咸阳宫博士淳于越与丞相李斯关于古今之辩以来③，已延续了2000多年。一般来说，在社会政治制度、经济结构、典章制度、价值观念发生巨大转变，即社会处于大转型时代，往往会激发起古与今、传统与现代的大辩论。因此，这个辩论也许会重复发生，只不过是所辩论的内涵、性质不同而已。

东亚20世纪所面临的古与今问题，其基点是今，即现代化问题，其理论论争与社会实践，都与东亚是否能现代化和如何现代化相关联。这个问题预计21世纪前30年，在一些国家还会继续。传统的现代化理论

---

① 金京一(音译):《孔子亡,国方兴》,韩国海出版社1999年版,第85页。
② 崔炳哲:《孔子生,国方兴》,韩国诗雅出版社1999年版。
③ 参见张立文:《和合学概论——21世纪文化战略的构想》上册,首都师范大学出版社1996年版,第19~20页。

范式或理论模型，一般都把传统与现代二分，因而往往忽视传统的与时俱进的发展演变，把现代化作为一种目标而忽视其动态展开过程。这样就难以会通传统与现代。和合学不采取二元对立的思维模式，以及体用论思维方式，即使传统与现代保持一定的张力，又使其会通融合，即运用融突和合思维模式，使传统文化的诸因素融突和合"转生"，使新生命、新事物生生不息。

传统与现代、古与今，就像人与其影子一样，影子想摆脱人、甩掉人，但总是脱不掉，甩不开；人也想离开影子，舍弃影子，但总是离不开，舍不弃。记得小时候常常问大人，人为什么有影子？大人告诉我们，鬼是没有影子的，人是有影子的，所以鬼要摄人的影子，使自己转生为人。所以，我们儿时在月夜总要回头看看自己的影子，有影子表明没有被鬼摄去，人还活着；如果回头看不到自己影子，就慌了神，以为自己的影子被鬼摄去了，就要死了。传统渗透在现代的政治、经济、文化生活之中，亦渗透在伦理道德、价值观念、思维方式、风俗习惯、心理结构、行为方式之中。在这里，传统离开了现代，传统就死了；现代舍弃了传统，现代也就不存在了。

传统的现代"转生"，是指传统文化精神的转生，而不是指传统生成物的转生。传统生成物如典章制度、文化文本、绘画雕塑、建筑寺庙等，体现着某一时代、某一传统生成之物。传统文化精神是体现为那个时代精神的精华，是被那个时代所认同的精神原理和境界，是人类智慧的结晶。它渗透到人类生活的各个层面，生生不息，和合成新的文化精神而永远延续下来，成为每个民族的不朽精神。这种不朽的民族精神，具有强大的生命力，只要这个民族还存在，这种民族精神就会与时俱进地发展弘扬。

传统绝不是死亡的历史。然而，历史学家往往把目光引向过去的、死亡的传统。其实，传统无时无刻不走入现代新社会的新生活之中。传统是一个不断流变、不断革新、不断丰富、不断新生的过程。传统在现代新社会、新生活的光照下，就会焕发新的光辉。一方面传统在吸收新生活的光照中批判、充实、改造、完善自己，以与现代相适应；另一方面传统是一种活着的过去，是一种文化精神的活着的过去。因此，从传统到现代，是一种活着的文化精神被吸收、结合、融合到一种现代的、新生的、发展着的文化精神中去的过程。从这个意义上说，一切传统都是现代。

从和合学的古今观、传统现代观来看，退溪学既是韩国传统文化精神，又是韩国现代文化精神。因此，在当今理解、诠释退溪学，并非无现实的理论价值。高令印教授高屋建瓴，从东方文化的视角，再现退溪思想，于是便从退溪学思想宝库中发现了新思想，做出了新诠释。譬如，书中对退溪以易学为核心所演化的东方文化，充实和完善了东方人"天人合一"思想；退溪人生哲学与东方人的终极关怀和为己之学、文以载道的文艺思想等等，都凸显出了退溪学在东方文化发展历程上的特殊性及其新境界，对退溪学研究做出了新的贡献。这些新贡献的取得，都是与高令印教授朴实的学风，艰苦的钻研，扎实的功底，广阔的视野，方法的创新分不开的。

高令印教授在当今中国学界已为知名教授，他嘱我为此书撰序，我最初反应是不敢应命。转而思之，我们既有在中国人民大学哲学系的一段学缘，又有同教中国哲学的教缘，再有共研朱子学、退溪学的研缘，借此还可结一段翰墨之缘，故黾勉为序。

2001年8月4日于中国人民大学哲学系

张立文 | 中国人民大学哲学院教授、博士生导师，著名哲学家、哲学史家

《百吉撰台湾文献丛刊序跋选录》

作者： 夏德仪（百吉）
责编： 董兴艳
出版时间： 2010年7月

序

陈支平

关于台湾历史文化的研究，现在差不多变成了一种"显学"。"显学"的出现，自然是一件很值得庆贺的事情，但是也正因为它成为一种"显学"，势必要吸引太多的兴趣者前来参与。转眼之间，研究台湾历史与文化的学者们，处处多有，层出不穷。

文献史料，是从事台湾历史与文化研究的基础。但是当今众多的台湾历史文化研究者，似乎对于这一研究基础的建构并无太大的兴趣。大家忙于发表高论，至于文献资料的使用，尽可以抄来抄去，省事得很。

如此建构的"显学"，应验了中国人的两句老话："人多力量大"，"众人拾柴火焰高"。这里面，固然有一些很有学术创建性的发现，但是更多的是"你说我也说"，"你抄我也抄"。

如此说过来抄过去，不能不抄出许多的"学术垃圾"。因此，研究台湾历史文化虽然是一种"显学"，但是很快也成了堆积"学术垃圾"较多的一个场所。

大概是我住的地方距台湾较近的缘故，我素来对于那些肯于踏踏实实地从事台湾历史文化研究的基础性工作的学者怀有敬意。我以为，从事台湾历史文化的文献史料整理工作，必须具备两个方面的学术修养。即既要有明清史的学术修养，同时又要有台湾地方史的学术修养，二者缺一不可。因为台湾地方史的史料，散见于浩如烟海的明清史料之中，缺乏明清史料学的修养，无从查找；而缺乏台湾地方史的修养，即使是十分精通于明清两代的史料，也往往会对其中所包含的区域史史料视而不见。众多的赶时髦的所谓台湾历史文化的研究者们，之所以不愿意从事这种艰难的工作，其中的原因应该与此有些关系吧。

20世纪五六十年代，台湾银行经济研究室组织学者编纂《台湾文献丛刊》，这部巨著成为当今研究台湾历史文化最重要的文献史料之一。当时参与这项工作的学者，大多是台湾高校的著名教授。其中夏德仪先生，就是早年毕业于北京大学而辗转在台湾大学历史系任教达27年之久的明清史专家。夏先生在台湾大学任教期间，除了讲授中国通史课程之外，还讲授过明清史、通鉴导读、明史专题、明清史料导读、明清史专题讨论、史部要籍解题等等。当台湾银行经济研究室规划编纂《台湾文献丛刊》的时候，夏先生就自然而然地被主事者所倚重，成为《台湾文献丛刊》的主要编纂者之一。

夏德仪先生的高足徐泓先生，如今是台湾明清史学界的标志性学者。由于同行兼同乡的因缘，徐泓先生以夏先生生前手稿《百吉撰台湾文献丛刊序跋选录》一书见示。这些年来，我本人也从事台湾文献史料的搜集整理工作，深知这项工作的艰辛与落寞。如今捧颂近半个世纪前的手稿，夏先生等前辈学人的治学风范，跃然纸上，令人敬佩叹息！于情于理，夏先生的这部手稿不应湮没于世。我愿借此《百吉撰台湾文献丛刊序跋选录》出版之际，缀上数言，一以表达我对前辈学人辛勤开拓台湾历史文献史料荒原之功的崇敬之情，再者也祝愿大家一齐努力为台湾历史文化研究的"显学"，做出一些脚踏实地的工作。

2010年夏月

陈支平　厦门大学人文与艺术学部主任、国学研究院常务副院长、教授、博士生导师

《隔岸观火：泛台海区域的信仰生活》

作者：陈进国
责编：薛鹏志
出版时间：2008年11月

序

王琛发

一

陈进国新著取名《隔岸观火：泛台海区域的信仰生活》，内容主要是纵谈台湾海峡两岸的宗教文化现象，间中也有文章触及东南亚地区的情况，可见当他站在中国大陆的岸边瞭望海阔天空，视野所及不仅台海对岸，而且已经是将所瞭望到的海岸线拉得很长。他不仅仅试图从台湾海峡的两岸互相遥望对面的陆地，也把眼光转移向华南的南面海口，远眺南中国海域和马六甲海峡周遭的华人世界。

从如此广阔的地理范围去观察华人的宗教文化现象，也并不是从陈进国的文章开始的。我们的先辈，至迟在明朝，已经是有过如此的眼光，而且是实践躬行。我们且不去谈论明成祖与郑和的下西洋、设官厂曾否造成影响，单是看郑成功当初恢复前明江山的悲情，支持其决心之实力何尝不是依赖经略南洋商贸的根基？再后来，也是要靠一代接一代离开大陆的开拓者前赴后继，才能让我们这一辈人直到今日还得以在东南亚土地上发现中华文化的薪火相传。当我们的足迹穿梭于从台湾海峡到南中国海,再穿出马六甲海峡的地理范围,眼光处处所见是华人在当地落地生根参与各地建国的不同模式,以及过程中的血迹斑斑。

也就由于这一代人比之过去的一代有机会以更广阔的胸襟和更远大的距离去思考各国华人的历史与现状,同时之间,也催促着新一代的研究者从大海洋的视角去重新认识民族的古往今来。因此,当我阅读进国这一系列他在海峡两岸和东南亚的发现与论述,心中油然浮起的不是对这些宗教文化现象的各种认识片段,而是从进国之所论以及我之所知,想象到拥有同一文化根源的这些宗教现象集合起来的态势。它们其实是组成了一片民族祖先过去曾经建构的跨海文化版图。后人所作的研究和发掘,是面向着这一片地区许多属于和来自中华民族的未知的过去,去重新认识它们,如此也就会看到民族文化在当前当地的演变,并和它对话。当我们从任何一处的海岸看到对岸也有着相同的点点星光,当可恍然大悟曾经的薪火相传至今未曾熄灭。

但是一旦带着中华文化气息的、来自华人的信仰文化要落实在任何一个具体的地区,又或者是从它的内部孕育着演变的需求,它本身也会像外来教团要进入华人世界一样,会碰到不同的客观因缘,也就总会有不同的演变态势。从海峡两岸到南洋,以至到了其他地区,各地华人宗教现象之所以有现在的面貌,原本就可以被理解为华人世界分散在不同地区之后树大根深的结果,源于一种文化自历史以来一再在不同情形下散布到不同地理位置、遇上不同因缘演变发展,才会形成多彩又具体的各种文化积淀形式。进国几篇谈到台湾佛教和其他宗教的文章固然是从不同的切入点去议论各种不同的题目,却总是不能回避地点出了关键重点:华人世界的宗教现象之会出现不少议题,常是受到当地华人世界的历史脉络与社会动荡影响其曲折变化;统观其文,当可知悉,教团教事之所以烦扰,"架设权威"、"外来力量"与"内部议论"总是不见得能平衡,是问题所在。他的观点肯定不是从维护教团的立场出发,而且,一旦是本着学术上凭证推论,态度越冷静客观也总是会更深切地带出矛盾的激荡之处。不论你是否同意他,但其看法总值得省思。

而进国所谈及的创价学会与巴哈伊教在台湾的活动,其实也是很好的例证。我们从他在处理相关文献的叙述过程可以认识到,不论在任何特定的时代与地区,外来的宗教总会寻找他们要和华人世界对话的途径,寻找其教团在华人世界内部安身立命之发展空间。可是,当地华人社会从各相关单位到个人，也总是受到所在社会环境或政治气候不同程度的影响，依自己的主见去定位对方。如此就可能进一步论证任何宗教组织进入一个文化体系的社会中，都会遇上阻力、引发张力、调整、适应。这样的状况在任何一时、任何一处都会重复发生，即使是受到中华文化所哺育的各教派在进入外国的过程，也可能会遇到他人用进国文中所叙述的那套思想模式和回应模式对待我们。在今日熟悉这两个教团活动的研究者看来，进国文中引用了一些当时也算是有头有面的台湾著名人士或宗教团体对上述两教的说法，他们的负面议论几近是"无中生有"。我们也许应该从进国文章反思，我们对外国教团传教的回应模式，到底是应当从文化和价值体系去认识外来者、探讨和我们社会的互动是否良性，抑或是在对对方不求了解的情形下作本位诠释，一味敏感地从对方未必是从政治角度去思考。

马来西亚政府以至华人社会如何与上述两个宗教的互动，当初英国人又如何处理到达马来西亚的各中国民间教派。其实恰好是提供了可供比较的另一模式。如果能将东南亚各地和台湾的相同经验比较，相信也会很有意思。

因此，从南洋的角度阅读进国的文章，对照源自南洋本土的经验，可以是一种对南洋所流传的中华记忆的唤醒，也可以有助于南洋通过比较去认识属于海峡两岸的经验，这也将更有利于海峡两岸和南洋的华人社会从更高的高度和多极的角度互相看对方。如此，阅读这一系列文章的过程，无疑也是读者的记忆与作者的发现互相对话的过程。

二

许多人谈南洋华人，总喜谈郑和。随从郑和的马欢在《瀛涯胜览》提到马六甲王朝时说："凡中国宝船到彼，则立排栅如城垣，设四门更楼，夜则提铃巡警，内又立重栅，如小城，盖造库藏仓廒，一应钱粮顿在其内。"这样的盛况确实令人津津乐道。然而这样短暂的片段，毕竟只是明季国力鼎盛时代的东南亚记忆，它和今天东南亚华人从先辈处所承继、所体验到的历史的中国，没有太多的接触面积。今日散居在东南亚的华人，大部分人的祖先不是在明朝初年到达南洋的，他们对中国的认识主要不是来自明代的记忆。马六甲现存最老的华人墓碑也仅是志年天启二年（1622年），东南亚华人的中国记忆主要是清代以后的。认真总结这一历史时期流传下来的记忆，一直追溯到中华人民共和国成立之前，马来西亚华人社会黎民百姓对中国的记忆，不一定是美好的，而且还长期充满国破家亡的伤痛。但是，也正是由于历代不忘追求民族的美好未来，悲喜之间总是充满感情。

这可以从东南亚许多神庙的庙前天公炉都有"天地父母"四字说起。这四个字表述了拜神敬天的信仰义务是尊天命和讲究尽忠尽孝，"天地父母"隐喻性地对应了它下边许多人心里知道却不会说出口的连接句："反清复明。"就海外遗民的心态来说，他们执着儒家传统的夷夏之辨又遭受眼前北望中原的惨痛，成为聚居异地、有家归不得的群体，若他们的子子孙孙还能记得"天地父母"，则不仅是传承了文化，从价值观念到实践面引申出的政治主张也自是心中有数。因此，若我们回溯到魏源《圣武纪》卷八《东南靖海记》里记载顺治十七年（1660年）清皇朝逼迁沿海人民至内陆三十里、下令不许片板下海的那个时代，是可以把这一代人的记忆视为东南亚华人对中国记忆的重要转折点。这是一个"故国不堪回首月明中"的时代，没有祖国支持的海外孤民，长期身处在各种人事威胁的情境中，咬紧牙根去开拓异地，延续文化。

同一时代，当郑成功坚持明朝正朔，以厦门为基地，在东南亚各地分设仁、义、礼、智、信五房，建立结合经贸、情报与军事一体的海商集团网络，马六甲现存的碑铭神主显示了东南亚的华人曾经义无反顾地追随郑成功沿用早已驾崩的隆武年号。但是，当郑成功驱逐荷兰人、打下台湾建立东陵政权，在南中国海对抗荷清军事联盟，身在荷兰殖民地压力下的华人就无从公开与明郑来往；我们只能从现在犹存在于马六甲到缅甸的遗迹，看到他们只能在当地的庙宇碑铭以至自己的墓碑上使用"龙飞"年号，以这一等待新君就位的意涵表达了对故地文化的忠诚。等到清代康熙朝两岸统一之后，18世纪到20世纪初的东南亚华人史，实际上又是西方殖民政权一再从中国引进当时亚洲最先进生产力去开发香料种植、锡矿、蔗糖、酒精等资源的历史。海外的土地一次又一次地接受了屡次在中国从抗清起义到近现代革命的英雄豪杰，带着他们的会党或秘密宗教撤退到海外开天辟地。同时，殖民地对劳动力开发资源的需求，也通过招聘甚至是拐骗强掳，引进大批主要来自华南各地的劳动力。在没有了政府可依赖的时代，各个作为地方主权共同体的会党都在争取对有限的资源的控制权，但他们自己也经常受到外来力量的牵制。18世纪到20世纪初华人会党的共通之处是互相之间常会发生冲突，也常是为了维持生存而强调异姓结义的生死与共。这是进国笔下着墨的范围以外,但了解这样一个概略的背景,或许更能进一步建构起对东南亚的认识,以至更深刻地去将进国笔下的情节和当地的生活情景互相参照。

　　东南亚华人就是这样形成的,他们的生活接触到的是海商、会党、土酋、洋人,也是长期在这样的历史环境下累积他们的中国记忆和当地记忆的。因此,《理性的驱弛与义利的兼容——宋明理学与东南家族社会经济变迁简论》一文所提的家族族谱的内容,让我们看到初期南殖东南亚的漳泉宗姓村落原来之所以重视商贸,除了是源于漳泉海商来往东南亚的历史环境,也相应于其中国原有的思想渊源,将来或可进一步考虑族谱背后的意识是否受到东南亚经济与中国东南的长期互动影响。而单就族谱内容说,它一方面是许多人在东南亚讨生活所必须尊崇的先人教训,但另一方面我们如果观察这些宗姓村落在海外重构村落和立宗祠,又会发现他们是守其理而不一定守其礼。如龙山堂邱公司在对联直抒"举族不妨谈货殖"重视从商的"义利兼容"之外,也不一定是死板地遵守族谱,不少宗祠的成员都是过继、养子,而不一定强调血缘。

　　清代以来,台湾海峡两岸的政权与进出东南亚的国际势力如同走马灯一般不断地轮换,海峡两岸华人与南洋华人,也因此是好事多磨,一再遭受空间的阻隔以至政治的阻隔,相思相望不相亲。历经数百年以来,从海峡两岸到南洋的华人社会,互相在记忆里是心有牵系,可是长期受到时空的相隔,又使彼此之间的认识是越远越朦胧。因此,我们身在南洋的人,从南洋看海峡两岸、从南洋看南洋,是立足在自己的中国记忆和南洋记忆的。但我们所记忆的片段,以及我们对身在南洋的先辈们的记忆的延续与实践,又不一定是现在还是存在于海峡两岸的记忆了。因此,这一系列文章能够为我们提供南洋对中国大陆、南洋对台湾、大陆对台湾,以至三方互相对照的参照系统,是肯定的。

三

　　像进国《骨骸的替代物与祖先崇拜》文中所提及的葬银牌和葬木主的做法,在今日的东南亚是常见的。就以马来西亚来说,我们许多先辈,是在民不聊生的20世纪20年代之前,离开了进国文章中所描述的华南地区故乡,进国笔下的一切可能是他们的少年记忆。可是马国华人自 1949 年以后到 1990 年全面解禁之前，就再也没有机会自由进出中国。东南亚许多国家的华人也有类似的经历。由于受到一些国家政治上的恐共和反共政策，以及所谓"自由阵营"围堵中国的磨难，各国许多华人因此失去了与亲人通信以及探望亲友的自由；环境逼使一个人少小离家老大回，即使是衣锦荣归，也可能挽不回人生中不能为父母送终造坟的哀恸与遗憾。所以，在远隔重洋的马来西亚为家乡的亡故亲人立神主，或甚至会到马国的私营墓园建造宽广大坟埋下银牌一面，请父母魂兮安息，以弥补子欲养而亲不在的懊悔，在当地并非罕见。而这样的习俗，又是源于清代南来拓植的苦力之间对死亡的无奈，许多人是在海上遭难又或者是在山野蒙难而尸骨无觅，同伴供奉木主以及用金属牌代替遗骸设墓，通过仪式安魂，祈能让死者一样合乎入土为安的道理。

除了在一般的丧葬会因为找不到死者遗骸而以银牌或木主代替，通过招魂仪式请死者魂兮归来，马来西亚的华人会馆作为拟血缘的共同体，也会模拟血缘宗族所重视的祖坟风水观念，将银牌或金牌埋在选择好的风水宝地，建立会馆"总坟"。还有一些会党的忠烈祠由于时代的背景变化而解散，也会将木主集中埋于一墓，由后人上坟祭拜如柔佛新山洪门义兴公司的"明墓"据说就是如此。

从这里头，我们可以发现到台海两岸和东南亚曾经存在许多相同的风俗，一旦提及其内容和来由，又可以发现事件或历史的距离造成的变异、消失，或者也许会有解说上的差异。像在银牌上滴血，是子孙才可以做的事，而马国这边一般的解说是，风水讲究以先人血气与地灵之气合一去形成感应，由于银牌无血气，因此就必须由血气来自先人的子孙还血予先人而成就风水灵穴与子孙之感应。又如在墓中放鸡蛋，新马两国本地闽南人认为其做法意寓"鸡蛋要能孵成鸡仔，冤死者方会化厉"。

因此，进国在田野调查中发现的闽地历史上曾经有过的埋银牌、招魂、作阴契等仪式，在中国可能早已消失或变得零散。但是对于南洋的华人来说，却可能正是他们在政治封锁的年代，有家归不得之余，唯一可以为在当时当地的亡故亲友尽的一份心意，甚至也只能在当地以如此信仰仪式为他们在中国亡故的亲人尽最后的心意。从这种现象广泛出现于南洋华人社会，也可以推断风俗原来不仅是流传于闽、客两籍之间。这一来，东南亚的实践对进国的文章来说，又可以是诠释、注脚，或者是现象在海外进一步发展的说明。

另外，进国的一些研究，可能在中国已经难有痕迹，但是却在南洋华人的记忆底下继续活在他们的生活中,像他对空道教(真空教、空中教、空中大道)的研究就是一例。 由此他是做了一件好事,替南洋华人的民间宗教如空道教总结了由江西而到东南亚的长期零散记忆,让海峡两岸没到过南洋的华人,可以看到一个走出去南洋的教派在海外的兴衰。 同样的,在这篇文章,他还是点出了"架设权威"、"外来力量"与"内部议论"总是不见得能平衡,是空道教问题所在。 从大局来说,这其实是1949年许多在东南亚发展有机制度化的中国宗教组织断绝了和中国祖山联系后,都发生过的问题,空道教只是一个问题未曾解决,却是直到现在还能在内部矛盾重重中继续运作的显著例子。

又如进国对归根道的典籍的整理。 这些典籍在中国不易见到,但是在马来西亚,由于英国殖民政府是以有神论立国的,深信通过让中国人自己拥有宗教自由去神道立教是一种统治顺民的政策,马国的归根道自清末就有自己的庙宇,可以公开以现代印刷术出版不少典籍在民间自由传教。 进国在中国之发现,或可为两地归根道在不同情势下的发展,提供比较研究的机会。

当进国在写着空道教等一系列以台湾、东南亚地区华人世界的现象作为观察主体的文章,他所描述的文化现象在内容上其实可以概括为"大陆曾经有过的、大陆未曾有过的、大陆有着但是大陆以外也有的、大陆有过或已经失去却正在当地继续演变的"等等诸种;像其空道教的论文即是以中国学者的眼光客观地以南洋各地的事实反映出中国以内和以外之曾经或中国之未曾有过的现象,透过这些海外华人社会回过头来看中国大陆,其中不无启发。 从边陲看中原、从周边看中国,可以把中国看得更清楚,也可以发现一个比中国版图大了不知多少倍的属于世界的中华文化版图。 沿着这一思路继续努力,是可以期许的,也是为人乐见的。

四

从历史的中国到南洋的历史,是一段在蕉风椰雨土地上历经数百年变迁的过程。 当一个华人来到南洋,在他决定要生存下去的第一天开始,到他的传宗接代,他都不可能摆脱自己的文化记忆。 他不能不以自己的文化眼光去诠释自己的当地生活,寻找自己在异地开拓的生存意义与族群定位;他也只有把故地文化带到新的土地,方才能在缩短自己与原乡在文化上、心理上、地理上的距离，使自己感觉到在异乡生存和生活有意义。

但是，为了能保住对祖先的认同以及对原乡的记忆，南洋的华人反而因此不能一成不变，所以他们最终会依据常理保护常俗，因地制宜也因时制宜，以许多地方因素渗透他们从原乡带来的文化。在这样一种历史脉络里，南洋的华人文化不是概而言之的抽象的中华文化，而是来自中国各地的开拓者把他们家乡的区域文化具体地带到海外，也借着当地的地缘资源落地生根。而且，各区域文化在有限的空间和时间里，既遇上的是中华文化与异域文化的对话，又是遇上中华文化内部的多个分支互相碰撞也互相交融；再加上当地华人是摆脱了封建王朝限制的同时又要去适应作为殖民地社会主流的西方资本主义制度与伦理，区域性的次文化、小传统到了南洋就有机会构成当地华人的主流。

我们不妨参考中国东南一带闽、客两系各姓族谱通常都会共同引用的那首《迁流诗》的上半阕："驿马匆匆过四方，任君随处立纲常，年深异境犹吾境，日久他乡作故乡。"这首诗既名为《迁流诗》也叫作《认祖诗》，见于各地各姓族谱，其下半阕内容用词都是大同小异，但从观念到行为去说都是强调开枝散叶与认祖归根的一致性，不论是"迁流"或"认祖"，其实是二而一的，迁流的最终目的还是为了后人能认祖，重点不在身处异境或者是留居故乡之间的差别，而是在于是否能"随处立纲常"。尤其到了清代，从潮汕和闽南一带营造阴宅风水的要求可以反映出这一意识：一方面对先人坟墓的要求是重视寻找寓意丁财两旺的坐向和布局，也强调回乡祭祖的重要；另一方面则是将碑前两边墓手从传统的环抱造型改变为翻手向外推的象形。这一"反手砂"的造型，碑前的明堂看来变广阔了，却放弃了风水上以墓手环抱出墓门位于吉利线位的要求，反而带着不惜把子孙向外推的寓意。东南亚华人继续追随着《迁流诗》，既是要男儿志在四方，又是要不忘回乡祭祖的教导，而当地墓园凡是土葬也几乎都是"反手砂"的造型，或者已足以说明文史学者看近代以后的华南必须把眼光兼顾东南亚的重要性。

从《迁流诗》也叫作《认祖诗》的精神，回到民国以及民国之前，我们当知那个时代的华人世界并没有这个时代的现代民族国家观念，不论是属于信仰文化或者其他范畴的中华文化的因素，都曾经是随着先人的南下，而形成了在东南亚广泛地区落地生根的可能，而且这是个宗族的祖训，也可谓是民族的集体意识。这样一来，陈进国所论述的各地方属于区域文化的风俗,对南洋人来说,在唤起家乡风俗的记忆或者唤起南洋早期常有的记忆之外,就不只是有利于寻根,而且可以在比较的过程中,看到变化,寻找变的原因。

我们若从南洋的角度去看这样一本著作,那么作者的研究成果和读者的经验互相之间是一个对话体系,则有助于激发读者的思考,而读者的回应也将激发作者以及其他相关课题的研究者的反思。

当我们把一个现象当成东南亚或中国的区域文化现象做调查研究的时候,我们可能看不到全貌,也看不到真相。可是它的不完整就可能还有不完整的另一些片断在某处。当我们进入跨地域比较之刻,也许才发现它的流传之广,影响之深刻。我们研究文化现象,尤其是研究在清代压制之下只能到对宗教抱着较放任态度的南洋去公开活动的"秘密宗教",更可能有跨海研究的需要。

如此,我们应鼓励海峡两岸的年轻学者如进国,应常常到南洋走几圈。南洋华人现在还流行的一些习俗文化,在南洋华人本身来说可能是日常生活,可是刊载来自海峡两岸的华人的眼中,就或许会有"礼失求诸野"的感觉。但若来自台海两岸的华人细心品味南洋的华人文化,则又会发现到,南洋的华人之所以能将中国的区域文化传承下来,并不是一成不变的,而且也可能会一再加入了各种中国原乡实际上未曾有过的成分,如此反而是确保其内涵的流传。所以这里流传的是属于历史的中国,却在实际上已经是化为南洋的历史。南洋保存了中国所未能保存的,南洋也累积了华人在中国以外面对世界的经验。进国之所以常到南洋,是由于他久有站在这里看中国之抱负。他目前从一个传承脉络较清楚和系统的空道教或空中大道开始他的南洋华人宗教研究之旅,无疑是值得期待的。

我同意,从南中国海的上空虚拟出一个中心点,以如此的高度去看历史的中国和文化的中华,它的全貌会比地图上的行政区更为壮观。江山如此多娇。

The 30th Anniversary of Xiamen University Press

王琛发 | 博士,马来西亚考恩文化执行总裁,马来西亚欧亚大学副校长,长期从事马来西亚华人社会的历史、宗教与社会学等研究

《走近两岸》

作者：陈孔立
责编：高健
出版时间：2011年9月

2012年获华东地区大学出版社第九届优秀教材、学术专著一等奖

序一

——

杨锦麟

  陈孔立老师早前来函，嘱我为他即将出版的回忆录《走近两岸》写序。这是老师布置的作业，必须认真对待，勉力完成。
  "走近两岸"的书名立意深邃，是"走近"而不是"走进"，这一字之别，道出了两岸关系客观存在差异的现实。学界中那种信步走进，顺手拈来的做派，并非科学的态度。悉知两岸分隔六十多年，实施两种不同的社会制度，价值体制、政治制度、经济制度、文化思想观念多有不同，甚至悬殊，有明显的落差。台湾研究及两岸关系研究，是一门新兴的学科，而两岸最终的政治整合，仍需循序渐进、稳步前行，还需要经过漫长的历史过程，走近两岸的意义在于增加彼此之间的沟通和了解，也只有这样的走近，才能促使两岸在各个方面、各个领域的"走近"。
  老师在前言中说："二十多年来的两岸交往，有很多事情值得回忆"，该书"只是就个人的点滴记忆，试图为这一段历史留下片断的见证"。
  以第一人称的回顾和记忆，对往事的脉络梳理，固然难以完整展示一个大时代的历史画卷,但《走近两岸》仍具有类似"口述历史"的重要史料价值。

仔细拜读老师的书稿,对老师惊人的记忆力赞叹不已。这部书稿面世的意义,其实已超过个人点滴记忆的范畴。它是一位过往近三十年间两岸关系发展互动参与者与见证者的历史记录,也是厦门大学台湾研究所(院)三十年成长的大事记不可或缺的资料文献。

两岸关系于1979年进入了一个新的发展阶段,这是厦门大学台湾研究所应运而生的时代背景。其发展从无到有,从小到大,从单一领域、方向的学术研究到构建了"台湾学"的理论框架,乃至于成为海内外及两岸备受重视的学术重镇,陈孔立老师以及先后出任台湾研究所所长的几位先生付出了心血,做出了卓越而有成效的贡献。

诚如老师在书中指出的,"历史地、全面地、实事求是地认识台湾"作为重要的指导思想,带领着厦大台湾研究所走出幼年时期,逐步向前迈进。而作为台湾问题专业的学术研究机构,它不可能是纯书斋式的,或者训诂学式的研究,必须与现实紧密结合,在研究过程中,不断突破思想禁区,勇于思考,勇于实践,以"走出去,请进来"的形式,展开各种形式的学术交流。

《走近两岸》的第一部分,侧重于老师个人以及所在的厦大台湾研究所,在过去三十年间,与台湾各界人士,尤其是学术界人士交流的记录。这样的交流,从个案的积累,至深层次的接触,从学术交流,到无所不谈的对话、沟通,内容翔实而丰富,从老师在书稿中的回顾和记忆,我们都能切身感受和体会到,三十多年来的两岸关系交流和交往,何其艰辛,来之不易。

这部分内容给我留下深刻印象,主要有三点:

1. "历史地、全面地、实事求是地认识台湾",是一个需要不断克服和排除传统观念或极"左"思潮的过程,也是一个不断探索化解矛盾、解决问题、发现规律、理论归纳的过程。老师在这个章节中记录的点点滴滴,字里行间给我们提供了很多具体个案的曲折迂回,这种不断克服、不断排除、不断探索的过程,也是坚持真理、修正错误的过程。

2. 与其他学科研究不一样的是,台湾问题或两岸关系问题的研究,不能只是拘泥于政策研究或学术研究,它或许需要更侧重于差异性研究。政治心理探索,或如老师所强调的"同情的理解",是正视和解决差异性问题的必然路径。两岸关系研究,实际上也是一个"求大同,存大异"的研究和探索过程,深入研究两岸社会制度、政治制度、经济制度和文化思想等方面的差异性,研究造成差异性的各种原因,才能真正了解彼此,正确认识彼此,逐步克服差异性,寻找共同性,或促使达成共识的必要前提。

3.作为台湾问题的研究者,需要始终保持作为研究者的客观、冷静、公正的观察视角和立场,也需要努力争取自己的话语权和话语空间。但更重要的是,在和台湾社会各界的接触、交往过程中,不主张采取居高临下、盛气凌人的立场,不主张动辄板起脸孔,动辄教训对方的态度;交朋友,交知心朋友,即使是"言相近,道相远",或者可以想见的言语不合,政见迥异,也应该采取平和的心态面对。两岸交流互动,需要努力培植"用心交往,用心倾听"的观念和意识,只有这样,才能真正做到求真求实,才能听到真实的声音,才能逐步把握台湾社会真正的脉络。老师很早就鼓励自己的同事和学生,在台湾研究过程中,要"学会用台湾人的眼睛去观察,用台湾人的心情去感受,才能做到真正了解台湾,了解台湾人在想什么",这就是同理心,就是研究者必须拥有的"换位思考"。我确信,这也是厦门大学台湾研究所(院)之所以被誉为中国大陆的台湾研究学术重镇,或被视为是已经树立和打造"南派"品牌和研究风格的主要原因之一。

必须强调指出的是,在长达数十年的台湾历史与现状的研究过程中,老师在理论框架和研究方法创新方面,也有颇多学术以及思想观点的建树。除了首创"台湾学"的学科研究理论之外,值得一提的,还有他对两岸客观存在的政治文化差异性、政治心理状态的重视与研究。在《走近两岸》中,我们可以从不同的章节中,看到一位研究者在这方面的严谨绵密的思想轨迹。

《走近两岸》专门辟了一个章节,记录和回忆了老师本人以及他的研究团队与民进党的交往。从时间段来看,它跨越了台湾党外运动时期、民进党建党初期、"在野"和"执政"时期。这个章节中,我们可以发现,老师和他的研究团队与民进党人的交往,接触面相当之广,对话沟通的层级之高、之深,均有作为台湾研究重要的参考资料的文献价值。我们也看到,老师及其研究团队,与民进党交往互动的对象,涵盖了民进党不同派系、不同时期的代表性人物。我们还发现,老师在和民进党人的接触对话和沟通过程中,并不回避双方存在政治立场和思想观念的歧异,但"彼此都能坦诚相待",在现时大陆特殊的政治氛围之下,并非容易达致。这种既坚持自身的原则立场,又能和政治立场歧异的民进党人接触交往,已成为厦门大学台湾研究院的一种独特优势,也是在老师多年来的鼓励和身体力行之下,一种值得肯定的精神传承。也只有这样,对民进党以及台湾其他政治势力的研究,才能更加深入,也才能得出接近客观实际的研究结论。

如果说《走近两岸》的前两个章节,是不可多得的台湾研究和两岸关系问题研究的文献资料的话,则第三部分是老师研究台湾问题及两岸关系问题研究思想和成果殊为难得的集大成,也是过往三十年间,老师研究思想最新的一次归纳和总结。

老师在前言中指出,自己在学术研究上"喜好不同",这种"喜好不同",和坊间那些急功近利式的哗众取宠、标新立异现象截然不同。老师在台湾研究以及两岸关系领域的学术研究上的"喜好不同",其实也具有强烈的针对性,也是众所周知,不言而喻的。

受限于特定的政治话语体系和情境,长时期以来,台湾研究以及两岸关系问题研究,存在着若干习惯性思维,也存在着诸多既定的思考模式和研究框架。这些惯性思维和一成不变的思考模式、研究框架,并没有随着台湾内部政治生态及两岸关系的发展变化,而做出与时俱进的调适,过往的一些经验教训记忆犹新。

台湾研究或两岸关系问题的研究,既有历史发展变化的一般规律,也具有充满不确定因素动态过程的特点。老师的"喜好不同",所秉持的是科学、客观、实事求是的认知,遵循的是认识研究事物的一般规律,但并不拘泥于定见,也不受长官意志的羁绊。实事求是是"喜好不同"的基本点,也是"唯实,不唯书,不唯上"精神的具体体现。

"喜好不同",不仅是对不同意见的重视,也是对自己的研究过程努力争取"独到见解"的坚持。这种"独到见解",就不是人云亦云,也不是政策解读,更不是照搬照抄,而是持之有据,言之成理,是建立在实事求是基础之上的一家之言。这么多年来,老师不仅这样要求自己的学生,同时也做出了表率。在老师数十年的研究教学生涯中,善于学习,善于思考,善于借鉴其他学科的研究方法,使得老师在台湾研究领域里,成果累累,且时有让人耳目一新、豁然开朗的惊喜。如博弈论在两岸关系研究的运用;如文化人类学领域里"同情的理解"对台湾社会政治心态的政治文化的探讨;如创设本土化模式,对台湾内部政治生态变化发展的研究,而这一切,在本书的第三部分,都有详尽的铺陈和展开。鼓励不同意见，鼓励创新思维，正是老师一以贯之的"喜好不同"的认知态度。"活到老，学到老"，老师在这方面是我们的楷模。这本书的面世，也是对后学晚辈终身学习、永不怠惰的一种激励和鞭策。

学术研究，尤其是在台湾研究领域里，力求达到"求真务实，超前研究"，诚如老师在"前言"中引述章念驰教授的话，"不但会有风浪而且会有孤独"，甚至于必须承受一些可以想见的政治压力和风险。但老师历来采取了坦然面对，并引以为乐的豁达态度。而对于自己研究预测的舛误，老师并没有采取回避的态度，他依然采取了坦然面对的态度。这一种坦然，就是坚持真理，修正错误的体现，也只有这样的科学态度和认知，才能体现思想者的睿智和虚怀若谷的胸襟，值得我们后学晚辈认真学习。

这是一位智者在过往三十年间用心感受，用心倾听台湾社会各界声音的心路历程记录，在两岸关系进入新的发展阶段的当下，求真求实，超前研究，鼓励创新思维，突破政治瓶颈，为两岸关系最终实现的政治整合提供更多智者的意见与建言，似乎也是当务之急。老师为我们树立了榜样，做出了表率。我衷心期待有更多的读者可以从这部书稿，以及老师其他学术著述中获得更多的启迪。

早些年，在和老师的一番交谈中，曾向老师建言，尽量减轻繁重的教学科研工作，以为到了老师这样的阅历和境界，应该是少写长文，多出思想的时候了。老师确实很认真采纳了我的建言。当然，他不仅继续传授知识，指导博士生研究写作，承担繁重的科研任务，同时也经常发表对台湾时局和两岸关系的真知灼见。他年届八旬，至今依然笔耕不辍，其勤奋，其好学，其思想智慧的闪光，令人敬重和景仰。敬重景仰老师的，并不仅限于中国大陆，甚至于也是海峡对岸各界人士的一致共识。

不久前，台湾大学某研究所两位教授率领研究团队登陆访问交流，这两位分属于不同政党背景的大学教授，赠送老师一只台湾特有的交趾烧花瓶。花瓶上端端正正书写四个大字：望重两岸。

望重两岸，这四个字，老师当之无愧。

是为序。

2010 年 5 月 25 日写于走读台湾途中

杨锦麟　香港卫视副总裁兼执行台长

"漳州与台湾关系丛书"

主编： 江玉平
责编： 黄茂林
出版时间： 2011 年 5 月

福建省新闻出版广电局重点图书出版项目

序一

陈支平

漳州地区是台湾居民的重要祖籍地，两岸血脉相连，亲情永在。无论是在地方的乡族组织、经济活动等方面，或者是民间信仰、教育文艺等文化精神的各个领域，自明清以来都有着密不可分的联系，尽管其间经历过日据时期以及两岸的政治军事对峙时期，都不能完全割断他们之间的"五缘"关系。改革开放以来，海峡两岸的联系逐渐恢复并渐次发展。漳州地区作为对台交流的最前线，海峡两岸的民间互动联系，自然就率先在漳州等闽南地区恢复施行起来。

为了便利海峡两岸民间的交流往来，特别是为了方便台湾同胞的寻根访祖和投资经营，漳州市政协同样率先在这方面做了大量工作。除了在行政实务上给台湾同胞提供力所能及的帮助之外，早在 20 世纪 80 年代，漳州市就开始有组织地搜集民间族谱，寻找、累积有关漳州与台湾的乡谊、族谊资料，并且开始撰写诸如《漳州寻根揽胜》一类的指南性质的图书。新世纪以来，漳州市政协更是组织编撰《漳州姓氏》、《闽南话漳腔辞典》等较大型的漳台关系文献资料图书与工具图书。其中如《漳州姓氏》一书，分上、下两册，共 270 多万字，较为翔实地提供了漳州现有的 703 个姓氏资料，并提供 85 个姓氏的祠堂文物的照片资料。

全书记述了漳州各个姓氏的溯源源流、入闽肇漳及其在漳繁衍分布和对外播迁情况，介绍与姓氏血缘有关的历史遗存和文物古迹，展示各姓氏的开漳始祖、开台先贤、政界名人、商界名家、侨界名流等著名人物的风采，内涵丰富，内容翔实，图文并茂。这些图书的出版，大大方便了台湾同胞在漳州地区的活动与相互交流，促进了海峡两岸同胞们的亲情联系。

近年来，海峡两岸的关系进入一个新的历史阶段，建设海峡西岸经济区已经成为国家在新时期的重要发展战略之一。为了配合海西建设的战略前进步伐，进一步做好台湾人民的工作，漳州市政协在原有工作的基础上，决定把漳台关系的文化建设提升到一个更高的层次。于是，大家仔细论证，聘请专家，确定选题，组织研究撰写队伍，反复修改。为了尽可能地保证质量，他们还特地聘请台湾"中研院"台湾史研究所等权威学术机构的专家，担任书稿的审稿人。据我所知，这是祖国大陆在撰写有关海峡两岸关系史书稿时所首次采用的质量把关形式，很值得肯定和借鉴。

现在，这套由漳州市政协组织编写的"漳州与台湾关系丛书"8册出版问世了。我作为这套丛书的最初阅读者，由衷地感到欣幸，同时也深深地为漳州市政协领导以及众多撰写者、审稿者坚持数年的不懈努力工作而感动不已。我确信，这套丛书的出版，不但深具学术价值，为今后深入开展漳台历史文化的研究打下坚实的基础，更重要的是，这份资料可靠、文字流畅、论证平实的研究成果，必将为国家海西建设中的文化事业，增添一缕光辉灿烂的色彩，从而把海峡两岸特别是漳州与台湾之间的社会政治与文化交流，推进到一个崭新的阶段。

2011 年 5 月

陈支平　厦门大学人文与艺术学部主任、国学研究院常务副院长、教授、博士生导师

《台湾涉漳旧地名与聚落开发》

作者：涂志伟
责编：薛鹏志
出版时间：2012 年 8 月

2013 年获福建省第十届社会科学优秀成果奖二等奖

序

——

许雪姬

  自我治台湾史以来，无不随时留心有关台湾、福建、广东的研究，尤其福建，更重视闽台关系的研究。只要有机会到福建，我一定逛新旧书店，购买地方出版的书。主要因为较严谨的学术论著我可以在北京、上海、广州、福州、厦门的大书店买到，但大书店不卖地方性的出版品。除了泉州外，我搜得较多的是有关漳州的人物传、民间传说，如漳州建州1300周年活动筹委会办公室在 1986 年年底印行，由陈再成主编的《漳州历代名人传略》。我还搜集中共漳浦县委宣传部、漳浦县文化局于 1989 年共同印行，由张兆基撰写的《漳浦历史名人传略》；警官教育出版社出版，由庄培松主编，1992 年出版的《漳州历史人物志》。民间故事，如卢奕醒等编的《漳州民间故事》，由中国人民政治协商会议、福建省漳州市委员会文史资料委员会于 1988 年印行；陈侨森等著的《漳州掌故》，1995 年由海风出版社印行。至于庙宇的部分，如与台中龙井林家关系甚深的《漳州乌石天后宫》，由陈国强、林瑶棋主编，由漳浦县旧镇乌石旅游区管理委员会于1996年印行。这些书，对我要了解台湾文化中的漳州渊源、漳州人物渡海过台前后的事迹有很大的帮助，但仍苦于没有较全面探讨漳台关系的大著以资参考。

涂志伟先生在三年前，经我的澎湖同乡、同事余光弘的居间联系，和我通邮件，他希望我能为中国人民政治协商会议福建省漳州市委员会正在编的一套"漳州与台湾关系丛书"，找台湾的同行审查。我知道这套书的基调是要借学术手段来突出"台海一家"，我阅过相关文稿，认为这是一套容易阅读的文史丛书，虽然其中一两本资料、立论还不太齐整，必须割舍；其他8本著作的作者都孜孜矻矻找资料，甚至来到台湾踏查，态度相当认真，因而协助完成审查的工作，也都已出版。不过涂志伟先生的大作，因为规模较大、用功特深，因此稿件最后才收到。该书分上、下两册，都300万余言，不是短时间可以审完的。我阅读三位审查人的意见，他们都指出本书多少还有可改善的空间。不料涂先生不以为忤，反而耗费大量的时间来增补书中的内容，因而没有赶上"漳州与台湾关系丛书"的出版，而延至今年（2012年）付梓。作者依例请厦大陈支平教授和我写序。

这本大部头的书，就我来看有以下三个特色，分述于下：

一、在"漳州与台湾关系丛书"诸书中缔造字数最多的纪录。目前的趋势，除非是研究群合写，很难有大部头的书出现，因为出版、销路都会是大问题。本书不计成本，可说是罕见的大手笔。如果不是涂先生这样具热情又有使命感的人，是不可能完成的。

二、本书的叙述完整、详细。分上、下两册，共23章，分成四部分。（一）历史上对台湾的认识与台湾地名沿革（第一章）；（二）漳台地名的源流（第二章）；（三）漳州各县市名称、山川名胜、历史人物、姓氏被台湾聚落袭名的地名（第三至五章）；（四）明清漳州人在台湾的开发，依目前台湾的行政区划由此而南而东到澎湖，一一叙述（第六到二十三章）。尤为可贵的是，由于台湾在2011年改为五都，一些行政区划跟着调整，作者亦随之一一校订。

三、本书是第一部漳台地名关系渊源的巨著。由本书洋洋洒洒的参考书目可知，作者有将漳台地名研究集其大成的气魄。有关台湾地名研究，自日据迄今有几位学者致力于此，最先的是日本学者伊能嘉矩、安倍明义，战后除了《台湾省通志》和各层级的地方志外，有陈正祥、洪敏麟、施添福等教授。尤其是施教授按县市行政区划，召集当地学者群策群力地做实地调查工作，出版《台湾地名辞书》一大套，成为研究地名学不可不参考的宝典。上述研究和本书的不同，因为台湾地名来源，不只有来自漳州的影响，还有其他命名的元素，而且除了讨论明清时期外，包括日据时期的大字、小字，以及战后的里名、路街名、巷弄名。不过，若只对漳台的地名关系研究而言，本书可说是为闽台关系研究开新页的巨著。

涂先生数年来的努力所完成的这部书即将付梓，为恭贺其大功告成，爰为之序。

2012 年 5 月 20 日

许雪姬 | 台湾历史学家，"中央研究院"台湾史研究所原所长，研究员

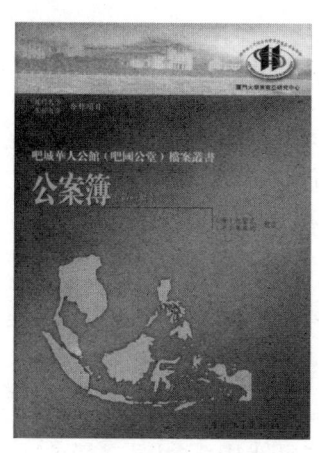

《公案簿》（第一辑）

校注：[荷]包乐史、吴凤斌
责编：侯真平
出版时间：2002年8月

前言

[荷]包乐史　吴凤斌

　　1742年吧国（又称吧城，吧达维亚的简称，今雅加达）华人公堂正式设立，以处理华人社会事务。1750年设立公堂秘书朱葛礁，1766年增一位朱葛礁，1772年开始把有关处理华人事务的记录抄正存案。由于原公堂地址在城北旗竿街（Jalan Tiang Bendera），而华人集中居住在城南，办事方便，1809年甲必丹陈炳郎乃就近备一公馆，日常办事之所，而重大事务及大典仍在城北公堂举行，由此有公堂与公馆之分。高长宗任甲必丹时，更自费辟地建公馆。1861年玛腰陈永元集资购得公馆，公堂遂南徙中港仔（Jalan Tong Kangan，掌更岸街）一幢单层房屋，中设案座，案座由桌子陈列成凹形，覆以桌布，集僚议事，仍额曰公堂。从公馆档案中保存的后期公馆建筑照片中，可以看到其正门上书"公馆""Kong Koan"；房内大厅正面悬挂金字横额"政贵有"，下方悬挂金字木刻碑记，列举公堂沿革与历任甲必丹、雷珍兰姓名；左右悬挂木刻金字长联"窃愿官清民乐通国欢声歌化日，惟期政简讼平满堂和气引春风"；左右悬裱褙对联"赵璧隋珠希此宝，晋书汉隶作家珍"。1955年公馆迁到老子街(Jalan Laotze)，二层房屋，门前坐立石狮，二楼长而宽的阳台上悬挂"Kong 公馆 Koan"牌匾。公馆后虽他迁，更兼多次社会动荡，但大多档案仍幸存下来。

现今首次在此问世的吧国公堂(吧城华人公馆)档案，起1772年，终1978年，是华人处理自己事务的原始记录，有"公案簿"、"成婚注册存案簿"、"地簿"、"户口簿"、"新客簿"、"寺庙簿"、"金德院簿"、"通告簿"、"通息簿"、"公司簿"、"日清簿"、"总清簿"、"离婚簿"、"种痘簿"、"结婚证书"、"公证书"、"居留许可证"、"工作许可证"、"身份证明书"、"建筑许可证"，及文教、社团档案等等，凡近千册，以中文、荷文与马来文记录，内容丰富具体，历时久远，堪称海外华人档案之最。

这些珍贵的历史文献，由于年代已久，气候湿热，很少人问津，满是黑与灰尘，一部分已开始生虫、腐烂、破损。经过我们几年来的整理，除虫、杀菌、去污、黏贴、装裱、分类、装订、编号、编目，中文档案已基本整理就绪。应学界与社会所需，首先将《公案簿》点校注释，陆续以"吧国公堂(吧城华人公馆)档案丛书"出版。

吧国公堂(吧城华人公馆)《公案簿》的内容，起1787年，终1964年，是吧城华人自己处理民事纠纷的历史记载，内容丰富，涉及华人社会经济、政治、社会、历史、法律、宗教等方面。其中，1787年至1920年者用中文记录，1909年至1964年者用马来文记录，1909年至1920年者兼用中文与马来文记录。每案有原告、被告、证人、审问及审判过程记录，由华人甲必丹、雷珍兰等组成民事法庭负责审理，朱葛礁负责记录抄正存案，达氏差役。办案除在公堂(公馆)内设嘧喳唠进行外，也时在甲必丹府中设嘧喳唠进行，每月有雷珍兰轮值，在公馆内处理民事。民事纠纷或由劝解而和息者，但一般均经公堂(公馆)全体会议审理判决。不同时期的公堂(公馆)所处理的事务范围与内容有所不同，一般而论，前期公堂所处理的事务较多，后期则越来越少。

首先出版的是"吧国公堂(吧城华人公馆)档案丛书"的《公案簿》第一辑。这是荷兰东印度公司时期最早的公案簿，起乾隆五十二年九月二十一日即1787年10月31日，终乾隆五十六年正月初六日即1791年2月8日。在这三年又三个多月中，除了极少数因残缺而不成案者外，有案可查的华人案件共有664案次，平均每月有17.02案次。其中，1787年处理的案件21案次，1788年182案次，1789年245案次，1790年212案次，1791年4案次。在这664案次中，有511案次经公堂审理一次性了结，另 153 案次经多次审理，有一案办理 2 次、3 次者，最多者 7 次。这 153 案次，实际上仅属于 68 起案件。因此在 1787 年 10 月至 1791 年 2 月的 664 案次中，除了一案多次办理的，实仅属于 580 起案件，其中 1787 年案件 20 起，1788 年案件 155 起，1789 年案件 212 起，1790 年案件 190 起，1791 年案件 3 起，平均每月案件有 14.87 起。在这些华人案件中，大体可以分经济案件、妇女婚姻案件、社会治安案件、公堂规章的订立及其他类别的事。其中以华人经济纠纷案最多，达 503 案次之多，占总案件 664 案次的 76％，成华人公案中最广泛且最主要的部分。这些经济案件包括欠贷款、欠药费、欠船税、欠赌资、欠工钱、合伙生意纠纷、捎银钱回唐山未送达、家产纠纷、典当纠纷、高利贷纠纷、租卖厝纠纷、租园地纠纷、贩鸦片纠纷等等。1787 年至 1791 年吧城华人妇女、婚姻案凡 69 案次，占 664 总案次的 10.4％，包括成婚、夫妻纠纷、私奔、离婚、婢女案等。1787 年至 1791 年吧城华人社会治安案凡 61 案次，占总案次的 9.2％，包括偷窃、殴、盗墓、诬告、会党、逃犯等。此外，还有公堂公务、防火、职位更替、救济院题捐等，定凡 31 桩，占总案次的 4.7％。

《公案簿》原以中文繁体行楷乃至行草书写，时而插用古今字、俗字，以及当时的简体字，而且年代与钱币的书写使用商界通行的苏州码数量词；所用方言为俗语闽南语，部分马来语，有的是半闽南语半马来语的混合语，多为汉语辞典、闽南语辞典、马来文辞典所无，而且全无标点，因此对之加以校勘、注释、标点，实必要。本次校注采用文中注、文后注两种形式，凡文中有注者，均加括号，以示区别。此外，原文段落有欠规范，本次校点酌情予以分段；原文采用汉字书写，本次校点改规范的阿拉伯数字。

本书第一辑的校注工作由［荷］包乐史教授（Prof. Leonard Blussé）、［中］吴凤斌教授负责。今后各辑校注者，见其署名。

本书第一辑的问世，应感谢陈萌红女士所做的校对、文字处理等工作。

感谢曹永和教授、林和瑞先生、欧阳春梅硕士、袁冰凌博士的关心和支持。

感谢莱顿大学汉学院图书馆馆长吴荣子女士提供工作场所及查阅书籍方便等多方帮助与支持。

感谢厦门大学南洋研究院聂德宁教授参与清样校对工作。

感谢厦门大学历史系侯真平副教授为本辑所作的发凡起例和反复校

订工作，纠正了不少失误。

  本书是国际学术合作的又一成果，应感谢门大学南洋研究院庄国土教授，莱顿大学外事办前主任泰勒先生（W. Teller）、阿连梭斯先生（W. Arentshorst）为促进和发展国际学术交流所作的努力。

  书中错误、欠妥之处，敬请专家学者多多批评指正。

2001年仲夏于古莱茵河畔古城莱顿

The 30th Anniversary of Xiamen University Press	
[荷兰] **包乐史** （Leonard Blussé）	荷兰莱顿大学历史系教授，著名汉学家，欧亚关系史、华人华侨史研究专家
吴凤斌	厦门大学南洋研究院教授，东南亚史、华人华侨史专家

《泰国华人社会：历史的分析》

作者：［美］G. William Skinner（施坚雅）
译者：许华等
责编：薛鹏志
出版时间：2010年9月

中文版序

庄国土

施坚雅（G. William Skinner，1925—2008）是美国著名人类学家和汉学家，1925年出生于美国加州奥克兰，1954年于美国康奈尔大学获人类学博士学位，先后任教于哥伦比亚大学、康奈尔大学和斯坦福大学等。他学术兴趣广泛，尤擅跨学科综合研究方法，研究领域相对集中于东南亚和中国，著述甚丰，成就斐然。1956年，施坚雅完成《泰国华人社会：历史的分析》这一巨著，迄今仍被奉为东南亚研究和华人研究的经典著作。他以泰国华人为例，提出著名的民族（族群）"同化"模式，在1960—1970年代风行一时，影响了数代华人华侨研究和民族研究的学者。20世纪70年代以后，多元文化、多元社会思潮兴起，施坚雅的"同化"理论也受到检验和较多的质疑。但无论如何，他对泰国华人社会的历史考察之系统和深入，迄今似仍未被超越。

厦门大学南洋研究院（原南洋研究所）是中国国内最早关注施坚雅此部巨著学术价值的研究机构。1962年3月，南洋研究院开始翻译该著，迄1964年10月完成，历时两年多。先后参加该书翻译和校对的有本院学者8名，尤以许华出力最多。他们是王云翔（第一章，载《南洋问题资料译丛》1962年第2期），魏嵩寿和林俊绵（第二章，力践校，载《南洋问题资料译丛》1964年第1期），林俊绵和许华（第三章，力践校，载《南洋问题资料译丛》1964年第2期），许华（第四、五、六、七章，力践校，载《南洋问题资料译丛》1964年第3期），许华（第八、九章，力践校，《南洋问题资料译丛》1964年第4期）。

由于当时的《南洋问题资料译丛》是内部刊物，发行范围有限，且囿于当时的政治限制和学术规范，少部分内容没有译出，也没有完整的中英文文献对照。鉴于该书的巨大学术价值，2009年，厦门大学苏氏东南亚研究中心和南洋研究院决定在原译本的基础上，按现时学术规范重新校译该书出版，以飨关注华侨华人和东南亚研究的学者。

本书的重新译校和出版得到厦门大学苏氏东南亚研究中心的资助，并列为该中心的"东南亚与华侨华人研究系列丛书"之二。苏氏东南亚研究中心(Saw Center of Southeast Asian Studies)是新加坡国立大学著名教授苏瑞福(Saw Swee Hock)博士捐资在厦门大学创办的东南亚研究中心。苏瑞福教授为国际知名统计学家，尤擅人口统计学。苏教授自1963年获英国伦敦经济学院哲学(统计学)博士以后，长期任香港大学和新加坡国立大学统计学教授，并曾于1971—1975年出任新加坡统计委员会主席，出版《新加坡经济统计导论》、《新加坡经济和社会统计指南》、《新加坡人口》、《马来西亚人口》等英文著述，多为该研究领域之经典。苏教授尚是出色的金融投资人和慷慨的慈善家，捐赠多所大学和研究机构。2008年1月，苏教授访问厦门大学，受聘为厦门大学国际关系学院、南洋研究院客座教授，并决定捐赠500万人民币，用于设立厦门大学苏氏东南亚研究中心，依托南洋研究院，扩大和增强厦门大学对东南亚的研究。巨资捐助大学者不乏其人，但大多用于盖大楼或成立奖教基金会。唯苏氏独具慧眼，斥巨资以推动学术研究，其功于民智之启迪，其利于国家间之了解与和睦。苏氏东南亚研究中心同人每年将推出汉译东南亚研究学术名著，举办国际或国内学术研讨会，资助师生研究计划和成果出版等，为中国的东南亚研究竭尽绵薄之力，方不负苏氏之苦心。

The 30th Anniversary of Xiamen University Press

庄国土 | 厦门大学国际关系学院院长、南洋研究院院长，教授、博士生导师

《菲律宾华人通史》

作者： 庄国土、陈华岳等
责编： 薛鹏志
出版时间： 2012 年 12 月

国家"十二五"重点图书
国家出版基金资助项目
福建省新闻出版广电局重点图书出版项目
2013 年入选第四届"三个一百"原创图书出版工程
2014 年入选"中国高校出版社书榜"2014 年度 2 月榜单（总第五期）

前言

庄国土

菲律宾位于太平洋西岸的亚洲东南部，由 7000 多个大小岛屿组成，现有居民约 9000 万。菲律宾北隔巴士海峡与台湾相望，与中国东南一衣带水。西南隔苏禄海、苏拉威西海与印度尼西亚、东马来西亚相望，扼印度洋经马六甲海峡和南中国海，通往东北亚和太平洋的主航道，战略地位重要。菲律宾农业、矿业资源丰富，对外经贸联系密切，在 20 世纪 60 年代至 70 年代中期，曾经是亚洲仅次于日本的经济先进地区。

菲律宾历史悠久，与中国经贸、文化关系密切。中国宋代以降的文献中，就有关于菲律宾群岛多个邦国的详细记载。尤其是菲律宾南部的苏禄王国，更长期与中国保持朝贡和私商贸易关系。苏禄王室的一支尚定居于中国。

自16世纪后期，中国商民开始大规模定居菲律宾。菲律宾华人秉承勤勉、节俭、仁义、善贾的天性，数十代人在菲律宾筚路蓝缕、胼手胝足，终于事业有成，为菲律宾社会经济发展作出重要贡献。菲律宾华人在逐渐融入菲律宾民族社会中，仍或多或少保持华人族群的认同、文化和习俗，为这个多元民族的国家不断增加异彩。

与世界其他国家的华人社会相比，菲律宾华人社会之命运多舛，堪称无二。不但历经多次几乎灭族之屠杀，且西班牙400年统治时期一直对菲华施以苛政。菲律宾独立以来，华人为菲化、入籍等各种风波所困，却也能逢凶化吉，遇难呈祥。迄今，菲律宾华人数超过150万，经济成就斐然。他们似乎是天才的商人。纵观全球华人社会，菲华经商者的比例向来最高。他们不但在菲律宾政治、文化和社会生活中扮演重要角色，还是推动菲律宾和中国友好关系发展的引擎之一。且数百年来，菲律宾华人对祖籍地一往情深。举凡祖籍地经济、文化和公益事业所需，菲华常慷慨解囊。

虽然历代学者对菲律宾华人不乏关注，各种以菲华为主要研究对象的论文、专著和研究报告不时面世。但这些研究成果或关注某个时期，或研究菲华的某个领域，对500年来的菲华社会和1000多年的中菲关系史仍缺乏全面论述和总结。有鉴于此，菲律宾儒商吴永源博士和菲律宾世界日报社长陈华岳大律师素有推动修撰《菲律宾华人通史》之大志，以此铭记先贤奋斗之不易，以为后人之纪念与追思。

2007年，值厦门大学校长朱崇实教授和南洋研究院院长庄国土教授、蒋细定教授访问菲律宾之时，陈社长提请菲中双方学者合撰《菲律宾华人通史》之议，得朱校长与时任中国驻菲律宾大使李进军先生和庄国土教授赞同。

菲商吴永源博士乐捐27万元，与南洋研究院共同支持该研究项目经费。吴永源本为学人，经商有成。此次慨捐巨款，尽显儒商本色。本书完成之日，赞助本研究项目的菲商吴永源博士已经仙逝近三年。仅以本书，告慰吴博士在天之灵。

吴永源之侄吴仲振先生为圆吴博士之宏愿，也慨然承担部分出版费。吴仲振先生热心学术文化，为提升菲华文化层次不遗余力，对本研究项目的各项工作支持良多。

世界日报社总经理王明媛对本项目的进程全程关心，感激之余，对她的干练和善意印象深刻。

厦门大学庄国土教授设定本书撰写大纲和章节细目，南洋研究院部分学者及研究生作为该项目研究和撰写的主力军，不计名利，全身心投入该课题的研究，使本书的撰写能顺利进行。

经中菲学者和菲律宾热心侨史人士共同努力，历五年之艰辛努力，本书终于在 2012 年底杀青问世。撰写人之酸甜苦辣，也已尘埃落定。唯因各种原因而未能精心考辨推敲，应有诸多疏漏，终感遗憾，留待方家指正。

2012 年 11 月 27 日于厦门大学南洋研究院

庄国土｜厦门大学国际关系学院院长、南洋研究院院长，教授、博士生导师

《侨汇——现代中国经济分析》

作者：［日］山岸猛
译者：刘晓民
责编：薛鹏志
出版时间：2013 年 5 月

福建省新闻出版广电局重点图书出版项目

中译本序

李国梁

  山岸猛教授的专著《侨汇——现代中国经济分析》中译本付梓之前，著者约请我为之作序。我自知学识疏浅，亦非侨汇研究专家，内心惶恐难以完成托付，但我与著者相识多年，又怕辜负殷切之意，未敢婉辞。现仅就我拜读此书后的一点心得，就教于大家，并权作推荐之语。
  顾名思义，侨汇就是来自海外侨民的汇款。中国使用的"侨汇"一词，指的是海外华侨华人通过各种方式向中国故乡亲友或团体组织汇寄的钱款。侨汇不仅是维持侨属侨眷生活的赡养费用和生产资金，也是国家非贸易外汇的重要来源，对平衡中国的国际收支有重大作用。近代以来，侨汇一直是华侨华人与祖籍国之间的重要经济纽带，联系着海外侨胞与国内亲属，联系着海外华人与故乡，联系着华侨华人居住国与中国。侨汇的重要性，使它成为华侨华人研究领域中长盛不衰的课题，也是中国侨乡和华侨华人居住地社会经济研究的重要组成部分，引起国内外学术界甚至政经界的关注。

日本在战前已重视侨汇的调查和研究。早在 1914 年，日本占据下的台湾银行调查课便完成了南洋华侨汇款状况的调查报告，并据此提出台湾银行向南洋地区扩张时应采取的对策。20 世纪 30 年代直到 1945 年日本战败投降，侨汇又作为南洋华侨与中国经济关系的标志和抗日资金来源，在多册研究华侨的日文著作里出现。战后，侨汇作为学术研究的课题，也有一些成果发表，例如，20 世纪 60 年代以来，有关研究中国国际收支和华侨经济的日文论著，往往也涉及侨汇问题。20 世纪 80—90 年代，以日本学者滨下武志为代表的近代亚洲经济史研究，以亚洲贸易圈和华侨网络论的宏观视野，研究侨汇对亚洲经济的作用和意义，将侨汇研究拓展到新的领域，十分可贵。但是，总的来看，战后发表的侨汇研究成果，在研究华侨华人课题的日文著述中所占分量很少。

中国学者对侨汇的研究，自 20 世纪 30 年代开始，断断续续有些成果，例如陈达的《南洋华侨与闽粤社会》，通过 20 世纪 30 年代中期所作的侨乡调查，详细论述了侨汇在华侨家庭和社会经济方面产生的重要影响，此书曾被译成日文出版。20 世纪 40 年代，郑林宽的《福建华侨汇款》、姚曾阴的《广东华侨汇款》相继出版，成为研究战前侨汇的重要基础资料。但从新中国建立直到实行改革开放的 30 年间，华侨研究被视为隐秘的内部研究，侨汇研究基本处于停滞状态，乏善足陈。直到改革开放后，侨汇研究重新受到关注，学术界开始了较为全面地研究侨汇的时期。具体来说，在侨批资料的发掘整理、近代侨汇史和侨汇与侨乡经济发展的关系等研究上，取得一定进展，最具代表性的学者有林金枝、袁丁、林家劲等人。另外，海外华侨的汇款又与家信同寄，有款必有信，这些家书被称为"侨批"，是研究中国近代史、华侨史、家族史的民间档案。近年来，作为侨汇研究的重要组成部分，围绕侨批的历史和独特价值的研究方兴未艾，《侨批档案》已列入《中国档案文献遗产名录》，准备申请列入联合国教科文组织"世界记忆名录"。

从上述中、日的侨汇研究史来看，无论是战前或战后，都有一些研究侨汇的著述或调查报告问世，只不过其内容基本上局限于近代中国的历史时期，而新中国建立后尤其是改革开放后的侨汇问题研究，则断层迭现，尚有"未开垦的处女地"。日本秀明大学山岸猛教授经过长期的中国侨乡调查，于 2005 年出版的日文版《華僑送金——現代中国経済の分析》一书，正是论述改革开放后的中国侨汇发展变化的最新研究成果。这部侨汇研究专著的学术价值，笔者认为有以下可圈可点之处。

首先，它是填补中国侨汇研究空白的力作。在扼要回顾侨汇历史之后，著者带着改革开放后的中国经济迅速发展与侨乡经济活力有何关系的问题意识，以福建晋江、广东台山、浙江温州等著名侨乡发生的社会经济变化与侨汇的关系为主轴，考察了改革开放时代侨乡的资金、人口的动态变化，论述了改革开放后的侨汇数量变化与政策演变、新移民的关系，侨乡经济发展与侨汇的内在关系等诸多重要问题，颇具新意。其次，具有历史的、政治经济的、国际移民的多重研究视角。将侨汇研究置于中国政治、经济发展变化和国际金融形势的大框架内，论述侨汇动态性变化及其"内"、"外"原因，为侨汇研究所仅见。再次，资料翔实鲜活，著者在侨乡进行过深入的田野调查，熟悉侨乡侨汇的来龙去脉，书中有许多第一手资料。例如书中具体论及的"农转非"、"以物代汇"、"以钞代汇"、"民间信贷"等等，在同类研究中尚属少见。一个外国学者，为了一个专题的研究，在十多年里多次到中国进行侨乡调查，这种锲而不舍地做学问的态度亦令人感佩。该书出版后，得到日本学者的肯定，有评论认为是"日本第一部真正研究侨汇的著作"。厦门大学南洋研究院主办的《南洋资料译丛》已选译部分章节发表，其观点和数据也被中国学者所引用。当然，正如中国古人所云，世人之著述不能无病。依本人管见，这部著作如能在系统性和理论性方面进一步提升，会更有价值，凸显出更大意义。

现在，由厦门大学南洋研究院资深日语翻译刘晓民教授执笔，将原著译成中文出版，既有补学术之功，又将促进中外学术交流。相信华侨华人研究工作者和有兴趣的读者将会从中吸取营养、受到启发，提升自身的研究水平，共同推动侨汇研究更上一层楼。

2011 年 10 月于厦门大学海滨东区自宅

李国梁（郭梁）　厦门大学南洋研究院教授、博士生导师，主要从事东南亚华侨华人经济史研究

The 30th Anniversary of Xiamen University Press

人文·作品篇

《风雪人间》

作者：丁玲
责编：陈福郎
出版时间：1987年9月

获 1986—1987 年福建省优秀图书编辑一等奖

跋
丁玲与厦门大学

庄钟庆

中国现代大作家同厦门大学有着密切关系的，首推鲁迅先生，他在 1926 年秋至 1927 年春在中文系担任教授，再来便是丁玲同志，她在 1981 年被聘为兼职教授。他（她）们留给厦门大学的是革命的、创造的精神。

鲁迅到厦大任教是走向新的革命征程前的休整，而丁玲来鼓浪屿疗养却是以更为饱满的精力投入四化的准备。

鲁迅来厦大似乎有着必然的因素，而丁玲到厦大兼职却不一定，或者说是偶然之中的必然吧！据我所知，她是楼适夷同志出其不意推荐来鼓浪屿的，当时厦大领导闻知，即主动与她联系起来。

1980 年年底我的老上级楼适夷同志嘱我为丁玲和陈明同志联系在鼓浪屿疗养事宜。这是我不曾预料到的。一天，当我们准备接她和陈明同志去鼓浪屿疗养所时，我正在发愁，怎能辨认他们呢？同行的一位同志说："我手边有最新一期的《人民画报》，那里刊登他们的近照，我们带到火车站，一对照便认得出来！"

火车徐徐地停靠下来，我们从软卧车厢经过，那位同行的同志说："您看，那不是丁玲同志走出来吗？"

我望着她那花白头发，苍老而又有点精神的脸孔，感慨万千。是的，几十年来，她就是"常常在一些仇恨的眼光中挣扎"的！

不过，也应该看到，丁玲"又是基本上是在爱情中生长"的，无论是"在严寒的日子里"，或是在"太阳照在桑干河上"的时光里，都是如此。以她在厦门的短暂生活来说吧。

当人们，特别是厦大一些师生得知丁玲同志在鼓浪屿疗养的时候，纷纷去探望她，她感到自己又一次"拥有多数善良人的感情"，内心充满着喜悦！

当时厦门大学校长曾鸣和学校其他领导人深感学习丁玲同志的高尚革命品格对于培养广大青年学生成为社会主义新人有着巨大的意义，学习、研究丁玲同志的卓越文学成就对于中文系师生更有着直接的作用，他们接受部分师生的建议，决定聘请她为兼职教授。对此，她一再推辞，她认为到鼓浪屿疗养是想借此机会写点东西，无暇顾及讲课，再说自己年事已高，讲不了多少课，做个"空头教授"不好。

可是，当学校领导将兼职教授的聘书送到了她的手中时，她怎能拒绝呢？她想到学校领导和师生的欢迎，感到无限欣慰。她把自己上大学的上海大学称为大学的第一母校，把厦门大学称为大学第二母校。她说，鲁迅当年到了厦大，群众欢迎他，"上边则不一定"，而今，她来到厦大，"好像到家里一样"，她说"这就是很大的变化"。

丁玲同志告诉我，要当兼职教授总要做点力所能及的事。1981年4月7日上午，她在厦门大学建南大会堂为全校师生作了《文学创作的准备》的报告，受到热烈的欢迎。1984年6月26日上午，在厦大人防礼堂给厦大500多位师生作了关于文学同人民密切联系问题的讲话，还为访问她的中文系部分师生讲解有关中国现当代文学史的问题。

重视"新生代"，这是丁玲同志的一贯思想，她在厦大期间十分重视青年的创作活动，为《厦大青年》题字，为学生创作比赛授奖，鼓励青年为《中国》撰稿，其中有的人稿件已被该刊采用，并应邀参加该刊的笔会。她还支持青年撰写陈嘉庚文学传记……

1984年6月，丁玲同志再次来到鼓浪屿疗养，正值厦门大学举行她的创作讨论会，全国近百名学者聚会研讨她的创作的独特性，开会前她和陈明同志来看望他们。会议邀请她和陈明同志参加开幕式和闭幕式。

她在开幕式称赞:"厦门大学是个有优良传统的大学,有鲁迅的革命精神,陈嘉庚的爱国精神。"会议结束前,她讲了话:"厦门大学举行的这次会议,不仅仅是要评论我、讨论我,而是通过评论我的创作,在党的文学事业的发展方面总结一点经验,得到一些借鉴。"她疗养结束返回北京,写信给当时的厦门大学党委代书记未力工同志,表示"除了集中力量从事文学事业,继续写作外","还应奔走呼号,宣传党的思想,在四化中做贡献,以不辜负厦大领导诸公的深爱和广大人民以及研究者们的厚意"。

1986年2月下旬,我突然接到陈明同志拍来告知丁玲同志病危的电报,我呆住了!

她从1985年下半年住院以来,据说有一段时间病情有所好转,怎么又是病危呢?

我默默地祝愿她早日康复,然而我又担心她的万一。在那些日子里,我忐忑不安,我害怕电波传出……

3月3日,我带着学校的敬意,飞往北京,当天下午直奔协和医院,在医生的允许下,到了急救室,看见她躺卧在病床上,她的眼睛开了又合了起来……她似乎在倾听我转述学校领导和师生对她的病情的关注,似乎她又在对我述说对厦大的感情。

没有料想,这次的见面竟成为最后诀别!

丁玲同志临终交代将她的作品、部分手稿及照片等赠送厦门大学,以表示她对厦门大学的深情。

丁玲同志逝世后,厦门大学丁玲研究者联络全国各地和丁玲家乡的丁玲研究者共同发起成立中国丁玲研究会,旨在进一步推动全国的丁玲研究。

厦门大学出版社热心支持研究兼职教授丁玲同志的工作,该社征得陈明同志的同意率先出版丁玲同志的遗著《风雪人间》,还计划出版有关丁玲研究论著。

把鲁迅、丁玲等留给我们的革命、创造精神承继下来,为振兴厦门大学中文系,并力争办成有特色的社会主义中文系而长途跋涉吧!

1986年9月作
1987年10月修订

庄钟庆　厦门大学中文系教授

《一花一世界》

作者： 陈慧瑛
责编： 陈福郎
出版时间： 2001 年 1 月

序

庄钟庆

  陈慧瑛的散文，断断续续读了不少，也读了有关评论若干篇，这对我在讲授中国当代文学课程时很有帮助。现在结合新近由厦大出版社出版的《一花一世界——陈慧瑛美文精选》一书，谈谈对她的散文的一些看法。

  1989 年 4 月，陈慧瑛的散文集《无名的星》荣获中国作家协会举办的新中国成立以来第一次全国优秀散文（集）奖。当时她还出版《展翅的白鹭》、《月是故乡明》、《厦门人》、《南方的曼陀林》等近十部散文集。自从得奖以后，她的名字就进入中国当代文学史，如《中华文学通史·当代文学编》（张炯等主编），把她和宗璞、张洁等列为新时期女性崛起的散文群体，她的《参星与商星》同宗璞、张洁、贾平凹、王英琦等的作品被视为"标志了当代散文的开始复苏"。《中国现代文学史·新时期十年的散文》（吴宏聪等主编）认为，"新时期出现了理由、赵丽宏、陈祖芬、贾平凹、王英、陈慧瑛等一批致力于散文创作的新人"，他（她）们的新作"显出青年作家生气勃勃的思想与个性的风格"。可是这些论著对于慧瑛散文的特色未作分析，尽管《中国当代散文史》对她及作品作专章的剖析，尽管发表不少有关她的散文的评论，然而，她的散文个性及风格仍有探讨的空间。

慧瑛是个有思想、有感情、有个性的女作家。她的散文世界极为宽广，在域外，涉及欧美与东南亚；在祖国，遍及港澳台、大陆，其中有千里冰封的北疆、四季如春的东南海岛、西北的老区、沿海的特区……这一切领域的巨事与细故尽收作家的笔底，然而她是最擅长描摹的仍是华侨、华人、港澳台同胞的生活状态及故乡厦门特区的建设风貌。因之，人们称她为"归来的啼鹃"、鹭岛"喧闹的三角梅"、"南方的曼陀林的歌者"，由此可见，她的散文在取材方面是很有特色的。

善于从自己熟悉的生活中，选取题材，通过不同的层面，以"自我"的思想意识，自由的气度表现生活的内蕴，追求美好的人生。这是慧瑛散文品格的重要方面。散文《芳草天涯》、《钟情》等都是如此。这些作品借助作者的内心不同感受，表达了她对中华民族、祖国的真挚情愫，传达了她对乡土的深深眷念，对特区新风貌的赞颂，对真善美的追求。她的作品使人心胸更加坦然，视野更加开阔，精神境界更加高尚。

慧瑛的散文不仅重思想，而且重感情，她表达感情的方式，有直抒胸臆，更多的是渗透在具体描写之中。她的喜怒哀乐总是同祖国、人民、故乡、亲人的命运交织在一起，在困境中不悲观，在顺境中不作廉价乐观。我们从《致亚娜》、《梅花魂》、《寸草心》、《淡淡的哀愁》等系列作品中可以看到作者丰富而多彩的感情世界。屠岸在《归来的啼鹃》中说："她笔下流涌着欢忻，喜悦，惆怅，甚至悲哀。但是她从不'多愁善感'，颓唐和消沉同她是永远绝缘的。即使是喟叹，也使人清晰地感到，那是健康的噪音。"

注重感情的宣泄，又同客观描绘交相映照，这是慧瑛散文个性的又一方面。冰心在给慧瑛的信中说道，她的散文"特别是抒情中都有叙事，不是空泛地伤春悲秋，风花雪月，这种文字我看腻了"。郭风在《朴实的笔写朴实的人》及《陈慧瑛的印象》等文章中，对她的写人记事散文至为赞赏，他认为《竹叶三君》、《旧邻》等是"近年我国散文领域难得的佳作"。

写人记事散文，主要是通过事件描写人的性格，通常说法是用小说的笔法来写散文，慧瑛的小说笔法是善于在娓娓动听的描述中运用精当的细节、巧妙的情节，以极短篇幅合乎情理地表现人物的性格，如《参星与商星》，在"我"和"他"的曲折经历中自然而然地展示各自的人生志趣和走向。《竹叶三君》从"我"与同事"竹叶三君"的一般往来中，表现这位山区教师貌似古拙，而内心热烈如火；情怀冲淡，对事业却真诚执着。虽是"老夫子"，然而却能体贴、关心人。《旧邻》描述"我"与邻居淡淡如水的接触，从中刻画版画家孙煌一心扑在艺术事业上，而又不忘人情世故。《杨柳小小酒家》从杨柳的坎坷生活中展示她的能歌善舞，善良而又坚强的性格。

不少评论文章称赞慧瑛散文"文情并茂"，抒情味浓等，这就是说她的散文有着浓厚的抒情色彩，换言之，就是用诗的方法写散文。这有两种表现形态，其中之一就是通常所说的散文诗，雷抒雁在《南方，曼陀林的歌者》中说，陈慧瑛的散文诗大都是诗与散文的结合，其特点是"凭一个意念，断然截取生活的一角，由此生发开来，抒情，言志，寓意，都很精彩"。例如《不了情》一组散文诗。不过还有另一种形态，即她的不少偏于叙事状物的散文，也不乏诗情画意，且两者融为一体。如《一串风铃花》、《那神奇美丽的地方》、《匡庐三夜》等。

以诗入文，这是慧瑛散文又一特点。不过诗的风格也是多种多样的。我认为她的作品诗意的突出特点在于淡中带浓，柔中带刚。她的《特区的港口》（一、二）以港口、夜景为对象，运用富有特征的事物和比喻，着力描摹厦门特区迷人的风姿，醇厚的诗意与强烈的现实交织成一幅瑰丽的图画。当然，她的作品中诗意也是多姿多彩的，有的委婉，有的明丽，有的刚劲。

慧瑛的散文作品以选取题材的独特，写人记事的精妙，诗情画意的浓郁，构成了她的散文的独立风格。

慧瑛的散文风格的形成是有诸多因素的。她生于新加坡，长于祖国，自幼喜爱文学，在中学、特别是在厦门大学中文系学习期间，她开始写作并发表了文学作品。毕业后，她先被分配到太行山区教书，后又调回故乡执教，尔后到新闻单位当编辑、记者，现在厦门市人大常委会华侨外事委员会任职。她热爱祖国，热诚为人民办事，又有丰富生活经历，同时有着文学特别是中国古典文学方面的修养，加上勤奋笔耕，因而能在工作之余创作出不少好作品。

党的十一届三中全会以来，我国社会主义文艺事业蓬勃地发展。慧瑛在这个大好形势的鼓舞下，焕发出写作的热情，"一发而不可收"，写作了大量的散文,其中不乏精品力作,屡次荣获大奖,引起文坛的关注。

  慧瑛的散文创作,既同时代一道前进,又有自己的选择。20世纪80年代初,她与宗璞、张洁等人驰名于中国散文文坛上,她(他)们的"那种对温馨真情的渴望,对心灵理解、沟通的呼唤,对鲜明个性和纯美人性的追求,都令人耳目一新并为之动容"①,然而她有着自己的声音和文采,她用朴实而又醇厚、明朗而委婉的文风传达了她的"中国心"、"一缕缕乡思",以及对那些纯朴的善良的普通人的挚爱。

  20世纪80年代中后期,特别是90年代以来散文文坛上出现了四种流向,即:一、"大散文"流向,混同"文章"与"文学"的区别;二、"新潮散文"流向,在思想上追求"现代性",在表达上追求"先锋性";三、"智慧散文",或称文化散文、学者散文;四、"艺术散文"。面对这种四体分流的局面,慧瑛有着自己的选择,她似乎倾向于"艺术散文"一体,不过又吸取"大散文"及"智慧散文"的若干长处,构成自己的特色。而这种特点又是她在80年代初期形成的文风的新发展,这便是题材更广泛,而原有的题材特色更突出,叙事写人的手法更为多样,文体也有新的增加,如随笔,文风趋向凝练,厚重而又洒脱。

  慧瑛散文风格形成与发展的历程告诉我们:作家在跟随时代前进的过程中,要有自己的声音与文采。这是我读《陈慧瑛美文精选》一书留下最突出的印象。

庄钟庆 厦门大学中文系教授

---

① 《中华文学通史·当代文学编》第十卷。

《永远的丰碑》

编者：高迅莹
责编：牛跃天
出版时间：2013年9月

序

赵家欣

在风云激荡的年代里，人们被从四面八方推上一个浪峰，从互不相识到成为朋友，是常有的事。1936年，高云览在厦门中华中学教书，经常在厦门《江声报》发表文章。我在厦门《星光日报》当记者，写不署名的新闻，也写署名的特写和小品。他的学生中，有几位我熟悉的青年，时常用钦敬的口吻谈起这位老师。我知道他曾经出版过一本小说，书名《前夜》，笔名健尼。因此，对他有了印象。

其后，我们在文化界的一些集会上相遇，在抗日救亡运动中相识而且成为朋友。这位相貌清秀、谈吐文雅、具有知识分子特有气质的青年教师，比我只大5岁，而在文学素养、待人接物各方面都显得成熟和老练。他和当时许多文化界青年一样，对于抗日救国有颗炽热的心。

因为大家都忙着，我和高云览过往不多，不常见面，偶尔相逢，由于思想情趣上的某些共通，诸如对文学的爱好，对美好社会的向往，对丑恶现实的诅咒，倒也话语投机，很谈得来。见面地点往往是在厦门闹市思明南路一家咖啡店。 这里有钱人不愿来，三餐不继的穷人无法进。 在当时，边喝咖啡边发一些不着边际的议论，是被认为颇富诗意的。 因而它是文化人聚会的好处所。

　　1936年10月，鲁迅先生逝世后，厦门地下党筹备组织鲁迅先生追悼会。 当时是"西安事变"前夕，白色恐怖仍很严重。 为了不引起国民党当局的注意，为了使追悼会不被扼杀于筹备过程中，而且努力争取把大会开好，筹备工作开始是秘密进行的。 待到酝酿成熟，成立筹备委员会，才进入半公开状态。 在最后的筹委会会议上，决定邀请高云览担任大会主席，也是经过深思熟虑的。 当时我是在党影响下的一个小青年，没有参加最初的筹组工作，许多情况不了解。 70多年后的今天，在回忆鲁迅追悼会的筹备历程和高云览如何担任大会主席的经过时，一开始就参与其事的曾克里为我提供了当时的情况。 这个组织的开始筹备及至最后大会的召开，是在当时厦门地下党的领导下进行的，最初几个人是党的负责人尹林平、萧林以及党的外围组织实艺社成员曾克里、胡一川、郑书祥、鲁默、柳青、陈义生等。 其后分头进行联系与动员，交换意见，取得步调和意见的一致。 先后有林东山、童晴岚、马寒冰、许印滴、赵家欣参加，正式成立筹委会。 大会决定在青年会召开。 筹委会研究大会主席的人选，筹委中有的不便出头露面，有的社会声望不够，大家想到高云览，认为他是比较适当的人选。 高云览热爱和崇敬鲁迅，经常向学生推荐鲁迅作品，向学生介绍自己名叫高法鲁；他是倾向进步的知识分子，而平时不大参加社会上的政治活动；他担任追悼会主席，大会的举行可能较少风险。 通过当时《江声报》编辑、在中华中学兼课的许印滴出面邀请，高云览同志慨然担任了追悼大会主席，而且鼓励他的学生参加追悼会。 九时许，已告满座，乐队奏歌开会。 高云览组织的学生歌咏队唱起"哀悼鲁迅先生"的挽歌。 挽歌二首，其一是：

　　　　天空里陨落了一颗巨星，
　　　　黑暗中熄灭了一盏明灯，
　　　　去了，永远地去了，
　　　　你一代的文豪！
　　　　像孩提没有了慈母，
　　　　像夜行失去了向导，

千万人都在同声哀悼，
从此我们只好擦干眼泪，
踏着您光荣的足印向前跑。
伟大的死者哟，
您的名字已经变成后来者的路标。

另一首悼歌是用《打回老家去》的曲谱唱的：

哀悼鲁迅先生，
哀悼鲁迅先生。
他是我们民族的灵魂，
他是新时代的号声，
唤起大众争生存！
他反抗帝国主义，
他反抗黑暗势力。
一生到老志不屈，
始终为着革命而努力！
哀悼鲁迅先生，
哀悼鲁迅先生，
——我们的导师！

歌声从低沉到高昂，从歌咏队到全场大合唱。歌声使人群似潮的会场增添了激越悲壮的气氛。继而由总主席高云览代表主席团致辞，他很沉痛地说："……先生（指鲁迅）不单是一个反抗黑暗势力的正义作家，而且是一个反抗帝国主义的勇敢的战士，我们追悼他，我们纪念他，就要继承他的遗志，继承他的精神，让帝国主义从华北滚出去，从东四省滚出去，这一场追悼会的意义才不会落空，而先生在地下，才不会不瞑目了。"当年故友马寒冰（历任中央新疆分局宣传部副部长、文化处副处长、文联副主任、总政文化部文艺处处长）写了一篇题为"伟大的民众祭"的报道，刊于当年《闽南文艺协会会报》。其后被收入鲁迅纪念委员会编的《鲁迅先生纪念集》，1937年出版。在这篇具有历史价值文章里，也报道了"伟大的悲壮的民众祭"的实况，并记录下高云览同志的致词。"厦门市文化界追悼鲁迅先生逝世大会"得以胜利召开，高云览同志是尽了一分力量的。其时，国民党反动政府虽然默许召开这个300多人参加的隆重追悼大会，但鹰犬们仍虎视眈眈，暗地四处监视。高云览同志讲话有如利剑出鞘，直刺向国民党反动当局，更引起特务们忌恨。果然不久中华中学校长、国民党复兴社头目王连元对高云览施加压力，高云览同志不得不于1937年春离开厦门，流亡异国他乡。

临别匆匆，我和高云览又一次在咖啡店会晤。他告诉我，他将要离乡南渡，前赴星洲。前些时日，云览为失去名叫喜鹊的年轻伴侣而忧郁感伤，沉默寡言。这次他是要和我话别了。对于他家庭的变故，我无语慰藉；对于他将要去国远行，我是颇有惜别之感的。我已记不起来当时在默然相对中说了些什么话，但我记得在互道珍重时，在纪念册上互题了黯然神伤的送别词。云览写的是李商隐《夜雨寄北》：

> 君问归期未有期，
> 巴山夜雨涨秋池。
> 何当共剪西窗烛，
> 却话巴山夜雨时。

我写的是王维《渭城曲》：

> 渭城朝雨浥轻尘，
> 客舍青青柳色新。
> 劝君更尽一杯酒，
> 西出阳关无故人。

咖啡当酒，淡淡离愁。在这个咖啡店内，我怀着惜别的心情，送走一个个远离苦难祖国，漂洋渡海，走向异邦的朋友。不久，抗战军兴，烽火漫燃，故土沦丧，我奔波流离，历尽艰辛。随着岁月的流逝，人事的蹉跎，对于海天遥阻，寄身海外的青年伙伴们，思念之情也就淡漠了。

在抗日战争到新中国成立后的漫长岁月里，从青年教师、爱国华侨到革命作家的高云览在海外和回国后的所有经历，我是直到他逝世后才从一些纪念文章中看到的。这是由于新中国成立前后，我长期滞留他乡，没有重返家园，经历多年离乱，抗日战争前后在厦门分别的朋友不知我的存亡，他们的讯息，由于种种原因，我也没有去探问。直至今天，不少寄身海外的朋友仍然未通音讯。

1956年，我因事回到厦门，高云览同志在海外结识的好友、当时担任厦门市副市长的张楚琨同志给了我一部《小城春秋》油印本，征求修改意见。我才知道云览早已回到天津定居。1957年初，我再度赴京，在天津停留探望朋友，但是已经来不及了，孟秋江同志告诉我，云览已于一年前病故。这一噩耗，使得厦门咖啡店分别时的情景，在已淡漠了的记忆中重新浮现。我和云览虽然相处的时日无多，交谊也不算深厚，但青年时代声气相通的朋友，印象一直是鲜明的。

于是，我珍藏着《小城春秋》油印本，小说出版后，我又买了铅印本。张楚琨同志的序言，高云览同志的"写作经过"，都在说明小说是云览一生心血的结晶。我喜爱这本书，不仅是出于"爱屋及乌"，为了纪念早逝的朋友，更多的是小说叙述的这个革命故事发生在我的家乡，书中的人物大多似曾相识，不时勾起我青少年时期某些朦胧的回忆。中学时代那位被国民党押送省城而死难的聪明沉着的"大同学"，初当记者时期那位被国民党特务秘密杀害的才气洋溢的"老同行"，还有那位幸免于难，别妇抛雏，远走天涯海角，杳无音讯的温文尔雅、热情似火的年轻诗人……他们为了信仰，为了未来，义无反顾地献出了宝贵的青春。我无法忘却这些革命者的形象，但我没有能力用文学去表达他们的壮烈事迹。高云览同志是个有心人，他几乎是用毕生的精力，锲而不舍地从事这一极有意义的工作，直到生命的最后一息。他以厦门大劫狱为题材，把英雄们的光辉形象通过生动的笔触映现在小说中，使他们栩栩如生。小说体现了革命年代一幅历史的画面，谱写了一曲激动心弦的壮歌。这个画卷，这一乐曲，将会激发人们对同一历史时期，没有在书中出现的千千万万为革命献身的英烈们的怀念。小说的结局为革命留下了火种，这是历史事实，也是作者意味深长的用心，他如实地体现了革命斗争的挫折和胜利，因而更加激奋人心。

时光倥偬，高云览同志逝世不觉已过半世纪了，我也进入年过九旬的暮年，但他的形象仍长存在我记忆里，我为他的英年早逝深感惋惜。令人欣慰的是他的《小城春秋》及一系列遗著，至今仍在广大读者中流传。当前，面临文化改革大潮，继承发扬先辈优良传统，为社会主义文化建设谱写新曲，是后继者的职责。高迅莹编的这本《永远的丰碑——高云览纪念文集》，学术性、资料性兼而有之，将有助于进一步研究高云

214

览及其著作,人们可以从中学习并取得借鉴。这是一本很有价值的书,我乐于向读者推荐。

2012 年 11 月
于福州南方温泉公寓

赵家欣　民盟成员,中国作家协会会员

《天岸书写——刘再复学术文化随笔选集》

作者： 刘再复
责编： 曾妍妍
出版时间： 2014 年 10 月

自序

刘再复

今年 6 月中旬，好友郭汉民传递了母校厦门大学出版社稿约的美意，之后，又收到母校出版社的正式约稿函。读了信函之后，我立即想到两点：第一，这可不是他处的稿约，而是母校的稿约，只能答应，不可推辞；第二，50 年来我出版的中文书已有 120 种（原著 50 种左右，另外的 70 种属于修订本、选编本、再版本），纷繁中该如何选择？方便之门恐怕是先放下学术论著，只选编一部散文集。

于是，我立即与女儿剑梅商量，请她为我选择一本。北京三联书店正在出版《刘再复散文精编》十卷本（白烨、叶鸿基主持），已问世的有《师友纪事》、《人性诸相》、《世界游思》、《漂泊心绪》、《槛外评说》、《八方序跋》、《散文诗华》、《两地书写》、《天涯悟语》等 9 部，即将出版的还有《审美笔记》。剑梅说每集选几篇，不太难。她果然很快就挑选百篇左右。剑梅和我一样，一手写论文，一手写散文，对我的散文也熟悉，而且知道，我的散文一方面受到书本的泽溉，一方面还受到大地的滋养，所以散文的主流乃是性情散文，她所选的篇章也是以情为主的心灵史迹。

剑梅的目录送到我这里时，又接到出版社社长蒋东明先生的来信，说我的散文集将放入"凤凰树下随笔集丛书"，而这套丛书乃是以弥扬大学精神尤其是大学学术精神为宗旨，基本文体是学术随笔，这才觉得剑梅的选目与此宗旨有些距离。于是，我决定自选一本，大体上遵照母校出版社之命，尽可能靠近学术。于是便形成现在这个版本。正在编选的6月下旬又接到曾妍妍小姐转发丛书编委会的信，信上说，2011年我在母校中文系的演讲《告慰老师》一文很符合丛书的原则。我由此更"心明眼清"，便对初步选好的目录再进行一次调整，定了稿后先交给我表弟叶鸿基，让他帮我转为电子文本。书名定为"天岸书写"，并无深意。所谓天岸，也就是天涯。也许是故园情怀太重，所以总觉得自己身处天涯海角，如同行吟于天岸的马匹。虽知洛阳石窟上刻有陈抟"开张天岸马，奇逸人中龙"的对联，但我从未有过"龙虎奇逸"的妄念，倒是时时有天岸马鸣与天岸书写的感觉。

母校出版社能出我一本散文选集，我感到特别高兴。每次在世界各地出书，我总是希望寄一本给母校图书馆和中文系图书馆，也就是想让母校那些关怀我的老师、同学、亲者、友人能够读到。尤其是到了晚年，我写书几乎没有任何"目的"与"动机"，只是生命的需求，即情感的需求。所以母校出版社能为我出版一本书，便让我的心灵存放到一个很想存放的地方，情感多了一个寄寓之处。也为此，我要特别感谢蒋东明、曾妍妍和出版社的其他友人。还要感谢三年前邀请我回母校参加九十周年校庆的朱崇实校长，感谢你们通过不同的形式，让我的心灵总是与祖国的江河原野和文化事业紧紧相连。

2014年7月3日
美国科罗拉多

刘再复 | 当代著名人文学者、思想家、文学家、红学家

《铸梦——追忆舅舅陈景润》

作者：宋力
责编：王依民
出版时间：2013 年 5 月

序
温暖的记忆

——

由 昆

　　先生离去已有 17 个年头了。至今我仍能清晰地感受到他的体温、他的呼吸、他脉搏微弱的律动，仍能真切地感受到他对数学的痴迷和对家人的挚爱。

　　光阴荏苒，流逝的是时间，沉淀的是无尽的思念。

　　今年正值先生诞辰 80 周年。在共和国的历史上，先生曾凭孱弱之躯，在异常艰难的条件下，忍受常人难以想象的病痛的折磨，耗尽毕生心血去追求一个几近不可能的梦想——攻克"哥德巴赫猜想"。他所取得的成就使他成为当时全社会的传奇人物，并因此获得了英雄般的赞誉和荣耀。

　　今天，当先生的外甥宋力将《铸梦——追忆舅舅陈景润》的书稿放在我的面前时，过往的一切又一一浮现在眼前。往事历历在目，热泪再一次溢出眼眶。17 年了，我曾经无数次在心底默默呼唤着先生的名字，无数次在遗像中读出先生的期冀与不舍，无数次从先生的遗爱中汲取前行的勇气和力量。

先生木讷寡言，正直敦厚，内向沉静，学习和工作之外的乐趣几近于无。先生似乎难以融入现实的世俗生活中，人们也难以进入他的世界。他的内心世界和他的数学王国一样神秘。但他为我打开了紧闭的心门，让我进入了他的世界，让我见识和理解了他坚韧不拔、攻克难关的痴狂和浑然忘我的精神境界，让我感受到他在追求梦想途中艰难跋涉的悲欢苦乐。作为他的伴侣，我是幸运的！

先生并非天才，但他有执着的追求，有坚定的信念，有对数学终生不悔的热爱，有超人的勤奋和一丝不苟的专业态度，有不屈不挠和百折不回的拼搏精神，有终其一生对于梦想的坚守。所以，他在"挑战人类智力极限"过程中所获得的重大突破并不是偶然的。

在《铸梦——追忆舅舅陈景润》一书中，宋力以一个外甥的独特视角，近距离的密切接触，细致入微的观察，细腻传神的描摹刻画，生动地呈现了一个血肉丰满、真实立体、可亲可敬可爱的陈景润。这本书勾起了我生命中许许多多温暖的记忆。

《铸梦——追忆舅舅陈景润》一书的出版，为先生的80诞辰献上了一份厚礼。

2013年5月22日

由昆　陈景润先生的夫人，原任中国人民解放军北京309医院放射科主任、主任医生

《海明威在中国》

编著：杨仁敬
责编：陈福郎
出版时间： 1990 年 11 月

序

———

林疑今

  欧尼斯特·海明威被介绍到中国来，大约有 50 多年了。记得当初次介绍他时，我正田居上海孤岛，半壁江山，尽在日寇铁蹄之下，人从美国回来，东奔西走，找不到适当职业，只好待业在家。

  由于我曾经翻译过西方一些有关第一次世界大战的小说，如雷马克的《西部前线平静无事》等，所以在海明威的作品中也就选译了《永别了，武器》。译文起初的译名叫作"战地春梦"，不无颓废主义的色彩，常遭非议。新中国成立后，在上海重印时，改名《永别了，武器》，想不到在国内一个不大不小的重点大学，又遭到图书馆的"内部控制，禁止流通"，理由是书名宣传无原则的和平主义。由此可见，一部外国文学作品，不管作者是谁，要被另一个国家的人民所理解和接受，确非易事，因为文化传统不同，社会风俗制度差异，难免有些抵触，格格不入。

  1941 年春天，海明威本人到中国来了，倒是受到陪都重庆人民的热烈欢迎，推崇他为反法西斯斗争的英勇战士。欢迎会在重庆嘉陵宾馆召开，记得那是春天的一个下午，是雾城重庆比较少有的晴朗天气，海明威偕他的新夫人玛莎·盖尔虹，满脸红光，夹在众多瘦削、面有菜色的中国人群中，显得特别魁伟强健。 海明威留着小胡子，夫人则是一头红发。 欢迎会的主持方似是国共两党合作的统一战线，实际上还是半官方的。 据当时传说，行政院院长孔祥熙曾对其亲信说，海明威这家人是他的老朋友——可能是指海明威一位嫡亲叔父威洛比，曾在山西省铭贤书院传教行医。 据海明威的传记作家卡洛斯·贝克的记载，海明威青年时代一度想步他叔父的后尘，当名外科医师。

作为一个参加过西班牙保卫战的反法西斯战士，海明威在嘉陵江畔受到人民热烈的欢迎。 促使陪都人民熟悉海明威的，除了《战地春梦》和《战地钟声》外，当时可能更多来自冯亦代有关西班牙内战的故事和剧本的翻译。 当时，陪都经常遭受日军的疲劳轰炸，朝野士气低沉，美国尚未参战，官场又是一片腐败。 有些人还说调皮话，说这是抗日战争的低潮，难得有这么一位国际知名的大作家，光临山城重庆，对于抗日战争，无疑是一种巨大有力的鼓舞。

海明威有关西班牙内战的长篇小说《战地钟声》，由于在苏联受到批评，在国内本来也只有节译本，当年中国文坛，不论是文艺理论探讨，还是文艺政策，都是力求与苏联保持严格一致，少犯错误，一直到十年动乱后，拨乱反正，才有三种全译本于 1982 年以"丧钟为谁而鸣"为书名，同时争先出版。 这部长篇小说，曾引起国际争论，又曾被好莱坞拍成电影，国人也比较熟悉。 记得十年前，厦门大学外文系在英语专业初次试办一个研究生班，为了提高同学的英语水平，选择了海明威这部名著作为快速阅读课本之一。 当时招有 11 位同学，要在当时的图书馆里找一部有十来本书的英语名著，相当困难。 幸而找到战时美国部队发官兵进修的纸皮版本，大概是抗战胜利后捐赠给厦大的。 这班研究生十个有九个是下乡的知识青年，来报考前憋着一肚子气，有的可能还是"文革"时代的红卫兵。 他们读这部长篇小说时的反应，可能有种种有趣而不同的看法。 其中比较突出的一点，对于海明威的艺术手法，及描述西班牙人民如何残暴镇压地富分子，持有异议，有的还认为不堪卒读。

《太阳照常升起》在中国的命运，更为凄凉。 这部小说是海明威成名的第一个长篇，从某种意义来讲，它是《永别了，武器》的续篇，只是故事的内容，描述的是青年男女关系，似乎又杂又乱，对于中国传统礼教，撞碰抵触更大，所以这部杰作，尽管名震中外，却迟迟无人问津。

一直俟到1984年，在比较开放的政治社会条件下，好容易才能出书。不过，出版后也少见有人评论——至少不像《第二十二条军规》，那么引人注目。

月前到广东中山市参加粤港闽首届比较文学研讨会，到广州准备下榻暨南大学。我因舟车劳顿，身心疲惫，闷坐在招待所的总接待厅里，等候安排。当时有些华侨打扮的学生，赶来打周末电话，兴致勃勃地约会女友，那电话声中充满着青春的活力和殷切的盼望。排队等电话的大学生中间，有一人手持《老人与海》一册，我出于好奇，借来翻看是不是吴劳最近的译文，翻前翻后，总是找不到译者的姓名。我问那位同学是中文系的还是外文系的，他说是数学系的，颇有自豪的口气。他看见我在翻书寻找译者的名字和版本，就笑着说："你们过去不也出了人家好些书吗？"当时已是冬天的黄昏，暮霭茫茫，暨大校园，一片宁静。我边提行李包边在想，一个伟大作家的作品，本是属于全世界全人类的，译者何人，何必还有这么多的计较。

同事杨君仁敬，才思敏锐，奋发好学，近撰《海明威在中国》一稿，材料丰富，内容覆盖时间长达半世纪多，横跨中外各国各阶层，叙述翔实，重点突出，实为有志人士研究和鉴赏海明威作品不可多得之佳作，特以此为序。

1988年年终

林疑今 (1913—1992) ｜ 著名的翻译家、作家、教授，也是我国最早翻译和研究美国文学的知名学者之一

《620亿美元的秘密：巴菲特雪球传奇全记录》

作者： 王宝玲
责编： 古雪
出版时间： 2013年5月

序
雪球上的传奇巨人

王宝玲

1930年8月，对全球影响深远的经济大萧条发生不到一年，自认已高度发展的欧美资本主义社会处于一片愁云惨雾之中；希特勒的纳粹党蠢蠢欲动，正准备在德国国会大选中取得绝对执政权。转到亚洲，中原大战在中国如火如荼地上演着，国民党在各地的军阀拥兵自重，相互攻打；而在台湾，八田与一策划的嘉南大圳终于竣工，勇敢的"赛德克·巴莱"，台湾雾社人奔驰在原始纯朴与殖民统治的夹缝中，酝酿从日本人手中夺回属于他们的乐土。但来到南美洲，你会发现这里仿佛另一个世界，群众还沉浸在首届世界杯足球赛的狂热中，东道主乌拉圭队以4：2击败阿根廷，拉丁美洲人包办冠亚军，称霸了半边地球。世界正处于历史的转折点，没有人知道明天又将面临什么挑战。就在这最坏，但也可能是最好的时机，一颗闪亮之星悄悄降临在美国一个偏僻的角落——内布拉斯加州奥马哈市。

他就是沃伦·巴菲特（Warren Buffett），一个即将在遥远的70年后成为世界首富，掌握旗下伯克希尔公司4 000亿美元资产的金融巨子；一个主宰全球商业市场，被人们尊称为"股神"的天才；一个开创不朽霸业，用一生滚出令人叹为观止之大雪球的传奇巨人。

然而，当他出生时，美国正处于最黑暗的时代。经过1929年末，史上最惨的经济大萧条，景气正躺在万劫不复的谷底，失业人口节节攀升，社会结构弊病丛生。在他1岁时，父亲工作的银行倒闭了，全家的处境雪上加霜，没有人知道何时才能迎来一线希望，又有谁会寄望这个生长在充满绝望、战乱年代下的孩子能有多大的成就呢？

但很快的，这个孩子卓越的商业头脑即锋芒乍现。6岁时，巴菲特从杂货店买进箱装的可口可乐，经过拆开分瓶兜售后，他赚得了5分钱的零花钱。就这样，一个几乎还没读过书的孩子，却先领悟了"低买高卖"的经商原理，由此，他踏上了那传奇般的商界之路。

12岁时，这个孩子首次踏进了证券交易所的大门，用自己累积6年的零用钱，购买了3张城市服务公司价格38美元的股票，数月后，这一支股票涨到40美元，巴菲特将它卖出。尽管这6美元的净利看似微不足道，却让身旁的人惊讶这孩子独到的商业眼光，巴菲特本人更体悟到"耐心等待"对投资与炒股的重要性。

然而，他受用一生的投资智慧是在他到哥伦比亚大学遇上本杰明·格雷厄姆后才真正奠定。格雷厄姆的"价值投资"原则是巴菲特数十年来纵横股市所遵循的不二法门，也正是股神与众多股民们不同的独特之处。打从1954年涉足华尔街股市开始，巴菲特就绝不去盯着五花八门的各股现价与股票指数，绝不盲从证券交易所中人群的一举一动，无论市场是充满热络，还是弥漫恐慌，他终身奉行"只管好坏，不看冷热"的八字箴言。也因此，即使数十年来全球曾遭遇多次金融风暴，例如1987年的"黑色星期一"、2007年爆发的"次贷危机"，巴菲特仍无往不利，他的伯克希尔帝国始终屹立不倒，甚至愈加茁壮。

也就在巴菲特迈入投资界后不久，1955年，巴菲特25岁，美国早已从战后的萧条中重新站起，正是一片经济复苏的景象，另一批未来之星诞生了。他们是微软总裁比尔·盖茨、苹果计算机创始人史蒂夫·乔布斯以及Google公司董事长埃里克·施密特等人，之后的数十年，他们也将逐步运用自己优异的智慧与才干，取得人类史上登峰造极的财富与成就，与巴菲特相互辉映。或许有人会问：为什么是1955年？1955年发生了什么事？其实这不是重点，重点是20年后，1975年PC计算机诞生了。

　　2008年3月6日,在全球股市陷入新一波低迷的同时,美国《福布斯》杂志公布了最新的全球富豪榜排名。当年78岁的巴菲特的个人总资产,过去一年内从520亿美元上升至620亿美元,超越了微软总裁比尔·盖茨的580亿以及墨西哥电信业巨头卡洛斯·斯利姆·埃卢的600亿,荣登全球首富,世人不禁失口惊呼。

　　对远在社会底层的升斗小民来说,这些排行不过是一群富商大贾的博弈游戏罢了,除了面对这一行行天文数字望洋兴叹外,别无他想。然而,在熟知市场体系的人士眼中,这件事却有着"资本运营"战胜了"务实生产"的重大意义。比尔·盖茨富可敌国的微软公司,是用精密复杂的高科技计算器软件产业堆砌而成,巴菲特却不事生产,只坐在办公室里运作资金,靠着手里一支支股票的买进卖出,就赚取了无人可比拟的财富。可以说,即使地球上所有的合法软件用户都将一定的金钱支付给微软,也无法让比尔·盖茨在赚钱速度上超越巴菲特,我们不禁想问:股神究竟有什么神奇之处呢?

　　"股神"的确神奇——他诞生在人类历史上最坏的年代,从美国经济的谷底一路爬上全球富豪榜的顶端;他在创业初期投入了100美元,历经无数次的辗转投资后,膨胀到了620亿美元。伯克希尔原本只是一家日薄西山,即将走入历史的纺织厂,巴菲特却神奇地将它转型成一家投资控股公司。他领导伯克希尔奉行价值投资的炒股理念,几乎立于不败之地,时至今日,巴菲特已不再需要谨慎地从年报中评估理想的标的企业,相反的,他那点石成金的手指能让任何他看中的企业身价一夕暴涨。众多股迷如同信徒一般,奉巴菲特为"教主",对巴菲特的一举一动唯马首是瞻,准备随时紧跟他的脚步入场。这已经不是单纯用品牌形象可以形容的了,可以说已经近乎为一种宗教式的狂热了!巴菲特的那些"永远持有的品牌"(永不消逝的永恒)又何尝不是呢?可口可乐曾"笨笨地"花了数千万美元进行口味访查与民意调查测试,推出"更好喝"的可口可乐新口味来取代旧的可口可乐,没想到引起超乎想象的巨大反弹。因为可口可乐可能自己都不知道,它的味道与品牌已经成为一种经典,一种宗教。它的粉丝们对旧有的口味与包装早已产生了超越品牌的宗教式崇拜情结,怎么可以随意更改呢?

　　但"股神"也未必神奇——只要仔细回顾他一生中的各项投资,就会发现巴菲特的成功果真有迹可循。早在"合伙人联盟"时期,尽管他实际投入的资金仅有 100 美元，但在集合众多股东庞大的投资资金后，他可以合法地从缔造出的可观收益中抽取四分之一，靠着这样的方式，他的财富迅速与股东们一样不可思议地倍增。

巴菲特从不依靠普通人无缘取得的内线信息，他就像你我一般，望着随处可见的企业年报上的财务数字，再经过一些简单的数学计算，挑选出具有投资价值的股票。一旦锁定目标后，巴菲特会大量买入，长期持有，完全不受市场的传言与氛围所左右。这些"一分钱一分货"、"真金不怕火炼"、"待价而沽"的哲学，无一不是源自市井间的传统智慧。阅读本书后，您也会发现，成为"股神"绝非遥不可及的梦想。

至今，巴菲特仍俭朴地居住在他的出生地奥马哈，很少涉足华尔街。他也非名校出身，所以真正的人才未必出自顶尖的学府，正如同古代的能人奇士，往往"大隐隐于市"。只要学习的力量能深植人心，阅读的风气能永存社会，知识与学术的传承就不会停止。就像"股神"巴菲特，他生于最糟糕的时代，却丝毫不减那力争上游的壮志；即使入学申请遭到哈佛大学拒绝，他最终仍缔造出任何名校毕业生都自叹弗如的伟业。

有鉴于此，我深感自身肩负的重大责任，越是在众人对未来失去信心的时候，就越是要散播希望的种子；越是在人们对新时代的能力感到忧虑的时候，就越要将前人的体悟注入后辈们的心田。在此，谨利用沃伦·巴菲特一生的不凡经历及经营哲学，向读者们传达一代巨人的经验与智慧。我相信，知识的活水必然会如同人类连绵的历史般，源源不绝地流淌下去。真诚地祝福大家！

2013 春于台北上林苑典藏阁

The 30th Anniversary of Xiamen University Press

王宝玲 — 台大经研所、美国 UCLA MBA、UCLA 统计学博士，台湾知名出版家、成功学大师、营销学大师

《芙蓉湖畔忆"三林"》

作者： 林坚
责编： 宋文艳
出版时间： 2011 年 3 月

序
大师乃莘莘学子永恒的精神高地

陈福郎

　　大凡一所名牌大学都有一批学术大师，尤其是历史悠久的大学，在长期的办学过程中若没有学术大师照耀其间，学子们就失去了赖以自豪的精神依皈。人们无论在有形的物质世界中如何拼搏，都不可能失缺精神家园的支撑，而大学时代则是他们驶向茫茫人海的出发地。大学时代是一个人一生中的黄金时期，无论人生的浪潮把他们推向何处，心中都有一座永恒的精神高地，母校的一个个学术大师就是精神高地上熠熠闪光的丰碑。

　　厦门大学在 90 年的漫长岁月中，曾出现了萨本栋、王亚南、卢嘉锡、陈景润等一批显赫的大师，也还有一批因种种原因未能得到畅怀书写而淡出人们视野的大师，就如本书作者所讲述的林文庆、林语堂、林惠祥在厦大的岁月，厦大的莘莘学子对他们的事迹就知之甚少。本书作者林坚是厦门大学的校友，20 世纪 80 年代曾在经济学院读研究生。虽然毕业多年，但对母校依然一往情深。去年春天，当他回到母校、漫步芙蓉湖畔时，脑海里浮现出"三林"的伟岸身影，萌发了将他们三人的事迹钩沉爬梳的念头并付诸写作，这实在是一件对母校颇具功德的美事。

厦门大学于1921年4月6日宣告成立，林文庆于当年6月开始任厦门大学校长直至1937年7月抗日战争爆发，是厦门大学私立时期的校长，任期长达16年。且不说万事开头难，90年前厦门演武场还是一片荒冢累累的海边不毛之地，如今成了中国最美的大学校园，先辈开拓之功多么令人钦敬，作为校长的林文庆宵旰勤劳无疑功不可没！更不用说在林文庆执长厦大期间，设立了文、理、法、商、教育等五院17系，群贤毕至，教学科研焕发异彩，将厦门大学建成南中国最好的大学。林文庆是一个传奇人物，他是南洋华侨领袖陈嘉庚的挚友，是英属海峡殖民地第一位华人议员，是马来亚种植橡胶之父、一位长袖善舞的富商，是第一位获英女王奖学金前往英国爱丁堡大学深造的华人精英，是一位造诣精深、悬壶济世的著名医生，是同盟会早期会员、被中华民国临时大总统孙中山聘为私人秘书、卫生部顾问。林文庆受过西方现代科学的系统教育，但他对中国儒家文化却极为认同，听一听他和陈嘉庚所确定的校训"自强不息，止于至善"就明白一二了。可是厦门大学建校初期，也正是五四新文化运动席卷古老的神州大地的时候，五四新文化运动的主将鲁迅来到厦大，对这位尊孔崇儒的校长颇有微词。鲁迅在厦大的地位是何等至尊，校牌校徽凡是带有厦门大学印记之处都有鲁迅的字体，林文庆纵然执长厦大16年，由于这一原因他的光环也不得不归于消散。历史转了一圈，如今孔子儒学又大行其道，鲁迅也走下了神坛，林文庆在人们的心目中自然也被"平反"了。如今厦大人可以毫无虚饰地说，我们为有这样一位校长而自豪和骄傲！

1926年是中国近代史上不可忘却的一年，国共合作的北伐战争高歌猛进，北洋军阀的统治也进入最黑暗的时期，这年发生的"三·一八惨案"，直接导致了北京大学一大批著名教授学者相继南下厦门大学，形成了厦大群贤毕至的壮美景观。祖籍漳州的林语堂是当时著名作家、北京大学教授，是年五月他带有政治避难性质地来到厦门大学，担任厦门大学文科主任、国学院总秘书。这位三十出头的年轻教授以自己独特的魅力，吸引了一批著名的专家学者来到厦大，除了文学家鲁迅，还有国学家沈兼士、古史专家顾颉刚、语言学家罗常培、哲学家张颐、中西交通史家张星烺、考古学家陈万里、编辑家孙伏园和作家章川岛等。他们的到来，被当时媒体称为"大有北大南移之势"，让厦大文科盛况非凡。在革命狂飙突进的年代，作为文化革命旗手的鲁迅把文学当作匕首与投枪，自然在青年学生中深受崇拜；而主张幽默与闲适，视文学为"性灵表现"的文化大师林语堂，虽然"两脚踏东西文化，一心评宇宙文章"，但在一个相当长的时期内，在大陆始终处于边缘。在厦大，人们只知有鲁迅，多不知把鲁迅引荐到厦大的林语堂。随着厦门大学国学院在中断近80年后又重新成立，厦门大学的莘莘学子才渐渐知晓文化巨匠林语堂与厦大的关系，惊诧80多年前厦大文科曾有过的辉煌。

厦门大学90年教泽深长，真可谓桃李满天下，政界、商界、学界……何处精英不在？就说初创时期毕业的第一届毕业生林惠祥，就是声名显赫的中国人类学的开拓者和奠基人。人们走进美丽的厦大校园，在芙蓉湖畔可以看到一座始建于建校初期的博学楼——人类博物馆，它的主要陈列品就是林惠祥20世纪20年代末从台湾冒险搜集到的，抗日战争爆发后，为保护这些文物，他不辞辛劳将其转运至南洋，在南洋又搜集了许多文物，抗日战争胜利后，许多人带着细软回国，而林惠祥则带着一箱箱的人类学文物和图书从南洋归来捐献给母校，在他的奔走努力下，于1953年成立了厦门大学人类博物馆。林惠祥一生矢志人类学的研究与教学，著作等身，1934年出版的《文化人类学》是我国第一部文化人类学专著，1936年出版的《中国民族史》开启了当代中国民族系统分类的先声，直到他逝世的前夜，在他的书桌上还排放着关于中国东南区新石器时代文化特征的论文的抄正稿和英文提要。人类学在欧美是显学，在中国好像运命有点不济，或许是由于这一原因，林惠祥这位人类学的开拓者与奠基人似乎有点落寞，但他堪称中国知识分子的楷模。厦门大学的莘莘学子，完全有理由为有这样一位学长而骄傲，前辈先贤的光芒永远照耀着后来者。

组成本书三篇传记的三位传主，他们的生平、思想和成就，从一个侧面反映出行走在厦门大学的大师的崇高风范。一位是厦门大学实际上的首任校长，一位是早年在厦门大学从教过的文化大师，一位是厦门大学首届毕业生和学界泰斗，把这样三位大师放置在一起做生动而深入的记叙与阐述，这本身就是一种十分新颖的历史文化构建。作者以对母校的拳拳之心，选取这一特殊视角对一所著名高校进行文化解构，通过丰富翔实的资料、流畅洗练的文笔，徐徐展示出大师在高校精神高地的独特风景，这不仅是一个学子对母校的一份沉甸甸的情怀，也是近年崛起的校园文化的一个重要收获。

  本书作者林坚与我相识多年，既是校友，也是邻友和球友。应作者之邀，不揣浅陋，写了以上这些，权为序。

2011 年 2 月 22 日于厦大海滨东区

陈福郎 | 编审，长期担任厦门大学出版社总编辑、党支部书记

《莫言和他的故乡》

作者: 林间
责编: 宋文艳
出版时间: 2013年1月

序
故乡是莫言成长的沃土

阎海峰

2012年10月11日,中国当代作家莫言获得了诺贝尔文学奖。消息传来,从文坛内外到普通百姓,人们都感到无比欣慰和振奋;海内外媒体的记者们更是齐集莫言的故乡高密,与莫言近距离接触,用最快的速度报道这一文坛盛事。作为莫言的同乡,我在欣慰之外,也油然而生了几分自豪。

莫言获奖当日,在故乡高密举行的新闻发布会上,他谈到了自己与故乡的关系:"我的故乡和我的文学是密切相关的。""高密有泥塑、剪纸、扑灰年画、茂腔等民间艺术。民间艺术、民间文化伴随着我成长。我从小耳濡目染这些文化元素,当我拿起笔来进行文学创作的时候,这些民间文化元素就不可避免地进入了我的小说,也影响甚至决定了我的作品的艺术风格。"

故乡在莫言心中一直占有很重要的分量。诚如他所言:"我出生于斯,长于斯,我与这个地方是血肉相连的,无论这个地方多么贫瘠、多么荒凉,但是作为一个故乡的人,作为一个在外的游子,一旦踏上这块土地,你就会心潮激荡,到任何地方那种感觉都是不可能产生的,这就是所谓的故乡的力量。"虽然他曾经对故乡充满"怀乡"与"怨乡"的情绪,但每当他一回到故乡,就会自然而然地"掉进那块高粱地"。尤其是随着年龄的增长,他越来越眷恋故乡,每年都要回故乡住上一段时间,以寻找创作的灵感。

故乡是莫言成长的起点,更是他文学创作的沃土。当年,他参军到部队后,刚开始创作时曾固执地认为,童年是酸涩到不堪的,因此在文字中有意"去高密"化。为了抵制故乡的诱惑,他去写海洋、山峦、军营;为了让小说道德高尚,他给主人公的手里塞一本《列宁选集》;为了让小说有贵族气息,他让主人公日弹钢琴三百曲等等,但始终摆脱不了"附庸风雅"的"胡编乱造"。

后来他醒悟了过来,觉得还是应当以自己生长的这块古老的土地为根基,以自己熟悉的乡村为背景,写自己擅长的农村生活题材。于是,从20世纪80年代中期起,莫言以一系列乡土作品崛起,写的是一出出发生在山东高密东北乡的"传奇"。他熟悉的亲人——奶奶、父亲、母亲、姑姑先后成了他文学作品的原型,苦难的童年成了他文学创作的源泉。经过二十多年持之不懈的努力,他终于在自己的作品中打造出了一个"高密文学王国"。在某种意义上,诺贝尔文学奖正是对他建立的这个堪与马尔克斯的"马孔多小镇"相媲美的"高密文学王国"的奖赏!

20世纪70年代,我和莫言先后从故乡高密参军入伍,我是1970年的兵,他是1976年的兵;他留在了胶东"老根据地",我则奔赴了江西、福建的红土地。20世纪80年代,我们又有幸作为部队文艺工作者,在军营里从事专业文学创作,并取得了一些微小的成绩。

1980年,我的处女作、散文《觅食深山》在《解放军文艺》发表后,引起了领导的重视,不仅送我到部队举办的新闻报道和文艺创作学习班学习,而且把我调到师团两级演出队担任编剧工作。后来,又被调到福州军区政治部创作室任创作员。在闽期间,我创作的长篇报告文学《福马大隧道》、《厦门大拍卖》、《惊动全国第一案》等作品曾先后荣获解放军总政治部"当代军人风貌奖"、"全国报告文学一等奖"等奖项。

1981年,莫言的处女作、短篇小说《春夜雨霏霏》在保定《莲池》杂志发表,此后他便一发而不可收,接连发表了《丑兵》、《为了孩子》等多篇小说,不久就被提干,并调到总参三部五局任宣传干事。后来,又被送往解放军艺术学院学习。在学期间，他先后发表了《金色的红萝卜》、《白狗秋千架》、《红高粱》等中短篇小说，并获得了《解放军文艺》年度优秀小说奖、台湾联合报小说奖和第四届全国中篇小说奖。

1988年我从驻福建野战部队调到济南军区政治部，准备从事专业创作，后因故转业到了地方。而莫言自1987年与张艺谋合作、把小说《红高粱》改编为电影并获得第38届西柏林国际电影节金熊奖之后，在文学创作的道路上突飞猛进。从《红高粱家族》到《天堂蒜薹之歌》，从《丰乳肥臀》到《檀香刑》，从《生死疲劳》到《蛙》，一部部精彩纷呈的长篇小说先后问世，不仅为中国当代文学增添了光彩，而且丰富了世界文学的宝库。最后，他实至名归地摘取了诺贝尔文学奖的桂冠。

相比之下，在为自己感到惭愧的同时，我更深为自己有这样一位同乡、这样一位战友而感到骄傲和自豪！

记得莫言获奖当日，地方报社的记者让我代表潍坊市作家协会发表对莫言获奖的感言，我在向莫言表示祝贺的同时，也着重谈了莫言的成长与故乡的关系。在我看来，莫言能取得今天这样的成就与故乡的滋育是密不可分的，"确切地说，高密东北乡是莫言的精神原乡和文学故土，它既是莫言用自己作品构建的王国，也是他吸取营养和力量的地方。"第二天，报纸在《文学作品都不是孤立存在的》通栏标题下，刊出了我的感言。

莫言获奖之后，许多报刊的记者和有关栏目的编辑，纷纷找到潍坊市作协，希望了解莫言在故乡高密创作的情况。由于高密是潍坊下辖的县级市，作为潍坊市作协秘书长的我自然也责无旁贷，尽自己所知，向媒体介绍了莫言的相关情况。我觉得，莫言倾半生之力，圆了中国人的百年"诺贝尔文学奖"之梦，自己为之做一些宣传、推介工作，完全是应尽的责任和义务。只是苦于全面介绍莫言的书籍太少，介绍起来往往挂一漏万。

就在此时，从千里之外的福建传来了林间编写的《莫言和他的故乡》一书即将出版的消息。

几个月前，林间从福建到山东考察投资项目，彼此相谈甚欢，我尽自己所能为他们提供了一些参考意见。其间，林间送给我一本他在厦门大学建校90周年时出版的作品——《芙蓉湖畔忆"三林"——林文庆、林语堂、林惠祥的厦大岁月》（厦门大学出版社2011年出版），我也回赠了自己的军旅作品集《军营春秋》（解放军文艺出版社2001年出版），以及自己参与主编的一套"潍坊酒文化"系列丛书(作家出版社 2010 年出版)。于是我们成了相知的"文友"。

几天前,林间从厦门给我打来电话,嘱我为其即将出版的新作《莫言和他的故乡》写几句话。我虽有点犹豫,却也不敢推辞,毕竟是关于莫言的书,毕竟是朋友的一腔信任,况且这对我宣传、介绍莫言也有帮助。于是,恭敬不如从命。

我想,林间在繁忙的工作之余,能挤出时间,倾力写出这部 20 余万字的作品,不仅显示了他的文学水平和功力,而且也表现了他的"三热爱"——对莫言的热爱、对文学的热爱,以及对莫言的故乡——齐鲁大地的热爱。书中不仅较为全面地描写了莫言获奖的历程、成长的历程以及创作的历程,而且重点描述了莫言和故乡血脉相连的关系以及故乡对莫言创作所产生的巨大作用和影响。虽然由于时间关系我未及阅读全书,但从该书目录和部分章节中,已可看出这是一部资料丰富、文笔生动的精品力作,也是一部对读者全面了解莫言、感悟莫言十分有益的参考读物。

期盼着《莫言和他的故乡》早日问世;期盼着莫言的故乡涌现出更多的文学新人,成为一方令人向往的文学沃土;期盼所有的读者在莫言精神的激励下,"接地气,通人脉",为国家的繁荣兴盛做出更大的贡献!是为序。

2012 年 12 月 3 日于山东潍坊

阎海峰 山东高密人,中国作家协会会员,国家一级作家。现为山东潍坊市文联专职作家,潍坊市作协秘书长

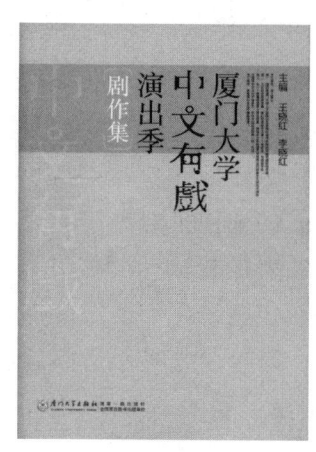

《厦门大学中文有戏演出季剧作集(第一卷)》

主编： 王晓红、李晓红
责编： 高健
出版时间： 2013 年 8 月

代序
厦门大学 2012 "中文有戏"演出季闭幕辞

朱崇实

亲爱的各位同学、各位老师、各位朋友：

大家晚上好！"中文有戏"，确实有戏！你们这个演出季总共演出了十六天，非常地抱歉，今天晚上我是第一次参加你们的演出季。观看你们如此精彩的表演，我非常高兴，也非常感慨，非常激动。

中华文化是世界上最悠久、最灿烂的文化，她有着深邃的思想、精美的语言、宽容的情怀、和谐的追求。但是很可惜，如此优秀的文明和文化，在最近的百年或几十年，好像有点滑坡。我在国外，认识许多外国的学者、外国的教授，常与他们就中国的某些问题进行交流与讨论。当我听到他们对中国科技的落后做出批评，我心里面不太高兴，但是还能接受；当我听到他们对中国经济落后的批评，我也不太高兴，但是也能接受；可是，当我听到他们问我说，最好的中国语言文学系到底在哪儿？是不是在中国？最好的中文的作品是不是在中国？最好的中文的作家或者说中文作品的作者，是不是出自中国？这让我非常非常的不高兴，有时甚至感到愤怒。

　　看了你们的演出，我的信心重新回来了。下一次我见到他们，我要坚定地告诉他们，这些都有答案，答案就在厦门大学。我要请他们到厦大来找答案，到了厦大我想他们就知道，最好的中文系是不是在中国，最好的中文作品是不是在中国。我想你们通过你们的演出，给出了最好的答案。因此，我要借这个机会，向所有的获奖者表示我热烈的祝贺，向所有的演职人员表示我由衷的感谢。我衷心地希望通过你们的辛勤努力，能够让优秀的中华文化遍布厦门大学的每一个角落，能够让优秀的中华文化伴随着每一个厦大学子茁壮成长，进而传遍世界的八方。中文有戏！厦大有戏！

　　根据安排，我还要宣布演出季闭幕。我确实不想宣布她闭幕，希望她永远演下去。但是应主持人要求，我宣布：2012"中文有戏"演出季闭幕！

　　谢谢大家！

朱崇实　厦门大学校长，教授，博士生导师

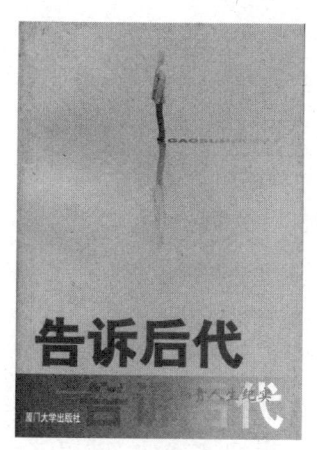

《告诉后代》

主编：谢春池
责编：陈福郎
出版时间：1999 年 12 月

序

—— 谢春池

这是一部颇值一读的书。

把这部书置于老三届知青题材种类繁多的书林中，它依然呈现与众不同的特色。或许我"敝帚自珍"，更甚者有那种某些学者批评的我们这一代人的"自恋情结"，然而，我还是相信这部书的历史的真实、生活的真实和人的真实将会吸引、打动读者并为他们所喜欢。

好不容易把这部 50 多万字的书基本编定，时为共和国 50 周年国庆节的前两天。我很想从极度紧张和极度疲劳之中缓过气来，歇一下，可我完全做不到，因为，我得马上为这部书作序，况且，原先整整齐齐码在案头的厚达近 20 公分高的文稿送走之后，却未能从我心里移走，它还沉甸甸地压着我的白天和黑夜，使我延续了总编这部书时的食不甘味、卧不安席。这自然和我在这 40 天里为之付出从未有过那么多的心血有关，更因了我的眼前、耳边乃至心中日夜不息地浮现和回响这部书所讲述的故事和所发出的声音。那些感人至深的故事像洪水把我淹没，那些发自肺腑的声音如子弹把我射中，我心甘情愿被淹没被射中，在被淹没被射中的过程中，我的生命变得更为蓬勃、更为丰富、更为壮美。因此，我敢断言，在数以万计的厦门老三届知青中，我是最幸运的人，因为，我第一个通读了这部书所有的文稿。我觉得自己不仅在与170多位作者倾谈，甚至是与数以万计的厦门老三届知青，乃至我们这一代人，产生心灵共鸣。并一同面对后代，将这历史的真实、生活的真实和人的真实讲述。

毫无疑问，30年前当我们厦门老三届初高中6个年级的同学同时毕业同时离校，极少数人参军，少数人留城，绝大多数人插队，而且插队的绝大多数人又都在福建西部，因而插队闽西的人生纪实就成为这部书的主体。这并不是说我们其他时期和其他方面的人生纪实就被摆在可有可无的位置上，恰恰相反，正由于我们其他时期和其他方面的人生纪实被强调，这部书对我们一代人的讲述才更为丰富和完整。

究竟厦门老三届知青这几十年的人生状况（我以为应含态度）怎么样？有答：与全国老三届知青大同小异。又推论：这部书与全国这类题材的书也就大同小异。这个看法大体是没错的。不过，我们编撰这部书绝不仅为了体现"小异"，也试图从我们的角度去展示"大同"，况且，今年是我们上山下乡30周年暨离校30周年，这"大同小异"自有其特殊意义。共同的命运当然是属于群体的，也是一个大背景，而个体的人生其实有着千差万别的迥异，谁都无法等同于谁。也正是探究这千差万别，才触摸到历史的真实、生活的真实和人的真实。

如果说难忘的才是真实的，不如说真实的才是难忘的，甚至刻骨铭心；这部书的许多篇章让人难忘，甚至刻骨铭心，首先就在于其真实。因为，今天我们已经能够真实地对待那段历史的真实。我们不会再盲目地重造"热烈响应伟大领袖的号召"的假象，也不会主观地把"被迫"强加给每一个老三届知青。那个时候的老三届知青既然是"文革"初期中学红卫兵之衍变，革命造反的痕迹不可能尽除，可是，毕竟已非红卫兵，加之面对时代以另一种形式震荡触动我们的命运，走到人生一个大转折的群体，怎么可能还是铁板一块，分化在所难免。"激奋"与"不安"是当时我们中的两种主要情绪。那时候公开站出来抗拒是不可想象的，消极以至抵触都只能沉默于内心深处最多发生在私人范围中，但消极和抵触毕竟是存在的。是时，已生发一种对现实与前途的思索，尽管简单。这样的思索大都出自于年龄较大特别是高中的同学，而年龄较小特别是初中的同学则大都缺少自己的思索。1969年9月之后厦门上山下乡运动进入前所未有的高潮，大多数插队者是无奈地报名随大流走的，真正踊跃报名的场面只出现在这年上半年各中学的校园里。那时的动员工作还由我们所在的各中学负责，初中的同学把红卫兵运动的某些形式再度充分发挥，居然组织到市军管会请愿，表决心。这虽是少数人的行动，却是我们这一代人"集体无意识"的一个典型例子，今天连我们自己都会承认这种行动的荒诞性，人们也尽可嘲笑之，但那种不含任何功利的真诚和勇于献身的精神则难于否认，我只惋叹当今这种真诚和精神已在老三届知青群体中不多见。我想，一定有些城市和厦门一样，知青们出发的那一刻，告别与送行，都洒下伤心的泪水，但一定不会有太多的城市和厦门一样，那场面和哭声，只在葬礼上才会有。比较缺乏"好儿女志在四方"这等壮阔襟怀的厦门老三届知青，却也冒出几个"满怀激情"的人，他们不哭，宣称"真正的革命者到哪里一样战斗！"被利用之后已成了无用的工具遭遗弃，完全失宠还以为再度的、"天将降大任于斯人"，在红卫兵运动彻底收场还陷于狂热的尾声中未能清醒，不能不说是一种悲哀。然而，插队岁月改变了我们绝大部分人的人生道路，当我们成为"牺牲的一代"，就不仅我们自己，而是一个时代的大悲哀。

历史是公正的，从人类发展的进程考察固然如此；历史是不公正的，对我们一代人而言这样认为绝不偏颇。在我们几乎没有能力承受苦难的时候，不该由我们承受的苦难巨大而又漫长压在我们身上，其后遗症留至30年后的今天，这世界还有哪一代人如此不幸？因而，对那些指责老三届知青不该不停地回忆苦难宣泄情感的言行，我从不苟同。这些年有识之士曾多次痛心疾首于中国人的健忘，严厉批评不该在十年浩劫过去并不太久就把"左"祸遗忘，而恰恰是老三届知青在这个问题上从未健忘。这个庞大群体站在中国大地上，就是一座活着的巨大的"文革博物馆"，或许此乃我们一代人最大的价值所在。这场苦难的到来，窃以为所幸有二："文革"中作为红卫兵的我们失去理智，疯狂中爆出的兽性被消解；近似流放的底层人生使我们获得永存的人性。此二幸不独属我们一代人，同时亦属我们的国家和社会，否则，我们一代人早已垮掉或沉沦，我们的国家和社会也不是今天这等模样。

当然，这部书的许多篇章让人难忘，甚至刻骨铭心，不仅仅因为真实，还在于感人，十分感人！尽管有的文字不老练或粗糙，没什么写作技巧，还是让我读完久久不能平静，多次激动地向人复述其中的故事或片断。谁也不会否认，知青史不独由知青自己撰写，知青所在城市的与之有关的人和知青所去农村的与之有关的人亦参与撰写。插队生活知青充当主角，其周围的有些人也不是微不足道的配角，因此，这部书篇幅最多写插队人生的文稿里就出现、活跃着城市与农村的各种人物，最主要的是两类人：家里人和村里人。正是这两类人与插队知青有着密切又特殊的关系，因而，在厦门知青的插队生涯里就碰撞、融合着厦门文化和客家文化这两种不同文化，这也造就厦门知青群体自己的文化性格。两种文化各自本身的碰撞、融合与相互之间的碰撞、融合主要体现在生存这个重大问题上。由于"左"的政治的残酷性及其破坏性，老三届毕业之后已不可能在城市里生存，特别那些家长因所谓政治问题被隔离或关押而子女又被迫上山下乡的家庭，平时并不浓烈的亲情此刻十二分深切，而且异常凄美。这部书中好几个母亲的事迹催人泪下，其平凡普通的形象却闪烁伟大的光辉；同时，作为游子的厦门知青平时并不突显的"恋母情结"也泛出逼人的亮度，同样感人肺腑。在乡村里，为了生存，悲剧不幸发生，互相残杀绝非耸人听闻的虚构故事，当一个知青被斧头砍死，另一个知青被枪决，就为了招工上调——此类事件并非绝无仅有，这场浩劫中的上山下乡运动该如何地被深刻批判！这种暴烈的非理性虽然不是厦门人文化性格的内核，却是极"左"政治对温良之人们的扭曲和异化。所幸的是厦门人文化性格的真善美没在知青中泯灭，知青与知青之间更多的是相扶相助，坦荡、豪爽、义气，不仅表现在日常生活，还表现在顶替别人到最偏僻的山村插队，这在书中已有记叙，甚至在招工上调中互让，这样的事我插队期间时有所闻。两种文化的冲突首先还是生存的冲突，而相互的融合是人性的融合，还有厦门人与客家人文化性格中的许多共同性的融合。当地村民及干部排斥、歧视厦门知青的现象虽不普遍却也不鲜见，理由很简单，我们侵犯或分割了贫困的他们已经十分匮乏的物质利益，使他们的生活更为艰难。当然，当地村民及干部善待、关心厦门知青的例子到处可见，尽管他们身上也有自私、实用的一面，而客家人那种与生俱来的热情、好客、大方和淳朴，却在厦门知青和他们一样陷入艰难生活时，充分展现出来。他们和我们都是这一场上山下乡运动的受害者，于是，胼手胝足的劳作中，闽西农民与厦门知青结下深厚情谊，十分注重情感性的厦门文化和客家文化恰在这方面融合得最深最好，使得也热情、好客、大方又豪爽的厦门知青对于待他们如亲人的那些客家乡亲感激不尽。这部书中客家乡亲特别是房东同样平凡普通的形象也同样的催人泪下。厦门文化和客家文化一样，其家的观念皆很强烈（凡属中国文化大抵如此），不过，由于历史和现实原因，客家文化更具漂泊意识，而厦门文化更具守护意识。正因此，厦门知青的"回家"就成为这部书许多篇章的主题。一离开厦门就想家，这绝不是新时代青年的特征。插队仅三个月，全大队厦门知青静坐绝食，最后发展以全体逃离——这种事若发生在北方或其他地方，倘若不因政治，亦会与切身利益有关，然而，这些厦门知青为的仅是获准回厦门看一看。天啊，这也值得如此大动干戈？值得！这是他们的回答。再仔细一想，让人不得不发出感叹：这多浪漫，多有诗意。生活得艰难却要生活得有情调，只有家最温馨，自觉不自觉，大多数厦门知青即使没有扎根的思想，也把居住的陋屋经营为家，以致许多年后重返第二故乡，有人会说：回从前的家看看。缺乏强烈的政治性，缺乏强烈的大志向，缺乏强烈的功利性，更具家园意识——或许，这就是厦门知青相对于全国各地知青最大的不同之处。

要在艰苦恶劣的物质条件下生存下去，必须具备顽强的意志和生命力；当政治信仰已不能支撑老三届知青的人生，寻找其他的精神力量成为必然。绝大部分从未从事过重体力劳动的知青终于熬过来。为了一口饭吃，有的知青干自己难于负担的重活，差点丧命，也正是在社会最底层摸爬滚打，一代人真正懂得中国的现状，重新思考国家以及个人的命运，当然，付出了宝贵的青春，这个代价无比巨大！贫乏的物质生活难于承受，贫乏的精神生活更难于承受，于是，对精神的追求比对物质的追求更难于满足。一群厦门女知青走 10 个小时的山路，边走边睡，差点摔到深渊里，就为了看一场《卖花姑娘》的朝鲜电影；到处找书，如饥似渴地读，还得担当读"封资修"的罪名。正是对文化的向往，在找回人性之后，许多知青才较深刻地理解了人性以及人生和社会。坦率地说，在厦门老三届知青的群体中，对反思这个命题较有共识，对于忏悔这个命题则有分歧，甚至有不赞同者，让我欣慰的是这部书总算有后个命题的触及，而且脱出恩怨的因果链，具有更广博的情怀。或许只有全部进入知天命之年，一代人才会踏入一个更高的境界。这部书的许多篇章已不仅仅真实、感人，还有某种深刻，所以，它们才如此的让人难忘，甚至刻骨铭心！

诚如我前面所说这部书的主体是插队人生，留城人生、参军人生在书中也有不俗的表现；其他方面的人生及此外的题材都有精彩的文字：

祭悼周恩来总理的悲壮,重返第二故乡的浩荡,怀念老师的深沉,同窗和插友相聚的热烈,为最后知青解困的执拗……这一切把老三届知青的人生置于更广阔的背景,确确实实使我们的讲述更为丰富和完整。 透过这丰富和完整,我们究竟看到其背后蕴藏着什么?苦难与坚韧,痛失与寻找,反叛与回归,激奋与淡漠,凝聚与涣散,怀旧与宣泄,情感与责任,人性与良知,跋涉与终结……难道这就是我们要告诉后代的全部吗?至少我们要告诉后代:他们绝不要再写像我们这样的书,而该献给这个世界以他们全新的现代华章。

动笔于1999年国庆节——14号台风中
完稿于10月20日深夜

谢春池　中国作家协会会员

《我的家国天下——总裁文档》

作者：李林
责编：江珏玛
出版时间：2014年10月

序
不枉此生序

赖妙宽

面对着李林的书稿，我好像看到一个色彩斑斓的世界，很有目不暇接之感。应邀作序，实感忐忑，因为书中有好多内容在我的常识之外，是技术性很强的专业论述。在我看来，应该是业内人士的实战宝典，我只有敬慕之心，没有发言权。但也由此想到了这本书的独特性，一本集企业文化、专业著述、时政评论、社会实录、人生感悟于一身的作品，在出版物中还不多见。它出自一位职场人士之手，是他人生阅历的汇总，便有了某种令人遐思的意味。

也就是，一个人，可以怎么活，活成什么样子才不枉此生？本书让我想到，只要愿意，只要喜欢，不妨碍他人，有什么事不可以尝试？有什么路不可以选择？生命属于自己，活法没有陈规。李林似乎给我们一个启迪：对生活的热爱，对工作的专注，优良的智力和体力，积极乐观，勇敢坚毅，永不安于现状……就可以活出乾坤，活出精彩。

从20岁离开生长的地方——成都，搭上列车一路向西，绝尘而去，直至新疆克拉玛依油田。在那个年代，这段路程要走几天几夜？在"咣当咣当"的老式机车里，看着茫茫戈壁，他都想了些什么？我们知道，成都是个容易让人沉醉的城市，我们也知道，克拉玛依曾是个不毛之地，李林在因家庭出身而高考落榜的情况下，放弃舒适的城市生活，走向遥远的边陲和未知，是带着怎样的决心和梦想？一个20岁的年轻人，他如何思量自己的人生和未来？这一步拉开了他的人生序幕，给人们留下了想象的空间。

而一个20岁的青年，只身一人在大漠深处，自强不息，不甘沉沦，认真工作，刻苦学习，从默默无闻的一线工人，成为国家认可的专业技术干部，从一个只有高中学历的人到十几门专业样样精通的技术型管理人员，他如何闯出一片天？这里，除了自然条件的恶劣，还有社会环境的动荡，其中的艰辛和危难，如果没有超人的智慧和毅力，很难走得出来。在《人生如戏》里，我们看到了当年政治斗争的惊心动魄，也感受到了人与人之间的美好与温暖。质朴和真实的文字，给人留下难忘的印象。李林在新疆成家立业，打下事业的根基，这20年的新疆生活，一定有不可磨灭的记忆，在书中只是冰山的一角。

然后他开始"变轨"，从西北大漠到东南沿海，从繁华都市到非洲小国，从国企到外企再到民企，从石油行业到房地产开发，从建筑工程到城市规划，从码头建设到信息技术……他的生活好像一场永不谢幕的大戏，总在热热闹闹地上演出乎人们意料的剧目。在《变轨》中他说："对工作我历来是'喜新厌旧'（我承认这是一个很不好的缺点），许多日常的工作极其枯燥乏味，虽然为养家糊口，也得认认真真去做好，但真正让我亢奋的，激发起灵感，让我热情高涨的那些工作，都是我没有干过的、充满挑战的工作。这些工作既包括本职的，也有不少分外的，甚至是贴时间贴钱的事情。只要兴趣所至，我一律都拼力去干，不管最后得到的'回报'如何，都不后悔。"

这似乎道出某种玄机，对工作和事业充满想象力和好奇心，只要兴之所至，一切在所不惜。兴趣和热情，应是一个人走向成功的前提，也是活得自由快乐的根本！而保持对这个世界无可救药的好奇心（或曰"喜新厌旧"），就像孩子一样总是天真和喜悦，他的生命之树就永远枝繁叶茂！所以，他才会有如此广博的知识和旺盛的精力，能够把许多旁人看来不搭界的知识融会贯通，信手拈来。他的时政评论，不同于常规的专家学者，由于身在市场前沿，有实战经验，又走南闯北、见多识广，他看问题有了独特的视角和见解，既客观理性，又充满理想精神。在当今社会各种忧虑不满、悲观失望的情绪甚嚣尘上的时候，他却保持自己的乐观态度。

在阅读中，每有意犹未尽之感，我知道这些文字背后还有许多故事和想法。由于书稿不少来自博文，博文的特点是要不断更新，这些博文又是作者在繁忙的职业生涯中抽空写成，它记录了作者思绪中的灵感火花，但也留下匆促而就、点到为止的遗憾。在我这样一个以写作为主业的人看来，他就像一个生活的大富翁，手头有那么多值得一写的素材，他毫不吝惜地把这些宝贵的素材写出来，抛出去，使书中撒满了有待深入挖掘的书写宝藏。

我相信这本书只是个开始，如李林自己所言，是"头胎"，意味着他今后会不断生产，为人们呈现更多生动而宝贵的精神财富。

2014 年 6 月 22 日

赖妙宽 厦门著名本土作家，著有小说集《天赐》《共同的故乡》，长篇小说《父王》《天堂没有路标》《城里城外》，长篇报告文学《忠诚》，电视剧《百姓有约》等

《追梦霞满天》

作者: 怡霖
责编: 陈福郎
出版时间: 2011 年 10 月

2012 年获福建省文学奖二等奖

序
怡霖散文之"焰"

张胜友

  福建女作家怡霖在鲁迅文学院高研班学习期间,将她的两部散文集《岁月追风人》和《月上柳梢头》赠予我;时隔不久,又寄来另一部书稿《追梦霞满天》,嘱我作序。乡情难却,我恭敬不如从命。

  闽地阳光充沛,雨水丰盈,这种自然天赐滋养了闽人心田,性情开朗,心地阳光,反映到文学上便是字里行间都散播着亘久的热度。它的繁茂和广袤一如草原上的风掠过山峦的温馨。读怡霖的散文,这种感觉便时时袭来,缘于她的散文有着一种"焰"与"美"的直接抒情,让你真真切切感受到了她持久的热力和绵长的光度。

  任何虔诚的文字都是有"焰"的,带着自身的热度,带着内在的穿透力。这种"焰"是多元的,或浓烈,或奔放,或明媚,或淡定。每个人的文字都有着与众不同的"焰"。怡霖的散文之"焰"是秋阳式的,是古炉式的,会温暖人,会感染人,但不会灼伤人。她有时会喷出情感之"焰"，会融化人，但不会焚毁人。她的散文之"焰"又是朴素的，真挚的，不雕琢不刻意，不造作不矫情。没有虚张声势，更不处心积虑。这种"焰"是洁净的、健康的、乐观的，是跳跃的、充满活力的，又是无偿的、无私的。你捧读这样的文字，就像冬夜里捧着一只内燃的手炉，她的热力通过你的掌心、你的血管，燃遍你的周身。

生活是人生的大书。反之，散文便是一个人的生活简史，或曰一个人的心灵简史。怡霖的散文取材于身边的生活。她善于在日常生活中寻找她的散文密码，阅读她的散文就像在阅读她的生活，她内心的热情、善行，都在字里行间找到了安放的位置，并且发着光。这种内心的光亮构成了她的散文之"焰"，她的文字从某种意义上说是以一种生活态度的方式在读者中传诵。阅读她的文字，你会感觉这种"焰"无处不在，它不是巧遇的，也不是有意安排的，而是自然的行走。其中有爱，有关怀，有悲悯。《我们有阳光》、《胸中藏烈火》、《善行随风》、《最近的幸福》等等篇什，都是生动的佐证。"你想让上帝给我们多少东西？阳光，阳光就够了！""在这寒冷的冬夜，如同送给我一鼎火炉，将我冰冷的心融化……""心中燃着一团火，世上就没有灰暗。""善良才是真正的圣人。""不要吝啬你的舌尖，许多时候，一句平平的赞语往往比泛泛的表白更真切动人。不要吝啬你的双眸，许多时候，一个盈盈的凝望往往比虚空的誓言更给人鼓舞振奋。不要吝啬你的怀抱，一个紧紧的拥抱，没有任何东西抵得上爱人温暖宽厚的胸膛。"……这样的句子俯拾即得，纵且距她千里，可她的散文之"焰"始终烛照着你，你阅读她的散文就走不出她"焰"的半径了。

除了"焰"光照人，怡霖的散文又是唯美的。她以女性特有的细腻和敏捷去发现美，挖掘美。在《追梦霞满天》这部书稿中，她别出心裁设置了"花事"一辑，抒写了近二十种花卉，每一篇都是精短的美文，有国色天香的牡丹、轻盈纯洁的杨花，有质朴无华的竹花、会飞翔的杜鹃花，还有素雅坚贞的菊、无需粉黛的芙蓉，以及红艳绝伦的刺桐花。她运用工笔描摹、勾画、着色，一朵朵寻常的花瞬间焕发了不同寻常的美。她笔下的花卉不只美，而且是有个性的，一朵朵花就是一个个风姿绰约的女人，各有各的娇嗔，各有各的风情。怡霖曾在一篇创作谈中谈到，"物皆著我之色彩"，显然，这些花卉必定漂染了作者生命的颜色，才如此鲜艳夺目。这是写实的花卉，也有写虚的，她写了《心花》、《情花》和《水花》，她内心的丰盈和热烈，洒脱和豁达，也可见一斑。这世界不缺乏美，而是缺少发现美的眼睛。怡霖有一双嗜美的眼睛，她对美的感知，内心之美的映衬、倒影，都潜藏在这诸多的美文之中了。

《在通往圣殿的路上》则把怡霖对于文学的赤诚之心、朝圣之心表露无遗。从精神的高度说，文学是所有作家的圣殿。唯怡霖的创作是怪异的，据闻她这几十万字均成于手机荧屏上，她的创作不在书斋，而是在流动的旅途上，喧杂的街头、安静的山村、奔跑的火车……哪儿都是她创作的现场，哪儿都是她文学的圣殿，其中的艰辛与快意可想而知。正是她的坚韧和执着，才换得如许丰厚的收获。关于文学创作想说的话还很多，却又往往多说无益。还是回到怡霖的散文之"焰"吧，这有待于读者用自己的眼光去发见，去感悟，去升华。对于怡霖未来的创作，我们寄以深深的祝福！

是为序。

张胜友 | 全国政协委员、中国作家协会原书记处书记、著名作家

跋
开花的书页（节选）

丁 一

这是我第二次为青年女作家怡霖的散文作品集作跋。去年这个时候，她的散文集《月上柳梢头》杀青时嘱我写点读后，我以"红酥手"为题作跋，至今还清楚地记得写下那近 5 000 字时，我处于一种什么样的状态。秋风肃杀、更深夜静，我贪婪地吮吸着那些凄美婉约的文字，是那样的激动而热泪盈眶；浸淫在那些天荒地老的情节里，又是那样地痴迷而不能自拔。如今，当我的目光再一次与那些文字相遇时，那种感觉便又不期而遇，无法回避又无法排遣，仿佛昨日。

怡霖入文学圈子的时间不能算长，可她却一直坚持不懈地写作，成了青年女作家中的佼佼者。今年一月，她来锡参加我国著名教育家胡雨人文学笔会期间，写了一篇有关胡雨人研究的五六千字教育史论文稿，在《胡雨人研究》学刊上发表，读了那篇学术文稿，我十分惊叹，感觉她的学习能力、记忆能力与接受能力均非同于一般，可谓博闻强记。二月，她又先后参加中央统战部安排于中央社会主义学院的学习及北京鲁迅文学院高研班深造，《追梦霞满天》中的许多篇章，就是在那个时间创作并发表的，其中就有一二十篇录用在由我主编的《无锡商报》副刊、《华夏散文》月刊和《中国散文家》双月刊上，为此《无锡人才信息报》外文翻译、青年女作家王倩还专访了她，写出《美女与文学》长篇访谈录，发表在数家报刊，引起学界极大的关注。七月她从鲁院学习结束回到厦门后，又幸运地受到厦门大学出版社的青睐，使这部《追梦霞满天》散文新作被列入出版计划得以顺利问世，这是一件多么值得为她庆贺的事，毕竟《月上柳梢头》出版至今时隔不到一年，还真有些洛阳纸贵的味道呢。

怡霖自小家中一贫如洗，年幼时就接受着失父之痛，6 岁背负家庭重担,当起了放牛娃,16岁辍学到杭州打工,苦难的日子就像冬天的黑夜盼不到日出,心头总像长着一株黄连,苦涩而没有尽头。但不管到什么地方、做什么,她始终没有放弃对文学的向往与追求。对于自己一路走过来的文学之途,她在一篇写得很经典的《通往圣殿的路上》有着非常坦诚的描述,她写道:"我曾经就是一个放牛的孩子。6岁那年,为了替母亲减轻负担,我从她手中接过一把钥匙,别的孩子可以从从容容打扮,高高兴兴上学,我却与母亲一同起床,我来不及吃东西,背个亲戚家送的旧书包,从锅里取上一块头晚煮熟的地瓜,一边咀嚼一边慌忙地向学校奔跑。因为裤腿沾满了泥巴与露珠,到学校门口那小溪前,不得不借了人家正在洗衣服的刷子将裤管刷干净才敢走进教室。在那些过往的岁月里,书始终是我不离不弃的伴侣。16岁那年,辍学进县城打工,我没舍得吃烧饼,宁肯饿着肚子用可怜的工资为自己买了一本《唐诗宋词》。那一夜,我沉浸在李白、杜甫的墨香里,久久不能入眠。后来这本书不知被我翻弄了多少次,封面破了,纸页残了,可到现在我都一直珍藏着。它成了我生活的见证,也成了我生命的见证。"

没有经历过苦难岁月以及没有生活底子的人,是无法用这样的文字勾勒出如此悲苦的情节与感怀,就连读懂它们也将是一件很困难的事,诚然,我们这个多灾多难的国家数十年前还曾经是那样的赤贫,而小小年纪的怡霖,就是忘不了那些刻骨铭心的心酸往事。那些信手拈来却满纸沥血的篇章,读来无不令人揪心,在《断指》一文中,她是这样写的:"我割了这行还有那行,出了这田还有那田,田田相连,可我却不能如青蛙,自由的愿意窜到哪都行。我挥着镰刀的手不容我发酸,我只想将这长长的稻行早点割完。握紧稻穗,我仿佛闻到了白花花的米饭,这一刻,我闻着稻穗是幸福的,我觉得离白米饭更加近了。谁知道我'哇'一声大叫,我自己也不知是怎么回事,就好像小指被什么扎了一下剧痛。当我举过自己握着稻草的左手时,才发现小指头已少了一截,鲜血正汩汩地从指间流出来,落在田里,红了一片水。"一个从火中取栗的人并不会轻易说出那些藏在心中的伤痛,除非像凡·高那样无限热爱这个世界,并把大地旋转成燃烧的向日葵。同样,怡霖在抒写这些人性亲情的文稿中,运用的不仅仅是朴素实在大气的符号,那些厚重的笔调和委婉的描述,那些读来不得不令人嘘唏不经意中让人流下伤心之泪的情节,无不使读者为她往昔的岁月扼腕长叹,又为她今日的阳光鲜亮而深深祝福。她在《第一只电饭锅》中十分生动地写道:"一年到头只要不干农活时，就得步行十多公里去砍柴。条件好一点的家庭有手推车，一车可以拉上五六百斤，而我家买不起轮胎，靠的是母亲和姐姐的力气，早晨母亲出工去，我就在家做地瓜饭。将米淘好放进大铁锅，舀上几大勺水，盖上锅盖。划了火柴挑几张大一些的树叶先生火，然后慢慢添柴，直到炉灶烧得旺旺的。待米开花，倒进地瓜再烧上一会，然后就将连米花带地瓜用漏勺捞到一个铝锅，再将火炉里的红红的柴炭用铁锹掘出到炉灶前的柴灰上，铝锅就放在炭中间，一边烧柴一边在铝锅的周围添柴炭，慢慢就焖熟了。如今……居然一插电源就有饭吃了，这让我惊讶不已，欣慰不已。"

在我的思维里，怡霖的文字始终是鲜活的，那些文字的线条似脉管中流动的血液，流淌到哪里，哪里就有了火焰般的燃烧的热烈。怡霖的情感世界更是那样的丰满而唯美，充满了对生命和爱情的渴望，对自己所宠爱的物与事都会投注于文学的全身心的关注，特别是那篇《情花》，我读了多遍，可每读一遍我仍然会产生一种全新的感受，可以说《情花》乃女性之花，乃爱情之花，是她对爱情和生命的宣言："前生我是你的女人，今生你用你柔情飞扬的文字牵引我的心魂。今生我依然要做你的女人，你将所有的柔情化成文字昭显你对我爱的忠诚。/吾郎，我是你苦等千年的精灵，我等你在万古断桥，与你倚柳赏荷，与你植梅栽桃。芳华皆尽不言弃，青丝银发为君系。执子之手，与子偕老。/你是我唐朝的皇，你是我抱梁的尾生，你是我化蝶的梁山伯，你是我朝思暮想的放翁，你是我鹊桥相会的牛郎，你是我宿命的西楚霸王。/昔我往矣，杨柳依依。今我来思，雪雨纷飞。情花无色，却是你不变的誓言；情花无味，却是你永恒的承诺；情花无形，却为你盛放春冬秋夏。/青青子衿，悠悠我心。但为君故，沉吟至今。"这些心如止水的文字，没有大爱的心灵是无法表达出来的。

仙鹤不浴自白。芸芸众生在大千世界的诱惑下，让随意涂写或细心经营的生命走了很远很远，而她却恪守着那份清淡寂寞，并没有缝缝补补的痕迹。作为一种文学的姿态，她的人格无须过多赘述，她在这个领域，她便是她，别人无法替代。不是吗？一直以来我们都试图寻找一种关于生存状态的表达方式，只是由于思想的贫乏，常常缺少一种可以说给别人听的厚度，于是，我们总是在寻找的途中提炼生命抑或信仰。其实写作就是一种趣味抑或一种生活方式，选择文学其实是选择了一种生存形态，它不仅是生命的审美需要，同时也是人生价值的取向与立场。王国维在《人间词话》中指出"有境界，则自成高格"。一管窥之，《岁月追风人》、《月上柳梢头》、《追梦霞满天》散文集中那些开花的书页，便成了她一道坦坦荡荡不可或缺的人文风景，正因为有了它们的存在，怡霖才衍变得更加年轻灵秀而生气勃勃……

2011 年 9 月 18 日

丁一 中外散文诗研究会副会长，中国散文家协会副会长，中国作家协会会员，国家一级作家

《人约黄昏后》

作者： 怡霖
责编： 陈福郎
出版时间： 2012 年 10 月

2014 年获第六届冰心散文奖（散文集奖）

序
暖色调的情感天籁

白 描

很多作家都有自己坚守的生活领地和感情领地。这个圣洁的领地孕育了无限的血缘和对于生命的热切幻想，有暗河与血管相通，有脐带与泥土相连，带着母体的热度，又承继了祖辈的遗传密码。这是一个高度敏感的区域，喜悦、痛楚、甜蜜、苦涩、激越、悸动、哭、笑、欢跃、呐喊……人类这些极端感知和浓烈情绪时时汇集于这个共鸣区，它是生命的载体，又是生命的内容，更是生命的灵魂和精神的所在地。

怡霖的散文中就有着这样一个广袤的情感区域，从情绪色彩来说应该归入暖色调，她给人以温馨、柔软，给人以缅怀、追溯，能够感受她的温度，又能够触摸她的隐痛。她在这种暖色的情感中寻觅、游走，以她独有的细腻和敏感，以她宽厚的悲悯和温情，实现着对自我的释放和救赎。她以她的文字记忆和重温她的没有终点的情感长征。在她的散文中，外公、父亲，祖母、母亲、姐姐、女儿，提着竹篮的阿姨，"腌制的野姜"，"灶中的锅巴"，"一碗热气腾腾的豆花"，"一张越剧唱片"，女儿手中的蚕宝宝，都构成了坚实的情感支撑，打上了她的胎记，谁也无法将他们分解，更无法漠视。甚至文章的标题，例如《路那头的颤栗》、《那年豆花香》、《温暖的隐痛》……都在传达一种情感浓酽的信号，就像一杯珍藏多年的美酒，未及唇边，早已让她的醇香微醺了。乡音和母语，亲情和乡情，重合，叠加，交汇成一曲绵长的情感天籁。这些都是真实的，真切的，没有发酵粉，没有添加剂，原始而拙朴地呈现。这是一条无法更改的情感河流，有注定的发源地，有必然的流域，有虔诚的走向。在《情花》、《情潭》中，这种暖色调不只停留在温暖上，而是变成了炽烈的火焰，她在舞蹈，她在燃烧，她更在涅槃。"在时光的隧道中，我的骨头醒着，为的是聆听你的脚步；我的身体醒着，为的是等待你的亲近；我的思想醒着，为的是迎接你灵犀的飞渡。""请在黑夜里等我，我会是你的火焰。请在黎明时等我，我会是你的晓星。"伫立在她波涛汹涌的感情岸边，唯有感受她灵魂的颤栗，血管的搏动，以及神经末梢的温度。你就像《起舞》中的那群女人，"外婆，母亲与我"，因为越剧，"时而开怀大笑，时而低泣拭泪"。你不再是一个旁观者，而是成了怡霖散文中情感长河里的涉水者。每个人的内心都有一条只属于他自己的河流，你走进了这条河流，你无法拒绝对这种身份的认同。

但怡霖不是一个泛情者。她的暖色调并非粉饰情感，也不是小资形态的矫情，而是在于她对苦难的超越，在于她没有将苦难的痛楚传染给别人。每个人的生命历程中都有着各自无法言说的痛，有着无法承受的生活之重，作为作家的怡霖，秉承了母亲的隐忍和善良，秉承了健康和乐观的心态，给人的始终都是阳光和微笑。"有一回，娘亲口告诉我，她多想一辈子仅唤一个人为娘。"即便这样，可在寒夜，母亲坚持"用她的体温烘暖我的冰冷"。也许正是母亲的这种温暖，让怡霖有了焕发不尽的热度和光亮，这也构成了她情感抒写的独特魅力。

怡霖散文的暖意还表现在她对人性的剖析和批判。在《狼族》、《猴性》等篇章中，她揭示了动物和人类的相似性，挖掘两者在人性上的共同点，诸如智慧、凶残、勇敢、阴暗、团结、自私……给人以自我审视，给人以善意的批评及警醒。在《苍穹之王》中，她记录了一个鹰孩的故事，"有一天，雌鹰告诉他：'你属于人类，我们脚下这片被沙漠埋没着的大地就是你的故乡，风口处有一个大洞，如果你能堵住那个大洞，你的村民就会摆脱苦难获救。'鹰孩就朝那个风口飞去，并最终到达那里，用自己的翅膀堵住了那个巨大的黑洞。"这个故事蕴含了巨大的牺牲精神和感人至深的悲悯情怀，怡霖将她暖意融融的情感抒写提升到了一个深远的高度，一个更广阔的空间。从某种意义上说，怡霖的文字是她人生中一次不止于生命的精神突围，已经超越了生命本身。

怡霖是个勤奋的作家，短短几年时间出了数部散文集。从《岁月追风人》、《月上柳梢头》，到《追梦霞满天》，再到手头这本《人约黄昏后》，怡霖走过了一条清晰而坚实的写作之路。怡霖是鲁迅文学院第十五期高研班学员，作为她的师长，我期望也有理由相信她走得更快，更远。怡霖诚恳地邀请我为她的新书作序，我欣然从之。

白描　鲁迅文学院常务副院长、著名作家

跋
人性、尊严、信仰和爱（节选）

丁 一

这是我第三次给怡霖的散文集作跋。

在我的编辑生涯中，应各地作家之约，给新著写序跋，每年都会有不少。前些日子，我的忘年交，年已耄耋的于铸梁老先生还汇编了我的一些序跋旧稿，出了一本数十万字的《序跋集》。然而，两年时间内我给一位青年作家连续三次作跋，却是绝无仅有的。倒不是我沽名钓誉，实在是怡霖在文学领域里的成长和进步让我吃惊，就她近一年来创作的新作，使我不由自主地想再写一点读后或感想。然而，似乎我又有些惰性，每次给她作跋，又总要拖上好些日子，只有当我在职业与性情的坐标轴上入定时，我才能真正进行思考，我应该如何负责地去把握她的文字，如何负责地去写好她。

怡霖涉足文学时间并不长，2007年才正式发表文章，五年多来，她不断努力，先后在全国许多报刊发表了各类文学题材的作品达近百万字，出版了四部个人文学选本。今年3月初，我到广东、福建等地采访，在厦门大学出版社和怡霖有过长谈，因而对她的家史有了进一步了解，我再次建议她潜心地再写出一些边缘人弱势群体的亲情散文，静静地追随那些鲜为人知被忽略被噤声的有弹性的往事，写出那些亲人鲜活淋漓的贫穷与希望的生活状况以及表露他们的性格特征，也许那样的题材更能打动人也更有生命力。这部新著《人约黄昏后》，计40余篇文稿，都是她去年下半年至今的新作，而且不少篇幅都比较长，特别是《苍穹之王》、《少年侣伴》、《狼族》、《猴性》等篇幅，大多在六七千字以上。《情花》、《情潭》等多篇散文还在我主编的多家刊物发表。

读怡霖的作品，总能感受到她以非虚构情感的文学姿态，通过对生活中各种事件和人物的表达，使作品保持着一种从容与格调，那些对乡村的人和事温暖的书写，特别是她写亲情的文稿，都能给读者以灼烫的疼痛。文学创作既是一种秩序更是一种艺术，它源于生活又高于生活，但在文学创作中她没有被那些十分将就的概念所束缚，她总是那样清晰那样明白：非艺术化的作品，很快就腐烂了。因而，她始终认为有信仰、有思想、有爱就是一种幸福，就是人的尊严，而信仰、思想、爱潜伏在生活的每个角落，它们的渗透无处不在。那些文稿里，文字充溢着人性与尊严，充满了她对生活的宣言。应该说思想者都是独立的，独立是衡量文字宽度的一把标尺，《那年豆花香》一文中，她用生活视觉的另一种维度、用文化的养成与艺术的锤炼，从而使笔下的母亲让人纠结让人泪流满面。"豆腐渣喂猪长得快，娘在亲戚家赊了两头猪苗。娘对猪的照顾不亚于人，夏天用驱蚊草焚烧，冬日将猪圈稻草铺得厚软，猪便睡得安安稳稳、踏踏实实。果然长势特别，正好半年时间，猪就可以出栏了。娘咬咬牙，卖了两头猪的钱，正好一半清还了之前猪苗的赊账，又再向亲戚要两头猪苗，买一头欠一头，剩下的四分之一用来还债。母亲更加早出晚归，农人习惯了大清晨买好豆腐就外出干活，母亲三更起床，磨豆，制作，挑着担子叫卖。娘的双脚一步步重复地踏在石土路上，布鞋的声音沙哑而沉重，娘的双脚没有歇停……"她排除了种种复杂而消极情绪，在她的笔下，只是用文字宣泄心中的不平和人性的矛盾，揭示着现象背后的本质。她并没有怨天尤人的埋怨，而是用淡淡的调子，把那些心酸的往事定格在异常美丽生动的江南水乡。

  怡霖的文字写得很凄美，精致且暖意，醇和而温厚，不疾而不徐。那篇十分经典的《温暖的隐痛》文稿中，她记录了那个片段的一个断面："记得年少时，买不起过年货，母亲只能将自家养的一只鹅杀了过年。可我终是不舍，因为鹅是我喂大的，每天看见我放学回家便亲昵的扬长脖子急切地欢呼我，仿佛我是它的救星。我会马上放它出窝，带着它去棚舍牵了牛，一边赶鹅一边牵牛，漫悠在门前机耕路的小道上，鹅经常食到脖子粗粗也不肯罢休，一边拉屎一边食草，因此鹅养三个月就很大了。母亲杀的鹅并非成为我们的佳肴，而是用来待客。鹅在除夕当日杀了祭祀，然后切好用竹笼悬于厨顶。春节客至，母亲夹出两块早已剁好的鹅肉，煮好一碗面条铺上鹅肉。很多客人了解我们家境，食前就将鹅肉夹出，仅吃完面条。夹出的鹅肉尽管令我们垂涎三尺，但我们都会乖乖地听从母亲处置。客走后鹅肉被母亲夹回竹笼等下次再用。"过年在每一个孩子的心中都是向往的，怡霖也一样，但过年在她的记忆中却是另一道风景,生活就是这样,许多可以入化为文学的事件,总是潜伏在思想的某个神经末梢里,一旦抓紧了它,那些刻骨铭心的往事就会随着她的思想介入某一篇文稿。

第62届美国国家图书奖获得者非洲裔美国人杰丝明·沃德在她的著作《拾骨》中给我们以这样的启迪:没有创伤,就没有成熟;没有理解创伤的能力,就不会真正地长大成人。 不是吗? 人生,总是在创伤中不断成长,而成长就是得到了一些东西也放弃了另外一些东西,走出人生的惶惑与苦恼,完成内心的救赎。 那篇《路那头的颤栗》的散文,写了她受尽人间苦难的母亲,接听女儿从远方打给母亲电话时,那个过程是那样的令人唏嘘:"有一回,我还是如常打电话到同学店铺,可是一直无人接听,我心急如焚,却又苦于无其他联系方式。 整整一个下午,我就这样独自一个人在陌生的街头游荡,尽管刺骨的寒风不住地伏击我弱小的身体,我始终不愿放弃那仅有的希望,于是一次又一次地拨打,直到傍晚,电话那头才有人接,让我意外的是接电话的人竟然是我的母亲。 我问母亲怎么知道是我的电话,母亲说她来的时候我同学去城里进货了。 原本她想等上一会就回家,可是在门外等的时候却听到电话每隔一段时间就响一次,所以她确定是我打的。 想着母亲在寒风中等候的情景,我眼泪不由自主地飘落……"这些源于创伤的写作虽说很苦涩却很强硬,笔触温柔而犀利,在艰难的世道面前,那些苦涩的往事被描摹得纤毫毕现,直抵人心的隐蔽之处,无不让人咀嚼出怡霖童年时种种令人心酸的况味和她坚强的内心,从而给他的亲人们带去亮度,这是一种智慧,更是一种勇敢。 没有忧愁没有苦难没有创伤就没有真正意义上的大爱,她直面创伤又通过她自身的努力修复了创伤,于是,她的"牵挂系列"《声声慢》、《路那头的颤栗》、《那年豆花香》、《起舞》、《温暖的隐痛》、《一个女人的乡愁》、《妆成每被秋娘妒》、《竹篮千里寻乡音》等十余篇章便自然而然地在她的创作生涯中诞生了。《人约黄昏后》其他篇章如《风语》、《精灵》等,同样成了怡霖生命色彩中最为神圣的博览,是她生命意义的盛大展示,这是她一笔最丰厚的人生财富。

时光更替,纸页会发黄变脆,但怡霖的《人约黄昏后》肯定还是会存在的,在读者的手里,譬如一群少男少女在阳光下的花园里朗读,或是在月光下背诵,当然也可能是呢喃,抑或在QQ或博文中相互引录,那一定是一些爱恋的人儿,在缠绵中用怡霖的散文诗互诉衷肠,一如传递着泰戈尔、希梅内斯、川端康成……怡霖用生命的时光,给那些涉世未深的妙龄男女带去了快乐和享受的同时,也带去了关于爱与美更深层面的生命思考。

是为跋。

The 30th Anniversary of Xiamen University Press

《房地产大周期的金融视角》

作者： 巴曙松
策划： 宋文艳
责编： 郝静、吴兴友
出版时间： 2012 年 3 月

2012 年入选《中华读书报》年度图书之百佳，获评新华社新华网、《中国图书商报》中国影响力图书，获评中国金融 40 人论坛"CF40 年度金融书籍"，入选"2012 年度百道选书"之经管榜
2013 年获第三届中国大学出版社图书奖优秀畅销书奖一等奖，获评全国书刊发行业协会"2012—2013 年度全行业优秀畅销书"
2014 年入选首届中国读友读品节指定书单

自序

巴曙松

金融市场有一句谚语说，历史给人们的最大教训是：人们很少从历史中汲取教训。

反思日本

从房地产周期的角度看，日本在 20 世纪 60 年代后期至 70 年代前期和 80 年代后期分别经历了两次周期性波动。虽然两次周期性波动中，房价均经历了快速的上涨，但从后期的调整来看，无论是房价调整的幅度，还是调整持续的周期都存在明显差异。20世纪70年代前期，房地产价格在1973年达到阶段性顶点后，受第一次石油危机的影响，曾在1974年出现小幅回落，但此后不久便重回上涨路线。然而20世纪80年代后期的那一次，房地产价格急剧上涨，于1990年冲到顶点后便开始一路下滑，此后整个20世纪90年代一直处于长期大幅下跌的局面。

进一步分析，日本第一次周期性调整幅度较小，原因在于城市化与收入增长为真实住房需求提供了稳定的基本面支撑，房价在短暂的下调后，重返上升周期。

第二次周期性调整幅度较大，持续的时间也较长，原因在于城市化已经接近尾声，真实需求基本释放完毕，投资性需求主导的房地产市场极容易随着流动性和利率的变化而出现大起大落。

镜射中国

从大致的需求结构看，目前中国所处的发展阶段与日本20世纪70年代的情形大致可比。城市化速度开始放缓，一线城市的发展空间收窄，人口结构步入老龄化阶段，这使得中国房地产业经过十多年的高速成长之后，在2010年以来严厉调整政策的叠加之下，趋势因素与周期因素的相互作用使之进入真正意义上的大调整。2011年以来，当针对房地产市场的紧缩调控政策与抑制通胀为核心的宏观紧缩环境相叠加，加息、信贷控制与影子银行体系监管相叠加，针对开发商供给端的抑制与针对购房者需求端的抑制相叠加，市场化间接调控手段与行政化限购令的直接干预措施相叠加，房地产开发企业正面临中国房地产市场起步以来最为严峻的市场与政策环境，中国房地产行业目前正逐步进入行业洗牌与结构调整阶段，即将面临第一次真正意义上的大调整。

当前民间融资利率拉高的主要力量之一，就是房地产企业基于高盈利预期以及调控会短期结束的政策预期进行的高成本融资，在货币政策不可能大幅放松之时，这些房地产企业的洗牌不可避免。

首先，短期来看，行业和企业层面供给相对过剩的格局已经逐步形成，中国房地产行业正进入"库存消化"阶段：(1)目前的周转期即从拿地到销售回款的周期约为40个月，与2008年房地产行业低谷时45个月的周转期相比已经相差无几；(2)2012年约计有近800万套保障房竣工，这将在短期内改变房地产市场的供给结构，对定位中低端的商品房供给形成直接冲击。

其次,中国房地产行业真正意义上的大调整正在发生,而调整的方式和开发商的应对策略则可能是:(1)降价,从城市居民收入能力测算,一线城市的平均房价超出家庭住房可承受能力的水平约20%~30%,二线城市则在10%~20%之间,三线城市基本合理,降价空间不大;(2)布局三四线城市;(3)产业外资本进入房地产业的趋势将逆转;(4)金融资本与产业资本的互动将可能激发部分上市企业退市或私有化倾向,房地产金融会日趋活跃;(5)定位高端的开发商将以品牌和效率而非扩张土地储备来实现价值的提升。

再次,从这轮调整的宏观冲击看,房地产销量增速已经开始明显下滑。保障房全面开工之后,对冲效应减弱,2011年四季度房地产新开工也将出现明显减速。进一步考虑到2012年一季度限购、库存明显加大和季节性因素的影响,如果房地产销售同比增速从当前10%左右大幅回落甚至负增长,且信贷条件以及限购约束等未能有所松动,则2012年二季度房地产投资变成个位数甚至负增长的概率变大,房地产市场出现明显行业洗牌的可能性加大。

最后,尽管市场广泛预期随着房地产投资出现显著回落,进而对地方政府土地出让金收入、经济增长产生明显冲击,由此带来房地产调控政策如限购令的放松,但是考虑到未来房地产在整个经济中的地位趋于弱化趋势,针对房地产的调控政策难以重现2009年的"旱涝急转",即使是政策阶段性的局部放松也难以改变行业调整的总体方向以及分化与整合的行业洗牌趋势。

总体上,基于短期内房地产行业基本面供给相对过剩的格局,即使考虑到2012年对需求抑制最直接的限购政策不再续期,或者限购政策的局部放松,然而未来一年或较长时间内房地产市场的供求结构已经发生重要变化,在一系列约束政策的推动下,房地产将从居民财富配置的"超配资产"变成"标配资产",房地产行业将一改过去十多年高成长的趋势性增长格局,企业的成长将主要来自于行业内的分化与整合所产生的经营效率的提高,从依赖地价与房价的上涨获得高毛利转向依赖综合开发能力的提高,完成从地产到房产的转变,最终成为以房产开发为核心的加工制造业。

在本书起草和修订、出版过程中,刘孝红博士、华中炜博士、杨现领博士提供了大量的资料整理和分析讨论等多个方面的支持和帮助,因为出版过程偏长,杨现领博士在出版前还专门系统阅读了全书并且帮助更新了文中的数据,在此表示感谢。 任志强先生和顾云昌先生是地产界十分有影响的业内人士,因为角度的差异,本书中的不少看法和结论可能与他们的判断并不一致,但是他们依然热心地推荐,展现了他们的宽容和支持独立研究的态度。 当然,文中错误在所难免,也欢迎读者指正,以便在后续研究中继续跟进。

2012 年 1 月于国务院发展研究中心

巴曙松 | 博士生导师,中国银行业协会首席经济学家,哥伦比亚大学高级访问学者

《城镇化大转型的金融视角》

作者： 巴曙松、杨现领
策划： 宋文艳
责编： 宋文艳、吴兴友
出版时间： 2013年9月

福建省新闻出版广电局重点图书出版项目
2013年入选《中华读书报》年度图书之100佳，获评新华社新华网、《中国图书商报》2013年度中国影响力图书（第四季），入选教育部、光明日报社"中国高校出版社书榜"2013年度10月榜单（总第四期）
2014年获中华优秀出版物奖提名奖、福建省优秀出版物奖（图书奖），入选全民阅读年会50种重点推荐图书（2013年度）

序
中国城镇化的大转型

巴曙松

从更为广泛的意义上说，中国的城镇化是全球城镇化浪潮中引人注目的一个重要组成部分。

目前世界超过50%的人口生活在城市，我们已经处于一个城镇化的世界。据预测，2050年之前，仍将有30亿人加入城市居民的行列。城市的新增人口大部分将集中在亚洲、非洲和拉丁美洲，这些地区每个月将新增500万城市居民，而欧洲和北美，每个月新增城市人口将只有50万。

在这个浪潮之中，亚洲国家的城镇化更加引人注目。亚洲发展银行的统计数据显示，1980—2010 年，亚洲城市人口增长数量超过 10 亿人，高于其他地区的总和。从最新的数据看，目前亚洲地区的城市居民数量占据全球城市居民数量的 50％，城市人口总量超过欧洲地区的 3 倍。预计到 2040 年将有另外 10 亿人加入城市之中。这种规模庞大、史无前例的城镇化进程在中国、印度这两个国家表现得尤其突出。

中国是亚洲乃至全球城镇化浪潮的一个重要组成部分，在全球化的驱动下，中国的城镇化不仅改变和重塑了中国的发展路径，也对全球经济产生了重大影响。1978—2012 年，中国的城镇化率从 18％ 提高到 52.7％，城市人口从 1.7 亿人提高到 7.1 亿人，城市人口增加量平均每年超过 1 500 万人，其中绝大部分来自农村向城市的净迁移人口的增加。这些数以亿计的迁移人口从中国的内陆迁移到沿海省市，先是流向沿海的广州、深圳，然后是浙江、江苏、上海。这些省市的人均 GDP 在 2010 年已经和发达国家相差无几，上海和深圳已步入全球生产效率最高的城市之列。更为重要的是，规模庞大的流动人口经由中国沿海的制造业加入全球产业链和全球贸易的大潮之中，亦对全球经济格局产生了不可忽视的深远影响。

目前中国的城镇化浪潮方兴未艾。从 1996 年至 2011 年的 16 年里，中国的城镇化迅速完成了加速发展阶段的前半段（城镇化率从 30％ 提升到 50％），这种举世瞩目的城镇化速度使中国成功实现了从贫困陷阱向中等收入国家的转变。在未来 20～25 年里，中国的城镇化将进入加速发展阶段的后半段（城镇化率从 50％ 提升到 70％），在这段时间里，中国将面临进入高收入国家还是陷入中等收入陷阱的历史性拐点。在此之前，中国用 30 多年的时间完成了发达国家花 100 多年走过的城镇化道路，这种规模庞大、速度极快、"高度浓缩"的中国式道路使中国城镇化的成功和中国城镇化的问题一样突出，辉煌成就的背后暗含着不小的问题。在此之后，中国未来的城镇化将面临更多的挑战，前半段积累的突出问题，将在后半段集中释放，如果不能改变城镇化的驱动方式，中国未来的经济增长、社会包容性及环境持续性都将受到不利影响。从国际经验来看，只有少数国家在越过 50％ 的城镇化率拐点之后，成功走向了高收入社会，而大多数国家的城镇化水平尽管继续提高，却没有带来经济的持续增长和效率的持久改进，最终进入中等收入陷阱。

从这个角度讲，中国未来的城镇化更像是一个转型的概念，它将更为强调质量和效率的含义,更为突出发展模式的转变,它的战略目标和历史意义在于将中国成功推向高收入国家。为此,未来中国的城镇化道路注定将会是一条艰难的转型之路。从更大的范围来讲,中国的这场城镇化转型恰好契合大危机时代全球产业链的重新调整、新兴市场与发达国家之间再平衡的宏大主题,因此,中国的城镇化转型也可视为全球经济、产业和贸易转型的一个组成部分。

为此,本书的出发点和着眼点在于转型,我们将在转型的框架中重点思考如下命题:

第一个命题:中国未来城镇化的关键在于增长动力的转型。

从历史的角度看,中国的城镇化和经济增长之间保持了高度的相关性。然而,这种相关性的出现在很大程度上是因为全球化浪潮、市场化改革和货币化进程三者的叠加驱动并加速了中国的城镇化进程,进而带来了快速的经济增长。具体而言,土地市场化改革加速了城镇化的发展,并经由房地产市场化改革效应的放大,推动了城市基础设施的建设;户籍制度的松动促进了人口从农村向城市的流动,劳动力从农业向工商业的流动,从而带动生产效率的提升;全球化浪潮和全球产业分工则为中国制造、中国出口开辟了广阔的市场空间,从而使中国的工业化、城镇化和经济增长出现了协同效应。然而,从全球性金融危机之后的新格局以及中国自身的约束条件来看,无论是外部的驱动力,还是内部的驱动力,都将出现不同程度的弱化,这些都意味着中国未来的城镇化需要寻找新的增长动力。从这个意义上讲,中国城镇化转型的第一要义是增长动力的转型。

理论上,增长动力转型的本质是要为城市的经济增长与繁荣寻找可持续的动力之源,最原始的动力通常来自生产率的提高。一般来说,城镇化过程中生产率的提高来自三个方面:

其一是结构效率,即人口从生产率低的农业部门向非农部门转移,在这个阶段,生产率的提升和城市人口增长的速度大体保持一致。50%的城镇化率是一个标志性的转折点,在此之前,农村农业人口以极快的速度转向城市工商业,结构效率极大释放,这通常也会伴随劳动生产率的快速提升。然而,越过这个临界点,一旦城市的主导产业由工业转向服务业,结构效率提升的速度便会自然下降。

其二是规模效率,即人口密度所产生的聚集效应,通常最先是农业技术创新推动农业人口向城市制造业集中,产生制造业的规模效应,接着是制造业技术创新推动人口向城市服务业集中,产生服务业的规模效应。更为重要的是,通常也只有在更多人口的城市中,才能产生企业家的创新及对技术的生产性使用,也才能进一步促进城市的扩张和经济的增长。在这个阶段,生产率的提升和城市人口的存量规模相关性更大。例如,在美国,在大城市的大都市区工作的工人收入通常比小城市的工人收入要高出30%,生活在居民人口超过100万人的大都市区的美国人的生产效率比那些生活在规模较小的都市区里的美国人平均高出50%以上。

其三是分工效率,即不同城市之间的专业分工、劳动力的素质和交通运输网络的完善对于城市的分工往往具有重要作用。城市分工和专业化取决于城市劳动力的构成和人力资本的积累。Henderson对美国、巴西、韩国和印度的经验研究表明,由于教育水平的差异,不同城市的生产结构具有明显的专业分工。他研究的317个城市制造业样本数据中,分别有40%、17%、42%的城市根本不存在计算机、电子元器件和航天制造业。同时,一个跨城区的交易网络和城际交通网络也在城市分工和经济增长中发挥着至关重要的作用。一般意义上,大城市在商业服务、小城市在制造业上的专业程度更高,但是需要便利的交易网络和交通网络将两者连接起来,实现不同城市之间的产品贸易。

总体上讲,结构效率、规模效率和分工效率是城市化驱动经济增长的三条渠道,如果不具其一,那么城市化就几乎不可能会伴随经济增长。通常,在城市化的早期阶段,结构效率居于主导地位,恰当的政策应该是促进人口自由流动,使农业劳动力最大限度地转移至非农产业,从而促成生产率的提升。然而,随着城市化进入中后期阶段,即城市人口增长速度趋缓,甚至不再增长,规模效率和分工效率开始居于主导地位,此时,恰当的政策应该是在促进人口聚集效应所发挥的规模和协同作用的同时,最大限度地消除人口密度过高所产生的负作用。

1880—1940年的61年间,美国的城市化率与人均GDP增长率保持了极为一致的相关性,然而1940年之后,美国的城市化率超过60%之后,城市化速度明显放缓,但人均收入的增长速度依然保持上升态势。一般性的解释是,在初始阶段,城市化与经济增长的强相关性反映的是劳动力等资源从农业向工商业转移带来生产率上升,这是一种资源的产业配置效应;而在城市化的中后期,收入的上升反映的则是工业和服务业内部生产率的大幅度改进,而这通常是由技术进步、知识溢出和规模经济效应所引起。一个相反的案例是巴西，20世纪60年代后期，巴西的城市化率为50%，在其后的20年里，伴随着城市化的继续推进，生产率与人均收入也有明显的上升，但80年代之后，虽然城市化率仍在上升，但人均GDP水平却一直止步不前，甚至在1980年之后的5年里连续出现大幅度下降。

过去10多年，中国在将劳动力从农业转移到效率更高的制造业和服务业方面取得了显著的成效。第一产业就业人数占比由2001年的50%下降到2011年的35%，这11年间，中国的城市就业增长率平均每年为3.3%，11年累计创造了近1.5亿个就业岗位，城市就业总量增长了40%。由于农业劳动者的生产率仅是城市劳动者的10%左右，这种大规模的就业转换促进了中国生产率的大幅提高，这也是中国经济快速增长的动力之一。

然而，相对于结构效率的快速提升，中国规模效率和分工效率的提升并不显著。从过去10多年的经验来看，这两种效率发挥的作用十分有限，例如即使是中国最大的城市，其人口规模和人均收入之间似乎也不存在显著的相关性。另外，由于过去很长一段时间，中国的生产中心集中在东部沿海，中国发挥的是制造业中心的作用，真正与中国制造业形成分工的是海外服务业，例如中国产品出口到海外，使用的是海外的供应链体系。因此，中国制造业与服务业之间的分工效率并不明显。

展望未来，中国的分工效率和规模效率的提升潜力巨大，也只有这两种效率逐步提高，才能对冲结构效率自然下降带来的效率损失。具体而言：其一，从区域之间的分工来看，沿海城市由于土地成本和劳动力成本的上升，对制造业的吸引力正在下降。但是内陆地区，特别是20世纪八九十年代出生率很高的河南、江西和广西，现在的人口红利依然存在，且较为显著，劳动力成本仍低于马来西亚、泰国、菲律宾等亚洲经济体，这吸引制造商从中国沿海迁至内陆地区。原则上，这可以说是一种跨区域的制造业重新配置，也是一种对冲沿海成本上升和实现区域间产业分工的必然选择。其二，从城市之间的分工来看，内陆中心城市在未来的制造业发展浪潮中通常是作为中高端科技型产业的中心，中低端制造业为了规避高地价和高房价，往往倾向于选择内陆中小城市，使之成为生产和制造中心，从而形成中心—外围城市、中心城区—郊区之间的制造业分工。其三，从规模效率来看，未来若能形成以城市群为载体的空间结构，沿海和内陆中心城市的人口聚集、知识溢出和劳动力匹配等方面的规模效应也将逐步显现。

然而，分工效率和规模效率的实现也需要中国未来的基础设施投资等方面的政策做出必要的改变：其一是加大对沿海与内陆之间交通一体化基础设施建设的投资和融资支持力度，将内陆城市与沿海城市连成一体，承接产业转移；其二是加大对城市之间的交通网络化设施的投资和融资支持力度，通过城际公交、城际铁路、城际客运、支线机场、轨道交通将城市与郊区、中心与外围连成一体，降低生产和贸易成本；其三是治理"城市病"，以最大限度地消除人口聚集所产生的负外部性，从而将经济集聚的正外部性保持在较高水平。

第二个命题：中国未来城镇化的核心内容在于人口城镇化的转型。

爱德华·格莱泽在其著作《城市的胜利》中曾精辟地指出："城市实际上是一个彼此相互关联的人类群体，城市不等于建筑，城市等于人。"在我们看来，人是产业和城市互动融合的核心，有"产"才有"城"，产业是城市的基础，是城市财富增长的源泉，有竞争力的产业塑造可持续增长的城市；有"人"才有"产"，通常，人口的持续净流入是判断一个城市产业增长潜力的关键指标，更为重要的是，人口素质和人口结构对于城市经济增长的持续性也同样重要，一个拥有更多年轻人才的城市，必然更充满经济活力。

从这个角度看，人口的城镇化作为城镇化有机系统的一个组成部分，其重要性不言而喻。然而，对于中国而言，无论是同发达国家，还是同新兴市场国家相比，人口城镇化的含义都要远为复杂。具体而言：

第一，从正常逻辑来看，城镇化进程中按人口流动主导方向可分为四个阶段：从农村进入城市、从小城镇进入大城镇、从城区进入郊区、郊区城镇化从而形成大都市圈。因此，不同阶段的人口流向并不相同，人口城镇化的含义也自然不同。以美国经验来看，1920年之后，美国城市化率突破50%，人口城市化率上升的速度趋缓。1970年，美国大都市区内，郊区人口数量超过了中心城市人口数量，郊区成为中产阶级的天下，经济重心也随之转移到那里，汽车文化大行其道，郊区的购物城取代了市中心商业区，成为零售业的主导形式。1979年，美国城市人口占全国总人口的比重超过70%，之后，基本保持稳定，但人口集中的趋势没有变，只是城市的空间结构发生了明显的变化，周边的郊区也被囊括其中，构成以多中心为主要特征的大都市区。1990年，又是一个划时代的年份，美国有一半以上的人口居住在居民人口超过100万的大型都市区里，美国的都市区化又向大型化迈进了一步。从此，城市之间的界限变得模糊，城乡概念已不能准确描述美国的人口分布，取而代之的是大都市区和非大都市区。

从中国的情况看，2011年，城镇化率突破50%，作为一个标志性转折点，未来人口流向很可能会发生多层次的变化。在这个临界点之前，人口的主导流向是从农村进入城市，尤其是进入大城市。第六次人口普查数据显示，全国外来人口1.4亿人，其中80%集中于上海、深圳、北京、东莞、广州等50个城市，外来人口数量排名前十的城市的人口流入占比就高达43.2%。在此之后，人口的流向将从单一逐步走向多元：其一，鉴于中国的农业劳动生产率仍处于较低水平，农村仍然存在一定规模的劳动力，未来若能顺利推动农业规模种植和农业工业化，农村仍有可能节约出不少劳动力，他们仍将继续沿着从农村到城市的传统道路迁移。其二，鉴于沿海及个别发达城市生活成本日益提升，且伴随着流动人口的老龄化和工业岗位的内迁，未来将有部分流动人口返回内陆，甚至返回家乡。其三，随着交通一体化，中心城市和郊区之间的产业分工将发生变化，人口的重新分布也将是自然趋势。

第二，从城镇存量人口的分布结构看，尽管2011年中国的城镇化率已突破50%，在6.9亿城镇常住人口中，却只有60%左右居住在650多个城市（含直辖市、地级市和县级市），仍有40%左右即2.8亿左右的常住人口居住在近2万个镇区。

然而，从多个经济指标衡量，镇区和市区都存在较大的差距。从人口规模看，市区平均人口超过50万人，而镇区平均人口则在1万人左右，这样的人口密度不足以产生现代城市经济所必需的规模效应和聚集效应；从产业和劳动力就业情况看，镇区平均工业企业数量仅仅为市区的25%，平均就业人数不足市区的10%；从投资密度即建成区每平方公里获得的投资规模看，镇区是市区的10%。在显著的差距之下，镇区由于人口密度低、企业规模小、基础设施条件差，不仅无法充分吸纳农村转移人口，更无法实现城市经济所必需的生产、消费、贸易和交通运输的规模效应。因此，中国人口城镇化的空间布局事实上是一个极为分化的状态，最大的差距不是体现在大中小城市之间，也不是沿海与内陆城市之间，而是体现在市区和镇区之间。考虑到这种现状以及下一阶段中国人口城镇化转型的主线索，中小城镇向中小城市的转型也将是一个关键环节。

第三，中国的人口城镇化在很大程度上仍然是极不平衡的过程。首先，中国的人口城镇化过程多是以劳动力为单位的流动，举家外出的人口流动较少，这里的一个直接结果是劳动力的流动促进了中国非农产业部门的生产力的极大提升，但是由于缺少以家庭为单位的消费活动，流动的劳动力无法形成正常的城市消费，多余的生产能力则不得不依赖出口。其次，中国常住人口城镇化和户籍人口城镇化也存在不一致。2011年中国常住人口城镇化率为51%（常住城镇人口规模为6.9亿人），但是户籍人口城镇化率仅为35%（户籍城镇人口为4.6亿人），两者差值达16个百分点。考虑到中国的养老、医疗、教育和公共服务在一定程度上均与户籍挂钩，这种差距本身即意味着非户籍人口，主要是迁移人口，并非真正意义上的城镇居民。

第三个命题：中国未来城镇化的落脚点在改革。

从某种程度上说，围绕城镇化以推动改革将成为未来中国实体经济领域最为重要的一条主线索。历史上，中国城镇化的过程也可视为一种改革的过程，正是基于土地用途转换、人口流动、对外开放等一系列改革政策才使得中国的城镇化能够以史无前例的速度推进，并释放巨大的改革红利。站在当前的时点观察，无论是进一步释放城市增长的潜力，还是促进人口的城镇化，改革都将是重要的环节和落脚点，土地改革、户籍改革和融资体制改革则将成为最为关键的三个领域。

从土地改革来看，历史上不同阶段的土地改革为土地用途的转换和投融资结构的转变提供了基础性条件，从而在不同阶段为中国的城镇化注入显著的"制度红利"。展望未来，如果能够在现有土地制度的基础上进一步启动新的土地改革，那么也将为中国未来的城镇化注入新的红利。具体而言：其一是耕地流转改革，目标是变分散种植为规模种植，提高农业劳动生产率，促使潜在的农村人口进入城市。其二是集体建设用地流转改革，目标是克服城市建设用地指标约束。在中国当前的土地供给机制下，有的城市土地扩张速度过快，往往会透支规划期内的用地指标额度，从而形成城市扩张的硬性约束。同时，由于不同城市的发展速度不同，用地指标的耗费速度也自然不同，一个明显的结果是发达城市的指标约束更为紧张，欠发达城市的指标约束则相对宽裕。因此，为了解决土地指标的总量不足和区域错配问题，目前不少地方正在试点的集体建设用地流转有望成为下一阶段土地制度改革的突破口之一，最有可能的两种流转方式分别是增减挂钩和直接入市。其三是土地增值收益改革,这是实现转移人口市民化的关键突破口,潜在的改革方向有两个:在一次收益环节,提高农民在土地增值收益分配中的占比;在二次收益环节,改革土地出让金的用途,以更大的比例用于城市转移人口的公共支出。

从户籍改革来看,改革的目标是实现城市居民和城市移民之间的机会均等和公共服务均等以及城乡一体化。从目前各方凝聚的共识来看,户籍改革的重点在于同步降低城镇户籍门槛和建立以可以携带的"最低公共服务包"为依托的居住证制度,以加强流动人口服务的公平性,促进流动。

从融资体制改革来看,中国推进新型城镇化的瓶颈之一即是城市基础设施融资,未来基础设施投资正逐步从高铁、高速公路和机场建设转向地铁、城际交通网,以及城市供水、燃气管道和污水处理等公共设施。然而,在当前融资和财税体制下,城市基础设施融资依然存在诸多挑战,突出表现在地方政府缺少可持续的支柱税种和主体税源、公共服务责任和财力不匹配、地方债务负担压力较大、城市基础设施建设过度依赖土地出让收入等。解决上述突出矛盾,需要政府进行必要的城市融资工具创新、财税体制改革,以及土地制度改革等,从而打造可持续的城市融资方式。在这个前提下,市政债、房产税、公私合营以及诸多金融创新工具都有可能在探索、规范和扩大的基础上,成为可行的潜在融资方式。

总体上观察,中国的城镇化正处于一个大转折的时间段。路漫漫其修远兮,成就已写入历史,未来仍须探索,让我们以积极乐观的态度期待中国的城镇化谱写出新的历史华章。

2013 年 7 月

巴曙松 | 博士生导师,中国银行业协会首席经济学家,哥伦比亚大学高级访问学者

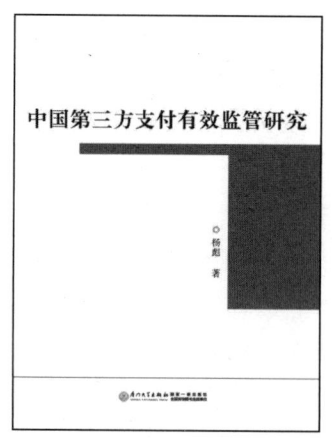

《中国第三方支付有效监管研究》

作者： 杨彪
策划： 宋文艳
责编： 吴兴友
出版时间： 2013年9月

序
聚焦第三方支付发展与监管

——巴曙松

  从市场到监管，中国金融业正在迎来一个快速变革的时代。推动这个变革的动力，来自对金融危机的反思，来自实体经济的新需求，也来自互联网等新力量的融入，其中，第三方支付的快速发展成为最有代表性的现象之一。

  当前，互联网企业在信心满满地强调：金融机构如果不改变，就让我们来改变它们。这些企业所依托的，是网络和技术进步的强大力量。近年来，随着科技进步与制度创新，传统金融行业在加速电子化、互联网化的同时，一些非金融机构尤其互联网机构也开始提供部分金融功能，并形成一种全新的竞合生态系统。在这一大背景下，伴随着电子商务成长起来的第三方支付尤其值得特别关注。在人们的日常生活被淘宝、腾讯、亚马逊快速影响和改变的同时，支付宝、财付通以及美国的PayPal等第三方支付机构也给传统银行业的支付业务带来巨大冲击，并悄然重构着金融格局。2012年，中国第三方支付市场交易规模高达12.9

万亿元人民币，同比增长54.2%。管中窥豹，互联网业对传统金融业的冲击锋芒初现。

同样需要提出的一个问题是，如何使第三方支付带给我们的这种效率的提升、交易的便利可以持续下去，而不是像有的新机构那样，在野蛮生长之后，给经济金融体系带来冲击、风险和隐患？如何在支付领域保持相对公平、透明、稳健的竞争环境，给市场化的机构以相对宽松且风险可控的生存空间来促进整个支付市场效率的提高？这就不能不涉及第三方支付的监管问题。

实际上，第三方支付在快速发展的同时，也确实提出了需要正视的许多理论和实践的新课题，值得我们深入探索。

例如，从理论角度看，第三方支付的金融功能是否会对经济体的货币发行和货币创造产生影响，是否会影响货币政策传导机制？如果有一定影响，那么，现有的体系应当做出何种积极调整，才能适应这种变化？第三方支付存在着一定程度的信息不对称和自然垄断等特征，第三方支付机构的操作风险和信用风险也有其自身特征。另外，技术进步本身是一把双刃剑，在为人们的正当生产生活带来便利的同时，也为洗钱等违法犯罪活动提供了便利。从实践来看，网络故障、网络欺诈、网络赌博等已经多有发生。若缺乏有效的监管，这些风险隐患也会给第三方支付的发展形成实质性障碍。

2010年9月1日，中国人民银行《非金融机构支付服务管理办法》（2号令）正式实施。2号令的出台对支付行业来说具有里程碑的意义，将对整个行业的长期健康发展起到积极的引导和规范作用。2号令出台以来，已经有220多家机构相继获得支付业务牌照，行业整体发展更加稳健。当然，在我们给予中国人民银行掌声的同时，也应看到，2号令及其细则作为一个监管政策框架，还有很多值得进一步细化的空间，需要结合第三方支付发展的实践进行有针对性的落实，比如监管指标的设计、备付金的使用等，在时间周期上也有待一个完整的经济周期或行业周期的检验。

行业的飞速发展和监管实践的起步为这个领域的探索性研究提供了极其富饶的土壤和旺盛的需求。不过，总体上看，金融理论界对第三方支付的研究仍相对滞后于实践的需要，从我走访的一些第三方支付机构所了解的情况看，一方面这些市场化的机构总体上呈现出蓬勃的活力，同时发展状况分化十分明显，他们也迫切需要一些理论研究的指导来明确发展的路径以及监管的详细框架；从监管者的角度看，他们也反馈说关于第三方支付监管的研究更少。

杨彪同志长期在中国人民银行上海总部从事支付结算监管工作，一直密切关注第三方支付的发展，并在博士论文选题时选择了《中国第三方支付有效监管研究》这一有重要研究价值的领域。上海是我国第三方支付机构最集中的地区，为作者的研究提供了生动鲜活的案例。而央行工作的背景，也使作者能够从更加宏观的视角来思考第三方支付监管这一前沿问题。

作者的这些优势也充分体现在本书的内容中：既从理论上剖析了第三方支付存在的公共品、外部性、垄断和不完全竞争四大"市场失灵"的特征，阐述了对第三方支付实施有效监管的必要性，又立足于第三方支付发展和监管的实际，提出了对第三方支付有效监管的基本原则；既运用博弈论的方法探讨第三方支付机构与监管部门之间的互动关系，揭示有效监管的重要影响因素，为监管机制和监管政策的设计提供可靠的理论依据，又在现有监管框架和法规制度的基础上，构建了有效监管框架和监管指标。此外，作者还详细分析了国外第三方支付的发展和监管现状，有助于拓展视野、取长补短。

总体来看，本书理论与实务并重，相信会给第三方支付研究人员和从业人员提供有益的思考和借鉴。希望此书的出版能够吸引更多的专家、学者、社会人士关注和研究第三方支付及其相关问题，特别是在支付创新活动方兴未艾，而互联网业和金融行业又加速融合、相互渗透之时，这种专业的分析与探索显得尤为重要。

是为序。

The 30th Anniversary of Xiamen University Press

巴曙松 | 博士生导师，中国银行业协会首席经济学家，哥伦比亚大学高级访问学者

《WTO：中国加盟》

作者： 赖观荣、叶青
责编： 陈丽贞
出版时间： 1999年11月

序

赖观荣

1999年11月15日，是一个值得欢庆的日子，中美达成双边协议，中国为加入世界贸易组织（World Trade Organization，简称WTO）而持续了13年的艰苦努力，终于取得了决定性突破，WTO的大门正向我们打开。

当今时代，国与国之间的经济交流和文化碰撞日趋频繁，投资贸易自由化、产业知识信息化和全球经济一体化已成为不可逆转的趋势。而作为涵括现代市场经济规则和世界经济主要内容的WTO，正承载着在全球范围内实现资源优化配置和提高效益这一历史革命。隔绝在WTO大门之外的国家，在新世纪的经济发展中必将受到极大局限。我们必须抓住未来世纪头几十年的发展机遇。

早在1986年，中国就提出了恢复关税与贸易总协定（GATT——WTO的前身）缔约国地位的申请，由于1989年后国内外政治经济环境的影响，这项谈判宣告中断。1992年重开谈判，又由于少数成员国不同意中国以发展中国家的身份加入而使谈判搁浅。虽然1994年之后中国加快了经济改革的步伐，但加入GATT并成为WTO创始国成员的努力还是失败了。

十多年如白驹过隙，转瞬即逝。在历经13年的马拉松式的谈判中，我们曾经满怀希望，却几度落空。但"有志者事竟成"，在新世纪曙光将要到来之际，我们终于扫清了入世的最大障碍，预示着中国将要迈进WTO的大门，成为这一世界经济组织中的一员。加入WTO，是中国向大国转型的重要一步，一旦成为世界经济组织体系的一员，中国也就更有机会成为一个世界强国，会变得更有能力来改变现存体系，使之和中国的国家利益相一致，这也是邓小平实行改革开放政策的核心所在。虽然，加入WTO，可能会以牺牲部分短期利益为代价，但成为一个世界强国，毕竟是数代中国人孜孜以求的目标。中国在不牺牲国家根本利益的前提下加入WTO，关系重大。为此，我们一直在努力。

加入WTO的利弊得失，众说纷纭。有人说加入WTO，会给中国经济带来巨大压力，甚至意味着将部分地放弃国家经济主权，使民族工业面临着跨国公司的直接威胁。不可否认，由于我国大多数企业技术、设备和管理落后，服务意识、服务水平较低，创新能力更是跟随不上市场的发展，在加入WTO后，关税的降低，非关税壁垒的逐步取消，对尚处在幼稚期的中国技术密集型、资本密集型行业将产生一定的冲击，进口商品一旦大量涌入，势必使这类企业处于不利的境地。允许资本雄厚、管理先进的外国企业介入中国金融、商业及其他服务业，也将加剧服务业的竞争。换言之，加入WTO，势必引发价格、质量、技术、服务诸方面对中国企业的冲击。

然而，在经济逐步全球化的今天，国际竞争是不可避免的，闭关锁国是没有出路的。在世纪之交，千年更替之际，国人应当对加入WTO有一个正确的认识。加入WTO从根本上讲，有利于中国的深化改革和开放，有利于中国进一步按国际规则办事，也有利于中国营造一个良好的国际经贸环境。加入WTO，可以使我国分享国际分工带来的利益，可以增加外资的引入和国内就业，并迫使我们对经济结构进行大的调整，也使得我们的企业为了生存，加快技术创新和科技进步，缩短与先进国家的差距。加入WTO，我们将面临挑战，但更意味着它会带来巨大的机遇。

回顾改革开放的历程，我们会发现，每一次扩大开放，经济都无一例外获得了新的增长动力。1992年以来，我国在单方面四次大幅度降低关税、大幅度减少配额许可证的情况下,对外贸易跃居世界第九位,外汇储备高居世界第二位,利用外资攀升到世界第二位,我国成为世界上经济发展最快的国家之一。中国加入WTO,一些缺少竞争力的企业将不可避免地被兼并,甚至倒闭,但这是市场经济的规律,即使不加入WTO,这些企业也会在竞争中遭到淘汰。在短期里,国内许多企业确实面临很大的竞争压力,会失去一些市场。但是,市场容量不是固定不变的,从长远发展来看,新的竞争因素的引入,新的生产、服务方式的出现,将极大地激发国内市场的潜力,市场这块蛋糕将越做越大,一方所得并非必然以另一方所失为代价。加入WTO,并不意味着一夜间国门洞开,立刻与国际全面接轨,开放是一个过程,也允许对某些幼稚工业采取保护措施。

从行业经验来看,我国的汽车行业已被保护了几十年,至今仍是一个幼稚行业,而早已放开的家电业,却在几度冲击、几番洗礼中发展壮大,并走向国际市场,总依赖国家政策保护的企业是无法在市场经济的海洋中生存的。

加入WTO,将加速我国市场经济的发展与完善,从而亦将间接地推动我国经济和政治体制的改革。首先,加入WTO将加速我国经济的转型,完成从计划经济向市场经济、从粗放型向集约型的经济结构转变,同时在转型中完成市场经济法制建设的嬗变,使尚处于雏形的市场经济法律体系趋于完善。其次,加入WTO,亦将有利于我国建立"统一、开放、竞争、有序的大市场",将有助于我们借鉴其他国家先进企业的组织形式,学习它们的生产经营管理经验,建立适合自身发展的现代企业,从而间接地促进我国国企改革乃至政治体制改革。加入WTO,政府与企业的关系必须明确,政府不能代行企业职能,政府仅仅是市场竞争规则的制定者,而不是市场竞争的直接参与者,企业也不能代行政府职能,从而彻底改变我国政企不分的现状,使企业真正成为国内外市场竞争的主体,构成我国市场经济的微观基础。

加入WTO,国人的思想意识也将发生变化。产业间的国际竞争,将有助于形成我国市场经济文化价值道德观,如竞争观念、效益观念、平等观念等。同时,国际产业间的竞争,亦将有助于国人民族竞争意识的形成,把单纯的个人竞争求利意识升华为一种经济正义精神。另外,加入WTO,将使中华传统文化与整个世界经济文化融合交流,并在接受市场经济普遍原理的基础上,加以整合、创新,形成具有中国特色的市场经济文化,从而为我国经济文化的发展发挥重大作用。

可以说,中国如能按计划在新世纪到来之前加入WTO这个世界自由贸易的大家庭,于眼前、于长远都是裨益良多,这也是我国政府多年来为加入WTO而不懈努力的原因。

总之,目前对国人来讲,重要的是如何主动调整国内相关政策和制度规则,并加快改革步伐,迎接即将到来的种种挑战,而非被动地接受。也就是说,当务之急是"中国如何应对WTO",这恰恰是贯穿本书逻辑结构的基点和内核。本书以亚洲金融危机后的世界贸易格局为大背景,鸟瞰式地把握入世的大环境——经济全球化、贸易和投资自由化的主导潮流,在综合分析加入WTO后对我国相关行业的影响之后,提出一些应对策略。

美国国务卿奥尔布莱特曾公开而自信地说:"对我们国家最好的选择不是去诅咒全球经济一体化,而是去驾驭它,使它为美国服务。"美国要使全球经济一体化为其利益服务,我们为何不可以借加入WTO之机,使全球经济一体化为中国的经济振兴服务呢?我们的目标不是如何"打狼",而是趋利避害,研究如何"与狼共舞",学会"与狼共舞",这正是本书作者的初衷。

书稿付梓之日,中国入世的最大障碍已扫清。愿本书的出版能使读者加深对加入WTO的理解,并充分做好迎接各种挑战的准备。书中的观点是否正确,恳请读者检验!

庄严、周琴、龚新宇、李才波、罗春梅、许峰、吕晓露等友人参加了课题研究和资料收集工作。书稿吸收了当前学术界的科研成果,在出版过程中,得到了厦门大学出版社的鼎力支持,尤其是陈丽贞女士对书稿提出了许多宝贵的修改意见,在此一并致以衷心的感谢!

1999年11月16日

赖观荣 | 经济学博士,嘉禾人寿保险股份有限公司党委书记、总裁

《循环经济——厦门在行动》

主编：杜明聪
责编：陈进才
出版时间：2005年10月

序

顾秀莲

地球是人类共同的家园。资源与环境是人类赖以生存、繁衍和发展的基础。因此，推动资源节约、发展循环经济、保护自然环境，已成为世界各国共同面对的严峻课题。

新中国成立以来，尤其是改革开放之后，我国许多领域已逐步赶上国际先进水平。但中国毕竟人口众多，人均能源资源相对不足，无形中制约了经济、社会的可持续发展。为此，如何采取有效措施，建设资源节约型社会，已成为经济社会协调发展的重要问题。革命先行者孙中山先生曾提出："物尽其用则财力丰"，讲的就是循环经济的道理。

厦门是东海之滨的一颗璀璨明珠，青山碧水，四季如春，风光如画。创办经济特区20多年来，经济社会发生了举世瞩目的变化，尤其在节能降耗、环境保护方面，更是创出了先进的经验。近年来，厦门先后荣登国家环保模范城市、国际花园城市、联合国人居奖及首批全国文明城市宝座，就是明证。

但正如唐朝大诗人白居易诗云："岁丰仍节俭，时泰更销兵"，如何百尺竿头，更上层楼，这是推进厦门可持续发展的急需。厦门是一个资源匮乏的城市，如何认真贯彻落实胡锦涛总书记在党的十六届五中全会上关于"要加快建设资源节约型、环境友好型社会，大力发展循环经济，加大环境保护力度，确实保护好自然生态，认真解决影响经济社会发展特别是严重危害人民健康的突出的环境问题，在全社会形成资源节约的增长方式和健康文明的消费模式"的重要讲话精神，已刻不容缓。

由全国人大环资委、国家发改委、科技部、国家环保总局共同主办，以"循环经济在实践"为主题的"中国循环经济发展论坛"2005年年会在厦门召开，它为厦门循环经济的发展创造了良好的契机。《循环经济——厦门在行动》一书紧密联系厦门市情，总结近年来厦门市发展循环经济的经验，探索了厦门市发展循环经济的模式。它的出版，不仅为年会献上一份厚礼，也为厦门开辟一条科技含量高、经济效益好、资源消耗低、环境污染少的新型工业化道路，真正实现以人为本、构筑和谐社会目标，提供了实践和理论的基础。

"一粥一饭，当思来之不易；半丝半缕，恒念物力维艰。"发展循环经济，是当今世界经济发展的潮流。世界在行动，中国在行动，厦门在行动！

2005年10月22日

顾秀莲　中国关心下一代工作委员会主任

《品读 UCP600》

作者： 林建煌
责编： 吴兴友
出版时间： 2008 年 7 月

序

杨士华

　　早春三月，收到中国银行福建省分行同事发来的电子推荐信，附有《品读 UCP600》的书稿。书稿的作者为兴业银行总行的林建煌先生。他知道我曾受中国银行总行委托于 1993 年翻译了 UCP500 中文版，又受 ICC 中国委员会委托于 2006 年审译了 UCP600 中文版。因此辗转通过中行旧同事与我联系，请我审阅《品读 UCP600》书稿。

　　UCP，即《跟单信用证统一惯例》，是 ICC（国际商会）最有影响力的出版物。诚如作者所言，是银行跟单信用证结算实务的"圣经"。问世以来，对推动信用证结算从而推动国际贸易的发展起到其他惯例无法企及的作用。为保持其生命力，ICC 根据外部情况变化，对 UCP 不断进行修订。1994 年生效的 UCP500，由于贸易环境特别是通信、运输、保险、电子商务等技术的进步，缺点日益显现。因此 ICC 决定启动新一轮修订，经过几年的修改并广泛征求各成员国有关银行的意见，最终形成了 UCP 的最新版本——UCP600，并决定于 2007 年 7 月 1 日开始实施。这是跟单信用证运作的最新规则，也反映了跟单信用证实务的最新成果。

林建煌先生在加入兴业银行之前，曾在中国银行福建省分行工作近十年，深受中国银行国际业务优秀传统的熏陶，对涉及国际贸易结算的惯例和规则留意研究。但在 UCP600 实施前后，国内同类书籍已经出版了数种，林先生的研究能否有新的角度与高度？因我与他素未谋面，不敢妄言。但在当今诱惑纷扰的环境中，一个任务繁重的年轻的实务工作者，能潜心书斋，立言 90 万字，已经实属难觅。念及于此，我翻开了书稿……

数日后，林先生打来电话讨论，并提出希望作序，我欣然允诺。因为随着阅读的深入，我已经断定这是近年来 UCP 研究方面乃至国际结算领域一本不可多得的佳作。以序为文，正可与读者共享此书特点：

——体例独特：本书以 UCP600 的 39 条条文为纲，在编排上与同类书籍相比具有独特的体例。对每条的分析，多以条目中重要概念定义起始，展开以应用指引与案例剖析，并结合作者自身对要点的理解。全书系统完整，结构清晰，是一本优秀的参考书。

——资料翔实：作者的研究建立于对资料的翔实掌握基础之上。多年的专业操作与用心思索奠定了作者扎实的实务功底，而对相关资料的广泛涉猎、积累与提炼，使此书提供给读者远超于 UCP600 本身的信息。

——角度多样：与同类书籍相比，此书试图以多样的角度全方位阐述 UCP600 的精髓。对条款的解析，作者从 ICC 各类相关出版物的专家意见、ISBP 标准、中外各国相关法律规定、业界操作实例与争论、相关行业的运作等不同的角度加以充分论述。这是一种很好的尝试。

——深入浅出：作者引言中说，希望其解读易懂好用。这个目的无疑是达到了——此书渐进而完整的分析使其可以成为国际贸易与结算领域新人的案头书。但其"浅出"同时与"深入"和谐共存，一个行业的老兵绝不会认为此书枯燥，其对细节的刨根掘底引人入胜。如作者对第三条中"单据签署"的分析，采用"03 - 012 Article 3(3)单据的签署"、"03 - 0121 单据上的签署连续性"、"03 - 0122 单据上的签字"、"03 - 01221 与单据上的签字有关的四个问题"、"03 - 0123 单据上的签署人"、"03 - 0124 单据上的代理签署人"、"03 - 0125 单据的性质与签署"、"03 - 0126 单据上更正的签署证实"、"Case 2 经签署的发票上的更正，是否需要证实"、"03 - 01261 怎样算修正或变更"等小节进行了详细而深入的论述。还在第三条"单据出具人的模糊用语"的分析中采用

"03-0151 单据出具人 vs.签署人"一节辅之以对照辨析。剖析之深度广度,令人印象深刻。

当最终与林先生见面时,我告诉他,此书需审校者修改之工作量实在太少。相信出版后读者也会赞同我对以上四个特点的归纳。

林先生工作多年来从未放弃学习,他不但对自己从事的专业潜心研究,而且对其他相关领域也多有涉猎,并已取得同行认可的成效,而此书再一次展现了他的功力。学海无涯,相信他一定能在专业与学术之路上不断登上新的高度。

2008 年 5 月于北京,中国银行总行

杨士华 | 中国银行总行执行委员会委员、首席运营官

《大鱼如何吃小鱼——股市价格泡沫的变量与理性扩容速度的行为金融学分析》

作者：周爱民、孟庆斌等
责编：吴兴友
出版时间：2009 年 12 月

序
写在前面的话（节选）

周爱民

《大鱼如何吃小鱼》可不是通俗读物，而是一本比较学术性的著作。当然，即便是学术著作也可以有不同的写法。像我的恩师史树中教授在《经济与数学》、《数学与金融——生活数学欣赏》、《从前有个数——故事中的数学逻辑》和《诺贝尔经济学奖与数学》这几本书中，洋洋洒洒的笔触就像是为读者展开了一幅泼墨手法的山水写意。古今中外的典故顺手拈来，将深奥的数学写得那么通俗，可读性那么强，读来无不使人不忍释卷，忘却时间。我当然也想把这本书写得轻松活泼一些，但一来是因为自身的功力还不够，可能会落得个东施效颦；二来是由于时间仓促，学术性与通俗性无法兼顾，遑论趣味性。唉！结果怎样只能由读者来评判了。这里先谢过耐心的读者。

2005 年开始，我承担了国家社会科学基金会的一项研究工作，项目名称是"股市价格泡沫的度量方法与理性扩容速度的行为金融学分析"，但今年准备作为项目总结出版时，责任编辑认为这题目太长。我是一个从善如流的人,将国家社科基金项目的总结作为副标题也没有什么不可以的。那么书的正名起成什么呢? 我想起了我的恩师史树中教授当年给我们讲的伏尔特拉方程组和它所刻画的大鱼吃小鱼的行为以及其背后隐藏的经济学故事。

除了责任编辑的意见和纪念恩师的原因,这一书名的背后其实还有一个小故事。

2005年6月26日上午,南开大学利用温家宝总理在天津经济技术开发区(TEDA)参加第6届亚欧财长会议的机会,邀请总理参观了南开大学泰达学院。温总理来到了远程学院设在泰达学院教学点的远程教室,旁听了我做的证券投资分析课程的讲座,随后又去参观了泰达学院的基因实验室。当时我讲座的题目是:"中国股市现存的主要问题、价格泡沫与有效性"。当温总理走进教室时,我刚开始讲第一部分的第一个主要问题:"10年的股权分置问题打算几年解决?"我的看法是:如果仓促在短期内力图解决多年遗留下来的问题,势必会因为市场的扩容过快而使市场萎靡不振。随后的股权分置改革虽然没有验证我的这个观点,那是因为恰好遇到了外资对赌人民币资产升值,大量涌入中国股市和房地产市场的结果。2007年中国发行国债2.33万亿元,其中特别国债1.5万亿元就说明了这一点。因为特别国债是为了回收外汇占款引起的流动性的,1.5万亿元的特别国债可以回收最少6万亿元的流动性,由此判断中国在继2005年、2006年非正常结汇由大约600亿美元上升到大约3 000亿美元之后,2007年非正常结汇达到创纪录的近1万亿美元。其中有一页PPT的题目是:"大鱼如何吃小鱼",其内容很尖锐,是这样写的:

  融资的问题很重要!
  但保护股市更重要!!

在一个股市里,扩容速度就像大鱼,而价格成长就像小鱼,大鱼永远都在吃小鱼,但大鱼却永远吃不完小鱼。这不仅是因为小鱼的繁殖速度快,繁殖量大,也是因为大鱼可以自我调节繁殖速度。如果大鱼不讲究技术含量,一味地只顾吃小鱼,最终当小鱼被吃光之时就是大鱼被饿死之日!

在此之前的几天里,南开大学远程学院的领导告诉我温总理将要视察南开大学的泰达学院并参观远程教室的直播设备和学院的基因实验室，布置我讲一讲"大学生如何使学习成为一件有趣的事"，并说总理要与我们一起讨论。这个题目比较容易发挥。

但我想能不能抓住这个机会让我们的总理了解一些老百姓的声音。当时中国的股市在解决股权分置问题的重压下，上证指数已经从2001年6月13日的2 242点一路下跌至2005年6月6日998.23点的最低位置。温总理来的那周，上证指数在6月24日收盘在1 101.88点，市场已经极度失血，投资者也失去了投资的热情与信心。而且，中国股市强大的融资功能是政府主导型的，国有企业改制要靠它，民营企业发展要靠它，中小企业融资也要靠它。但如果不考虑推行理性的扩容，那么中国股市就永远无法避免价格的大起大落。我认为作为一个学者有责任向总理表达一种观点，那就是再也不能把股市搞成单纯融资的市场了！在争得了学校相关领导同意后，我大胆地将讲座题目改为："中国股市现存的主要问题、价格泡沫与有效性"，并提出了10个问题：

问题一："10年的股权分置问题打算几年解决？"
问题二："是改制还是圈钱？"
问题三："市场的诚信哪里去了？"
问题四："制定法规重要，还是执行法规重要？"
问题五："要规范？还是要特色？"
问题六："没有避险工具怎么避险？"
问题七："象征性监管掩盖了多少问题？"
问题八："信息的分布质量与效率如何？"
问题九："中国股市的价格泡沫已经被挤出了吗？"
问题十："股市中谁是'上帝'？"

起码我认为这10个问题一个比一个尖锐，我想听听我们的温总理在仓促改变话题之后的应急反应。据说讲座的原题已上报国务院办公厅，事实上温总理马上面临的是一场由南开大学的一个小教授安排的一场意外考试。结果非常好，温总理在应邀发表看法时，并没有表现出一丝的局促或意外，而是非常镇静、有条不紊地发表了自己的看法：

"今天，老师讲了一个股民们非常关注的问题，也是经济发展中非常重要的一个问题。如果我来讲观点的话，要坚定不移地发展资本市场。在我们国家进行现代化建设的过程中，不仅需要间接融资，而且更需要发展直接融资。股市是直接融资的一个重要手段，我们国家的股市发展的历史还很短，经验和知识还不足，也走过一些弯路，积累了一些经验和教训。"

接下来，温总理发表了推动中国股市发展的四点意见："一是根本在于上市公司的质量，必须通过改革和创新，提高企业增长的质量和效益；二是必须建立公平、公开、公正的市场环境，为各类投资者创造有利的投资环境和条件；三是要认真总结经验和教训，妥善地处理历史遗留问题；四是依法治理，完备的法制是股市发展的基础。"

温总理还谆谆教诲同学们说："我希望同学们能够认真学习这门课程。因为金融是经济的一个重要领域。中国现代化建设和经济的发展，要有强有力的金融支撑。当前我国的金融发展处在一个关键的时期。在金融发展中，我们要把三件事情摆在突出的位置。第一件事情是商业银行改革。就是通过公司治理结构的改革真正建立起现代的金融制度。这是一个长期的、艰巨的任务。只有这样才能使整个金融业的发展奠定坚实的基础。第二，加强金融监管。在体制上我们已经成立了银行业监管委员会，在法律上也制定了监管的法规。现在需要认真依法办事，加大监管力度。保证金融安全，防范金融风险。第三，进行金融的体制创新和深化金融的改革。创造更多的金融工具来为现代化建设的融资、投资服务。"

最后，温总理语重心长地勉励南开学子："这些任务摆在我们面前都十分艰巨，需要大批的专业人才。你们既要懂得理论，更要懂得实际，而且要把理论同实际相结合。我希望学习这门课程的同学们发奋努力，在学期间把学业学好，工作以后能够运用到实践当中。"

虽然我有不同观点，但我仍然代表同学们向我们的总理表达了真心的敬意。因为我们的国家领导人越来越懂得经济了，他们一代比一代强。总理参观南开大学泰达学院的转天是周一，上证指数收盘上涨了2.07％，并从此展开了一波史无前例的大牛市行情，直到2007年10月16日创下了6124点的历史最高纪录。同时，股权分置改革也已大部分完成。

但是，中国股市现存的最重要问题到底是什么？我个人认为应该是如何建立一种能有效地保护中小投资者利益的机制的问题。只有建立了这样一种机制，搞好上市公司的问题才会迎刃而解。不然的话，在忽视中小投资者利益的市场环境中，即使所有的上市公司都经营得很好，也不代表就没有问题了。君不见许多效益不错的上市公司动不动就"不分配"、"不转增",然后多年之后突然出现财务问题,几乎是一夜之间就可能变戏法一样把正的净资产变成负的。

在股市里应该确立"以中小投资者为本"的原则,因为他们才是股市里的"上帝"。确定了这样的制度建设出发点,那些不讲诚信的上市公司老总们、那些挪用上市公司资金的大股东们就得收敛再收敛。不然的话,谁让中小股民不好过,制度就会让谁不好过。在这样一种市场制度环境中,上市公司要是还搞不好,那才怪呢!难不成从董事长到总经理都不怕制度和法律?

经济学中有许多辩证法。就像在那只看不见的手的引导下,个体追求一己私利的同时会无意间促进社会福利的提高,而且其效果要比其故意想促进社会福利提高时还要好一样。就像如果想保护工人的利益,先要保护资本家的利益一样,如果后者的利益无法得到满足,前者的利益肯定也得不到满足。经济学理论中存在着许多思维陷阱,就像农民老王多干一倍时间农活,多投资一倍生产资料,产量翻番收入也会翻番,但如果所有的农民都像老王一样,农民的总产量翻了番但其收入却未必会翻番,甚至可能会降低。我们这本书要讲述的主要内容就是这些股市中的辩证法和思维陷阱。

2009 年 11 月于南开园

周爱民 南开大学经济学院教授

《经济与经济分析的逻辑》

作者：刘晓峰
责编：吴兴友
出版时间：2011 年 10 月

前言
令人不满意的经济学

——

刘晓峰

本书是笔者从 2004 年离开证券公司回到母校南开大学后，经过了七年艰苦思考后的总结。记得凯恩斯（J.M.Keynes）在《通论》中曾经写道，他的写作是一个"逃避惯性思维和习惯表达"的过程。在某种意义上，本书也有这样的特点。七年的思考，起点是为了解决笔者在博士班课堂上学习高级宏观经济学中经典的拉姆齐（Ramsey）模型时对代表人假设产生的疑问。七年来，随着思考的深入，我逐渐发现了一系列纠缠在一起、必须一体化整体解决的问题。这一系列问题的怀疑、思索和解决，即构成了本书的主体框架。为使读者有一个总体的观念，笔者在此先从总体架构方面对现有的经济学体系做一鸟瞰式的简单评析。

经济学理论大厦分为宏观经济学和微观经济学两大部分。几乎任何一个学习过经济学课程的人都会发现宏观经济学与微观经济学的差异。这种差异不仅仅是内容上的，而且是风格上的。我们首先谈宏观经济学。至少我所接触过的许多学生以至学者，大家都有一个共同的感觉：

经典的宏观经济学教科书看起来好像是各个学派不同学说的拼盘，内容庞杂，但是一旦涉及具体问题的分析，则很少能给出一致的答案。当然，出现这种结果的原因也许是经济系统本身的复杂性，但是这种局面其实也揭示了在宏观经济分析理论层面所存在的广泛分歧。换言之，在笔者看来，宏观经济学领域存在的困境不在于对问题和现象缺乏解释，而是对几乎每个问题和现象都有着不止一种解释。多种解释使得人们无所适从，也使得很多争论往往变成公众意见或者政治家意见的"选美"，并受到他们的影响，而不是出于证据和分析。

让我们再回到微观经济学。一般学习过微观经济学的人都会欣赏并喜爱其体系的严谨——至少表面上不像宏观经济学那样对同一问题有多种说法。然而，如果说宏观经济学的问题是对于同一观测事实拥有不同乃至相互对立解释的话，那么微观经济学的问题在笔者看来则是远离了观测事实。一般微观经济学的分析过程是：首先列举一些从直观上很容易被人承认和接受的公理性假设（比如有关偏好的几个公理），然后在此基础上展开演绎推理以获得推论。一般在此过程需要借助数学作为分析工具。由于你一开始已经承认了那些公理性假设的"正确性"，同时对于利用严谨数学工具的推理过程你也无法提出挑战和质疑，因此你会没有丝毫怀疑地接受整个理论体系的推论。然而，这个过程其实很可能与真实无关。即推理获得的结论未必能代表真实经济、真实世界中的行为。这方面绝佳的例子就是作为微观经济学具体应用的、存在于金融学领域的许多定价公式。这些复杂的定价公式在数学推理的意义上毫无问题，然而利用它来指导真实市场中的投资往往导致失败的命运，甚至有人将金融风暴的成因归咎于它。导致这种情况出现的原因可能有很多，从人的有限理性到对"理性"本身的不同理解，从信念的不一致到信息分布的不均匀等不一而足。但是所有这些解释的共同之处都是理论和现实的偏离。

如果说宏观经济学与微观经济学各有自己的优势和缺陷的话，则另一个在笔者看来非常严重的问题是，今天的宏观经济学构建其"微观基础"的方法是错误的或者至少是误导性的。今天的宏观经济分析以及其他应用经济学分析所广泛依赖的建立"微观基础"的两大分析工具是：

(＊)代表人假设及基于代表人的分析
(＊)总量生产函数假设及基于总量生产函数的分析

遗憾的是，经济学理论界对于以上两个在理论经济学和应用经济学中均起到基础性作用的假设和分析工具长久以来一直存在着质疑。事实上,对于总量生产函数的挑战和质疑在20世纪50—70年代在理论经济学领域引起了一场巨大的争论:即所谓"剑桥资本争论"或者叫"两个剑桥的争论"。争论产生的结果是:争论双方都承认总量生产函数本身存在着难以解决和避免的逻辑悖论,但是双方都认为自己获得了争论的胜利。之所以如此,是因为在新古典学派的学者看来,尽管总量生产函数作为分析工具存在缺陷,但是如果没有更好的新工具替代它,则放弃它是不明智的。而剑桥学派的学者则认为,通过批判揭示新古典总量生产函数的内在缺陷即意味着论争的胜利。

在本书中,笔者将建立一个新的分析框架,为宏观经济分析提供新的、更合理的微观基础。我们的框架将完全解决由代表人分析和总量生产函数假设所导致的缺陷和问题。因此,作为我们工作的一部分,本书的框架实际上提供了"剑桥资本争论"的一个解。笔者希望通过我们的新框架所开辟的新的研究思路,能够为解决经济学领域的诸多令人不满意的问题提供可能的帮助。

笔者的关键想法

笔者思考的起点是对于代表人假设的质疑。随着思考的深入,笔者意识到总量生产函数假设所导致的问题在本质上与代表人假设是类似的。如果说代表人假设相当于假设参与经济的所有个体完全相同的话,则在本质上,总量生产函数假设相当于假设参与经济的所有厂商完全相同。最初,笔者并无一体化解决代表人假设问题和总量生产函数问题的想法。毕竟,后者所导致的"剑桥资本争论"是公认的理论经济学难题。然而,笔者最终意识到两个问题的同质性后,决心攻克这个难关。

不涉及思考的逻辑过程,仅从笔者的结果看,解决代表人假设和总量生产函数问题的关键是:(1)将个体决策的过程融入社会关系的考虑,(2)将企业的生产过程加入时间。

对于第(1)点,在传统经济学分析中,个体效用函数以至其决策过程仅仅受到其接受的物质意义上的产品和服务的影响。换言之,其决策本身只涉及"人"与"物"之间的关系。但是本质上,这种处理方法只能适用于只有一个个体存在的"鲁滨逊"世界。或者说在一个每个个体都完全相同从而不存在任何交易行为的世界中,这种考虑是成立的。然而，在真实的世界中，由于个体之间的差异，由于不确定性的存在，个体的决策行为将不仅仅受到物质意义上的产品和服务的影响，也将受到各种社会关系的影响。例如，保持一个"体面"的生活到底需要多少产品和服务，实际不仅仅受到产品、服务数量和种类本身的影响，也与社会环境、社会关系相关。一旦我们放弃代表人分析，在异质个体的世界中，个体的决策如果不考虑这种变化将产生具有误导性的结果。

对于第（2）点，传统的新古典分析对于企业直接使用一个生产函数来代表。这样导致的一个问题是：完全忽略了企业生产本身所需要花费的时间。在理论经济学领域，尽管针对新古典体系中的生产函数有着各种批评，但是至少笔者还没有见到从企业生产需要花费时间的角度展开的批判。根据本书分析的结果，将企业的分析加入时间因素，即考虑企业的生产经营活动所需要花费的时间，而不是像传统的生产函数那样，将各种生产要素放在一起立即获得产出的做法，是解决包括资本加总、帕西内蒂悖论等"剑桥资本争论"所涉及难题的关键所在之一。

明确了以上两点，剩下的问题是如何建立一个合理的数学架构展开对于异质个体构成的经济以及异质个体之间相互作用的社会关系的分析。对此，笔者的处理方法是：将构成经济的各个异质个体不再看作一个个体构成的集合，而是看作一个由许多相互关联的个体构成的社会网络。使用合理的数学架构对该社会网络展开分析，包括在网络环境下个体决策的分析，即可建立我们的模型。

本书所建立的模型，第一个最明显的优点是，完全不需要借助任何辅助性的或者说前提假设，模型在不存在"刀锋"条件的前提下，可以同时与多个观测事实相符合。更重要的是，迄今为止还没有文献能够同时与这几个观测事实相符合。在这个意义上，我们的模型是一个较之新古典体系更好的分析工具。我们模型的第二个优点是，可以完全不需要借助代表人、总量生产函数等分析工具，从而不存在借助这两种分析工具所导致的逻辑悖论。

20世纪70年代以后"剑桥资本争论"逐渐淡出了学术领域，新一代的学者逐渐不再提及甚至不再知道这个重要的理论问题。其中的关键原因是：尽管争论双方都承认新剑桥学派的批评是有道理的，或者说新古典的整个分析框架在基础上存在致命的逻辑缺陷，甚至可能动摇整个框架的稳定性，但是新古典框架的辩护者和坚持者却认为：新古典框架本身在实证的意义上做得还不错，这样在更好的新工具出现之前，放弃旧工具是不明智的。而我们的工作，在实证的意义上，或者说在解释观测事实的意义上，较之已有模型能够做得更好，同时又可以避免新剑桥学派所批评的那些问题，因此可以认为我们的框架构成了"剑桥资本争论"的解。更有趣的是，我们的框架甚至可以解释为什么新古典框架在存在逻辑悖论的情况下还能够"打中"观测。

全书体系架构

本书分为三个大的部分，分别是观点篇、分析篇和结语篇。观点篇包括了第一章和第二章，主要介绍全书的主要观点、建模过程的主要细节以及主要的结论。第一章从总体上介绍全书的研究出发点和论述的逻辑过程。特别是从方法论的视角，介绍了本书作为判断依据的模型好坏的标准。第二章首先介绍本书建立模型希望同时解释的几个观测事实，然后详细介绍了本书模型的建模细节。

本书第二部分是分析篇。这部分包括了第三、四、五、六、七各章。这部分内容是使用本书对经济分析领域的具体问题进行应用分析，特别是使用我们的分析框架解决在理论经济学研究历史上长时间悬而未决的几个难题：代表人假设问题、总量资本函数难题、"剑桥资本争论"相关问题等。具体来说，第三章介绍代表人假设背后的理论缺陷和逻辑问题，以及基于本书模型的解决思路和解决方法。第四章介绍总量生产函数假设背后的逻辑问题和其所导致的理论悖论，然后介绍基于本书模型的解决思路、方法以及相关结论。

在第五章，我们介绍了传统的一般均衡分析的一些缺点及我们的解决方法。第六章介绍本书模型与基于演化观点的经济学派之间的关系，以及本书模型在此领域的主要贡献。在本书第七章，我们给出了基于本书模型对于"剑桥资本争论"问题的解。

本书的第三部分是结语篇。这部分是全书的总结。在第八章，我们在总结全书的基础上介绍了全书主要观点和思想在直觉上的起源以及各个关键性假设与主要经济学流派——新古典学派、凯恩斯学派、马克思主义经济学派之间的关系。同时，还基于本书框架介绍了笔者正在进行的下一步研究工作。

最后，笔者希望使用王阳明的两句诗作为笔者写作全书过程感受的一个总结：

须从根本求生死
莫向支流辩浊清

在笔者看来,当一个体系根本性的问题没有解决的时候,理论研究者需要有直面并解决基本问题的智慧和勇气。这也正是激励笔者坚持下去的理由之一。

2011 年 4 月

The 30th Anniversary of Xiamen University Press

刘晓峰 | 南开大学金融学系副教授,主要研究经济学基础理论和金融市场理论

《内部控制理论结构——控制效率的思想基础与政策建议》

作者： 李连华
责编： 许红兵
出版时间： 2007年9月

2009年获华东地区大学出版社第八届优秀教材、学术专著一等奖

序

郭道扬

物换星移，世事更替。自21世纪初期以来，内部控制正在成为会计审计理论界和实务管理部门共同研究和关注的焦点。如果说这一论断在20世纪90年代之前尚显得超前的话，那么在人类社会已经迈入21世纪的今天，它在现实中已变得十分明朗起来。因为20世纪90年代以来，美国安然事件、世通公司舞弊案的发生与《萨班斯法案》(SOX)的颁布，以及我国内部控制规范的制定等一系列事件，已向世人昭示，会计审计学科的发展已经由以"会计准则"、"审计准则"为中心的时代转向以"内部控制"为中心的时代了。

若以控制实践活动的出现时间来考证，内部控制的发生、发展史十分久远。古老的《圣经》故事，7世纪中国唐代的"五分管"内部控制，以及15世纪帕乔利的复式簿记中都能够找到它的踪影。尤其是20世纪30年代之后，随着资本市场的发展，企业规模的扩大，企业内部分工的加深,内部控制更是成为或宏观或微观经济体系都不能缺少的基础性的保证系统。资本市场的正常运转、企业效率的提高、企业资产安全的保证,无不依靠有效的内部控制系统。而这些外部因素又反过来无一例外地反作用于内部控制,成为带动内部控制发展的引擎,或直接或间接地推动着内部控制向前发展。

然而,与内部控制管理实践活动的勃勃发展相比较,内部控制的理论研究却是相当滞后的。这不仅表现在有关内部控制的理论论著比较匮乏,而且现有的理论体系也无法解释内部控制管理实践中所遇到的各种问题,更无法预测和指导内部控制的管理实践。理论的滞后与基础研究的不足,目前已经成为内部控制继续前进的一个障碍。李连华博士作为我国较早研究内部控制的青年学者之一,以其敏锐的学术眼光和洞察能力,及时地认识到建设内部控制理论体系的必要性和意义,并以其较为深厚的理论功底,勤奋展开研究,历时两年终于写成了这部理论体系完整,并具有一定创新价值的著作。《内部控制理论结构——控制效率的思想基础与政策建议》一书可谓顺天时,应人意,既为我国开展内部控制管理提供了必要的理论工具,同时也为学界同人开展内部控制的理论研究提供了具有一定参考价值的成果。

纵览全书,我认为其有如下特点:第一,创新性。本书具有比较明显的创新意义。书中所述的内部控制七功能论、有关创建内部控制学科的主张、内部控制学科的理论结构、内部控制目标及其结构、内部控制与外部控制相互衔接的观点等,皆为国内外率先提出。第二,体系完整。本书理论体系完整,既阐述了内部控制的概念与演变过程、内部控制的目标、内部控制的学科建设问题,又深入探讨了内部控制的组成要素、各种要素之间的关系,以及内部控制假设、计算机信息系统下的内部控制、内部控制效率评价、内部控制信息披露等问题。全书共 13 章,依次增进、相互衔接,从而形成了一个完整的内部控制理论体系。第三,观点明确而认识深刻。该书文如其人,敢于直言,却无委蛇虚应现象。作者在评析有关论点时,观点明确,客观公正。如作者指出美国的 COSO 报告只是一个基础性的管理框架,其规范意义并不强;再如,作者认为,我国内部控制管理和相关研究之所以落后,应主要归因于中国传统文化中法家思想的式微与法制精神的缺失,因此,作者主张现今应补上"制度管理"这一课。第四,理论和应用并重。理论源于对实践经验之总结,实践需要科学的理论以指导。该书融理论于实践,寓实践于理论。既没有脱离实践而奢谈理论建设，也没有离开理论的凝练和升华而流于浅陋的经验总结。这一点使得该书无论于理论界学人还是于实务界人士均有所用。研究者可资借鉴，管理者可以其作为工作之梯航。第五，兼容内外，博采众长。当今时代是一个知识、信息爆炸的时代，知识的相互借鉴，学科的相互渗透、长入已经成为世界发展的基本趋势。该书在写作中既广泛吸收美、英、加等国的管理规范，以及国内现有的理论研究成果，又没有局限于表面化的比较或者全面的照搬，而是借鉴中有选择，吸收中有创新。这使得该部著作不仅具有学术上的深度，而且具有知识上的广度。

总而言之，该书是目前我国有关内部控制理论研究的一部颇具理论深度的理论著作。所以，我乐于为之作序，并相信该书的出版对于加强我国的内部控制理论研究，提升我国企业的内部控制管理水平将起到积极的推动作用。

2007 年 8 月

郭道扬 | 中南财经政法大学会计学院会计研究所所长，教授、博士生导师

《数量化股票投资：技术与策略》

作者： Frank J. Fabozzi, Sergio M. Focardi, Peter N. Kolm
译者： 赵胜民等
责编： 吴兴友
出版时间： 2015 年 1 月

译序

赵胜民

股票市场是创造百万富翁的天堂，也是毁灭财富的地狱。自从它诞生之日起，便"引无数英雄竞折腰"。"Beatthemarket！"是投资人的梦想，然而股海沉浮，真正能战胜市场的人寥寥无几。随着股票市场不断地发展，衍生品的日益丰富和投资工具的推陈出新，股票投资理念也与时俱进，从威廉·江恩时代到沃伦·巴菲特时代再过渡到詹姆斯·西蒙斯时代。

江恩运用天文学、数学、几何学等方面的知识创立了独特的技术分析理论，包括波动法则、周期理论、江恩角度线、江恩四方形、江恩六角形等等。技术分析曾经是市场备受推崇的投资圣经。然而技术分析本身是一门仁者见仁智者见智、主观性很强的技术，即使同一时间同一 K 线图也是一千个人眼中有一千个哈姆雷特。随着 2014 年诺贝尔经济学奖得主法马所提出的有效市场假说逐渐被大家认同，技术分析也因为缺乏科学性而逐渐淡出投资人的视野。巴菲特是 20 世纪最伟大的投资家，他奉行的价值投资理念风靡全球。他认为"要投资那些始终把投资者利益放在首位的公司";"要投资资源垄断型企业";"要投资易了解、前途看好的公司"。 然而价值投资在不成熟的股票市场上往往"水土不服",信息不对称问题和获取信息的成本使"价值投资"显得知易行难。与此同时,巴菲特的投资定律并没有数量化的标准,这让很多投资人无所适从。 马克思曾经说过:"世界上任何一个学科如果没有发展到能与数学紧密联系在一起的程度,那就说明该学科还未发展成熟。"一种投资方法只有能够数量化地确定投资标准,才具有广泛性和实用性。 因此,伴随着信息技术和金融理论的发展,数量化投资逐渐成为市场主流的投资理念。 詹姆斯·西蒙斯,这位与陈省身合作提出陈氏—西蒙斯定理的数学家创造了华尔街的投资神话。 从1989年到2009年间,他操盘的大奖章基金平均年回报率高达35%。 无论是1998年俄罗斯债券危机,21世纪初的互联网泡沫,还是2007年爆发的次贷危机,大奖章基金历经数次金融危机,始终岿然不动,成功的秘诀便是投资理念和方法的创新。西蒙斯的文艺复兴科技公司开发了许多数学模型用来进行分析和交易,并在全球市场中进行投资。 这些模型建立在海量的数据基础上,所以具有可靠性并可进行实际预测,一旦市场中出现交易机会便可利用计算机程序将交易自动化完成,将科学的理念与先进的方法结合,使数学的魅力在投资领域大放异彩。

  定性投资方法很大程度上取决于对上市公司的调研、基金经理个人的经验及其对市场的主观判断。 而数量化投资方法则更加强调数据的分析和应用,将金融理论、数量化统计分析技术与投资者的定性分析和判断有机地结合在一起作为研究工具,将投资思想通过具体目标、参数的设计体现在模型之中,并据此对市场进行跟踪分析,借助于计算机强大的数据处理能力来进行资产配置、股票选择、时机选择以及仓位控制等以保证在控制风险的前提下实现收益最大化。 所以,与传统的定性分析方法相比,数量化投资方法能更为理性、客观地分析和筛选股票,避免投资的盲目性和偶然性以及主观认识的局限性,更有效地控制人为因素导致的风险。

  数量化投资如此奇妙,然而其中所涉及的方法可谓种类繁多,令人眼花缭乱,并且都具有相当的难度,使得投资者无所适从,难以驾驭。因此投资者非常需要一本能够对数量化投资方法进行系统梳理的专著。由 Frank J. Fabozzi 教授等所著的这本书使人感到眼前一亮。 本书较为全面地介绍了当前数量化投资中的主流方法和模型,包括金融计量学方法、因素模型理论、基于因素和因素模型的交易策略、数量化投资中的优化模型、交易成本和交易技术等，并提供了大量的案例，为读者呈现一幅数量化交易的"全景图"，使读者能够清晰地了解数量化投资的投资思想、模型构建、检验和操作策略等。随着股指期货、融资融券和股票期权业务的逐步开展，股票市场衍生品数量越来越多，我国即将迎来数量化投资的黄金时代，所以非常有必要将这本书介绍给国内投资者。我们希望本书的翻译能够对国内的投资者有所帮助。

2014年12月于南开园

赵胜民　南开大学经济学院教授

政法篇

《社会变迁中的村级土地制度》

作者： 朱冬亮
责编： 黄茂林
出版时间： 2003 年 4 月

2005 年获福建省第六届社会科学优秀成果奖三等奖

序
研究农村土地问题意义重大（节选）

周　星

从农民的立场研究土地问题

中国学术界和中国知识分子，长期以来对农村、农民和农业问题，包括农村土地问题，基于良知而始终保有持续性的关心，并且也积累了不少的研究成果。但是，以往有关农村土地制度和土地问题的诸多研究，通常多是由经济学或农业史学家们进行的，并且大都是以自上而下的视角，大都是从"国家"、"政府"和"政策"的立场出发，而较少从"农民"和"农村"的立场出发。甚至有些研究，干脆就是基于某种先入为主的意识形态理念而展开的。此外，还有很多只是政策调研属性的报告或归纳。我们当然不应完全否认所有前述各类研究的价值和贡献，但在这里却想突出强调从"农民"的立场出发研究农村土地问题的意义。

朱冬亮博士的专著《社会变迁中的村级土地制度——闽西北将乐县安仁乡个案的文化人类学研究》，运用文化人类学的参与观察方法和个案研究方法，同时也参考借鉴了社会学和经济学的学术智慧，集中探讨了中国福建农村一个乡的土地制度及其在社会文化变迁过程中的具体实践问题。可以说，其研究的基本特点乃是自下而上的视角，亦即从"农民"的角度和立场来看农村土地问题。尤其是让那些向来默默无闻、几乎从来没有自我表述机会的被研究者，让那些作为土地主人的农民自己讲述他们生活中有关土地的各种故事，研究者则采取认真倾听的态度，我觉得，这实际意味着在农村土地问题的课题领域里学术视角和方法的创新。

冬亮出身农家，对农村土地问题有很多感同身受的体验，同时，他也对农村的父老乡亲有一种执着的终极关怀。所以，在系统地接受文化人类学及社会学的学术熏陶与训练之后，他选择了农村土地问题这个当前特别具有重要的学术价值和社会现实意义的课题作为自己的博士论文题目。文化人类学向来有关心弱势和边缘人群的传统，冬亮的这项研究也一样。他是从普通"农民"和基层"农村"的角度自下而上地展开叙述与分析的，这样自然也就获得了很多不同于以前研究的新认识。这些新的认识，无论是对于农村土地制度和土地问题的研究本身，还是对于文化人类学的学科，都具有重要的学术建设性。截至目前，继费孝通教授《禄村农田》的研究之后，中国文化人类学界有关农村土地制度变迁和土地问题的专题性研究，或以长期深入的田野工作为基础的有关农村土地问题的民族志报告尚不多见，在这个意义上，我以为本书是有很大贡献的。

朱冬亮博士不仅充分地掌握了有关本课题研究的中外文参考文献，还进行了前后累计长达半年以上的田野工作，从而获得了大量鲜活、生动和可靠、可信的第一手调查资料。田野工作是文化人类学研究的基本方法，它要求研究者深入对象社区做长期、深入和细致的参与观察、体验和访谈。这种方法有助于获得有关对象社区的生活及其变迁的完整资料，也有助于研究者深化对所选课题本身的认识。正是因为有了这段田野工作的实践，朱冬亮博士的研究也才做到了真正地从当地"农民"的角度理解农村的土地关系；也正是由于有了扎实的田野调查资料作基础，也才能从其研究中得出许多重要的学术见解。

和很多其他领域研究现代土地问题的学者们多倾向于从国家法律、

法规层面来界定和理解土地制度不同,人类学研究由于重视主位研究视角,强调研究者要尊重被研究者的立场和知识,强调从对象社区的基层来观察和解释相关的事物或现象。朱冬亮博士对土地制度的理解确实有一些不同于以往研究的含义,例如,把土地制度理解为农民利用土地而产生的一整套社会关系和文化规则等等。

在本书多方面的学术贡献中,以下几点很值得称道:

(1)作者对"土地"的概念做了重新界定,尤其是基于当地农民的土地认知及其分类进行了界定。土地不只指田地(耕地),它还包括宅基地和林地等。例如,在当地一些村民的"土地观"中,林地的重要性就很突出;并且林地还和田地形成了对应互补的结构性关系。此外,作者对耕地向宅基地的转化及宅基地使用权之"市场化"趋势的分析也很精彩。

(2)基于田野调查和社区个案研究,作者提出了"村级土地制度"的核心观,并对其做了详细的分析和归纳。对这一表述,固然会有不同意见之间相互反复讨论的余地,但如果把它理解为农村土地制度在村落层面的实践或制度化,我觉得它不仅可以成立,并且也是颇有建设性的见解。作者指出,在中国大部分农村,正如"三级所有,队为基础"的说法所表述的那样,土地的集体所有权通常大都会落实在村民小组的层面上,农村土地制度有明显的"村本位制"特征。研究者从村庄层面出发,既可发现土地制度在农村付诸实施过程中是如何被扭曲、规避和变通的,也可揭示出村庄内部复杂的土地利用关系,同时,还可对村与村之间的土地关系,包括历史遗留的有关土地问题的矛盾和争议进行必要的深入分析。

(3)作者对改革开放20多年来中国农村的土地制度在一个中观社区(即一个包括复数村庄的"乡",规模大约相当于一个农村"集市圈")里的变迁过程,做了较为详尽、真实、细微的描述。同时,透过土地问题,也分析了"国家"与"农民"之间关系的变迁。

(4)作者特别重视对当地村民拥有的有关土地的"地方性"民间知识做具体的调查和研究。作者指出,在农民的日常生活中,原先是自有一套相对完整的有关土地和土地利用的乡土性知识体系的,但包括农民对土地的情感在内,其涉及土地的知识体系并非一成不变。在近代以来剧烈的社会变迁过程中,农民对土地的看法和认识,亦即"土地观"的演变轨迹颇为明显。作者还注意到村落社区内各种社会文化因素,例如，与土地利用相关的不成文行为规则、民间惯例、伦理道德和价值观等对土地制度之实施和实践的影响。像外地人能否分本村的"祖宗田","上门"男子能否分地，出嫁或离婚女人的分地资格等等，当村庄在处理此类土地纠纷时，国家正式制度往往就显得力不从心了。总之，关注农民自己究竟是如何看待他们赖以生存的土地以及他们与土地的关系，这一点可以说是本书的重要特色。

（5）对于"土改"、"人民公社"和"承包责任制"等不同历史时期之在土地问题上的"遗产"及对当前农村土地关系的影响做了精锐的揭示。作者认为，土改时的"土地公平私有"和人民公社时的"成员权"观念，至今在村民的"土地观"中仍深有印记。尤其是长达30年的人民公社时期使农民形成了一种"自主的集体土地所有权"或"成员权"意识，即认为土地属于"大家"，凡具集体成员权的人，包括尚未出生的，都应无条件地平均享有分地的权利。正是这种土地观，导致了农村土地的频繁调整，每隔三五年就打乱重分一次。有证据表明，这种情形在全国有一定的普遍性。尤其是在人均土地资源短缺，农民缺少非农就业门路的背景下，绝对平均地分享土地使用权，可被认为是成本较低且较为有效的社会保障和生计保障。显然，此种情形和土地承包长期不变的政策之间将会产生很多问题，值得我们做进一步观察。

我以为，上述几点均具有学术上的原创性。由于作者很重视基层农民对土地及相关问题的态度、情感和认知的分析，并把自己的研究建立在田野工作的基础之上，这就使本书具备了文化人类学的基本立场和属性。正如作者指出的那样，农民对土地的看法、态度及相关的民俗观念，对今后中国农村土地制度改革的走向及土地问题的解决具有不可忽视的深远影响。

乡土中国的解体与研究者的责任

20世纪初叶以来，中国农村社会经历了激烈的和持续不断的变迁过程。围绕着土地制度的几度革更，农民的命运一直处于被时代翻弄的状况。在这个过程中，国家权力的触角不断渗透进乡土社会的各个角落，农民也一次又一次地被卷入到各种名目的社会动员之中。虽然那种以"族田"、小农生产、士绅权威和宗族血缘纽带等基本要素构成的传统乡土社会很早以来便已踏上了趋于解体的道路，虽然农民被以各种方式日益裹挟进一个现代国家努力迈向现代化的潮流之中，但截至目前，农民依然没能真正掌握自己的命运，他们甚至还没有成为完全意义上的现代国家的公民。

20多年前的农村联产承包责任制改革，使农民获得了土地使用权和初步温饱；接下来的"民工潮"则充分表现出农民对非农就业的渴望，其季节性和大规模的反复出现，突出地反映了农民寻求富裕之路的巨大努力和他们的许多无奈。就在这个当前依然持续性地展开着的社会变动过程中，农民和土地的关系，他们对土地的认知，其小农生计模式，无一不在发生着悄然而又深刻的变化。背井离乡的民工们比起父辈确实是极大地扩展了视野，同时，他们对土地的情感也变得空前复杂了，既有对土地权益的进一步渴望，也有离土离乡、不再为土地所束缚的强烈愿望。尽管土地在农民家庭生计中的重要性似乎有所下降，但其对于农业发展、农村富裕和农民利益的重要性却在与日俱增。中国各地出现的多种多样的城镇化或都市化模式及其实践，使为数众多的农民渐渐地转换为城镇型的生活方式，也使农地的"非农化"和"商品化"过程呈现日益明显的发展态势。但由于有关农村土地产权的很多基本问题尚未彻底澄清，所以，在一个时期内，问题丛生的混乱局面也就在所难免。

20世纪80年代初期开始的农村变革，虽说取得了巨大成功，但改革的逻辑却很简单，起点也不是很高，无非就是先设法让农民吃饱肚子，甚至就连这点改革当初也还经过了"姓社还是姓资"之类的争论。眼下，改革固然也有进展，但我们距离那个起点其实并没有走多远。农村"两权分离"的统分结合体制不断在实践中出现破绽；土地产权主体依然模糊不清；"30年不变"的土地承包能否达到预期效果；在农民手中只有土地使用权和"两权分离"的前提下，土地的市场化流转是否真有可能；下一步农村土地改革的方向又该如何明确等等，中国农村社会里围绕土地问题的纠葛和矛盾依然频发而又尖锐。

诚如费孝通教授在《禄村农田》里指出的那样，在农村，土地制度实际上是广大农民利用农田而发生的"一套社会关系"，土地制度的形态可以反映一个地方农村的整个经济状况或处境，因此，它不是一个孤立的问题。眼下，现实生活里农民面临的新问题还在日益增多，如：农村剩余劳动力的出路问题，长期离乡人员之闲置土地的再利用问题，乡镇企业发展和小城镇建设过程中农民的身份认同问题，都市化和工业化过程中农民的文化适应性问题，现阶段城乡差距背景下保护农民利益和减轻农民负担的问题，农业的产业化、技术化和现代化趋势下农民的职业再教育问题，土地的有偿使用制度化及土地使用权的市场交易问题等等。显然，研究农村土地问题时，不能也不应把它和其他农村问题隔离开来考虑。

在漫长的历史上，中国始终以农立国，曾创造了很了不起的农耕文明，并形成了"重农"的文化传统。在当前人均耕地占有量日益减少，农业生态环境不断恶化，"谷贱伤农"导致厌农情绪，城乡差距依旧，农村仍有为数众多的贫困人口，农民收入的增长速度有限，农村都市化和工业化进程无法一蹴而就，甚至还不断被质疑中国能否养活13亿人口的情形下，再考虑到加盟WTO将给中国农业带来的压力和机遇，应该说无论怎样重视"三农"问题都不过分。中国要实现人民幸福和国家富强的"小康社会"，就必须解决好"三农"问题，否则"小康社会"就是一句空话。面对如此严峻和众多的"三农"问题，真正关心中国命运，关心人民疾苦，抱有对人类尊严和道义之终极关怀的研究者，是不能熟视无睹的。

关心"三农"问题的研究者应基于自己的学术良知，睁大眼睛看世界、看事实、看基层、看人民，而不是看书本、看政策条文、看上面的意思。中国的"三农"问题不会在一夜之间烟消云散，中国农村以土地制度为核心的改革也将会继续进行下去。有良知的研究者应该充分意识到自己的责任，竭力为农村的父老乡亲鼓与呼。

周星｜北京大学社会学人类学研究所教授、博士生导师

《文化视野里的当代中国行政》

作者: 庄锡福
责编: 黄茂林
出版时间: 2005 年 3 月

2007 年获福建省第七届社会科学优秀成果奖三等奖

自序

庄锡福

建国之后以机构改革为主要内容的行政改革共有七次,前六次都以机构、人员的更大膨胀告终,1998 年以来的第七次改革,效果也并不理想。前赴后继的努力仍未能改变周期性的震荡,后面必有复杂而深刻的原因。政府职能的转换未能到位无疑是重要的原因,这是比较显性而大众易于看到的。而政治文化、行政文化这种看不见的隐性因素,就不易被人重视。实际上,后者所起的作用至少不比前者小。秦汉以来的封建社会的政治文化,虽然随着封建经济和专制政治的消亡而失去往日的神圣,但却凭借以行政指令为特征的计划经济体制和过度集权的政治体制而潜滋暗长,甚而不同程度地借尸还魂。因此,立足当前和今后行政改革的需要,深入探究当代行政文化的渊源及其表现形态,批判地继承古代行政文化,有针对性地学习近现代革命行政文化,有选择地吸收发达国家的政治—行政文明成果,创造中国特色社会主义的新型行政文化,就是一个十分艰难但又十分重要的任务。然而,国内的行政学研究自80年代恢复以来，虽然取得长足的进步，但重点基本上集中于学科体系建设和行政机构改革方案的设计论证上，行政文化研究尚未得到应有的重视，已有的研究成果，不论是专著还是论文，数量都比较少。有鉴于此，作者从1998年就开始关注并着手这方面的研究，并从2000年起向研究生开设"行政文化研究"专题，且在教学中不断研究新问题、充实新内容，在此基础上形成本书初稿。

本书致力于以下四个方面的探讨，希望对有兴趣了解和研究当代中国行政文化的读者有所帮助和启迪。

首先，本书的主题是从文化的角度对当代中国行政进行观察和解读，那么，就有必要给行政文化一个清晰的界定，以作为论述的逻辑起点和展开的基本框架。参酌其他学者的观点，结合本书的内容需要，我们认为，行政文化，就是渗透于政府公务员行政行为和政府行政体制中的行政价值取向、行政伦理道德和行政思维方式，以及作为行政客体的公民对公务员行政行为和政府行政体制的认识、评价中显示的价值倾向、思维方式和道德要求的总和。这一界定兼及行政主体和客体的文化心理，而以价值取向、伦理道德和思维方式为文化心理的三维结构，我们希望这是一个有较高解释力的认识框架。

其次，本书致力于厘清当代中国行政文化的历史渊源和形成机制。对以孔孟儒学为主体的中国古代行政文化的正、反面影响，中国近代在西方文化冲击下行政文化的革新和变形，中国共产党领导的革命根据地行政文化的革命和创新，近代以来西方行政文化对我国的影响，新中国成立后苏联行政文化的重大影响，我国计划经济时期行政文化的直接影响等，均做了比较全面的梳理和深入的阐述。然而中国又正处于惊天动地的大变革时代，处于经济、政治、文化、社会的大转型时期，改革开放的伟大实践对当代行政文化的变革和生成有着更直接、更根本的影响。出于这样的认识，本书不吝篇幅，着力阐述在改革开放新政下经济生活的巨大变动所引起的社会结构的重大变迁、社会心理的深刻变化、行政机构的多次改革，以及伴随这个过程行政文化的变革和新型行政文化的生成。我们期望，通过这种历史与现实、静态与动态相结合的全面审察，能较客观地呈现当代中国行政文化的生成过程和基本面貌。

再次，本书对行政思维方式做了比较深入的思考，认为行政思维方式最集中、最真实地反映了民族的深层心理结构，是民族的"集体无意识"，是民族性格和国民性的内在依据。本书全面考察了中国传统的思维方式及其在当代面临的挑战，以及在应对挑战中变革、更新的脉络，着力阐述了从泛政治化思维到职能分化思维的转变，从官本思维到民本思维的转变，从全能政府思维到有限政府思维的转变，从权力本位思维到服务本位思维的转变，从因循思维到创新思维的转变。关心政治—行政变革的读者，总为许多发展中国家全套引进发达国家的政治—行政理论和制度模式却陷入"淮南为橘，淮北为枳"的窘境而感到困惑，其实主要的原因就在于政治—行政文化特别是其中的民族心理、思维方式的改变是一个长期艰难的过程，既不可能引进，也不可能随着理论和制度的引入而自动生成。应该说，本书在这方面的探索成果可能相当有限，但却很有意义。

最后，本书对创建当代中国新型的行政文化提出了若干设想。其基本点是：第一，以综合创新为原则，立足改革开放的实践，设置合适的制度环境对古今中外优秀的行政文化要素进行有机整合，使其在新的文化系统中各得其所而各展其能，形成新型行政文化系统的良性运行机制。第二，这种新型行政文化应该是既适应市场经济又超越市场经济、既适应民主政治又强调行政特性、既适应多元文化又坚持马克思主义指导，既有中国特色又充分反映时代精神的行政文化形态。第三，构建新型行政文化的途径是，以制度伦理建设为基础，使公共伦理建设与个体道德建设既有区别又互相促进；制度变革应输入足够的公共性、服务性、法治性的伦理精神，文化创新应强调发展公民权利意识和自主自治意识的优先性、根本性意义；以公共意识和法治意识为核心，以公民权利意识、公务员责任意识为重点持久开展全民性的学习和教育；以政府行为的公正性、法治性对全社会产生示范作用和潜移默化的影响。从当代中国行政文化的发展趋势看，这或许也较有针对性和可操作性，有较高参考价值。

本书所做的工作还是很初步的，敬祈学界同人不吝赐教。

庄锡福	华侨大学党委委员、科学社会主义与国际共产主义运动重点学科带头人，教授、博士生导师

《经济全球化趋势下反倾销的法律问题》

作者：陈明聪
责编：甘世恒
出版时间：2006年5月

序

曹建明

2001年12月中国正式成为WTO成员，是中国进一步融入经济全球化的一个重要标志，对中国外贸增长和经济发展起到了十分积极的作用。2001年中国进出口贸易总额约为5097亿美元；2004年则达到11547亿美元，成为仅次于美国、欧共体的第三贸易大国；2005年全年进出口贸易总额预计将达14000亿美元，约为2001年进出口贸易总额的3倍。然而，我们也必须清醒地认识到，我国外部贸易环境日趋紧张，贸易摩擦日益严重。以反倾销为例，1995年至2004年底，WTO成员方反倾销立案2 646起，其中涉及中国产品的调查411起，远远超过其他任何国家。值得指出的是，在我们高度关注发达国家对我国产品频频发动反倾销调查的同时，发展中国家也开始加大对我国出口产品的反倾销调查力度。例如，印度对中国反倾销立案达76起，阿根廷为40起，土耳其为34起。

面对当前的国际贸易复杂格局，党的十六届四中全会明确提出"善于从国际形势和国际条件的发展变化中把握发展方向，用好发展机遇，创造发展条件，掌握发展全局"，"善于运用国际通行规则发展和保护自己"。因此，面对国际贸易摩擦，我们一方面要考虑外贸发展战略的转型，另一方面要加强对国际通用规则特别是 WTO 有关反倾销规则的深入研究，在高水平对外开放的同时注重对国际规则的理解、驾驭和利用。与此同时，由于外国产品对中国市场的倾销行为也时有发生，国内主管机构亟须借鉴国际反倾销经验，合理地维护国内相关产业的利益和兼顾各方利益的平衡。因此，对国际反倾销规则系统、完整和实务的研究，成为中国法学界长期以来研究的重要课题，也是实务界迫切需要进行深入研究的热点问题。

陈明聪同志专著《经济全球化趋势下反倾销的法律问题》就是以 WTO 反倾销规则运用的实践与理论为视角，探讨经济全球化趋势下反倾销措施的特点；重点论述反倾销规则的实体规范、程序规范以及反倾销证据制度等国际反倾销规则中的主要法律问题；以国际反倾销规则为基准，评析中国在 WTO 体制下面临反倾销的法律挑战以及完善中国反倾销立法的建议等。

陈明聪同志长期从事实务工作，平时注重将法学理论与司法实践相结合，认真研究法学领域中的新课题和热点问题，发表了十余篇学术论文，具有较强的研究能力。《经济全球化趋势下反倾销的法律问题》是他在博士论文基础上撰写的专著。为获得写好博士论文（专著）的第一手资料，他曾到商务部产业损害调查局从事半年的反倾销实践；参加中共福建省委组织部举办的首届 WTO 研修班，并到美国加州大学收集有关论文资料，以充实专著的实践性和理论性。陈明聪同志这种理论联系实践、求真务实的学风是值得称道的。

当然，由于反倾销法律问题还在不断发展，涉及问题多，作者的认识也有待于进一步提高，论文中的不足之处在所难免。希望陈明聪同志在新的工作岗位中，继续关注国际反倾销法的最新发展，不断完善自己的认识；同时，继续保持谦虚谨慎、求真务实的作风，做一名优秀的法官，为依法治国的伟大实践贡献自己应有的力量。

值此论文出版之际，谨以数语为序。

2005 年 11 月 6 日

曹建明 最高人民检察院检察长

"中国法学会中国—东盟法律研究中心文库"

主编：张晓君
责编：邓臻
出版时间：2014年6月

总序一

张鸣起

中国与东盟的关系是中国实施周边外交战略的重要内容。2003年10月第七次中国—东盟领导人会议，时任中国国务院总理温家宝与东盟领导人签署了《面向和平与繁荣的战略伙伴关系联合宣言》，至此中国正式加入《东南亚友好合作条约》。2013年10月，在印尼国会发表的演讲中，国家主席习近平首次提出"携手建设更为紧密的中国—东盟命运共同体"的倡议，标志着将中国与东盟国家合作推动至更高的阶段，预示着再创中国和东盟合作黄金十年的辉煌前景。

2013年恰逢中国与东盟建立战略伙伴关系10周年。回首过去展望未来，正如国务院总理李克强在第十届中国—东盟博览会开幕式所指出的，中国与东盟携手开创了合作的"黄金十年"，必将创造新的"钻石十年"。为此李总理提出开创未来宏伟蓝图的五点倡议：打造自贸区升级版、推动互联互通、加强金融合作、开展海上合作、增进人文交流。这进一步表明，中国未来仍将坚定不移地把东盟国家作为周边外交的优先方向，坚定不移地深化同东盟的战略伙伴关系，坚定不移地与东盟携手,共同维护本地区的和平与稳定。"中国法学会中国—东盟法律研究中心文库"正是在这样政策指引与时代背景下出版问世的。

作为文库编辑单位的中国法学会中国—东盟法律研究中心,是由中国法学会在2010年第四届"中国—东盟法律合作与发展高层论坛"期间创设,依托西南政法大学建设的专门从事中国与东盟法律法学界交流合作的重要平台。"中国法学会中国—东盟法律研究中心文库"集聚中心研究员的最新研究成果,围绕本区域的法律变革、合作与发展的问题,整合中国与东盟法律法学界的专家学者,以突出现实问题为导向、服务国家战略为根本,开展对中国与东盟法律的系统性、基础性和前瞻性的研究。文库已成为展示研究中国与东盟法律制度的最新成果平台,也将为政府、社会组织、商业团体和其他机构提供基础性资料参考与前沿性理论分析。

"中国法学会中国—东盟法律研究中心文库"的出版,为中国—东盟法律研究中心的实体化建设及其目标的实现书写了浓墨重彩的新篇章。我期盼并相信"中国法学会中国—东盟法律研究中心文库"能够助推中国—东盟法律研究中心在开展中国与东盟法律法学交流中发挥领军作用,为促进本地区的法律交流与合作繁荣,为中国实施周边外交战略提供重要的智力支持。

2014年6月

张鸣起　中国法学会副会长,全国人大法律委员会副主任

"世界贸易组织法律与实务教学研究文丛"

主编：杨国华、张晓君
责编：甘世恒
出版时间：2012 年 4 月

总序
一座法律教学与研究的宝库

杨国华　张晓君

中国加入 WTO 十周年，给我们提供了 16 份争端解决裁决报告。这些报告不仅对中国与美国和欧盟等其他 WTO 成员之间的贸易争端做出了裁判，而且向我们展现了一系列精彩的法律分析。例如，采取"保障措施"，应当如何对"未预见的发展"进行分析？《补贴与反补贴措施协定》中的"公共机构"，是指"政府控制"的机构，还是"履行政府职能"的机构？对中国的产品同时采取反倾销和反补贴措施，为何要考虑"双重救济"问题？为何美国有关行政部门拨款的法案属于"卫生与植物卫生措施"？为何专家组认定欧盟单独税率的规定不符合《反倾销协定》，而上诉机构又是如何"基于不同理由"维持了专家组裁决？在针对中国产品采取"特殊保障措施"时，应当如何分析进口与产业损害之间的因果关系？再如，中国对构成整车特征零部件的税收为何属于"国内费用"，而不是"普通关税"？中国知识产权法律中的刑事门槛为何没有违反《与贸易有关的知识产权协定》第 61 条的"商业规模"之规定?《中国加入WTO议定书》承诺中的"sound recordings",为何既包括物理形态(CD、DVD)也包括电子形态(网络音乐),而上诉机构又如何解决了一个"复杂的法律问题",即议定书承诺能否援用GATT第20条例外的问题? 但在另外一个案件中,为何中国关于出口税承诺又无权援引GATT第20条例外?

在这些法律分析中,专家组和上诉机构不仅对案件事实("措施")进行了详细的描述和准确的归纳,而且对相关法律,即WTO协定的相关条款进行了明确的解释。 更为重要的是,对于"法律为何适用于案件事实",裁决报告中有充分翔实的论证,常常达到几十页的篇幅! 这些是真正意义上的法律分析,体现了法律的严谨和理性。

WTO中涉及中国的争端解决裁决报告,只是WTO裁决的一小部分。 自1995年成立以来,WTO争端解决机构已经做出了200余份裁决报告,有更多更为精彩的法律分析。

而且,随着全球化和各国经济贸易交往的增加,WTO争端解决裁决报告的数量还在不断增加……

WTO裁决报告仿佛一座宝库,亟待法律教学和研究的挖掘。

法律教学应当使用WTO案例,因为研读这样的法律分析,学生必定会得到很好的法律训练。 此外,对于中国是当事方的案件,裁决涉及中国的贸易法律和政策以及中国的经济利益,因此使用这些案件教学是饶有趣味的。 对于中国并非当事方的案件,由于它们涉及国民待遇、最惠国待遇和取消数量限制等重要的国际贸易规则,覆盖了货物贸易、服务贸易和知识产权等主要的国际贸易领域,而中国作为一个贸易大国,有短期或长期的利益,因此使用这些案件教学,不会让学生有"事不关己"的"陌生感"。 这也契合了国家实施卓越法律人才教育培养计划的要求,有助于培养一批具有国际视野、通晓国际规则、能够参与国际法律事务和维护国家利益的涉外法律人才。 而对于研究者,研究这些案件所涉及的国际规则和中国利益,提出对策建议,对中国法律和政策的制定以及"全球治理"的参与,都有非常重要的意义。

更为重要的是,这些裁决得到了154个WTO成员的充分尊重,按照WTO的法律程序得到了执行。 法律的权威在这里得到了体现。 法律是管用的,能给法律的学习者和研究者带来无穷的动力,也为我国建设法治社会提供了借鉴。

开启这座宝库的大门,只需举手之劳:钥匙就是每个人手中的鼠标，只要对着 WTO 官方网站轻轻一点，全部案例就会出现在屏幕上！我们这套丛书，不过是在为这座宝库做个广告。

是为序。

杨国华　商务部条约法律司副司长，清华大学法学院教授

张晓君　西南政法大学国际法学院院长

《〈中华人民共和国强制执行法（专家建议稿）〉立法理由、立法例参考与立法意义》

主编：杨荣馨
责编：施高翔
出版时间：2011 年 4 月

代序
应当尽快制定颁行强制执行法

杨荣馨

  法律是规范和调整法人之间、准法人之间、自然人之间及其相互之间关系的有力手段，民事法律对解决民事经济纠纷，化解人民内部矛盾，维护社会和谐稳定，促进生产发展经济繁荣，起着重要作用。这个作用是由两方面工作构成的，一是确认当事人的民事经济权利，二是实现当事人的民事经济权利。确认当事人权利的任务由民事实体法和民事诉讼法、仲裁法等民事程序法共同完成。而实现当事人权利的任务，则由强制执行法单独完成，它支撑着"半壁江山"。

  但是，我国的强制执行工作却不能尽如人意，总的来看是成绩不小、问题不少、前途光明、道路曲折。执行中的"老赖"大量涌现，"执行难"困扰着广大当事人和整个社会，引起党和国家高层领导的重视和关注。1999 年 7 月 7 日，中共中央为人民法院的执行工作专门发出中发［1999］11 号文件，强调指出人民法院依法执行是贯彻落实依法治国、建设社会主义法治国家基本方略的重要内容，是保障社会信用关系和商品交易安全，保证社会主义市场经济正常运行，维护社会稳定不可缺少的重要条件。明确要求各级党委和政府认真落实解决"执行难"问题的具体措施，以实际行动维护社会主义法制的统一和尊严。在党的第十六次代表大会的报告中，明确提出要"切实解决执行难问题"。在十六届六中全会决定中，强调要"完善执行工作机制，加强和改进执行工作"。中央纪律检查委员会和中央政法委员会等中央机关为贯彻执行中央精神，对解决"执行难"问题也相继发文，提出具体要求。社会各界亦强烈呼吁迅速解决"执行难"问题。但是，由于历史原因和现实的某些不利因素，收效不大，"执行难"问题仍未解决，"老赖"现象尚未消除。

造成"执行难"的原因固然很多，但执行立法滞后不能不说是首要的、重要的原因。我认为，为了彻底解决"执行难"问题，必须从源头抓起，首先解决强制执行的立法问题。不久前，全国人大常委会法制工作委员会已启动了民事诉讼法的修订工作，而民事诉讼法修订的首要问题，也是对"执行程序"的处置问题，即是继续将强制执行内容"附带"规定在民事诉讼法中，还是单独制定为独立的强制执行法。

我从20世纪50年代从事强制执行的教学研究以来，已有半个多世纪，特别是20世纪七八十年代参加民事诉讼法起草小组并负责执行程序编条文的草拟、讨论、修订工作后，一直关注强制执行事业。我于20年前就提出制定独立的强制执行法的设想和建议，经过长期的学习和调查研究，这个认识更为强烈，并不断呼吁，可说是"情有独钟，矢志不渝，执迷不悟，誓不回头"。我认为，我国极应制定独立的强制执行法的理由，主要有以下几个：

第一，强制执行法与民事诉讼法根本不同，不能规定于一部法律中。

（1）两部法律性质不同，民事诉讼法是规范当事人诉讼、人民法院民事审判和调解的；而强制执行法则是规范义务人履行生效法律文书确定的义务、人民法院实现生效法律文书内容的。

（2）两部法律的任务不同，民事诉讼法是保障查明案情，保证人民法院审判机构判决或调解；而强制执行法则是保障查明义务人财产，保证人民法院执行机构顺利执行。

（3）两部法律的原则不同，例如，民事诉讼法规定民事案件审判权由人民法院行使。人民法院依照法律规定对民事案件独立进行审判，不受行政机关、社会团体和个人的干涉，而强制执行法则应当规定，人民法院依照法律规定独立行使执行实施权和裁决权,不受任何机关、社会团体和个人的干涉。

（4）两部法律的制度不同,民事诉讼法规定立案、庭审、裁判、调解、上诉、再审等制度,而强制执行法则规定对财产的调查、查封、扣押、变现、分配等制度。

（5）两部法律程序不同,各自规定实现不同制度的顺序、办法等,有很大的差异。

（6）两部法律措施不同,前者是采取审判、调解、复审等措施；后者则采取发现、控制、变现、分配财产等措施。

第二,将民事诉讼与强制执行规定在一部法律中弊端丛生。

我国现行民事诉讼法共四编,只有其中的一小编是执行程序。第一编是总则,但根本未涉及执行问题,未尽到指导执行工作的义务,致使诉讼、审判、调解和强制执行不仅各自规定,互不相干,而且还妨碍了强制执行内容的完备,削弱了执行效力的发挥。这种将两部根本不同的法律规定在一部法律中的做法,实在是有弊无利。

第三,民事诉讼法中执行程序的条文极少,根本不敷实际工作需要。

我国民事诉讼法共268个条文,本来就不多,而执行程序仅为34个,根本不敷应用。例如,执行实务中的拍卖工作,极为复杂重要,极易出现问题,但现行的民事诉讼法只在第220条中提到拍卖两字,而未做任何规定。从执行工作的实际需要考虑,必须大大增加条文,但绝不能放在民事诉讼法中；否则,不仅在性质上无法兼容,而且还将出现极不和谐的尴尬局面。唯一出路是制定独立的强制执行法。

第四,为克服"执行难",亟须制定独立的强制执行法。

"执行难"是困扰我国广大当事人和整个社会的顽症,亟须尽力尽快治理,排除各方干扰,规范和提高有关单位和个人协助执行的力度,增加执行义务人逃避履行义务的成本,提高自觉履行执行义务的守法意识,提高执行机构和人员的执行能力,加大执行力度,从各个方面采取有力措施,以克服"执行难",将我国执行工作推上新台阶。所有这些,均要求制定一部独立的完备的强制执行法。

第五,为防止"执行乱",亟须制定独立的强制执行法。

由于各种原因,我国执行工作在某个时期某些执行机构还存在执行乱的现象,给执行工作造成一定损失,形成负面影响。因此,也亟须制定独立的强制执行法,详尽规范执行工作,使之有法可依,以防止和消除执行乱现象。

第六,为贯彻执行党中央决定,必须尽快制定独立的强制执行法。

1999年5月18日,最高人民法院党组向党中央递交《关于解决"执行难"问题的报告》,其中提到"加快执行立法。最高人民法院要抓紧起草强制执行法,尽早提请全国人大常委会审议"。同年7月7日,中共中央发出[1999]11号文件,批准了最高人民法院党组的报告。为贯彻执行中央决定,最高人民法院执行机构起草了《中华人民共和国民事强制执行法(草案)》,后与中国政法大学强制执行法课题组拟定的《中华人民共和国强制执行法(专家建议稿)》合并,精益求精,成为新的《中华人民共和国民事强制执行法(建议稿)》,拟于再次修改定稿后,上报立法机关和有关部门。由此可见,制定独立的强制执行法是贯彻执行党中央决定的政治任务,是我们必须共同尽快尽力完成的时代使命。

第七,参考借鉴国际上强制执行立法模式的发展趋势,也应制定独立的强制执行法。

世界各国和地区强制执行立法有三种模式:一是独立模式,立法伊始,就单独制定强制执行法(或称民事执行法、民事强制执行法),与其他法律并列,如奥地利、瑞典等国和我国台湾地区。二是混合模式,即在立法之初,在民事诉讼法、破产法等法律中规定强制执行内容,如德国、美国等。三是变动模式,即由混合走向分立,将混合规定在民事诉讼法中的强制执行内容分离出来,单独制定强制执行法或民事执行法,如日本、法国、越南、韩国、俄罗斯。而日本制定的民事执行法还包括了拍卖内容。尚未发现相反模式,即由分立走向混合。可见第三种由合到分模式,是当前国际上强制执行立法的发展趋势。这种趋势有利于健全强制执行立法和推进强制执行工作,值得我们参考借鉴。

如何制定强制执行法已到决策阶段,只有正确处理,才有利于我国民事诉讼法的修订,更有利于我国执行事业的长期发展。我们怀着学者的良知,本着对党和人民负责的态度,坚持制定独立的强制执行法的观点,将我们早已定稿的这部《〈中华人民共和国强制执行法(专家建议稿)〉立法理由、立法例参考与立法意义》付梓出版,报请有关领导机关和领导同志审阅、参考、批评、教正,期望能对国家的强制执行事业贡献绵薄之力。

另外,对于我国强制执行法的名称还想做点说明。我认为,我国的执行法应称为"强制执行法"。执行本身就有强制的意思，再加上"强制"二字，更凸显立法的导向，有利于推动执行工作。作为我国执行工作根据的生效法律文书是广泛的，有的已超出"民事"范围，如刑事、行政生效裁判中以及刑事附带民事生效裁判中有关财产内容的执行，亦由执行机构负责完成，故本建议稿将法律名称定为"强制执行法"，而未冠以"民事"二字。人民法院执行机构的名称为"执行局"，亦未冠以"民事"二字。这些早已成为定论，并无任何异议。

长期以来，我国执行专业的学术界和实务界已达成共识，强烈呼吁并具体建议制定独立的强制执行法。让我们共同努力，促使中国特色的完备的《中华人民共和国强制执行法》早日问世，使我国的执行事业更上一层楼，再创辉煌。

庚寅初冬（2010年11月6日）
于北京昆玉河畔

《东南司法评论(2009年卷)》

主编： 齐树洁
责编： 施高翔
出版时间： 2009年1月

卷首语
关注基层司法

———

齐树洁

当代中国司法生长于乡村社会并扩展至城市社区，总体上呈现出乡土司法的特质。它既受到伦理观念的深刻影响，又反映出浓厚的政治色彩，因此最具有意义的问题往往在基层司法中更为突出。基层司法是中国司法的典型形态，代表了中国司法的具体状况，体现了中国司法的基本特征，反映了中国司法的主要内涵。从某种意义上说，关注基层司法就是关注中国法治的前途。实践已经证明，中国的法治之路必须立足本国国情，回应基层百姓的司法需求，重视利用本土的资源，注重中国法律文化的传统和实际。

为了解基层司法的现状，2009年3月以来，我先后访问了重庆市、浙江省、江苏省和福建省的多家基层法院。这些基层法院的实践和探索各有所长，各具特色。例如，姜堰法院汤建国院长勇于开拓，勤于思考，倡导将民俗习惯引入民事审判，其意义重大，影响深远；晋江法院坚持司法为民，顺应社情，创设具有闽南特色的"茶桌调解法"，千方百计促进司法和谐；荣昌法院在年轻院长王小林博士的带领下，锐意创新，运用社会力量合力解决纠纷，取得很大成效；在著名的"廊桥之乡"寿宁县，山区法官不辞辛苦地调处民间纠纷，为乡村和谐做出默默无闻的贡献。通过调研，我对基层司法的情况有了更为直接、全面的了解，也获得了许多新鲜的体会和感受。乡土社会根深蒂固的文化传统、源远流长的风俗习惯、丰富多彩的本土司法资源，基层法院对司法规则的灵活运用、不拘一格的审判方式，基层法官的办案智慧和忧国忧民的赤子之心，都给我留下了深刻的印象。

基层法院是中国司法的根基，全国法院数量的80%、法官人数的80%、案件总数的80%在基层。近年来，随着社会的发展、农村经济体制的转变，基层民众的独立意识、权利意识逐渐增强，在其权益受到侵犯时，不仅逐渐倾向采用司法手段寻求救济，即"上法庭讨说法"，而且对司法的需求也开始带有明显的现代化因素。民事案件的类型既有传统的家长里短、赡养老人、邻里关系等纠纷，也有新型的民间借贷、土地承包、征地拆迁等矛盾。由于国家法律与风俗习惯等地方社会规范存在事实上的冲突，简单的司法化处理可能不利于基层社会秩序的维护，因此基层法官对纠纷解决方式的选择也有所转变。作为社会的普通成员，基层法官关注本地民众的特殊利益，通常采用调解、现场调查、巡回审判等非正式方式解决纠纷。

基层司法的上述鲜明特点决定其对中国现代法治的形成与发展具有不可或缺的价值、无法替代的作用。就整体司法制度而言，纠纷解决与规则之治同为司法制度的功能，不可偏废。要真正理解两者之间的区别，必须从基层司法实践中寻找答案。源自乡土社会的纠纷与争议往往更为直接、生动地体现法律与现实间的关系，但现代法律却在很大程度上更适于陌生人社会，当代法学也更倾向于规范性法律研究。为实现法律与社会的同构，许多基层法院勇于创新纠纷解决方式，在审判中融合司法权威和风俗习惯，以裁判、调解等形式，以及在此基础上制定的一系列指导意见，对今后类似争议案件的司法适用形成一种约束乃至导向。这些尝试不仅强化了基层司法的程序性和正当性，而且使各种纠纷解决机制的运作更加协调，更有针对性。若能将上述司法实践进行归纳、深入研究并逐步上升为理论，以此来划分不同级别法院的功能，确定不同层级法官的任职标准，不仅有利于完善司法分工，推进多元化纠纷解决机制的构建，也有助于中国司法制度的发展。

研究基层司法不仅对司法制度的整体设计具有启示意义,而且对现代法治社会的构建具有重要价值。我国目前仍有人数众多的农村居民。据国家统计局发布的《2008年国民经济和社会发展统计公报》,2008年全国总人口为132 802万人,其中乡村人口数为72 135万人,占全国总人口比重的54.3%。乡土社会的文化积淀浓厚,民众的行为模式因此深受传统礼法意识与民情民俗的影响,更偏好以民间规范来解决纠纷。在某些情形下,国家法若强行介入,反而会引起严重的社会失序。为解决这一问题,关注基层司法实践成为关键。基层法官不是法律贵族或职业精英,他们生活在基层,了解乡土民情,凭借其丰富的地方性知识、朴实清廉的人格特质以及极具亲和力的个人魅力,在当地百姓中素具威望。由这些法官通过简便的方式接近乡民,指导调解,有助于增强民众对司法的可接受性,实际上它已成为转型时期乡土社会的一种治理方式和手段。

由此看来,关注基层司法,不仅有助于我们通过对基层审判人员经验智慧和知识结构的分析,了解基层法院及基层法官的司法实践,反思相关政策的利弊得失,探讨司法改革的经验教训,更有助于我们研究法律规定与现实情况间存在的非对称性问题,找寻理论与实践的契合点,实现法律在基层的有效适用,将大多数民事纠纷化解在萌芽状态,解决在基层法院,以减轻当事人的讼累,真正做到定纷止争、案结事了。这对发掘纠纷解决的本土资源、有效节约司法资源、实现优势互补、达至法律效果与社会效果的统一将大有裨益。在这一方面,德国2001年民事司法改革中提出"审级重心下移"、"强化一审功能"的口号和相关措施,值得我们研究借鉴。

令人欣喜的是,近年来,越来越多的学者走出书斋,深入司法的田野,结合基层司法实践,从不同角度探索民间法与国家法的互动、多元化纠纷预防调处机制的构建以及多元调解、和谐司法的创新等问题,并为此展开相关制度的研究,促进了基层司法的发展和完善。

然而,应当清醒地看到,现阶段的基层司法仍面临许多亟待解决的问题。对基层法院来说,案多人少既是特点也是难点。2008年,全国各级法院受理的案件总数首次超过1 000万件,但同期全国法院法官数量并没有明显增加,这一矛盾在基层法院尤为突出。在法院内部,从事行政管理和其他工作的法官人数过多,一线办案法官的比例偏低。许多基层法官承受着巨大的案件压力,普遍处于超负荷工作状态。由于基层法院的工作待遇、生活环境难以吸引优秀的法律专业人才，加上现有人员编制不合理、年龄结构明显老化等原因，一些贫困地区基层法院人才流失的现象十分严重，出现明显的断层，法官队伍的状况令人担忧。

基层司法的困顿还体现在司法制度的设计上。法律是一种"人为"理性，司法知识本身亦具有地方性的特点，现代司法改革的观念与乡土社会传统文化间往往冲突不断。国家法与习惯在某种程度上的互动缓解了这一冲突，但由于基层法院在司法实践基础上制定的各类指导意见缺乏普遍适用性，难以形成制度性保护，以致司法效力不足，直接影响法律效果与社会效果的有机统一。除此之外，受所在地区经济文化发展状况等因素的影响，各基层法院的基础设施、人员编制、队伍建设千差万别，亦成为制约基层司法制度发展和完善的现实因素。此类问题不仅严重阻碍了基层司法的有效运作，也直接影响了司法改革的成效。

帮助基层司法逐步走出上述困境，促进基层司法制度的构建及完善，是当前司法改革的当务之急。司法为民是新时期审判工作的口号和目标。完善基层司法对于推进司法改革、实现司法公正具有重要意义。法律的生命不仅在于逻辑，更在于实践。十余年来的司法改革已经取得初步的成效，但也应当看到，由于缺乏经验、急于求成等原因，某些改革措施脱离国情，"水土不服"，成效甚微，出现了偏差，未能达到预期的目的。

司法是由司法官员、司法组织、司法过程、司法程序、司法手段等要素组成的一个系统，是法治的一个部分，是社会的一个领域。司法制度的形成，决定于一个国家的政治经济体制和国家的性质与结构，受到经济基础、政治体制、社会需求、利益平衡、传统习惯、文化等社会因素以及特定的历史条件的制约。无论是司法改革的自身，还是相对于社会改革，它都具有整体性。只有立足于司法改革的整体性才能使改革卓有成效。我国的司法改革正在自上而下地整体推进。为建设符合中国国情的法治，对基层司法的探索和研究必须更为具体。例如，如何将基层法官的审判实践转化为更具理论性的言语表述，使之成为更多法律人得以分享、借鉴的系统知识；如何通过技术性改革与创新，实现国家法与习惯的融合，满足程序正义与实体公正的需求，真正使单一的国家权力支配格局逐步转变为多元权威共处于同一社会权力网络中的支配格局等。

现代各国的法治实践均表明，法律与社会同构，是法治得以实现的理想状态。改革开放以来,中国社会的整体转型对法治和司法提出了更高的要求。为实现中国社会法治化而进行的司法改革不应是高高在上、可望而不可即的,而应是植根于基层本土的生活、致力于解决目前百姓最关注的问题的实践。因此,未来司法制度的设计,必须重视并回应普通民众的呼声和需求,关注并解决基层司法的困难。可以预见,随着社会经济、文化、科技的快速发展,今后一个时期基层纠纷解决及法律需求将逐步增长。在此背景下,完善基层司法制度建设时不我待,任重而道远。

齐树洁｜厦门大学法学院教授、博士生导师,中国民事诉讼法学研究会副会长

"法律硕士精品教材系列"

总主编：朱崇实
策划：施高翔
责编：甘世恒、贾素文、邓臻
出版时间：2011年11月—2013年10月

福建省新闻出版广电局重点图书出版项目

总序

朱崇实

中国的改革开放要求建立一个法治社会。与这样的一个宏伟目标相适应，自1979年以来中国的法学教育蓬勃发展，截至2006年，全国已经成立了法律院校600多所，在读大学生数十万人（尚不包括大中专及夜大、成人教育的学生人数）。应该承认，我国法学教育在迅速发展的同时也存在教育质量参差不齐、不能完全适应社会发展需要等方面的问题。因而，积极推进教学方式改革，促进法学课程体系的完善，努力培养"宽口径、厚基础"的复合型法律人才，已经成为法学教育界的共识。为达成此种目的，法学教育中的课程建设及其相关的教材编写，在当前法学教育大调整的格局中显得尤其重要。基于上述考虑，我们特组织福建省各高等法律院校的主要学术骨干编写了这套教材，各部教材的主编均是福建省高等学校法学院的主要学科带头人。例如，《国际经济法》主编廖益新教授、《民法总论》主编蒋月教授、《环境法》主编陈泉生教授、《宪法学》主编朱福惠教授、《刑法总论》主编陈晓明教授和《法理学》主编宋方青教授等，都是在本学科领域颇有建树，得到同行认可并深受学生喜爱的优秀教师。其他参与教材编写的也都是教学第一线的中青年骨干教师，具有良好的法学教育背景，许多人兼通中西法学。众多优秀教师参与编写，使这套教材的质量有了可靠的保障。

厦门大学法学院在编写这套教材中发挥了积极的作用。厦门大学是国内最早开设法科的高校之一，从事法学教育已经有八十多年的历史。改革开放以来，法学院在1986年即获得博士学位授予权，2006年获得法学博士授权一级学科，现设有国际法、经济法、民商法、宪法与行政法、诉讼法、法理学和刑法学七个博士点，拥有法学博士后流动站。国际法是国家重点学科，民商法、经济法、宪法与行政法是福建省重点学科。在学科建设取得重大成就的同时，法学院适应我国法制发展的需要，为国家和社会培养了大批优秀的法律人才，成为我国重要的法学研究和人才培养的基地。为了推动我国法学教育事业的发展，厦门大学法学院联合福建省各主要高校的法学院系编写了这套教材，其目的在于整合福建省高校法学教学资源，加强各高校法学教师的联系，总结教学经验，为福建省乃至全国的法学教育做出更多有益的贡献。

这套教材具有如下几个特色：

第一，依据法学本科教育的特点和规律，吸收我国法学理论界近年来最新的、较为成熟的研究成果。我们认为，本科教学以培养初级法律人才为直接的教育目标，因而必须注重基本概念、基本原理与基本制度的讲解与传授，而不能一味求新求奇，更不能以个别专家的学术观点取代理论界已经形成的共识。我国处于社会转型时期，改革开放事业日新月异地发展，国家的法律制度的变革十分迅速，法学理论的发展更有"一日千里"之势。为了确保本科教育的培养质量，我们在教材内容的甄选方面，努力做到既注重基本知识、理论共识，又注意吸纳理论界近年来最新的、较为成熟的研究成果。

第二，依据法律人的思维范式编撰教学内容，寓"德育"于法律知识教育之中。如前所述，法学教育的总目标在于培养社会主义法治国家的"治国之才"。新时代的法律人才不仅应当具备扎实的法学知识理论功底，而且还应当具有牢固的法律信仰和优秀的道德品质。法律人所具有的这种独特的信仰和道德，与其独特的知识背景和思维范式联系在一起，共同构成法律人所特有的人文精神。如欲培养法律人的道德品质，空洞的道德说教无济于事，唯有依据法律人独特的思维范式、将公平正义的法律理念融汇在教学内容中，学生才能在学习的过程中逐渐自觉地确立法律信仰，法律道德的培养才能初具成效。基于这种认识，我们依据法律人的思维范式编撰教学内容，力图寓"德育"于法律知识教育之中。

  第三，依据当代中国社会对于法律人才的要求，努力建构完善的课程体系与教学内容体系。要培养合格的法律人才，建构完善的法学课程体系至关重要。我们根据本科教学的要求，首先组织编写十四门核心课程的教材，对法学上的基本概念和基本原理做了较为清晰的阐释。除此之外，还组织编写了房地产法、证券法、公证与律师制度和知识产权法等与市场经济发展密切相关的法学教材。希望我们这一套教材能够为本科法学教材体系的发展做出微薄的贡献。

  由于我们的水平有限，缺点和错误在所难免，敬请读者批评指正。

2007 年 8 月 1 日

朱崇实　厦门大学校长，教授，博士生导师

"21世纪民事诉讼法学前沿系列"

主编： 田平安
责编： 施高翔
出版时间： 2004年9月—2014年3月

总序

田平安

寒来暑往，秋去春来，回首往事，新中国民事诉讼法学已经蹒跚地走过了五十五载历程。掩卷沉思，民事诉讼法学的一串串足迹令人心潮澎湃，思绪万千。在一个重人治而不重法治的国度，在一个重刑事而轻民事、重实体而轻程序的现实社会里，民事诉讼法学的萌芽、破土、生长与含苞及至成为法学园地中的一枝稚嫩的小花是多么的不易啊！

众所周知，新中国成立以来，我国先后颁行过两部民事诉讼法典，即1982年的《民事诉讼法（试行）》和1991年的《民事诉讼法》。试行稿的公布昭示着带有浓厚注释性色彩的民事诉讼法学呱呱坠地，民事诉讼法的施行迎来了民事审判方式的改革和民事诉讼理论框架的大体搭建。

伴随着新世纪的来临，受制于国家政治、经济、文化、军事、外交形势巨变的大背景，民事诉讼法学面临着新的挑战。认真地总结过去，仔细梳理历史的教训；冷静地正视现在，全面总结审判的经验；准确引进域外的先进理念与制度，加之学者立足本土的创新思维，民事诉讼法学必将迎来新的发展阶段。在这承上启下的特殊历史时期，在为实现历史使命而不遗余力的众多同志的推动下，这套命名为《21世纪民事诉讼法学前沿》系列（以下简称《前沿》系列）终于面世了。

一

随着时间的推移，1991年颁布的《民事诉讼法》的某些规定已经日益呈现出落后于司法实践的弊病。对现行民事诉讼制度进行一番脱胎换骨的改造，修订一部以先进理念为前导，内容充实，更具有操作性和针对性的，具有合理结构并由完善的程序和制度构成的民事诉讼法典的任务已经提上立法机关的议事日程。新的民事诉讼法典应当具有前瞻性，能够适应今后若干年的经济与社会发展对民事诉讼机制与功能的期盼。为此，它必须立足于国情与司法实践并有所提升或超越。而要完成这一艰巨的任务必须有来自民事诉讼法学界的强力理论支撑，这就要求民事诉讼法学研究彻底跳出注释法学的樊篱并成长为一种真正的理论法学体系，充分利用来自于法哲学、法社会学以及与法学密切相关的历史学、经济学等领域的法学研究方法，形成一种成熟、系统的方法论体系，进而完善整个民事诉讼法学的理论体系，最终以一种前瞻的姿态为民事诉讼法的修订提供全方位的理论支撑。

第一，实现民事诉讼法学研究从价值理念的确立到制度建构的重心转移，是我们在新世纪里所面临的首要任务。

在过去的岁月里，理论研究的重心基本上是停留于价值理念的确立而不是具体制度的建构。上世纪末，围绕民事审判方式改革所进行的理论探讨，与其说是进行制度建构不如说是重在制度批判，关于程序价值、程序保障、程序公正与实体公正的关系，以及当事人程序自主性等一系列问题的讨论在法哲学的层面上确立了民事程序的价值理念。然而法学家得以对社会发展给予推进的最有力的途径，是把价值关怀与制度建设结合起来。在理论的大框架内不嫌微末地进行具体制度的构思和建设，这将是21世纪民事诉讼法学研究更为紧迫的课题。

第二，民事诉讼法学研究要为民事诉讼法律制度的构建提供具有内在统一、协调、全面的理论支撑，并最终完成理论研究与司法实务的动态对接。我国民诉法学基本理论的研究目前尚停留在纯理论探讨的层面，而未渗透到具体程序制度的设计之中；对几大基本理论的研究尚未贯穿一个具有内在逻辑一致性的共同法理。

例如，诉讼标的理论与既判力理论在确定诉的开始、诉的合并与分离、诉的终结及再审的法定条件方面，都是具有决定性意义的，但目前对这两大理论的研究既未整合，也未结合现行立法或审判实务进行深入分析。诉权理论、诉讼目的理论和民事诉讼法律关系理论研究状况也大致如此。理论上缺乏缜密的逻辑联系是立法中制度设计过于粗糙、规范之间出现漏洞和冲突的重要原因，在理论更新和制度改革的年代，理论建设尤其要注意协调一系列关系：法律理念和基本原则在各基本理论中的一贯性，各基本理论所采学说之间的内在逻辑一致性，基本理论与对这一理论有依赖关系的法律制度设计之间的配套性，新的理论与旧的理论在制度设计中的相互衔接……唯有如此，才能以具有内在逻辑一致性的共同法理统帅各个基本理论的研究，实现整个民事诉讼法学理论体系的内在整合，形成具有内在统一性的民事诉讼法学基本理论体系。这是新世纪的民事诉讼法学研究所面临的另一重任。

第三，加强比较民事诉讼法的研究。历史所造成的中国法制建设、法学研究的"断代性"，致使民事诉讼制度的发展和民事诉讼法学的研究出现了断层，它缺乏来自历史传统的制度层面和法学理论层面的素材支撑。而通过比较民诉法学研究方法的运用，以及对世界法治发达国家民事诉讼制度和民事诉讼法学理论的借鉴，是可以弥补这种资源贫乏的缺陷的。正是基于此，近年来对英、美、德、法、日等西方法治发达国家的现代诉讼制度的介绍已经大为增多，但缺乏对国外立法的完整系统的介绍，难免有望文生义、断章取义的嫌疑。而且，对国外制度的介绍往往缺乏与国内环境的有效对照，在态度上也有失偏颇：一味强调域外制度的优势，不能理性地看待制度移植实践中所面临的不确定性。在理论层面上，对原著的翻译严重不足，对西方学者的诉讼法理论介绍不够充分，而且缺乏系统性。这就割裂了制度实践与理论研究之间必然存在的互为参照和支撑的密切联系，而使对国外诉讼制度的介绍和借鉴丧失了来自理论层面的支撑。

第四，加强实务的考证。理论的纯粹探讨过多且缺乏严密的量化数据的支撑是过去研究的不足。无论是着眼于价值理念的确立还是具体民事诉讼制度的建构，要想对社会的发展产生实际的效果，民事诉讼法学研究就必须通过一种实证性的社会学研究实现理论研究与社会实践的良性沟通，而这正是当前民诉法学研究所缺乏的。总体看来，研究中理论层面的纯粹性探讨过多，而实务性的考证过少；某种价值理念的提出往往是基于一种纯粹的逻辑演绎，缺乏来自实证性研究领域的有力支撑；某种制度构想的提出也往往是基于一种本来在态度上就有失偏颇的对国外制度的借鉴，而对其所必需的实证性的社会环境支撑则缺乏足够的重视。基于此，我们必须加强实证性的民事诉讼法学研究，用来自司法实务领域的严密的量化数据证明所提出之理论主张的价值，并在提出某种民事诉讼制度构想之初就对其落实于司法实践的可能性做出预期。

第五，重视和加强对民诉法与宪法的关系的研究。民事诉讼法是国家法律体系的重要"成员"。民事审判制度是国家司法制度的有机组成部分。宪法作为国家的根本大法，它决定着国家权力的组成、结构状态，统帅着整个法律体系和司法制度。民事审判权的走向取决于司法权和司法部门在整个国家权力体系和国家机构体系中的宪法性定位；民事诉讼的目的以及当事人与法官在诉讼中的职能分配取决于宪法对审判权的功能性定位；而宪法对作为人权的一个基本组成内容的诉权的确认则是民事诉讼程序正当化的一个"原创性"基础要件；宪法制度所确定的司法理念渗透于民事诉讼法学理论和具体制度的每一个细胞，司法体制制约着整个民事诉讼法的制度框架和运作环境。因此，民事诉讼法学研究只有对民诉法与宪法的关系给予足够的重视，才能为其对具体制度建构所提供的理论支撑找到宪法层面的基础，并保持民事诉讼具体制度建构与整个社会法律制度体系建构的内在统一。

第六，强化民诉法学的研究与相关实体法学研究的沟通。强调程序的独立价值并不意味着要割裂程序法与实体法之间所存在的天然的密切联系。我国民事诉讼法学理论界已经就此达成共识：民事诉讼是民事实体法与民事程序法共同作用的"场"，民事诉讼法学不可能是与民事实体法学没有任何关联的自我封闭体系，将民事实体法学研究与民事诉讼法学研究相结合对于后者的进一步发展是至关重要的。只有实现两者的良性沟通，才能在由民诉法学提供理论支撑的民事诉讼法律制度的建构与由民事实体法学提供理论支撑的民事实体法律制度的建构之间保持一致，并最终在制度的实践层面实现一种动态均衡。尽管如此，由于缺乏来自民事实体法学界的默契，而总体上讲两个领域的研究主体在知识范围上又难以同时涵盖两个领域，作为两个学科，它们的研究仍然处于相互独立、各自为政的一种隔离状态，沟通显得举步维艰。例如在证明责任这一两大学科共同面临的重大课题上，它们似乎没有任何共同话语，民事实体法学对民事诉讼法学所致力的这一领域的研究置若罔闻，在观察视角或是相关学术活动的交流上仍未能建立起经常性的沟通渠道。

第七，逐步形成多元化、立体化的民诉法学方法论体系。近年来，随着民诉法学研究群体的年轻化，其主体意识正日益走出传统意识形态的束缚，有力地促成了民诉法学研究方法的多元化、立体化趋势。注释法学的"专制"地位被打破，民诉法学逐步突破这种局限而进入多种研究方法百花齐放、百家争鸣的新时期。法哲学与作为部门法学的民诉法学之间的裂痕正逐渐得到弥补，法哲学研究的最新成果为民诉法学的进一步发展提供着有力的深层支撑。就方法论来讲，法哲学对部门法学应发挥统帅的作用，为各部门法学的发展提供方法论上的支撑，民诉法学也同样应该受到这种统帅。随着法哲学的方法论体系进驻民事诉讼法学，历史的方法、比较的方法重新得到强化，经济分析的方法、社会学的方法则日益成为民诉法学界的新贵。尽管如此，这种多元化、立体化的方法论体系仍处于相对薄弱的形成时期，而要使民诉法学研究真正承担起为制度建构提供全面、系统的理论支撑的重任，一种健全的、多元化、立体化的方法论体系是必不可少的。这就要求21世纪的民事诉讼法学研究要不失时机地促成这一体系的形成，在一种成熟的方法论体系中开展成熟的民诉法学理论研究，从而为制度建构提供成熟的理论支撑。

为此，"前沿"系列将继续发扬传统的注释法学方法的优势，并在方法论的选择上保持一种开放的姿态，对法哲学、法社会学、历史法学、经济分析法学等法学方法兼收并蓄，最终形成并运用一种系统均衡的方法论体系，从而全面、系统、准确地阐述民事诉讼法的过去、现在与未来，既立足中国又放眼世界，既有经验总结又有问题研究，既注重理论探索又注重实证研究，既追求民诉法学理论体系的内在统一性又力求与相关的实体法学研究保持协调。与这种方法论体系的开放性相一致，"前沿"系列在内容的体例编排上不以章、节行文，而以专题阐释。从而力图以理论体系所内含的实质系统性取代以章节行文为表征、以法典注释为内涵的形式系统性。而所有这些安排的一个重要目的就是要以系统的方法论体系为基础，构建系统的民事诉讼法学理论体系，并最终为民事诉讼法的修订提供一种系统的、全方位的理论支撑。

二

民事诉讼法学理论的繁荣昌盛，有待于民事诉讼法学人才的层出不穷。

西南政法大学的前身西南政法学院于1979年开了全国民事诉讼法学研究方向硕士研究生培养之先河。25年来，全国民诉法学研究生的培养无论在质量上还是数量上都已经有了长足的进步，但至今，民诉法学研究生教学仍然没有一套系统、权威、全面的教学蓝本，这不能不说是一件憾事。

据笔者所知，大多数高等院校的民诉法学研究生们参考沿用的是法学本科教材。应当看到，随着民诉法试行稿的公布和1991年民诉法的正式施行，各高等院校法学专业的民事诉讼法教学开始逐步走向繁荣，官方、民间和个人撰写了一大批教材。这批教材为民事诉讼法学教学的兴旺提供了有力的支撑，功不可没。但是，不少教材在方法论上仍囿于注释法学的樊篱，在体例编排上严格遵循现行立法体系，在内容上止于对立法的诠释。虽说它们对法学本科教学大有裨益，但亦可断言，民事诉讼法硕士研究生长期参考或借用法学本科教材并非长久之计。

研究生，顾名思义，是既要进行学习又要进行研究的学生。研究生教学的任务不应再局限于为司法实践批量地培养初级、应用型法科人才，而应在本科的基础之上将具有研究潜质的本科学生培养成高层次的、专门的法学理论研究人才，使之能承担起从事为司法实践提供支撑的法学理论研究的重任，从而与初级、应用型法科人才形成知识互补，并为从司法实践到理论研究的整个法治建设提供一种从实践到理论、再到实践的良性互动。在这样的一个历史时期，原来的注释型民事诉讼法学教材的历史合理性就变得不那么充分了，无论是在理论深度还是在内容的全面性上，它都无力满足高层次的、专门法学理论研究人才培养的需求，这就需要有一种系统的、能够适应高层次的理论型民事诉讼法学研究人才培养的民诉法学教学蓝本，与之分担新的历史时期所赋予民事诉讼法学教学的新的历史使命。

当然，研究生教育是为培养高层次的、专门的法学理论研究人才而设的，它必须保持适当的开放性，而不能因某种既定教育模式、体系的存在而循规蹈矩。但研究生教育毕竟与个体化的理论研究不同，是由教育的本质所决定的，即便是研究生层次的法学教育也是集合化的，因此就有必要由一种外在的、体系化的东西加以统帅，而不能放任自流、各行其道。凭借西南政法大学培养研究生的经验与优势，专门组织一套为研究生所用的学习蓝本不仅是必需的而且是完全可能的。"前沿"系列深谙法学本科教育与研究生教育的差别，全面汲取25年培养研究生的正反两方面的经验，同时也充分注意到不能让教学的系统性泯灭研究生教学的开放性，相反，只要能因势利导，它就更有利于在一种体系化的格局中充分发挥民诉法学方向研究生的思想灵性，并能使之有的放矢，充分展现于理论研究和实践操作之中。

三

"前沿"系列力图保持内容设置和体例编排上的严谨统一。

无论是要为民事诉讼法的修订提供系统全面的理论支撑，还是要为民诉法学方向研究生教学提供一套系统的教学蓝本，都要求"前沿"系列既要具有内在的逻辑统一性又要具有外在的形式体系性，因此内容设置和体例编排对本系列目的的达成是至关重要的。为此，"前沿"系列将由十本著作组成。《民事诉讼法原理》是该系列中提纲挈领的首部，它相当于"前沿"系列的"总论"。它承上启下，既兼顾法学本科的教学现状又辅之以深化的成分。在它的统帅下，根据民事诉讼法学各个领域在整个理论体系中的地位及其在民事诉讼制度建构工程中所处的坐标，将整个民事诉讼法学理论体系划分为八个组成部分，并分别命名为《基础理论篇》、《诉讼主体篇》、《原则制度篇》、《诉讼证据篇》、《诉讼程序篇》、《执行程序篇》、《涉外与仲裁篇》、《海事诉讼特别程序篇》，这八部著作相当于"前沿"系列的"分论"。总论与分论互为表里、遥相呼应，共同塑造了"前沿"系列在体例上的外在形式体系性。同时，"前沿"系列力求突破传统教材以章、节行文的做法，而以"专题"作为理论阐释的基本单元。在编撰中，我们既注重每一本著作内部各专题性理论阐释间的协调，又注重各部著作对其研究领域描述、论证的统一，力求使本丛书在内容上具备内在的逻辑统一性。另外，"前沿"系列将"海事诉讼特别程序"纳入其视野，并给予高度重视，弥补了传统民事诉讼法学研究及传统教材在研究领域设置上的一个重大缺陷。

为实现上述目的，"前沿"系列在组建撰写队伍和确定策略时可谓呕心沥血。

西南政法大学诉讼法学科是西政乃至西南地区的第一个法学博士点。民事诉讼法学课程是重庆市的精品课程。"前沿"系列则是法学院民事诉讼法学科点的重点科研项目。"分兵以发动群众，集中以应付敌人"是本系列的策略。就是说，群策群力集中大家智慧，分工负责采用目标责任制。统编工作由鄙人负责，实行主编负责制，副主编协助主编工作。参编成员原则上是本学科点的人员，同时也广为吸收由学科点步入社会的民事诉讼法学方向的博士和硕士。因此，"前沿"系列的编撰群体首先是实现了老、中、青的立体结合，其次是显现出浓郁的"西南"特色。由于力图突破地域分割给理论研究所造成的局限，同时，为加强与相邻学科的沟通，实现不同学科研究人员之间的理性对话，我们还特别邀请了相邻学科的学者志士参与书稿的编撰，从而为这种沟通和对话提供一个平台。再次，"前沿"系列力图推进民事诉讼法学方法论体系的多元化、立体化发展。

本系列无论是编撰人员的选配，还是内容的编排，都注重保持方法论选择的开放性，力争促进民事诉讼法学方法论体系的多元化、立体化发展。它在继续发扬传统的注释法学方法优势的同时，对法哲学、法社会学、历史法学、经济分析法学等法学方法兼收并蓄，针对不同的研究领域选择、运用合理的研究方法。针对传统民事诉讼法学研究过于注重纯理论探讨的缺陷，"前沿"系列将加强实证性分析，并使之与纯理论探讨相互关照、互为支撑。针对传统民事诉讼法学与相关实体法学研究缺乏必要沟通的缺陷，"前沿"系列将力争合理借鉴相关实体法学的研究方法和研究成果，实现程序法与实体法在民诉法学研究和实践中的对照和呼应，在民事程序法学与民事实体法学之间塑造一种系统均衡的状态，并启迪"系统论"的法学方法在民诉法学研究中的运用。

当然，制作一套研究生教学蓝本是一件开创性的工作，因为没有先例，无成功的经验可资借鉴，亦无失败的教训可资汲取。唯一能借鉴的只是 25 年的研究生教学实践，助推我们向前的是对法学教育事业的执着追求。前面提及本系列一共十部，其内容不可谓不丰富，其体系不可谓不庞大，欲在有限的学时内教授完毕显然是强人所难。因此，建议使用本系列的同事们斟酌取舍、灵活掌握，而多数的内容应留待研究生们自学、思考。

最后，我们遵从惯例，真诚地向编辑出版"前沿"系列丛书的厦门大学出版社的同志们致以深深的谢意。没有他们的支持与辛劳,本系列丛书是难以面世的。

由于水平所限,加之时间仓促,书中谬误之处在所难免。大到体系、论点,小到字句、标点,我们诚恳地期望得到同行和同学以及社会各界的指正。寥寥数语,是为序。

2004 年 7 月 8 日

田平安｜博士生导师、法学教授,西南政法大学前校长,全国民事诉讼法专业委员会主任,西南政法大学民事诉讼法学科负责人

"中国政法大学民事诉讼法学系列教材"

主编： 宋朝武
责编： 施高翔
出版时间： 2007年3月—2012年11月

总序

——

宋朝武

　　21世纪是知识经济的时代，是信息爆炸的时代，这为21世纪中国高等法学教育提供了机遇。中共十六大提出要培养数以亿计的高素质劳动者、数以千万计的专门人才和一大批拔尖创新人才。将军是伟大的，士兵也是可爱和必需的；没有大众支撑的天才和精英，又岂能对社会有所贡献？高等法学教育也应通过阶梯结构的法学人才培养贡献于国家人才战略。近年来，高等法学教育的性质是通识教育还是职业教育的争论陷入二元对立的误区。这二者不是互相对立、不可调和的，而是互相支持、彼此吸收的关系。唯其建构通识为基础，职业为目的的法学教育，才能培养出健全、有用的法律人才。

　　经过改革开放以来的快速发展，目前我国已有600多家法学院（系），每年培养出超过5万名的法学本科专业毕业生。可以说，我国培养法律人才数量之巨、速度之快堪称世界之最。我们看到，法律职业已经变成人口过于膨胀的职业领域。法律人才供给与市场需求之间的矛盾、数量与质量之间的矛盾是我们目前面临的严峻挑战。要应对挑战，就得转变教育理念，从素质教育出发培养法律人才。更为根本的是提高法律人才质量、优化法律人才知识结构。

"面向市场，春暖花开。"要提高法律人才质量、优化法律人才知识结构，必须面向市场经济的发展，必须面向市场经济对法律职业的期待与需求。作为法学教师，我们所能做的就是在教学方法、教学手段、课程建设和专业设置上做出我们的贡献。我们努力着，也期待着，我们所培养出来的学生，既具有较扎实的理论功底、人文素养，又具有将来从事多种法律职业应当具备的知识结构和把法律问题放到复杂的社会环境和交织的观点冲突中去思辨的能力。他们应当能够运用所学法律知识解决实际问题，以适应建设社会主义法治国家和市场经济的需要。

这些年，法学教学改革的步子很大。在教学方法上，正在由传统课堂讲授向案例教学、法律诊所式教学等灵活多样的教学方法上发展。在教学手段上，多媒体教学正在发挥越来越重要的作用。相比而言，课程建设和专业设置上的工作更为根本。

覆盖面广、结构合理是我们在课程建设和专业设置上的基本考虑。所谓覆盖面广，就是所设专业课能够覆盖到目前各法律职业的需求；所谓结构合理，就是专业课设置上遵循由抽象到具体、由本土到域外的认知规律，遵循相邻学科相互支撑规律。这一基本思路在我们这一套教材构成上有充分体现。

民事诉讼法学是研究民事诉讼法的产生、发展及其实施规律的一门重要的法学学科，是教育部规定的法学本科教育十四门核心主干课程之一，是法学专业本科生的一门必修课程。本课程的教学目的是让学生掌握民事诉讼法的基本理论、基本知识和基本诉讼技能，正确理解民事诉讼各种程序的规定，熟悉各种民事诉讼规范，提高运用所学民事诉讼法学知识解决、处理民事纠纷的能力。民事诉讼法学是一门范围广泛、体系完整、内容丰富、综合性高、实务性强的法律学科。为此，本课程还辅之以"民事诉讼实务"、"民事证据法"、"外国民事诉讼法"以及"仲裁制度"和"民事执行法"等选修课程。民事诉讼法学作为法学高等教育的一个重要组成部分，是一门应用性很强的学科，其内容不仅丰富、涉及面广，而且规定明确、具体，具有相应的科学性和系统性。为了深入推进民事诉讼法的教学改革，提高本科教学质量，中国政法大学民事诉讼法研究所组织长期从事民事诉讼法学一线教学的骨干教师，精心编写了《民事诉讼法学》、《民事证据法学》、《外国民事诉讼法学》、《民事诉讼法学案例教程》、《仲裁法学》、《调解法学》、《强制执行法学》、《公证与律师制度》八种本科生法学教材。

　　本套教材绝非重复劳作，一方面，它是对教学内容的系统更新。近年来，民事诉讼法学理论研究的势头日渐强劲。本套教材捕捉学科发展的前沿问题，反映最新理论研究动态，以我国现行民事诉讼法和仲裁法等法律、法规、条例及有关司法解释为基础，力图完整、准确地阐明民事诉讼法学的基本概念和基本原理，并本着理论与实践相结合的原则，注意吸收国内外民事诉讼法学教育、科研的最新成果，注意运用比较生动的案例来阐释民事诉讼法学的理论与制度，力求有所创新。近年来，民事诉讼领域的司法解释出台的速度很快，而且大都是自20世纪80年代以来的民事审判方式改革的"结晶"，对这些司法解释的准确阐释是新的研究对象和新的教学内容。本套教材吸纳《最高人民法院关于人民法院民事调解工作若干问题的规定》、《最高人民法院关于民事诉讼证据的若干规定》、《最高人民法院关于适用简易程序审理民事案件的若干规定》等最新司法解释，力图准确、系统、全面地传达最新的信息。另一方面，这套教材是中国政法大学民事诉讼法研究所老师们教学实践的总结、教学心得的升华。中国政法大学民事诉讼法研究所现有在职教师18人，开设了"民事诉讼法学"、"民事证据法学"、"民事执行法"、"民事诉讼实务"、"仲裁制度"、"外国民事诉讼法"等课程。这个堪称国内最大的民事诉讼法学教学、科研群体每学年要承担近2000名本科生的教学任务。这个群体具有较高的职称结构与学历层次，也具有高度的责任心与奉献精神，多年来兢兢业业，苦心琢磨教学规律，深受学生的肯定与好评。

　　本系列丛书比较完整地体现了"大"民事诉讼法学的教学体系与课程结构，就其特色而言：

　　《民事诉讼法学》是本系列教材的核心与基础，由绪论、总论、民事诉讼通常审理程序、民事诉讼特殊审理程序、民事执行程序、涉港澳台民事诉讼程序与区际民事司法协助、涉外民事诉讼程序七篇构成。该书以简洁明快、通俗易懂的语言阐释我国民事诉讼的理论和制度。该书内容体现了民事诉讼法规范最新的变化与发展，反映了当前民事诉讼法学理论研究的前沿动态，具有前沿性、启发性。

　　《民事诉讼法学案例教程》在案件素材所构建的特定话语系统中，辅之以焦点问题，以期给读者更大的分析与思考的空间，并通过精当的法理精析，旨在使读者能够正确理解民事诉讼法理、立法背景以及民事诉讼程序的基本运行规律。基于以案促教、以案说法、以案释理的要旨，本书所选案例，时效性强、涵盖面广，且兼顾典型性、针对性、适用性和生动性。

《外国民事诉讼法学》有三大特点：第一，本书以不同法系典型国家的民事诉讼法为主线，选取了英、美、法、德、日、俄的民事诉讼制度，学生可以以此为基础了解同一法系中其他国家民事诉讼的相关程序制度；第二，突出了各国民事诉讼制度的改革，使学生了解世界民事诉讼制度改革的趋势，并与我国的民事诉讼制度改革相联系；第三，选取了最新的各国民事诉讼的资料。在全国范围内，有关外国民事诉讼法的本科教材少而又少，本教材的编写是一次有益的尝试。

《民事证据法学》秉持学以致用的原则，凝聚了我国证据法学研究的最新理论成果，系统阐释了《最高人民法院关于民事诉讼证据的若干规定》所带来的民事证据规范的发展与更新。本书体现了实用性和理论性的结合，凸显了民事诉讼证明实践中的流程和关键环节。

《仲裁法学》以仲裁制度为主线，系统阐释了仲裁制度的基础理论、仲裁程序、仲裁的执行与监督、国际商事仲裁。本教材既反映了我国仲裁立法的基本内容，又兼顾了仲裁理论界的最新研究成果；既涉及对仲裁理论制度的阐释，又涉及对仲裁实践中具体问题的分析，有利于高等法学专业的教学与学生学习。

《调解法学》系统阐述了调解学（包括诉讼调解和非诉讼调解）的原理、特点、规则、应用等方面的内容，对我国现行诉讼调解和非诉讼调解进行了比较全面的梳理和总结，对与调解学相关的概念、制度进行了区分和比较，对与调解相关的纠纷解决制度做了介绍，并对它们之间的关联关系进行了阐述和分析，将调解置于传统的纠纷解决方式和现代ADR（替代性纠纷解决方式）体系中观察，具有时代意义。

《强制执行法学》以我国现有的强制执行法律规范为基础，吸收强制执行理论研究的最新成果，详尽阐述了强制执行法的理论、原则、程序与方法，同时借鉴国外和其他地区的立法经验，对我国强制执行法的完善提出了立法建议。该书法理阐释深刻，对现行法律规范的分析全面，理论与应用并重，现实与前瞻结合，是一本专著性教材。

《公证与律师制度》一书主要具有三个特点：一是内容新。本书以全国人大常委会2005年颁布的《公证法》和2001年修订的《律师法》为依据，结合司法部新近发布的行政规章，对法律规定的最新内容做了详细具体的介绍。 二是内容全。 本书对公证、律师制度的各个方面都做了简明扼要的介绍，有利于读者全面、准确地掌握相关法律知识。 三是注重理论联系实际。 公证、律师制度均分为制度和实务两个部分，既具有理论性，又具有较强的实用性，便于读者理解和运用。

本套教材的出版得到厦门大学出版社的大力支持和帮助，在此表示衷心的感谢。

尽管我们编写这套民事诉讼法学教材时经过长期酝酿和反复推敲，但由于作者水平有限，缺点、错误在所难免，恳请同行、读者批评指正。

2008 年 8 月 1 日

宋朝武　中国民事诉讼法学研究会秘书长，
　　　　中国政法大学民事诉讼法研究所
　　　　所长、学科带头人

"外国民法典译丛"

主编:徐国栋
责编:施高翔、甘世恒、邓臻
出版时间:2007年6月—2013年12月

总序

徐国栋

"民法典译丛"是厦门大学法学院罗马法研究所与其他高校的学者进行广泛合作的成果,其目的在于为我国民法典的制定提供广泛的参考资料。

民法典是一个国家的百年大计。只有经过充分的理论准备,所制定的民法典才能经得起时间的考验。我国正处在制定民法典的前夜,全国人大的主要负责人、民法理论界的执牛耳者计划在近几年内,完成中国民法典的制定。尽管立法部门充分理解、理论界高度重视这一事业,但由于长期的民法文化断层带来的缺憾,制定中国民法典的资料准备和理论准备仍显薄弱,急需加强。由于民法的法典编纂在很大程度上是一种罗马法现象,作为一个专业性的罗马法研究机构,为制定一部如此重要的立法文件提供资料准备和理论准备,实属分内的工作,为此,我们注重"藏"、"译"、"研究"外国民法典,并以私人的方式"编纂"中国民法典草案。

所谓"藏",指力争收全世界各国的民商法典。在合同法的起草过程中，我痛感就连许多著名法典也极难到手利用，由此认识到"藏"的工作虽简单，但极必要。由于我国理论化的民商法研究起步较晚，而国外许多国家较早就有了民商法典以及成熟的民商法理论，在强调中国的法律和经济要与国际上的相应秩序接轨的前提下，更有必要借鉴国外的成熟经验。收藏外国的民商法典，是对它们代表的法律经验进行借鉴的必要准备步骤。为此，本所收集了128部外国民商法典。欧洲、拉丁美洲的民商法典，除少数不具典型意义外，已经无遗；其他大洲具有典型意义的民商法典，亦已尽备。令人自豪的是，在外国民商法典的收藏上，厦门大学罗马法研究所在全国居于前列，已成为中国最好的外国民商法典中心。

所谓"译"，指对收藏的外文形式的民商法典进行翻译，俾能为广大读者直接利用。由于本所人力有限，我们与其他高校进行了广泛的合作，诸外国民法典的译者有的在长江之滨，有的在大漠之北，有的身处岭南荔枝之乡，有的舌耕京华弦歌之地，颇似当年各路大军会战原子弹。今天，我们为了重要的民法典，又协作在一起。

所谓"研究"，是在上述资料工作的基础上，推动研究外国著名民法典专著的诞生，以提高我国的民法理论研究水平，直接为我国立法服务。

所谓"编纂"，即根据上述三方面之工作的成果编订中国自己的民法典草案。如果说上述三项任务的目标在于外国民商法典的获得、传播、掌握，那么，此项任务则以中国现有民商立法的整理为目标。为此，我们已起草《绿色民法典草案》，希望以此举带动其他高校也起草自己的民法典草案建议稿，集思广益，加快中国民法典的制定进度。

现在，我们把"译"的工作成果奉献给公众，它主要分为"亚洲"、"非洲"、"美洲"和"欧洲"4个系列。《越南民法典》、《蒙古国民法典》是周边国家系列的头两本，以后还会有《泰国民商法典》、《菲律宾民法典》等相继出版。设立这个系列的主要目的，是加强对我们邻国法律的了解，有利于人民的交往和贸易。"美洲"系列将以拉丁美洲国家的三大典型民法典为主干，它们是《智利民法典》、《阿根廷民法典》和《巴西新民法典》，其他拉美国家的民法典都或多或少与它们类同。当然，新近的《秘鲁民法典》也会被我们考虑为工作对象。欧洲国家的民法典，除了《荷兰民法典》、《西班牙民法典》和《葡萄牙民法典》外，大都已被译成了中文，对此我们只能做拾遗补阙的工作。另外，我们已组织对非洲国家的重要民法典进行翻译，如《阿尔及利亚民法典》和《埃塞俄比亚民法典》，以拓展我们民族的法律视野。

　　民法典是一个民族之生活的镜子，是一个民族文化之精华的表现，它凝聚了一个民族的价值观和生活经验。欲了解一个民族的生活样态，看一下它的民法典就够了。无怪乎《意大利民法典》被译成中文后，意大利驻华使馆的工作人员有点伤感地说："你们把我们最好的东西都拿走了。"如果把这个世界看作是一个由国家组成的市民社会，各个民族都是这个社会的成员，人们生活方式的普遍性决定了民法典的普遍性，那么，各个民法典又是比较类似的，可以跨文化地移植或借鉴的万民法的成分居多。他山之石，可以攻玉。对于我国民法典的制定者来说，可以参考的外国民法典是愈多愈好，从根本上说，本丛书主要是为制定我国民法典服务的。如果可以提得更高一些，我们还可以说，翻译外国民法典不仅仅是一项文化基本建设工作：它除了能满足立法、司法和学术研究的需要外，还可以满足通商的需要，因为在与一个国家进行贸易之前，了解其民商法是必不可少的。

　　愿我们的"民法典译丛"能够像狄得罗的《百科全书》和格林兄弟的《德语词典》一样，成为一项伟大的事业！

2009 年 4 月 2 日重写于胡里山古炮台之侧

徐国栋　厦门大学法学院教授

《民间法》

主编：谢晖、陈金钊
责编：甘世恒
出版时间：2012年11月

总序

谢 晖

自文明时代以来，人类秩序，既因国家正式法而成，亦借民间非正式法而就。然法律学术所关注者每每为国家正式法。此种传统，在近代大学法学教育产生以来即为定制。被谓之人类近代高等教育始创专业之法律学，实乃国家法的法理。究其因，盖在该专业训练之宗旨，在培养所谓贯彻国家法意之工匠——法律家。

诚然，国家法之于人类秩序构造，居功甚伟，即使社会与国家分化日炽之如今，前者需求及依赖于后者，并未根本改观；国家法及国家主义之法理，仍旧回荡并主导法苑。奉宗分析实证之法学流派，固守国家命令之田地，立志于法学之纯粹，其坚定之志，实令人钦佩；其对法治之为形式理性之护卫，也有目共睹，无须多言。

在吾国，如是汲汲于国家（阶级）旨意之法理，久为法科学子所知悉。但不无遗憾者在于：过度执着于国家法，过分守持于阶级意志，终究令法律与秩序关联之理念日渐远离人心，反使该论庶几沦为解构法治秩序之刀具，排斥法律调节之由头。法治理想并未因之焕然光大，反而因之黯然神伤。此不能不令人忧思者！

所以然者何？吾人以为有如下两端：

一曰吾国之法理，专注于规范实证法学所谓法律本质之旨趣，而放弃其缜密严谨之逻辑与方法，其结果舍本逐末，最终所授予人者，不过御用工具耳（非马克斯·韦伯"工具理性"视角之工具）。以此"推进"法治，其效果若何，不说也知。

二曰人类秩序之达成，非唯国家法一端之功劳。国家仅借以强制力量维持其秩序，其过分行使，必致生民往还，惶惶如也。而自生于民间之规则，更妥帖地维系人们日常交往之秩序。西洋法制传统中之普通法系和大陆法系，不论其操持的理性有如何差异，对相关地方习惯之汲取吸收，并无沟裂。国家法之坐大独霸，实赖民间法之辅佐充实。是以19世纪中叶、20世纪以降，社会实证观念后来居上，冲击规范实证法学之壁垒，修补国家法律调整之不足。在吾国，其影响所及，终至于国家立法之走向。民国时期，当局立法（民法）之一重大举措即深入民间，调查民、商事习惯，终成中华民、商事习惯之盛典巨录，亦成就了迄今为止中华历史上最重大之民、商事立法。

可见，国家法与民间法，实乃互动之存在。互动者，国家法借民间法而落其根、坐其实；民间法借国家法而显其华、壮其声。不仅如此，两者作为各自自治的事物，自表面看，分理社会秩序之某一方面，但深究其实质，则共筑人间安全之坚固堤坝。即两者之共同旨趣，在构织人类交往行动之秩序。自古迄今，国家法虽为江山社稷安全之必备，然民间法亦为人类交往秩序所必需。故人间秩序者，国家法与民间法相须而成也。此种情形，古今中外，概莫能外。因之，此一结论，可谓"放之四海而皆准"。凡关注当今国家秩序、黎民生计者，倘弃民间法及民间自生秩序于不顾，即令有谔谔之声，皇皇巨著，也不啻无病呻吟、纸上谈兵，终其然于事无补。

近数年来，吾国法学界重社会实证之风日盛，其中不乏关注民间法问题者。此外，社会学界及其他学界也自觉介入该问题，致使民间法研究蔚然成风。纵使坚守国家法一元论者，亦在认真对待民间法。可以肯定，此不惟预示吾国盛行日久之传统法学将转型，亦表明其法治资源选取之多元。为使民间法研究者之辛勤耕耘成果得一展示田地，决定出版《民间法》年刊。

本刊宗旨，大致如下：

一为团结有志于民间法调查、整理与研究之全体同人，共创民间法之法理，以为中国法学现代化之参照；

二为通过研究，促进民间法与官方法之比照交流，俾使两者构造秩序之功能互补，以为中国法制现代化之支持；

三为挖掘、整理中外民间法之材料，尤其于当代特定主体生活仍不可或缺、鲜活有效之规范，以为促进、繁荣民间法学术研究之根据；

四为推进民间法及其研究之中外交流，比较、推知相异法律制度的不同文化基础，以为中国法律学术独辟蹊径之视窗。

凡此四者，皆须相关同人协力共进，始成正果。故鄙人不揣冒昧，吁请天下有志于此道者，精诚团结、互为支持，以辟法学之新路、开法制之坦途。倘果真如此，则不唯遂本刊之宗旨，亦能致事功之实效。此乃编者所翘首以待者。

是为序。

谢晖　北京理工大学法学院教授，中南大学法学院教授

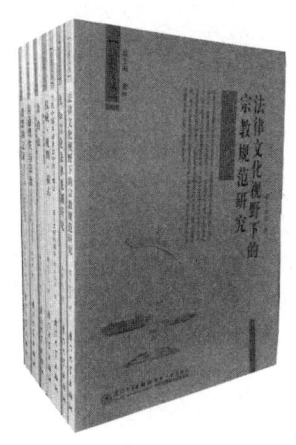

"法意文丛"

主编： 谢晖
责编： 甘世恒、李宁、邓臻
出版时间： 2011年8月

总序
在人世生活中寻求法意

谢 晖

去岁中，周赟君来信告诉我，厦门大学出版社拟出版一套以法学理论和法律史学术论著为收录对象的学术文丛，问我有没有意向组织书稿、担任主编。我回信说容我思考数日再说。若干天后，他又来信询及此事，我回信说最好见过出版社相关人员后再作决定。去岁中秋期间，我亲赴厦门，和该社负责这套丛书的编辑甘世恒君详细磋商了有关细节，决定组织并编辑这套丛书，并把丛书命名为"法意文丛"。

之所以选择这一丛书名，一为遵循法理、法史探索之宗旨，二为倡导在生活意义中探寻法理意义。众所周知，自从严译《法意》以来，这个多少带有浪漫色彩但又不乏中性温情的词汇，就在中国法律学人心中，有了其独特的地位——它一反法律就是专政工具、就是刑杀镇压一类"词的暴政"，而道出了法律以勾连交往行为中人们的日常生活为使命这一真谛。法律不是日常生活的外在之物，而是日常生活方式的规范提纯、精神萃取，从而成为日常生活的内在构成性因素。然而，验之以学术史，这种对法意的理解框架并非一以贯之。一方面，所谓神意论、自然精神论、理性论等等，都给法律涂抹了一层神圣的光环，从而使法律为什么有权威这样的现实考虑有了预设和保障。另一方面，所谓法律虚无论、阶级意志论、主权者命令说等等，又把法律从天庭拉到凡世，不仅如此，而且法律不过是实践人间既得利益者需要的工具，是当权者随其所需任意打扮的婢女，因之法律进入令文人不齿的境地，这不禁令人想起苏轼"读书不读律"的遗训。此种情形，为有人借机打破人间一切法律秩序，做好了前提性准备。

介于两者之间的，乃是把法律作为一种社会—政治契约。法律就是选民和选民、选民和政府间达成的社会—政治交往的契约，是社会—政治交往的规范构成要素，人类只要不能舍弃社会—政治交往，也就无法舍弃法律。所以，法律是社会构造的必要性和构成性因素，而非选择性和权宜性因素；法律是主体交往行为的规范根据，而非镂刻在精美石头上的装饰物；人因为法律所布置的交往路线和逻辑构图而显示其存在，显示其主体身份，取消了这一交往路线和逻辑构图，势必就模糊了人存在的意义，消隐了人的主体身份。这样，法律就摆脱了被置诸神界的虚无缥缈，也摆脱了被置诸魔界的面目狰狞。法律回到了它应有的生活场景——法律是人们日常生活中不可或缺的构成性因素。所以，法律既是世俗的，它强调以清晰的概念表达"群己权界"；法律也是值得"信仰"的，因为人类离开法律，其交往就会事倍功半。

当下我国对法意的处理，一面是想方设法将其意识形态化，"依法治国，建设社会主义法治国家"的响亮口号，成功地从法学家的意识形态走向官方意识形态。不时自我表扬一番"我们是法治国家"，既是表扬者的时髦，也可以隐约看出其对法治的某种崇仰，或者至少在其看来，法律和法治不会是什么坏东西。于是乎，法治、法律之类，俨然再度显示出其神圣面貌。另一面却自觉不自觉地将其工具化，譬如广受学界质疑的所谓法治"五句话"，对世所公认的法治原则视而不见，转而以"权治"精神，解构法治理念，从而法律及法治又轻飘飘自天庭落入凡世。遗憾的是，此番落入凡世的法律，并非世人必须之交往规范，而只是强化一元化领导的一种可替代的手段。一旦公民利用这种手段从事"合法斗争"，便立马会遭到"依法办事，不是说几毛钱的纠纷也要诉诸法院"一类的无理指责！这样，法治这个标签就如同当年的人权一般，只剩下在国际社会对敌斗争的场合，偶露峥嵘。由此必然导致的结局是当年西北政法学院图书馆前的一幅雕塑所引发的、流传法学界已多年的那个隐语："宪法顶个球"——法律虚无论又隐隐死灰复燃，教化意识形态和权术治理又想方设法，粉墨登场。

这一切，自然表达的也是一种"法意"，但和近代以来法学家心目中的法意以及法治实践中的法意大相径庭，也表明按照日常生活之规范需要，对法意的继续探寻和深入钻研，依然是法学家任重道远的使命。如何按照世俗生活的要求，撷取法意，又以法意之内容，安排世俗生活，使世俗生活和法律精神相得益彰——以世俗生活彰显法律精神，以法律精神光照世俗生活，让人们生活在自治、自由、文明、有序的法律交往体系中，既是法学家的使命所在，也是全体公民之福祉所系。

本丛书即着眼于此种追求。书稿标准，唯学术是尚，不论大腕名流，抑或无名小卒，倘可提供自生活之活水源头，求索法意之学术作品，概可纳入计划。选题范围，可着眼宏大，可着手细微，宏则法治路线、法律传统，微则法条诠释、疑案精解，只要源于生活，富含法意，皆入选题范围。研究方法，可崇尚思辨，可奉行实证，无论逻辑辩驳，还是事实白描，但能反映生活，突出法意，尽在欢迎之列。期待相关有志者，能贡献一家之言；也期待作者、编者和出版者锲而不舍，能助窥天人之际。

是为序。

2011 年 4 月 10 日

谢晖 | 北京理工大学法学院教授，中南大学法学院教授

《民事程序法研究》(第八辑)

主编： 韩波
责编： 施高翔
出版时间： 2012 年 7 月

刊首语

张卫平

2012 年的春天如约而至，中国民事诉讼法学研究会的会刊——《民事程序法研究》也应约而来。我们为此欢欣鼓舞——我们这些从事民事诉讼法研究的学人有了自己的理论园地和精神家园！

虽然，在若干年前名为《民事程序法研究》的刊物就已经存在，但它最初还仅仅是清华大学法学院民事程序法研究中心的一个刊物。当下，形势逼人，为适应我国民事诉讼法学发展的紧迫需要，经中国民事诉讼法学研究会研究，决定"收购"《民事程序法研究》，将其改为研究会的会刊，由研究会负责会刊的所有事务，这便是会刊的由来。会刊不设主编，会刊的最高决策机构是编委会，拟定每年出一至两辑，每辑由执行编辑负责组稿和有关编辑事项。

无疑，《民事程序法研究》是一个专业橱窗，为人们集中、全面展示民事诉讼法学工作者的研究成果。《民事程序法研究》一辑数十万字的容量，使得我们有更充分的空间展示学者们的研究成果，充分地阐发自己的理论和独到的见解。有了我们自己专业的理论园地之后，就可以更加从容地进行研究,推出更有体量和厚度的研究成果,发出更有分量的声音。在司法改革不断推进的时代,我们也应该发出更加铿锵有力的声音。

同时,《民事程序法研究》也是一个窗口。法律实务、立法和其他法学学科的研究工作者可以通过这一窗口更多地了解民事诉讼法学研究的最新动态和成果,以促进民事诉讼法学理论成果的尽快转化,为民事诉讼法的科学实施和运行,为民事诉讼制度的完善提供理论支持,也将进一步促进民事诉讼法学与其他学科之间的交流和融合。

当然,《民事程序法研究》还是一个学术交流的平台,通过《民事程序法研究》,民诉学人之间可以以文会友,切磋互动,强化学术竞争,共同推进民事诉讼法学的发展,提升我国民事诉讼法学研究的水平。

最重要的是,《民事程序法研究》作为会刊,首先要坚持的就是大师陈寅恪先生所提倡的"独立之精神,自由之思想",尊重学术自由,倡导严谨的学术研究态度,严格遵行学术道德和学术规范,拨开浮云,直面现实,勇敢追求和坚持真理。学术没有禁区,我们要充分发挥每一个学人的创造性,尤其鼓励青年学者勇于探索与创新。

《民事程序法研究》对于每一位投稿的作者都将一视同仁,平等相处,真诚相待,以学术水准作为是否用稿的唯一标准。

《民事程序法研究》将努力成为每一位从事民事诉讼法学研究工作的人最亲密、贴心的朋友,成为每一位民诉学人在学术上不断进取的帮手。您的文章一旦在会刊上刊出,所有民诉学人也会为您高兴,同您一道分享快乐。

当然,我们也希望我们所有从事民事诉讼法学研究的人给予会刊更多的体贴、呵护、关爱和支持,为办好会刊出谋划策,相信有了您的体贴、呵护、关爱和支持,会刊一定会成为我国法学学术园地中一朵盛开的奇葩。

千里之行,始于足下。让我们共同为之努力!

2012 年 5 月 10 日于清华大学自宅悦心斋

The 30th Anniversary
of Xiamen University Press

张卫平 | 中国民事诉讼法学研究会会长,清华大学法学院教授

The 30th Anniversary of Xiamen University Press

教育篇

《大学之道——在建设一流大学的征程上》

作者： 陈传鸿
责编： 蒋东明
出版时间： 2003 年 12 月

序 一

刘海峰

大凡名牌大学都有深厚的历史底蕴，这种底蕴往往体现在学术传统和校风校貌上，也体现在学校的个性和气质上。厦门大学是一所很有人文气质的大学，这从她的校训和校歌中便可看出来。1921 年 4 月开办厦门大学时定下的校训是"自强不息"，7 月新校长林文庆上任后将校训改为"止于至善"，后来又演变为两者的结合。"自强不息"容易理解，指自觉地积极向上、奋发图强、永不懈怠。"止于至善"则较为深奥，指通过不懈的努力，以臻尽善尽美而后才停止。世间很少有什么事情能达到完美的程度，那么这种追求和努力就永不停息。而且，"止于至善"这四个字还隐含着"大学之道"的意蕴，因为"止于至善"语出《礼记·大学》："大学之道，在明明德，在亲民，在止于至善。"大学之道的最高境界或最终目的在止于至善，因此，厦大的校训中实际上就有"大学之道"的含义在内。

现今又提倡唱厦大校歌了。厦大在建校之初便定下了校歌："自强，自强，学海何洋洋！谁欤操钥发其藏？鹭江深且长，致吾知于无央，吁嗟乎南方之强！自强，自强，人生何茫茫！谁欤普渡驾慈航？鹭江深且长，充吾爱于无疆，吁嗟乎南方之强！"由郑贞文作词、著名音乐家赵元任谱曲的厦大校歌，旋律悠远高洁而又深沉豪迈，唱之闻之令人回肠荡气，我甚至还可以从中感觉到一种超凡脱俗的禅意。这实在是一首很美的校歌，有一种激励人奋发向上的精神力量。

校歌中"南方之强"四个字，十分通俗，一看就懂，意思是地处南方的强校。但"南方之强"还有另外一重含义，即"宽柔以教"之意，这是连厦大人都很少了解的，也很少人知道这句话是有经典来历的。《中庸》第十章载："子路问强。子曰：南方之强与？北方之强与？抑而强与？宽柔以教，不报无道，南方之强也，君子居之。衽金革，死而不厌，北方之强也，而强者居之。"孔子在回答子路关于"强"的问题时，对南方之强与北方之强的不同表现作了辨析。朱熹在《四书章句集注》中对此"南方之强"注释说："南方风气柔弱，故以含忍之力胜人为强，君子之道也。"这与北方风气刚劲、以果敢之力胜人为强颇为不同。地处美丽温馨的南方城市厦门，厦大也具有温和、沉稳的个性，她的强大往往体现在以柔克刚、"宽柔以教"上。确实，偏踞东南一隅的厦大，其强大一方面表现在通常各大学可比的指标上，另一方面则体现在以特色取胜上。

厦大是一所很有特色的大学，在中国高等教育史上具有独特的地位。她是中国第一所由华侨独资创办的大学，在筹办和开学之初，曾引起中国教育界的震动。陈嘉庚在创办厦大时就期望将其办成"南方之强"。在后来历经曲折的办学过程中，厦大人恪守"自强不息，止于至善"的大学之道，始终孜孜不倦地追求并逐步实现"南强"之梦。厦大曾有过辉煌的办学历史，发展到20世纪末21世纪初，则面临着前所未有的机遇和挑战。与20世纪40年代以前不同，现在中国的大学数量众多，群雄竞起。在争当或保持一流大学的角逐中，有如逆水行舟，不进则退。在百舸争流的竞争态势中，近年来厦大的发展仍然延续和发扬了厦大的传统和特色。

独立发展、自强不息是厦大发展的一大特色。英国高等教育家阿什比在《科技发达时代的大学教育》中有句名言："大学是遗传和环境的产物，就像一个有机体，任何突变都可能会导致大学的死亡。"这句话用在中国只对了一半，因为20世纪50年代初和90年代的院校调整与合并，对这些大学而言都可以说是突变，但一些大学消亡了，一些大学在合并后却增强了综合实力和竞争力,获得了新生。而厦门大学在20世纪90年代后期的合并风潮中无校可并,只有自强不息。通过苦练"内功",厦大的实力也大为增强。虽然规模不如有些航空母舰式的大学,然而一旦以人均排名来考察,厦大的实力在全国是相当靠前的。主要是因为远离京城并且不在省会,厦大游离于新一轮院校合并风潮之外,成为"孤独的另类"。不过,无校可并或不愿合并一些小的高校,在一定意义上也未尝不是件好事,因为至少可以免去并校过程中的强烈震荡和磨合成本,可以较为专心致志地从事教学科研,也不会出现院校更名带来的负面影响。

多年来,我研究中国高等教育发展史,近两年还负责研究教育部委托的关于中国高等学校校史追溯、院校更名的两个课题,对跌宕起伏变化多端、聚散离合变动频仍的中国高等学校变迁史颇为熟悉。在一些有关高校校史追溯和更名的全国性会议上,我多次宣称:除了厦大,没有任何一所校龄超过80年的中国大学从未改过名的。一开始其他专家都不相信,结果列举的著名大学我都能指出其改过的名称。我认为,厦大的确是中国高校中的一条"好汉",即"行不改名,坐不改姓"。

在厦大80多年的历史上,也曾出现过改名风波。1940年初,民国政府教育部根据福建省教育厅的意见,将新办的福建大学并入当时搬迁到长汀的厦门大学,拟将厦大改名为福建大学。当拟将厦大改为福建大学的消息传到长汀时,厦大师生群情激愤,旅汀毕业同学会和新加坡校友都召开大会,强烈要求教育部收回成命。他们认为"厦门大学创办迄今,已历廿载,负有国际上、学术上之荣誉,苟予轻易改名,过去光荣历史,势将付诸东流,可惜孰甚?"(《厦门大学校史》第1卷187页)而且,厦大毕业生留学者不少,在校成绩早被欧美大学正式承认,一旦改名,将来同学进修及学校行政必多困难。经过多方努力,特别是陈嘉庚先生于1940年3月底在重庆,明确反对当时行政院长孔祥熙和教育部长陈立夫关于厦大改为福建大学的意见,迫使民国政府改变决定,厦门大学的校名幸而得以保存。

过了半个世纪后,作为厦大的一员,我初读《厦门大学校史》时,对当年福建省教育厅和民国政府将厦大改为福建大学的计划也相当有看法。不过,近年来转念一想,觉得省厅和教育部的动议也是事出有因的。由于当时大半个中国已沦陷,抗日战争处于最严酷的阶段,厦大已搬迁到长汀两年多,在有些人看来,抗日战争何时能够胜利甚至是否能最后胜利都还是个未知数,既然大学已不在厦门,长期仍称厦门大学是否名不副实?而用"福建大学"之名,名称似乎更大,涵盖面更广,无论是一直在长汀或将来回厦门办学都无不可。 而且,厦门大学既然已在1937年抗战前夕改为国立,政府根据需要将其改名也是不足为奇的事。然而,就是在当时那样特殊的情况下,热爱厦大的人士仍然执着地怀抱着海的向往,坚守着"厦门"的名称,动员一切可以动员的力量,通过陈嘉庚先生的影响,硬是使国民政府收回成命。 行到长汀偏不改名,坐在厦门永不改姓,最终成就了厦大这个中国老牌大学中唯一的"好汉"。

秉承厦大的"大学之道",陈传鸿校长在其任内励精图治,不遗余力地推动厦大发展。 本书的内容便是他领导厦大期间的理论思考和改革实践的历史纪录。 这些文章包括教学、科研、社会服务等各个方面,涉及大学的精神文明建设、政治思想教育、学校发展规划、教学质量评价、科研体制改革、科技成果应用、现代远程教育、后勤体制改革等方方面面。 而给我留下最深印象的,则有以下三点:

一是加强学科建设,构筑竞争实力。"自强"是厦大的一个光荣传统,在没有并校资源的情况下,要使厦大获得长足发展,必须紧紧抓住学科建设这个核心,构筑高校核心竞争力。 厦大历史上曾发生过因文理科地位轻重和经费使用倾斜而导致的学潮,如何处理或平衡文理科的关系,使各学科协调发展是综合大学经常要面对的一个问题。 在陈校长的任内,在学科建设方面,文理并重,注意扶助人文社会科学,使文理科比翼齐飞。 作为一位理科出身的校长,陈校长对文科仍然十分重视。确实,较少的投入便可能见效,综合大学重视文科的发展对学校的综合实力和大学排名的提高都有明显的作用。 厦门大学近年来文科实力不断增强,名列中国大学前茅是与其历史积淀及近年来学校的政策分不开的。

二是追求办学特色,提高办学水平。 厦大的特色是"侨、台、特、海"。 近年来南洋华侨和校友一如既往地支持厦大的发展,建校80周年时落成的嘉庚楼群和更新后的芙蓉园,使厦大的校园更加美丽独特,更有南国风韵。 而面向特区、面向台湾、面向海洋、面向东南亚,则使厦大的优长学科独具特色。"不求最大,但求最好"是厦大曾经提出过的奋斗目标,我以为这是非常好的一句话。 世界一流大学规模大多不是很大,学生数通常在一两万人之间。 真要办出高水平有特色的大学,规模一定不能太大。 然而,正如陈校长在卸任讲话中所说,这些年来厦大一直面临扩大办学规模和提高水平的双重压力。如何解决此两难状况，值得我们和地方政府的全面考量和政策调整。

三是抓住历史机遇，推动省市共建。作为一所不在京城或省会的重点大学，厦大远离政治文化中心，在获取各种资源上有诸多不利之处，所幸多年来受到省市政府尤其是厦门市政府和人民的巨大支持。福建省和厦门市从共建经费等方面给予厦大巨大的支持，厦大通过输送人才、科技服务、出谋划策、文化熏陶等有形、无形的方式回馈地方，这是一种水乳交融、相互依存的关系。大学是一座城市、一个省份的品牌和名片之一。一所名牌大学，可以提高城市的声誉和品位，提高城市的知名度，改善城市的人文环境甚至投资环境。这是一种潜移默化、润物细无声的过程。近年来教育部与省市共建厦门大学，是将厦大办成国内外著名、高水平大学的重要动力。

陈校长在任内与其他校领导一道，为厦大的发展做出过巨大的努力，厦大的实力和水平跃上了一个新台阶，这从本书附录一《厦门大学近年来发展状况统计》的比较中可以明显地看出来。这当然是厦大领导集体和全校师生共同奋斗的结果，但不可否认与一校之长也有非常密切的关系。本书的构成有不少是理论研究文章，而更多的是报告和讲话，这些篇章客观地反映出近年来厦大发展的实际轨迹，或者说本身就是厦大发展历史中的一个部分。理论与实际紧密结合，从厦大的实际出发推动学校改革，在本书的内容中可以清楚地看出来。因此，本书不仅对关心厦大和想了解、研究厦大的人有特别意义，对中国的高校领导人从事高教管理也有参考价值。

我在厦大高教所担任9年副所长之后，于1996年6月起担任所长。而陈校长也在1996年6月开始主持学校工作，直至2003年6月其任厦大校长届满，7年中我一直是其下属之一，对其主政的情况从一个侧面有较为直接的了解。如今陈校长礼贤下士嘱我作序，引发我写出以上文字，是耶非耶，姑妄言之，谨以为序。

2003年9月20日

刘海峰 国务院学位委员会教育学科评议组成员，厦门大学高等教育研究院院长，教授、博士生导师，"长江学者"特聘教授

《中国经济学教育转型——厦大故事》

作者： 洪永淼
责编： 蒋东明
出版时间： 2014 年 4 月

序 言

王广谦

  洪永淼教授是国际知名经济学家，特别是在计量经济学领域成就卓著。他是厦门大学 1985 届物理学学士，具有很好的数理基础和科学素养。1986—1987 年在中国人民大学经济培训中心（福特班）学习，1988 年获得厦门大学经济学院政治经济学专业硕士学位后即赴美国加州大学圣地亚哥校区经济学系攻读博士学位，师从计量经济学顶尖大师赫伯特·怀特教授和克莱夫·格兰杰教授（2003 年诺贝尔经济学奖得主），1993 年获得博士学位后任教于康奈尔大学，2001 年获得该校终身教授职位。现为康奈尔大学经济学终身教授，厦门大学经济学院和王亚南经济研究院"双聘"院长，教育部高等学校经济学类专业教学指导委员会副主任委员，国家"千人计划"特聘专家和教育部"长江学者"特聘教授。21 世纪初，他怀着知识报国的理想，利用寒暑假开始在国内从事经济学教育，曾在清华大学、上海交通大学等高校授课，2005 年担任厦门大学新成立的王亚南经济研究院的首任院长，2010 年同时担任经济学院院长。最近，他对厦门大学经济学科的发展史，从学校历史、学科建设、人才培养、教学改革、学术交流与国际化到中国经济学的未来发展之路，都进行了深入细致的历史梳理、总结和思考，写成了《中国经济学教育转型——厦大故事》一书。

  他在书中记录的厦大经济学教育改革和办学的心路历程，代表了中国经济学发展的典型故事。比如他在朱崇实校长爱才、敬才和强烈的事业心、责任心的感召下回到厦大；学校通过设"特区"、增量改革、双轨制给予特别支持，在发展到一定阶段后把国际名校的经济学教育理念和国内实际逐步融合，得到国内同事们的普遍认可和配合。他书中字里行间充满着对发展经济学教育的炽热情怀，他的革新经济学教育的思想和实践难能可贵。从书中可以读到他的理想和情怀、他的坚毅和执着，可以读到他探索的艰辛和取得进展的欢乐，也可以读到他的国内同事的理解、配合与可爱之处。作为同行，我感到欣喜和敬佩。因为中国经济学的发展实在需要这样一点一滴的推进，他的改革举措对正处于转型中的中国经济学教育具有很好的参考借鉴意义。

  每个国家的经济学发展都是一国特定历史阶段下，社会政治经济发展状况和科学研究状况共同决定的。在中国近代以前浩瀚的文献典籍中，虽然不难查找到一些有关经济的文章和论述，但这些文章和论述体现的主要还是先贤哲人们对经济现象的一些朴素思想，并且大都与君主的国家治理联系在一起。把经济作为相对独立的研究范畴，揭示经济现象背后的深刻原因，探究经济运行循环往复过程中的基本机理和经济规律，还只是近百年间的事。19世纪末和20世纪初，随着西学东渐的逐步兴起，西方经济学开始传入中国。1901年严复所译的亚当·斯密的《原富》由南洋公学印行，这是西方经济学传入中国最早的译著之一。在之后的几十年中，西方经济学的译著大量出现，一批经典经济学著作被翻译出版，这些译著对中国经济学发展产生了巨大影响。在这些译著中，应用性很强的分支学科如贸易、货币、银行、财政、税务、保险等方面占了很大的比重。在西方经济学原理和各分支学科纷纷传入中国的同时，中国人也开始自己研究和出版论著和教材，虽然这些论著和教材在原理上大多是以西方的著作为基础，但更多地结合了中国当时的实际状况，影响同样巨大。在西方经济学传入中国的时候，马克思主义政治经济学也几乎同时在中国传播，并逐渐被更多的中国人所接受，其中就有郭大力、王亚南翻译的《资本论》。这形成了经济学在20世纪前半叶一片繁荣的景象。

新中国成立后,中国确立了马克思主义的指导地位,马克思主义政治经济学得到极大的普及和发展。20世纪50年代后,中国全面学习苏联,政治经济学的发展又融入了许多苏联经济学当时的主流思想。改革开放后,中国的重心转移到经济建设上来,并逐步明确了建设中国特色社会主义市场经济体制的新方向。建立在西方经济学基础上的现代经济学,特别是20世纪50年代后西方学者的新著作和新教材被迅速引进,形成了现代经济学学习与研究的新热潮。在20世纪50—60年代中国经济学全面学习苏联的时期,欧美国家的经济学研究日新月异,宏观经济学、微观经济学、计量经济学以及各分支学科都取得了许多新进展。因此,在改革开放后重新引进西方经济学的时候,这些新理论、新方法便迅速进入中国。1979年5月,以陈岱孙为代表的我国17位在西方经济学领域造诣深厚的学者联名发起成立"外国经济学说研究会",之后中国许多著名高校现代经济学研究机构也纷纷成立。

改革开放后对现代经济学的学习与研究,与上个世纪之交西学东渐高潮时一样,主要也是通过直接翻译出版国外现代经济学家的著作以及中国学者根据现代经济学的已有成果结合中国国情和发展阶段自己著述这两条渠道进行的。在译著类著作中,读者最多、影响最大的当推中国人民大学高鸿业教授翻译的诺贝尔经济学奖获得者、后凯恩斯主流经济学权威代表人物保罗·萨缪尔森的《经济学》,这本教科书影响了几代中国经济学人的经济学思维和研究道路。北京大学胡代光、厉以宁两位教授编著的《当代资产阶级经济学主要流派》(1982年),武汉大学刘涤源、谭崇台两位教授主编的《当代西方经济学学说》(1983年)等,也都产生了很大的影响。

在学习研究现代经济学的同时,中国的经济学教育也发生了深刻变化。中国的经济学教育在历史上起步较晚,1898年京师大学堂成立后,在严复校长的主持下,率先开设了经济学课程。1904年,癸卯学制规定大学堂设立商科,经济学教育开始在中国得到快速发展,最初教师以海归为主,教育和学术以西洋为师。新中国成立后,起先是以苏联为师,按照苏联计划模式发展经济学教育与研究。改革开放后,随着现代经济学的引进,翻译教材和原版教材大量进入课程体系,融入现代经济学内容的自编教材更是层出不穷。1979年北京大学陈岱孙等教授开始组织举办每周一次的国外经济学讲座,从1979年11月至1981年春,共组织了43位专家,举办了60场。1980年,诺贝尔经济学奖得主米尔顿·弗里德曼受邀访华，在北京做了3场宏观经济学讲座。在引进现代经济学和现代经济学教育的过程中，对计量经济学给予了特别重视。中国社会科学院在于光远、许涤新和马洪等人的倡导下率先进行了这方面的探索。1979年中美建交后，著名计量经济学家劳伦斯·克莱因（1980年诺贝尔经济学奖得主）率领美国经济学家代表团访华，中国社会科学院副院长兼经济研究所所长许涤新和克莱因协商，来年由克莱因牵头，在中国举办经济计量学讲习班。1980年6月，克莱因如约率领邹至庄、刘遵义、萧政、栗庆雄、安德森、安藤等6名教授，在颐和园举办了为期7周的经济计量学讲习班，有100余名中国经济学人参加了培训。后来，克莱因教授被我国多所大学聘为客座教授，其中包括我所服务的中央财经大学。

1984年6月，普林斯顿大学邹至庄教授与国家教委合办暑期教学班。1985—1995年间，在中国人民大学黄达教授的推动下，由国家教委和美国福特基金会支持的中美经济学教育交流项目"福特培训班"举办，并创办了《中国经济》杂志，安排赴美留学生。"福特班"用外国师资培训了一大批中国青年经济学人，这些人后来大部分出国深造，一部分人学成后回国推进中国经济学的现代化，其中就有洪永淼。1987年，国家教委在执行世界银行贷款第二个大学发展项目期间，国内外20多位著名专家在复旦大学召开的"财经专业教学计划国际研讨会"上提出了从不同专业的课程体系中选定若干门作为财经类各专业共同必修课的建议，后经中方专家论证和教育部同意，确定了政治经济学、西方经济学（宏观经济学与微观经济学）、经济数学基础、计算机应用基础、会计学、统计学、货币银行学、财政学、国际贸易、国际金融、发展经济学等11门课程为财经类专业的核心课，并组织编写了这11门课程的大纲和教材。1993年开始，教育部在全国部分大学设立了经济学基地班，进行经济学教育创新，培养经济学新人。1994年，邹恒甫在武汉大学创立了"经济科学高级研究中心"，全面引进现代经济学教育体系，设立数理经济实验班。同年，林毅夫、易纲、海闻等在北京大学创建了中国经济研究中心。21世纪以来，钱颖一、白重恩、李稻葵、田国强、周林、李奇、艾春荣、洪永淼等一批在世界名校接受完整经济学教育并获得终身教职的学者应邀回国，在清华大学推进经济学教育与研究的国际化；后来这批人有的全职回国，有的仍然以特聘教授的方式在国内一批著名高校任教，还有的担任经济学院院长，主导经济学教育改革。2005年中央财经大学以团队式引进海归教授的方式成立了"经济学与公共政策优势学科创新平台",对经济学教育改革与发展起到了重要的推动作用。如今在海外学成回国的经济学人越来越多,他们已成为改革与发展中国经济学教育的重要力量,对中国经济学发展做出了很大贡献。

回顾和梳理这段历程,我们可以看到,从引进现代经济学基本理论,到运用这些所学到的理论来革新中国的经济学教育,来分析中国的实际,进而努力参与到国际经济学的对话和学术发展之中,这样的描述较真实地反映了我国经济学研究和教育的发展历程。这些率先学习现代经济学的中国经济学人,后来成为运用两种语言、两种思想和学术资源的中国经济教育改革推动者。他们的共同特征是通过政府和学校的有力支持,用增量带动存量的办学方法,把现代经济学的学术规范植根在中国经济学教育之中。他们在传播市场经济理论知识和推进现代经济学教育方面发挥了十分重要的作用。

从中国经济学百年来的发展可以看出,虽然起始于对西方经济学理论与方法的引进和吸收,但中国现代经济学的研究和教育始终以中国经济发展为主轴。不论是民国时期经济学各个分支学科的草创阶段,还是社会主义计划经济时期起伏跌宕的艰难探索,以及现在社会主义市场经济体制的建立与创新,都是在矛盾、困惑和思想交锋中前行,都是以解决中国的发展为宗旨。因此,发展中国经济就成为中国经济学的第一要义。改革、不断的转型也都服务于发展这一基本要义。改革开放以来,中国经济发展的奇迹使得中国的经济学研究与教育受到国际学界空前的关注。诺贝尔经济学奖得主米尔顿·弗里德曼曾说:谁能成功地解释中国经济改革和发展,谁就能够获得诺贝尔奖。2010年,当克莱因教授被问及中国何时能产生诺贝尔奖经济学家时,他说:"当中国的经济学家能提出理论性及科学性的说法,解释中国经济的运转,并说服世界上研究中国经济的学者时。大概5至10年吧!"这个期许,需要所有的中国经济学人共同努力,勇于创造,才可能实现。

中国经济还在大发展,中国的经济学也需要继续大发展,为中国的强大提供理论支撑。作为经济学同行、新一届经济学类专业教学指导委员会的同事,我们和广大经济学人肩负着一起推进中国经济学教育的责任,对中国经济学研究和教育达到世界先进水平怀有殷殷期盼。这也算是我们的"经济学中国梦"吧!而《中国经济学教育转型——厦大故事》正是一本值得那些胸怀这样梦想的中国学人一读的书。

展望未来，在中国经济基础日益雄厚、市场更加开放、社会更具包容性的新的历史环境下，中国的经济学大有希望、大有前途、大有可为。像洪永淼教授这样的海归经济学人，还有国内培养的众多经济学同人，在政府推动、社会互动、民间促动、国际联动的大背景下，必将在与中国经济发展、国际发展的互动中，为中国经济学的发展筑起参天大厦。

我相信，未来经济学的发展，一定会在现代经济学理论基础上融入更多中国学人的思想与成果，中国的经济学教育一定会为中国经济更加健康、快速发展和实现中国梦发挥更大作用。

2014 年 3 月于北京

王广谦	教育部高等学校经济学类专业教学指导委员会主任委员，中央财经大学校长

《开拓与发展——新建地方性本科院校办学之路》

作者： 陈笃彬
责编： 薛鹏志
出版时间： 2004年10月

2005年获福建省第六届社会科学优秀成果一等奖、第四届福建省高等教育科学研究优秀成果一等奖

序

潘懋元

　　陈笃彬同志是一位有作为的院长。他于1997年5月奉调到泉州办学，至今刚好七周年。在这七年间，他把一所地方性师范专科学校，通过合并、重组、补充、升格，发展成为一所社会称誉、人气旺盛、校园优美、生机勃勃，内具凝聚力、外崭露头角的多科性本科院校。

　　当然，泉州师院的超越式发展有其客观的因素：科教兴国的政策、高等教育大众化的推进，泉州市委、市政府的领导与支持，全院师生干部和班子成员的通力合作，都构成了泉州师院发展的机遇。但是，"机遇偏爱有准备的头脑"，作为事业带头人的陈笃彬的头脑，是有充分准备的。这本《开拓与发展——新建地方性本科院校办学之路》可以为证。

　　为了办好学院，在改革与发展中有所作为，陈笃彬认识到必须加强理论准备。他邀请厦大高等教育科学研究所在泉州办了一个硕士课程班，并带头参加学习；接着又参加了博士课程班的学习。在系统钻研高等教育学和管理理论的同时，结合建校的实际，有计划地撰写了一系列论文。这本《开拓与发展》基本上就是在他历年发表的系列论文基础上形成的。

办好一所地方院校，当前最重要的是解决定位与发展方向问题。这本《新建地方性本科院校办学之路》所要解决的中心问题，正是定位问题。本书首先简介泉州师院面临的挑战，论述"开拓发展的背景"与"办学理想和价值取向"，这是定位的客观依据与主观认识。据此，作者把泉州师院办学定位于"以培养应用型人才为重点，以教师教育为特色，开放多元的多科性、教学型、地方性大学"。根据这一定位，对泉州师院开拓与发展中的办学特色、提高教学质量和师资队伍建设、学科建设和科研工作、筹措教育经费以及后勤社会化改革等问题逐一展开研讨，最后以"办学战略研究"作为全书的总结。虽然由多篇论文所构成，但全书纲举目张。此外，附录4篇，阐述了作者办学的理念，尤其是第1篇和第2篇，具有很高的理论价值。

除此之外，本书有许多特色与精辟见解。我特别欣赏下列数例：

——泉州师院定位于多科性本科，但无论从历史积淀或地方需求来说，教师教育仍是它的优势所在。在制定发展战略中，陈笃彬始终以"优化教师教育"为特色，从"发展背景"、"价值取向"等角度，充分论证优化教师教育的重要性；从"学科建设"、"提高质量"等方面，落实"优化教师教育"的措施。不同于有些师范院校的领导者，往往乘改制之机，企图"跳出师门"。

——在制定发展战略中，以"学科建设"为基础，以"师资队伍建设"为核心。可以说，这是抓住了改革与发展的根本。不同于众多院校领导者，倾全力于建大楼、争经费。这些工作是必要的，但作为全面领导者，不宜舍本逐末。

——作为一校之长，行政级别最高，行政权力最大，而能冷静地见到官本位思想的严重，行政权力泛化的危害，大声疾呼"废除行政级别，消除官本位思想"。要从制度创新上改变行政权力干预、代替学术权力行使职权，发挥学术权力在办学中的作用。这同某些院校领导斤斤计较于行政级别高低和行政权力大小，不可同日而语。

本书不是理论著作，但也不是工作总结，而是在实践中提出问题，从理论与实践结合的基础上剖析问题、解决问题。它不同于一般理论著作，因为它具有实际的可操作性；也不同于一般的政策加实例的总结文章，因为它具有一定的理论水平。虽以泉州师院作为具体的研究对象，但其理论战略措施，对一般地方本科院校，都有参考价值。我相信这本书的出版，将有助于新建地方性本科院校找准自己的定位，明确自己的发展方向。

2004 年 4 月 22 日于厦门大学高等教育研究院

The 30th Anniversary of Xiamen University Press

潘懋元 | 文科资深教授、著名教育学家，厦门大学教授，博士生导师

《中国国防教育史纲》

作者： 何锋
责编： 吴鲁薇
出版时间： 2013年8月

序
要和平，就要准备战争

———
王日根

　　国防是国家为防备和抵抗侵略，制止武装颠覆，保卫国家主权、领土完整和安全所进行的军事活动，以及与军事有关的政治、经济、外交、科技、教育等方面的活动。国防教育作为国防的一项重要活动，是对全体公民进行的一项基本教育，旨在增强全民的国防思想、国防知识、国防技能和身体素质，形成与时俱进的国防思想、国防能力。当今的中国正处于良好的战略机遇期，经济、社会取得了突飞猛进的发展，但战争的威胁却始终存在，正如欧洲的谚语所说："要和平，就要准备战争。"国防教育对于我们就显得尤为重要。

　　随着交通、通信技术的进步，世界的整体性进一步彰显，人们形象地将我们的世界称为"地球村"，人与人之间的沟通与交流也势必更加频繁，人们呼唤着和平，乞求着和平的阳光能够洒满全球。本来，经济发展、政治制度、文化信仰、种族观念、宗教意识的差异丰富了我们这个世界的色彩，相互包容，相互尊重，是我们应该把持的基本原则。但是历史经验告诉我们，总是会有人私心膨胀，总试图将自己的意志强加于人，挑起战争的烽烟。尽管到今天人类相互已是"同村人"了，但冲突与战争仍时有发生，导致无数文明积累与人类生命财产被毁弃。在战争面前，人类体会到了太多的悲怆；在战争面前，人们不断努力寻求着避免战争和解决纠纷与冲突的文明途径。

回望人类文明史，既是一部人类文明进步的辉煌史，同时也是人类惨遭战争屠虐的血腥史。早期的人类生存技术落后，适合生存的空间狭窄，为了取得或保住一块自己的生存空间，他们就必须有自己的防卫，由此氏族、部落群体等社会性团体便应运而生。经济相对优越的人们建立起自己的国，修筑自己的城堡或城墙，建立自己的防卫力量，试图将自己的优越生活永久化。但是，无论是经济地位，还是政治地位，都时常会发生涨落，后起的力量便会觊觎先有者的既得利益，要求重新确立利益分配格局。一旦先有者的防卫出现漏洞，固有的局势就会被打破，新的格局便宣告建立。

为了在相互的冲突中赢得主动，小国可能凝聚为大国，国与国之间也可能建立起同盟。在中国的战国时代，"合纵"与"连横"的战术被反复变换使用，战争的成败便也出现变幻局面，操纵着战争走向的"士"曾是各国间相互争夺的人才资源。在国防建设的过程中，"强己"的手段固然被光明正大地使用，但暗地里的"弱人"举措更可以保自我于不败。

中国曾经视自己为"天下之中"，在中土之外的人群则是蛮夷戎狄，属于化外之民，文化优越感的建立本身便确立了自我实施征服的正当性，转变其从"化外"入"化内"，成为他们的神圣使命，也被征战者视作人生价值实现的最高境界。

事实上的战争有的达到了"汉化"的结果，也有的表现为一定程度的"胡化"，而更多的则实现了不同文化的相互融合。好在中国文化的基本精神在于"和而不同"，好在中国的征战者时常秉持"先礼后兵"的准则，因此，中华帝国的大版图并不总由战争来达成，更多的是周边小邦对中华大帝国的归顺或依附。这无疑丰富了中华文化的多元性，形成了不同民族文化的交相辉映与共同发展，这其中，有些战争也为这一进程作出了贡献。

1840年鸦片战争后，中国陷入了被动挨打的局面，国防教育中有若干适应时事变迁的变化，但也有若干值得总结的教训。对敌人的无知、对国民的忽视以及对军队建设的偏差共同构成了中国积弱的基本原因。

民国政府与中华人民共和国政府在国防教育上做了大量积极有为的工作，对我们取得抗日战争的胜利、反对外侮的胜利产生了积极的影响。

今天的中国已经跻身世界第二大经济体，我们的国防建设与国防教育理应得到相应的加强，强大的国防实际上分两个部分，一是国防力量本身的建设，二是国防教育的实施。世界各国国防建设与国防教育中的固有智慧需要我们加以跟踪了解，中国传统国防教育中的固有智慧亦需要加以提炼总结，借鉴其成功经验，避免重蹈失败之故辙。

何峰博士所著之《中国国防教育史纲》一书，将更多的笔墨放在了形成国防意识的教育行为上，全面系统地梳理了中国自古及今的国防教育历程，包括国防教育的主体、国防教育的对象、国防教育的组织机构、国防教育的内容、国防教育人物等，彰显了不同历史时期国防教育的特征与倾向，具有开拓意义。该书本着为人们提供信史的立场，客观公正地叙述了历史时期国防建设与国防教育中的经验与教训，这便注定其具有较强的现实意义。该书立足于丰富的史料，论述富有条理和逻辑性，文字畅达，具有可读性，适合高校和对国防教育史有兴趣的人士使用。

我国自科举制度推行以后，重文轻武的风气渐演渐盛，雷海宗先生认为中国军事的重要性一直没能受到应有的重视。值《中国国防教育史纲》出版之际，我亦愿意为他们所做的具有开拓性和重要借鉴意义的工作表达我深挚的敬意！

2012年2月于厦门大学局敬书室

王日根 ｜ 厦门大学人文学院副院长，教授、博士生导师

《高考红绿灯：高招办主任札记》

作者： 林其天
责编： 徐长春
出版时间： 2009 年 4 月

序

———
刘海峰

国学者罗伯特·蒙哥马利在《考试的新探索》一书中指出：英国是一个热衷于考试的国家，考试的影响在英国是如此深远，以至只有历史学家的探索才有助于弄清楚这个复杂的问题，"考试已经这样稳固地站定了脚跟，要废除它似乎比取消篝火节和圣诞节更无可能"。

其实，作为发明考试的国度，在中国，考试的地位和影响比英国有过之而无不及。自古以来，考试在中国读书人的社会生活中便具有举足轻重的地位。古代的科举是如此，现代的高考也是如此。高考是当代中国每年出现一次的举国大考，是一种盛大的社会活动和重大的民生议题。高考不仅是一种考试，它一头连着教育，一头连着社会，与千百万民众利害相关，因为高考实际上关系到每个人选择职业和未来生活的方式。对中国人来说，高考是一个永远不会过时的热点话题。

作为关系到千家万户切身利益的大事，高考是高竞争、高利害、高风险的大规模选拔性考试，受到社会各方面的广泛关注，每到考试和录取季节，更是成为焦点话题。只要有一个考生出现状况，特别是发生意外情况，立即会成为轰动社会的新闻。因此，高考的组织者和管理者往往戒慎恐惧，如履薄冰，力求不出事。可想而知，要管理好一个省的高考工作，是一件多么不容易的事。

1977年恢复高考的时候，福建省有129453人报名参加高考，录取数是8895，录取率是6.9%；到了2008年，全省考生数为326873人，录取数达201328，录取率是61.59%。30年后，录取率几乎翻了10倍，与我1977年考大学时不可同日而语。30多年来，除了与全国大部分省、市、区相同的高考改革以外，福建的高考改革还有不少值得一提的地方，如1997年建立标准分数制度，是较早通过国家普通高校招生标准化考试质量评审的省份之一。虽然后来根据社会各方面的要求，于2001停止使用，恢复原始分，但作为为数不多的建立标准分数制度的省份，其改革尝试还是值得肯定的。2001年，福建省普通高校招生全面实行远程网上录取，成为全国率先全面实现远程网上录取的两个省份之一（另一个省份是内蒙古自治区）。2002年，在全国最早对普通高校招生来源计划实行网上管理。2004年，福建省又是率先实行自行负责高考命题的11个省（市）之一，说明福建省属于较有实力进行高考改革的省份。

尤其是2006年，高考期间，全省突遇强降水，各地普遍发生洪涝灾害，建瓯考区4681名考生因遇不可抗力的特大洪水造成的重大自然灾害，经教育部批准后延期至6月13日、14日再举行高考。建瓯考区因灾延期考试，这是中国高考史上的首例，上至国务院总理，下至省、市、县各级领导都高度重视，各级招委会主任和招生办主任也史无前例地集中到考区现场办公。经过各方面共同努力，6月13日至14日，建瓯考区使用"B卷"顺利完成了因灾延期的高考。近年来福建省经历的高考改革与发展，林其天主任作为管理机构的负责人，亲力亲为，自然有不少的切身体会。

考试是中国的一大发明，是许多中国人既爱又恨的一种社会活动。在当代中国，一个人从小到大，不知道要经过多少次大大小小的考试，有的人几乎可以说是活到老，考到老，所以在中国有"吃喝拉撒睡，生老病死考"的说法，考试与人们几乎是如影随形。有考试，说明有机会，而且往往是发展和上升的机会。一个与世无争的人也许不需参加很多考试，但即使是一个出家人，若想做到住持的境界，也要熟记许多经书，也要经历不同的考试或类似于考试的考核。无论你喜欢也好，不喜欢也好，反正有的考试是你必经的关口，而高考往往是人生经历的各种考试中的最重要的一次。面对这么重要的高考，如何积极准备，如何避免失误，如何科学地填报志愿，家长应该如何以平常心来关爱子女，是许多人关心的事情。林其天主任长期在福建省招生部门工作，具有丰富的实践经验，耳闻目睹众多高考故事。他将这些见闻，以典型事例的形式一一写出，生动具体，有的引人深思，有的给人启迪。本书不是以学术语言，而是以许多实例来叙述，为广大考生和家长了解高考提供了一本生动而实用的参考书，不仅可读性强，而且阅读之后可以获得有益的启示，得到不少有用的帮助。作为高考研究者，乐见本书的出版，是故乐以为序。

2009 年立春

The 30th Anniversary of Xiamen University Press

| 刘海峰 | 国务院学位委员会教育学科评议组成员，厦门大学高等教育研究院院长，教授、博士生导师，"长江学者"特聘教授 |

《把梦留住——叶楠西部支教纪实》

作者： 叶楠
责编： 王依民
出版时间： 2007 年 3 月

序

朱崇实

西部学校讲台很窄，志愿者舞台却很宽；
西部的孩子们很小，追求的梦想却很大；
西部支教时间很短，留下的记忆却很长；
……

在构建和谐社会的洪流大潮里，志愿服务的影响和作用越来越大，已经日益成为一种社会进步和时代风尚。志愿服务弘扬的"奉献、友爱、互助、进步"的精神，适应了构建社会主义和谐社会的要求，彰显了当今时代主流价值观，它已经成为当代中国青年运动的一个亮点，渗透到青年运动的各个方面，在青年运动中起着巨大的推动作用。

青年志愿者扶贫接力计划研究生支教团，便是志愿者群星中闪亮的一颗。

"沧海横流，方显英雄本色。"青年志愿者扶贫接力计划厦门大学研究生支教团，是一支有着光荣传统和凝聚力的精英团队。八年来，厦门大学坚持用"以天下为己任"的精神推动研究生支教团各项工作，迄今为止，学校先后组织并派遣了八届共54名优秀本科毕业生参加研究生支教团工作。"自强不息、止于至善"的校训在支教队员身上得到了体现，他们奉献知识，安贫支教，用辛劳和汗水谱写了一曲动人的支教之歌。

叶楠便是这个支教队伍中的一员。

叶楠本科期间，成长在《厦大青年》，文字清秀，思维活跃，有着多彩的生活和广泛的兴趣爱好。根据他的才华，叶楠完全可以找一份好工作、挣一份不错的薪水，但他并不在乎舒适的享受，也不看重个人的幸福，他追求的是一种别样的生活，是更高层次上的精神满足。实际行动也表明，他已经把自己的理想追求和祖国的号召、和西部人民的需要紧紧地联系在一起，体现出一个厦大学子报效祖国、服务人民的崇高志向。

利用在宁夏海原西安中学一年支教的课余时间，叶楠写下了20万字的支教日记《把梦留住》，这也是他为自己的人生历程记下了绚丽的一笔。读罢叶楠的日记，一名优秀青年志愿者的形象树立在我面前。叶楠没有说什么豪言壮语，也没有做出惊天动地的业绩，但他在当厦门大学第七届研究生支教队志愿者的每一天中所做的每一件具体事情，以及透过这些事情所折射出的志愿者精神境界和人格力量，同样使我受到震动，引发思考……

我到过西部，走过西部的山水荒漠，到过西部的贫乡僻野，和当地乡亲一起围坐火炕拉家常，住在家徒四壁的普通农家，体验过西部缺水缺电以及种种想象不到的困难。然而，从叶楠的身上，从他的日记当中，我看到了我们的志愿者为奔赴青春的梦想与希望，跋山涉水一路欢呼走来，他们挥洒年轻的热情和汗水，笑对冰冷的清贫和孤寂，默默奉献、勤恳耕耘，以火红的青春拥抱辽阔的西部大地。

青年兴则国家兴，青年强则国家强，青年进步则国家进步！

八载风雨兼程，八载岁月如歌！支教队员们的脚印已经在西部扎根！我深深相信，明天这支队伍会更加壮大，千千万万志愿者用自己的心血、汗水和辛劳播下的种子，总有一天会在祖国广袤的西部生根发芽，绽放成灿烂的花海。

来吧！亲爱的朋友，不论你的学业有多么的重，工作有多么的忙，生活有多么的累,我都希望你能匀出一点时间读一读你面前的这本书,听一听支教队员叶楠的故事吧,听听他的心声,感受他的沉重,分享他的快乐,鼓励他的理想……

朱崇实　厦门大学校长,教授、博士生导师

跋

潘世墨

如果说支教队员的总结汇报令我感动不已,支教图片展使我驻足良久,这次叶楠同学的支教日记带给我的却是深深的思考。作者所记录的每一件事、每一个人都真实、细腻地反映了一个支教队员的艰苦的支教历程和感人的师生情谊。

宁夏西海固是一块荒凉贫瘠的土地,焦黄是永恒的主题。恶劣的自然环境、简陋的生活和工作条件,对于来自东海之滨的青年大学生是一项严峻的考验,而我们厦门大学研究生支教队员毅然选择"用一年的时间做一生难忘的事",选择赴祖国西部进行"文化扶贫",将汗水洒在了黄土高坡和世界屋脊的课堂上。

几年来,我每每翻阅着厦门大学研究生支教队员寄来的一份份简报,就一次次情不自禁地联想到自己的经历。我在他们这个年龄,正处在"文化大革命"时期,没有升学机会,都到山区农村"上山下乡"。当时,我分配到闽西深山老林中,住"干打垒"房,吃地瓜稀饭,没有公路,没有电灯……更重要的是,不知前途何在?在这种恶劣的条件之下,我和我的同伴没有悲观,没有颓废,常以古训"不以物喜,不以己悲"自勉,克服重重困难,终于走了过来。

艰苦的环境是磨炼一个人的意志、塑造一个人的品格的最好形式,青年人只有在实践中经风雨、受锻炼,才能在漫长的人生征途上无所畏惧、成长成才。在西海固的日子里,志愿者们一定体验到了一生中从未体验到的震撼,才写出了这样感人的纪实日记,这将成为他们最宝贵的精神财富和最难忘的记忆。

当我们通过叶楠同学的日记接触到生活在大西北的孩子的时候,我想每个人都会有自己不同的感触,或是共鸣,或是震撼,或是理解……但我们一定都同样感受到西部孩子们对爱的渴望,对知识的追求,对未来的憧憬。　年轻的朋友们，我相信你们也和叶楠同学一样在不同的地方、不同的岗位上，无怨无悔地奉献着自己的青春岁月；我相信你们看完那些孩子艰苦的求学条件和强烈的求学欲望，一定会倍加珍惜自己拥有的学习的时光，不再虚度光阴、蹉跎岁月。　我们在读完这些孩子的故事之后，都会深刻体会那浸润着淳朴与爱心的世界，让我们将大知化为大爱。　当你在学业上、事业上有所成就时，俯身回眸一下在贫瘠的土地上一双双充满渴望和向往的眼睛，帮助那些孩子——留住心中的梦！

2006 年 11 月 9 日于厦门

潘世墨　曾任中共厦门大学党委副书记、副校长

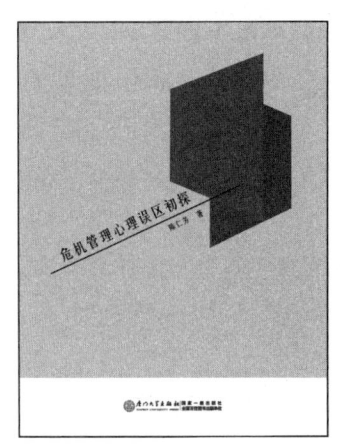

《危机管理心理误区初探》

作者：陈仁芳
责编：陈进才
出版时间：2011年11月第1版

代序

陆开锦

"这是最好的时代，这是最坏的时期。"在社会突飞猛进、经济空前繁荣的今天，各种关系也变得格外错综复杂。大到社会，小至企业，都不时面临着或潜伏或突发的各类危机。

真的很佩服老祖宗遣词造句的智慧。危机者，危中有机，机中有危，就看你如何应对、如何处置。处置不当，则危矣；应对得好，则可抓住危机中蕴含着的生机，转危为安，化险为夷。危机管理因此广受重视，成为领导科学或管理科学中的一门重要学科。

危机管理，综合了社会学、管理学、心理学等相关学科的理论和知识，被广泛应用于政府管理、社会管理和企业管理等诸多领域。本书作者在大学本科学的是教育心理学，毕业后长期从事管理心理学、犯罪心理学、心理健康教育等学科的教学和研究。凭借自己较为扎实的理论和实践基础，近年来重点转向社会和企业危机管理及心理误区方面的研究，并取得颇为丰硕的成果。

本书研究的是危机管理中的心理误区问题。可以说，相当多危机事件的发生，或发生后由于处置不当而酿成的危机，心理上的误区难辞其咎。作者从危机管理和认知心理的理论入手，首先深入浅出地分析了危机的特点、分类和危机管理的过程、原则，然后分析危机决策认知心理、认知心理障碍及应对优化，进而对公共危机管理、企业危机管理及其心理误区进行了深入的分析。本书的最大特点是收集整理了大量的案例，并对之进行深入的剖析，其中许多是大家耳熟能详的典型案例。国内的案例如农夫山泉"砒霜门"事件、三株口服液事件等，都是因为在危机发生后，企业管理者心理上误判形势、不愿承担责任，构成与民意的对抗，结果带来不可挽回的损失。又比如东航返航事件，其危机处理的失败在于一次次编造谎言，没有与乘客真诚沟通，引起乘客强烈的敌对情绪，使危机不断扩散。国外的案例如埃克森公司油轮泄漏事件，该公司的原油生产和销售业绩曾高居美国石油公司之榜首，业务范围遍布全世界，由于在一次突发性油轮泄漏中反应迟钝，令企业形象和经济严重受损。又如强生公司，1982年曾经成功处理一次质量危机，受到了消费者的欢迎和认可，让企业化危为机，成了危机管理的典范。后来，强生违背了将社会责任和公众利益放在首位的经营理念，失去了企业的社会责任感，危机发生后无法有效应对，逐渐被消费者抛弃……对民营企业危机的关注是本书的一大亮点，作者通过解读吴晓波《大败局》中的种种案例，总结民营企业的死亡法则；透过万科的生存之道、华为的居安思危等展示民营企业冬天生存法则，以此警示危机是企业的常态，企业往往是在化解危机中逐渐成熟的。"生于忧患、死于安乐"是所有管理者务必时刻铭记的。

本书不乏最近发生的社会危机事件案例，如郭美美炫富事件、"7·23"甬温动车事故、"故宫门"事件等，这体现了作者对现实热点问题的关注和与时俱进的时代责任感。作者站在一个危机管理研究者的视角，从理论和实际操作上对这些社会危机事件进行剖析，尤其是指出这些危机应对的心理误区所在，进而提出建设性的应对策略。在每个案例的分析中，我们既能看到管理学和心理学理论应用的身影，又能领略"因事而异"的灵活变通的技巧，从而增强分析和处理危机的能力。

尤其需要重视的是，在危机的应对和处置过程中，舆论的掌控和引导正被放在越来越突出的位置。戈培尔曾宣称，谎言重复一百遍就会变成真理。随着新兴媒体的日新月异，指望谣言止于智者，而不发出自己的声音，将被证明是非常愚蠢的做法。在传统媒体（纸质媒体）时代，危机应对有黄金 48 个小时之说，即 48 个小时之内必须发布事件信息；到广播电视时代，黄金时间减到 24 个小时；而到了网络媒体时代，黄金时间缩短到 8 个小时；现在是人人可以微博的自媒体时代，黄金时间只有区区的 4 个小时了。在黄金时间内，及时、准确、公开、透明地发布信息，是危机处置的关键一环。反观瓮安事件，县政府在事件发生的 7 天内，语焉不详，致使谣言四起，最后一发不可收拾。据统计，到 2011 年 6 月 30 日，我国的网民人数已达 4.85 亿人，3.18 亿人拥有博客或个人空间，1.95 亿人使用微博。在这个谁都可以是记者的大众麦克风时代，公众监督不再仅仅是专业记者与媒体机构的职责，每一个网民都有可能成为"危机杀手"。

令人欣慰的是，无论是对社会还是对企业，危机也带来了积极的变化。瓮安事件之后，国家高度重视社会群体性事件的应对和处置，并以此为反面教材，出台了一系列应对方案，这无疑有利于我们国家的长治久安。巨人集团的史玉柱先生，已经完成了完美的华丽转身；顺驰公司的孙宏斌先生，也在哪里跌倒在哪里爬起。当然像强生公司那样依然麻烦不断的也不在少数。本书中有句话：危机并不可怕，没有危机意识才是最大的危机。这里似乎还可以加上一句：被危机击倒了并不可怕，可怕的是不知道是怎么被击倒的，或者被击倒后不能翻身。

最后谈谈我对本书作者的认识。本书作者最大的特色是教了 25 年的书，穿了 20 年的军装，而且丝毫没有要"脱我战时袍，着我旧时衫"的意思。女性的柔美和一身戎装的英气，在她身上得到完美的结合，使之总在不经意间成为一道别样的风景。她最常说的"名言"是"要想别人接受你的观点，先要让别人接受你这个人"、"朋友是送给自己的最好礼物"。正因为如此，她朋友多多并乐在其中。她的偶像是奥黛丽·赫本，只因赫本有着无与伦比的优雅。其实在我看来，她对赫本的痴迷是自恋的表现——她的长相就有点像赫本。她最大的危机事件是迷路，她毫无方向感。但不可思议的是，她总能从容淡定、泰然处之，一次次地化险为夷，并留下一些有趣的故事。在我看来，她解决迷路危机事件，并非靠她的所谓"危机管理心理学"，而是靠着人民群众对"解放军阿姨"的盲目热爱。为了应对和化解迷路危机，她曾经梦想在城市的东南西北各买一套房子，迷在哪里就回哪个家，显然她陷入了"狡兔四窟"的心理误区。国务院的一道限购令，轻而易举就粉碎了她的梦想。印象最深的是有次被几个朋友拉去听她的讲座《女性的魅力》，她把感性与理性、平民化的朴实与知识化的高雅结合得恰到好处,赢来了女兵们的阵阵掌声和笑声。那次听她的讲座,让我对她刮目相看,并终于明白她身边为什么总是围着一群年轻的"粉丝"……

　　本书作者是本人的儿时伙伴,四十几年来我们见证了各自的成长。今写此序意犹未尽、感慨良多。

2011 年 11 月于福州

陆开锦　福建省委副秘书长、政策研究室主任

《高等职业教育发展研究》

作者： 刘金桂、史秋衡等
责编： 黄茂林
出版时间： 2004 年 5 月

2005 年获第四届福建省高等教育科学研究优秀成果奖三等奖

序

潘懋元

　　传统的观念，高等教育就是大学教育，而大学教育的功能是传承、研究高深学问，培养政治、经济、文化、科学各个领域的高级专门人才，也就是所谓精英人才。至于各行各业、各个职业岗位所需要的应用性技能型人才，则是由中等教育层次的职业教育承担。但自 20 世纪中期以来，由于科技的发达、生产力的提高、经济的发展、社会生活的文明进步，从事生产、管理、服务第一线工作的应用性技能型人才，在科学技术水平与工作能力上，也被要求相应提高，从而出现职业教育高位移的趋势，越来越多的职业技术教育进入高等教育层次，涌现了社区学院、短期大学、多科性技术学院等等高等职业技术院校。正是由于大量的职业技术教育进入高等教育层次，推动了高等教育大众化。也就是说，高等教育大众化的主流是应用性技能型的高等职业技术教育。

　　中国高等教育大众化的发展速度，在 20 世纪 90 年代之前，之所以远远落后于发达国家和众多发展中国家,是因为未能及时发展高等职业教育。虽然80年代初各省市曾举办了100多所职业大学,但受社会上"鄙薄职业技术教育"①的影响,纷纷将"职业"两字从校名中略去,并在办学实践中向传统的大学本科教育看齐。同时,职业教育高位移的趋势尚未能进入有关的政策中。例如1985年的《关于教育体制改革的决定》、1993年《中国教育改革和发展纲要》,都强调"发展职业技术教育要以中等职业技术教育为重点"、"应以发展初中后职业技术教育为重点"。加以职业大学创建之初,就提出不同于当时普通院校的"交费、走读、不包分配"的学生待遇,更加重了发展高等职业教育的社会心理障碍。以致90年代以前,中国的高等职业技术教育,似有若无,始终未能形成自己的体系。直到1999年大幅度扩大高等教育招生规模,出于扩招需要,才把招生计划的增量部分,主要用于发展高等职业教育。同时在普通高等院校中增设高职学院,并以"三改一补"②的方式和民办高校的体制增办独立的高职院校。高等职业技术教育从而成为中国世纪之交高等教育大众化的主流。从1998年到2003年短短的5年时间,高职招生数从43万人增长至200万人,在校生数从117万人增长至480万人;分别增长了3.7倍和3.1倍,分别占全国普通高校招生数和在校生数的52.3%和42.3%③。在数量增长的同时,高等职业技术教育的办学模式、教学体系、培养方式、师资队伍建设也在不断改革完善中。出现了一批办学方向端正、职业教育特点鲜明、师资结构合理、坚持走产教结合道路、主动适应社会需要、毕业生就业率高的示范性高等职业院校。这就充分证明了发展高等职业技术教育、推动高等教育大众化进程,是符合中国现代化教育建设规律的。

但在高等职业教育进程中,也存在许多困难和令人困惑的问题。

首先,也是最基本的问题是对高职教育的意义和重要性认识不足。社会上本来就存在"鄙薄职业技术教育"的传统偏见,认为技能型人才的社会地位不如学术型人才;用人部门也往往借录用高学历人才夸耀自己的品牌。加上高等学校招生录取至今仍将高职院校排在最后一批,更

---

① 《国务院关于大力发展职业技术教育的决定》(国发1991年55号)
② 现有高等专科学校、职业大学、独立设置的成人高校改制为高职院校,审批若干重点中专升格补充高职院校。
③ 《中国教育报》2004年2月29日第1版。

加剧了这种鄙薄的偏见。以致有些考生与家长宁愿录取而不报到，招生缺额严重，尤其是"低层次高收费"的民办高职院校。

这一偏见，势必影响高职院校的定位与发展方向。尽管办学者在理论上承认高职教育所培养的应是技能型人才，是人才市场上需要量最大的高级"蓝领"人才，或者称之为"灰领"或"银领"人才；但在实际上却一心向往办成学术型的传统大学，以为这样才能提高学校的地位，显示领导的"雄心壮志"。在我所接触的高职院校领导中，许多（不是所有）人持有两本账：一本是按照高职教育的模式办学，是向上报的假账；一本是按照传统大学的模式办学，是实际操作的真账。

针对高职定位与发展方向的问题，周济部长最近指出："首先要立足大局，认清形势。必须从实施科教兴国战略和人才强国战略的高度，进一步认清高等职业教育面临的形势与任务，全面把握高等教育发展的宏观背景。"总之，首先要转变对高职教育的认识。

其次是质量问题。高等职业教育的质量标准不同于传统大学的质量标准。它的主要质量标准是：基础理论知识适度、应用知识较宽、技术能力很强、具有诚信的职业道德。它的检验标准是就业市场"适销对路"。也就是说，教育质量，办学效益，要以就业为导向。

过去高等专科学校毕业生在就业市场竞争中之所以处于劣势，除了用人单位的偏见之外，主要就是缺乏职业技术特点。老大专大多以大学本科的质量标准作为自己的质量取向。结果是毕业生的理论水平不如本科，动手能力不如中专、中技。当前不少高职院校，仍在走老大专的覆辙，把新高职办成老大专。缺乏高职教育的特点，必将难于通过就业市场的检验。有鉴于此，现在教育部已经出台了一套新的高等职业技术院校教学工作评估标准，并正在试评中，希望能较好地根据高等职业技术教育的特点，建立一套科学评估高等职业院校教学质量的评估体系。

再次是就业问题。就业问题的根本解决途径是：（一）高等教育大众化发展的规模速度，要与经济和社会的发展相适应，避免增量太快导致人才供过于求；（二）保证所培养的人才质量在就业市场上"适销对路"。由于近年来扩招过快，毕业生的质量不是都符合就业市场的需求，就业确实成为一个应当重视的问题，而且随着毕业生数量的猛增，问题将更加严峻。

当然，并不是说当前高职毕业生就业问题已经很严峻。我的看法是既要重视，又不要过分紧张。过分紧张的形势是人为炒作出来的，或者说是以计划经济统招统配的老观点看待市场经济自主择业的新形势所形成的。

举个例子：2003年9月1日，教育部公布了高职高专的就业率是55.7%，也就是近一半的毕业生"失业"了。这个就业率像一道阴影遮盖了正在蓬勃发展中的高等职业教育，使相当一部分办学者失去信心，使决策者匆忙做出2004年扩招的增量指标不再用于高职高专而用于大学本科，也使考生和家长对报考高职高专更加犹豫徘徊。情况真的如此严重吗？最近，《中国教育报》的调查表明："2003年年底高职毕业生就业率达到87.6%，比去年同期提高2个百分点。"[1]教育部公布的就业率所根据的是全国高职高专院校8月份（有的地方是限定于7月20日之前）上报的毕业生就业签约数，而《中国教育报》调查的是自主择业的实际数。在统招统配时期，8月份甚至更早就已分配完毕，而自主择业则还存在一个相当宽裕的时间差。8月份的未就业者，据调查，有种种情况：有的准备"专升本"，有的准备出国留学，家庭经济较充实的不急于就业而在等待更好的机会，经济困难的也可以先打短工，富有创业精神的正在筹集资金办个小摊，还有的虽已就业但在实习考察期间双方或一方不愿签约。发达国家（如英国）的毕业生就业率统计，是毕业后到当年底尚未能找到三个月以上相对稳定的工作才算失业。计划经济时期，政府有责任为每一位毕业生分配工作，而在市场经济条件下，政府虽有责任为毕业生广开就业门路，却不必要也不可能负责为每一位毕业生安排工作。

以上所谈的认识问题、定位问题、质量问题、就业问题，以及未谈到的诸多问题，都要从教育体系的层面上来梳理、认识、解决。职业技术教育，已经进入高等教育领域，成为高等教育的重要组成部分，但是它的体系尚未构成。近年来，研究高等职业技术教育的著作、论文虽然很多，但作为一个完整的体系来论述的不多。刘金桂校长、史秋衡教授及其课题组成员所承担的全国高等学校教学研究中心的重点课题"关于高等职业教育的培养目标、规格及培养模式的理论与实践研究"，力图构建较为完整的高等职业技术教育体系。作者紧紧围绕高等职业教育应当"培养什么样的人才"和"怎样培养人才"两个根本性问题，就高职教育的性质与功能、培养目标、人才规格、培养模式、课程与教学、体系

---

[1] 《中国教育报》2004年2月29日第1版。

建设、可持续发展以及未来展望,逐步展开,在实践的基础上,进行理论分析,认真研究了高等职业技术教育的发展规律。 读此一书,对于高等职业技术教育的体系,可以有一个比较完整的认识;对于高职院校的办学者,有理论指导和实践参考价值。

2004 年 3 月 7 日于厦门大学高等教育科学研究所

潘懋元 | 文科资深教授、著名教育学家,厦门大学教授,博士生导师

《现代中职生创业导向》

主编：陈平
责编：高健
出版时间：2013 年 6 月

序
中职生要有创业抱负

——

任 勇

中职生毕业后，可以就业也可以创业，但我还是希望中职生有创业的抱负，创业应是所有劳动者的抱负。

中职生的创业，可以是中职毕业后进行，也可以先工作一段时间后进行。

在经济越来越市场化的今天，中职生的创业的机会越来越多，自主创业，路在脚下。

中职生创业，你准备好了吗？

创业，要做好充分准备。心理方面，有思路才有出路；知识方面，有眼界才有境界；技能方面，有实力才有魅力。创业，并不神秘，但创业也非易事。在学生时代，多学习知识，多培养技能，多修炼品格，就能为同学们今后创业打下良好的基础。

创业，要学习创业方法。这本书，就是介绍创业方法的书。让我们懂得：公司如何注册？市场如何调查？财务如何管理？人员如何用活？并让我们了解商业道德与法律知识等。掌握了一定的创业方法，就能让同学们更有信心地去创业。

创业，要借鉴他人经验。牛顿说："如果说我比别人看得更远些，那是因为我站在了巨人的肩上。"各行各业的有成就者无不如此，善于学习别人的经验，找到正确的方向是取得成功的重要因素之一。这本书就专门提供了15项创业设计方案选和10个创业名人的故事，读之，一定能够获益。

创业，要找准商机活用资源。应当联系实际情况，发挥自身的专业优势，做自己"熟悉"的领域，这样就会增加创业成功的可能性。从成功创业的案例来看，他们大多依托了当地资源，充分利用了闲置资源。既用好了"我有"，又学会不求我有，但求我用，"无中生有"活用资源。

创业，要有一双发现的眼睛。罗丹说："美是到处都有的，对于我们的眼睛，不是缺少美，而是缺少发现。"创业也是这样，创业之机处处都有，就看你会不会发现，"借我一双慧眼吧"，我要把创业之机"看得清清楚楚明明白白"。读此书吧，你就有"慧眼"了！

当然，创业有风险，三思而后行。能否成功，就要看创业者自身的创业素质，打铁还得自身硬。

未来是属于青年人的，因为你们年轻，所以你们拥有；但未来未必属于所有的青年人，它只属于那些有准备的头脑、有进取精神的青年。

趁早学会创业方法的同学，就是有准备的头脑、有进取精神的青年。

这样的青年，能不拥有美好未来吗？

The 30th Anniversary of Xiamen University Press

任勇　厦门市教育局副局长，特级教师

The 30th Anniversary of Xiamen University Press

"院士文库·厦门大学专辑"

作者: "院士文库"编委会
责编: 宋文艳
出版时间: 2007年10月—2013年11月

出版说明

"院士文库"编委会

院士,是国家的宝贵财富,是推动科技进步和经济社会发展的重要力量。

在全国1000多位"两院"院士中,厦门大学有12位。他们是:化学化工学院的蔡启瑞、田昭武、张乾二、黄本立、万惠霖、赵玉芬、郑兰荪、田中群;生命科学学院的唐仲璋、唐崇惕、林鹏;海洋与地球学院的焦念志。而在计算机、材料科学、海洋生物等研究领域,厦门大学还引进了新的人才机制,先后聘请了10余位双聘院士。

几十年来,这些院士辛勤耕耘于科学园地,孜孜努力于科研创新,不仅为国家培养了大批专业人才,而且为我国科学技术的繁荣与发展做出了突出的贡献。他们的科学精神,他们的聪明智慧,他们的创新成果,不仅是厦门大学的宝贵财富,也是全体教育、科研工作者学习的榜样。1931年,著名教育家梅贻琦在出任清华大学校长时曾经这样说过:"所谓大学者,非谓有大楼之谓也,乃有大师之谓也。"回顾厦门大学创办与发展的历程,人们不能不对此感同身受,钦服之至。

86年前，在我们国家和民族处于贫穷落后、灾难深重的年代，陈嘉庚先生基于"教育救国"的理念，毅然倾资创办了厦门大学。他在发起人会议上慷慨陈述："今日国势危如累卵，所赖以维持者，惟此方兴之教育与未死之民心耳。""民心不死，国脉尚存，以四万万之民族，决无甘居人下之理。"为了不甘居人下，为了实现"南方之强"的目标，厦门大学在创办之初，就十分注重招揽名师执教，并把"研究高深学术，养成专门人才，阐扬世界文化"作为自己的三大任务。一时之间，群贤毕至，名流云集，如文学家鲁迅，动物学家何博礼，植物学家钟心煊，数学家姜立夫，化学家刘树杞，物理学家朱志涤等等。这些国内第一流的名师为厦大的初创和人才培养奠定了良好的基础。此后，一代代的名师前赴后继，悉心传道、授业、解惑，培养出包括物理学家谢希德、经济学家许涤新、化学家卢嘉锡、数学家陈景润、遗传学家方宗熙、水生物学家伍献文等在内的一大批很有影响力的专业人才，他们为国家的进步和科学的发展作出了不可磨灭的贡献。"名师出高徒"，名师的传承、交流、融汇正是一所国际高水平大学生生不息的源泉。今天，厦门大学化学化工学院能够拥有8位院士，在全国高校化学化工学院中名列前茅，能够在物理化学的三个分支学科——催化化学、电化学、结构与量子化学领域，形成自己的创新优势和研究特色，并蜚声海内外；而在生物学研究领域，3位院士能够在寄生虫及红树林研究方面独树一帜，这不能不说与名师间的传承效应、群体效应有很大的关系。另一方面，"双聘院士"的引进，不仅弥补了厦大在一些研究领域的薄弱环节，而且为不同高校和科研机构之间的学术交流提供了一个很好的"平台"。毫无疑问，这些院士的创新精神和学术影响力，已远远超出了自己的专业领域，而成为不同领域科学工作者不可或缺的科学素养。

厦门大学出版社历来把弘扬科学精神和出版优秀的学术著作，作为自己矢志追求的目标。为了展示"两院"院士国际领先的学术水平和求实探索的科学精神，同时也为了向学界提供更为系统、完整的专业论著，厦门大学出版社决定倾力编辑、出版一套"院士文库"丛书；而首编便是即将呈现在读者面前的"院士文库·厦门大学专辑"。

该专辑所选论著有的发表时间较为久远，有的作者已经去世。在编辑出版时，我们既注重整套专辑及丛书风格的统一，又注重时代痕迹的保留。为此，在重新录入时，对书眉、标题字体以及参考文献的格式加以统一；但对发表在20世纪不同杂志上的论文则依然保留了当时的简化字、字符、量纲以及体例,尽量使其原汁原味。

希望本文库的出版能对相关学科的科研起到一定的推动作用,尤其能使后辈学人从中汲取科学的营养,领略院士们的治学精粹,为学术的传承与创新"牵线搭桥",为新一代大师的不断涌现推波助澜。

如是,则读者幸甚,作者幸甚,编者幸甚!

2007 年 10 月

《田昭武院士论著选集
——拓宽视野的电化学》

作者： 田昭武
责编： 宋文艳
出版时间： 2007 年 10 月

代序

田昭武

几年前中国科学院为编辑《科学的道路》一书而向院士们征求自我选题的《院士自述》，我曾以《浅谈继承与创新的一些体会》为题，略述自己在科学道路上取得成果的经历与体会，以供青年学子借鉴。今出版《论著选集》一书以检阅成果，用意相似，乃以此文为《代序》。

浅谈继承与创新的一些体会

珍惜当前现实的任何机遇

抗日战争胜利前夕，1945 年夏天，我考入厦门大学化学系。有幸师从卢嘉锡、钱人元、蔡启瑞等几位名师，在他们的熏陶指引下我不仅学到了化学专业知识，更重要的是领会了名师治学的精粹和要领，为以后的科学事业打下了基础。1949 年我从大学毕业，正当新中国刚刚成立。这个时候既没有留学深造的机会，也还没有招收研究生的制度，能够留校当助教已经是我最佳的机遇了。对于现在大学毕业生可以面对更多选择而言，也许这是个遗憾。但是我认为机遇人人不同，不要攀比埋怨或等待，关键看你能不能充分抓住当前现实的机遇并好好利用，不要辜负任何机遇。我任大学助教讲师的头六年，利用担任物理化学的助教和挑起讲授"物理化学"及"物质结构"两门课程的重担的机会，认真把物理化学概念和方法钻研掌握得更为深透。既把这两门较困难的课程教好，又在以后的科研和教学工作中不断融会贯通、反复运用，在科研工作中形成自己的特色，体现了教学和科研的相辅相成、相得益彰。

卢嘉锡先生从事化学，但又精通数学；钱人元先生除了化学以外，物理学和电子学知识也非常丰富；蔡启瑞先生从事物理化学，又很熟悉有机化学。他们分别在量子化学、高分子物理和催化化学等方面形成各自特色而成为我国学术界泰斗。虽然我没有机会成为他们的研究生，但是他们渊博的跨学科知识和科学事业成就对我的思想影响很大。耳濡目染，我也认识到了跨学科的重要性，深知必须注重学科交叉才能形成自己的特色。我只是有幸得到他们的言传身教的众多学生之一，但是我认为这就是我难得的机遇。

"文革"浪费了科研工作者不少时间，实验室和图书馆都去不成，可说是很坏的境遇。所幸的是我没有让时间全部浪费。从某种意义上说，"文革"中我没有什么事情可做，时间空出来，也算是一种机遇。在"文革"之前刚刚出现晶体管收音机，而当时我的实验仪器用的还是电子管。我就利用文革时间到福州的街头买晶体管等零件回家，自己动手，组装收音机和万用电表，反复研究各种晶体管收音机电路图，从中认识晶体管的运用。为什么文革都没能使我放弃实验，那是因为我从来都把学习和实验看成是一种乐趣。

我珍惜且不辜负当时的各种机遇，努力在工作中提高自己，从而创造出后来的更好的机遇。20世纪80年代开始，我当选为中科院学部委员（院士），有机会在院士活动中向更多的科学前辈广泛地学习，又有机会在国际学术活动和国际学术组织中以及主办国际会议时与大量国外同行切磋交流。所以我认为：不要辜负机遇，机遇也不会辜负你。

坚持自学　注重交叉学科

我在科技领域已经工作了五十五年，回顾当年学生时代所接触的科技领域和学到的知识比起现在我所工作的科技领域和所需的知识而言，可说是小巫见大巫。科学技术和社会都在迅猛发展，工作中随时需要新的知识以克服新的困难。学生时代所学的只是基础知识和自学的门路，更多的要依靠以后在工作中的自学。1955年时我开始研究电化学动力学，当时仪器设备很缺乏，大部分要靠我们自己组装，困难确实很大。但是，这也是一种锻炼，促使我们在电子学的理论和实践两方面有针对性地自学和提高。自学确实花的时间更多，摸索起来更加困难，但是目的性和实用性却更强，所以会有更深的体会。50年代起，电子学从电子管发展到晶体管、集成电路以至大规模集成电路，我们结合电化学科研发展的需要，坚持自学跟上电子学的发展。

  1956年，我被派到南京去听东德电化学专家讲学，兴冲冲踏上北上的列车。因为东德专家迟迟不来，我就跑到南京书店去找书看，在那里我买到了我正需要的《数理方程》和《热传导理论》两本书。因为我曾在实验中遇到的奇特的电化学"自催化"实验现象尚未为人们所认识，亟须从数学和物理的理论上对电化学扩散的问题进行解析，而电化学扩散问题和热传导问题都属于数学的抛物线数理方程问题。两个多月过去了，东德专家终于没来，我唯一的一次脱产进修机会落空了，所幸的是我另有收获。我利用这段时间掌握了数理方程和热传导这两门理论知识，回厦门后把它们运用到电化学的科研中，经过实验比较和论证，解决了自催化电极过程理论分析，在《中国科学》上发表论文《自催化电极暂态过程理论分析》。有了电子学技术和数理方程这两种工具，我们课题组的电化学科研开辟出了一条新的路子，形成自己的学科特色。我们首创了选相调辉法和选相检波法，成功研制了"电化学综合测试仪"，并交付投产，为全国电化学同行首次提供了国产的仪器，还出版了专著《电化学研究方法》，进一步树立起了自学和跨学科的信心。后来，我结合电化学科研发展的需要，继续自学半导体物理、光谱学、扫描隧道显微技术以及微系统技术等等，使自己的视野更加扩大。我特别愿意接触电化学学科以外的学者并向他们学习，积极应邀参加化学以外的多学科学术会议，例如多次参加微米纳米技术会议。在这些会议参加者之中，就学科而言我是少数派，甚至是唯一的化学学者，但是在会议中从化学的角度谈谈自己的看法，也听取其他学科的报告，相互交流，收获很大。

科学技术的继承与创新

创新的基础是正确地继承

科学技术总不是尽善尽美,必须不断地创新才能向前发展,所以说创新是科学技术的灵魂。创新的过程就是在继承的基础上发展的过程。读书或听课当然是为了继承前人科学技术成就,但切不可不加思考地全盘接受。一位好的教师在介绍一个成果(定律、公式、结论等等)的同时,还会指出其局限性(前提、假设、简化等等),启发学生在继承的基础上去发展超越。听卢嘉锡先生的精彩讲课是一个紧张而享受的过程,因为他对每一个成果的来龙去脉推演得非常清晰,把前提、假设和简化条件都交代得一清二楚。学生必须全神贯注地抓住他这种启发式教学的每一句话,才能够真正理解。这样,学生不仅了解到科学知识的现状,而且还知道它的不足和可以改进和创新的方向和路子,这才算正确地继承了前人的科技成就。听他讲课是我思想最活跃的时候,也使我对物理化学产生极大的兴趣。后来我自己讲课和自学的时候也都把来龙去脉和局限性尽可能交代清楚,而不把课本的知识说成尽善尽美,免得误导学生们不加思考地全盘接受。古人说尽信书不如无书,其实听课也是如此。我有个习惯,听课时有疑问的问题就在笔记本打问号,在课后的时间里再寻找机会解疑。看待一个问题或一个事物,心里总想有没有更好的可以取代,尽可能地找机会去实践、验证。科学的怀疑态度并不是狂妄自大,而是在继承的基础上推陈出新,不断发展,最终推动整个科学领域的发展进步。

对先进的新事物要敏感和热情

创新要以当代最先进成就为基础,要不断追踪当代最前沿的事物。早在1978年,我们国内用的计算机不但体积大、部件多,而且可靠性较差。当时我有幸初次到英国参加国际电化学会议,发现国外已经有了微型的个人电脑。微电脑及其语言对我而言都是新事物,国内尚未引进,而且当时价格近500英镑。经过慎重分析,最终冒着售后服务不便的风险,大胆用国家给我支配的仅有的外币买了一台。为了回国后能顺利用上,我放弃了参观野生动物园的好机会,留在旅馆里看着说明书一步一步地核对。回国后,当时国内罕见的这台微电脑引起了电子工业部的极大重视,而且也对厦大和其他兄弟高校的科研发挥了很大作用,我感到很欣慰。

迎难而上选择科研方向和立题是关键

1949年大学毕业以后,我一直关注国际的科学发展动态,并且寻找自己的研究方向。 50年代初正值苏联科学院著名电化学家弗鲁母金院士专著《电极过程动力学》出版,我意识到电极过程动力学是现代电化学发展的核心,在理论和应用上都有广阔的前景。 由于电池电动势较容易准确测定,所以早年电化学曾在热力学方面有过辉煌的成就。 然而电极过程动力学与电极体系界面的复杂性相关,牵涉的学科也很多,比起均相或一般的多相体系的动力学困难得多,我国在这个领域的研究几乎是空白。 经过一番慎重考虑,我选定了电化学。 我知道科学需要创新,要敢于踏入人迹罕至的富矿带。

科研立题的水平与难度是密切相关的。 扫描隧道显微镜(STM)由诺贝尔奖获得者发明后,初期只应用于固体／气体系统,能否用于含水溶液的电化学系统是受关切而有争论的问题。 以往能分辨分子水平的实验技术都不宜于电化学系统现场,而且电极反应的电流会严重干扰扫描隧道显微镜的微弱隧道电流,这个难关能否克服? 当时我向国家自然科学基金委申请《电化学扫描隧道显微镜》课题,以求弥补当年缺乏电化学现场分子水平空间分辨表征手段的缺陷,当时就有人质疑其可行性。 我也认识到其中的困难将会很大,但是这个课题的重要性,又促使我下定决心大胆闯一闯。 在课题组攻关之下,很快研制出电化学现场的扫描隧道显微镜,在1991年的STM国际会议上提出所研制的电化学现场的扫描隧道显微镜仪器设计和初步实验成果,引起重视。 在次年英国皇家学会主办的主题为"高分辨率固液界面"的Faraday Discussion会议上我被邀请作报告。 我认为,不入虎穴焉得虎子,较高水平的课题成功率不高,但是水平不高的立题绝不可能得到高水平的成果。 除了考虑水平以外,立题还必须充分考虑其必要性和合理性。 至于难度的问题,必须有艰苦奋斗"十年磨一剑"的思想准备。

敢于逆向思维化不利为有利

在微加工刻蚀中,化学刻蚀技术因其各向同性扩散而导致刻蚀分辨率不高已是公认的事实,不如现有各种具有方向性的物理射线束二维刻蚀。 然而,射线束二维刻蚀,如硅平面加工和LIGA技术都难以制作三维复杂图形,射线束逐点加工虽然可用以制造三维模板,但花时间太长而不宜于批量生产工件。 1991年我想到可否发挥化学刻蚀扩散很慢的特点,发明一种具有特色的高分辨率三维复杂图形刻蚀新技术。 平常三维复杂工件可以用铣刀移动位置和深度铣制而成。如果有无数支微米尺度的铣刀按三维复杂图形的位置和深度布置好，同时开动，就可以快速加工出三维复杂的工件，然而这样的加工机械不可能制造出来。化学刻蚀剂接触工件表面也能像铣刀一样地"切削"，但如何能把化学刻蚀剂按三维复杂图形的位置和深度布置？这就导致我们提出约束刻蚀剂层技术（Confined Etchant Layer Technique，简称 CELT）：首先，在三维复杂图形的模板表面用电化学反应生成化学刻蚀剂，再利用预置在溶液中的化学捕捉剂与上述化学刻蚀剂迅速反应而缩短其寿命至毫秒以下。这样短寿命的刻蚀剂只能扩散微米级的距离，所以被紧紧地约束在靠近模板表面的薄层内，成为按三维复杂图形布置的无数支化学"铣刀"。当它向工件逼近时，工件就被加工出与模板互补的三维复杂图形。这种加工方式的特点是具有"距离敏感性"，所以每次从三维复杂图形模板加工复制到工件的信息量特别大。如果用二维的掩模加工，信息量相对小得多，必须用许多掩模进行多次的套刻叠加，才能加工出近似于三维复杂图形的工件。化学刻蚀技术原有的"扩散速度慢且无方向性"的缺点却在 CELT 技术中变为"距离敏感性"的优点。

以上只是简略地谈谈我对创新的一些看法，比较全面地概括应该是"立志、奋斗、创新、求实"四个方面。限于篇幅，对立志、奋斗和求实三方面就不细说了。如果青年读者从我的看法中有所借鉴，我将感到十分欣慰。

2005 年 1 月
摘自《科学的道路》（中国科学院院士工作局编撰）

田昭武　中科院院士、物理化学家，厦门大学化学化工学院教授、博士生导师

《蔡启瑞院士论文选集》

作者：蔡启瑞
责编：宋文艳
出版时间：2013 年 11 月

代序

廖代伟　万惠霖

恩师蔡启瑞先生 1913 年农历十一月初六出生于福建省同安县（今厦门市翔安区）马巷镇番薯市五甲尾一个华侨店员家庭。

在恩师百岁高寿的 2013 年，厦门大学在 4 月 6 日 92 周年校庆庆典上，将首次设立的厦门大学最高奖"南强杰出贡献奖"颁给了恩师，以表彰恩师为国家和人民以及学校和科学所作出的卓越贡献，颁奖辞赞曰："蔡启瑞先生，中国科学院院士，德高望重的物理化学家、分子催化专家。在他心里，国家民族为重，个人利益为轻。为了祖国的召唤，他执意回国；为了国家的需要，他毅然转行。催化学科，他是奠基人；物化研究，他是引领者；工科发展，他是开拓者。他呕心沥血，携手攀登，他在厦大领衔创建了中国高校第一个催化教研室、厦大第一个国家重点实验室、福建省首个国家工程实验室，圆了几代人梦寐以求的'化学梦'，奠定了厦大化学学科的一流地位。他为人平和，谦逊礼让，如清泉般透彻。他以身作则，提携后辈，像泰山般厚道。古人赞曰：'仁者寿！'先生以百岁的实践证明古人之云然也！"

在恩师百岁高寿的 2013 年,我们怀着感恩和崇敬之心,迎来了《蔡启瑞院士论文选集》的正式出版。论文集收录了：从恩师署名的 380 篇有关论文中选出的 225 篇全文,论文(著)总目,专利目录(发明专利 19 项,实用新型 2 项,已授权 18 项),主要活动年表(学习、教学、科研和学术活动,以及主要社会职务和主要奖项),指导研究生名单,个人照、工作照、活动照和生活照。特别令人欣喜的是,在老科学家(蔡启瑞)学术成长资料采集工程小组的努力和厦门大学美洲校友会的支持下,论文集首次收录到恩师作为厦门大学第 12 届毕业生、在张怀朴教授指导下于 1937 年 6 月 11 日完成的厦门大学理学学士学位论文 ELECTROMETRIC DETERMINATION OF THE HYDROLYSIS OF ZINC AND CADMIUM NITRATES(《硝酸锌和硝酸镉水解的量电法测定》),以及在马克(E.Mack,Jr)、哈里斯(P.M.Harris)和纽曼(M.S.Newman)教授的指导下于 1950 年 3 月完成的美国俄亥俄州立大学(Ohio State University)化学领域的哲学博士学位(Ph.D.)论文 A STUDY OF MACRO-RING CLOSURE IN HETEROGENEOUS REACTIONS: SURFACE FILMS OF HIGH POLYMETHYLENE DICARBOXYLIC ACIDS AND GLYCOLS(《多相反应中大环闭合的研究：高聚亚甲基二羧酸和二元醇的表面膜》)。

因篇幅所限,论文集仅是恩师部分学术成就的反映。论文集的宗旨在于给后人以启示,为后人之所用。为此,论文集特别将厦门大学化学系催化教研室和物理化学研究所催化研究室撰写的《祝贺蔡启瑞教授从事化学工作五十年》(《卢嘉锡/蔡启瑞教授从事化学工作五十年纪念册》,1986 年),厦门大学化学系催化教研室、物理化学研究所催化研究室和化工系工业催化教研室撰写的《我国分子催化的奠基人之一蔡启瑞教授》(《庆贺蔡启瑞教授八秩华诞》,1994 年),《祝贺我国著名物理化学家,中国科学院院士蔡启瑞教授九十华诞暨执教五十八年》(《化学学报》,2004 年,第 62 卷,第 18 期)以及经恩师蔡启瑞先生亲自审订的《20 世纪中国知名科学家学术成就概览·化学卷·第一分册》中的"蔡启瑞"篇(科学出版社,2011 年,第 1 版)转载于论文集部首,以便更好和简要地反映恩师的主要成就。更详细的资料可参阅今后可能出版的老科学家(蔡启瑞)学术成长资料采集工程的研究报告《蔡启瑞传》。

恩师蔡启瑞先生一生平和朴实、谦逊礼让、学风正派、为人正直、淡泊名利,是学术界公认的德高望重的学术大师。学如流水行云,德比松劲柏青，探赜索隐老而弥笃，立志创新志且益坚，这些科教界名流的题词嘉勉是对恩师学识和师德的赞许，是对恩师大胆假设、小心求证、不迷信权威、勇于创新的科学研究素质的评价，是对恩师学术道德和为人风范的写照。

在恩师百岁高寿的 2013 年，论文集得以顺利出版，要感谢厦门大学化学系催化科学与工程研究所、论文集编辑小组以及厦门大学出版社同人们的辛勤工作，还要感谢厦门大学特批的出版基金资助。因恩师蔡启瑞先生正在住院康复中，不便亲自写序，嘱生代笔，学生师从恩师几十载催化研究，受益良多，代序之言中不妥之处，还请不吝指教。

2013 年 4 月于厦门大学化学楼

廖代伟	我国培养的第一位催化领域的博士，厦门大学化学系教授，物理化学研究所所长
万惠霖	中科院院士、物理化学家，厦门大学化学化工学院教授、博士生导师

《黄本立院士论文选集》

作者： 黄本立
责编： 宋文艳
出版时间： 2011 年 3 月

代序
雪泥鸿爪　光谱分析生涯 60 年拾遗

黄本立

  从 1950 年 3 月我到长春参加工作时起，至今已经超过 60 年。 而我从事光谱分析研究也已经超过 60 年。 在这 60 年中，我所走过的路可能和国内一般的光谱分析工作者不太一样。

  首先，也许是因为我从小就对以前广州人传说中的机智的"机器仔"（机械工人）很佩服，1945 年在考岭南大学时我要上的是工科。 而在注册后报到时我遇到的第一位教授是在工学院兼职的物理教授朱志涤，当时他建议我改读物理系，他说你的考试成绩还可以，你学了物理之后，再看工科方面的书就会像看小说一样容易了。 就这样，我听了朱教授的话，转到物理系来了。 朱志涤教授后来全家搬回美国去了，他没有教过我，但他的建议和我的转系却影响了我后来的整个科研生涯。

  在校时我比较感兴趣的是冯秉铨教授教的"电子学"和高兆兰教授教的"光学"，喜欢玩无线电和照相。 我曾和几位同学在冯教授的指导下，在一块大黑板上组装了一"台"示教用的超外差收音机。 高兆兰教授把她从美国带回来的，在当时相当珍贵的彩色幻灯片胶卷给我做实验，和我一起把胶卷冲洗出来。她还鼓励我组织了一个课余摄影小组。我当时还开始了"勤工俭学"，做过批改同学作业、准备教学实验等理应是由助教来做的工作。这些经历和兴趣对我以后的科研工作有一定的帮助。

1950 年春经同学介绍北上长春，在当时的东北人民政府重工业部管辖的东北科学研究所（中科院长春应化所前身）物理研究室参加工作。我本想以后再设法调到东北电影制片厂（长春电影制片厂前身）去干我喜欢的摄影工作。可当时东北是新中国国民经济恢复时期的重工业基地，产业部门如鞍钢、抚钢等急需采用快速、准确的原子光谱分析技术，而这种技术在刚解放时的东北基本上是空白。光谱分析本身是一种物理方法，它与光学和电子学的关系也很密切。于是我决定放弃搞专业摄影的想法，投入到原子光谱分析研究中去。

后来东北科学研究所归并到中国科学院，改名为中科院长春综合研究所；随后中科院上海物化所北迁长春，与长春综合所合并，成为今天的中科院应用化学研究所；我原属的长春综合所物理研究室光谱组与原上海物化所光谱组整合成为应化所物化室光谱组。

至于我投身光谱分析工作后的"对象"，大体上是和当时国内（特别是东北地区）经济建设的需要相结合的，这可以从我的文章的发表时间和内容看得出来：最早是冶金，然后是地质，然后是"超纯物质"、稀土、原子能材料，环境样品，"新技术"原子吸收，"新光源"感耦等离子体……也有涉及仪器装置的。还有一点就是我所用的手段从开始时的基本上是物理手段逐步过渡到与化学手段相结合、与其他方法联用。

1986 年我调到厦门大学工作，起初是到新成立的技术科学学院，后来早先因我调入厦大而申建成功的分析化学博士点在化学系，所以时任校长的田昭武院士（学部委员）将我调入化学系至今。

就这样，我一步一步地从一个主修物理的大学生变成一个用物理方法为化学服务的化学类研究机构或大学院系的成员。

在学会活动方面，虽然我最早加入的学会是中国物理学会，但后来在长春应化所时又加入了中国化学会，现在是化学会的永久会员；而且，可能是历史的误会，我甚至还当选过中国化学会 25 届（1999—2002）四位轮任理事长之一。虽然我在 20 世纪 90 年代也曾加入过美国的 Society for Applied Spectroscopy，而对中国物理学会我却是早就"自动退会"了。由于我在学术上"非鸟非兽"的"蝙蝠"身份,我曾婉言谢绝了英国皇家化学会(RSC)邀我当该会 Fellow(好像有人译之为"会士")的邀请。

还有一点就是新中国成立后我放弃了出国深造的念头而选择了"参加革命(工作)",早年对发表文章的概念是比较淡薄的。有些多少带有保密性的工作做完之后写个报告交给科技处存档就完事,不少报告发表在内部刊物和不定期的《中国科学院应用化学研究所集刊》上,还有一些在全国性会议的论文集上。所有这些都是在一般的图书馆内不易找到的。

一个甲子过去了,回顾一下自己的工作,留下点滴痕迹,可能对年轻的后来者会有些许参考价值。这是我出版这本文集的初衷。

由于早期的内部刊物现在比较难找,所以本文集对它们有点"照顾",好让年轻读者可以比较容易看到建国初期的有关情景。至于近期论文,由于在网上都能找到,而且本人贡献较小,所以尽量少选些,以省篇幅。另外,文章的总目录亦将列于文集之内备考。为了方便读者查阅,本文集还将我的一些个人资料列入。

显然,我早期的那些文章现在看来真是太粗浅了。但我想这也反映了当时的历史情况,包括我的水平。另外还有一些作者原文错误或手写之误等等。我试着将文集中少数几篇有明显错误的地方在该页下方加注更改,以期避免以讹传讹。但文集中肯定还会有不少错谬之处,恳请读者不吝赐教。

在本文集的酝酿、编辑和出版过程中,得到田昭武院士的鼓励,厦大出版社、厦大图书馆和长春应用化学研究所陈杭亭研究员的支持和林峻越、吴玲玲女士的帮助,以及我的老伴张佩环对我不按时吃饭和睡觉的容忍;本人趁此机会对他们谨表由衷的谢意。离开了这些,就不会有这本册子。

2010 年秋

黄本立 | 中科院院士、原子光谱分析家,厦门大学化学化工学院教授、博士生导师

《任重道远　继往开来》

作者： 厦门大学化学化工学院
责编： 眭蔚
出版时间： 2011 年 3 月

序

万惠霖　黄培强

桃李芬芳九十载，教泽流长遍神州。

2011 年 4 月，在厦门大学创建 90 周年之际，厦门大学化学学科也迎来了创办 90 周年的喜庆。自第一位化学教授刘树杞博士来校任教、第一门化学课程《化学讲演》开设、第一位化学（门）学生刘思职入学始，厦大化学学科走过了九十年的历程。在陈嘉庚先生倾资办学的爱国、奉献和创业精神感召下，一代代厦大化学人秉承"自强不息、止于至善"的校训，为厦大化学学科的发展辛勤耕耘，谱写了壮丽的篇章。

九十年岁月沧桑，厦大化学学科群英汇聚，人才辈出。厦大在建校之初就已形成的"优秀师资队伍乃办学之本"的理念，始终贯穿于厦大化学学科九十年的发展中。从刘树杞、纪育沣、傅鹰，到卢嘉锡、蔡镏生、钱人元、陈国珍等，众多的知名教授包括中科院院士（学部委员）曾先后在这里执教，为厦大化学学科的发展奠定了坚实的基础。

九十年风雨历程，厦大化学学科春华秋实，硕果累累。一方面，基于对本科人才培养基础地位和大学根本任务的认识，努力营造教学相长、教研相长的局面，使教学与科研比翼齐飞，建立了全国首批化学"理科基础科学研究和教学人才培养基地"、首批"国家级实验教学示范中心"，近期又入选"国家基础学科拔尖学生培养实验计划"。另一方面在科学研究中，注重交叉与创新，形成了严谨求实、厚积薄发的研究风格和相互尊重、相互支持、谦让协作的团队精神，树立了优良的学术传统和科研文化。

正是在这种优良的学术传统和科研文化的影响和熏陶下，厦大固体表面物理化学国家重点实验室的建设和运行取得了一系列丰硕的成果。这个建成于1990年的国家重点实验室，在1994年、1999年和2004年的三次评估中均被评为A级实验室，其中在1999年的评估中名列全国化学化工类国家和部门开放重点实验室第一名，荣膺国家"金牛奖"，并与2009年获得"免评"再次进入优秀国家重点实验室行列。以这个重点实验室为依托，厦大化学学科形成了一支具有国际影响力的科技创新群体，正在向世界前沿的科学研究领域进军。

九十年耕耘播种，厦大化学学科扎根沃土，枝繁叶茂。 改革开放以来，特别是20世纪90年代以来，得益于"211工程"和"985工程"的实施，厦大化学学科得到了长足的发展。1991年化工系的建立和随之组建的化学化工学院，为厦大化学学科从基础向应用延伸搭建了平台；1987年材料化学专业的招生和1997年材料科学系的建立，为厦大化学学科向新材料研究领域进军拓展了空间；2003年化学生物学专业的招生、福建省化学生物学重点实验室的建立和2008年化学生物学系的成立，进一步拓宽了厦大化学学科的研究领域。

与此同时，厦大化学学科通过"211工程"、"985工程"的建设，有效地实施了物理化学学科带动战略，成为拥有物理化学、分析化学和无机化学三个二级国家重点学科的化学一级国家重点学科。在"211工程"建设中，先后以"物理化学与应用化学"、"物理化学与分析科学"和"基础化学与能源化学"立项进行重点建设。在"985工程"一、二期建设中，致力于建设包含"化学基础"、"能源化学"、"合成材料"和"化学生物学"四个分平台和"人才"、"公用仪器"与"技术成果转化"三个支撑体系的"嘉庚化学科技创新平台"。在2011—2013年"985工程"建设中，更确立了化学理论与实验方法、物质制备科学、化学前沿与交叉及新兴生物与化工技术等四个主要研究方向。

九十年阳光雨露，厦大化学学科滋兰树蕙，桃李芬芳。 九十年来，厦大化学学科先后培养了一万三千余名各类毕业生，其中包括两千余名研究生和博士生，遍及海内外的许多校友成为各行各业的中坚和精英。醇醚酯化工清洁生产国家工程实验室的立项建设，教育部电化学技术工程研究中心、福建省纳米制备技术工程研究中心的建设，化学工程与技术一级学科博士点的评审通过，以及本院第一位"千人计划"入选者、澳大利亚技术科学与工程院暨新西兰皇家科学院院士陈晓东教授的引进，初步形成了厦大化学学科基础研究与应用研究并重的格局。厦大化学化工学院已当之无愧地成为我国化学化工学科人才培养的重要基地和科学研究重镇。

回首九十年的光荣历程，我们更加怀念那些为了厦大化学学科的发展而筚路蓝缕、辛勤耕耘、无私奉献的前辈学者。没有他们艰苦卓绝的努力和奋斗，就没有今天在海内外享有盛誉的厦大化学学科。毫无疑问，我们将以他们为榜样，在历代科学家和教育家奠定基础上，努力朝着在国际上有较大影响的高层次化学化工人才培养、优秀专家学者汇聚和高水平科学研究基地的建设目标迈进！

"化学—我们的生活，我们的未来。"2011年，也是联合国确定的国际化学年。其目的是在世界范围内，彰显化学对社会进步和人类文明的贡献，鼓励和增进公众尤其是青少年对化学的了解和兴趣。我们深信：化学，让生活更美好。我们也愿借本书出版之机，衷心祝愿全院师生继续努力，为使人类的生活和环境更加美好，做出我们新的更大贡献。

以此与大家共勉。

是为序。

2011年2月18日

The 30th Anniversary of Xiamen University Press

万惠霖	中科院院士、物理化学家，厦门大学化学化工学院教授、博士生导师
黄培强	厦门大学化学化工学院前院长，教授、博士生导师

《呼唤绿色新世纪》

主编： 卢昌义
责编： 陈进才
出版时间： 2002年3月

序

洪华生

新世纪第一个金秋，绿色旋律，唱响厦门。由全国人大环境与资源保护委员会、建设部、国家环保总局与厦门市人民政府共同主办的首届中国国际城市绿色环保博览会（简称"绿博会"）在厦门成功举行，引起了世人的瞩目，取得了丰硕的成果。全国人大常委会副委员长邹家华特为绿博会题写了"传播绿色文明，发展环保产业"的题词。本届绿博会是新世纪我国举办的一次层次高、规模大的城市绿色环保国际盛会，是一次体现人与自然和谐共处的盛会。绿博会围绕绿色城市、绿色经济、绿色生活、绿色文明这一主题，不仅展示了绿色环保成就和技术，推动了国际和海峡两岸园林、环保产业的技术交流与经贸合作，而且弘扬了绿色环保理念，倡导了城市的可持续发展，办出了水平，办出了特色。它的成功举办，为中外城市在可持续发展领域构筑起交流、合作与互动的平台，同时也为今后把绿博会办成在绿色环保领域具有国际影响的年度盛会奠定了坚实的基础，必将对推动我国的绿色环保事业产生积极影响。

本届绿博会吸引了包括 20 多个国家和地区的 40 多个城市、300 多家中外企业在内的 2 万多名海内外客人前来参展参会。展览设计新颖，构思独特，绿意盎然，充分展示出境内外城市园林、环保方面取得的成就及园林、环保领域的新技术、新成果。先后有 300 多名市长在《中国市长绿色宣言》上签名支持绿色环保事业和绿博会。绿色理念深入人心。

本届绿博会还配套举办了规模大、内容广、层次高、观念新的"21 世纪绿色城市论坛"。该论坛由城市环境与发展高级论坛、绿色人居论坛、绿色产业论坛和大学生绿色环保论坛四个部分组成。主讲人中，有身居要职的官员，有德高望重的学者，有事业成功的总裁，有荣获"全球 500 佳''和"苏菲国际环保奖"的民间环保人士，还有朝气蓬勃的大学生等 40 多人。论坛主题鲜明，内容新颖，扣人心弦。大家共同为发展绿色经济，建设绿色城市，倡导绿色生活，开创绿色文明献计献策，充分展现了 21 世纪的新思维、新理念、新技术。

随着 21 世纪的来临，可持续发展已经成为人类发展不可逆转的绿色潮流，正引导人类进入一个崭新的绿色文明时代。如何建设一个经济、社会和环境相协调发展的绿色城市；如何建立起有利于生态环境、资源与经济协调发展，人与自然和谐共存的绿色生活、绿色消费方式；如何应用信息技术，生物技术等高新技术发展绿色经济等，成为人们所共同关注的问题，也是本届绿博会研讨的主题。为了更好地学习和交流绿博会的新理念和新成果。我们将"21 世纪绿色城市论坛"所征集的论文重新修订后汇编成集出版。内容涉及国家宏观政策，城市可持续发展与生态建设；绿色人居与生态建筑，园林与环境艺术，绿色建材，生态建筑及其指标体系；环保技术与产业发展、环保高新技术、环境认证产品；清洁能源，节能节水技术，绿色交通技术，绿色人居环境；公众环保教育等。其内容范围广泛，专业性强，但愿人们能从中得到启发，开卷受益。

这本汇编还整理了绿博会从酝酿到会展期间的大事记载，收录了绿博会开幕和展出盛况以及配套的其他活动的文字资料、彩照等。曲格平主任欣然为本汇编题写了书名《呼唤绿色新世纪》。出版这样一本书，是绿博会所有重要文献的汇编，是绿博会成果的总结，是本次盛会留给历史的脚印，意义重大。

值此《呼唤绿色新世纪》出版之际，衷心感谢为绿博会的成功召开付出艰辛努力的所有工作者和志愿者。特别感谢本届绿博会组委会曲格平主任、赵宝江主任等领导的倡议和指导；感谢执行秘书长阿真和她的同人们为论坛的举办和论文的征集所付出的辛勤劳动。由于他们对厦门的厚爱和支持，我才有机会作为一名志愿者，同大家一道，为首届绿博会在厦门的召开献出微薄之力。

绿色象征着生命和希望。有人曾用这样的语言，形象地描述森林、生态、环保与人类文明之间的关系：当人类砍伐了森林的第一棵大树时，文明开始诞生；而当人类砍伐了最后一棵大树之后，文明也将就此终结。随着新千年的来临，人类已经重重地叩响了绿色文明的大门，厦门等一批城市的环境新面貌，已经向我们展现了绿色文明的美好前景。全国人大环资委曲格平主任委员在绿博会开幕式上说得好，"今天，我们在碧海蓝天的厦门，呼唤绿色文明。明天，我们将期待着绿色文明的种子在所有的城市开花结果"。绿色就在你我身边，让我们共创这绿色文明的美好未来。

2001 年 12 月于厦门

洪华生 | 近海海洋环境科学国家重点实验室（厦门大学）名誉主任，中国海洋学会名誉理事长

《台湾海峡成因初探》

作者：蔡爱智、石谦
责编：陈进才
出版时间：2009 年 6 月

2011 年获福建省第三届优秀出版物奖图书奖

序

任美锷

《台湾海峡成因初探》一书虽然比原来计划推迟了 20 多个年头到今天才与读者见面，仍不失为海洋科技界值得称颂的好事。此书"难产"的原因主要是近 60 年来海峡两岸政治大气候造成的障碍。读后从字里行间可察觉出某些不足，尽管作者潜心设法弥补也抹不去已经造成的痕迹。

一本好的科技读物，其价值在于创新。作者应用板块理论以图解明示了台湾海峡是欧亚板块与太平洋板块碰撞、推移过程在第三纪的喜马拉雅运动中台岛山脊抬升的同时伴生的前陆洼地。关于晚更新世冰期全球海平面大幅度升降导致台湾海峡自然环境的大改观以及闽中台中古通道的提出、海峡冲刷槽的引证、陆相冲积扇的推导、浅滩沉积物的主要来源和向南移位、海峡现代沉积环境和西岸软泥沉积层序等一系列重要问题的论点都令人耳目一新。作者将长期艰辛的劳动成果加上海峡两岸及各国科学家们对台湾海峡最新的研究成果之精髓提炼成为优良的知识营养品奉献给广大的读者！书的前言中出现了一句：一片浅滩连两岸，几道槽沟汇于中。寓意不凡，几个字既简明地勾绘出了海峡的实况，又蕴含着作者更深的爱国情怀！

这是一本篇幅不长的科技读物，它告诉世人过去的 50 多年里，在两岸海洋学家的分头努力下，台湾海峡的"谜"虽已初步揭开，但今后要做的比已经做得更多。下一出"戏"必须由海峡两岸的科学家联手合作才能进一步探明海峡成因与演变之"谜"。海峡丰富的资源才会获得合理和充分的利用，海峡"通道之梦"必将成真。

2007 年 11 月于南京

任美锷
(1913—2008)

中科院院士，著名地理学家，南京大学教授

《从筼筜港到筼筜湖》

主编： 卢昌义
责编： 陈进才
出版时间： 2003 年 11 月

序言

邹尔均

　　筼筜湖本是与厦门西海域相连的一座港湾，即筼筜港，每当夜幕降临，停泊在港湾内的渔船灯光闪闪，形成厦门八大景观之一——"筼筜渔火"。

　　20世纪70年代初，为了围海造田，修建了一条海堤（即西堤），从此筼筜港变成了筼筜湖。由于37平方公里内的数十万居民的生活污水及三百多家工厂的工业废水未经处理流入筼筜湖，至20世纪80年代，筼筜湖已受到严重污染。筼筜湖湖水发黑发臭，水生生物灭绝，蚊虫成群，严重危害到居民的身心健康，影响到居民的正常生活，影响到我市的投资环境。从20世纪80年代初开始，市委十分重视筼筜湖的污染问题，市政府也开始探讨如何解决筼筜湖的污染问题，提出了一些整治方案，采取了相应的措施。但由于资金等问题，筼筜湖的治理举步维艰，收效甚微。1988年4月12日《厦门日报》头版头条刊登了《治不好筼筜湖，何颜见"江东父老"》的评论。厦门电视台曾以"厦门的疮痍"为标题连续报道了筼筜湖的污染现象和问题。

　　筼筜湖污染问题引起全市人民极大关注。市委、市政府给予高度重视。市人大1988年9月通过了关于加速筼筜湖综合整治工作的决议。

市政府制定了综合治理方案,总体目标是:"治好筼筜湖,保护西海域";确定了"截污处理、清淤筑岸、搞活水体、美化环境"的治湖方案。 目标:第一步,三年内解决黑臭,达到四类水体标准,恢复生态;第二步,完善设施,提高品位,把筼筜湖建设成为我市的中心花园。 市委、市政府采取强有力措施,加强领导,落实责任,加大投入,坚持科学治湖,特事特办,使这项民心工程得以神速进展。 经过十多年的艰辛努力,筼筜湖综合治理取得了显著的成绩,如今的筼筜湖区已成为厦门市的一道亮丽的风景线,成为厦门市休闲娱乐中心之一,为厦门市创造了良好的环境效益、社会效益和经济效益。 筼筜湖治理工程被联合国开发计划署(UNDP)评为东亚海域污染防治管理示范区的示范工程,并在全球推广;该工程(或有关的单位、人员)还荣获"国家城市环境综合整治优秀工程奖"、"福建省建设系统'九五'科技进步先进单位"、"厦门市首次重奖突出贡献科技人员一等奖"、"厦门市1992年度科技进步一等奖"等殊荣。 这是广大科技工作者、建设者智慧和汗水的结晶,是全市各部门通力合作、全市人民大力支持的结果,是历届人民政府努力的结果。

筼筜湖的综合治理过程给后人留下深刻的警示:经济建设不能以破坏生态环境为代价,对已经破坏了的生态、污染了的环境,必须亡羊补牢,一定要治理污染恢复生态;经济建设和社会发展必须注重人与自然的协调、和谐,必须走可持续发展的道路。

《从筼筜港到筼筜湖》一书反映了筼筜湖的历史变迁、筼筜湖的综合治理过程和成果,真实地尊重历史。 书中记载了筼筜湖(港)80多年发生的大事,收录了筼筜湖建设发展的珍贵图片,整理了有关筼筜湖区的科研资料,征集的论文涉及面广,专业性强。 读者籍此书可以很好地了解和认识筼筜湖。 在厦门发展绿色城市的今天,本书是一本环境保护和发展的生动教材。

随着经济建设和社会发展的加速,城市人口的不断增加,人们生活水平的提高,必然会带来更多新的环境问题。 如何进一步提高筼筜湖区的环境质量,走可持续发展的治湖之路,还要后人不断地探索,进行不懈的努力。

2003年9月于厦门

邹尔均 | 曾任厦门市委书记、市长,福建省政协副主席

《水稻秸秆品质化学与遗传改良》

作者: 郑金贵
责编: 陈进才
出版时间: 2003 年 3 月

序

谢联辉

资源问题是当今人类面临的三大问题之一,在人口与资源的矛盾难以完全避免的今天,研究资源的充分利用,特别是可再生资源的开发,一直为许多科技工作者所关注。

作为可再生农业资源的作物秸秆——水稻秸秆,其产量可占光合产物总量的一半以上。全世界每年有与稻谷产量相当的 6 亿吨水稻秸秆,而我国即占其中的 1/3。如何充分、有效地利用好这些秸秆资源,是一个十分突出的问题,可是长期以来,人们总把提高稻谷产量作为育种目标,很少有人通过育种途径来提高秸秆的有效利用率,以致农民在获取稻谷之后,秸秆即弃之不用,十分可惜!

为此,国内外许多学者也曾做过大量研究,主要是对现成的秸秆进行物理、化学或微生物处理,期望提高秸秆品质,并取得了不少进展,但或由于处理方法比较复杂,或由于处理过程成本过高,结果还是限制了利用范围和使用效果。

本书作者郑金贵教授,以一位农学家的高度责任感,以全新的视角、敏锐的思路,采用遗传选择的方法来改善和提高水稻秸秆的品质,经十多年的艰苦探索和系统研究,终于成功地育成了稻谷产量、米质与一般推广品种相当,而秸秆品质优异的新型水稻——谷秆两用稻。

本书正是在这一开创性研究成果的基础上,进行了理论概括和系统总结。书中全面阐述了秸秆品质优异种质资源的筛选、发掘、利用;谷秆两用稻的育种技术和育种程序;谷、秆同步双重筛选方法;谷秆两用稻的特征特性和栽培技术;秸秆的收获技术、储藏技术、加工粉碎技术等产业化的配套技术,特别详细地介绍了谷秆两用稻秸秆的高效利用技术。这些技术简便易行,利于推广,其研究思路和成功实践不仅为水稻育种开拓了一个全新的领域,也为其他禾谷类作物的谷秆皆优新品种的选育提供了重要的借鉴。

郑金贵教授早在青年时期,在农村劳动期间就忘我于"良种"工作,当时《福建日报》就曾以"种子迷"为题登载了他的感人事迹。后来他上大学、读研究生、出国进修都热爱和专攻作物遗传育种。之后几十年来他一直从事遗传改良及遗传育种的科研与教学工作,锲而不舍,建树颇丰。本书是郑金贵同志近十几年来的最新研究成果,相信它的出版对我国秸秆资源的充分利用定能产生重要的影响。为此,我乐于推荐此书,并希望读者与作者共同研讨,相互交流,进一步把我国秸秆资源的高效利用推向一个新水平,为全面建设小康社会贡献一份力量。

2002 年 12 月

谢联辉 | 中科院院士,植物病理学家,植物病毒学家,福建农业大学教授、博士生导师

《中华白海豚及其它鲸豚》

作者： 黄宗国、刘文华
责编： 陈进才
出版时间： 2000 年 9 月

序

黄宗国

全球已记录的 173.9 万个物种中，水生哺乳动物(120 种)最高等又最濒危，都是受保护物种。中国海已记录的 20 278 个物种中，有 39 种水生哺乳动物，白鳍豚、中华白海豚和儒艮是国家一级保护物种，其他也都是国家二级保护物种。本书旨在宣传和促进海洋珍稀濒危物种保护，同时进行学术交流。

1992 年联合国环发大会签署《生物多样性公约》前后，本人在参加制定《中国生物多样性保护行动计划》和撰写《中国生物多样性国情研究报告》过程中，意识到中华白海豚的保护是当务之急。在国家海洋局的支持下开始对台湾海峡的鲸豚进行研究。1993 年香港大学 Brian Morton 教授来我所，建议厦门与香港同时开展中华白海豚研究。1994 年国际自然保护联盟鲸类专家组（IUCN／SSC CSG）主席 Dr. S. Leatherwood 和 B. Morton 在广州召集闽台和穗港专家会，建议两地分别合作研究中华白海豚，促成了我所与台湾大学合作，进行厦门—金门海域中华白海豚研究。中华鲸豚协会理事长、台湾大学周莲香教授及其助手 4 次到厦门研究和指导。

1995年4月，Dr.S.Leatherwood与本人联合，在厦门主持召开"闽港台鲸豚保育研讨会"，会议纪要建议："分别在厦门—金门海域和珠江口水域建立中华白海豚自然保护区"，同时撰写了《厦门中华白海豚自然保护区建区论证报告》。1997年8月25日福建省政府批准建立"厦门中华白海豚省级自然保护区"。2000年4月4日国务院批准组建成"厦门海洋珍稀物种国家级自然保护区"。

厦门市政府拨出经费，香港海洋公园鲸豚保护基金会也给予部分资助，开展了厦门中华白海豚有效保护研究。在保护区管理处的配合下，设立了20个中华白海豚种群动态逐日监视站，进行了87航次海豚跟踪和照相2 000多张，对14只标本进行解剖。其间，IUCN／SSC CSG 专家4次来厦指导和研究；香港海洋保护协会主席、政府海洋哺乳动物顾问组专家王敏干太平绅士，香港大学B.Morton教授及其博士生也多次来厦门考察和研究。

本书主要取材于作者和合作者近10年来的研究和实践。此外，香港大学Prof.B.Morton和Dr.L.J.Porter，香港海洋公园基金会Dr.T.A.Jefferson，香港海豚观察旅游公司Mr.W.Leverett，香港渔农自然护理署和南海水产研究所等提供了珠江口的海豚照片和资料；记者姚凡、郑宪、竹青、林云达，厦门市委电教办林育周以及吴志阳、文小林、谢再团也提供了部分照片；项目组李传燕、郑成兴、王建军和林娜及其他40多人参加过本项目的外业或室内工作；Prof.B.Morton修改全部英文稿。在此一并致谢。

2000年10月

黄宗国　国家海洋局第三海洋研究所研究员

《锯缘青蟹生物学及人工育苗和养成技术》

作者： 李少菁、王桂忠等
责编： 陈进才
出版时间： 2007年2月

序

刘瑞玉

青蟹是我国重要的海洋渔业资源和海水养殖蟹类。但长期以来，由于对其养殖生物学缺乏系统和深入的了解，人工育苗育成率低，养殖生产中又存在着大量问题，严重地阻碍了青蟹养殖生产的持续发展。以李少菁、王桂忠教授为首的课题组，针对国家经济需求，根据青蟹养殖业大规模发展以及甲壳动物繁殖生物学学科发展的需要，从20世纪80年代初开始，进行了锯缘青蟹繁殖生物学基础理论研究，并在此基础上开展了人工育苗及养成技术的研发。经过20多年专心致志的工作，刻苦钻研，潜心研究，克服了重重困难，取得了一系列创新性成果。

《锯缘青蟹生物学及人工育苗和养成技术》一书汇编了著者20多年来在国内外刊物上发表的论文128篇。揭示了青蟹性腺和性细胞及其发育的超微结构，探明了受精过程和生物学特点；阐明了神经生殖内分泌系统的组织结构、生理功能及其在生殖中的作用，构建了青蟹生殖调控模式；查明了亲体和幼体各发育阶段的营养需求与代谢关系，肯定了主要营养物质对育苗成功的决定性影响；找到了幼体大量死亡的原因，发现溞状幼体Ⅲ期和大眼幼体是关键发育期，根据新发现设计了不同的有效投饵方案，改进了育苗工艺流程，提高了亲体抱卵率、大眼幼体和仔蟹存活率，突破了幼体存活率低的难关；根据幼体实验生态学和生殖调控模式，提出了大规模育苗生产的完善的工艺流程和分阶段放养的养成工艺。其成果在中试生产推广取得成功，经济、社会效益显著。作者承担的国家高技术研究发展计划（863）的《锯缘青蟹大规模育苗技术》也已通过海洋生物技术主题办组织的结题验收。

该专著较为系统、完整、深入、适用，有较坚实的理论基础和很高的应用价值。像这样基础研究与技术开发兼有的著作，在全国尚属首次，世界范围也较少见。它的出版将给水产研究工作者、相关院校师生和广大读者提供一本很有价值的参考书。

祝愿该专著对我国甲壳动物学学科建设和促进青蟹养殖业持续发展发挥重要作用。

刘瑞玉（1922—2012）　中科院院士，海洋生物学和甲壳动物学家

《台湾海峡常见鱼类图谱》

作者：苏永全等
责编：陈进才
出版时间：2011年12月

福建省新闻出版广电局重点图书出版项目
2013年入选第四届"三个一百"原创图书出版工程

序一

唐启升

  台湾海峡具有亚热带气候的特性，还有高温高盐的黑潮暖流、南中国海北上的水团以及沿着大陆南下的沿岸流涌进流出。这样的气候和海洋学特征造就了海峡水域丰富的基础生产力，形成了包括闽东、闽中以及闽南—台湾浅滩三大渔场，渔业生物种类多样性颇具区域特色。有资料表明，台湾地区约有鱼类2 400多种，海峡水域就有常见海水鱼类近300种，尤以鲻鱼、遮目鱼、黄鳍金枪鱼、东方旗鱼和青石斑鱼等种类最为名贵。但是，由于海峡两岸风俗习惯差异，遣词用字常有不同，在习见鱼类名录方面也有不少差别，给两岸业界和学者的合作与交流带来诸多不便，有时甚至造成谬误。

  有鉴于此，在福建省海洋与渔业厅的指导和资助下，《台湾海峡常见鱼类图谱》编撰人员不辞辛劳，通过走访闽台渔区，亲历采集、鉴定、拍照和整理台湾海峡常见鱼类273种，付梓出版了《台湾海峡常见鱼类图谱》。 图谱照片原色、精美，文字简洁、明了，首次收集和对照了两岸常见鱼类俗称，并在中文"名录索引"中附有简体字索引和繁体字索引。 我相信，该图谱的出版将极大方便两岸业界、学者和管理部门的交流与合作，也将为台湾海峡的渔业资源养护与可持续利用作出积极贡献。

2011 年 12 月 5 日于青岛

唐启升 | 中国工程院院士，海洋渔业资源与生态学专家

《大学信息技术基础》

主编： 鄂大伟等
责编： 宋文艳
出版时间： 2005 年 7 月

前 言
对大学信息技术教育的思考（节选）

鄂大伟

自文明肇始以来，人类就生活在信息的海洋中。人类社会的生存和发展，时刻都离不开接收信息、传递信息、存储信息和利用信息。原始人的"结绳记事"，古人的"烽火报警"无疑是信息的表示、存储和传送的方法之一。如果说文字的出现、印刷术的产生，是人类文明发展进程中的两个重要里程碑，那么，以计算机技术为代表的信息技术的发展和普及，将成为人类文明发展史上的第三个里程碑。

以计算机技术、网络与通信技术和微电子技术为代表的现代信息技术，正在改变人们传统的生活、学习和工作方式，同时也影响着教育的内容与方法。信息技术教育成为全世界教育课程改革的热点研究课题。作为前言，这里我们想谈谈编写本书的动机与目的。

信息技术教育是指学习、利用信息技术，培养信息素养，促进学与教优化的理论与实践。信息技术教育的本质是利用信息技术培养信息素养。信息素养是指人所具有的对信息进行获取、识别、加工、利用、评价和管理的知识、能力等各方面基本品质的总和。

为了迎接21世纪的挑战，国家教育部已决定在中小学基本普及信息技术教育，将信息技术课纳入中小学必修课程，把学生培养成有信息素质的终身学习者。这是我国面向21世纪国际竞争、提高全民素质、培养具有信息素质和创新素质的新型人才的一项重要举措。随着中小学信息技术教育的实施，中小学生将掌握计算机和网络的基本知识技能，学生的信息素养将会大幅度地提高。目前，经过基本信息技术教育的高中毕业生将陆续升入大学，他们对计算机基本操作技能的掌握程度会越来越好，这是不争的事实。

从学生受教育的系统性和整体性来看，大学的信息技术教育应充分考虑学生在中小学时期所打下的信息技术的基础。在规划大学信息技术教育的课程时，应首先了解中小学信息技术课程的开设情况，并结合学生对信息技术教育内容的掌握程度，有的放矢地进行教学，以避免教育的重复、资源的浪费。使那些在中小学接受了基本信息技术教育的学生，在步入大学殿堂后，能够受到更高层次的、与培养目标相适应的信息技术教育。

从目前的情况看，由于各地方教育发展的不平衡性，似乎还没有一个统一的解决办法。有些高校基本上假定学生的信息技术基础为"零起点"，其教学内容仍定位在计算机文化基础教学的层次上，教学要求单纯地体现为对计算机操作技能的培养上。从教学内容来看，与中小学的信息技术课程的内容大多是重复的。如果大学的计算机信息教育课程仍以传授计算机操作技能为主，则将偏离大学信息技术教育的目标，也将使在小学、初中、高中分阶段开设信息技术课程的做法变得毫无意义。

在由原先大学作为计算机教育的起点开始过渡到以中小学作为普及信息技术教育的起点的背景下，大学信息技术教育的内容是什么；如何体现大学信息技术教育的特点；如何与中小学衔接；如何紧跟迅速发展的信息技术，构建适合我国国情的大学信息技术课程与教材体系；如何进行信息技术教育与其他学科教育的整合以及课堂教学和实践环节的整合；这些都是高校计算机基础教学课程改革需要认真思考的问题。

当然，对以上问题的认识，人们有着不同的观点。我们以为：大学信息技术教育其实质是对信息技术教育根本目的的认识，对学习目标的理解，对课程性质的定位。信息技术教育的根本目的是培养创新人才，不是培养机器的操作者。从更深层的意义上讲，信息技术教育是一种素质教育，它不是以某种技能掌握为目标的技能培训。不能以计算机基础知识与操作技能的学习与掌握来替代信息技术的学习与掌握，只能将计算机作为信息获取、分析、处理的工具进行学习。对计算机技术的学习应从信息技术的高度、信息技术的角度进行学习，而不是脱离这个前提进行学习。

基于以上认识，我们在2001年就开始进行大学信息技术教学改革的尝试。当时的初衷是准备给大学生开一门类似于"信息技术基础"的课程。可是寻遍书店也未找到合用的教材。因为目前关于大学计算机文化基础的教材比比皆是，而真正介绍大学信息技术的教材甚鲜，即使有些挂以"信息技术"之名的大学教材仍未脱离"计算机文化基础"的窠臼。这才使我们萌生了编写一本全面介绍大学信息技术的相关概念与知识，内容丰富，可读性强的教材，通过教材与内容的改革来贯彻我们对大学信息技术教学改革的思想与理念。现在，作为《大学信息技术》教学研究项目的重要成果，本教材终于与读者见面了，同时，我们的教学改革项目获得了所在学校的教学成果特等奖，2005年福建省高校教育教学成果二等奖，我们感到十分欣慰。

本书冠以《大学信息技术基础》之名，意即大而学之，信息先导；论述基础，注重原理；阐明要义，把握整体。本书内容组织参照国家教育部的新大纲编写，从信息科学与计算机技术的最新成果中汲取知识，力求与相关学科相互融合，使课程内容超越原"计算机文化基础"的局限，不涉及所述对象使用或操作的繁文缛节，最大限度地回归和体现大学"信息技术"的"整体"面目，成为培养大学生信息能力、信息素养和创新意识的载体。这正是我们所期待的。

在本书的编写过程中，我们力求能在结构上和内容上有所创新，并有较鲜明的特色。首先是取材新颖，许多内容取自于国内外最新的资料和Internet资源，以反应信息技术当前的发展；其次，为使学生了解信息技术的全貌，开阔视野，对在信息技术发展历史上出现的重要事件、人物或概念以提示方式介绍，旨在增加知识性；再次，全书包含的信息量较大，深浅程度不一，目的是让具有不同需求的读者都有收益。在教学中可根据教学对象的专业背景和需求对内容加以调整，使"深者得其深，浅者得其浅"。

在信息化社会的今天，信息素养已成为科学素养的重要构成部分。迅速地筛选和获取信息、准确地鉴别信息、创造性地加工和处理信息，将是所有社会成员应具备的、终生有用的基础能力之一。在本课程的学习中，我们希望能够营造一种信息素质教育的环境。学生应能关注学习过程，积极参与自主的学习活动，提出与自己学过的学科内容有关的问题，使用环境、资源、工具等进行学习，从而实现教学相长。"博学而笃志，切问而近思"，学则固矣。

信息技术的发展一日千里，相关的每个学科都变得越来越精微和深奥。囿于作者的水平及篇幅所限，俾本书内容难以准确反映信息技术的全貌和把握信息技术的整体，疏漏、欠妥、悖谬之处，恳请读者指正。冀收博见，嘉惠来学。

2005 年 6 月于厦门集美学村

鄂大伟　集美大学计算机工程学院教授

《高级语言程序设计学习与实验指导》

作者：黄翠兰
责编：睦蔚
出版时间：2009年6月

前言（节选）

黄翠兰

在C语言的初级学习阶段，实践是最好的老师。对于一个程序员来说，编程经验好比一个武者随身携带的用熟了的兵器，随时会起到非常重要的作用。而从实践的点滴中积累起来的，就是所谓的经验。通过不断的实际上机编程，不但能够记下那些常用的函数和代码，熟悉程序的结构，从而使初学者暂时脱离书本来编写程序，而且能够积累各方面的编程经验。

若把程序设计语言当作一种自然语言来看待，那么用咿呀学语来形容一个程序员的入门学习就是一种恰当的比喻了。在语言学习的第一阶段，模仿是不可避免的，也是一种非常重要的学习形式。因此，初学者不妨先理解并上机调试书上一些简单的程序，然后加入一些自己的思路，通过比较分析并解决新的问题，达到学习并使用语句的目的。

程序设计是一门科学，也是一门艺术。培养良好的程序设计技能、技巧需要掌握很多知识，不只是记住某种开发语言的规则、语法，更重要的是必须通过阅读程序以及不断地进行编程实践，日积月累就形成了自己独特的编程风格。

编程时，既要遵守规范，又可以有个人的独到之处。良好的编程习惯有助于对程序本身的理解。在编写 C 程序时，应注意以下几点：

(1) 程序代码中穿插一些必要的注释。
(2) 标识符命名见名知义。
(3) 程序语句书写格式规范，对于嵌套语句使用缩进。
(4) 以模块化方式考虑程序结构，以函数形式书写较复杂的程序。

不管一个程序员多么有经验，都不能保证自己编写的程序一次就能通过编译并运行成功。或多或少会出现一些问题，有时是无心之漏，有时是思维方式或逻辑关系错误。事实上，处理程序中的错误，特别是逻辑错误是程序开发过程中重要的一环。一旦程序比较庞大而复杂时，调试工作就将变得异常艰巨。程序的调试过程包括发现错误、定位错误、修改错误。

作为计算机专业学习的一大主要内容，编程语言的学习过程将漫长而艰辛，但也乐趣无穷。而学好第一门编程语言，将会为以后学习其他编程语言、计算机课程提供一个良好的平台。一个优秀的计算机专业毕业生，必须是一个优秀的程序员。

提高程序设计能力的一个重要途径是学习书上别人编写的程序，从中掌握解决问题的核心方法和关键步骤。当你知道语言的特点和构造以后，真正要掌握一种语言的途径就是大胆地编写程序，循序渐进，勤思考，勤动手。当你绞尽脑汁编写好一个程序，实现一个算法时，成功的喜悦会让你体会到学习的快乐，并激励着你攻克更大的困难，编写出更完善的程序，解决更复杂的算法。

对于初学者，学习编程不会是一蹴而就的事。笔者经过二十多年的编程历程，有以下几点深刻体会：

1. 纸上得来终觉浅，绝知此事要躬行。实践是工科学生学习过程中非常重要的一个环节。近千年前，南宋诗人陆游就用这诗句告诉他的儿子："从书本上得到的知识终归是浅薄的，未能理解知识的真谛。要真正理解书中的深刻道理，必须亲身去躬行实践。"

2. 学习编程，有两颗必不可少的"心"：耐心和细心。

3. 学习的过程要经过几个反复，才能前后贯穿，积累应该掌握的知识。要记住"曙光在前头"和"千金难买回头看"。"千金难买回头看"是学习知识的重要方法，就是说，学习后面的知识，不要忘了回头弄清遗留下的问题和加深对前面知识的理解。

　　4.上机运行所有程序设计实例，有能力的，所有习题都做一遍。

　　5.少玩游戏，多做题。 游戏具有强烈的吸引力，大家都知道玩游戏会上瘾，可很多人会控制不住，浪费了大量的时间和精力，把许多该做的事耽搁了。 有些事情一经耽搁，就再也没有机会补救了，比如老师上课的时候没有注意听，当你想学、想听的时候，老师已经不再讲你错过的那些内容了。

　　6.记住西方的一句格言：Do the right things at the right time。

　　本书作为《高级语言程序设计》一书的配套学习与实验指导书，重在让读者回顾各章节的知识点的同时，用例题分析重点、难点，加深读者对程序语言语法以及编程要点的理解。 在此基础上，读者通过独立完成各部分的实验内容，利用所学知识编写程序。 最后通过模拟题检查自己对该程序设计语言各个知识点的掌握情况，查找差距并发现存在的不足，及时温故和强化。

　　在本书写作过程中，得到许多同事、朋友的关心，感谢所有支持和关心本书出版的人们！ 特别感谢厦门大学出版社宋文艳副总编辑及眭蔚老师的热心指导和大力支持！

　　我们力求精益求精，但难免存在一些不足之处，恳请读者批评指正。 如果您在使用本书时遇到问题，可以发邮件到 clhuang@xmut.edu.cn 与我们联系。

　　最后用一首诗与大家共勉。

　　　　劝君莫惜金缕衣，
　　　　劝君须惜少年时。
　　　　花开堪折直须折，
　　　　莫待无花空折枝。
　　　　　　——（唐）杜秋娘《金缕衣》

2009 年 4 月

黄翠兰　华侨大学厦门工学院副教授

《中国传统文化与医学》

编著： 李良松、郭洪涛
责编： 吴天祥
出版时间： 1990年5月

理工篇

1990年获首届中国中医药文化博览会"神农杯"优秀奖
1991年获全国优秀医史文献图书及医学工具书金奖、福建省中医药优秀科技图书一等奖
1988—1991年福建省第三届优秀图书编辑一等奖

序

汤一介

在中国传统文化中，文史哲是不分的，大哲学家往往也是大史学家、大文学家，如孔子、孟子、老子、庄子等等；重要的哲学著作同时也是文学著作和史学著作，如《论语》、《孟子》、《老子》、《庄子》等等。因而说"文史"也是说."文史哲"，或者说包括文学、史学、哲学、宗教的人文科学，一般说哲学是文化的核心，要深入了解一个民族的文化必须了解其哲学思想。因此，对中国医学的研究也就离不开对中国传统哲学的研究；同样对中国传统哲学的研究也离不开对中国医学的研究。李良松和郭洪涛两位同志编著的《中国传统文化与医学》一书，就是根据中国文史的文献或者说经史子集的文献探讨了史学、文学，特别是哲学与医学发展的关系，这实是一开创性工作。

中国医学和中国哲学一样在世界上独树一帜，都是中国传统文化的重要组成部分。中国社会从野蛮进入文明时代至少有四五千年的历史，而医学大体和哲学一样在两三千年前就形成了独特的体系。自此以后，中国医学总是和中国哲学一起在这个基础上发展着、充实着，直至今日仍有其生命力，这绝不是偶然的。

历史是向前发展的，文化也在不断变迁。但是，一种有悠久历史且未中断的历史文化，总有其内在的承继性，这种承继性也许最集中地表现在这个民族的宇宙观和思维方式上。美国啥佛大学张光直教授在讨论文明起源问题时提出，中国文明的形态是连续性的，西方文明的形态是破裂性的，他说："中国古代文明的一个可以说是最为令人注目的特征，是从意识形态上说来它是在一个整体性的宇宙形成论的框架里面创造出来的"。另一位学者说："真正中国的宇宙起源论是一种有机物性的程序的起源论，就是说整个宇宙的所有的组成部分都属于同一个有机的集体，而且它们全都以参与者的身份在一个自发自生的生命程序之中互相作用。"所以我们可以把中国的宇宙观和思维方式归结为三个基本特征，即连续性、整体性、动力性（内在动力性）。中国传统哲学和医学正是在这种宇宙观和思维方式下孕育着的。从哲学上看，先秦可以说有着若干不同系统。如以阴阳相对为特征的《易经》系统，以五行相生相克为特征的"洪范"系统，以在两极中求中极的孔子哲学和以此一极求相对应的一极的老子哲学等等，这些都表现了中国传统哲学的连续性、整体性和动力性的特征。中国医学有文献记载也很早，《左传》昭公元年（公元前541年）有医和论阴阳疾病一事较为典型，它也充分表现了中国的宇宙观和思维方式的特征。中国的这一连续性、整体性和动力性的宇宙观和思维方式，也许正是中国传统哲学和医学的生命力所在。

李良松和郭洪涛两同志的著作，我虽未读过全书，但我详细地读了"上编总论"和"中编各论"的一部分。我认为这部书有以下三个特点：

（1）从文化的广大领域探讨医学的发展有重要的开创性。这部书不仅把整个中国文化作为中国医学发展的背景来探讨，而且从文化的各个领域来考察中国医学，这样就可以给读者提供一个新的视角来看中国医学，因此它也可以推广用来考察中国古代的科学技术部门，这是对人们有启发的。

（2）把医学放在生活中，使大传统与小传统密切结合。文化有大传统与小传统之分，也就是所谓精英文化与世俗文化。在历史发展中，大传统与小传统总是密切相关的，如何看到这两者之间的密切关系，我认为要在日常生活中。医学涉及所有人的生活，更能体现大传统与小传统的结合。本书特别注意了医学和日常生活的关系，因而它在把大传统和小传统统一起来方面是一很有意义的尝试。

（3）从经史子集中发掘材料，扩大了医学文献的来源。

我本来并不认识李良松和郭洪涛两位同志，只是由于他们参加了中国文化书院举办的"中外文化比较研究班"的学习，我们才有了接触。参加"中外文化比较研究班"学习的同志在全国各地有八千多人，在我和他们的两年接触中，我深深感到：我们国家许多知识分子在十分艰苦的条件下，为着祖国的富强，为着我们民族文化的发展，在默默地耕耘着，他们是中华民族真正的精华。我相信，像李良松和郭洪涛这样的同志，一定会为中国文化的现代化做出有益的贡献。

1989 年 3 月 28 日

汤一介 (1927—2014) ｜ 著名哲学家、国学大师、哲学史家，北京大学教授

《俞慎初论医集》

作者： 俞慎初
责编： 吴天祥
出版时间： 1993年7月

1994年获福建省第二届(1991—1993)中医药优秀科技图书一等奖
1995年获国家中医药科技成果二等奖

序

———

刘炳凡

  闽水闽山，人文荟萃；"海滨邹鲁"，世有定评。自魏晋以来，医林人物亦名贤辈出，如董奉、苏颂、郑樵、宋慈、李迅、杨士瀛、许宏、熊宗立、陈念祖、包识生等，业著泽流，皆东南之美也。
  然而传统继业，修园之后饮誉当世，又屈指可数者，"佳士姓名常在口"，或仰止高风，或钦迟学术，皆余所心折。其中医学世家俞慎初教授，八十年代中期，初识面于秦汉名城，继唱和其七秩自寿诗于岳云湘水，星沙临别赠言，终订文字之交。公著述等身，曾读其《王旭高治肝大法的研讨与临床实践》一文，能在前人成功经验的基础上，进一步独抒己见附以验案，发王氏之所未发，张皇幽渺，如数家珍。其评《冉雪峰学术经验》，对他的《医案》、《八法效方举隅》、《冉注伤寒论》，评价甚高，成为公论。特别是对其"士先器识而后文章，医先医德而后学问",不啻为当时风尚痛下针砭而深有同感。语云:"物以类聚,人以群分",故俞老所著《中国医学简史》,能别出机杼,自成一家,以辩证唯物论和历史唯物论的精神,考证翔实,分析全面,因而姜春华氏在序言中指出:"以社会发展为背景,重视医药学的成就,实为近代医学史少见体例",此评诚非虚语。其最近所著《中草药作物学》,实践出真知,且把金针度与人矣。

今承辱书,以其《论医集》嘱序于余。余重思之,舍近图远,岂非类于尚齿之义?观全书分为医疗篇与医论篇二篇,共三十余万言,皆出自治学菁华,集近六十年临床、教学、科研工作于一体,其造诣之深,经验之富,不仅毅力可钦,而仍朝乾夕惕,孜孜不倦,以望入高龄,为后学楷模,宜其誉满海内外而实至名归。其知人论世者,已先言之。愧余不文,虽欣然命笔,实汲长绠短,莫测高深于万一,但义不容辞,谨书管见以为序。

1992年8月10日

《吴光烈临床经验集》

整理： 周建宣、吴盛荣
责编： 眭蔚
出版时间： 1996 年 3 月

1996 年获第二届医圣杯国际中医药学术著作二等奖
1998 年获第四届传统医学金像二等奖

序

——俞长荣

吴光烈主任医师是我省著名老中医，也是全国首批 500 名学术经验被继承的老中医药专家之一。他从医半个世纪，学术功底深厚，临床经验丰富，深得广大群众信赖。

最近，吴老的高足周建宣、吴盛荣同志，把他们老师的生平学术经验进行初步整理，辑成《吴光烈临床经验集》。此书付梓之前，作为吴老的老朋友，我有机会得以先读初稿，感到十分荣幸！

本书不仅是吴老的经验结晶，更主要的是反映他的临证特点。我想着重引用书中一句话"勤求古训，博采众方"作为话题，谈谈我的看法。应该说，许多老中医都很重视勤求古训博采众方，从这个角度看，这一特点并非吴老所独具。但事物总是有共性又有个性，老中医特点往往就体现在共性的个性之中。吴老宗仲景法，善用经方是远近有名的，而他既师古法，又能另辟蹊径，做到师古而不泥，立新而有据。例如用麻黄汤治失音，不仅仲景书中未见记载，后世医家亦少应用。缘患者因感受风寒，肺气被遏，故以散寒宣肺取效，此又符合中医"金实不鸣"之理。又如治胆道蛔虫症一例，患者腹剧痛，呕吐，大汗出，肢末冷，用大黄附子汤加味，温阳通下，仅一剂而安，可见其辨证之精，施治之巧。他应用细辛为主药治多种病症，常得心应手，如治习惯性便秘就很典型。仲景常用细辛，但未曾用于治便秘；后世个别方书虽有点到"细辛治大便燥结"，但实例少见。吴老独能据成无己"细辛能润肾燥"之说而用之取效，可见其学有根源，并在实践中丰富了经方内容。

吴老临证，善用经方出奇制胜，而又善用时方于平淡中建功。如补中益气汤、归脾汤、逍遥散、参苓白术散等，都是很平常的方，但他应用在多种疑难病症中却能游刃有余，看似平常，实不平常。除古方外，吴老也注意学习应用现代新方重复验证，取长补短，收到良好效果。他还博取民间经验，广搜单方草药。书中《验方拾萃》一章，其素材大多来自民间，经过应用研究而成为自己的经验。这些经验，书本上难以找到，都是极其宝贵的。

作为医者，只有"心存仁义，精通道艺，不计其功，惟期博济"（引自吴老《自序》），他必然虚怀若谷，不论经方、时方、古方、今方、民间验方，只要有利于解除病人疾苦，都能博收厚积，精益求精。这正是吴老成功之路。读完本书，我从中得到很多启发，而吴老高尚的医德医风，更是值得我们钦敬和学习。

1995年冬至日于福建中医学院

俞长荣｜中医内科专家、教授，曾任福建中医学院院长

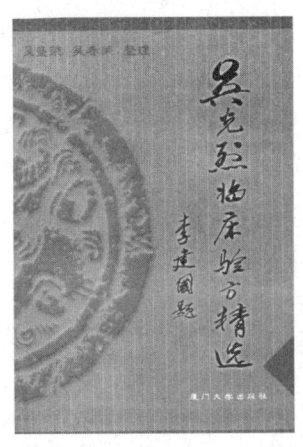

《吴光烈临床验方精选》

整理： 吴盛荣、吴春荣
责编： 眭蔚
出版时间： 2001 年 10 月

自序

吴光烈

余少时随父习医，他时以"医道精深密微，思贵专一，学贵沉潜，不容浅尝，力戒浮躁疏忽"示余。余谨遵教诲，晨起五更即精读背诵中医经典；日则随侍坐诊、出诊；凡当日随侍学习未洞彻者，夜晚则请先父指教；一有所悟，即援笔而志之，毋敢之怠。十四岁就有胆识为父老乡亲诊病。抗战期间，集美学校内迁，余就读高中二十三组，课余坚持自学中医，为师生看病，邻里求医者多，成为公认的兼职"校医"。二十岁高中毕业，以陈嘉庚校主制定的"诚毅"校训为座右铭，爰作为吴门第六代传人走向社会，从事中医，迄今已六十春秋矣。余自愧岐黄之术微博，竟忝列首批国家级老中医药专家之中，国务院授予余发展我国医疗卫生事业做出突出贡献的专业荣誉称号，享受政府特殊津贴，更激励我振奋精神，发挥余热，用爱心挽留夕阳，利用诊余时间撰写临床经验，集腋成裘，写成专著，以贻后人，用以报答培养我多年的党，和养育我成长之先严先慈，教育我成长之集美母校老师，与帮助成长的同学、同人，以及关心支持我的南安父老乡亲，我一息尚存，永远难忘其恩泽。

古人云："为人子者，不可以不知医"，说明知医之重要。余积六十载之经验，深知为医之难、医道之艰，为医者非浅人所可意窥，非躁心者所可尝试，非探其奥妙、真知洞见不可。盖医者为仁寿苍生，性命攸关，操其术不可不工，处其心不可不慈。虽不能立竿见影，收取完全之效，也应力求做到药无虚发，方必有效。

为医者除"勤求古训，博采众方"之外，还应多涉杂学，如经史子集之中，隐有不少有关医学知识，均可借鉴。凡有奇闻异说涉及治疗者，我辄随录之，以供实践中应用。读书越多，储存之武库越丰，制敌之法也就越广。医生自古被誉为司令，直接担负着保护人们健康之使命，就要不断钻研，不断提高，不断总结。经验即学问，学无止境，皆累积而成，医者贵在要有攀登高峰之雄心壮志，要有传世不朽之存代思想，为祖国医学增添异彩做出贡献。

余时感喟年事已高，精力有限，岁月不再，来时无多。古人诗云："莫道桑榆晚，为霞尚满天。"不辍笔耕，以激励后辈。且喜当今中医人才辈出，青出于蓝，实如千帆竞发，万木争荣，使老一辈医者心潮澎湃，不能自已。

拙作《吴光烈临床经验集》、《吴光烈妇科治验歌诀》，相继于1996年、1999年出版，深受仁人同道赞赏和读者爱戴。他们要我续写一本通俗易懂之治病验方，以广其传，裨益众生。余敢不承领诸君之盛意，遂令小儿吴春荣、吴盛荣从我日常诊疗时收集存箧之资料中，筛选整理成册，其中经方、时方、祖传方、自拟方，以及民间行之有效的单验方兼收并蓄，最后经我亲自审定，命名为《吴光烈临床经验方精选》，共同业及爱好者临床参考。本书的出版，也是我作为一名医生心存仁术，为苍生仁寿、康泰安和，应克尽之天职。完成自己一代之学术任务，夙愿已酬，别无他求。

需说明者，验方并不尽应验，中医治病贵在辩证，应因人因时因地而灵活应用，最忌刻舟求剑，抱残守缺。若临床死守书本，不知变通，强以疾病使方药对号入座，自以为遵古手法，不逾矩，殊不知疾病万变，方药亦应万变，不能削足适履而遗害病者。本书仅是个人之临床经验而已，抛砖引玉，以期互相学习，交流经验，共同提高医疗水平，因此只能作为临床之参考，切勿拘泥是幸。因老年精力不足，囿于学术水平及其他条件，谬误之处实所难免，热忱希望高明同道及读者批评指正。

本书的出版，得到中共南安市委书记李建国同志的亲切关怀，以及南安市卫生局、南安市科学技术委员会的大力支持。李书记还亲自为本书赐题书签。同时福建中医学院老院长俞长荣教授拨冗精心审阅，提出宝贵意见，并撰写序言。又承蒙福建省卫生厅原副厅长黄春源先生、中国中医研究院资深研究员谢海洲教授、人民文学出版社编审林东海教授、泉州诗书名儒吴捷秋先生等的关心并惠赠贺词，大增本书光彩。在出版过程中得到厦门大学出版社领导的热情支持和眭蔚编辑的鼎力协助，深感万分荣幸。在此，一并致以深切诚挚的感谢。

2001 年 9 月于南安市中医院

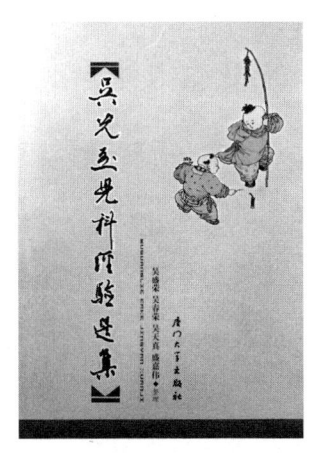

《吴光烈儿科经验选集》

整理：吴盛荣等
责编：眭蔚
出版时间：2004 年 4 月

自序

吴光烈

儿科者亦称幼科，乃婴儿、小儿、童子合称之谓者也。溯源于唐朝太医署分科教授医学，设有"少小"一科，规定学期五年，此乃世界上最早之儿科分类。赵宋以降，如预防天花，发明人痘接种之法，对于世界医学，特别对婴儿健康是一伟大的贡献，其功厥伟。

新中国成立后，在党之中医政策之光辉照耀下，弘扬祖国传统医学，使祖国医学得以蓬勃发展，贯彻预防为主方针，成绩喜人。严重危害小儿生命安全之天花、新生儿破伤风已趋于绝迹。既往死亡率极高之乙型脑炎、白喉等，由于运用祖国医学辨证施治之规律进行治疗，病死率大为降低。小儿健康得到保障，充分说明祖国医学之功效和伟大，因此，必须把历代儿科学之经验，加以整理提高，更好为新生一代之健康服务，此乃中医学界义不容辞、责无旁贷之事也。

小儿方术名曰哑科，盖因幼儿口不能言，脉无所视，稍大之孩童口虽能言，然言未足全信也，唯以观形察色为凭，竭心思而施治之。且小儿形质柔脆，易虚易实，调治稍乖，则毫厘之失，遂致千里之谬也。因诊治极其复杂困难，故古今有"宁医十成人，不医一小儿"之谚语。况小儿者乃人类之幼苗，未来事业之接班人，为国培材，是吾人应尽之天职，亦是为医者之光荣任务。

余业医六十有余载，深知为医之难，医道之艰，莫若辨证之准确，施治之精微。故为医者非处心积虑，穷其蕴奥，精究其工不可，是以古人有"医不三世，不服其药"，说明抱残守缺、墨守成规永无出路也。

医乃仁术，医者宜存恫瘝之德、博爱仁慈之心，遣方用药，虽不能收到万全之效，应力求药无虚发，用必有功，为仁寿苍生，竭尽蚁力。大之上有大焉，得之后有得焉。智者有千虑之失，愚者有一得之知。学无止境，学然后知不足，贵在要持之以恒，不断提高，不断总结，以精益求精之精神，为光大祖国传统医学作出贡献。

治病如治政，用药如用兵，医生犹将帅也，药物器械兵器也，患者身体，战场也，病态症象敌情也。必明战场之地形，侦悉敌情之强弱，始能做出战斗之决策。必观察患者之体态，详检患者之病症，然后始能定治疗之方针。将全面进攻以取胜，抑包围歼灭以杀敌，此旋转乾坤之枢纽，将帅之权衡也；将根本疗治以绝病源，抑对症下药，以挽危难，是起死回生之关键，盖医生之职责也。故用药用兵之妙，在乎悉心而活用，随时而变通也。然名将无不败之战例，名医无不死之患者，此军事之所以难能，而医学之所以匪易。然吾人有生之年，犹不足以穷其底蕴者也。

记得叶剑英同志在《八十抒怀》诗中写道"老夫喜作黄昏颂，满目青山夕照明"，表明老革命家晚年之博大胸怀，余常以此自励。余年事亦高，将届八旬，精力衰退。然感医学是人民健康所托，儿童是人类之幼苗、国家未来之主人翁，有必要整理一本儿科经验集，有补于儿科学术水平于万一，以贻后人，并用以报答培养我多年的党和养育我成人之先严先慈，教育我成长之集美母校老师，与帮助勉励我之同学、同人，以及关心支持我的南安父老乡亲和衣食父母的农工各界。我一息尚存，永矢弗谖。因而，余继1996年出版《吴光烈临床经验集》，1999年出版《吴光烈妇科治验歌诀》，2001年出版《吴光烈临床验方精选》之后，仍鼓余勇，老骥伏枥，竭我知能，抓紧时不我待之有限生命，将我业医以来收集存箧之儿科资料利用业余时间再三审阅，去芜存精，进行整理。烟酒与吾无缘，然室人陈月妹医师，知我习性，总是供我清茶几杯，醒我精神，助我文思，在这幽静安闲新华新村之寓所里写作，真有乐道不倦，罔知劳瘁之意境也。昔者写作有"三余"之说："冬者岁之余也，夜者日之余也，阴雨者时之余也"，此正是我之写照也。稿既审毕，遂令小儿吴盛荣、吴春荣、侄儿吴天真、外孙盛嘉伟等筛选整理成册，命名为《吴光烈儿科经验选集》。本书仅是个人之临床经验而已，聊供爱好者及同道方家临床之参考，作为引玉之砖，见微发显也。

本书在中共南安市委陈庆宗书记的亲切关怀支持下得以出版。蒙福建省卫生厅原副厅长黄春源先生精心审阅并赐序言；中国中医研究院资深研究员、北京中医药大学名誉教授、厦门中医院中医研究导师谢海洲教授作序庆贺；南安市科技局撰写前言；人民文学出版社著名学者林东海先生赐题书笺。又承蒙福建省人民政府原副省长、省人大原副主任、全国人大常委黄长溪学长，华东政法学院校务委员会副主任、港澳台法律研究所所长、上海政协委员会委员兼法制委员会副主任、中国法律史学会会长、中国儒学与法律文化研究会会长陈鹏生学长，中国药品生物制品检定所中药室主任、博士生导师林瑞超教授，原中国社会科学院文学研究所所长、研究员、《文学评论》主编、中国作家协会理事、第七届全国政协委员、全国青联常委、现美国芝加哥大学、科罗拉大学客座教授与访问学者刘再复先生，集美大学正处级离休干部叶日赏先生，福建中医学院博士、教授、硕士研究生导师张喜奎先生，上海第二军医大学附属长征医院副主任医师、副教授、硕士研究生导师陈腾先生等的关心、惠赐贺词，使本书大增光彩，专此志念。在出版过程中，得到厦门大学出版社领导的大力支持和睦蔚编辑的鼎力协助，深情厚谊，永志不忘。谨此一并致以诚挚的谢忱！

因年老精力不足，亦囿于学术水平有限，蠡测管窥，谬误之处，实所难免，热忱希望高明同道及读者批评指正，不但著者之荣幸与深谢，亦有助于祖国传统医学之发扬光大也。

2003 年 7 月 1 日于南安市中医院
时值建院 15 周年

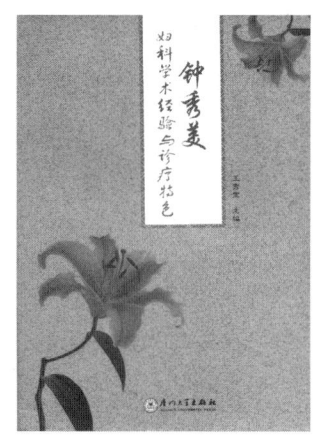

《钟秀美妇科学术经验与诊疗特色》

主编：王秀宝
责编：眭蔚
出版时间：2007年9月

序

吴 熙

  钟秀美主任医师是福建省著名的中医妇科学家，从事中医妇科工作50年，为中医妇科事业的发展与中医人才的培育无私奉献，堪称中医妇科界之楷模。

  钟老学识渊博，治学严谨，中医妇科学术造诣深厚。她注重中医妇科学术的继承与创新，既深入研究历代中医妇科经典著作，亦善于吸取名家所长，并验之于临床，进而提出己见。她对《金匮要略》、《诸病源候论》中有关的条文进行了系统的研究，对陈自明、张景岳、傅青主、王清任等古代著名医家及其著作研究较深。

  钟老是一位经验丰富的妇科临床家。她从医50年，虽承担了大量的教学、行政和社会活动，但是从未间断其临床实践。她长于妇科，尤其对妇科各种疑难杂病的诊疗有独到的经验，治愈的病人无数，深受广大患者的尊崇。

  钟老既是一位名医，又是一位良师。她于1997年被国家人事部、卫生部、中医药管理局确认为全国第二批名老中医专家学术经验继承工作指导老师，为中医事业的发展倾注了大量的精力。教书育人，言传身教，务使中医后继有人。她培养的学术继承人、研究生和学生很多已成为中医界之栋梁。

钟老在繁忙的诊务与教务之余,勤于著述。从医以来,在各种学术刊物上发表论文40余篇,所主编的《中医妇科临证备要》由中医古籍出版社出版,为后学者传承宝贵的中医妇科临床经验。

钟老不仅有精湛的医术,其高尚的医德也是有口皆碑的。因此,钟老的声名远播,遐迩闻名,东南亚及港澳台患者纷纷慕名而来求诊。新加坡、印尼、马来西亚、美国、日本等国一些中医药界同人也先后登门拜师学习。钟老还先后应邀前往新加坡中医师公会、同济医药研究学院及马来西亚中医师公会、槟城中医学院、霹雳州中医学院、柔佛州中医学院、东方中医药进修学院等讲学,当地的新闻界都做了专题宣传和报道。

王秀宝主任医师系钟秀美主任的弟子,现为福建中医学院附属泉州市中医院妇科主任,硕士生导师,兼任世界中医联合会妇科专业委员会理事、中华中医药学会妇科分会委员、福建省中医药学会理事兼妇科分会副主任委员、泉州市中医药学会理事等职。她与钟老的其他学生一道,将钟秀美主任医师数十年来的论著、病例点评、学术观点、临床科研、教学特色等进行结集、整理并加以全方位评述,编撰为本书。书中还收录了其学生运用老师的理论、经验于临床并获得成功的病例和经验体会。

笔者阅完全书后,认为该书有以下两个特点:

(1)全书重点突出了钟老以中医整体观为指导诊治妇科疾病的经验、学术思想、临床用药特色和学生的临床心悟,较全面反映了钟秀美主任医师行医50年的诊疗经验和学术观点。

(2)本书的编撰方法有别于常见的老中医经验总结,而是在注重客观总结经验和疗效的同时,参阅有关文献,并采用科研的思维方法予以整理创新,意在让继承工作赋予时代的光彩,推动中医学术不断发展。全书构思严密,条目编排合理,文笔精炼,能很好地给人以启迪。

该书是一部难得的中医妇科专著,是一代中医妇科名家学术与经验的结晶。编写者若没有学术上的胆识和魄力,没有坚实的专业基础,没有勤奋执着的精神是产不出如此丰硕的作品的。在该书付梓之时,吾乐之为序。

2007年夏月于福州

吴熙 福州吴熙中医妇科医院院长,中国中医药学会妇科委员会委员

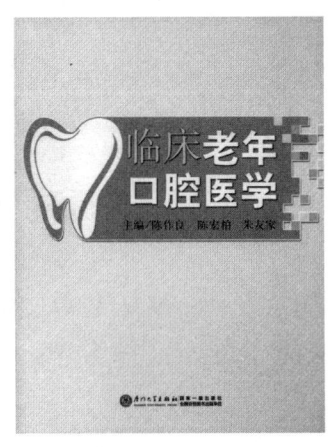

《临床老年口腔医学》

主编：陈作良、陈宏柏、朱友家
责编：眭蔚
出版时间：2010 年 11 月

序

栾文民

随着科技的进步和卫生保健事业的发展，人口的寿命普遍延长，老年人占全人口的比例正在增长，人口老龄化已引起各国广泛的关注。我国人口老龄化的速度也很快，到 1999 年 9 月我国 60 岁以上的老年人已占人口总数的 10%，进入了老年人口型的国家。2005 年我国老年人已达到 1.44 亿，是世界上老年人口最多的国家。

老年口腔医学是一门新兴的学科，也是较活跃的一个学科。有许多待开发的领域，有良好的发展前景。

口腔疾病是老年人的常见病和多发病，老年人占总人口的比例虽然不高，但在口腔科的就诊患者中占有较高的比例。随着氟化物在全球的广泛应用及各种口腔保健措施的普及，儿童及成年人的口腔疾病明显下降，以至在一些国家造成牙医过剩，而老年人的口腔疾病仍有上升的趋势。许多国家的口腔工作者从市场需求的角度已把重点转向老年口腔医学。我国的老年口腔医学发展也很快，一些口腔医学院校设立了老年口腔医学的课程，很多口腔医院建立了老年口腔科。各口腔杂志发表的有关老年口腔医学的论文逐年增加,很多口腔医生开始对这一学科产生兴趣。

欣喜看到了又一本有关老年口腔医学的书籍出版,说明我国的老年口腔医学正在引起广大口腔医务工作者和社会的重视,也证明我国的老年口腔医学自1985年以来取得了长足的发展。

该书全面展现了近年来老年口腔医学的研究成果,系统地描述了老年口腔医学的基础理论和临床特点。该书有两个显著的特点:一是基础理论部分描述全面,对衰老的理论、全身各系统和口腔局部组织器官的增龄性变化的特点作了较深刻的阐述,而且篇幅恰当。二是突出了临床特色。全书对老年口腔疾病的临床特点与诊疗特殊性进行描述,观点鲜明,重点突出,是从事口腔医学临床、教学和科研工作者一本较好的参考书。

我是1985年在武汉举办的全国第一届老年口腔医学研讨会上认识该书主编陈作良教授的,他在会上报告了论文,给我留下了很深的印象。他还是在北京举办的全国老年口腔医学学习班的首批学员。我还曾为他联系去丹麦留学,遗憾的是因种种原因未能成行。陈作良教授一直致力于对老年口腔医学的临床研究,取得了很大成绩。该书既是他个人潜心专修的结果,也反映了我国老年口腔医学近十年来的研究成果。希望有更多的专业工作者甚至全社会都来关注老年口腔健康,为发展和繁荣我国的老年口腔医学共同努力!

2010 年 11 月

栾文民 知名专家,主任医师,北京大学口腔医学院兼职教授,博士研究生导师,中华口腔医学会副会长

《做有人情味的医者》

主编： 杨叔禹
责编： 高健
出版时间： 2013 年 12 月

前言

杨叔禹

  医学是一门以人为研究客体，又直接服务于人的科学，它比其他任何科学都更强调人文关怀，要求医学工作者具有完善的人性修养。"医乃仁术"，医学技术不仅仅是一门技术，更是仁术，只有医术才能给人带来生命的希望，才能够起死回生、解除痛苦。 医者，是受人尊重的职业，"医者父母心"，人们把医生对病人的爱比喻成父母对子女的爱，强调的就是医者的大爱精神。"夫医者，非仁爱之士，不可托也，非聪明理达，不可任也，非廉洁淳良，不可信也。"这表明"仁爱"、"达理"是"医者"的必备条件，"医者"正是科学技术与人文精神相结合的典范。 中国素有"人文学术之邦"的美称，人文关怀一直是中国传统医学的重要内涵。

  近年来，各类屡屡爆出的卫生事件，让医者的权威受到了质疑，医者的形象受到了损毁。 造成医患关系紧张的原因众多，包括医疗卫生事业发展滞后、医药卫生管理体制机制落后、医务人员队伍不稳定、少数医院趋利行为与过度医疗、部分媒体失实报道的负面影响等等，但其中

医学人文关怀的缺失是造成医患关系紧张的重要因素,医学人文缺失主要体现在以下几个方面:

第一,医患沟通缺失。医务人员工作强度大,超负荷的劳动导致医生缺少和病人充分沟通交流的时间,这直接造成医生缺少和患者进行充分、有效的沟通;医学技术的不可及和病人的要求之间存在着落差,如果医务人员没有进行合理的疏导、解释,极易导致患者情绪爆发。

第二,临床分科细化,缺乏对整体关注。医学和其他自然科学的发展过程相似,医学的发展方向朝着纵深、精细化进一步发展,学科越分越细。大型学科分类已经细分到四级学科,并有继续细分的趋势。学科的细分有好处,可以让我们对疾病认识的更为深刻,掌握得更加精细,这是医学进步方向,但也容易造成医务人员对疾病和病人缺乏整体的把握,只关注疾病本身而忽视病人。

第三,受机械唯物论的影响,把病人当机器看待。现代医学的发端源于机械唯物论,古希腊医学家认为"人即机器"把人看成一架精密的机器。受此影响,医生把患者当成了无思想、冰冷的精密机器,忽视了病人肉体的痛苦以及自身的感情需求。

第四,只关心躯体、病理的变化,忽视了病人心理、情绪的变化。病人自身的心理状态对疾病本身的治疗和痊愈有着重要影响,而我们当前的医疗行为中往往只重视疾病的病理变化,忽视了病人心理和情绪方面的变化。

第五,追求医疗技巧的提高忽略了沟通技巧的养成。现阶段评价医生的医疗技术,往往偏重对医生医疗技术的评价,而忽视了沟通技巧的重要性,没有把沟通能力高、情商高作为衡量一个技术高超医生的标准,片面追求医疗技术的提高而对于能否与病人沟通、沟通是否有效却不够重视。

第六,过度依赖辅助检查,医者与患者直接的、亲密的接触被医疗器械代替和隔绝。过去中医强调"望闻问切",西医强调"望触叩听"在现在的医疗诊查中这些都被忽视,这些恰恰是医者与患者最直接的、亲密的接触的过程,而现在被大型的、冰冷的医疗设备检查所取代,医生与患者的直接沟通被割裂,也直接造成病人对医生的信任度下降。

第七,人文教育的缺失。医学教育轻视对人文素养的培养,教育内容的设置缺少对医务人员心理学、社会学、法学等方面相关的教育;毕业后的继续教育也缺少与此相关的沟通技巧、心理学的教育;职称评定与晋升，也缺少对人文方面的考核与评价。我们的教育体系、晋升都体系没有把医学人文纳入其中，也就直接导致医务人员忽视医学人文的重要性。

这些原因直接成为造成医务人员对患者冷漠，缺少人文关怀的状况，也导致我们"只见树木不见森林"，"见病不见人"只考虑疾病本身，忽视得病的病人；"研病不研人"只研究疾病的病理，不研究患病的病人心理；"懂病不懂人"懂得医学病理却不懂患者心理；"理病不理人"只单纯考虑治疗疾病，不注重病人的体质、心理等状况；"治病不治人"只治疗疾病本身却不重视患者的心理治疗，造成了当前医患关系紧张、人文关怀缺失的现状。

医学是冷峻的，但医者是温情的。医学是科学的、准确的，但是作为掌握医学的医者面对的服务对象和客体是有生命的人，应当有温情。暖化医患关系，缓解医患关系紧张，医务人员必须从自身做起，积极开展医学人文建设，正如医务工作者终南山面对医学人文沦落的境地言到"现在已经到了医学人文沦落的境地，提高医者的人文素养，与提高技术同等重要"。

暖化医患关系，倡导人文精神，要求做一名"好"医生。好医生的首要标准就是要求有责任心，其次是比较高的医疗水平，第三是对病人态度好。医生好坏的评价标准应当是由病人制定，而不是医生制定，医生好坏的评价也应当由病人决定。我认为好医生的标准就是既有高超的医疗技术更具有深厚的人文素养。人文素养强调的是长期的养成，而非一朝一夕之功。深厚的素养是需要长期的、经年累月的过程才能具备，因此素养比修养分量更重、沉淀更加深厚，既有医学水平又有人文素质，二者相结合的医生才能成为好医生。

世界医学教育联合会曾经与2002年提出，好的医生应当有七个基本能力，其中有五条强调的是人文方面。唐代名医孙思邈在《千金药方》第一卷《大医精诚》中提出："凡大医治病，必当安神定志，无欲无求，先发大慈恻隐之心，誓愿普救含灵之苦。若有疾厄来求救者，不得问其贵贱贫富，长幼妍媸，怨亲善友，华夷愚智，普同一等，皆如至亲之想。"强调的就是尊重人、平等对待人的医者标准。

好医生的重点就是强调作为一名医务人员必须有人文精神，人文精神是人类自我关怀的体现，基于人性的本能。远古时期面对艰苦的生存条件就存在人与人之间的相互帮助，而现在这种互爱、平等的精神在丧失,人文精神的真谛就是人文关怀,强调尊重人的人格和价值。

医学是"人学",医学人文属于哲学的范畴。医学人文就是把人文精神贯彻在医疗活动当中,我们所从事的是医学活动,在这活动中贯彻人文精神,就是医学人文。医学研究和服务的客体是人,医学模式由过去的单纯生物医学转化到生物—心理—社会模式,医学是有关人的一门学问,不是纯粹意义上的生物学。人类的文化知识,一类是以所有自然界规律为研究对象的自然科学,另一类是以人为研究对象的人文科学,如哲学、心理学等等。医学使用的思维方法是自然科学,但是研究对象是人,是基于科学和人文之间的学科,包含了自然科学和人文科学的许多特点,横跨两大科学,医学是最人文的科学,也是最科学的人文。

推进医学人文建设应当具体做好这几件事:

第一,学习人文知识,掌握人文技能,彰显人文精神。通过学习人文知识,通过技能实现人文精神。人文知识包括社会学、心理学等等,医学人文知识就是医学和人文的交叉学科,如医学史、医学哲学、医学心理学、医学伦理学、医学社会学;医学人文技能指的是在医学活动中运用人文知识的能力和人文精神的体现。

第二,掌握医学人文技能,提升沟通能力。重视沟通的作用,沟通首要的是倾听,而不是讲。倾听,沟通最重要的环节,只有倾听才能知道对方的诉求是什么,对方的痛苦是什么,一个出色的沟通者都是一个出色的倾听者。合适的打断,提倡合作性的打断,合作性的打断有助于和提升工作效率同时能够显示关切,医生应当顺势,切入型的打断,减少侵入性打断。

第三,礼貌策略。礼貌强调的是人在生活活动中的被尊重,病人前来就诊,医生应当充分的尊重病人,要表示出在认真倾听、关注的神情,使用"我们"来拉近与患者的距离,做好安慰病人和赞美病人,对于病人的礼貌性问候加以回应,让病人充分感受到关切,同时避免使用过多的医学术语让患者困惑。

第四,重视细节。人文精神强调细节的注意,如看病过程中避免接打电话,必须接电话的,需先征求病人同意;称呼方面,在诊疗过程中注意用礼貌性称呼;核磁共振提供隔音棉塞;听诊器捂热等等人性关怀细节。

第五,提倡非职业阅读。人文素养需要积年累月的通过学习养成,"腹有诗书气自华"多读书可以改变一个人的气质,我们提倡非职业阅读，多阅读专业书籍以外的书籍充实自身。

2012年以来，厦门市卫生系统通过开展一系列的活动加强对医务人员人文素养的培育，开设人文讲坛邀请了众多名家来厦讲课，大力倡导医学人文，如郎景和院士提出"医生开给病人的第一张处方应当是爱"；樊代明院士提倡整体关注人，医学应当从整体去看待疾病；于金明院士建议医院应加强人才和学科建设，以及厦门市医学会与台湾慈济基金会开展医学人文建设交流，设立慈济培训中心并举办的人文培训班，向广大医务人员倡导的人文关爱精神。

推广倡导医学人文既强调关怀病人，也强调关怀我们的医务人员；既提倡做有人情味的医者，让患者满意，也提倡做有人情味的管理者，让医务人员满意。在加强对医务人员人文教育的同时，通过开展绩效考核、优秀医务人员休假等措施进一步提升了医务人员的福利待遇，稳定了医疗员工队伍，得到了一线医务人员的好评。

倡导医学人文精神，就是倡导医务人员在医疗活动中尊重人、关心人。关注得病的人，而不仅仅是关注疾病，把病人看成需要帮助的人、一个有血有肉有情感的人、一个有社会家庭生活的人。既关注病情，也关注病人心情，既掌握病人的病理，也掌握其心理，正如美国名医特鲁多所强调的那样，我们对待病人应当"有时去治愈，常常去帮助，总是去安慰"。

The 30th Anniversary of Xiamen University Press

杨叔禹 厦门市卫生计生委党组书记、主任，中西医结合糖尿病专业主任医师、教授、博士生导师，享受国务院特殊津贴，卫生部突出贡献专家

图书在版编目(CIP)数据

厦大版序跋精粹/《致敬30年》丛书编委会编. —厦门：厦门大学出版社，2015.4
（致敬30年）
ISBN 978-7-5615-5486-9

Ⅰ. ①厦… Ⅱ. ①致… Ⅲ. ①序跋-作品集-中国-当代 Ⅳ. ①I267

中国版本图书馆CIP数据核字(2015)第084295号

官方合作网络销售商：

厦门大学出版社出版发行
（地址：厦门市软件园二期望海路39号　邮编：361008）
总编办电话：0592-2182177　传真：0592-2181253
营销中心电话：0592-2184458　传真：0592-2181365
网址：http://www.xmupress.com
邮箱：xmup @ xmupress.com
厦门集大印刷厂印刷
2015年4月第1版　2015年4月第1次印刷
开本：720×1000　1/16　印张：29.75　插页：3
字数：487千字
定价：65.00元
本书如有印装质量问题请直接寄承印厂调换